Ella Blix
Der Schein

Hinter dem Pseudonym Ella Blix verbirgt sich das
Autorinnenduo Antje Wagner und Tania Witte.

Antje Wagner hat sich mit ihren mehrfach ausgezeichneten Jugendbüchern bereits
einen Namen gemacht und steht vor allem für außergewöhnliche Mysteryromane.
2012 wurde sie von der Frankfurter Allgemeine Sonntagszeitung in den Kanon
der 20 besten deutschsprachigen Autoren unter 40 Jahre aufgenommen.
Tania Witte ist Schriftstellerin, Journalistin und Spoken-Word-Performerin. Neben
diversen internationalen Stipendien erhielt sie 2016 den Felix-Rexhausen-Sonderpreis
für ihre journalistische Arbeit und 2017 den Martha-Saalfeld-Förderpreis für Literatur.

Ella Blix ist die Essenz dieser beiden Autorinnen: Realismus trifft auf Mystik,
authentische Charaktere auf Spannung und Sprachspiel auf Humor.
Mehr über Ella Blix unter www.ellablix.com

Ella Blix

Der Schein

Roman

Arena

»Ein Schein kann erhellen oder trügen.«
Erhard Horst Bellermann
aus Lexis Zitatenschatz

1. Auflage 2018
© 2018 Arena Verlag GmbH, Würzburg
Alle Rechte vorbehalten
Textcopyright: © Antje Wagner, Tania Witte
Umschlaggestaltung © Johannes Wiebel | punchdesign, München
Umschlagillustration © Max Meinzold, München, unter
Verwendung eines Motivs von Shutterstock (© Ola-la)
Gesamtherstellung: Westermann Druck Zwickau GmbH
978-3-401-60413-8

Folge uns unter:
www.arena-verlag.de
www.arena-verlag.de/twitter
www.arena-verlag.de/facebook

INHALT

1 – Die Überfahrt

2 – Willkommen auf Griffiun!

3 – Die Ruhe vor dem Sturm

4 – Das verbotene Gebiet

5 – Neu sein

6 – Schwarze Hefte

7 – Die Legende

8 – Am Nordstrand

9 – Der Einbruch

10 – Geheimes Archiv

11 – Der Schein

12 – Haare

13 – Siebenerjahre

14 – Abgeworfene Haut

15 – Wunschballons

16 – Heldenwetter

17 – Das dunkle Schiff

18 – Die vierte Dimension

19 – In der Schleuse

20 – Die Zukunft beginnt jetzt

1

Die Überfahrt

Ist da vorne 'n Elefant gestorben, oder warum geht's nicht weiter?« Eine Jungsstimme, ziemlich weit hinter mir.

Ich befand mich mitten auf der Gangway, die vom Schiff aus übers Wasser geschoben worden war und uns Passagiere vom Rostocker Hafen an Bord führte. Oder besser: führen *sollte*. Im Moment stockte es.

Die Gangway war vier Meter lang und hatte zehn Zentimeter hohe Metallkanten an den Seiten. Alle vor mir waren problemlos über dieses Ding gelaufen und an Bord gegangen, nur *ich* hatte es geschafft, den Koffer am Übergang von Gangway zu Fähre zu verklemmen. Großartig!

Ich zog am Griff, unter mir hörte ich Wasser an den Schiffsbauch klatschen; der Geruch von Salz, Tang und Möwenscheiße wehte hoch. Der Koffer rührte sich keinen Millimeter.

Ich wischte mir über die Stirn und blickte mich um. Hinter mir stand ein Mann. Er trug eine prall gefüllte Einkaufstüte, aus der Porreestangen und Möhrenkraut ragten, und starrte mich mit zusammengepressten Lippen an, als würde ich das hier mit Absicht machen. Jetzt stellte er die Tüte auf die Gangway, griff in seine Westentasche und führte etwas ans Auge … Was war das denn? Ein *Monokel*? Tatsache! Er hatte ein Monokel zwischen die Augenlider geklemmt. Das musste einer von der Insel sein. Offenbar hatte man da die Erfindung der Brille verpennt.

Ich holte tief Luft und warf mich mit meinem gesamten Gewicht Richtung Schiff. Es gab einen Ruck, und der Koffer ließ sich mitschleifen. Für genau eine Sekunde. Dann verhakte sich das blöde Ding wieder. Shit!

»Vielleicht hochheben und tragen?«, rief eine Frau vom Kai herauf.

Toller Vorschlag. Genauso gut könnte ich eine gefällte Eiche aufs Schiff tragen. Dieser Koffer war ein Sonderstück. XXL. Der wog sogar leer schon so viel wie ein Klavier. Niemand außer Pa würde jemals etwas so Unpraktisches verschenken. Ich sah in den vollen Hafen hinunter und versuchte, einen Blick auf ihn zu erhaschen. Zwischen all den Leuten leuchtete etwas Gelbes. Das war er. Wenigstens bekam er mit, was er angerichtet hatte.

Hinter mir schnalzte es. Der Typ mit dem Monokel. Ich hielt den Griff mit beiden Händen und stemmte mich nach hinten. Der Koffer hielt gegen. Dafür begann das Scharnier, am Griff zu wackeln. Es war zum Heulen.

*

»Dadrin ist die Nachbildung eines echten Überseekoffers«, hatte Pa stolz erklärt, als Anfang Mai das Auto einer Speditionsfirma auf unserer Auffahrt hielt. Nach einem Seitenblick auf meinen Gesichtsausdruck hob er besänftigend beide Hände. »Keine Panik, Alina! Es ist eine *Nachbildung* – nicht aus Holz, sondern aus Polykarbonat. Das Beste vom Besten. Stabil, druckresistent und widerstandsfähig!«

Als wäre »Das Beste vom Besten!« ihr Stichwort gewesen, hatten die Speditionsmänner die Rückklappe des Lieferwagens heruntergelassen.

»Das ist nicht dein Ernst, Pa!« Ungläubig hatte ich das exorbitante Paket angestarrt, das die Männer aus dem Wageninnern herausmanövrierten. »Ich hab doch keine dreimonatige Seereise über den Atlantischen Ozean vor mir, sondern eine Dreiviertelstunde auf der Ostsee!« Ich hatte mich zu ihm umgedreht. Sein hochzufriedenes Lächeln machte mich wütend. »Kannst du nicht ein *einziges* Mal was Normales kaufen?«

Die Männer hatten das Paket fluchend die Auffahrt hochgeschleppt. Es passte gerade so durch die Haustür. Pa unterschrieb den Lieferschein und schloss die Tür. Nun waren wir allein: er, ich und *das Monster.* Pa quetschte sich daran vorbei und verschwand pfeifend in der Küche. Das Monster und ich blieben im Flur zurück, und ich bekam eine Ahnung davon, wie sich Naomi Watts neben King Kong gefühlt haben musste.

»Das kannst du vergessen, dass ich dieses Ding mitnehme!«, rief ich ihm hinterher. »Ich mach mich doch nicht lächerlich.«

»Übertreib nicht, Alina!«, hatte er fröhlich gerufen. Ich hörte, wie er in einer Schublade wühlte, dann kam er mit einer Riesenschere zu uns zurück. (Noch so ein XXL-Teil. Sondergrößen waren Pas Leidenschaft.) Er begann, das Packpapier zu zerschneiden.

»Niemals!«, rief ich, als das Monster schließlich vor uns stand. »Wie … wie kannst du auch nur *annehmen,* dass ich … Ich meine, das Ding ist nicht nur gigantisch …« Hier machte ich eine Pause, um Luft zu holen. »… es ist auch noch schweinerosa!«

Um den geblümten Kofferbauch herum war eine ebenfalls überdimensionierte türkisfarbene Schleife gewickelt. »*Rosa,* Pa!«, stöhnte ich. »Mit *Margeriten* drauf! Du weißt ganz genau, dass ich …«

»Pink, Alina. Ein klares, schönes Pink!« Er war vor Stolz über seine Beute völlig aus dem Häuschen. »Und das sind Gerbera.«

»Das ändert natürlich alles …«

»Diesen Koffer hier …« Er hatte begeistert auf das Kunststoff geklopft. Das Beste vom Besten klang wie stinknormales Plastik.

»… den erkennst du überall wieder! Der sticht dir ins Auge. – Da kann sich kein Dieb heimlich mit wegschleichen.«

Als ob irgendein Dieb auf die Idee käme, King Kong zu klauen.

»Ich *hasse* Pink! Ich *hasse* Gerbera!«

»Übertreib nicht, Alina«, wiederholte er.

Da hatte ich nur schweigend auf meinen Körper gedeutet. Von unten angefangen: auf meine Schuhe, die Hose, das Shirt, die Nägel, die Haare. Schwarz war meine Farbe. Ausschließlich und seit Jahren.

»Aber … siehst du die Rollen hier?« Langsam hatte Pa leicht verunsichert geklungen. Er tippte auf die pinkfarbenen Rollen. »Skaterrollen.« Es gab vier davon. An jeder Ecke eine. »Die sind für dreidimensionale Drehbarkeit. Das ist der letzte Schrei.«

»Ich nehm den nicht mit. Niemals! Nie-mals!«

*

Und jetzt stand ich hier mit dem Ding.

In Rostock, an einem lauen Maitag, mitten auf der Gangway, und hinter mir staute sich alles. Wie hatte Pa es nur geschafft, mich breitzuschlagen?

Wenigstens war das Teil nun schwarz; Pa hatte recht schnell eingesehen, dass eine andere Farbe nicht infrage kam. Außerdem gehörte es sich für ein Monster, schwarz zu sein. Und mir soll keiner mit dem Quatsch kommen, dass Pink eine Mädchenfarbe ist. Auch weibliche Monster sind nicht pink! Godzilla nicht, Nessie nicht und die Alien-Queen auch nicht. Zum Beispiel.

Pa hatte den Koffer also umgetauscht, aber seine Kompromissbereitschaft hatte sich auf die Farbe beschränkt. Die gigantische Größe war geblieben. Und nun hatte sich das schwarze, glänzende, dickbauchige Polykarbonat mit einer seiner vier Rollen total verkantet. Der Monokel-Mann schnalzte schon wieder.

»Ganz augenscheinlich«, sagte er dann mit seltsam hohler Stimme, »kommst du mit Gewalt nicht weiter, mein Fräulein.«

Mein Fräulein?! Ich bedachte den Typen mit einem langen Blick.

Er wirkte ein bisschen älter als Pa, aber der Eindruck konnte auch von den komischen Klamotten kommen. Pa war zwar immer zu bunt, aber trotzdem lässig angezogen, was daran lag, dass wir meistens zusammen einkauften und ich ihm alles, was *allzu* schrill und berufsjugendlich wirkte, schon im Laden ausredete. Der Monokel-Mann hatte offenbar keine Tochter in meinem Alter – oder, wenn doch, dann eine mit einem miserablen Geschmack. Passend zu dem albernen Monokel hatte er auch noch einen Zylinder auf! Bundfaltenjeans, Tweedjacket und einen Zylinder! *Hal-lo?*

Pinar, verdammt, wo bist du?, dachte ich und rüttelte vergeblich am Kofferungetüm. Sie hätte vor Lachen gegrölt, bis ich mitgegrölt hätte. Ich und mit uns die gesamte Menschenschlange. Und langsam hätte ich mich besser gefühlt.

Pinar konnte das. So war sie. Nur eben leider gerade nicht hier. Stattdessen war sie ewig weit weg. Zu Hause in Berlin. Wo ich auch Millionen Mal lieber wäre als auf diesem Schiff, aber mich hat ja keiner gefragt. Zumindest nicht richtig.

»Schaffen wir das heute noch?« Der Monokel-Typ stellte die Supermarkttüte erneut ab und schaute demonstrativ auf seine Uhr.

Genervt blickte ich an ihm vorbei in die Menge auf dem Kai, suchte den kanariengelben Fleck zwischen all dem Schwarz und Grau und Beige. Pa. Ich sah, wie er sich gerade die Brille putzte, was bedeutete, dass er a) geweint hatte und mich b) nicht sehen konnte. Gleich würde er gehen, ohne noch mal zu winken, wie wir es abgesprochen hatten. Reiß dich zusammen, Alina. Ich atmete tief ein und kickte mit der Ferse des Converse gegen die linke untere Rolle des Koffers. Fest.

Mit einem ungnädigen Quietschen löste sich das Monster aus der Verkantung, vollzog eine halbe Drehung und schlug gegen das Schienbein des Monokel-Typs. Ups. Der starrte mich eine Weile völlig reglos an, dann heulte er plötzlich auf, als wäre der Schmerz erst zeitverzögert in seinem Gehirn angekommen.

»Sorry«, nuschelte ich kleinlaut, warf einen letzten Blick auf die winkenden Menschen am Hafen, auf die leere Stelle, an der Pa eben noch gestanden hatte und die ohne das Kanariengelb wie ausgeblutet wirkte.

»Alter, wird das heut noch was?« Wieder dieser Junge vom Ende der Schlange. Ich spürte, wie Röte mein Gesicht flutete. Hastig drehte ich mich um und zog den Koffer aufs Schiff.

*

Lautstark quietschte King Kong über den Metallboden. Offenbar hatte ich mit meinem verzweifelten Tritt eine der Rollen ruiniert. Ich nutzte die erste Gelegenheit, um links abzubiegen – aus der Sichtweite des trompetenden Typen, aus der Sichtweite des Monokel-Manns, aus der Sichtweite von allen.

Vor der Treppe zum Oberdeck stellte ich den Koffer von Anfang an quer, damit mir nicht dasselbe wie auf der Gangway passierte. Dann hievte ich King Kong Stufe für Stufe nach oben. Die Rollen quietschten, die Kofferseite schlug jedes Mal gegen die höher liegende Treppenstufe, mein Rucksack flog ein Stück in die Luft und knallte zurück auf meinen Rücken. Mit der Kante des neuen Laptops! Quietsch, rums, Schmerz, quietsch, rums, Schmerz, quietsch, rums, Schmerz. Acht Stufen lang.

Sah aus, als hätten die übrigen Passagiere gleich das Café angesteuert, das Oberdeck war jedenfalls leer. Ich ging zu einer Bank, die halb im Schatten, halb in der Sonne stand, und bevor ich mich auf die schattige Sitzhälfte fallen ließ, zog ich das schwarze Notizbuch aus meiner Gesäßtasche.

Seit über neun Jahren, seit der Sache mit Ma, hatte ich immer so ein Notizbuch bei mir. Wenn es voll war, wanderte es zu den anderen unter mein Bett. Sie bildeten ein kleines schwarzes Gebirge zwischen Teppich und Lattenrost. Seit heute morgen befand sich dieses Gebirge im Koffer. Ich schlug das aktuelle Notizbuch auf und notierte in winzigen Buchstaben:

Dreitausendsechshundertdreiundvierzig. Samstag.
Jetzt ist es so weit: die Überfahrt von der Zivilisation in die Wildnis.
Pa ist schon weg. Na und? Denkst du, ich heule? Ich heule nicht.

Ich unterstrich das letzte Wort.

Ja, ich schrieb Tagebuch! Auf Papier und von Hand. Nicht in den Laptop, in eine Datei, die versehentlich gelöscht werden konnte. Außerdem hatte ich immer das Gefühl, die Vergangenheit könnte nur in echten Büchern überleben, als wäre sie digital weniger real.

Warum sollte ich auch heulen? Ich hab schon andere Sachen geschafft. Aber das weißt du ja.

Wer dieses »Du« war, dem ich schrieb? Keine Ahnung. Manchmal sagte ich mir, dass das Tagebuch eben lebendig war, manchmal, dass ich mit mir selbst sprach – aber mit einer viel älteren Version von mir. Mit einer Alina, die dieses Büchlein vielleicht in zehn oder zwanzig Jahren in die Hand nehmen und lesen würde. Seltsamerweise stellte ich mir mein älteres Ich immer wie einen fremden Menschen vor, dem ich alles erklären musste.

Im Moment bin ich nicht gerade glücklich.

Ich hob den Kopf, sah übers Wasser. Gleich würden wir ablegen. Fünfundvierzig Minuten Fahrt lagen vor mir.

Die Möwen haben die halbe Reling vollgeschissen.

Der Stift kratzte über die Seite, jeder Buchstabe war so klein wie ein Fliegenklecks. Am Hafen spielte jemand Akkordeon, die Klänge wehten in Fetzen herüber. Ich spürte, wie sich Traurigkeit um die Bank herum ansammelte, unsichtbare Pfützen, die sich langsam meinen Füßen näherten. Werd jetzt bloß nicht sentimental, Alina! Ich versuchte, die Akkordeonklänge zu überhören, und konzentrierte mich stattdessen auf das Möwengekreisch. Dabei blickte ich auf den grün lackierten Schiffsboden, der von breiten weißen und gelben Streifen überzogen war – wie in der Turnhalle meiner Schule. Meiner *ehemaligen* Schule, muss ich jetzt wohl sagen.

Ich hatte diese Linien gemocht. Sobald man die Regeln kannte, löste sich das wirre Durcheinander vor den Augen auf und verwandelte sich in pure Logik. Das hieß in diesem Fall: in verschiedene Spielfelder. Volleyball, Fußball, Basketball.

Im Gegensatz zu mir konnten sich die meisten meiner Mitschüler nicht merken, welche Linien zu welchem Spiel gehörten. Pinar zum Beispiel war mit Sicherheit im Volleyballfeld, wenn wir Basketball spielten und im Fußballbereich, wenn es um Hockey ging.

Die Schiffsbodenlinien standen sicher auch für irgendwelche Regeln, und die Schiffscrew sah kein Gewirr darin, sondern eine klare Struktur. Ich schloss die Augen, und die Linien tanzten hinter meinen geschlossenen Lidern weiter.

*

»Hey!«

Die Bank vibrierte. Unwillig öffnete ich die Augen und musterte den Eindringling durch die Sonnenbrille. Das Mädchen, das sich neben mich auf die Bank hatte fallen lassen, war etwa so alt wie ich und fand es offenbar cool, in der prallen Sonne zu sitzen.

Sie war klein, hatte runde Arme, runde Schenkel und ein rundes Gesicht mit leichtem Doppelkinn. Am auffälligsten war ihr Haar: Es war naturrot und voller Locken. Sie trug rosa Chinos und ein enges Shirt, auf dem *Ich hab auch Augen* stand. Alles an ihr strahlte nervige Begeisterung aus.

Sofort ging in meinem Kopf ein Schrank mit verschiedenen Schubladen auf. Das Mädel neben mir winkte mir aus dem Fach *Klette* zu.

»Ganz schön heiß, oder?«, fragte sie und wischte sich den Schweiß von der Stirn. Selbst ihr Ton klang viel zu begeistert.

»Hm«, mumpfte ich.

»Was schreibst du denn da?« Sie nickte in Richtung meines Notizbuches.

Sofort schlug ich es zu und ließ es wieder in der Gesäßtasche verschwinden. Ich wollte die Klette nicht. Ich wollte nicht reden und schon gar keine Fragen beantworten. Ich wollte allein sein und in Ruhe Abschied nehmen. Schließlich ging gerade eine bedeutsame Phase meines Lebens zu Ende. Die Pa-und-

14

Alina-leben-glücklich-zusammen-Phase. Manche Kletten ließen sich durch Ignoranz abschütteln. Demonstrativ drehte ich mich weg.

»Ich hab dich auf der Gangway gesehen. Bist du 'n Model?«

Bitte, dachte ich, nicht das schon wieder.

»Weil – du bist echt groß! Bestimmt ...« Offenbar schätzte sie meine Größe. »... eins fünfundachtzig?«

Ich sagte nichts.

»Oder eins neunzig?«

Ich schwieg.

»Do you speak German?«

»Eins zweiundachtzig«, brummte ich widerstrebend. Wahrscheinlich stimmte das gar nicht mehr, und ich war schon wieder zwei Zentimeter größer. »Aber das macht noch lange kein Model aus mir.«

Das Mädchen lachte. »Stimmt. Das mit dem Koffer war zum Schreien! Eleganz sieht echt anders aus.«

»Taktgefühl auch«, erwiderte ich. Ich spürte die Hitze in meinem Gesicht. Wie ich das hasste! In den blödesten Momenten wurde ich rot.

Die Gangway wurde reingeholt, die Taue wurden gelöst. Das Geräusch, mit dem die Ankerkette hochgezogen wurde, kratzte an meinem Herz. Es klang so *endgültig*. Ich schluckte.

Am liebsten wäre ich vom Schiff gerannt, zurück ins Auto, zurück nach Berlin. Zurück zu Pinar. Zu ... Lukas. Warum musste ich in dieses verfickte Internat, wo ich keinen kannte? Noch dazu mitten im Schuljahr!

Pa konnte sein ach-so-wichtiges Forschungsprojekt in den USA doch auch machen, während ich alleine in unserer Berliner Wohnung blieb! Ich würde das hinkriegen, ich kriegte alles hin. Ich konnte kochen (fünf Gerichte, um genau zu sein: Chili con

Carne, Chili sin Carne, Nudelsuppe, asiatisches Gemüse und gebratene Leber), würde die Wohnung weder anzünden noch unter Wasser setzen, und die Nächte durchmachen würde ich auch nicht. Jedenfalls nicht unter der Woche. Wieso durfte ich als Sechzehnjährige nicht allein leben? Mit Pinar und Lukas als Dauergästen?

»Wir reden hier nicht von einer Woche, Lina.« Ich kannte Pas Argumente auswendig. »Wir reden von sechs Monaten!«

»Na und?«

»Das wäre eine Vernachlässigung meiner Aufsichtspflicht«, hörte ich Pa zum x-ten Mal sagen.

Aufsichtspflicht. Pfff. Ich war doch keine drei mehr. Und wozu gab es Skype? Wir hätten jeden Abend skypen können, einmal über den Atlantik, uns alles erzählen, was am Tag passiert war – auf die Art hätte er sogar mehr mitgekriegt als vorher, als wir noch gemütlich zusammengewohnt haben.

Aber Pa war stur, und irgendwann dämmerte es mir, dass die Entscheidung anders laufen würde, als ich geplant hatte. Nicht mal die Schuldgefühlenummer hatte gegriffen. »Und außerdem«, hatte ich gejammert, »komm ich dann mitten im laufenden Schuljahr an und muss nach den Sommerferien auch wieder mitten im nächsten Schuljahr gehen. Wie scheiße ist das denn bitte? Da steht doch von Anfang an in Riesenbuchstaben Freunde-dich-bloß-nicht-mit-mir-an auf meiner Stirn! Ich werde voll vereinsamen! Und die Sommerferien soll ich auch in diesem Fuck-Internat bleiben? Das ist nicht dein Ernst!«

Pas Argumente waren stärker als meine. Fand er zumindest. »Ach, das wird super«, sagte er. »Wir müssen dankbar sein, dass du bleiben darfst – schließlich hat nicht jedes Internat Ganzjahresbetreuung. Und mal ehrlich: Sommerferien auf einer Ostseeinsel. Geht's noch toller?«

Ja verdammt, ja! In Berlin, zum Beispiel. Mit Lukas, mit Pinar. zu Hause! Ich schnaubte. »Du findest es also toll, dass ich *meine Jugend* auf einer piefigen Insel verbringen soll, eingesperrt zwischen Schlick, Schlamm und toten Fischen?«

»Aber Liebes, du bist an der *Ostsee* – mit ein paar Monaten Schule und dann die ganzen Ferien über. Andere würden dich darum beneiden.«

Auch mein Ass im Ärmel, den Vorschlag, zu Oma und Opa zu ziehen, lehnte er ab. Wegen Oma. Beim letzten Mal, als ich zu Besuch gewesen war, hatte sie mich nämlich vier Tage lang entweder *Eleonor* oder *Marianne* genannt, weil sie dachte, ich wäre eine ihrer Schwestern.

Je mehr sie vergaß, desto gestresster war Opa. Pa hatte gemeint, er könnte es Opa nicht zumuten, gleichzeitig für Oma da zu sein und auf mich aufzupassen. *Auf mich aufpassen.* Als würde ich ohne einen Erwachsenen in der Nähe wie ein Hundewelpe alles vollsabbern, runterreißen und überall hinmachen …

Ich schrie, ich heulte, ich tobte, aber er blieb eisern: sechs Monate Internat, und basta. Damit er mich während seines Forschungsaufenthaltes »sicher aufgehoben wusste«.

Also war ich jetzt *hier*. Auf dem Weg über die Ostsee in ein Inselinternat, zu meinen Babysittern. Auf dem Weg nach …

»Machst du Urlaub auf Griffiun?«, unterbrach das Mädchen meine Gedanken.

Es dauerte einen Moment, bis ich begriff, dass sie die Insel meinte. Sie sprach den Namen ganz anders aus als Pa und ganz anders, als ich ihn immer gedacht hatte. Griff-i-uuun. Betonung hinten, nicht vorne. Klang genauso bescheuert.

»Oder besuchst du jemanden?«

»Ich wohne da ab heute«, murmelte ich, mehr zu mir als zu ihr.

»Echt? Im Internat?«

»Woher weißt du –?« Ich drehte mich wieder zu ihr zurück.

»Na, das ist nicht schwer!« Sie zappelte neben mir herum. »Griffiun hat 573 Einwohner. Die Hälfte davon sind alteingesessene Familien – so wie meine. Der Rest sind Internatsschüler.«

Ich setzte mich auf und sah zu dem Mädel hin. »573?!« Da lebten ja in meiner Straße in Berlin mehr.

Warum liegt das Internat nicht wenigstens auf Rügen, bemitleidete ich mich selbst. Rügen war groß, da gab es zumindest Kinos und ein paar Clubs. Warum ausgerechnet Griffiun, diese winzige Insel weit *hinter* Rügen?

Wir legten endlich ab. Der Motor des Schiffes drehte auf. Das Vibrieren drang durch meinen Körper, es fühlte sich an, als würden sich meine Zellen neu arrangieren. Ein aufregendes Gefühl, eins von denen, die man immer viel zu schnell vergaß. Ich hätte es gerne in mein Notizbuch geschrieben, aber leider war ich nicht allein. Ich reckte den Kopf und starrte über die möwenbeschissene Reling.

Wasser, Wasser, Wasser. Und am Horizont nichts als Dunst. Irgendwo dort, irgendwo *in* diesem Dunst lag Griffiun.

»Ja, heftig, oder? Ich kenn so ziemlich jeden seit meiner Geburt.« Die Klette seufzte. »Echt, wenn Schloss Hoge Zand nicht wäre, könnte man Schiss kriegen, dass die Insel ausstirbt. Oder ich, vor Langeweile.«

Ho-che Sand, sagte sie, nicht *Ho-ge Tzand*. Ein Internatsschloss. Automatisch sah ich Zinnen und Türme vor mir, spinnwebbehangene Holzbalken und Mäuse, die im Mondlicht über steinerne Mäuerchen huschten. Und sofort musste ich an Lukas denken. Kurz vor der Abreise hatte er angefangen, mich mit Gruselgeschichten aufzuziehen.

»Vielleicht wandeln da Geister durch die Korridore. Und

nachts kommen schreckliche Schreie aus dem Keller! Oder du verläufst dich in einem Gang, der nur alle zwei Wochen mal auftaucht …«

»Mensch, Lukas, aus dem Harry-Potter-Alter bin ich raus …« Ich hatte demonstrativ gegähnt. »Ich krieg nicht so schnell Schiss.« Aber dann hatte ich an die sechs Monate gedacht, diese unendlich lange Zeit. Ich hatte ihn angesehen, meinen wunderbaren, lustigen, sexy Freund, und musste schlucken. »Außer vielleicht davor, dich zu vermissen …«

Lukas und ich waren seit sagenhaften sieben Monaten zusammen. Er war anders als jeder, den ich kannte. Cooler, viel intelligenter und so unfassbar zärtlich …

Ich konnte mir nicht mal vorstellen, eine Woche von ihm getrennt zu sein. Geschweige denn *Monate!* Er hatte mich in die Arme genommen. »Das schaffen wir«, hatte er in meine Haare gemurmelt. »Das schaffen wir schon. – Und sobald ich weiß, wann ich Urlaub kriege, komm ich dich besuchen.«

»Der ist doch gestrichen«, erinnerte ich ihn mutlos und schniefte. »Was für ein Scheiß, dass Göran sich ausgerechnet jetzt das Bein brechen muss!«

Göran bildete mit Lukas und Axel eine eingeschworene Dreierclique. Sie hatten sich sogar gemeinsam zum Bundesfreiwilligendienst gemeldet. Jetzt arbeiteten sie alle im Abenteuerzentrum im Berliner Grunewald, einem Jugendfreizeitheim mit erlebnispädagogischem Ansatz. Die drei waren hin und weg gewesen, als sie das erste Mal da waren. Und die Kids waren hin und weg gewesen von den drei Jungs. Klar. Und jetzt hatte Göran sich verletzt.

»*Gebrochen!*« Lukas seufzte. »Ich meine: Hallo? Dass man sich mal was verstaucht, okay. Aber warum muss das Bein denn gleich *brechen*? Beim Fußballspielen! Mit einem Rudel *Sechsjäh-*

19

riger! Am besten breche ich mir demnächst beim Abwaschen die Arme – dann hab ich auch frei und kann zu dir kommen. Du schmuggelst mich einfach in dein Zimmer.«

»Mit gebrochenem Arm auf der Vespa nach Rostock … Is klar.« Ich hatte gegen meinen Willen grinsen müssen. Lukas war einfach wunderbar. Sogar in Situationen, die einem das Herz brachen, konnte er einen zum Lachen bringen. Zumindest kurz. »Ach, es ist bloß so abgefuckt, dass ihr jetzt doppelt arbeiten müsst. Und dass sie keinen Ersatz ranschaffen, sondern euch den Urlaub streichen.«

»Ersatz für die paar Wochen? Das lohnt doch nicht, Lina, und …«

»Weiß ich ja«, unterbrach ich ihn. »Ich hätte mich bloß so … gerade jetzt am Anfang …« Ich kam mir furchtbar wehleidig vor.

»Göran hatte schon immer ein Gespür für den perfekten Zeitpunkt«, meinte Lukas sarkastisch.

Nein, ich war nicht in Tränen ausgebrochen, das hätte noch gefehlt. Schließlich hatte ich seit Jahren nicht mehr geweint. Aber diesmal war es knapp gewesen, denn im Ernst: Wie lange dauerte es, bis ein gebrochenes Bein wieder heil war? Sechs Wochen – mindestens. Und selbst dann war noch nicht klar, ob Lukas gleich Urlaub bekommen würde.

Die Tränen, die ich bei Lukas nicht geweint hatte und auch nicht bei Pinar und Pa, stiegen mir jetzt plötzlich in die Augen. *Nicht heulen!* Ich blinzelte schnell, wandte mich von der Klette ab und konzentrierte mich auf das Meer. Eine Plastikflasche trieb übers Wasser, dicht gefolgt von einer zerrissenen Aldi-Tüte.

»Hast du Albinismus?«

Hä? »Wie kommst 'n da drauf?«, fragte ich verblüfft.

»Albinos haben rote Augen, weiße Haare und weiße Haut. Du trägst eine ziemlich dunkle Sonnenbrille, obwohl du im Schatten sitzt, zeigst kein Fitzelchen Haut, und deine Haare sind eindeutig gefärbt. Fazit: Albino.«

»Wenn schon, dann Albin-a«, korrigierte ich. »Und wenn du das B weglässt, kommst du der Sache schon näher.«

Die Klette starrte mich verständnislos an. Wär ja auch zu schön gewesen. Ich nahm die Sonnenbrille ab und drehte mich zu ihr. »Ich heiße Alina«, klärte ich sie auf. »Und ich steh nicht besonders auf Sonne.«

Eine Denksekunde, dann lachte sie. Laut, herzlich und ein bisschen zu lange. Als sie sich endlich eingekriegt hatte, sagte sie: »Also, ich steh auf Sonne. Und ich heiße Cara. So – jetzt kannst *du* lachen.«

»Wieso lachen?«

Sie klopfte sich auf den Bauch und drehte ihre runden Arme vor meinen Augen. »Ich bin das exakte Gegenteil von ihr!«

»Von wem?« Jetzt war ich diejenige, die verständnislos starrte.

Sie riss die Augen auf. »Na, von Cara! Cara Delevingne natürlich! Guckst du kein Fernsehen? Liest du keine Blogs? – Ach schade, du bist echt kein Model ...« Sie lehnte sich enttäuscht zurück.

Ich hatte es so satt. Seit ich die einsachtzig geknackt hatte, sagte jeder, ich müsse Model werden. Oder wenigstens jeder zweite. Wieso schlug mir niemand vor, Basketballspielerin zu werden? Ich rieb die Gummikappen meiner Schuhe aneinander. »Ich find Models bescheuert!«

»Echt? Ich find Models toll. Ich würd mich *so* gern bei Heidi bewerben. Aber mit eins achtundfünfzig? – No way.«

Ich legte den Kopf in den Nacken und sah in den Himmel. Möwen umkreisten das Schiff wie ihre Beute. Einige landeten auf der Reling und liefen ein paar Meter darauf herum, bevor sie sich wieder abstießen. Ihre Krallen klackerten auf dem Metall.

Neben mir begann Cara, sich eine Zigarette zu drehen. Drehen fand ich cool. Es nervte mich, dass ich etwas cool fand, was die Klette machte.

Sie leckte das Papier an. »Willst du auch eine?«

Ich schüttelte den Kopf. Sie zog eine Umhängetasche unter der Bank hervor und begann, darin herumzuwühlen. Fluchte, wühlte, fluchte. Nach einer halben Minute bekam ich Mitleid und zog mein Feuerzeug aus der Hosentasche. Ließ den Deckel aufschnappen, drehte am Rädchen und hielt ihr die Flamme hin. Im selben Moment flammte auch ein Gesicht in meinem Kopf auf, und ich hielt den Atem an.

»Nice!« Cara meinte offenbar das Feuerzeug. »Ich dachte, du rauchst nicht?« Sie steckte sich die Zigarette zwischen die Lippen und inhalierte tief.

»Tu ich auch nicht. Ich hab's von …« Ich stockte. »… aus nostalgischen Gründen.«

»Dann *hast* du mal geraucht?« Sie stieß eine halb durchsichtige Wolke grauweißen Nebels aus.

»Nee. – Ist doch egal!« Das kam schärfer raus, als ich gewollt hatte. Deshalb fügte ich, etwas netter, hinzu: »Es kann nie schaden, Feuer bei sich zu haben, oder?«

Cara grunzte bestätigend, rutschte mit dem Po bis zum Rand der Sitzfläche und streckte ihre Beine in der rosa Hose weit von sich. Sie seufzte wohlig.

Mit jedem Meter trüben Ostseewassers, der sich zwischen das Ufer und die Fähre drängte, rückte mein bisheriges Leben von mir ab. Etwas drückte hinter meiner Brust, aber ich konnte mich nicht darauf konzentrieren.

Nachdem Cara das letzte Mal an ihrer Zigarette gesaugt hatte, kickte sie die mit Daumen und Zeigefinger ins Wasser. Ich sah dem fliegenden Filter hinterher, und das war der Moment, in dem ich ihn bemerkte. Den Blick. Jemand beobachtete mich! Ich drehte den Kopf, schaute übers Deck. Es war leer.

Nein, das stimmte nicht.

Ich kniff die Augen zusammen. Ganz hinten, bei den Rettungsringen, halb verdeckt vom Schatten einer aufgehängten Plane, stand ... der Monokel-Typ. Er starrte mich an.

»Weißt du, wer das ist?«, flüsterte ich, obwohl das Flüstern albern war. Er stand mindestens zwanzig Meter entfernt, er *konnte* mich gar nicht hören.

Wieso senkte er den Blick nicht? War es ihm etwa egal, dass ich ihn entdeckt hatte?

»Wer?«

Ich zuckte mit dem Kinn Richtung Rettungsringe.

»Mühstetter!«, rief Cara. »Wann hat der sich denn an Deck geschlichen?«

»Mühstetter? – Du kennst den?«

»Klar! – Der ist neu auf Griffiun. Seit ...«, sie rechnete, »... vier Wochen vielleicht. Hat den Kiosk übernommen. Der hat die alte Vogelbeobachtungsstation im Naturschutzgebiet gemietet. Voll einsam da. Als hätte Griffiun keine besseren Wohnungen!« Sie sah direkt in seine Richtung. »Ich sag's dir gleich, mit dem stimmt was nicht. Ich bin früher echt oft in den Kiosk gegangen. Eis essen. Aber seit Mühstetter an der Kasse steht, find ich den Kiosk ... na ja ... unheimlich.«

Unheimlich. Genau das: Der Typ war unheimlich.

Ich starrte ihn an, und er starrte zurück. Zylinder auf dem Kopf, Augen wie Panzerglas. Kein Blinzeln. Womöglich war es das, was mich an ihm so beunruhigte? Der Typ *blinzelte* einfach nicht.

Die Fähre nahm Fahrt auf, ich spürte die Geschwindigkeit im Bauch, Rostock lag längst hinter uns. Das Signalhorn gab ein lautes Tuten von sich, die Wellen schlugen hoch, Gischttropfen spritzten bis zu uns, und vielleicht war es ja nur das kalte Wasser. Oder der Fahrtwind. Oder die Wolke über uns, die kurz die Sonne schluckte. Vielleicht aber auch dieser eisige Blick aus dem Schatten bei den Rettungsringen. Jedenfalls bekam ich plötzlich Gänsehaut.

2

Willkommen auf Griffiun!

Der Hafen von Griffiun war ein Witz.

Die Kaimauer, Einzahl, sah aus, als wäre sie von den Ureinwohnern der Insel errichtet und nie erneuert worden. Ohne einen Klecks Beton dazwischen waren große Steine wie ein Wall übereinandergeschichtet. Wie hielt das überhaupt? Durch die Algen? Jeder einzelne Stein war überwachsen von einer schleimigen grünbraunen Algenlandschaft. Wie ich schon sagte: ein Witz. Ein schlechter noch dazu.

Cara-Klette und ich standen an der Reling. Nur noch zwanzig Meter, dann würden wir anlegen. Der Wind war voller Tropfen und roch nach Schlick. Die Haare flatterten mir um den Kopf. Sie verfingen sich überall – im Mund, in den Wimpern und in sich selbst. Ich konnte förmlich spüren, wie sie verfilzten. Wie ich das hasste …

Ich legte die Hände um eine saubere Stelle der Reling und versuchte zu versteinern – ein Trick, der mir schon durch manches Tief in meinem Leben geholfen hatte. Ich bin eine Statue, dachte ich, und der Wind kann mich mal. Ich ihn offensichtlich auch. Er klatschte mir eine feuchte Strähne mitten ins Gesicht. Leider hatten auch Statuen Augen. Ich gab auf und hielt mir genervt die Haare im Nacken zusammen. Jetzt flatterten sie nass um meine Finger.

Eine räudige Möwe landete neben mir auf der Reling und sah ebenfalls Richtung Land. Mit ihrem zerrupften Gefieder wirkte sie, als hätte sie den letzten Kampf nur knapp überlebt. Als sie sich schließlich abstieß und ins Wasser stürzte, zog sie meinen Blick mit. Knapp unterhalb des Wasserspiegels siedelten Muscheln. Kolonien von Muscheln. Pa wäre ausgeflippt, er liebte Muscheln. Gekocht und in Weißwein, um genau zu sein. Und das, wo doch jeder wusste, dass die Dinger den ganzen Dreck aus dem Wasser filterten, was wirklich nett von ihnen war. Und wer würde freiwillig seinen Mülleimer aufessen? Eben.

Dort, wo die Mauer nicht von Algen oder Muscheln zusammengehalten wurde, hatten sich große Steine gelöst und waren ins Meer gestürzt. Die Mauer war ein Gebiss voller klaffender Lücken. Ich seufzte. Cara neben mir seufzte auch.

»Zu Hause.« Sie lächelte selig.

Ganz sicher nicht!, dachte ich. Ohne Lächeln, dafür mit Ausrufezeichen.

Es war ja nicht nur die bröckelnde Kaimauer. Es war diese Ödnis, es war die Möwenscheiße überall und die Aussicht auf weitere Leute wie diesen Monokel-Typen. Es war auch der ätzende Wind, der überallhin blies: unter die Planen an Deck, ins Haar, durch jede Faser meines Pullis. Die Bäume am Ufer hatte er völlig schief geweht. Sie wirkten wie halb abgebissen; auf der ungeschützten Seite hatten sie erst gar keine Äste entwickelt.

Mit jedem neuen Windstoß, der mir ins Gesicht watschte, hatte ich das Gefühl, nach Luft schnappen zu müssen. Mein ganzer Körper kribbelte. Um mich auf etwas anderes zu konzentrieren, lenkte ich den Blick auf den Menschen, der am Ufer stand. Ebenfalls Einzahl. Eine Kaimauer, ein Mensch. Ein einziger. Die Rose in seiner Hand schwankte scheintot im Wind.

Hinter ihm stand ein Halbrund aus Häusern, genau wie die Mauer aus großen, unbehauenen Steinen gebaut. Das Ganze sah aus wie eine Filmkulisse aus dem vorletzten Jahrtausend. Der

Monokel-Typ passte gut hierher. Beim Gedanken an ihn drehte ich mich zu Cara.

»Wo ist dieser Kiosk?«, fragte ich zwischen zwei Windböen.

»Gleich da drüben.« Eifrig deutete sie auf einen blauen Pavillon, der abseits der anderen Häuser stand. Sie schien vor Stolz auf ihre Heimat fast zu platzen.

»Und du?« Ich hatte meine Haare wieder losgelassen, und sie klatschten mir erneut ins Gesicht. »Wohnst du auch hier?«

»Nee.« Cara fummelte ein Gummiband aus ihrer Tasche und klemmte es zwischen die Zähne. »Hier wohnt eigentlich keiner. Viel zu trubelig.«

Trubelig? Hatte sie das wirklich gesagt? Ich sah noch einmal auf die Häuserreihe. Hier war es ungefähr so trubelig wie auf einem Friedhof.

»Da drüben«, Cara wies auf die schiefen Gebäude am Hafen »sind die Restaurants und Souvenirgeschäfte. Und der Salon meiner Mutter.«

»Salon?«

»Ja, *Uschi's Frisierstübchen.* Und dann gibt's noch die beiden Fahrradverleihe … und die Buchungsbüros für Kutschfahrten. Für die Touris, weißt du?« Sie zwirbelte Haarsträhnen zusammen und steckte sie, übergangsweise, zu dem Gummi zwischen die Zähne. Trotzdem verstand ich sie erstaunlich gut. »Ich wohn ein Dorf weiter. Danach kommt erst mal lange nix, und dann, ein paar Kilometer weiter, bist du auf Hoge Zand.« Sie türmte die gedrehten Strähnen auf dem Kopf zusammen, als hätte sie stundenlang mit einem YouTube-Tutorial geübt. Am Ende stülpte sie das Gummiband über den Lockenberg und schob eine gekonnt übrig gelassene Strähne hinters Ohr. »Das Schloss liegt quasi in der Inselmitte.«

»Klingt einsam«, murmelte ich.

»Kannst du laut sagen«, sagte sie. »Drum rum gibt's nur Dünen und Büsche – okay, und ein paar Sommerlauben. Gleich hinterm Schloss, Richtung Norden, beginnt das Naturschutzgebiet.«

»Wo natürlich der Bär steppt«, mutmaßte ich.

Sie grinste. »Treffer. Das Naturschutzgebiet zieht sich über den gesamten Nordteil der Insel, und bis auf Mühstetter in seiner Vogelbeobachtungsstation wohnt da gar keiner. Und bis auf ihn darf auch keiner rein – ins Naturschutzgebiet, mein ich. Betreten streng verboten. Wegen der Trauerschnäpper und Karmingimpel.«

»Trauerschnäpper?«

»Brutvögel.«

Oh Gott, Pa hätte mich genauso gut auf den Mars schießen können. Da waren wenigstens kleine grüne Männchen. Hier gab es nur … Ich sah zurück zu dem Mann mit der Rose.

»Und wegen der Urrinder natürlich«, fügte Cara hinzu.

»Was bitte sind Urrinder?«

»Ach …« Langsam schien Cara das Thema sattzuhaben. »So was wie Wildkühe. Die gibt's nur noch ganz selten. Das Naturschutzgebiet ist quasi ihr Reservat.«

»Und da lebt dieser Mühstetter?«

»Hm.«

Links von dem Mann mit der Rose stand eine mit Brettern vernagelte Bude. Ein blauer Schriftzug verkündete: *Fischbrötchen – Futtern wie bei Muttern.* »Wieso hat denn nicht mal die Imbissbude auf?«

»Ist noch Nebensaison. Nächsten Monat sieht's anders aus.«

»Wie – Nebensaison? Die Fähre ist doch voll!«

»Das sind doch keine …« Cara sah mich ungläubig an. »Siehst du irgendwo schicke Koffer und gezückte Kameras? Eltern mit

28

schreienden Kindern? Liebespärchen an Deck, die Händchen halten? – Die Leute da …«, Cara deutete aufs Unterdeck, »sind keine Touris. Die wohnen alle auf Griffiun. Die waren bloß zum Einkaufen drüben.«

»Was soll 'n das heißen? Man kann hier nicht mal einkaufen?«, fragte ich entgeistert. »Das ist jetzt nicht dein …«

Das Schiff schlug beim Anlegen hart gegen die Mauer. Es hüpfte ein Stück zurück aufs Wasser, dann rumpelte es erneut, noch einmal, noch einmal. Was sollte das denn? War das hier die Übungsstrecke für Kapitäne? Mir wurde schlecht. Cara schien ungerührt.

»Biste aufgeregt?«, wollte sie wissen.

Aufgeregt? Ich schüttelte den Kopf. Im Moment spürte ich eher einen Groll heranschleichen. Außer dem Rosentypen war am Kai nämlich niemand zu sehen. Dabei sollte ich abgeholt werden! Misstrauisch beäugte ich den Mann mit der Rose. Sollte *der* mich aufs Schloss bringen? Nur – wo war dann das Schild *Alina Renner* oder *Willkommen auf Griffiun* oder *Zum Schloss Hoge Zand*?

»Hast du zufällig noch ein Haargummi?«, fragte ich Cara.

»Klar!« Sie wühlte in ihrer Riesentasche. »Bei dem Dauerwind hier ein Must-have, wenn du mich fragst. Entweder ein Basecap oder ein Haargummi!« Sie zog ein weiteres Band hervor. Rosa wie ihr eigenes, natürlich.

»'n Cap hast du nicht zufällig …?«

Sie lachte. »Zufällig nicht.«

Ich spuckte ein paar Haarsträhnen aus und schlang das Gummi im Nacken um meine Haare. Endlich Ruhe. Zumindest *auf* meinem Kopf.

Auf dem Unterdeck rotteten sich die Passagiere an der Stelle zusammen, an der gleich die Gangway rübergeschoben werden würde. Vorausgesetzt der Kapitän würde das mit dem Anlegen hinkriegen.

Das Schiff bollerte mit voller Wucht gegen die Steine. Ich verlor das Gleichgewicht, meine Hände rutschten von der Reling und ich stolperte. Mit der Hüfte voran krachte ich auf den Boden, exakt zwischen einem gelben und einem weißen Streifen.

Cara kniete sofort neben mir. »Sorry!«, rief sie. Als wäre sie schuld und nicht dieser lebensmüde Kapitän. »Ich hätte dich warnen müssen. Hier anzulegen, ist echt eine Kunst, und dann noch bei dem Wind … Bist du okay?«

Ich bewegte vorsichtig das rechte Bein. »Nix passiert«, murmelte ich. Cara warf einen prüfenden Blick über die Schulter. »Kannst jetzt aufstehen, wir haben's geschafft. Sie sind schon dabei, das Schiff zu vertäuen. – Soll ich dir mit dem Koffer helfen?«

So weit kommt's noch, dachte ich, hievte mich hoch und brachte King Kong in Position. Nacheinander holperten wir die Treppe zum Unterdeck runter. Auf dem Kai stand noch immer nur der Mann mit der Rose.

Alina Renner wird am Hafen von Griffiun abgeholt, hatte in der E-Mail gestanden. *Mit der Internatskutsche*. Tatsache, sie hatten *Kutsche* geschrieben! Diese ganze Insel schien ein einziges Zeitloch zu sein.

Nur – da war keine Kutsche! Auch kein Auto. Nicht mal ein lausiges Fahrrad. Ich sah überall nur Bollerwagen.

»Sag mal, haben die Pferde hier manchmal Verspätung?«, fragte ich.

»Das Einzige, was hier pünktlich ist, sind Ebbe und Flut«, erwiderte Cara. »Und Per, wenn er seine Frau abholt.« Sie nickte gen Ufer. »Du fragst wegen deinem Shuttle, oder?«

Meinem *Shuttle*! Wieder so ein Pinar-Moment. Eine Shuttle-Kutsche hätte sie gefeiert. Ich schluckte.

»Dass Kunze niemanden geschickt hat, ist wirklich komisch«, sagte Cara nachdenklich. »Kunze ist der Hausmeister von Hoge Zand. Dem geht's gerade nicht so gut. Seine Frau ist …« Sie brach ab. »Is ja auch egal. Vielleicht hat er was verwechselt.«

Ich tastete nach dem Handy in meiner Hosentasche. »Ich ruf im Internat an.«

Sie lachte, als hätte ich einen besonders originellen Witz gemacht. »Vergiss es! Kein Netz. – Auf der ganzen Insel nicht. Der Bürgermeister wollte mal einen Mast aufstellen lassen, aber keine Telefongesellschaft hat auch nur ein Angebot gemacht. Zu wenig Menschen. Griffiun ist wirtschaftlich komplett uninteressant.«

Wie bitte?! Deutschland 2017? Ich zog mein Telefon hervor und suchte die kleinen Balken, die mir anzeigten, wie gut der Empfang war. Sie waren verschwunden. »Heißt das, man kann hier nicht mal telefonieren!?«

»Klar! Wir sind doch nicht in der Steinzeit hängen geblieben.«

»Nicht?« Manchmal half nur Sarkasmus. Manchmal nicht mal der.

»'türlich nicht! Telefonieren ist kein Problem, Internet auch nicht. Aber mit Festnetz halt.«

Festnetz! Warum kommunizierten sie nicht gleich mit Rauchzeichen? Oder mit Brieftauben? Flaschenpost? Kurz war ich versucht, das Handy ins Meer zu werfen, steckte es aber dann doch zurück in die Tasche. Wie sollte ich jetzt bitte schön jemanden erreichen auf dieser Kack-Insel?

Ich sah mich schon bis zum Internat laufen: über Stock und Stein, durch Gras und Büsche, vorbei an Trauerschnäppern und – wie hießen diese anderen Viecher? Und alles mit King Kong im Schlepptau, dessen Rollen vom Ostseesand völlig blockiert waren …

Das Entsetzen musste mir deutlich anzusehen gewesen sein,

denn Cara tätschelte meinen Arm. »Kannst bei uns mitfahren«, bot sie an. »Meine Mutter wartet hinten auf dem Parkplatz.«

»Wie? Ich dachte, die Insel ist autofrei?«

»Bis auf die Elektroautos.«

Das wurde mir zu kompliziert.

Angepisst schob ich King Kong zum Ende der Menschenschlange. Alle Passagiere, die sich zuvor auf das Schiff gedrängt hatten, verstopften nun die Gangway in die andere Richtung.

»Das da ist unsere größte Touristenattraktion: die sechshundertjährige Linde!« Cara wies auf einen Baum, der hinter ein paar Dächern aufragte.

Ein Baum. Als Touristenattraktion. Welcher zugedröhnte Marketingheini hatte sich das denn bitte ausgedacht? Wahrscheinlich bot die Tourismusbehörde dubiosen Sekten rabattierte Kaffeefahrten auf die Insel an, damit die (ungestört von tödlicher WLAN-Strahlung) Kreistänze um die Linde machen konnten. Der arme Baum.

Als wir das Ufer betraten, hatten die meisten Leute ihre Einkäufe schon auf den Bollerwagen verstaut und waren davongeholpert. Bis auf uns beide und ein paar letzte Passanten, die zu einem verwitterten Haus strebten, an dem *Zum Steinadler* stand, war der Hafen so leer wie zuvor. Trubelig, wiederholte ich im Stillen, während ich mit King Kong hinter Cara herrollte.

Der Wind fegte Sandstaub über den Platz. Eine Möwe landete mitten in einem Schwarm Spatzen, die sich um ein weggeworfenes Brötchen balgten. Auf dem Weg zum Parkplatz kamen wir an einem altersschwachen Haus mit Reetdach und kleinem Schaufenster vorbei. Das Schaufenster war dunkel und staubig. Über das schmutzige Glas zogen sich große Buchstaben, die stolz verkündeten: *Rent a Kutsche.*

Hilfe.

*

Caras Mutter hatte mir geholfen, King Kong in den Kofferraum zu hieven. Die Topfpflanzen, die vorher dort gestanden hatten, thronten jetzt neben mir auf dem Rücksitz. Mindestens zehn Begonien, ein Kaktus.

Während der Fahrt sah Caras Mutter immer wieder in den Rückspiegel, und wenn ich ihren Blick erwiderte, sah sie ertappt weg. Nach einer Weile sagte sie: »Entschuldige bitte, Alina. Du musst mich für total seltsam halten. Es ist nur … Bist du schon mal jemandem zum allerersten Mal begegnet und hast das Gefühl gehabt, diejenige irgendwoher zu kennen?«

Ich dachte kurz nach. »Ich glaub schon. Wenn ich jemanden aus dem Fernsehen kenne und seh die dann in Berlin auf der Straße, dann sag ich manchmal Hallo. Meinen Sie so was?«

»Nee. Es ist … was anderes«, murmelte Caras Mutter. Erneut ein nachdenklicher Blick durch den Rückspiegel. Dann schob sich ein Strahlen über das Grübeln. »Ach, ist ja auch egal. Ich komm schon noch drauf!«

Sie ist nett, dachte ich. Wir folgten inzwischen einer Straße, die in sanftem Bogen am Meer entlangführte. Das Wasser glitzerte wie zerbrochenes Glas neben uns. Ich blickte wie hypnotisiert darauf.

»In welcher Stufe bist du eigentlich?«, fragte Cara.

»Zehnte.«

»Ach schade«, sagte Cara. »Dann kommst du nicht zu uns. Ich bin in der Elf.«

»Wie?«, fragte ich entgeistert. »Gehst du auch aufs Internat?« Nachdem ich es ausgesprochen hatte, hoffte ich, dass es nicht so arrogant geklungen hatte, wie ich es im ersten Moment (schäm dich, Alina!) sogar gemeint hatte.

33

Glücklicherweise schien Cara nichts davon gemerkt zu haben. »Nö, aber in die Schule dort. Es gibt auf der Insel nur Hoge Zand.«

»Sie sind gesetzlich verpflichtet, die Inselkinder mit zu unterrichten«, erklärte Caras Mutter, die meine Verwirrung offenbar wahrgenommen hatte. Ich verstand es trotzdem nicht, hatte aber keine Lust nachzufragen.

Viele Sanddünen später erreichten wir Caras Dorf. Wobei »Dorf« eine etwas pompöse Beschreibung für diese armselige Häuserschar war. Klein und schief standen die Gebäude da, ihre Dächer schimmerten von Salz, und auf den Mauern wuchsen Flechten. Trauerweiden wiegten sich vor den Häusern. Keine Spur von menschlicher Anwesenheit, keine Bewegung. Nur der Wind, der an den Zweigen der Weiden zog. Kurz: die totale Wüste. Es hätte nicht stiller sein können, wenn eine streng geheime militärische Waffe sämtliches menschliches Leben von der Erde gefegt hätte. Als eine Katze über die Straße huschte, hätte ich sie am liebsten umarmt.

»Von hier aus sind's drei Kilometer bis Hoge Zand«, erklärte Caras Mutter. Ich zuckte beim Klang ihrer Stimme zusammen. In den letzten Minuten hatte keine von uns ein Wort gesagt. Es war, als hätte die Stille von draußen sich auch um unsere Stimmbänder gelegt. »Ab jetzt wird die Gegend ruhiger.«

Noch ruhiger? Noch ruhiger als das hier war nur etwas Totes!

Wir verließen die Straße am Meer und bogen scharf in einen unbefestigten Pfad ein. Die Hälfte der Begonien und der Kaktus kippten mir bei diesem Manöver auf den Schoß. Ich hatte alle Hände voll zu tun, die Pflanzen wieder aufzurichten, die Erde zurück in die Töpfe zu schaufeln und dabei den Kaktusstacheln auszuweichen. Als ich wieder hochsah, lag das Meer in unserem

Rücken. Wir fuhren einen Hügel hinab, weiter ins Innere der Insel hinein.

Verkrüppelte Büsche. Dürre Bäume. Sand. Die Wolken zogen in großer Geschwindigkeit über den Himmel. Eine Möwe begleitete uns ein Stück, bevor sie abdrehte und Richtung Meer zurückflog. Selbst der war es hier zu öde. Ich wandte mich wieder nach vorn. Folgte mit dem Blick der Straße, die schnurgerade durch diese Leere führte, und verfluchte Pa.

*

Als die ersten Internatsgebäude zwischen den Dünen auftauchten, drehte Cara sich zu mir um. »Na? Wie findest du es?«

Gute Frage. Man sagt, die ersten sieben Sekunden entscheiden über Sympathie und Antipathie. Als ich Schloss Hoge Zand sah, geschah gar nichts.

Im Internet hatte alles geleckt ausgesehen, hochglanzpoliert und mit Photoshop-Sonnenlicht überflutet. Der reale Zustand des alten Gemäuers war weggebotoxt worden, um reiche Eltern davon zu überzeugen, ihre Kinder hier abzustellen. Kinder wie mich.

Obwohl Pa nicht reich war – aber er war klug genug gewesen, meine Internatsgebühren zum Thema seiner Verhandlungen mit dem *Institute for Enteropathy* zu machen. (Was man lieber nicht übersetzte, weil es so viel hieß wie *Institut für Darmerkrankungen*. Pa war Mikrobiologe. Oder »Darmatologe«, wie er sich selbst peinlicherweise am liebsten vorstellte.)

Seine Witze waren ausbaufähig, aber in seinem Job schien er gut zu sein, jedenfalls zahlte das amerikanische Darmforschungsinstitut meine Internatsgebühren. Dafür würde Pa eine Menge Bakterienstämme extrahieren müssen – auf Schloss Hoge Zand zahlte man nämlich siebzehntausend Euro für sechs Monate. Sieb. Zehn. Tau. Send.

»Pa«, hatte ich gebettelt. »Ich will nicht zwischen lauter Bonzen leben. Wenn schon ein Internat, dann wenigstens ein normales!«

Aber er war in seiner Begeisterung nicht zu bremsen gewesen. Er konnte nicht anders. Übertreibung war seine einzige Sucht.

»Respekt!« Lukas hatte den Werbekatalog studiert, den Pa auf dem Wohnzimmertisch deponiert hatte. »Die haben sogar einen Tennisplatz.«

Natürlich hatten sie. Und zusätzlich noch einen kleinen Golfcourt. Ich hatte Lukas mit hochgezogenen Augenbrauen angesehen.

»Du … könntest auch einfach am Meer spazieren gehen«, hatte er vorgeschlagen. »Es ist nur drei Kilometer entfernt. Und du liebst das Meer!«

Das stimmte. Vor allem aber liebte ich Lukas. »Dafür bist *du* dreihundertzwanzig Kilometer entfernt.«

»Ich werd verrückt ohne dich, Lina … Ich komme, so schnell ich kann.«

Er hatte vom Werbekatalog hochgesehen, ich hatte hochgesehen, und unsere Blicke trafen sich. Eine elektrische Leitung, an der die Spannung entlangzitterte. Lukas' Augen wurden dunkler, mein Atem ging schneller, und in meinem Unterleib krampfte sich etwas zusammen. Der Moment war total still gewesen, aber ich hatte *alles* darin gespürt. Seine Hände, seine Wärme – so nah wie die Haut um meinen Körper.

Ich seufzte und presste bei dieser Erinnerung die Hand auf den Bauch.

Vor uns erschien ein schmiedeeisernes Parktor. Es war vielleicht zwei Meter hoch, die sich wie fünf anfühlten. Die Zacken ragten wie Speere in die Luft. Ein Park öffnete sich vor uns. Caras Mutter fuhr hinein, langsam, wie um mir Gelegenheit zu geben, das Schloss noch ein Stück auf Abstand zu halten.

*

Nach all den Bildern im Netz hatte ich einen totrenovierten Gebäudekomplex erwartet, zu weiß gestrichen an den weißen Stellen und zu dunkel an denen, die dunkel sein sollten. Mit Treppen, denen man das Knarren ausgetrieben hatte, einer am Himmel festgetackerten Sonne und in Form getrimmten Buchsbäumen. Ich hasste Buchsbäume.

Und jetzt das.

Ich starrte durchs Autofenster. Hoge Zand war weit mehr als ein Schloss. Es war eher eine ... Siedlung.

Zwischen leicht verwehten Dünen und zerzausten Büschen schmiegten sich einzelne Gebäude um ein größeres Haupthaus herum. Ein Herrenhaus aus hellem Stein.

Mit jedem Meter, den wir uns näherten, konnte ich mehr Einzelheiten erkennen: den Wendeplatz vor dem Haupthaus, von dem aus kleine Wege zu den Nebengebäuden führten, eine große, fast schon unanständig gepflegt wirkende Rasenfläche, auf der verlassene Liegestühle standen. Ein vanillefarbenes Gartenhäuschen mit Fachwerk und große, gebeugte Eichen, die in dem bewölkten Licht bizarre Schatten warfen. Unzählige Fenster funkelten uns vom Herrenhaus aus entgegen. Alle waren geschlossen, bis auf eins, aus dem ein einsames olivgrünes Badetuch heraushing wie eine Flagge. Kein Mensch war zu sehen – und glücklicherweise auch kein Buchsbaum weit und breit. Ich atmete hörbar aus.

»Schön, oder?« Caras Mutter suchte wieder meinen Blick im Rückspiegel.

Schön war es wirklich. Aber auf eine morbide Art. Wie ein unbewohntes Überbleibsel aus einer anderen Epoche. Oder wie ein Planet, der gerade evakuiert worden war. Die Stille, die den Park und die alten Gebäude umgab, war noch viel dichter als die in Caras Dorf. Wo waren all die Schüler?

»Das ist die Ruhe vor dem Sturm.« Caras Mutter konnte offensichtlich Gedanken lesen. »Am Wochenende fahren die meisten nach Hause. Sie kommen mit der Fähre am Sonntag zurück.« Das war morgen. »Dann wimmelt es hier von Menschen. Glaub mir: Wenn alle wieder da sind, hast du keine ruhige Minute mehr.«

Sie sagte das vermutlich, um mich aufzumuntern, aber es klang wie eine Drohung.

Unterdessen fuhren wir in einen lang gestreckten, halbrunden Kiesweg ein, der vor dem Herrenhaus endete. Der Kies knirschte unter den Reifen. Es klang wie ein Flüstern. Die Begonien auf dem Sitz neben mir zitterten.

Das Haupthaus hatte ein kleines Türmchen mit einer Glocke drin. *Pittoresk.* Das hätte Lukas gesagt. Lukas verwendete gern Wörter, die, wie er meinte, am Aussterben waren. *Ein pittoresker Anblick.*

Mein Blick glitt vom Turm abwärts, zum Dach, dann rutschte er die Hauswände entlang, und … nanu? An den Seitenwänden des Gebäudes hingen riesige grüne Röhren, die aus dem ersten und zweiten Stock kamen und spiralförmig nach unten führten. Was bitte war *das*?

Caras Mutter hielt direkt vorm Eingang.

»Das ist der Haupteingang.« Caras Mutter wies auf eine gigantische Flügeltür aus Holz. »Aber der ist nur während der Woche geöffnet. Weil an den Wochenenden nur ganz wenige Schüler hier sind, lassen sie ihn zu. Du musst durch den Nebeneingang.«

Sie deutete auf ein unscheinbares Türchen neben dem Tor. Es war einen Kopf kleiner als ich. »Von da aus kommst du in die Halle. Geh da durch. Die Tür ganz am Ende, das ist das Büro von Herrn Kunze.«

Ich nickte.

Nachdem wir King Kong aus dem Kofferraum gewuchtet hatten, drückte Caras Mutter meine Hand, betrachtete noch einmal aufmerksam mein Gesicht und sagte: »Ich könnte echt wetten, dass ich dich schon mal irgendwo gesehen hab. Lustig.«

»Vielleicht im Fernsehen«, frotzelte ich und schob ein »Nee, Scherz!« hinterher.

Sie lachte und strich dann kurz über mein Haar. »Viel Glück und gutes Einleben!«

Kurz überlegte ich, sie zu bitten, mich zu begleiten.

»Viel Glück!«, krähte da Cara vom Beifahrersitz, und der Moment verflog.

Cara winkte aus dem Fenster, ihre Mutter stieg wieder ein, das Elektroauto wendete nahezu geräuschlos und rollte knirschend über den Kies die geschwungene Einfahrt zurück und schließlich durch das schmiedeeiserne Tor. Ich sah ihnen nach, bis der aufsteigende Staub sie verschluckt hatte. Dann atmete ich tief durch, drehte mich um, ging auf die winzige Tür zu und drückte die Klinke hinunter.

*

Eine Eingangshalle öffnete sich vor meinem Blick. Säulen, Stuck an den Wänden und am Ende der Halle zwei riesige Treppen, die rechts und links ins erste Stockwerk führten. Ich zog den Kopf ein und zerrte den Koffer mit der schmalen Seite hinter mir her ins Innere des Gebäudes. Dann stand ich erst mal nur da.

Es war kühl wie in einer Kirche. Die kleine Holztür schloss sich ganz langsam von selbst, und erst als sie mit einem weichen Klick hinter mir zufiel, setzte ich mich in Bewegung.

Der Steinboden war so spiegelblank poliert, dass er nass wirkte. Unsicher setzte ich einen Fuß vor den nächsten. Das Quietschen des Koffers klang in der hohen Stille der Halle brachial – als würde ein Güterzug hinter mir bremsen.

Es gab nur zwei Türen. Ganz hinten links. Auf einer stand *NACHTWACHE*. Meiner schlechten Laune zum Trotz musste ich grinsen. Ob die Wächter zum Dienstantritt einen Eid schwören mussten? Und in welchem der Sieben Königslande lag Griffiun? Allerdings hätte sich garantiert kein einziger Game-of-Thrones-Drehbuchautor erlaubt, die Tür zur Nachtwache offen stehen zu lassen. Erst recht nicht so weit wie diese hier. Im Vorbeigehen lugte ich hinein: ein Bett, ein Mini-Kühlschrank, ein Wandregal, auf dem sich lauter Games stapelten, ein Schreibtisch mit Computer, eine Playstation. Echt jetzt? Das Internat hatte eine Zockerhöhle?

Die Tür daneben verkündete *BÜRO*. Ein einsamer Stuhl stand davor. Ich steuerte darauf zu.

3

Die Ruhe vor dem Sturm

»... Das da drüben ist Haus B. Da sind die Jungs untergebracht.«

Meine Augen folgten der Richtung, in die der Finger neben mir wies. Wir befanden uns in der ersten Etage des Herrenhauses und sahen aus einem der hohen Fenster. Wir, das heißt: Kunze und ich.

Kunze war ein drahtiger kleiner Mann mit traurigen Augen, der hinter dem Schreibtisch aufgesprungen war, als ich die Bürotür geöffnet hatte. Sein Blick war erschrocken zwischen King Kong und mir hin- und hergeglitten.

»Warum hat mich niemand abgeholt?«, hatte ich statt einer Begrüßung in anklagendem Ton gefragt.

»A... abgeholt?«, hatte er wiederholt. Er hatte eine blaue Arbeitslatzhose an und trug überdimensionierte graue Filzlatschen an den Füßen.

»Alina Renner ...?«, half ich.

»Alina ...?«

»Renner! Alina Renner. Aus Berlin.« Himmel, war der Typ lahm!

»Natürlich! Jetzt weiß ich's. Alina Renner. Aus Berlin. A... aber wieso bist du heute schon angekommen?«

»Weil es so abgemacht war vielleicht? – Ich stand wie 'ne Doofe am Hafen rum!« Sein trauriger Blick machte mich fertig. Ich spürte, wie meine Aggression in sich zusammenfiel.

»Ach so, ja, also, Herr Oberleuten, der I... Internatsleiter, ist

41

am Wochenende nicht hier. Da sind immer nur meine Frau und ich vor Ort. I… ich bin Herr Kunze. Ich hoffe, du wirst dich hier wohlfühlen.« Er verzog die Lippen zu einem Lächeln, aber auch das sah traurig aus. »Wenn du irgendwas brauchst, eine zusätzliche Bettdecke oder ein zweites Regal, kannst du immer zu mir kommen! Meine Nummer steht hier drin.« Er streckte mir eine schwarze Mappe entgegen. *Herzlich willkommen auf Schloss Hoge Zand* stand in goldenen Buchstaben darauf. »Und das …«, er hielt mir einen Schlüsselanhänger mit zwei Schlüsseln hin, »… sind deine Schlüssel. Der große ist für die Haustür. F… falls mal abgeschlossen ist, passiert aber eigentlich nie. Und nachts, wenn zu ist, ist die Alarmanlage an, versuch also bitte nicht, dich nach zehn hier reinzuschleichen, sonst steht die Nachtwache im Nullkommanix vor der Tür.«

»Ab zehn?«

»Zwölf am Wochenende. Der kleine Schlüssel ist für dein Zimmer. Das ist hier im Haus. Im ersten Stock.«

Stumm nahm ich die Schlüssel, klemmte mir die Mappe unter den Arm und wollte mich umdrehen.

»W… warte mal!« Kunze griff in ein Regalfach an der Wand und drückte mir ein Paar grauer Schlappen in die Hand. Genau solche, wie er auch trug.

»Was ist das?« Ich starrte ungläubig auf die Dinger.

»Hausordnung«, sagte er. »Da g… gewöhnst du dich dran.«

»Wie, in der Hausordnung steht was von Filzlatschen? Das ist doch kein Museum hier!«

»Die Teppiche sind empfindlich«, sagte er, »und der M… Marmorboden hier unten auch. Im Innern dieses Gebäudes werden immer Filzpantoffeln getragen. Draußen im Foyer sind Schuhregale – dort werden sie dann aufbewahrt, wenn ihr dieses Gebäude verlasst.«

»Ich fass es nicht ...« Widerwillig hatte ich meine Converse aus- und die Latschen angezogen. Todschick.

Kunze kam um den Schreibtisch herum und schnappte sich meinen Koffer.

»Das kann ich allein!«, protestierte ich. Aber schon auf den ersten Treppenstufen war ich dankbar, dass *er* King Kong schleppte und nicht ich. Die Latschen waren ungefähr einen Meter zu groß, und bei jedem Schritt musste ich aufpassen, dass ich sie nicht verlor.

*

»Und dann dort ... siehst du das rote Gebäude mit der W... Wetterfahne obendrauf?«, fragte Kunze. »Hinter dem Pavillon? Das ist Haus C. Da ist die Mensa drin. Und das da ist Haus D ...« Er wies auf ein moosgrünes, plattes Gebäude. »Das Schulhaus. Dahinter liegt die Sporthalle. – Und das hier ...« Er breitete die Arme aus, als wollte er mir die Wände schenken. »... ist Haus A. Hier oben wohnen die M... Mädchen. Unten ist nicht nur mein Büro, sondern auch das Zimmer für die Nachtwache.«

»Das Zockerzimmer?«

»A... ab einundzwanzig Uhr passen entweder Françoise oder Tomek auf euch auf.« Kunze ließ sich nicht beirren. »Das sind unsere pädagogischen Hilfskräfte. Normalerweise haben wir vier davon, aber wir sind gerade unterbesetzt, weil Annalena im Mutterschutz ist, und Christian ist ... nun ja ... gegangen.« Er betonte das *gegangen* auf eine schräge Art und versuchte im Nachhinein, die Betonung wieder wegzuräuspern, was allerdings das Gegenteil bewirkte. Selbst der größte Honk hätte begriffen, dass dieser Christian nicht freiwillig gegangen war. Er musste was verbockt haben. Vielleicht hatte er Geld mitgehen lassen? »Aber das ist eine … andere G… Geschichte …« Er unterbrach sich. »Jedenfalls müssen Annalena und Christian ersetzt werden, aber die N… Neuen fangen erst nach den Sommerferien an. Bis dahin wechseln sich Françoise und Tomek mit der Tag- und Nachtschicht ab. Die Nachtwache ist bis sechs Uhr morgens besetzt, dann fängt die Tagschicht an. F… falls irgendwas passiert in der Nacht, gehst du zu ihnen, ja?«

»Sitzt im Jungshaus keine Nachtwache?«

»N… nein, wie gesagt … Nach den Sommerferien wieder. B… bis dahin sind Tomek und Françoise fürs ganze Internat zuständig.« Ich kam nicht dazu, mich über die Ungerechtigkeit, dass die Wachhunde ausgerechnet in unserem Haus stationiert waren, zu mokieren. Kunze wies bereits nach unten. »Das Marmorfoyer nutzen wir für Veranstaltungen.«

Immerhin *hatten* sie ein Marmorfoyer. Ohne das und diese Riesentreppe hätte das Schloss echt gar nichts Schlossmäßiges. Von den Decken baumelten keine goldenen Lüster, stattdessen gab es stillose Halogenstrahler. Außerdem roch es überhaupt nicht nach Schloss: nicht nach feuchten Steinen, konserviertem Mondlicht und nassen Mäusefellen. Es roch nach Kokos. Offenbar benutzte die Putzkolonne Raumspray.

Kunze drehte sich vom Fenster weg und lief den ewig langen Korridor entlang. Er ließ King Kong einfach stehen. Ich packte den Koffer am Griff und rollte hinterher. Kunze steuerte auf ein anderes Fenster zu, von dem aus nichts als Natur zu sehen war. »Das N… Naturschutzgebiet. Beginnt etwa zweihundert Meter hinter dem Internat.«

»Großartig!« Mein Sarkasmus troff durch jede Silbe. »Wenn's hier auch sonst nichts gibt: wenigstens eine ausgedehnte Joggingstrecke hab ich.«

»Auf keinen Fall!« Kunze drehte sich zu mir um. »Das Gebiet ist Kategorie 1a. – K… komplettes Zugangsverbot!«

»Warum?«

»W… wegen der brütenden Vögel und der Strandastern.«

Die Strandastern hatte mir Cara unterschlagen.

»Und natürlich wegen der U… Urrinder!«

»Und dieser Herr Mühstetter?«, fragte ich zähneknirschend. »Wieso darf der da wohnen?«

»D… das weiß ich nicht«, sagte Kunze kurz angebunden und stapfte weiter. »Ich denke, er erforscht etwas … Für wissenschaftliche Forschung und Umwelt-Monitoring gibt's S… Sondergenehmigungen. – Wahrscheinlich hat er M… Möglichkeiten, sich zu verteidigen, falls die Urrinder …«

Ich hörte nicht mehr zu. Der Korridor nahm meine Aufmerksamkeit in Anspruch. Er schien kein Ende zu haben. Immer wieder nahmen wir Abzweige, die mir wie Querstraßen vorkamen und die wiederum in schmalere Gänge führten.

Türen, Türen, Türen.

»Jetzt kommt *dein* Gang«, sagte Kunze. Plexiglasschildchen neben den Türen verkündeten 1, 3, 5 auf der linken und 2, 4, 6 auf der rechten Seite. Über der Tür mit der Nummer 1 hing eine Art Banner, auf dem stand: *Gemeinschaftsraum.*

»Jeder Gang hat einen eigenen G… Gemeinschaftsraum.« Kunze öffnete die Tür. »Das ist eurer.« Apricotfarbene Wände, im Raum verteilte Sitzsäcke, ein Tisch, ein riesiger Flachbildfernseher, eine Wohnwand, in der eine Anlage mit großen Boxen stand, ein Fach voller DVDs (DVDs!), ein anderes Fach voller Brettspiele (Brettspiele!!!).

Kunze war schon weitergegangen, ich eilte hinterher. Die Türen hier waren wild beklebt: gemalte Namensschilder, Bonbonpapierchen, Postkarten, Zeitungsausschnitte, getrocknete

Blumen. Dann kam eine Tür mit einem Schild: 7 *Waschraum.*
Kunze schlug leicht mit der Hand an den Türrahmen. »Die Duschen für euren Gang.« Dann ging es links weiter mit 9, 11 und rechts mit 8, 10, 12.

Der dicke blaue Läufer schluckte mein Schlurfen. Das peinliche Gequietsche des Koffers schluckte er allerdings nicht. Als ich mich umdrehte, sah ich, dass die Rollen Spuren im Teppich hinterließen – und hier und da ein Kieshäufchen.

»Du wohnst ganz am Ende«, sagte Kunze im Laufen. »Im Eckzimmer.«

Eckzimmer klang ziemlich zugig. »Ist das gut oder schlecht?«

Er blieb stehen und legte den Kopf schief. »N… Na ja«, sagt er. »Die Eckzimmer sind total begehrt. Nicht nur, weil sie acht Ecken haben, sie sind auch größer und vor allem haben sie direkten Zugang zu den Fluchtwegen! Die Mädchen wollen jedenfalls am liebsten alle eins. Du hast also G… Glück.«

Achteckig? Direkter Zugang zu den Fluchtwegen? »Was soll das hei…«

Ein Telefon schrillte in meine Frage hinein. Festnetz, ganz unten.

»Das G… Gemeinschaftstelefon!«, rief Kunze.

Gemeinschaftstelefon?

Er drehte sich um und spurtete trotz der Latschen äußerst flink zurück. »Du weißt ja jetzt, wo …«, rief er über die Schulter. »Ich m… muss …«

Seine Stimme entfernte sich, und in mir machte sich ein Gefühl von Verlorenheit breit. Aus einem Impuls heraus lief ich ihm nach, durch das Gewimmel an Gängen, immer dem Geräusch seiner schlappenden Schritte hinterher, die Stufen hinab, in Richtung des läutenden Telefons. Als ich das Gleiten seiner Latschen über den Marmor hörte, blieb ich stehen. Das Tele-

fon verstummte, Kunze räusperte sich und sagte dann: »Sch…
Schloss Hoge Zand, hier ist Kunze?«

Aus irgendeinem Grund bewegte ich mich nicht vom Fleck.
Ich wollte eigentlich gar nicht lauschen, aber dieses Gemeinschaftstelefon musste mitten im Foyer hängen, und die riesige
Halle trug Kunzes Stimme klar und deutlich bis zu mir nach
oben. »Ja, das ist richtig. Mit der Fähre. Hm … hm«, hörte ich.
»Seit zehn M… Minuten. Soll ich sie ans Telefon … ach was, das
geht doch fix …« Dann: »A… Alina. Alinaaaa!«

Ich schlappte, so schnell ich konnte, zur Treppe und sah über
die Brüstung.

»Es ist für dich!« Kunze wedelte mit dem Hörer zu mir hoch.

»Mein Vater?«, rief ich und stolperte die Treppe hinab.

Kunze hatte den Hörer wieder am Ohr, sagte: »S… sie kommt
schon!« Dann: »Hallo? *Hallo?*« Er schüttelte den Hörer, lauschte
wieder. Langsam hängte er ihn zurück auf die Gabel. »A… aufgelegt.« Er sah mich bedauernd an.

Ich stand mitten auf der Treppe. »Was wollte er denn?«, fragte ich.

»Es war kein Mann.«

»Wer dann?«

»Ein M… Mädel.«

»Pinar?«, fragte ich hoffnungsvoll.

»Sie hat nicht gesagt, wer sie ist«, berichtete Kunze.

»Was wollte sie?«

»Nur wissen, ob du a… angekommen bist. Sie wollte nicht mit
dir …« Mitleid in seinem Blick. »Es tut mir leid«, sagte er sanft.
»Sie war so schlecht zu verstehen.«

Warum hatte Pinar aufgelegt? Missmutig sah ich auf meine
Armbanduhr. Sechzehn Uhr.

Samstags zwischen drei und fünf war Pinar in ihrem blöden
Zumba-Kurs. Immer. Es musste jemand anderes gewesen sein.

*

Ich atmete tief ein und quietschte mit King Kong auf das Eckzimmer zu. *12A* stand auf dem Plexiglasschild. Ich sah auf die
letzte Tür auf der rechten Seite des Ganges: 11. Und dann auf
die gegenüberliegende Seite: 12. Auch das noch. Ein abergläubi-
sches Internat! 12 A war die Zimmernummer für alle, die Angst
vor der 13 haben.

Auch an dieser Tür pappte ein Zettel. Die Ecken waren ver-
knickt, die Ränder des Blattes mit einer Girlande aus Blumen
und Blättern verziert. In der Mitte stand verschnörkelt: *I S A -
B E L L A*. Und darunter in grüner Schrift: *Die Bäume, die Sträucher, die Pflanzen sind Schmuck und Gewand der Erde.*

Wie kitschig. Kalenderspruchweisheiten hatte ich noch nie
leiden können. Der Zettel musste ein Überbleibsel der letzten
Zimmerbewohnerin sein. Mit einem *Wisch* riss ich das Ding ab.
Tschüs, Isabella, jetzt wohnt Alina hier!

Als ich den Schlüssel im Schloss umdrehte und die Tür mit
einem leisen Knarren aufschwang, war mir ein bisschen schlecht
vor Aufregung.

*

Fassungslos ließ ich den Rucksack auf den Boden gleiten.

Hatte Kunze nicht davon gesprochen, dass die Eckzimmer *größer* wären als die anderen?

Wobei ich mich mit der Zellengröße ja noch hätte abfinden
können – *wenn die Zelle mir allein gehören würde!* Aber augenscheinlich wohnte hier schon jemand! Was sollte das? Im Internet hatte kein Wort von Doppelzimmern gestanden.

Das Zimmer war achteckig, und jeder, wirklich jeder Zentimeter war ausgenutzt. Rechts von der Tür schlängelten sich an drei Wänden entlang: ein Bett (Wand 1), ein Eckschrank (Wand 2) und ein Schreibtisch (Wand 3). Das Gleiche links von der Tür, an den nächsten drei Wänden und in exakt derselben Reihenfolge. Über den Schreibtischen befand sich je ein Fenster. Und die letzte Wand, die der Tür direkt gegenüberlag, war von einem großen roten Kreis eingenommen – ein Schmuckelement?

Meine Finger verkrampften sich um den abgerissenen Isabella-Zettel. Acht Ecken. Zu zweit! Ich bekam jetzt schon Platzangst. Ich hatte noch nie ein Zimmer geteilt. Das konnte ich gar nicht, dafür war ich viel zu … Ich brauchte meine Privatsphäre! Ich konnte nicht in diesem Schuhkarton mit einer Fremden wohnen. Nie im Leben!

Ich schloss die Augen und zählte dreimal von zehn rückwärts. Dann öffnete ich sie wieder und stellte mich dem achteckigen Grauen. Es nutzte ja nichts.

*

Dieser Isabella war es mit dem Kalenderspruch offenbar ernst. Und zwar sehr, *sehr* ernst.

Das Zimmer war ein Dschungel.

Überall standen Terrakottatöpfe: auf dem Boden, auf den beiden Schreibtischen, auf und in den Regalen. Sogar an den Wänden entlang rankten sich Triebe. Sie hatte Nägel in die Wand geschlagen (durfte man das?), und zwischen die Nägel Fäden gespannt. Die Pflanzen schienen sie mit der gleichen Intensität zurückzulieben; sie umwucherten blattreich jeden einzelnen Faden. Über ihrem Bett war die Wand komplett bewachsen. Zwischen den saftig grünen Blättern sah ich sogar ein paar winzige rote Blüten …

Offenbar wollte sich meine Mitbewohnerin um die Verleihung des Grünen Daumens Mecklenburgs bewerben. Sie hätte vermutlich gute Chancen, ihn zu gewinnen. *Schmuck und Gewand der Erde* – oh Mann. Ich knüllte den *ISABELLA*-Zettel zu einem Ball zusammen und pfefferte ihn in den Papierkorb. Am liebsten hätte ich das ganze Pflanzenzeug gleich dazugestopft, es sah nämlich leider nicht nur nach Dschungel aus, es roch auch danach: erdig, feucht und leicht faulig.

Ich lief zu dem linken Schreibtisch, der weniger vollgemüllt war, und wollte das Fenster darüber aufreißen. Doch das komplette Fensterbrett war mit Fotos vollgestellt. Genau wie das über dem anderen Schreibtisch. Kein Wunder, dass es hier so stickig war: Um zu lüften, musste man erst mal die ganzen Bilderrahmen runternehmen. Was ich tat. Ich räumte Rahmen für Rahmen ab, wischte bei der Gelegenheit auch gleich die Staubschicht ab und stapelte die Bilder auf dem anderen Fensterbrett ordentlich übereinander. Dafür musste ich alle dort stehenden Fotos zusammenschieben.

Auffälligerweise war auf jedem Bild dasselbe Mädel abgebildet: lange dunkle Haare, die sie meistens mit bunten Tüchern hochgebunden hatte und die katzigsten Augen, die ich je gesehen hatte. Sie hatte einen silbernen Ring in der Nasenscheidewand und immer, wirklich *immer* ein strahlendes Lächeln auf dem Gesicht. Das musste diese Isabella sein. Himmel! Wie konnte man bloß so eitel sein, eine Armada von Fotos von sich selbst aufzustellen?

Als der Sims endlich frei war, riss ich das Fenster auf und atmete die hereinströmende Luft gierig ein. Im Sommer verwandelte sich das Zimmer garantiert in ein Treibhaus. Die Fenster würden von innen beschlagen, und nachts würde mir das Kondenswasser aufs Gesicht tropfen. Wahrscheinlich gab es auch Würmer und andere Viecher, die im Dunkeln aus den Töpfen kamen und durchs Zimmer krochen. Nein, nein, nein! Dieser Pflanzenwahn ging gar nicht. Das war das Erste, was ich mit dieser Isabella klären würde.

Ich sah auf das unbezogene Bett links der Tür. Meins vermutlich.

Keine Chance, King Kong zwischen diesem Terrakotta-Wahnsinn hindurch zum Bett zu navigieren. Ich schloss die Tür und schob ihn von innen dagegen.

Ich überschlug die ungefähren Maße des Schuhkarton-Zimmers und zog von der Mitte der Tür aus gedanklich einen schnurgeraden Strich, der den Raum in zwei Hälften teilte. Links der Tür würde ich wohnen, rechts sie. Dann räumte ich Blumentopf um Blumentopf auf die feindliche Seite. Nach einer Viertelstunde hatte das Grünzeug ein neues Zuhause und ich einen Überblick über den Raum.

Isabella hatte sich total ausgebreitet! Da ich schon mal dabei war, räumte ich gleich noch Taschen und Umweltbeutel über die Grenze. Es folgten jede Menge Bücher (*Bäume sind Freunde* und *Überleben in der Wildnis* und *Nicht ohne meine Gießkanne* und so weiter), eine potthässliche Keramikschale voller Walnüsse, eine Gitarre und eine verstaubte Tanne aus Draht, an der lauter Ketten und Ohrringe hingen.

Als meine Seite endlich halbwegs sauber war, ging ich wieder zu *meinem* Fenster und schaute hinaus. Wie sollte ich das die nächsten Monate aushalten? Wie hielt *sie* so eine Unordnung aus? Ich bekam schon schlechte Laune, wenn ich an den ganzen Krempel hinter meinem Rücken auch nur *dachte*. Tagtäglich darin zu *leben*, das war ja … das war, als würde man auf einer Müllhalde hausen! Ob ich ein Einzelzimmer bekam, wenn ich darum bat?

Ich krallte mich am Schreibtisch fest und wünschte mich nach Hause. Lukas würde mich von der Schule abholen, wir würden ein bisschen knutschen und lachen und abends zusammen mit Pinar in die Pizzeria gehen. Ich schaute nach oben, in den Himmel. Wenigstens der war derselbe wie in Berlin. Erst nach etlichen Atemzügen wich das Gefühl von Enge in meiner Brust. Ich stieß mich von der Tischplatte ab und drehte mich um.

Mein Blick ging zwischen den beiden Kleiderschränken hin und her. Jeder stand eingequetscht zwischen Schreibtisch und Bett in einer Ecke, als fürchtete er sich vor dem Dschungel. Das Holz war grau angestrichen. Grau! Im Internet hatten die Zimmer anders ausgesehen. Offenbar hatten sie sich für das Fotoshooting Möbel aus edlen Geschäften geborgt. Um sie gleich danach wieder zurückzubringen und dafür diese grauen Rumpelschränke, die ihnen wahrscheinlich das Rote Kreuz gespendet hatte, auf den Zimmern zu verteilen.

Das Schlimmste aber war das Riesenposter von Angel Haze, das an Isabellas Schranktür klebte. Ausgerechnet Angel Haze! Konnte sie nicht auf Taylor Swift stehen oder auf Rihanna oder was-weiß-ich-wen? Meine Heldin mit Isabella zu teilen, ging mir gehörig gegen den Strich. Ich knurrte leise, dann konzentrierte ich mich auf ein anderes Detail an ihrem Schrank: Er war mit einem Fahrradschloss gesichert. Das Gegenteil von Vorschusslorbeeren: Vorschussmisstrauen. Musste ja was ganz Tolles sein, was sie da in ihrem Schrank versteckte. Ich hasste Geheimnisse.

Immerhin war mein Schrank tatsächlich leer. Dafür war jeder Zentimeter *auf* ihm belegt. Zwischen einem Koffer, einem leeren Wäschekorb und zwei Terrakottatöpfen mit Hängegrünzeug lagerte ein Haufen Klamotten. Wieso packte diese Isabella ihre Klamotten nicht *in* den Schrank? Das war doch völlig bescheuert! Wenn sie nicht dieses blöde Schloss davorhängen hätte, hätte ich die Sachen einfach bei ihr reingestopft. So aber schnappte ich mir einen Stuhl, stieg hoch und zerrte *ihren* Koffer herunter, sprang vom Stuhl, trug den Koffer auf *ihre* Seite und zu *ihrem* Schrank, nahm danach auch die Pflanzen bei mir runter, griff nach dem Wäschekorb, fegte den Klamottenberg hinein und stellte ihn auf ihr Bett. Mittendrauf.

Dann setzte ich mich auf mein eigenes Bett und betrachtete das Elend auf der anderen Seite: Ihr Schreibtisch war total zugemüllt. Rund um ihren Computer stapelten sich Bücher und Hefter. Überall lagen zerknackte Walnussschalen und aufgerissene Keks- und Schokoladenpackungen. Schmutzige Tassen und Gläser und kunterbunte und ineinander verdrehte Wollknäuel ergänzten das Bild. Und mitten in diesem Chaos thronte eine unterarmgroße, hölzerne Nussknackerfigur, die so missglückt aussah, als stammte sie aus dem Abfallhaufen des Vereins blinder Holzschnitzer. Diese Bestandsaufnahme warf kein rosiges Licht auf meine Zukunft: Meine Mitbewohnerin war ein Messie, und ich war sechs Monate an sie gefesselt. In einem Gewächshaus.

Es juckte mich in den Fingern, alles in eine riesige Tonne zu donnern. Oder es wenigstens zu *ordnen*.

Allein das Wort *ordnen* zu denken, beruhigte mich. Das hatte ich von Ma, die hatte Stunden mit Aufräumen verbracht, Bücher erst alphabetisch, dann nach Farbe, dann nach Autoren sortiert und dann wieder andersrum. Zur Entspannung. Ich musste es von ihr geerbt haben. Oder gelernt.

Ein Vogel zwitscherte – so laut, dass ich herumfuhr. Ich erhaschte eben noch einen Blick auf ihr schwarzes Gefieder, als die Amsel vom Fensterbrett wegwitschte. Ich ging zum Fenster, um es wieder zu schließen. Die überpflegte Rasenfläche vorm Haus war so unnatürlich grün wie Spinat. Ich mochte Spinat nicht. Egal: Gegen dieses vermüllte Zimmer war alles – selbst das Spinatgras, die öden Sanddünen und sogar die verkrüppelten Bäume – eine Oase fürs Auge!

Seufzend drehte ich mich wieder um und griff nach meinem Rucksack. Stück für Stück für Stück packte ich ihn aus. Alles landete auf meinem Schreibtisch. Handy, Kaugummis, Portemonnaie, Trinkflasche, *Eine wie Alaska*. Hatte Pinar mir geschenkt. »Ist ein Internatsroman!«, hatte sie gesagt. »Super Autor. Vielleicht muntert der dich in der Einöde ein bisschen auf.« Zum Schluss klaubte ich auch das Feuerzeug aus dem Rucksack.

Es lag einfach so da. Neben der Mappe mit den Schlossinfos. Neben meinem Laptop. Neben dem Portemonnaie, dem toten Handy, dem Notizbuch, meinem Stiftemäppchen und der Flasche Wasser. Als ob es dazugehörte. Zu meinen Sachen. Zu mir.

Zögernd nahm ich es in die Hand. Ich benutzte es so gut wie nie. Trotzdem schleppte ich es immer mit mir rum. Ich drehte am Rädchen, die Flamme zuckte hoch, und zugleich zuckte das Gesicht meiner Mutter auf. Erschrocken ließ ich das Rädchen wieder los, das Bild erlosch. Ich riss die unterste Schreibtischschublade auf, warf das Feuerzeug hinein und stieß die Lade wieder zu.

*

Als ich King Kongs Reißverschluss aufgezogen und seinen Deckel hochgeklappt hatte, fühlte ich mich besser. Ich hockte auf dem Boden und betrachtete meine Klamotten. Sie lagen in exakten Stapeln darin. Ich verweilte einen Moment beim erholsamen Anblick dieser Ordnung. Zu kleinen Bällen gestopft, waren da meine Socken, in schönen Rollen die Handtücher, an der Seite die Kuscheldecke und ganz unten die Bettwäsche. Alles in wunderschönem Schwarz.

Schwarz waren auch die Stapel kleiner Notizbücher, die ich als

Allererstes aus dem Koffer hob. Ich sah mich im Zimmer um. Wohin damit? Einen Safe gab es nicht – vielleicht sollte ich mir auch ein Fahrradschloss kaufen, schließlich enthielten diese kleinen Büchlein mein ganzes Leben. Bis ich ein geeignetes Versteck dafür gefunden hatte, mussten sie erst einmal unters Bett. Ich schob sie ganz weit nach hinten an die Wand, stellte mich dann vors Bett, schaute. Gut. Man sah nichts.

Dann griff ich nach der Kuscheldecke, schüttelte sie aus und legte sie über *meinen* Sessel. Wer kam auf die Idee, Sessel herzustellen, die so gelb waren, dass man Kopfschmerzen davon bekam? Die Decke schluckte das Migränegelb, und sofort kam etwas Ruhe in den Raum.

Die Bettwäsche hatte ich selbst neu eingefärbt, deshalb hatte sie noch immer einen leichten Rotstich. Aber besser ein rötliches Schwarz als Papas Lillifee-Pink. Ich habe nie verstanden, warum Bettwäsche bunt sein muss. Die Nacht ist auch nicht bunt.

Als das Bett bezogen war, sah die Welt schon besser aus. Zumindest die halbe Welt. Ich wünschte mir sehnlichst eine spanische Wand. Ich könnte sie in die Mitte des Zimmers stellen und mir wenigstens einbilden, eine Privatsphäre zu haben. Vor allem aber müsste ich nicht mehr auf das deprimierende Chaos meiner Mitbewohnerin schauen.

Ich kramte ein mitternachtsschwarzes Seidentuch hervor und hielt es versuchsweise in der Mitte des Zimmers in die Luft, als mein Blick wieder an dem großen roten Kreis an der achten Wand hängen blieb. Er hatte einen Durchmesser von mindestens einem Meter und schien aus Plastik auf die Wand geklebt zu sein. Das Rot war kein warmes, gedecktes Rot, sondern ein Ich-kreisch-dich-tot-Rot. Es tat in den Augen weh. In der Mitte des riesigen Plastikkreises befand sich ein Griff. Was zum Teufel *war* das? Ich ging auf den Kreis zu, als …

… ich draußen jemanden rufen hörte.

Rasch lief ich zum Fenster.

Auf der Kieseinfahrt vor dem Haus stand Kunze. Er hatte seine Filzlatschen gegen Vollgummischlappen eingetauscht und winkte wild zu mir herauf.

»I… ich hab noch was vergessen!«, brüllte er hoch. »Die Lunchboxen für heute Abend sind fertig. Du kriegst bestimmt noch Kuchen, du hast ja den Kaffee verpasst. Geh gleich rüber in die Mensa zu meiner F… Frau, ich meine: zu Frau Tongelow. Sie ist heute nur bis halb fünf da.«

Lunchboxen? Klang eher nach Jugendherberge als nach Luxusinternat. Und »meine Frau« eher nach Familienbetrieb als nach elitärer Schlossschule.

»Ich dachte, es gibt um sieben Abendessen?«, rief ich nach unten.

»Heute nicht. Meine Frau hat heute einen …«, er zögerte. »… einen wichtigen Termin. Es ist jedenfalls eine Ausnahme. Beeil dich, vielleicht erwischst du sie noch.«

Mein Magen knurrte »Yes, Sir«. Ich nickte Kunze zu, schloss das Fenster und öffnete die Mappe mit den Internatsinfos. Der letzte Teil bestand aus Lageplänen. Haus C, Mensa. Auf geht's!

*

Immerhin, die Mensa sah aus wie auf den Fotos im Internet. Dunkler Parkettboden, eine große Fensterfront auf der rechten Seite und, durch den Raum verteilt, runde Holztische mit jeweils acht Stühlen daran. Gegenüber der Fensterseite zog sich eine lange Theke mit Glasschutz vor einer offenen Wand entlang. Dahinter war der typische aluminiumfarbene Gerätepark einer Großküche zu erkennen.

Auf dem Tresen standen in einer ordentlichen Reihe fünf einsame Plastikboxen. Es war wie zu Hause: Jede hatte eine andere Farbe. Grün, Lila, Pink, Türkis, Gelb. Schwarz war keine. Pa hätte sich ein Loch in die Mütze gefreut. Ich wollte gerade nach der lilafarbenen greifen, da sah ich die Kärtchen, die an jeder Box steckten. Mit Namen und Ankreuzfeldern. Hilfe! Nicht mal seine Lunchbox konnte man sich selbst aussuchen.

Lila gehörte *Nian Wang*. Nian Wang aß gluten- und laktosefrei, sagte das Kärtchen. *Mareike-Helene Hausmann,* gleich daneben, türkis, war vegetarisch und low carb, der gelbe *Giovanni Esposito* mochte kein Schwein und reagierte allergisch auf Paprika. Es war wirklich wie zu Hause. Berlin, hatte ich mal gelesen, war die deutsche Hauptstadt der besonderen Ernährungsgewohnheiten. Lukas war das beste Beispiel, der aß schließlich seit Jahren vegan. Lukas … Verdammt! Ich musste schnellstmöglich irgendwo einen Internetzugang finden.

Ich scannte die Schilder auf den Boxen nach meinem Namen. Meine war … pink! NO WAY!

Irrtum ausgeschlossen. Es stand *Alina Renner* darauf. Ein Post-it sagte: *Sicherheitshalber vegetarisch, extra Kuchen.* Vorsichtig hob ich den Deckel der Box.

Salat, zwei Brötchen, Käse, Obst, ein hart gekochtes Ei und ein eckiges Stück Schokoladenkuchen. Bisschen Schnickschnack drum rum, sah lecker aus.

Die grüne Box neben der pinken gehörte *Alexandra von Holstein.* Vegetarisch, sonst war nichts angekreuzt. Ich sah mich um. Die Mensa war ausgestorben. Ich nahm den Kuchen aus meiner Box, packte ihn in die grüne, vertauschte die Kärtchen und wollte die Dose gerade wieder hinstellen, als eine Stimme hinter mir sagte: »Haben sie dich hergeschickt, weil du stiehlst?«

Ich erstarrte. Prompt stieg mir die Hitze ins Gesicht. Wenn ich mich jetzt umdrehte, würde ich für die nächsten sechs Monate den Ruf eines Feuermelders mit mir herumschleppen. Ich musste Zeit schinden – und schnell wieder erblassen.

»Ich stehle nicht«, sagte ich in Richtung Theke. »Ich wollte eher was … äh … verschenken.«

»Ach so!« Die Stimme hinter mir war ironisch. Eine angenehme dunkle Mädchenstimme. Mareike-Helene Hausmann oder Alexandra von Holstein, dachte ich.

»Is ja gut«, grummelte ich und schaufelte das Stück Kuchen wieder in meine eigene Box. Ich hörte das leise Klingeln von Armreifen hinter mir. Und dann drehte ich mich endlich um.

Blauer langer Seidenrock. Enges silbernes Top. Blauer Lidstrich. Gelocktes, hell blondiertes Haar, kunstvoll zusammengebunden.

»Hi.« Eine schlanke Hand streckte sich mir entgegen. »Herzlich willkommen.«

Ich sagte nichts. Ich tat nichts. Die Hand hing in der Luft.

Im selben Moment betrat ein asiatischer Junge den Raum, durchmaß ihn in langen Schritten, sagte im Vorübergehen zu meinem Gegenüber: »Hi, Gigi«, und musterte mich kurz. Er schnappte sich die lila Box: *Nian Wang*.

»Ich glaube, du kommst in meine Klasse«, sagte mein Gegenüber. »Alina aus Berlin, oder?« Noch immer hing die schlanke Hand in der Luft. Ich konnte nicht. Ich konnte sie nicht nehmen und schütteln. Nach einer Weile griff die Hand an mir vorbei und nahm die gelbe Box vom Tresen: *Giovanni Esposito*.

*

Ich war schneller wieder zurück in meinem Zimmer, als ich gedacht hatte. Das war die reinste Freakshow hier! Mein Zimmer teilte ich mit Miss Greenpeace höchstpersönlich, und der erste

Schüler, dem ich begegnete, trug einen Rock und mehr Make-up als ich – obwohl er ganz offensichtlich ein Junge war.

Die Leute denken ja immer, wenn man aus Berlin kommt, ist man alles gewöhnt. Aber Giovanni (Gigi! Das musste man sich mal auf der Zunge zergehen lassen: Dschi-Dschi!) war definitiv zu viel für mich.

Ich musste dringend Lukas' Stimme hören. Oder Pinars. Aber bei aller Sehnsucht – dieses Gemeinschaftstelefon da unten im Foyer würde ich auf keinen Fall benutzen. Kunze war zwar schon weg und würde mich nicht belauschen können, aber diese Alexandra von Holstein und Mareike-Helene Hausmann waren da. Irgendwo in ihren Zimmern hier in Haus A. Wenn die in den Korridor kämen, könnten die jedes Wort hören. Jede U-Bahn bot mehr Diskretion. Vielleicht war ich paranoid, aber ein bisschen Intimsphäre – war das zu viel verlangt? Ich seufzte. Blieben E-Mails.

Ich warf die pinke Lunchbox auf meinen Schreibtisch und schnappte mir erneut Kunzes Mappe. Sie war alphabetisch nach Stichworten geordnet. Ich überblätterte A bis H, bis ich bei I angekommen war.

INSELGESCHICHTE
Schnarch. Nächste Seite.
INSTRUMENTE & ÜBUNGSRÄUME
Danke. Nein.
INTERNET
Na bitte! Ich las.

Schloss Hoge Zand hat zwei Computerräume mit Internetzugang. Der große (25 Arbeitsplätze, 3 Drucker, 2 Scanner) befindet sich im Schulhaus, Raum 302. Der kleine (5 Arbeitsplätze, 1 Drucker) befindet sich im Haus A – im Turmzimmer. Öffnungszeiten: Montag bis Freitag, 6–22 Uhr. Samstag und Sonntag, 6–24 Uhr.

Haus A. Das war hier. Turmzimmer. Ich hob den Kopf und sah zur Decke.

Hastig blätterte ich bis zum Ende der Mappe zu den Lageplänen.

Haus A.

Lagepläne hatte ich schon immer gemocht. Sie waren wie Aufräumen: beruhigend. Die geraden Striche, die Symmetrie, die augenscheinliche Ordnung – jeder Ort, der existierte, konnte in ein Muster eingefügt werden. Ich beugte mich über die Karte.

Es war ganz einfach. Ich musste nur ein Stück den Korridor entlang zurück. In der Mitte gab es diesen Abzweig in einen anderen Gang. In diesem dann die zweite Abbiegung links. Und dann, *tataaaa!*: das Turmzimmer.

Ich klemmte die schwarze Mappe unter meinen Arm und schlich in den Flur.

*

Na ja, *schleichen* war vielleicht nicht ganz der passende Ausdruck. Ich *schlappte*. Aber ich schlappte so leise wie möglich. Ich wollte keinem der beiden Mädchen begegnen.

Tür 1, die zum sogenannten *Gemeinschaftsraum* führte, war jetzt zu. Nicht dass das die Musik wirklich gedämpft hätte – ich konnte trotzdem jedes Wort verstehen. Ich kannte das Lied. Kerstin Ott. Unwillkürlich blieb ich stehen.

Sie ist die eine, die immer lacht ... die immer lacht ... die immer lacht ...

Mareike-Helene oder Alexandra hatte die Anlage ordentlich aufgedreht. Wenn ich die Hände an die Tür legen würde, würde ich garantiert die Bässe spüren.

Nachdenklich schlappte ich weiter.

Kerstin Otts Stimme folgte mir in das Gewirr aus Gängen, durch das Kunze mich geführt hatte. Ich musste zurück zur Hauptachse, die zur Treppe führte. Von der Hauptachse ging dann ein Abzweig nach links ab, zumindest laut Lageplan, und oh Wunder, ich fand ihn. Der neue Gang war ebenfalls lang und schnurgerade. Nach fünf Metern kam die nächste Kreuzung.

Die Stimme der Sängerin hatte sich längst verloren. Das Licht wurde dunkler. Es gab keine Fenster hier. Nur eine flackernde Neonlampe, die dünnes, ausgelaugtes Licht über die Wände warf. War das wirklich der richtige Weg? Der Gang sah nicht so aus, als würde er besonders häufig benutzt. Das Blau des Teppichs schien staubig, und das Knispeln der schwachen Lampe machte mich nervös. Mit jedem Schritt hatte ich das Gefühl, mich mehr und mehr vom Leben zu entfernen. Am Ende des Ganges stand ich vor einer Tür. Eine dicke, schwere Stahltür.

Es stand *ARCHIV* darauf.

Archiv? Ich wollte ins Turmzimmer! Archiv ... Das klang nach Regalen voller Staub und gähnender Langeweile. Erstaunt registrierte ich, dass die Tür mit einem Extraschloss gesichert war. Vielleicht gab's da alte Handschriften. So Zeug konnte – obwohl niemand sich mehr dafür interessierte – durchaus wertvoll sein.

Ich zog Kunzes Mappe hervor, studierte in dem Funzellicht den Lageplan und stutzte. Entweder war ich schon völlig durcheinander, oder es gab einen Fehler in dieser Karte. Ich erkannte zwar sofort, was ich falsch gemacht hatte (statt der zweiten hatte ich die erste Abzweigung an der Hauptachse nach links genommen), doch die erste führte laut Karte zu einer Wand. Nicht in einen weiteren Gang und nicht zu einem Archiv.

Irritiert drehte ich um, ließ die verriegelte Tür und den staubstillen Gang hinter mir, bis ich in den Flur von eben kam, lief weiter, erreichte ein paar Meter später den richtigen Abzweig und bog ein. Dieser Gang war viel heller als der eben, das Licht knispelte nicht, und der Teppich war gesaugt. Außerdem stand auf der Tür an seinem Ende groß und deutlich *TURMZIMMER*. Ich atmete auf.

Diese Tür ließ sich problemlos öffnen. Das Licht aus dem Gang fiel auf eine steile Wendeltreppe, die in eine dichte Dunkelheit hinaufführte. Der Lichtschalter an der Wand reagierte nicht. War ja klar. Blind begann ich den Aufstieg.

*

Achtundfünfzig Stufen immer im Kreis in übergroßen Filzschlappen und durch tiefste Schwärze. Mir war ein bisschen schwindelig, sodass ich beinah gegen eine weitere Tür geknallt wäre. Ich stieß sie auf.

Sanftes Abendlicht beleuchtete den kleinen Raum mit den gerundeten Wänden. Es war sehr still. Staub tanzte in dem weichen Licht. Ich blickte mich um.

Die Mappe hatte nicht gelogen. Es gab fünf Computer, allesamt in matter Metalloptik und brandneu. Davor schwarze, bequeme Stühle und von jedem Platz aus eine Hundertachtzig-Grad-Aussicht auf das Land hinter dem Schloss, das Cara und Kunze *das Naturschutzgebiet* genannt hatten.

Ich ließ mich auf den mittleren Platz fallen und schaltete den Computer an. Sein *Pling* war das erste vertraute Geräusch des Tages. Ich klickte auf das Internetsymbol. Ein Fenster poppte auf. *Netzwerkverbindung öffnen?*

Was sonst?

Ich klickte und blätterte derweil in der Mappe wieder bis zu I wie INTERNET, wo auch der Zugangscode stand. Das Netzwerk hieß, origineller ging's echt kaum, *HogeZandStudents*.

Mit dem Passwort hatten sie sich mehr Mühe gegeben: *e0b7df* tippte ich. Mein Tor zur Welt öffnete sich …

… und fiel gleich wieder ins Schloss, als ich feststellte, dass jede einzelne der sechs angezeigten Nachrichten von Pa kam – und keine einzige von Lukas. Online war er auch nicht. Samstagabend. Natürlich! Er kaufte garantiert gerade noch ein Geschenk für Katies Geburtstagsparty heute Abend. Wo er dann tanzen und trinken würde und vermutlich den Spaß seines Lebens hatte. Und ich saß hier in diesem Scheißturm auf diesem Scheißschloss fest, in dem es nur Transvestiten und Messies und Essen aus Lunchboxen gab.

Es war zum Heulen …

Ich ging auf YouTube und suchte Kerstin Ott. Musik half.

Sie ist die eine, die immer lacht …

Ich starrte das blonde, wunderschöne, lächelnde Mädchen in dem Musicclip an.

… die immer lacht … immer lacht … immer lacht.

Manchmal half Musik auch nicht. Im Gegenteil.

Mein Körper sammelte alle ungeweinten Tränen, die er auftreiben konnte und ließ sie in meine Augen steigen, bis sie über die Ränder strömten. Als ich einmal angefangen hatte, konnte ich es nicht mehr stoppen.

Ich schluchzte und schniefte, auch nachdem der Bildschirm in den Ruhemodus gewechselt hatte. Der Raum war in warmes Dämmerlicht getaucht. Die Stille drückte sich gegen meine Haut. Ich fühlte mich von allen verlassen, die ich liebte.

Von Pa. Von Pinar. Von Lukas.

Lukas. Die Sehnsucht nach ihm war eine feine silberne Nadel, die jemand ganz langsam in mein Herz hineintrieb. Ich legte die Arme auf den Tisch und den Kopf darauf. Schloss die Augen. Spürte die Nadel. Und atmete.

*

Ich schreckte hoch.

Um mich herum war es stockdunkel. Meine Nase war verstopft, meine Augen brannten, und mein Kopf tat weh. Ich zog die Nase hoch und tastete nach der Maus auf dem Tisch: Der Bildschirm wurde wieder hell. Die Uhrzeit blinkte links unten. 21:12 Uhr.

Krass – ich musste geschlafen haben. Zweieinhalb Stunden lang!

Lukas war immer noch offline. Er war bestimmt schon bei Katie, tanzte und trank, aber der Gedanke tat weniger weh. Ich ließ das blasse blaue Licht des Monitors über meine Hände strömen, als ich endlich die Nachrichten von Pa öffnete.

Alina, schrieb er,

> Ich vermiss dich.
>> Bist du gut angekommen?
>>> Können wir skypen?
>>>> Hab dich lieb.
>>>>> Pa

Gegen meinen Willen musste ich lächeln. Das war typisch Pa, eine so kurze Nachricht auf sechs einzelne E-Mails zu verteilen. Er hatte sich das beim Chatten angewöhnt. Sein Faible für soziale Netzwerke war unglaublich – er hatte überall einen Account. Facebook, Twitter, Insta, Snapchat. Sogar bei musical.ly machte er mit. Es war zum Totschämen.

Und ausgerechnet er schickte seine Tochter auf ein Internat, das keinen Handyempfang hatte und mit *Festnetzanschlüssen* arbeitete!

Ich schrieb ihm schnell – und in *einer* Nachricht – eine Kurzzusammenfassung der Situation. Am Schluss log ich, dass es

hier sehr lustig sei, wünschte ihm einen guten Flug und endete
mit *Küsschen, Alina.*

Schrecklich.

Bei Lukas war ich ehrlicher.

Ihm erzählte ich von Cara-Klette, von der öden Insel, dem nervigen Wind, von Trauerkloß-Kunze, dem Gewächshaus, in dem
ich leben musste, und von den Lunchboxzetteln. Aus irgendeinem Grund schrieb ich nichts von dem Jungen mit dem blauen
Lidschatten im Seidenrock.

Ich endete damit, dass ich

Jetzt!

So gern!

Mit ihm!

auf Katies Geburtstagsfeier wäre, dass mir sein Lachen fehlte
und seine Hand, in die ich meine schieben konnte.

Ich küss dich hundertmal. Lina

Punkt. Und ... *Senden.*

Es war 21.55 Uhr. Mein Kopf pochte, und ich musste gähnen.
Unglaublich. Ich hatte doch über zwei Stunden geschlafen.
Trotzdem war ich hundemüde. Die Nachricht an Pinar würde
bis morgen warten müssen. Ich fuhr den Computer herunter.

Jetzt war der Raum völlig finster. Mist, wo war denn der Lichtschalter?

Ich sah mich im Dunkeln um, und dann ...

... blieb mein Blick am Fenster hängen.

Was war denn das?

Ich stand auf und schlappte mit ausgestreckten Händen hinüber, bis meine Finger das Glas berührten. Ich tastete nach dem
Griff, öffnete das winzige Fenster, steckte den Kopf hinaus in
die Nachtluft. Der heftige Wind hatte sich gelegt. Die Bäume

rauschten leise. Das Meer war nicht zu hören, das Naturschutzgebiet nicht zu sehen.

In Berlin war es nie so dunkel. Selbst wenn man sich in einer komplett lampenlosen Ecke der Stadt befand, schien der Himmel das Licht aus den belebten Vierteln irgendwie aufzusaugen und abzustrahlen. Lichtverschmutzung, hatte Lukas mal gesagt. Die Nacht rund um das Schloss war anders. Die Dunkelheit wälzte sich von oben, von unten, von rechts und von links heran. In meinen aufgerissenen Augen spürte ich die kalte Luft. Ich sah: *Nichts.*

Dabei hätte ich schwören können, dass eben noch etwas dort draußen gewesen war …

Da!

Da war es wieder. Als hätte jemand einen Schalter umgelegt: Im Dunkel ging jäh ein winziges Viereck aus gelbem Licht an. Es musste etwa einen Kilometer entfernt sein.

Reglos starrte ich in dieses viereckige Licht, und vermutlich hatten sich meine Augen an die pulsierende Finsternis ringsum gewöhnt – jedenfalls erkannte ich, dass das Viereck ein Fenster war. Ein Fenster in einem Haus. Die Wolke schluckte den Mond wieder, die Umrisse des Hauses verschwanden erneut in der Finsternis, nur das erleuchtete Fenster blieb, und ich konnte erkennen, wie sich in dem Lichtfenster etwas bewegte: eine hohe, hagere Gestalt.

Mühstetter! Das musste die alte Vogelbeobachtungsstation sein. Mühstetters Haus im Nichts.

Meine Kopfhaut prickelte. Irgendwas Grundsätzliches stimmte an dem Typen nicht. Cara hatte recht. Mal ehrlich: Wer zog freiwillig in die finsterste Ödnis, wenn er nicht irgendwas zu verbergen hatte?

Und dann merkte ich, dass mein Atem schneller ging. Da war *noch* etwas!

Ich kniff die Augen zusammen und beugte mich weiter ins Dunkel hinaus. Eine leichte, kalte Brise strich mir das Haar ins Gesicht. Ich wischte es ungeduldig weg. Verdammt, warum hatte ich kein Fernglas? Ich musste mir unbedingt eins besorgen. Mit aller Kraft wünschte ich mir, dass der Mond noch mal hervorbrechen möge, doch es passierte nicht. Die Finsternis war absolut.

Aber jetzt … jetzt sah ich es genau. Ich hielt vor Aufregung die Luft an.

Ganz, ganz weit da draußen im Naturschutzgebiet …

etliche Kilometer *hinter* Mühstetters einsamen Heim …

im tiefsten Herz der Dunkelheit …

schimmerte ein zweites Licht!

Die Härchen in meinem Nacken stellten sich auf und für einen kurzen Moment war mir, als würde die Nacht sich enger um alles schließen. Hatte Kunze nicht gesagt, das Naturschutzgebiet sei tabu? Kategorie 1a. *Komplettes Zugangsverbot.* Ich hatte seine Stimme noch im Ohr. Dort draußen gab es nichts. Nur Sand, Strandastern und brütende Vögel. Und … diese Urrinder.

Meine Augen suchten das erste, viel nähere Licht: Mühstetters gelblich erleuchtetes Fenster, hinter dem er auf und ab ging.

Das zweite Licht, weit draußen, war anders.

Es war von einem giftig strahlenden Grün.

Ich verstand das nicht. Wenn Mühstetter ganz offensichtlich zu Hause war – wer war dann dort draußen in der Finsternis?

4

Das verbotene Gebiet

Unschlüssig stand ich vor dem roten Backsteingebäude. Es
war kurz vor neun und im Schlosspark war niemand zu sehen.
Niemand außer Kunze. Der stand in einem Blumenbeet und
schnippelte mit einer kleinen Schere an den Rosen herum.

Die Wetterfahne auf dem Dach des Gebäudes drehte sich.
»Windig« schien hier ein Dauerzustand zu sein. Die Vögel auf
den alten Eichen sangen trotzig gegen den Wind an, und auch
die Möwe, die mich von einer der verlassenen Liegen anstarrte,
ließ sich ungerührt das Gefieder zerzausen. Ich strich mir die
Haare hinters Ohr und wandte ich mich wieder dem Backsteingebäude zu. *HAUS C.* Die Mensa. Dahinter warteten Lunchboxen mit Zettelchen und Jungs in Mädchenkleidern.

Ungefähr zwanzig Sekunden lang stellte ich mir vor, in den
Speisesaal zu sprinten, mir ein Brötchen zu schnappen und
sofort wieder rauszurennen. So schnell, dass keiner auch nur
bemerken würde, dass ich überhaupt da gewesen war. Nur ein
Hauch meines Lieblingsparfüms würde durch den Raum wehen
und die Tür würde noch ein bisschen in den Angeln schaukeln.
Im Film ginge das. In echt leider nicht.

In echt musste ich da rein und die anderen kennenlernen. Ich
nahm die Schultern zurück, hob das Kinn und drückte die Tür
auf.

*

Die Mensa war leer. War ja klar. Mir fehlte einfach der Coolnessfaktor – nicht mal zu spät kommen konnte ich. Ganz hinten am Fenster war ein einziger Tisch gedeckt. Einer für alle. Mein Körper sackte zusammen.

»Guten Moooorgen.« Die trällernde Stimme kam aus der Küche. Ich drehte mich noch nicht um. Der nächste Satz flatterte gleich hinterher. »Du musst Alina sein!«

Besonders viele Neuankömmlinge schien es nicht zu geben – oder es gehörte schlicht zum guten Ton eines Eliteinternats, jeden Schüler beim Namen zu kennen. Vielleicht, dachte ich, muss das Personal halbjährlich Prüfungen ablegen wie die Taxifahrer in Berlin … Name, Alter, Klasse, Beruf der Eltern, Essgewohnheiten, Besonderheiten. Und wer durchfiel (oder eine Schülerin am Hafen abzuholen vergaß), musste zur Strafe die Namen der letzten drei Abijahrgänge auch noch pauken. Der arme Kunze.

»Schön, dass du da bist!« Die Träller-Stimme wärmte mich von innen. Einen weiteren Moment lang weigerte ich mich hinzuschauen und befragte stattdessen mein inneres Schubladensystem. Der Mensch zur Stimme? War garantiert dicklich und, ganz klar, eine Frau. Trug eine Kittelschürze mit riesigen Blumen drauf … oder eher – wir waren ja im Internat – ein schlichtes Kostüm in gedeckten Erdfarben? Nee, Kittelschürze, entschied ich. Dutt. Um die fünfzig. Lachfalten. Der Inbegriff von Mütterlichkeit. Langsam drehte ich mich nach rechts zur Küche, hin zur Stimme.

Die Frau hinter der Glastheke, die mich neugierig ansah, war viel jünger, als ich gedacht hatte, Ende dreißig vielleicht, wobei ich es superschwer finde, das Alter von Erwachsenen zu schätzen. Ihre Haut war blass und sommersprossig, das blonde Haar zum Zopf geflochten. Sie trug ein weißes T-Shirt, auf dem *Hoge*

Zand stand, dazu Hüftjeans und einen auffälligen weißen Gürtel mit Wölfen drauf. An einer Gürtelschlaufe baumelte ein riesiger Schlüsselbund. All das registrierte ich innerhalb von Sekundenbruchteilen, auch, dass sie irre dünn war, ihr Lächeln aber breit. Wie konnte diese lustige Frau mit einem wie Kunze verheiratet sein? Vielleicht die Sache mit den Gegensätzen, die sich anziehen? Unter ihren Augen lagen tiefdunkle Schatten. Trotzdem zwinkerte sie mir fröhlich zu. Sie war Lichtjahre von meiner Schublade entfernt.

»Morgen«, murmelte ich, während ich auf sie zulief.

»Ich bin Frau Tongelow.« Sie schob ihre Hand über die Theke. Ein großer, warmer Händedruck. In mir breitete sich ein wattiges Gefühl von Geborgenheit aus. »Ich bin wohl so was wie die Hausmutter hier. Zumindest nennen mich die Kids so.« Sie kicherte und deutete in die Küche hinter sich. »Normalerweise arbeiten wir in der Mensa zu viert. Aber an den Wochenenden bin ich allein – es bleibt ja immer nur eine Handvoll von euch im Internat.« Sie sah mich prüfend an. »Wenn du Fragen hast oder wenn irgendwas ist, kannst du immer zu mir kommen. Und was das Essen angeht: Ich hab dich erst mal vegetarisch eingetragen ...«

»Aber ... ich liebe Fleisch.« Mühsam kämpfte ich mich aus der Watte zurück in den Speisesaal.

»Echt?«

»Solang es bio ist«, schränkte ich ein. »Keine Medikamente, Kühe auf der Wiese, Schweine im Stroh und glückliche Hühner ... Von Hand aufgezogen natürlich.«

»Und am Ende ganz liebevoll von derselben Hand umgebracht«, gluckste sie.

»Genau.« Ich lächelte unsicher. War ja nicht so, als wäre mir die Schizophrenie meiner Argumentationskette nicht bewusst.

»Hier ist alles bio, was von Tieren kommt. Kannst dich also entspannt vollfuttern. Da drüben ist …«

»Morgen, Frau Tongelow!«

»Lexi! Guten Morgen!« Das Trällern wurde zum Zwitschern.

Lexi? Etwa Alexandra von Holstein? Ich drehte mich um. Und wäre beinahe in Gelächter ausgebrochen.

Mal ehrlich: Der Name *Alexandra von Holstein* weckt doch bestimmte Erwartungen, oder? Ich hatte mir etwas Königliches, Hochgewachsenes vorgestellt. Ernste Augen, langes, ordentlich über die Schultern gekämmtes Haar. Mittelscheitel, weiße Bluse, gediegener dunkelblauer Pullunder. Aufgesticktes Goldemblem auf der Brust. Eins dieser Mädchen, die immer Klassenbeste sind und von Geburt an Schulsprecherin. Die perlmuttfarbenen Lack auf den Nägeln und in den Ohrläppchen kleine goldene Kreolen tragen und später einen Arzt heiraten.

Diese Alexandra von Holstein hier war klein und schmächtig. Keinen Tag älter als dreizehn. Ihr kurzes blaues Haar sah aus, als hätte sie ihren Kamm schon vor etlichen Jahren verloren. Sie trug ein übergroßes, gammeliges T-Shirt, aus dem die Ärmel geschnitten waren. Es war so verwaschen, dass man den Aufdruck nicht mehr lesen konnte. Dazu eine Cordhose, die offenbar von einem verstorbenen Uropa stammte. Einem *lange* verstorbenen Uropa. Das »von« im Namen passte zu gar nichts an ihr, außer vielleicht zu der großen schwarzen Nerdbrille.

»Das ist Alina.« Frau Tongelow deutete auf mich. »Sei so gut, und zeig ihr, wie alles läuft.«

»*Ich* soll ihr Scout sein?«

»Klar, warum nicht?«

»Echt? Cool! Ich war noch nie Scout.«

»Dann wird's aber Zeit. Du kennst dich schließlich von allen hier am besten aus.« Sie zwinkerte »Lexi« liebevoll zu, und ihre

Stimme war so weich geworden wie ein Federbett. Sie schien das Mädchen sehr zu mögen.

»Vergiss nicht, ihr zu erklären, dass man bei uns nicht klaut, Lexi!«

Gigi stand plötzlich neben Lexi, diesmal nicht im Rock, sondern in hautenger Skinny Jeans und einem curryfarbenen Mantel, der wie eine Schleppe hinter ihm herwehte.

Ich lief sofort rot an. Na toll. »Ich hab nicht ...«

»Wees ick doch«, berlinerte er und knuffte mich in die Seite. »'n Joke, verstehste?«

»Kommst du etwa auch aus Berlin?«

»Nö. Ich wollt nur, dass du dich wie zu Hause fühlst. Ist das Buffet schon eröffnet, Frau Tongelow?«

»Netter Versuch.« Sie lachte und drückte Gigi eine Kaffeekanne in die eine und eine Glaskanne mit heißem Wasser in die andere Hand. Er seufzte demonstrativ, trug die Kannen aber widerspruchslos an den gedeckten Tisch. Lexi wandte sich eifrig mir zu, während wir ihm hinterliefen. »Also ... Erste Lektion von deinem privatpersönlichen Scout: Tischmanieren sind eine der pädagogischen Maßnahmen hier.« Sie zeichnete beim Wort *pädagogisch* Gänsefüßchen in die Luft. »Grundsätzlich dürfen wir nur tischweise zusammen anfangen zu essen. Wenn einer fehlt, müssen wir fünfzehn Minuten auf ihn warten, bevor wir anfangen dürfen. Dann ist das Buffet natürlich schon voll abgegrast und hektisch wird's auch.«

Rechtzeitig zum Essen kommen, notierte ich mir innerlich, warf einen Blick auf die Uhr und dann einen sehnsüchtigen zum Buffet hinüber.

»Und wenn einer eine Mahlzeit ganz ausfallen lässt, muss seine ganze Gruppe eine Woche lang nach dem Essen die Tische abwischen«, ergänzte Gigi. »Dreimal täglich! Alle! Und glaub mir:

Das ist kein Vergnügen.« Er sah pikiert auf seine Nägel. »Manche essen wie die Schweine.«

»Es wär also gut, wenn du pünktlich wärst«, übernahm Lexi wieder. »Auch wenn es sonderbarerweise völlig egal ist, wann du kommst – Mareike-Helene wird nach dir kommen. *Immer.*«

Genau in jenem Moment stürmten Nian, dem ich gestern schon kurz begegnet war, und ein Mädchen, das Mareike-Helene sein musste, in die Mensa. Hand in Hand.

Mareike-Helene sah exakt so aus, wie ich mir Alexandra von Holstein vorgestellt hatte. Sie war zwar bestimmt ein, zwei Jahre jünger als ich, hatte aber eine total erwachsene Aura um sich herum. Und sie trug eine dunkelblaue Bluse mit Goldemblem, die dem Pullunder, den ich im Geiste Alexandra von Holstein angezogen hatte, erschreckend ähnelte! Statt goldener Kreolen hatte sie Perlenstecker im Ohr, aber davon abgesehen, traf mein Bild voll ins Schwarze – nur eben bei der falschen Person. Vor unserem Grüppchen bremsten die beiden ab. »Sorry, dass wir zu spät sind«, entschuldigte sich Nian.

»Ja sorry«, sagte Mareike-Helene in die Runde. Ihr Blick blieb an mir hängen. Sie hielt mir eine Giga-Tafel Milka hin. »Herzlich willkommen bei den Lonelies!« Sogar ihr Lächeln wirkte erwachsen.

»Bei was?«

Lexi klärte mich auf: »Sie meint damit, dass du Wochenendhierbleiberin bist. Mit dir sind wir jetzt fünf.«

Mareike-Helenes ernste dunkle Augen musterten mich. Der perlmuttfarbene Nagellack glänzte, als sie eine nicht vorhandene Strähne aus ihrer Stirn strich. Tatsächlich ein Mittelscheitel, glatt über die Schultern gekämmtes braunes Haar. Krass.

»Vollzähliiiig«, rief Frau Tongelow, als wären wir eine ganze Aula voller Schüler. »Ab mit euch ans Buffet! Guten Appetit!«

＊

Das war der Startschuss. Alle stürmten zum Buffet, füllten ihre Teller in Lichtgeschwindigkeit und schleppten ihre Beute zum Tisch. Nur Mareike-Helene übte sich in Zurückhaltung, die zu ihrer vornehmen Ausstrahlung passte. Ganze drei Scheiben Kiwi und ein Becher Naturjoghurt landeten auf ihrem Teller. Ich stockte kurz, stapelte aber dann weiter Essen auf: Croissant, zwei Brötchen, HonigKäseWurst, vier Scheiben Ananas, ein Ei. Fürs Erste. Dann folgte ich der Herde zum Tisch. In meinem Rücken vibrierte Frau Tongelows Lächeln. Die Kaffeekanne machte die Runde, dann schwangen alle das Besteck. In einem irrsinnigen Tempo wurden Brote geschmiert, Brötchen aufgeschnitten, Joghurtbecher geöffnet und Obst geschält. Dieser Enthusiasmus verwunderte mich.

»Es ist die Seeluft«, erklärte Lexi, als ob sie meine Irritation gespürt hätte, und biss herzhaft in ein Marmeladenbrötchen. »Die macht hungrig.«

»Ich geh zum Ausgleich jeden Tag joggen, sonst würde ich schon von alleine rollen«, sagte Nian (offenbar der Älteste von uns, ich schätzte ihn auf siebzehn). Er lächelte mir zu, und ich war dankbar dafür, dass sie es mir so leicht machten. Sie taten alle, als würden wir uns schon ewig kennen.

»Ehrlich – hier legt jeder zu.« Nian schlug sich auf den Bauch. Skeptisch beäugte ich seine Gestalt. Nichts an ihm sah aus, als lagerte irgendwo ein Gramm Fett zu viel. Er hatte eher was von einem aufstrebenden Geheimagenten, der undercover hier im Internat unterwegs war, oder von einem superhippen Filmstar, wohldosierte Muskeln, schwarze, ins Gesicht fallende Haarsträhnen, Undercut, das ganze Programm.

Gigi neben ihm plapperte unermüdlich auf Mareike-Helene

ein, die mit dem Zeigefinger Krümel von seinem (!) Teller pickte und dabei andächtig lauschte. Er untermalte jedes seiner Worte mit ausschweifenden Gesten. Seine Arme fegten durch die Luft, und unwillkürlich bekam ich Angst um Nian. Womöglich rammte Gigi ihm in seiner Begeisterung das Messer in die Brust!

»Ist das zu fassen?«, sagte er und strahlte. »*Siebenundvierzig!* Stellt euch das vor: In nicht mal fünfzehn Stunden siebenundvierzig neue Abonnenten!«

Abonnenten? Verkaufte er irgendwas?

»Gigi hat ein Modeblog«, murmelte Lexi. Offensichtlich gehörte es zu ihrer Aufgabe als Scout, auch die Fragen, die ich nur dachte, zu beantworten. Erstaunlich.

»Und wie erklärst du dir einen derartigen Zuwachs?«, wollte Mareike-Helene wissen. Leute, die Worte wie *Zuwachs* verwendeten, waren mir unheimlich. »Etwa wegen dieses Gigi-Hadid-Artikels?« Leute, die schon beim Frühstück korrekt den Genitiv verwendeten, auch.

»Yep. Der kam mega an.«

Gigi Hadid? Wie kam Gigi denn auf so ein bescheuertes Bloggerpseudonym? Ich sah in Lexis Richtung. Die diesmal keine Gedanken las, sondern desinteressiert Cornflakes in sich hineinschaufelte. Mein Leberwurstbrötchen war fast aufgegessen, bis ich mir aus dem Gespräch zusammengereimt hatte, dass es sich nicht um ein Pseudonym, sondern vielmehr um den Grund handelte, warum Gigi Gigi genannt wurde: Anscheinend war Gigis Namensschwester, die er vergötterte, ein Model. So wie Caras. Die drehten alle hohl auf dieser Insel!

Während Nian, Mareike-Helene und Gigi die Zuwachsrate der Blogabonnenten so intensiv analysierten, als wäre es der endgültige Beweis für Leben auf dem Mars, beugte ich mich zu Lexi.

»Sag mal, was hat Frau Tongelow eigentlich damit gemeint: Du wüsstest von allen hier am besten Bescheid?«

»Ich bin halt die Einzige, die permanent hier ist.« Sie nahm sich eine Grapefruit.

»Wie – permanent? Wir sind doch auch permanent hier.«

»Nein, ich meine: *immer*. Nian, Mareike-Helene und Gigi sind zwar auch an den Wochenenden hier, aber ...« Sie griff nach einem Riesenmesser. »... aber zum Beispiel nicht an Weihnachten. Und auch nicht die kompletten Sommerferien.«

»Wie – du etwa? Auch *Weihnachten*?«

»Ich bin schon seit drei Jahren hier.« Das Messer sauste nieder wie eine Guillotine. Die Grapefruit fiel in zwei glatte Hälften auseinander.

»Sauber!« Nian nickte Lexi anerkennend zu und wendete sich dann wieder dem wild herumfuchtelnden Gigi zu.

Lexi begann, die Grapefruit auszulöffeln.

»Drei Jahre? Aber wie kann das ...?« Ich staunte. »Ich meine, das ist doch ... Was ist denn mit deinen Eltern? Wollen die dich gar nicht sehen?«

Das blödsinnige Bloggespräch brach abrupt ab. Mareike-Helene warf mir einen Blick zu, der im besten Fall Enttäuschung, im schlechtesten eine Stinkwut widerspiegelte. »Das ist doch ... Wie kannst du ... Also wirklich, stell dir mal vor, wir würden das mit dir machen, Alina!«

Hä? Wie sie *Alina* aussprach, das klang, als hätte ich heimlich in die Ecke gekackt, und sie hätte mich dabei ertappt. Nian schaute verlegen auf seinen Teller. Selbst Gigi, der bis eben wie eine Sonneneruption gestrahlt hatte, sah plötzlich unglücklich aus. Etwas Anklagendes lag in seinen Augen. Was war denn los? Erst taten sie, als wär ich eine von ihnen und jetzt war plötzlich der kalte Krieg ausgebrochen? Ich hatte doch bloß ...

Mareike-Helene setzte zu einem neuen Satz an, da legte Nian ihr die Hand auf den Arm. »Lass mal. Sie kennt die Regeln doch nicht.«

»Regeln? Was denn für Regeln?«, fragte ich verdattert.

»Das hat nichts mit Regeln zu tun, sondern mit gesundem Menschenverstand«, schnaubte Mareike-Helene. Sie strich Lexi über den Kopf, als wollte sie sie trösten. Worum ging es hier eigentlich? Mareike-Helen stand auf und sah mich direkt an. »Und vor allem mit Respekt«, sagte sie. »Respekt hat man, oder man hat ihn nicht.« Sie tickte dreimal mit dem Fingernagel auf den Tisch, ohne den Blick abzuwenden. Dann stand sie auf und ging ohne ein weiteres Wort davon. Sprachlos sah ich ihr hinterher.

*

Ich war umgeben von leeren Stühlen. Bevor ich auch nur den Mund hatte öffnen können, um mich zu erklären oder zu verteidigen oder wenigstens nachzufragen, was verdammt noch mal das Problem war, waren die anderen aufgesprungen und hinter Mareike-Helene hergelaufen. Ich fühlte mich mieser als mies.

»Kennst du *Orange Is The New Black*?«, fragte eine Stimme hinter mir. Ich fuhr herum.

Lexi! Offensichtlich hatte ich doch nicht *alles* kaputt gemacht. Zumindest sah sie nicht wütend aus – eher nachdenklich.

»Is 'ne Knastserie.« Sie setzte sich wieder auf ihren Platz und schob ihre Brille nach oben. Nicht ihr Ernst! Sie wollte mit mir über eine Knastserie reden?

»Was war das denn gerade?« Ich kam lieber gleich zur Sache. »Ich wollte doch niemandem … Warum ist Mareike-Helene so sauer? Und was meinte Nian mit *Regeln*?«

Dann, in das folgende Schweigen hinein: »Warum bist du zurückgekommen?«

Sie seufzte. »Weil ich dein Scout bin. Und du bist neu. Scouts kümmern sich um die Neuen. Was du wissen musst: *Privat ist privat.* Das ist eine Grundmaxime der Lonelies. Wenn wir uns was Privates erzählen wollen, dann freiwillig. Und es bleibt unter uns Lonelies. Die Leute hier sind nämlich nicht alle nett, und wenn man was über sich verrät, macht man sich verletzlich.« Sie sah auf ihre Fingernägel und ihre Stimme klang auf einmal sehr klein. »Und glaub mir, es gibt immer einen, der genau auf den verletzlichen Punkt haut. Deshalb haben wir uns das geschworen, ganz am Anfang, als wir uns gefunden haben. Und mit dir hat es sich gleich so easy angefühlt, dass wir vergessen haben, dass du ... also, dass du das natürlich nicht wissen kannst. Aber ich bin dein Scout. Und du wirst eine von den Lonelies sein. Also: Wir setzen keinem die Pistole auf die Brust, um irgendwas aus ihm rauszupressen, was der vielleicht gar nicht erzählen will.«

Die Pistole? Ich hatte doch bloß gefragt! Und überhaupt: Was war mit Welpenschutz? »Rastet Mareike-Helene immer gleich so aus?«

»Eigentlich nicht. Ich glaub, sie wollte mich beschützen. Lieb, oder?« Lexi grinste schief. »Sie ist eine Lonely und sie hat wie eine Lonely reagiert. Wir passen aufeinander auf.«

Klang verdächtig nach den drei Musketieren. Nur dass sie vier waren. »Und was hat *Orange Is The New Black* damit zu tun?«

»Na, da lernen die Neuen am Anfang, dass man eine Inhaftierte nie nach dem Grund für ihr Inhaftiertsein fragt.«

»Die anderen sind also wütend, weil ich nach deinen Eltern gefragt hab?«

Lexi nickte.

»Aber ihr seid doch nicht inhaftiert! Ich mein, komm schon, Lexi, das ist doch echt kein Knast hier.« Langsam stieg Ärger in mir hoch. »Das hier ist purer Luxus. Knast heißt, dass man nicht wegkann.«

Lexi nickte langsam. »Stimmt. Schloss Hoge Zand ist kein Knast – eher so was wie 'ne Höhle. Ein sicherer Ort, verstehst du? Der Knast ist für manche von uns eher das, was sich außerhalb der Höhle befindet. Das sogenannte Zuhause.«

Sie atmete aus, lange und laut, dann griff sie nach dem Ei, das Gigi nicht gegessen hatte, pellte es und ließ mich nachdenken. Dann schenkte sie uns beiden noch einen Tee ein.

»Nennt ihr euch deshalb *Lonelies*?«, fragte ich vorsichtig.

»Der Name war nicht unsere Idee. So haben uns die anderen getauft.«

»Aber … ihr nennt euch doch selber auch so? Hat Mareike-Helene nicht vorhin selbst gesagt: *Willkommen bei den …*«

»Is 'n uralter Trick«, sagte Lexi und nickte. »Mach das Schimpfwort zu deinem Markenzeichen. Dann laufen sie ins Leere. Wie mit dem Slutwalk, verstehst du? Wenn Frauen sich selbst Sluts, also Schlampen nennen, kann ihnen keiner mehr wehtun, wenn er sie eine Schlampe nennt.« Sie klang, als würde sie aus einem Buch zitieren. Vielleicht verbrachte sie all ihre Zeit mit Lesen – wenn sie hier permanent lebte, hatte sie wahrscheinlich schon die halbe Bibliothek durch.

Lonelies – die Einsamen. Ich musterte sie. War sie einsam? Sie wirkte nicht so. Etwas verloren vielleicht, aber einsam? Aber was wusste ich schon von Lexi? Und von den anderen? Ich kannte sie ja gerade mal ein paar Stunden. Ich schwieg und trank den lauwarmen Tee.

»Ich kann dir sagen, warum ich permanent hier bin«, sagte Lexi.

»Echt? Aber nur, wenn es für dich wirklich nicht …«

»Ist schon okay«, unterbrach sie. »Ich sag's dir auch nur unter zwei Bedingungen. Erstens: Es muss unter uns bleiben. Also – unter uns Lonelies. Zweitens: Du musst mir sagen, warum du selbst an den Wochenenden nicht nach Hause fährst.«

»Okay.« Ich stellte meine Teetasse ab.

»Meine Eltern sind in einem Schweigekloster auf Sri Lanka.«

»Schweigekloster?«, fragte ich verdattert.

»Die beste Möglichkeit, seine Zeit zu verbringen, wenn man sich nichts mehr zu sagen hat, oder?«

»Deine Eltern … verstehen sich also nicht mehr?«

»Ich kann mich nicht erinnern, dass sie mal anders miteinander kommuniziert hätten als schreiend.«

»Und dann haben sie dich einfach hier abgestellt? Besuchen Sie dich wenigstens?«

»Wir skypen.«

»Krass. – Aber … warte, wie können sie denn skypen, wenn sie schweigen?«

»Ich rede, und die beiden hören zu.«

»Was …? Aber das ist ja … Das ist voll grotesk!«

»Allerdings.« Lexi trank den letzten Schluck Tee. »Das war *mein* Geheimnis. Jetzt du. Warum kannst du nicht nach Hause?«

»Das ist eigentlich gar kein Geheimnis«, antwortete ich leise.

*

»Pinar?«

»Mensch, Lina, *endlich!* Ich hab schon hundertmal …«

Hundertmal. Pinar war so ein Schatz. Ich schämte mich ein bisschen, weil sie nur meine zweite Wahl war: Lukas hatte nämlich die Sonntagvormittags-Fußball-Trainingsschicht von Göran im Abenteuerzentrum übernommen. Weil er das konnte, ohne sich gleich ein Bein zu brechen. Lukas konnte alles. Oder … na ja … fast. Denn bei mir sein – das konnte er gerade nicht. Nicht mal per Telefon. Und Göran? Der saß wahrscheinlich gemütlich in der Hängematte, ließ sein Gipsbein baumeln und appte mit seiner Freundin, während Lukas zehn Sechsjährige über das Fußballfeld jagte. Er war einfach toll mit Kids. Was übrigens einer der zahllosen Gründe dafür war, dass ich mich in ihn verliebt hatte. Allerdings kotzte es mich jetzt ziemlich an, dass diese zehn Hosenscheißer meinen Freund für sich hatten, während ich nicht mal mit ihm *reden* konnte … Immerhin meine allerbeste Freundin hatte Zeit für mich.

»Was 'n das für 'ne komische Nummer?«, rief Pinar an meinem Ohr. »Hast du dein Handy verloren? Ich hab dir bestimmt fünfzig SMS geschickt und dich ständig angeklingelt, aber es springt nur die Mailbox an. *Hör mal: Mach das nie wieder!* Ich bin hier fast durchgedreht, hab dich schon in einem Kofferraum liegen sehen, verschleppt von irgendeinem Inselirren!«

Oh Mann! Tat das gut, ihre Stimme zu hören.

»Ich rufe von einem Gemeinschaftstelefon an«, sagte ich steif in normaler Lautstärke. Dann flüsterte ich: »Pinar, hier ist es voll beknackt, die haben nicht mal …«

»*Was?* – Ich kann dich kaum verstehen. Geht's 'n bisschen lauter?«

»Das kann ich nicht«, sagte ich wieder normal laut. Dann im Flüsterton: »Die hören alle mit.«

»Echt? Is ja krank. Na los, erzähl, ich stell mein Hörgerät an.«

Und ich erzählte. Ich lehnte meine Stirn an die Wand, presste den Hörer ans Ohr und flüsterte Pinar alles zu. Alles über Kunze, den ständigen Wind, mein *Doppel*zimmer, die vier Lonelies. Und dass ich es geschafft hatte, sie schon an meinem ersten Morgen hier vor den Kopf zu stoßen. So sehr, dass sie mich wortlos am Frühstückstisch hatten sitzen lassen. Na ja, bis auf Lexi.

»Die sind nicht … na ja … nicht unnett«, schloss ich, »aber irgendwie voll durch. So … überdreht. Und hypersensibel, definitiv.«

»Inselkoller?«, mutmaßte Pinar.

»Kann sein. Oder … ich weiß nicht. Eben beim Frühstück, das war … hm … ein richtiger Streit. So einer, den man nicht hat, wenn man sich gar nicht kennt. Weißt du, die anderen kommen hier wenigstens an den Wochenenden raus. Aber die vier«, tuschelte ich, »die sind *immer* hier. Nach dem Grund darf man nicht fragen – wegen der *Regeln*.« Ich schnaubte. »Und ich bin jetzt die Fünfte, die immer hierbleibt. Ich bin eine von denen, ob ich will oder nicht. Verstehst du? Vielleicht bin ich bald genauso wie die, Pinar: völlig durchgeknallt.«

»Du? Nie im Leben. Und selbst wenn: Das wär keine allzu große Persönlichkeitsveränderung.« Sie prustete.

Ich prustete mit.

Im Minutentakt warf ich Münzen nach – ein Zwanzig-Cent-Stück nach dem anderen. Ich musste dringend eine Karte für das Steinzeitding besorgen. Gedämpft erzählte ich, was ich beim Frühstück gelernt hatte, *bevor* es zu dem Streit gekommen war: von Nian, wie man glutenfrei isst (Brötchen aus Kartoffelmehl!), von Lexi jede Menge Regeln (kein Alkohol und Nikotin unter 16. Medikamente musste man abgeben, die wurden dann *zugeteilt*, Straßenschuhe waren im Haupthaus untersagt, genau wie das Betreten des Naturschutzgebietes). Von Gigi hatte ich erfahren, dass glänzende Stoffe mir angeblich stehen würden (»Silberblau, Alina! Ich sag nur Sil-ber-blau!«), und von Mareike-Helene, was es auf dieser Insel zu erleben gab (nichts!).

»Diese Kleine … Lexi … die ist mein *Scout*. Und die nimmt

das total ernst. Ich meine, ich bin ja froh, dass sie mich beim Frühstück nicht auch einfach geschnitten hat wie die anderen, aber trotzdem … Stell dir vor: Als ich eben in mein Zimmer hoch bin, ist sie mir hinterhergeschlichen! Ich musste durch den Fluchtweg raus und unten wieder ins Haus rein, um in Ruhe mit dir zu telefonieren. Ich wette, die sitzt immer noch vor meiner Zimmertür, *rein zufällig.*«

»Wie – Fluchtweg? Habt ihr da 'ne Feuertreppe, oder was?«

»Schlimmer, Pinar! Das glaubst du nicht!«

Nachdem ich nach dem Frühstück in mein Zimmer geflüchtet war, hatte der riesige rote Kreis an der Wand meinen Blick angezogen. Am Vorabend war ich zu verheult und zu müde gewesen, um mich damit zu beschäftigen. Deshalb hatte ich heute erst gesehen, was auf dem Griff in der Mitte stand: *Kräftig ziehen!*

Also hatte ich gezogen.

Feste. Sehr feste.

Und zack!, hatte ich rücklings auf dem Boden gelegen, den roten Kreis wie ein Schild in der Hand. Vor mir in der Wand hatte ein metergroßes kreisrundes Loch geklafft. Salzige Luft war hereingeströmt.

Was zum Henker …? Ich hatte das Plastikteil zur Seite gelegt und war zu dem Loch gekrochen.

Eine Röhre. Eine riesige, von innen grüne Röhre, die wie eine Spirale nach unten führte. In meinem Kopf hatte es klick gemacht. Natürlich! Ich hatte diese komischen Röhren an den Seitenwänden des Herrenhauses gesehen.

»Verstehste, Pinar?«, flüsterte ich in den Hörer. »Das Loch in der Wand ist der Zugang zur Notrutsche! – Pinar? *Pinar?*«

*

Ich hielt den Hörer immer noch ans Ohr gepresst, obwohl nur noch ein penetrantes Tuten zu hören war. Meine Münzen waren alle. So ein Scheiß!

»K… kauf dir am besten eine Telefonkarte.«

Ich fuhr herum. Kunze.

In seiner blauen Latzhose stand er gebückt in der winzigen Tür. Diese Traurigkeit in seinem Gesicht. Ob er irgendwelche Sorgen hatte? Er ging an mir vorbei zu der riesigen Flügeltür und fing an, eine Reihe Riegel beiseitezuschieben.

»Und wo krieg ich die her?«

»Normalerweise in unserem Kiosk, gleich neben der Mensa. Aber der ist sonntags zu.«

»Sehr hilfreich«, knirschte ich.

»Du kannst sonst noch zu M… Mühstetters Kiosk am Hafen«, brummelte Kunze. »Der hat auch am S… Sonntag auf.«

Mein Blick wanderte zu den Schuhregalen neben der Tür, in denen beeindruckend viele graue Filzschlappen standen und warteten. »Wann kommen eigentlich die anderen Schüler?«, fragte ich.

»Die ersten mit der Fähre um zwei. Die letzten mit der um s… sechs.«

Ich warf einen Blick auf die Uhr. Es war halb elf. Sah aus, als wäre das meine letzte Chance, allein zu sein und das Gelände zu erkunden. Gigi saß im Computerraum. Nian und Mareike-Helene waren Hand in Hand und mit einer Campingdecke unterm Arm Richtung Internatstrand abgezogen. Und Lexi-Scout, das ahnte ich, trieb sich oben auf dem Gang rum und wartete darauf, dass ich endlich aus meinem Zimmer kam.

»Herr Kunze?«

»Hm.«

»Sind zurzeit Leute im Naturschutzgebiet, um … äh … irgendwas zu erforschen?«

Sein Kopf schnellte in meine Richtung. »W… wie kommst du denn darauf?«

»Ich hab gestern Abend was gesehen. Ein Licht. Oder eher einen Schein aus grünem Licht.«

»Jaja, Herr Mühstetter wohnt in der alten Station.«

»Nein, es war weiter draußen. *Viel* weiter draußen.«

Kunze sagte sehr langsam: »Wirklich?« Und wenn das überhaupt möglich war, so sackte die Traurigkeit in seinen Augen in eine noch tiefere Nuance ab. »Da draußen ist nichts, glaub mir. *Gar* nichts. W… wahrscheinlich hast du Glühwürmchen gesehen.«

Glühwürmchen? Schwachsinn. Das müsste schon ein Schwarm Riesenglühwürmer sein, damit das kilometerweit grün leuchtete! Aber ich verkniff mir meine Erwiderung. Etwas an Kunzes Tonlage machte mich wachsam.

»Da ist nichts und n… niemand«, wiederholte er. Dann straffte er sich plötzlich. »Überhaupt hat dich das Naturschutzgebiet absolut nicht zu interessieren. Der Zutritt ist verboten. Auch und gerade für die Schüler. V… verstanden?«

Das Wort *Gefahr,* das in seiner Stimme aufblitzte.

Kunze *wusste* was. Er wollte es mir nur nicht sagen.

»Aye, aye, Sir«, sagte ich, stieg aus den Schlappen, stellte sie ins Regal, schlüpfte in meine Schuhe und ging an ihm vorbei ins Freie.

*

Der Himmel hatte blaue Flecken. Die Luft war mild und salzig und der Wind hatte sich auf ein Niveau heruntergefahren, das für eine Ostseeinsel vermutlich gemäßigt war.

Ich bin nicht gerade die aktivste Person auf der Welt. Ich mag meine Kuscheldecke, ich mag Lesen, ich mag ruhige Momente, um in meine Notizbücher zu schreiben. Aber es gibt eine Sache, die mich zuverlässig auf die Beine bringt: Wenn jemand mir mit todernstem Gesicht und erhobenem Zeigefinger sagt: *Du darfst alles, nur diese eine Sache nicht!* Schwupp, steh ich da und bin dabei, *diese eine Sache* zu tun. Keine Ahnung, wieso – ist so etwas wie ein Naturgesetz.

Der Pfad, der hinter das Haus A führte, war mit ausgetretenen Natursteinen gepflastert und hatte etwas Britisches, *Downton Abbey*-Mäßiges. Auf der Rückseite umschloss er in einem sanften, großen Bogen eine weitere Rasenfläche und führte dann ums Haus herum zurück zur Vorderseite – ein Kreis, der wollte, dass man ihm folgte. Was ich nicht tat. Stattdessen blieb ich stehen und betrachtete die kniehohe Hecke, die das Schlossgelände von der freien Landschaft dahinter trennte.

Dann stieg ich hinüber.

Sand, Sand, Sand. Dahinter eine wilde Wiese. Was für ein Unterschied zu den penibel gemähten Rasenflächen des Schlosses! Ich stapfte durch die Gräser und ließ das Schloss hinter mir. Grillen zirpten und Heuschrecken hüpften vor meinen Füßen. Ich spürte, wie die Fenster auf der Rückseite des Schlosses mich anstarrten, und drehte mich um. Am liebsten hätte ich ihnen triumphierend zugerufen: »He, ihr Nasen! Ich bin im Naturschutzgebiet!«

Fröhlich stapfte ich weiter. Riss einen Halm ab und steckte ihn zwischen die Lippen. Alles war gut, bis ich plötzlich vor einem Holzzaun stand. NATURSCHUTZGEBIET – BETRETEN VERBOTEN!

*

Wie jetzt? Ich war immer noch außerhalb? Ich spuckte den Halm aus und ging den Zaun entlang. Im Abstand von etwa zwei Metern waren Schilder auf Augenhöhe angebracht. Immer schön im Wechsel stand da:

NATURSCHUTZGEBIET – BETRETEN VERBOTEN!

Und:

BIOTOP FÜR PFLANZEN UND TIERE – ZUTRITT STRENG UNTERSAGT!

Und: ACHTUNG URRINDER!

Ein paar Meter weiter rechts entdeckte ich eine dieser überdachten Tafeln, und ich musste nicht hingehen, um zu wissen, dass darauf eine verblichene, vermooste Zeichnung zu sehen war, die genau aufführte, welche Vögel hier und da brüteten und welche Pflanzen da und dort wuchsen. Als wollten sie einem unbedingt vor Augen führen, was man alles sehen können würde, wenn man reindürfte. Konjunktiv. Wieder hatte ich Kunzes Stimme im Ohr: *Überhaupt hat dich das Naturschutzgebiet absolut nicht zu interessieren. Der Zutritt ist verboten. Auch und gerade für die Schüler. Verstanden?*

Ja. Genau deshalb musste ich da ja unbedingt rein! Dabei mochte ich Vögel nicht mal besonders, und bei geschützten Blumen dachte ich immer an Orchideen, und die erinnerten mich an Sonderangebote bei Aldi und meine Oma. Und Urrinder? – Na ja, Kühe fand ich gut.

Wieder sah ich mich kurz um, dann schwang ich das rechte Bein über den Zaun. Es ertönte keine Sirene, und ich bekam keinen Stromschlag.

Leichtfüßig sprang ich ins verbotene Gebiet.

*

Drinnen sah es exakt so aus wie draußen. Wiese und Sand. Nach wenigen Metern stieß ich auf einen Trampelpfad, der tiefer in das Gelände führte. Mir recht, Hauptsache schnell raus aus dem

Blickfeld des Internats. Am Ende hatten die einen Sonderbeob-achtungsposten auf dem Turm sitzen, der mit einem Megafon hinter mir herbrüllen würde. Ich hetzte und bekam Seitenste-chen. Egal. Weiter.

Als ich ein paar Dünen hinter mir gelassen hatte, verlangsam-te ich meine Schritte. Mit dem Kompass meines Handys (eins der wenigen Dinge, für die das Teil keinen Empfang brauchte: Kompass, Taschenlampe, Fotos und meine Musik) prüfte ich die Himmelsrichtung. Der grüne Lichtschein hatte nordöstlich vom Turm geleuchtet. Der Weg schien in dieselbe Richtung zu führen.

*

Nach etwa einem Kilometer Fußmarsch tauchte links eine Hüt-te auf. Alle Fenster waren dunkel. Ich pirschte mich langsam heran.

Die Hütte wirkte verwahrlost, das Holz war angefressen, Salz-flecken zogen sich über die verwitterten Bohlen, die Fenster wa-ren schmierig. Über der Tür hingen in einer löchrigen Reihe Holzbuchstaben.

V EL EOB   TU GS A IO , buchstabierte ich.

Das war also die geheimnisvolle Vogelbeobachtungsstation. Das Wohnhaus von diesem unheimlichen Mühstetter.

Obwohl ich wusste, dass er in seinem Kiosk sein musste, zö-gerte ich. Was, wenn er doch da war? Vielleicht hatte er Ange-stellte.

Egal … Meine Neugier siegte. Ich ging näher.

Auf der Seite zum Meer hin hatte das Häuschen eine Veran-da, die jedoch aussah, als würde sie bei einem kritischen Blick zusammenbrechen. Vorsichtig setzte ich einen Fuß darauf. Das

Holz knarrte. Ich näherte mich einem der Fenster, schirmte mit den Händen das Licht von meinem Gesicht ab und sah hinein.

Ein düsterer Raum. Von der Decke baumelte eine nackte Glühlampe. Bis auf einen riesigen, etwa zwei Meter hohen Metallkasten, der neu aussah, als wäre er gestern erst aus dem Laden rübergebeamt worden, eine große, vollgestopfte Mülltüte und einen Stapel übereinandergestellter Plastikstühle war der Raum leer. Erstaunt setzte ich meine Erkundungstour fort. Auch auf der Rückseite des Hauses gab es ein Fenster. Derselbe Raum, nur von hinten. Kein Tisch, kein Sofa, kein Kühlschrank, kein Herd, nur dieser komische Metallkasten – es gab nichts, was diesen Raum zu einer Wohnung machte. Nicht mal ein Bett.

Da stimmte etwas nichts. Das *musste* ein Irrtum sein. Das war überhaupt nicht die Vogelbeobachtungsstation! Noch einmal ging ich zur Vorderseite, tappte über die morschen Bohlen, starrte auf die kläglichen Holzbuchstaben über der Tür. Dann rutschte mein Blick ab und blieb an dem kleinen Schild links neben dem Türrahmen hängen – das Einzige, was neben dem Metallkasten nagelneu war an dieser Bruchbude. Mit Computer ausgedruckt, stand da: *Gustav Mühstetter.*

Aber wie ... wie konnte das sein? Der Typ konnte unmöglich *dadrin* wohnen.

Da stieg jäh ein ungutes Gefühl in mir hoch, heftig wie ein Brechreiz. Ich stolperte die Veranda wieder runter und drängte das Gefühl weg. *Versuchte* es.

Ich drehte dem Haus den Rücken zu und lief so schnell, dass ich anfing zu schwitzen. Ich wollte nur weg. Nichts wie weg von diesem Ort.

*

Nach einer langen Weile wurde ich endlich langsamer. Wischte mir den Schweiß von der Stirn. In den Nachrichten hatten sie gesagt, dass wir heute die Dreißig-Grad-Marke knacken würden. Im Mai! Der Klimawandel ließ grüßen.

Es hatte etwas Meditatives, durch Sand und Sträucher zu laufen, durch Sträucher und Sand. Die schreckliche Hütte lag schon seit einer halben Stunde hinter mir.

Nach und nach gewöhnte ich mich an die Langweiligkeit der Landschaft und entdeckte Details, die mir vorher entgangen waren. Nichts Spektakuläres, keine Orchideen oder so, aber komische Blümchen. Blau. Stachelig. Es erstaunte mich nicht, dass selbst die Blumen hier Stacheln hatten … Hin und wieder kreischte ein Vogel. Ansonsten keine Ablenkung. Nirgends ein Urrind, soweit ich den Blick auch schickte. Nur der Wind und das leise Rauschen des Meers von ferne, das fast wie Straßenverkehr klang, nur regelmäßiger. Ich hielt inne, schloss die Augen, hörte dem Rauschen zu und stellte mir vor, in Berlin zu sein.

Lukas.

Ich hatte immer noch nichts von ihm gehört.

Ich blinzelte, dann lief ich weiter.

Nach einer weiteren halben Stunde waren meine Beine müde und ich staubig. Und noch immer kein Hinweis auf den Ursprung des grünen Lichts. Stattdessen überall der gleiche öde Sand, dieselben blöden Sträucher und Stachelblümchen.

Ich wühlte den Apfel vom Frühstück aus meinem Rucksack und lief weiter. Gerade als ich hineinbiss, tauchte hinter einer Sanddüne ein … *Objekt* auf. Ich erstarrte.

*

Das Objekt war ein Zelt.

Vielleicht. Womöglich war es aber auch ein Spaceshuttle, halbkugelförmig und aus einem Material, das kupferfarben in der Sonne glänzte. War das *Metall?* Ich kniff die Augen zusammen.

Der angebissene Apfel landete im Sand. Ich schlich heran und zog mein Handy aus der Tasche, um ein Foto von dem seltsamen Ding zu machen. Als mich noch etwa zwei Meter davon trennten, hörte ich eine Stimme. Sie kam aus dem Innern des Objekts. Ich hielt den Atem an.

»Das weiß ich doch alles!« Eine Mädchenstimme. Dann: »Hm, hm …« Nach einer Weile: »Herr Janus, wir haben das hundertmal durchgekaut. Hundertmal! – Ich kenne die Richtlinien in- und auswendig. Und außerdem ist GM-2 auch noch da. Ich könnte gar keinen Fehler machen, selbst wenn ich wollte.«

Hä? Telefonierte sie? Ich sah auf mein eigenes Handy. Keine Spur von Empfang!

Ich wagte mich näher, so nah, dass ich ein kleines Emblem im Material der Zeltwand erkennen konnte: Ein roter Kreis mit einem Punkt darin. Leider gab es kein Fenster. Ich machte noch einen Schritt. Zu gern hätte ich gewusst, was dadrinnen …

Ich stolperte und knallte auf die Knie. »Shit!« Mein Fuß hatte sich in einem Nylonfaden verfangen, der direkt über dem Boden in einem großen, dicht gewebten Kreis rund um das Metallzelt gespannt war. Als ich die Augen zusammenkniff, sah ich, dass die Fäden sogar noch viel, viel weiter gespannt waren. Dort jedoch weniger dicht. Es war purer Zufall, dass ich bisher nicht gestürzt war. Es sah aus wie eine F…

»Oh nein! Hey! Wer ist da?« Ein Mädchen kam aus dem Zelt geschossen und schwang einen schwarzen Stab hin und her. Als sie mich sah, hielt sie plötzlich mitten in der Bewegung inne, als hätte ein Schuss sie getroffen. »Du?«, flüsterte sie, und ihr Blick glitt über mein Gesicht.

Ich war irritiert. Schnell rappelte ich mich auf. Sie sieht ... hungrig aus, dachte ich. Als wollte sie jede meiner Regungen essen.

»Das ... das geht nicht«, flüsterte sie plötzlich. »Ich muss ... Was mach ich denn jetzt? Wenn Herr Janus das erfährt. Verdammt!« Sie sah mich irgendwie ... verzweifelt an. »So sollte das nicht ablaufen. Ich ... ich muss doch ... und nicht du ...«

Wie bitte? »Was redest du da eigentlich?«

Sie antwortete nicht, sondern hielt weiterhin den schwarzen Stab in der ausgestreckten Hand und starrte abwechselnd ihn und dann mich an. Mit huschenden Augen. Es sah ein bisschen irre aus – als wäre sie geradewegs vom Jupiter gekommen und träfe in mir nach tausend Jahren Forschung auf die erste Lebensform.

»Alles okay?«, fragte ich.

Das wäre der richtige Zeitpunkt für ein erleichtertes Lachen gewesen, dafür, den Stab sinken zu lassen und aufzuhören, so irre hin- und herzustarren, uns die Hände zu schütteln oder zumindest unsere Namen zu sagen. Aber der Moment verstrich.

»Du hättest nicht ...« Sie stolperte über die Worte. »Nicht hierher ... Das war nicht *geplant*. Was ... was mach ich denn jetzt?«

Sie brach ab.

Was denn für ein Plan? Ich sah sie neugierig an. Sie war etwa in meinem Alter. Ihre kurz geschnittenen kastanienfarbenen Haare waren verwuschelt, sie trug Jeans, schwarz und hauteng wie meine. Dazu ein paar klobige Boots und einen bollerigen Pullover aus silbern glitzernder Wolle. Ihre Haut war sehr blass.

»Quemme!«, fluchte sie plötzlich. »Quemme, quemme, quemme …« Dann zuckte sie zusammen, als hätte ein Stromschlag sie getroffen.

Was zum Teufel war mit der los? Ich wich einen Schritt zurück, vorsichtig, wegen der Nylonfäden. Sie sah nicht direkt verrückt *aus*, aber dass sie es war, war eindeutig. Vielleicht war sie aus irgendeiner Psychiatrie ausgebrochen und versteckte sich hier. Ob sie gefährlich war?

»Was machst du hier?«, fragte ich wachsam. »Das Gebiet ist verboten. Man darf hier nicht campen. Und wieso spannst du Fallstricke?«

»Du wirst mich doch nicht verpfeifen?« Ihre Stimme war voller Angst, und sie sah aus, als könnte sie jeden Moment in tausend Stücke zerspringen.

Sie hob den Stock. Ich wich automatisch noch weiter zurück.

»Nein!« Sie sprang unvermittelt auf mich zu. »Du darfst nicht …«

Ich wartete nicht. Ich schnellte zur Seite, nietete einen Strauch um und stürzte davon, als wäre der Teufel hinter mir her.

*

Sie verfolgte mich nicht.

Als ich mich im Rennen umdrehte, stand sie vor ihrem Zelt, hielt den Stock ans Ohr und redete. *Sie redete mit einem Stock!* Die war durchgeknallt. Aber total. Ich hatte ein Scheißglück gehabt. Die hätte mich mit diesem Stock niedergeknüppelt, ich war mir ganz sicher.

Ich rannte weiter, minutenlang, und selbst als ich einen gehörigen Sicherheitsabstand zwischen das Zelt und mich gebracht hatte und erneut Seitenstechen bekam, hielt ich nicht an. Erst als

93

ich wieder an den Zaun kam, beugte ich mich vornüber, stützte die Hände auf die Knie und keuchte. Meine Beine zitterten, meine Lunge brannte, mein Mund war trocken. Die Hitze machte es nicht besser. Was hätte ich jetzt um den Apfel gegeben! Mit zitternden Beinen kletterte ich wieder über den Zaun zurück in die Legalität und sah mich um. Wo, verdammt, war ich?

Dünen, Sträucher, Stachelblumen, soweit das Auge reichte. Wer hätte das gedacht? Warum hatte ich Idiotin die Karte von der Insel nicht mitgenommen? Das Navi am Handy war ohne Internet auch für 'n Arsch. Super. Der Kompass brachte mich hier nämlich auch nicht weiter.

Da hörte ich ein leises gleichmäßiges Knirschen. Ein Elektroauto? Ich scannte den Horizont. Etwa dreihundert Meter entfernt kreuzte etwas Dunkelblaues die Einöde. Ich kratzte meine letzten Reserven zusammen und rannte darauf zu.

*

»Heyhey, Alina!« Ein roter Lockenkopf schob sich aus dem dunkelblauen Auto.

Ich hätte nicht gedacht, dass ich mich mal freuen würde, Cara zu sehen. Sie saß auf der Fahrerseite, ihre Mutter daneben.

»Du … fährst … Auto?«, japste ich.

»Wir üben. Hier draußen stört das keinen. Normalerweise laufen hier nämlich keine Leute durch die Gegend, die man umnieten könnte.« Sie lachte.

»Hast du dich verlaufen?«, fragte Caras Mutter und sah mich schon wieder so an wie beim ersten Mal am Hafen – als würde sie ihr Gedächtnis nach mir durchwühlen. »Musst du zum Internat?«

»Eigentlich … zum … Hafen«, schnaufte ich. »Telefonkarte …«

»Cool! Kann ich sie hinbringen, Ma? Ich hab eh Lust auf ein
Eis.«

»Klar! – Steig ein!«

Ich mochte Caras Mutter. Sie war so herrlich unkompliziert.

*

Eine holprige Fahrt später kamen wir am Hafen an und stiegen
aus. Caras Mutter blieb sitzen und rief uns hinterher: »Wenn
ich endlich dahintergekommen bin, warum du mir so bekannt
vorkommst, geb ich euch ein Eis aus!« Dann hupte sie kurz und
fröhlich und rauschte davon.

»Aber …« Ich sah dem Wagen nach.

»Wir *laufen* zurück«, meinte Cara schlicht. »Machen wir immer
so. Wir haben nie Eis zu Hause. Wenn ich welches will, gibt's
Stieleis vom Kiosk. Sie fährt mich sogar her. – Nur zurück muss
ich laufen.«

»Warum? Sollst du die Kalorien abtrainieren?«

»Sozusagen.«

Vielleicht war Caras Mutter doch nicht so cool …

Wir liefen nebeneinander die menschenleere Straße entlang
und vor zum Kiosk. Unsere Schritte hallten auf dem Kopfstein-
pflaster.

»Hier tobt echt das Leben«, murmelte ich. Die Häuser waren
abweisend, die Fenster reflektierten in der Sonne. Die sagenhafte
sechshundertjährige Linde ließ ihre Blätter zittern. Eine Leere
ringsum, als wäre der Ort evakuiert worden. Das rhythmische
Rauschen der Wellen lieferte den Soundtrack dazu. Wenn das
ein Western wäre, würden garantiert diese komischen Stroh-
buschballen über die Straße rollen.

»Sei froh, dass wir *jetzt* hier sind und nicht um zwei«, meinte

Cara unbekümmert. »Da kommt nämlich die Fähre mit der ersten Ladung Schüler. Und pünktlich fünf nach zwei ist der Kiosk ausverkauft! – Bis aufs letzte lausige Wassereis.«

Sie strebte vorwärts, und auch ich legte einen Zahn zu, denn der Gedanke, dass mir jemand die letzte Telefonkarte vor der Nase wegschnappen könnte, beunruhigte mich.

*

Der blaue Pavillon stand abseits – als hätten die anderen Häuser keine Lust gehabt, in seiner Nähe zu stehen. In der Tür hing ein rummeliges Schild: GEÖFFNET!

Mühstetter, das sah ich schon von draußen, stand hinter der Verkaufstheke und starrte in die Luft. Er hatte einen Dreiteiler an, und ein echtes Stofftaschentuch lugte als Dreieck aus seiner Westentasche. Dazu trug er den unvermeidlichen Zylinder. Als wir die Tür aufstießen, ertönte ein ohrenbetäubendes Tröten, und einen Moment lang dachte ich, ein Alarm wäre losgegangen, aber offenbar handelte es sich bei dem Lärm um die Türklingel. Mühstetter bewegte sich keinen Millimeter. Mit leerem Blick, das Monokel zwischen die Augenlider geklemmt, sah er uns entgegen.

»Tag!«, rief Cara, und da kam Bewegung in ihn. Es war, als würde sein Blick in die Gegenwart zurückkehren. Als wäre er gerade ganz weit weg gewesen und käme langsam wieder zu sich. Er blinzelte, räusperte sich und antwortete mit hohler Stimme: »Guten Tag!«

»Ein Magnum Mandel«, sagte Cara.

Ich sah den Drehständer mit den Postkarten durch. Vielleicht sollte ich Lukas und Pinar welche schicken. Statt SMS und E-Mails. Leider waren die Motive so langweilig wie alles hier: eine Möwe am Himmel, eine Möwe auf einem Strandkorb, eine

Möwe auf einem Steinhaufen. Und, der absolute Burner: eine Qualle im Sand. Tot.

»Herr Mühstetter?«, wiederholte da Cara eindringlicher. »Ein Magnum Mandel, bitte.«

Ich sah hoch. Mühstetter schien Cara nicht mal gehört zu haben. Sein Blick lag auf mir. Wieso starrte der mich so an? Hatte er Angst, dass ich was klaute? Ich zog zwei der schnarchigen Karten raus (Möwe auf Steinhaufen und – ich konnte nicht anders: die tote Qualle. Pinar würde sie lieben!), trat neben Cara an den Verkaufstresen und legte sie darauf.

»Zwei Euro«, sagte Mühstetter, kaum dass die Karten lagen.

»Mit Briefmarken bitte. Und bitte noch ein Magnum Mandel für meine Freundin«, (hatte ich gerade *meine Freundin* gesagt?), »und eine Telefonkarte für zwanzig Euro.«

»Fünfundzwanzig vierzig!« Mathe schien Mühstetter mehr zu liegen als Kundenfreundlichkeit. Er zog ein Schokoeis mit Mandelsplittern aus einer Kühltruhe neben sich und legte es auf den Tresen. Dann öffnete er eine Schublade, griff blind hinein und reichte mir zwei Briefmarken und eine Telefonkarte. Er hatte den Blick nicht eine Sekunde von meinem Gesicht abgewendet.

*

»Also wenn ich Regisseurin wär und einen Psychothriller drehen wollte: Der Typ wär meine erste Wahl für den Massenmörder«, versuchte ich einen Scherz, als wir wieder draußen waren. Zum dritten Mal an diesem Tag hatte ich den Impuls wegzulaufen. Erst bei seinem »Haus«, dann bei der campenden Irren und jetzt am Kiosk. Leider half es diesmal nicht. Ich rannte zwar fast, aber das blöde Gefühl, das mich ergriffen hatte, klammerte sich an meinem Nacken fest.

Cara pulte die Verpackung von ihrem Eis und rannte hinter mir her. Erst als der Hafen samt Linde hinter uns lag, drosselte ich das Tempo. »Das is 'n Freak, Cara! Der hat nicht alle Paddel im Wasser.«

»Sag ich ja.« Cara biss mit einem Krachen in die Schokohülle ihres Eises.

»Ich meine damit, der ist *unnormal!* Wenn du wüsstest, wie der lebt! So lebt kein normaler Mensch. Der hat keinen Kühlschrank. Der hat nicht mal ein Bett – ich hab keine Ahnung, wo der –«

Cara blieb abrupt stehen. »Woher weißt du das? Du warst doch nicht etwa im Naturschutzgebiet?«

»Klar war ich da! Ich hab –«

Cara packte mich am Ärmel, ihre Augen waren weit vor Panik. »Wir *dürfen* da nicht rein! Bist du *wahnsinnig?* Das ist total gefährlich!«

»Was soll 'n da gefährlich sein – die Stachelblumen?« Ich machte mich los.

»Die Urrinder! – Die sind hochaggressiv! Wusstest du nicht … Hat Kunze dir nicht … Alina, dir hätte das *Schlimmste* passieren können!«

Cara bombardierte mich mit Ausrufezeichen, und automatisch duckte ich mich. »Ach Quatsch, jetzt übertreib nicht …«, murmelte ich.

»Du hast ja keine Ahnung! Du hast den Film noch nicht gesehen!«

»Was für 'n Film?«

»Ohne Scheiß«, warnte Cara. »Das ist nicht lustig. Wenn sie dich erwischen, fliegst du von der Schule.«

Verdattert sah ich sie an. Von der Schule fliegen? Wegen *so* was? »Ach komm …«

»Glaub's mir einfach!« Sie klang, als meinte sie es bitterernst.

Dann setzte sie sich wieder in Bewegung. Ich folgte ihr – schweigend, weil ich spürte, dass sie noch was hinzufügen wollte. Tat sie aber nicht. Ich notierte mir im Kopf: Um Cara zum Schweigen zu bringen, reichte es, das Naturschutzgebiet zu erwähnen.

Beinahe eine Viertelstunde liefen wir stumm nebeneinander her, dann bekam sie den Mund doch noch auf. »Ich muss da lang.« Sie deutete auf einen kleinen Pfad. Erstaunlicherweise war ich fast enttäuscht.

»Kommst du nicht noch 'n Stück mit?« He – hatte ich das wirklich gesagt? Aber wenn ich an die »Lonelies« dachte, meine einzige momentane Gesellschaft im Schloss, kam mir Caras Gegenwart plötzlich gar nicht mehr *so* nervig vor. Wenigstens starrte sie mich nicht so anklagend an wie Gigi, Mareike-Helene und Nian, nur weil ich was Falsches gesagt hatte. Und sie ließ mich nicht einfach sitzen.

Sie zog ihren Tabak aus der Tasche und begann, sich (einhändig!) eine zu drehen. »Nee, muss noch Physik machen«, sagte sie. Sie leckte den Streifen an, pappte die Zigarette zusammen und fand ihr Feuerzeug auf Anhieb. »Lauf einfach die Straße weiter. Sind ungefähr drei Kilometer. Bis morgen!«

Sie machte ein paar Schritte in den Weg hinein, dann blieb sie stehen, als hätte sie was vergessen. »Ach, Alina …? Äh … Grüß Gigi von mir!« Ein Zug an der Kippe. »Und die anderen natürlich auch.«

*

Als ich am Schloss ankam, war es Viertel nach zwei. Ich war staubig, erschöpft und wahnsinnig durstig. Warum hatte ich mir am Kiosk keine Cola geholt? Müde schleppte ich mich die saubere Einfahrt entlang.

Bei der Mensa, halb hinter einem Gebüsch, entdeckte ich Kunze und Frau Tongelow. Er hielt sie fest umarmt, und sie flüsterte ihm was ins Ohr. Oder küsste sie ihn? Sofort spürte ich, wie ich rot wurde. Ich weiß nicht, wieso, aber es ist immer komisch, Erwachsene bei Zärtlichkeiten zu ertappen. Trotzdem sah ich noch mal hin. Es wirkte liebevoll, aber ein bisschen auch so, als wollte sie ihren Mann trösten. Was war bloß mit Kunze los?

Ich ging weiter.

Auf einer Decke im Gras saßen Mareike-Helene und Nian und rieben sich gegenseitig die Arme mit Sonnencreme ein. Ich überlegte, ob ich das Idyll stören dürfte – vor allem nach dem Vorfall beim Frühstück –, nahm allen Mut zusammen und lief hinüber.

»Wie war's am Strand?«, fragte ich, als ich vor ihnen stand. Ich wollte den Streit vom Morgen so schnell wie möglich aus der Welt schaffen.

Mareike-Helene presste wütend die Lippen zusammen und sah in die andere Richtung.

Himmel, war sie echt immer noch wütend? Oder wollte sie bloß mit Nian allein sein? Am liebsten wär ich einfach wieder gegangen, aber immerhin waren wir in den nächsten sechs Monaten an den Wochenenden die Einzigen hier. Wir mussten ja nicht gleich Freunde werden, aber miteinander auszukommen, wär schon ganz nett.

Zweiter Versuch: »Was 'n los?«

»Danke, dass wir eine Woche lang den Dreck der anderen von den Tischen wischen können!«

»Bitte, was? – Warum?«

»Schon vergessen?« Wie aus dem Boden gestampft, stand Lexi plötzlich neben mir. »Wir müssen eine Viertelstunde warten, bis alle da sind. Wenn dann immer noch wer fehlt, haben wir nicht nur weniger Zeit zum Essen, sondern kriegen auch noch die Tischabwischstrafe. Hab ich dir doch erzählt.«

Oh nein! Auch das noch. Wieso hatte ich diese bescheuerte Tischregel vergessen? Wenn ich so weitermachte, würden sie mich bald wirklich hassen.

»Ich hab dich überall gesucht«, schimpfte Lexi. »Wo warst du?«

»Scheiße – das mit dem Essen hab ich voll verge–«

Hinter uns ertönte ein Getrappel. Lauter, lauter, immer lauter.

»Was ist *das* denn?«, fragte ich entgeistert.

»Die Internatskutschen«, sagte Lexi. »Das sind die Schüler von der Zwei-Uhr-Fähre!«

5

Neu sein

Bong. Bong. Booooong!
Grundgütiger – was war das denn?! Eine Kirchenglocke? Hätte ich nicht schon seit einer Stunde wach gelegen – ich wäre garantiert vor Schreck aus dem Bett gefallen. So aber fiel mir nur Kunzes schwarze Mappe aus der Hand, in der ich gerade geschmökert hatte.

Vor dem Höllengeräusch hatte ich gerade die Seite zu N aufgeschlagen. Das erste Stichwort war *Naturschutzgebiet.* Dazu informierte eine Din-A4-Seite mit großen roten Buchstaben: *Achtung: Aggressive Tiere – Betreten verboten!*

Ich stopfte mir das Kissen noch mal unter dem Rücken zurecht, hob die Mappe auf, blätterte um und ließ sie beinah gleich wieder fallen.

Scheiße!

Hätte ich am Vortag gewusst, was die Urrinder für … für *Kreaturen* waren, wäre ich nie so sorglos in das Naturschutzgebiet spaziert! Ich starrte auf das Foto. Das Rind starrte aus irren roten, blutunterlaufenen Augen zurück. Geblähte Nüstern, das Maul so weit aufgerissen, dass man alle Zähne sehen konnte – jeder einzelne so groß wie ein Pflasterstein. Ich hatte nicht mal geahnt, dass es so krasse Viecher in Deutschland gab! Das Biest sah aus, als hätte es Tollwut.

Booooong!

Ich schreckte erneut zusammen. Es klang wirklich wie eine Kirchenglocke, nur viel, viel näher dran. »Was zum Teu…«

»Oh Mann«, grunzte es vom anderen Bett. Auch das noch. Die hatte ich ganz vergessen.

Seit dem Aufwachen hatte ich mir eingeredet, mutterseelenallein im Zimmer zu sein. Ein bescheuertes Wort, ganz nebenbei. Keine Ahnung, was es heißen sollte. Mutter. Seelen. Allein.

Egal: Isabella ließ sich nicht wegdiskutieren.

»Morgen«, sagte ich und sah von der blitzsauberen Seite des Zimmers – *meiner* Seite – in den Messie-Dschungel.

Aus dem Deckenberg im Bett gegenüber kam genervtes Schnaufen.

Isabella, das hatte ich schon gestern Abend gemerkt, war nicht gesprächig. Jedenfalls nicht mir gegenüber. Erst hatte ich sie gar nicht erkannt, weil sie gar nicht das schwarzhaarige, gut gelaunte Mädchen von den Fotos war.

Isabellas Haar war kurz, blond und verwurschtelt, und sie sah alles andere als gut gelaunt aus. Wir hatten uns steif begrüßt, dann hatte sie den Blick durchs Zimmer schweifen lassen. Über die Klamotten, die ich auf ihr Bett geworfen und den Gerümpelberg, den ich daneben aufgetürmt hatte. Als sie schließlich den zusammengerückten Topfpflanzenwald sah, war der letzte Hauch eines Lächelns aus ihrem Gesicht gewichen. Mit finsterem Blick hatte sie die Blätter eines räudig wirkenden Gewächses abgetastet. Und zwar so behutsam, als berührte sie die gebrochenen Gliedmaßen eines Unfallopfers. Ihr Blick war zu *meiner* Fensterbank gewandert, wo die Fotos von dem strahlenden Mädchen fehlten, und dann hatte sie den Rucksack mit Krawumm auf ihren zugemüllten Schreibtisch geworfen. Sie griff zu *ihrem* Fenstersims, nahm die übereinandergestapelten Bilderrahmen und baute sie wortlos *alle* auf ihrem Nachtschrank auf. Was ebenfalls ein ziemliches Gestapel wurde. Kein Wort zu mir. Himmel!

Ich setzte gerade zu einer Erklärung an, da schob sie sich Kopfhörer in die Ohren und errichtete eine akustische Mauer zwischen uns.

Booooooong.

Das Gedröhne hätte Komapatienten aufgeweckt. Die Glocke musste direkt über uns sein. Ich hob den Blick und sah zur Decke. Plötzlich erinnerte ich mich: Das Herrenhaus hatte ein Türmchen. Darin musste das Folterinstrument hängen.

Hilfe suchend schaute ich zu dem Deckenberg auf Isabellas Bett hinüber. Wir hatten einen schlechten Start gehabt, aber das hieß ja nicht, dass es heute nicht besser laufen konnte. »Das meinen die doch nicht ernst!«, versuchte ich ein Gespräch. »Ein Weck-Gong?«

Der Deckenberg bewegte sich, und Isabellas Kopf tauchte darunter hervor. Ihre kurzen dunkelblonden Haare standen in alle Richtungen ab. Als sie mich sah, legte sich eine Gewitterwolke über ihr Gesicht, und auf ihrer Stirn erschien eine Falte. Die Zeichen für einen Neuanfang standen offensichtlich nicht allzu gut.

»Der Gong ist nicht alles«, antwortete sie schließlich kühl. »Gleich kommt Kunze …«

»Und bringt uns Kaffee ans Bett?«

Durch Isabellas Blick flog die Idee eines Lächelns, ganz kurz nur, dann verdunkelten sich ihre Augen wieder. »Na ja … die Hoffnung stirbt zuletzt.« Sie schob die Beine aus dem Bett.

Ha! Ich hatte den Schlüssel gefunden. Isabelle war mit Humor zu knacken. Es würde nur ein paar Tausend Jahre dauern. Bevor ich etwas erwidern konnte, ertönte elektrisches Geknister, dann ein Räuspern, und schließlich posaunte Kunzes Stimme: »GUTEN MORGEN!«

Ich starrte auf den Lautsprecher neben unserer Tür. »Oh nee, das glaub ich jetzt echt nicht.«

Isabella glitt aus dem Bett und fuhr sich durchs Haar, was es nicht unbedingt glättete.

»Hör zu.« Die beiden Worte strahlten so viel Genervtheit aus wie ein Atomreaktor Radioaktivität. »Jeder Gang hat seinen eigenen Waschraum. In unserem sind drei Duschen für zwanzig Mädchen. Wenn du eine erwischen willst, beeilst du dich besser. In einer halben Stunde gibt's nämlich Frühstück. Und die Tische, die unvollständig sind ...«

»... dürfen nicht anfangen zu essen«, vervollständigte ich. Ich befand mich an einem Ort zwischen Bahnhof, Knast und Kindergarten.

*

Aus dem Waschraum drang ein Höllenlärm. Ich lugte hinein. Auf einem weißen Stapelstuhl stand ein Radio, das in voller Lautstärke quäkte. Die Masse plappernder Mädchen, die den Raum bevölkerten, die Zähne putzten, sich schminkten oder mit um den Hals gelegten Badetüchern an den Duschen anstanden, schenkten dem Radio keine Aufmerksamkeit. Mittendrin erspähte ich Isabella. Keine Spur mehr von Genervtheit auf ihrem Gesicht – sie lachte mit den anderen, als wäre sie der Sonnenschein höchstpersönlich. Dampfschwaden und Wolken von Haarspray waberten durch den gefliesten Raum.

Niemand nahm Notiz von mir. Ich huschte rein, so gut man eben mit überdimensionierten Schlappen *huschen* konnte, warf mir eine Handvoll Wasser ins Gesicht, fuhr mir dreimal mit der Zahnbürste durch den Mund und huschte wieder raus.

Noch zwanzig Minuten bis zum Frühstück. Mit der Zahnbürste in der Hand schlappte ich, so schnell ich konnte, durch die Gänge zum Turmzimmer. Selbst so früh am Morgen waren alle

Plätze belegt. Es gab hier eindeutig zu wenig Computer. Ich erwischte nach einigen Minuten einen Platz, Login, Fehlanzeige. Lukas hatte weder geschrieben, noch war er online. Langsam bekam ich eine Ahnung davon, wie Leute sich im kalten Entzug fühlen mussten.

Ich saß keine zehn Sekunden vor dem Bildschirm, da stand schon das nächste Mädchen viel zu dicht neben mir. Blonde Haare bis zum Hintern, sah ich aus den Augenwinkeln. Sie hatte die Arme verschränkt und trommelte ungeduldig mit den Fingern auf ihren Unterarm. Jetzt war *ich* dran! Ich kämpfte den Ärger nieder und checkte weiter meine E-Mails. Von Pa war eine E-Card angekommen, die, als ich sie öffnete, ein steppendes Zebra offenbarte, aus dessen Ohren Regenbögen sprangen. Darunter stand: *Kopf hoch, du schaffst das!* Oh Gott. Wie peinlich.

Ich klickte die Karte schnell zu und checkte die anderen Nachrichten. Vierzehn von Pinar. Ich wollte die erste aufklicken, als ich hörte, wie das Mädchen tief ein- und ausatmete. Was soll's?, dachte ich. In vier Minuten würde es sowieso Essen geben. Betont langsam schloss ich das Nachrichtenfenster und stand auf. »Na endlich!«, zischte Rapunzel und ließ sich auf meinen Platz plumpsen.

Als ich die Turmtreppe runterstieg, hätte ich Pa erwürgen können. Eine Insel, von mir aus. Aber kein Handyempfang? No fucking way!

*

Wir saßen an unserem Tisch in der Mensa und warteten auf Mareike-Helene. Ich hatte die anderen zaghaft begrüßt. Schließlich hatten sie Grund genug, sauer auf mich zu sein – umso mehr, nachdem ich ihnen den nervigen Tischabwischdienst beschert hatte. Aber ich hatte Glück gehabt: Alle drei hatten heute Morgen freundlich zurückgegrüßt. Ich versuchte, mir meine Erleichterung nicht anmerken zu lassen.

Die Mensa verströmte an diesem Montag eine komplett andere Aura als bei unserem gestrigen Frühstück. Da war es friedlich, fast schon still gewesen, und Frau Tongelow hatte nur für uns gelächelt.

Jetzt wuselten vier Küchenkräfte um uns rum, füllten überall Teewasser auf und gaben den vollzähligen Tischen nacheinander den Startschuss fürs Essen. Schon am Vorabend war es rappelvoll gewesen, aber da waren die Lonelies wegen des aufgebrummten Tischdienstes noch sauer auf mich gewesen, und ich hatte nur darauf gewartet, dass wir anfangen durften zu essen. Kaum dass das Startsignal gefallen war, hatte ich mir ein Brötchen vom Buffet geschnappt, ein bisschen Leberwurst draufgeschmiert, es zusammengeklappt und war sofort wieder aufgestanden. »He, Alina! Wir dürfen nicht einfach …«, hatte Lexi mir noch hinterhergerufen, aber ich war stur durch die Lärmwelle zum Ausgang marschiert.

Ich hatte mich an den Naturschutzzaun hinterm Schloss gesetzt, den Wind um mich pfeifen lassen, vergebens Ausschau nach den Urrindern gehalten und mein Brötchen gegessen. Leider konnte ich das nicht bei jedem Essen machen.

Um uns herum war es brüllend laut – an allen Ecken und Enden wurde gequatscht, und vor allem die jüngeren Schüler kreischten jedes Mal ekstatisch auf, wenn einer ihrer Tischgenossen kam. Sie benahmen sich, als hätten sie sich seit Jahren nicht gesehen, dabei waren seit dem Abendessen gerade mal dreizehn Stunden vergangen.

»Das ist ein Irrenhaus«, stellte ich erschüttert fest.

»Was meinst du, was los ist, wenn sich alle nach den Sommerferien wiedersehen«, sagte Nian trocken. »Da kriegst du einen Hörsturz.«

»Apropos Hörsturz«, begann ich vorsichtig. »Wie schafft ihr es eigentlich, an Wochentagen mal in Ruhe eine E-Mail zu schreiben? Im Turmzimmer ist es total laut, weil alle skypen. Außerdem ist es schrecklich voll. Ich kann mir nicht vorstellen, dass das im großen Computerraum anders ist.«

Kaum dass ich ausgesprochen hatte, schnappte sich Lexi meine Frage, enthusiastisch wie ein Hai, der einen blutigen Happen hingeworfen bekam. »Vielleicht kann Gigi dir helfen«, schlug sie vor. »Der hat einen Stammplatz.«

Gigi – heute mit offenem Haar und ganz in Tannengrün – lehnte sich zurück. Sein Lidschatten funkelte.

»Wie – 'n Stammplatz?«, fragte ich. »Die Computerplätze gehören doch allen.«

»Nicht der von Gigi«, fuhr Lexi fort, bevor irgendwer ihr die Rolle der Aufklärerin streitig machen konnte. »Seine Freunde – also *wir* – haben ihm zu seinem Sechzehnten einen Regiestuhl geschenkt. Mit seinem Namen drauf! Der steht jetzt an seinem Platz im Computerraum.«

Und auf dem, erfuhr ich, thronte er in jeder freien Minute und verteidigte seinen Stammplatz.

Verunsichert sah ich zu Gigi hinüber. Er saß erhaben wie die Queen auf seinem Platz und kommentierte Lexis Vorschlag mit keinem Wort. Seine Begeisterung für mich schien noch nicht wieder auf dem Vor-Streit-Niveau angekommen zu sein. Meine Erleichterung fiel in sich zusammen, Lexi gab sich für diesmal geschlagen.

Mein Magen knurrte. Schien zu stimmen, was sie gestern gesagt hatten: Man hatte hier ständig Hunger. Ich schielte zum

Buffet. War überhaupt noch was übrig? Unruhig hielt ich Ausschau nach Mareike-Helene.

Nian fing meinen Blick auf und sagte entschuldigend: »Vielleicht föhnt sie sich noch.«

Nian sah auch heute wieder aus wie James Bonds jüngerer Bruder: helles Designerhemd, halb hochgekrempelt, sodass seine muskulösen Unterarme zum Vorschein kamen, eine gut sitzende Bundfaltenhose, dazu ein verbrecherisches Lächeln. Alles deutete darauf hin, dass er in einem geheimen Auftrag unterwegs war – ich hätte mich nicht gewundert, wenn er eine Waffe aus einem versteckten Holster gezogen, einen Dreifachsalto gemacht und bei der zweiten Drehung drei Gangster gleichzeitig niedergestreckt hätte.

Um uns herum wurde Müsli gemampft, Obst geschält, Brot geschmiert – es schien, als wären wir die Einzigen, die noch nicht anfangen durften. Der Anblick all der kauenden Münder um mich herum machte mich allmählich sauer. Gerade als ich mich fragte, ob das heute eine Art Racheaktion dafür werden sollte, dass ich gestern gar nicht erschienen war, wurde die Mensatür aufgestoßen, und Mareike-Helene kam herein. Wie ein königlicher Dampfer teilte sie die Lärmwellen und rauschte auf uns zu, geruhsam, ohne ihren Schritt zu beschleunigen. Sie grüßte alle – auch mich. Ich atmete auf.

Kaum dass sie sich gesetzt hatte, erschien Frau Tongelow bei uns am Tisch. Wir sahen sie an, als wäre sie die Schiedsrichterin und wir säßen in den Startlöchern. Frau Tongelow wuschelte Lexi ausgiebig durch das blaue Haar, und die schmiegte den Kopf an sie wie ein Kätzchen, das man zwischen den Ohren krault. Frau Tongelow lächelte, dann klatschte sie endlich in die Hände. »Und – loooooos geht's!«

*

Isabella stand von ihrem Tisch auf und schlenderte mit ein paar Mädels im Schlepptau in unsere Richtung. Auweia, was würde das denn geben? Sie tuschelte mit Rapunzel aus dem Turmzimmer. Rapunzel sah aus wie aus einem Beautyblog entsprungen: langes Haar im Ombré-Look, grüne Smokey Eyes und einen leicht zynischen Zug um den lipgeglossten Mund. Sie war auf die Art schön, die von außen kam – Mädels wie Rapunzel luden ihren Akku mit den Blicken anderer Leute auf. Das musste nicht per se schlecht sein, ich mochte es nur nicht besonders. Ich sah ihnen entgegen. An unserem Tisch verlangsamten sie ihren Schritt. Rapunzel sah an mir hoch und runter, warf dann mit einer eleganten Bewegung ihr Haar zurück, tätschelte Isabella die Schulter und sagte mit Blick in meine Richtung: »Herzliches Beileid.«

Das wurde ja immer schlimmer.

»Wieso Beileid?« Ich wollte das nicht einfach so stehen lassen.

»Na – offenbar ist jemand gestorben.« Ihr Blick zog eine schneidende Spur über mein schwarzes Shirt, die schwarzen Stulpen, die schwarze Jeans und die schwarzen Schuhe.

Ehe ich antworten konnte, kicherte Isabella schon über Rapunzels Kommentar und lotste die Gruppe an unserem Tisch vorbei weiter ans Buffet, ohne mich eines Blickes zu würdigen.

Gestern Nachmittag, in den magischen zwanzig Sekunden zwischen »Hallo« und »Ich hör jetzt Musik« hatte mir Isabella gesteckt, dass wir in dieselbe Klasse gingen … Und, so blöd es auch sein mochte: Etwas in mir hatte gehofft, dass wir uns, wenn schon nicht anfreunden, dann doch wenigstens *verstehen* würden. Und dass sie mich mit in die Klasse nehmen würde. Schon der Höflichkeit halber.

Stattdessen ließ sie mich hier sitzen.

»Du bist mit Peace in einem Zimmer?«, fragte Nian.

»Du meinst Rapunzel? Nö. Meine Mitbewohnerin ist die andere.«

»Rapunzel«, wiederholte Gigi und kicherte. »Ist ja süß!«

Mareike-Helene betrachtete mich einen Augenblick lang verwirrt. Dann sagte sie: »Die mit den langen Haaren heißt Chrystelle. Du bist offenbar mit Isabella auf einem Zimmer.«

»Aber alle nennen sie Peace. – Außer den Lehrern natürlich«, erklärte Lexi. Mein Blick blieb an ihrem T-Shirt hängen. Es war ein anderes als gestern, aber genauso gammelig. Der Aufbügler in der Mitte hatte alle Farbe verloren und war halb abgerissen. Am Hals war eine Naht aufgegangen. Ich mochte es ja auch nicht, wenn meine Klamotten aussahen, als kämen sie frisch aus dem Laden – noch steif von Wäschestärke und mit diesem Chemiegeruch. Aber dieses Shirt hier war eine andere Nummer. Es sah aus, als hätte sie es einem Obdachlosen geklaut. Lexi bemerkte meinen Blick und starrte mich trotzig an.

»Du wohnst mit Peace! Ist ja *krass*.« Nian grinste breit. »Du wirst die besten Träume von uns allen haben! Du wohnst direkt an der Quelle.«

»An welcher Quelle bitte?«

»Isabella ist *die* Adresse, wenn's um Halluzinogene geht«, informierte mich Lexi.

»Zimmer 12A ist der Umschlagplatz«, erklärte Nian.

Ich schaute sprachlos von einem zum anderen.

»Drogen machen abhängig«, sagte Mareike-Helene tadelnd. »Ich bezweifle sehr, dass –«

»Alkohol macht auch abhängig. Und aggressiv. Und der ist nicht verboten«, erwiderte Gigi. »Das ist total widersinnig. Sie sollten es andersrum machen – kiffen ja, saufen nein.« Er grinste uns an. »Glaubt ihr, dass ein Bekiffter andere Leute verprügeln würde?«

Mareike-Helene wollte etwas erwidern, da kam ihr Lexi zuvor. »Du hast ja recht. Wobei gerade bewusstseinserweiternde Drogen nicht nur Nachteile haben. Das mit der Abhängigkeit lässt sich natürlich nicht wegdiskutieren, aber es gibt verschiedene Theorien, die davon ausgehen, dass psychogene Drogen nicht deshalb verboten sind, weil sie abhängig machen …«, sie nickte in Richtung Mareike-Helene, »… sondern weil sie dein Denken verändern können. Also, in eine gute Richtung. Zum Beispiel ist für Leute, die psychogene Drogen intus haben, das Konzept ›Krieg‹ total inakzeptabel oder dass Menschen andere Menschen brutalst ausbeuten. Was bedeuten könnte …« Sie pikste mit dem Finger in die Luft und grinste breit. »… dass die bewusstseinsverändernde Wirkung bestimmter Drogen durchaus friedensfördernd sein kann.«

Ich starrte sie fassungslos an und dann, der Reihe nach, die anderen. Führten die Lonelies etwa jeden Morgen kurz vor der Schule solche Gespräche? Allen voran dieses blasse, blauhaarige, dreizehnjährige Mädchen mit dem spitzen Gesicht in dem verlotterten T-Shirt. Langsam begann ich zu verstehen, warum sie Lexi genannt wurde. Lexi wie Lexikon. Sie war zu klug für ihr Alter. Und da sie niemand stoppte, machte sie einfach weiter: »Aldous Huxley sagte jedenfalls, dass psychogene Drogen die Pforten in ein …«

»Es ist ungesund, wenn man nicht mehr man selbst ist«, fuhr Mareike-Helene tadelnd dazwischen.

»Vielleicht ist man ja sogar mehr man selbst als sonst?«, warf Nian ein.

»Ist doch alles bio«, sagte Gigi.

»Aber es ist illegal«, beharrte Mareike-Helene.

»Nicht alles, was Droge heißt, ist illegal«, sagte Lexi. »Erst mal sind Drogen bloß getrocknete Pflanzenteile mit Heilwirkung.«

»So wie bei Peace.« Nian grinste.

Lukas würde das hier lieben, aber ich ... Ich war draußen. So was von.

»Und der englische Begriff *Drugstore* heißt wörtlich übersetzt Drogengeschäft, dabei ist er bloß eine Apotheke oder Drogerie.« Wenn das Lexikon mal angeworfen war, war es offensichtlich nicht zu stoppen. »Fällt euch was auf? Auch in *Drogerie* ist das Wort *Droge* enthalten. Aber bekommt man da was Illegales?«

Die Worte fegten wie Tennisbälle über den Tisch – und allesamt an mir vorbei. In meinem Kopf fand ein ganz anderes Match statt.

»Du siehst so nachdenklich aus«, unterbrach Gigi meine Überlegungen. »Hast du Schiss – neue Klasse und so?«

Nee, dachte ich, ich habe Schiss, weil ich nicht nur mit einem Mädchen zusammenwohne, das mich komplett scheiße findet – sie ist auch noch eine Kriminelle! »Na ja ...« Ich druckste herum und entschied mich für die Halbwahrheit. »Toll ist echt anders. So mitten im Schuljahr in eine neue Klasse kommen ... Da sind ja schon alle ein großes, eingeschweißtes Team ...«

»*So* groß auch wieder nicht«, sagte Mareike-Helene. Sie sah auch heute wieder aus wie eine Musterschülerin, mit weißer Bluse und dunkelblauem Rock. Dazu trug sie Kniestrümpfe und flache Lackschuhe – ungelogen, Lackschuhe! Mich schüttelte es innerlich, aber Nian himmelte sie von der Seite an. »Eigentlich eher ... klein«, schloss sie.

»Was meinst du?« Über die Analyse ihres Klamottenstils hatte ich meine eigene Frage völlig vergessen.

Lexi setzte sich auf. »*Also* …«, begann sie gewichtig und schob sich die Brille höher. »Auf Hoge Zand liegt der Teilungswert bei zwölf.«

Hä? Ich blickte Hilfe suchend zu Mareike-Helene, doch die schwieg.

»Ab dem dreizehnten Schüler wird die Klasse geteilt«, erklärte Lexi. »Was dich angeht, hast du allerdings Pech, eure Klasse ist quasi riesig. Du bist nämlich Nummer zwölf.«

Wow. In meinem vollsten Kurs in Berlin (Englisch) waren wir siebenundzwanzig gewesen. Zwölf, das war geradezu lächerlich klein. »Trotzdem.« Ich zögerte. »Bleiben immer noch elf Unbekannte. – Nein, zehn. Isabella kenne ich ja schon.«

»Und Chrystelle«, zählte Gigi auf. »Und mich. Ich geh nämlich auch in deine Klasse.«

Echt? Ich hätte geschworen, dass er älter war.

»Gigi ist einmal hängen geblieben«, klärte Lexi mich unaufgefordert auf.

Ich wollte sofort *Warum das denn?* fragen, konnte mich aber gerade noch stoppen. *Privat ist privat.* Zu meiner Überraschung schien Gigi allerdings in Plauderlaune zu sein.

»Bloß wegen der Idioten in meiner Klasse«, sagte er. »Die waren so krank, das war nicht auszuhalten! Also bin ich einfach nicht mehr hin. Zumindest bis meine Eltern mich mit der Polizei in die Schule haben bringen lassen.«

Er lächelte mich offen an. Ein Friedensangebot! Dankbar lächelte ich zurück und fragte nicht nach, auch wenn es mir schwerfiel.

Ein paar Minuten aßen wir schweigend, die Teller leerten sich, die Mensa auch. Ich spürte Lexis Blick auf mir. War das ein Test? Wenn ja, dann hatte ich ihn offensichtlich bestanden, denn nach einer Weile hakte Gigi den Finger in den Henkel seiner leeren

Teetasse und drehte sie langsam um ihre eigene Achse. »Ich hatte keinen Bock mehr auf blaue Flecke.«

»Wie bitte?!«, entfuhr es mir.

Lexi sah auf ihre Tasse und zog die Stirn kraus. »Die waren echt heftig drauf. Die haben ihn voll gemobbt.«

Das Geheimnis lag auf dem Tisch, zwischen Joghurtbechern und Brötchenkrümeln, und war keins mehr. Also traute ich mich: »Konnte denn keiner was dagegen tun?«

»Wer denn? Meine Eltern etwa?«

Ich nickte.

Gigi lachte hart. »Für die war mein Sitzenbleiben die perfekte Ausrede, mich hierher auszulagern.«

Ich wartete geduldig, bis er von selbst weitersprach.

»Na, sie haben halt gesagt, dass ich selbst schuld sei. Wenn ich mich einfach *an meine Umgebung anpassen* würde, würde so was auch nicht passieren.« Die Teetasse zog drei weitere Kreise. »Da hab ich meinen Vater gefragt, ob er etwa im Ganzkörperfell zur Arbeit gehen würde, um sich an seine Umgebung anzupassen.«

»Gigis Vater ist Tierarzt«, ergänzte Lexi. »Ich feier ihn voll für diesen Konter, aber sein Vater …«

»… fand das gar nicht witzig.« Gigi stellte die Tasse mit einem Knall ab. »Sie wollten mir nicht helfen, wieder hingehen war keine Option, also habe ich die Hälfte der neunten Klasse im Internetcafé verbracht.«

Er sah auf seinen linken Zeigefinger, runzelte die Stirn und fuhr fort: »Apropos Klasse. Wir sollten die Tische abwischen und dann ab zum Unterricht.«

Verdutzt starrte ich ebenfalls auf seinen Finger und entdeckte, dass auf seinem Ring eine Uhr angebracht war, golden und mit zierlichem Zifferblatt.

»Hopp, hopp«, kommandierte Gigi und war mit wenigen

Schritten an der Küchentheke, wo schon mehrere kleine Eimer mit darübergehängten Wischlappen auf unseren Einsatz warteten.

*

Als wir die Mensatür hinter uns geschlossen hatten, war ich erleichtert, dass ich nicht alleine gehen musste. Allerdings hätte es mir besser gefallen, wenn wir ein etwas unauffälligeres Gespann gewesen wären. Doch die Mischung aus Gigi (schillernd, mit wehendem Haar und in ebenfalls wehendem Tannengrün) und mir (hundertzweiundachtzig teerschwarz eingekleidete Zentimeter) fiel auf. Zwei Jungs zeigten Gigi den Mittelfinger. Die kleinen Grüppchen auf dem Hof vor Haus D starrten zu uns herüber.

»Ich wusste, dass sie uns lieben würden«, flüsterte Gigi mir zu.

»Die lieben uns nicht! Die starren uns an, als hätten wir Pestbeulen.«

»Sag ich doch«, flötete er ungerührt und surfte auf den Blicken zur Tür. Sein langer Mantel bauschte hinter ihm her. Stumm folgte ich ihm die Treppe nach oben. »Das Erdgeschoss«, rief er über die Schulter, »kannst du links liegen lassen, da sind die Kids, von der Fünften bis zur Achten. Im ersten Stock sitzen wir, das heißt, die Neunte bis Zwölfte.« Mit einer majestätischen Drehung blieb er mitten im Gang stehen, knickte die Hüfte ein und wedelte mit der Hand gen Decke. Ich war mir sicher, dass er immer ein Foto von Heidi kriegen würde. Und von Cara. »Oben ist der Computerraum. Zimmer 302. Nur damit du weißt, wo du mich finden kannst.« Er zwinkerte. Er zwinkerte!

Boooong.

Ich zuckte zusammen.

»Du gewöhnst dich dran«, versprach Gigi.

*

Aufgescheucht von der Glocke, trampelte die Herde vom Schulhof die Treppe rauf. Einatmen, ausatmen, weitergehen. Auf der Tür, vor der Gigi stoppte, stand in großen roten Ziffern *10*. Als wüsste man nicht selbst, in welche Klasse man ging.

»Voilà«, sagte Gigi, »das Tor zur Hölle.«

Sehr beruhigend.

»Traut ihr euch nicht rein?« Ich drehte mich um. Rapunzel und der Elf, den sie Peace nannten. Das reinste Märchen.

»'türlich!« Ein Schritt, und ich war drin.

Das Klassenzimmer war hell und extrem nüchtern eingerichtet. Lichtgraues Linoleum, weiße Wände ohne irgendwelche Plakate und sonstige Aushänge und ungewöhnlich kleine Tische. Offenbar saß man hier einzeln, nicht zu zweit. Zwischen den Tischen gab es reichlich Platz, so viel, dass es wahrscheinlich unmöglich war, Zettelchen weiterzureichen. Ich seufzte. Immerhin sahen die Stühle bequemer aus als in Berlin.

»Freie Platzwahl?«, fragte ich an niemanden Bestimmten gerichtet.

»You wish«, sagte eine Mädchenstimme neben mir. Es dauerte einen Moment, bis ich sie ausmachen konnte. Als ich begriff, warum, wurde ich rot. Wieder mal. Im Gegensatz zu mir war sie leicht zu übersehen, denn sie war etwa fünf Köpfe kleiner als ich. Was daran lag, dass sie saß. Im Rollstuhl. »Du sitzt da vorne. Sie haben dir einen extra Tisch reingestellt, erste Reihe, damit sie dich im Blick behalten können.« Sie musterte mich ungeniert. »Was eine Scheißidee ist, denn das ist genau vor mir, und wenn du da sitzt, seh ich keinen Millimeter Tafel mehr.« Sie grunzte verärgert.

»Sorry«, sagte ich verlegen und versuchte krampfhaft, mich zu erinnern, ob in der Hochglanzbroschüre oder im Internet oder in Kunzes Mappe etwas von integrativem Internat gestanden hatte und warum das überhaupt eine Rolle spielte und ob Großsein eigentlich auch als Behinderung galt. Oder wenn doch, dann, ab wann.

»Is ja nicht deine Schuld«, murmelte sie. »Warum bauen sie die Klassenräume nicht einfach wie ein Atrium? Dann könnten alle super sehen. Jetzt läuft's wahrscheinlich darauf hinaus, dass du ganz nach hinten musst und ich ganz nach vorne. Ich hasse das.« Die Art, auf die sie den Mund verzog, wirkte, als hätte sie die einem Pantomimen abgeschaut. »Ich bin Hannah«, sagte sie. »Und du musst Alina sein, sie haben dich schon groß und breit angekündigt.«

Groß und breit? Was sollte das denn schon wieder heißen?

»Nur dass du eine Riesin bist, davon haben sie nichts gesagt.«

Mir fiel die Kinnlade herunter.

Hannah schien mein Schweigen nicht mal aufzufallen. »Da kommt Liesenbrunn. Am besten, wir klären die Sache sofort.«

»Liesenbrunn« sah ziemlich jung aus und war nur unwesentlich größer als Hannah samt Rollstuhl. Dafür hatte er den doppelten Umfang. Sportlehrer, dachte ich. Definitiv. Mit einer Leidenschaft fürs Gewichtheben. Schublade auf, Schublade zu. Ich war sicher, dass er das Sitzproblem mühelos nachvollziehen konnte – und es lösen würde. Liesenbrunn sah aus, als könnte er alles lösen.

»Willkommen«, sagte er. Sein Händedruck war erstaunlich sanft. »Ich bin dein Klassenlehrer. Ich unterrichte Mathe und Musik.«

Musik? Musik???

Ich musste dringend an meinem Schubladensystem arbeiten.

Liesenbrunn hörte sich Hannahs Beschwerde an, nickte und hm-hmte.

»Wir versetzen die Tische«, beschloss er. »Alle.«

»Aber …«

Bevor ich protestieren konnte, trommelte er schon die Klasse zusammen.

»Umräumen!« rief er. »Die erste Reihe schiebt ihre Tische und Stühle dreißig Zentimeter nach links, die zweite dreißig nach rechts, die dritte nach links, die vierte nach rechts!«

Allgemeines Stöhnen.

Toll, dachte ich. Genau so hatte es *nicht* laufen sollen. Wer, bitte schön, mochte Schüler, die neu in die Klasse kamen und sofort für Stress sorgten?

Taschen und Rucksäcke plumpsten auf den Boden, Tische und Stuhlbeine ratschten übers Linoleum. Jemand fluchte. Ich schlich zu meinem Tisch, der, von der Tür aus gesehen, ganz links und ganz vorne stand, und schob ihn im allgemeinen Getöse ein Stück weiter nach links. Blick auf die Eichen im Hof. Als es still geworden war, schnalzte Liesenbrunn und winkte mich zu sich.

Der wollte mich doch nicht etwa mit großem Brimborium der Klasse vorstellen? Bloß nicht! Ich sah stur an ihm vorbei.

»Alina, komm doch mal.«

Resigniert tappte ich nach vorn. Das passierte doch nur in Albträumen. Genauso fühlte es sich jedenfalls an, da vorne zu stehen, vor der weißen Tafel, neben einem Lehrer, den ich bei Weitem überragte. Eine Riesin, in der Tat.

»Alle mal herhören!«, forderte Liesenbrunn. Nicht dass das nötig gewesen wäre, die anderen elf Schülerinnen und Schüler starrten mich bereits an. Als hätten sie nur darauf gewartet, mich offen abchecken zu können. »Der Internatsleiter, Herr Oberleuten, ist gerade nicht da, um unsere neue Schülerin offiziell zu begrüßen«, fing er an. »Er ist …«

»… mal wieder auf Promotour«, vervollständigte Chrystelle

den Satz und lächelte Liesenbrunn strahlend an, den das irgendwie zu verunsichern schien.

Promotour?

»Er stellt das Internat auf einer Tagung für alternative Schulformen vor«, korrigierte Liesenbrunn. »Jedenfalls – das ist Alina.« Er legte die Hand leicht auf meinen Arm und schob mich ein paar Zentimeter nach vorn.

Zwei Jungs in der dritten Reihe, in denen ich die beiden wiedererkannte, die Gigi draußen den Mittelfinger gezeigt hatten, warfen sich komische Blicke zu. Gigi, der mittig hinter ihnen saß, lächelte mir zu. Isabella in der zweiten Reihe sah demonstrativ in eine andere Richtung. Hannah wühlte in ihrem Rucksack. Chrystelle feilte sich die Nägel und bedachte mich mit einem Lächeln, dünn und scharf wie ein Skalpell. An dem Tisch neben Hannah saß ein Junge mit Seitenscheitel in einem karierten Poloshirt, der mich interessiert betrachtete.

Was sollte ich tun? Irgendwas sagen? Ich quetschte stumm die Hände in die Taschen meiner schwarzen Jeans. Die Risse an den Knien waren in Berlin schon wieder megaout, aber ich liebte die Hose trotzdem. Ich versuchte, desinteressiert zu gucken und die Hitze in meinen Wangen zu ignorieren.

»Alina kommt aus Berlin und bleibt für die kommenden sechs Monate auf Schloss Hoge Zand.«

Nicht nur meine Mitschüler, auch Liesenbrunn schauten mich jetzt an, als erwarteten sie irgendwas Bestimmtes. Keine Ahnung, was. Wobei … Sie wollten vermutlich eine Erklärung von mir, warum ich da war, aber das konnten sie sich abschminken. Was sollte ich denn sagen? *Hi – mein Vater hat mich hier abgestellt, weil er für ein halbes Jahr in den USA Darmbakterien erforscht?* Damit machte ich mich doch zur Hardcore-Mobbing-Zielscheibe. Ich spürte die Schweißperlen auf meiner Stirn.

Dass Pa eine Koryphäe auf seinem Gebiet war und ihm ziemlich viele Menschen, die Darmkrebs überlebt haben, ihr Leben verdankten, dass die Amis extra für ihn ein Forschungsprojekt angeleiert haben – geschenkt. Was im Kopf bleibt, ist nur dieses eine Wort: Darm. Wenn es gut läuft, machen die Leute dann einen Witz mit »Charme«, haha, wenn es schlecht läuft, einen mit Kacke-Scheiße-Durchfall. Meistens läuft es schlecht. So oder so: Danach nimmt einen keiner mehr ernst. Aber Schweigen und Schwitzen war auch keine Lösung. Ich musste was sagen, was Cooles, ich musste …!

»Kennt ihr *Orange Is The New Black?*«, platzte ich heraus.

Ein Typ aus der dritten Reihe rief: »Willste damit sagen, dass deine Eltern im Knast sind?« Er warf seinem Kumpel neben sich einen Beifall heischenden Blick zu und streckte den Arm aus. Gettofaust! Ging es noch prolliger?

»Gönnen würd ich's ihnen.«

Es klang viel, viel härter, als ich es meinte, aber es funktionierte. Die beiden Blödmanner brüllten los, als hätte ich den Witz des Jahres gerissen.

Hannah starrte aus dem Fenster, Gigi sah mich nachdenklich an. Demonstrativ zog ich eine Augenbraue hoch und drehte mich zu Liesenbrunn. Der lächelte.

»Alinas Vater ist für ein halbes Jahr in den USA, und wenn ich das richtig verstehe, freut sie sich höllisch, hier zu sein. Wenn ihr noch mehr wissen wollt, müsst ihr sie selbst fragen.«

»Wieso bist du nicht bei deiner Mutter?«, fragte der Junge im karierten Poloshirt.

Loser-Schublade, dachte ich und sah starr auf seinen Seitenscheitel. Typ Nerd, Typ Klassenbester, Typ Muttersöhnchen. Typ Nervige-Fragen-Steller. Und plötzlich verstand ich, wie Lexi sich gestern gefühlt haben musste, und ich begriff, warum Mareike-

Helene so sauer geworden war: Was, verdammt noch mal, ging diesen Typen meine Mutter an?

»Hab keine«, erwiderte ich schroff. »Kann ich mich jetzt setzen?«

»Natürlich!«

Geschafft. Ich schlurfte zu meinem Platz, sackte in mich zusammen, machte mich so klein wie möglich. Ich spürte, wie die anderen langsam wieder von mir wegsahen, nach vorne zu Liesenbrunn. Meine Gesichtshaut kühlte wieder ab.

*

Wieso bist du nicht bei deiner Mutter?
Hab keine.

Ich hasste es so. Ich hasste es, über meine Mutter zu reden. Alles, was mit Mu- anfing und mit -tter aufhörte, oder mit Ma- und -ma oder mit Mu- und -tti oder mit M- und -a lag in einem Steingefäß in meinem Innern, obendrauf ein schwerer Deckel. Da kam nichts raus, und da ging nichts rein. Doch wenn das Thema doch darauf kam, war es, als würde ein Hammer mit Wucht auf dieses Gefäß donnern. Und wenn ich Pech hatte, war er nicht aus Gummi und wenn ich noch mehr Pech hatte, trieb der Schlag einen Riss in die Steinwand.

Einen Riss, durch den Licht hineinfiel.

»Versperr den Zugang nicht«, hatte Marina Pawlowa mir von Anfang an geraten. Marina Pawlowa war die Therapeutin, zu der Pa mich geschleppt hatte. Danach. Als ich nicht mehr schlafen konnte. »Es wird nicht besser, wenn du es mit Schweigen zudeckst. Im Gegenteil: Irgendwann fängt es an zu wuchern.« Sie hatte mich ermunternd angelächelt. »Glaub mir, solche Erlebnisse brauchen Licht! Lass eine kleine Tür zu ihr offen.«

Drei Jahre lang hatte sie mich beschworen, und manchmal höre ich immer noch ihre sanfte Stimme mit dem rollenden »R«. Ich wusste, dass sie recht hatte, aber es ging nicht. Auf keinen Fall. Auch nicht ihr zuliebe. Ich *wollte* einfach nicht. Wer würde freiwillig die Tür zu einem Löwenkäfig offen lassen? Ich hatte meinen Löwen in ein schweres Steingefäß gesperrt.

Liesenbrunn redete, aber ich hörte ihn nicht.

Hab keine.

Diese zwei Worte waren eben gegen die Steinwand gerammt, und durch den Riss bemerkte ich Bewegungen im Innern des Gefäßes. Ich erkannte etwas. Nein ... jemanden.

Mich selbst. Sechsjährig. Ich lag im Bett. Durch den Riss sah ich, was ich nicht sehen wollte: den schlimmsten Morgen meines Lebens. An einem Sonntag vor genau dreitausendsechshundertvierundvierzig Tagen.

*

Ich schreckte aus dem Bett hoch.

Der Radiowecker auf meinem Nachtschränkchen zeigte eine leuchtende Neun vor dem blinkenden Punkt: 9 : 38 Uhr. So spät? Oma passte auf mich auf und hatte zwar versprochen, mich länger schlafen zu lassen, aber »länger« hieß bei Oma maximal halb neun, und das hieß, dass da eine Acht vor dem blinkenden Punkt sein musste. So viel wusste ich schon. Und dabei schlief ich doch so gern! Im Jahr davor hatten Pa und Ma mich an meinem Geburtstag zum allerersten Mal schlafen lassen, bis ich von selbst aufgewacht war. Zumindest hatten sie es versucht. Bis zehn Uhr hatten sie es ausgehalten, haben sie gesagt, dann waren sie in mein Zimmer gestürmt, und Ma hatte gesagt, dass sie sich ernsthaft fragen würde, ob ihre Tochter vielleicht gar kein kleines Mädchen wäre, sondern ein Bärenkind und wie lange so ein Winterschlaf eigentlich dauern würde, und dann haben sie »Zum Geburtstag viel Glück« gesungen und »Wie schön, dass du geboren bist«, und Pa ist noch mal raus, um den riesengroßen Möhrenkuchen zu holen, den Ma gebacken hatte. Mit Nussglasur und sechs Kerzen drauf. Wir hatten ihn im Bett gegessen. Und da waren wir dann geblieben, zu dritt, so lange, bis ich schließlich doch aufstehen wollte.

Das war der perfekte Geburtstag gewesen, so perfekt, dass ich gebettelt hatte, ab jetzt immer so zu feiern. Ma hatte gegrinst und »Mal sehen« gesagt, und um sie daran zu erinnern, hatte ich in den letzten Wochen immer wieder betont, wie toll Ausschlafen war und Geburtstage im Bett auch. Die Chancen standen also gut, dass wir auch meinen siebten Geburtstag gemeinsam im Bett feiern würden. Aber der war erst in zehn Tagen und nicht heute. Und außerdem waren Ma und Pa im Urlaub, und obwohl Oma bei uns zu Hause bestimmt nicht so viel zu tun fand, gab es für sie keinen Grund, mich ausschlafen zu lassen, Sonntag hin oder her.

Oma stand immer schon um halb acht auf, aus Gewohnheit, sagte sie, und das, obwohl sie Hausfrau war. Sie hatte nämlich immer was zu tun, das erzählte sie ständig, und Pa erzählte es auch. Er verdrehte die Augen dabei. Aber es war echt so! Sie hatte den Garten, eine Wohnung, die immer blitzsauber sein musste, sie kochte, sie backte, sie nahm Gesangsstunden, und dann hatte sie ihn und Onkel Klaus auch noch alleine großgezogen, weil Opa nur gearbeitet hatte, sagte Pa. Als er und Onkel Klaus ausgezogen waren, hatte sie was Neues begonnen: Edel-Papageien. Sechsundzwanzig besaß sie mittlerweile und schwor darauf, dass sie alle verschieden wären. Für mich sahen sie gleich aus.

Gestern, vorm Schlafengehen, hatte ich mir stundenlang Fotos

von Angus und Bibi und Coco und Doris und Elli und Fridolin
(Oma hatte Opa versprechen müssen, dass sie nie mehr Papageien haben würde, als das Alphabet Buchstaben hatte, deshalb
benannte sie das Alphabet durch) angucken müssen, weil sie die
so vermisste, während sie auf mich aufpasste. Aber gerade, als
ich ein schlechtes Gewissen bekam, weil ich nicht Gustav oder
Hanni oder Ingolf war, sondern bloß Alina, hatte sie mich in
den Arm genommen und mich geknuddelt und mir versichert,
dass sie genauso gerne bei mir wie bei ihrem Papageien-ABC
war und dass Opa bestimmt ganz gut auf sie aufpassen würde.

»Und jetzt ab ins Bett.«

Das war mein letzter Stand. Und eben: Frühstück um neun.

Aber es war schon bald zehn, und Oma hatte nicht getan, was
sie sonst immer tat, wenn sie auf mich aufpasste, weil Ma und
Pa unterwegs waren: Sie war nicht in mein Zimmer geschlichen
und hatte mich nicht in den großen Zeh gekniffen. Durch die
Decke. Dabei war das unser Ritual. Selbst wenn ich längst wach
war, wartete ich, bis sie kam, und stellte mich schlafend, bis sie
mich nacheinander in die anderen Zehen kniff, zweiter, dritter,
vierter, kleiner. Wenn ich dann immer noch so tat, als schliefe
ich, begann sie, mich zu kitzeln. Oma-Tage begannen ziemlich
oft kichernd.

Heute nicht. Heute war es totenstill.

Kein klapperndes Geschirr. Kein Hin- und Hertappen von Füßen. Es roch nicht nach Kaffee und Toastbrot.

Ich glaube, es gibt nur wenige Augenblicke im Leben, die
wirklich wichtig sind – die allermeisten davon erkennt man erst
im Nachhinein. Aber damals, an jenem Morgen in meinem Bett,
wusste ich es sofort: Etwas Schreckliches war passiert. Vielleicht
wegen dieser unnatürlichen Stille. Als hätte das Haus ausgeatmet und vergessen, wieder einzuatmen.

»Oma?«

Keine Antwort.

»Oooma?«

Ich war aus dem Bett gekrochen und auf nackten Füßen die Treppe hinuntergetapst. An der Küchentür war ich stehen geblieben.

Der Tisch war liebevoll gedeckt. Mit Mas blütenweißem Geschirr auf der blütenweißen Decke und den blütenweißen Servietten – fein eingerollt und gehalten von den silbernen Serviettenringen. Ein Festtagsfrühstück. Doch die Eierbecher, die Kaffeetassen und die Gläser für den Orangensaft waren leer.

Oma stand am Fenster und starrte hinaus.

»Oma?« Meine Stimme hatte sich piepsig angehört, wie die Stimme eines noch viel kleineren Kindes. »Warum hast du mich nicht geweckt?«

Seltsamerweise reagierte sie nicht. Jedenfalls nicht gleich. Sie stand reglos da, und das Licht, das sie umströmte, verwandelte ihren Körper in einen schwarzen Umriss. Schließlich drehte sie sich um. Sah mich an. Ihr Lächeln misslang. In ihren Augen tobten eine Million Worte. Aus ihrem Mund kamen vier: »Deine Mutter ist fort.«

»Ja«, hatte das sechsjährige Mädchen, das ich gewesen war, gesagt. »Weiß ich doch. Mit Papa am Meer. Eine Woche. Damit es ihr wieder besser geht. Weil sie immer so blass ist.«

Oma hatte mich verwirrt angesehen. »Blass«, echote sie. »Ja.« Ihre Schultern hoben sich. Sanken nach unten. Sanken noch tiefer, bis ihr ganzer Oberkörper zusammenfiel. Plötzlich sah Oma alt aus. Anders alt als sonst, *uralt*. »Das mein ich nicht, Kleines. Ich mein …«

Sie ging zu dem Stuhl, dem mit den eingeritzten Herzchen drauf, Pas und Mas Liebesstuhl, und ließ sich darauf sinken. Klopfte einladend auf ihre Oberschenkel. Ich gehorchte.

Kletterte auf ihren Schoß und beugte meinen Oberkörper von ihr weg, so weit, dass ich ihr genau in die Augen sehen konnte. Die geradewegs durch mich hindurchsahen.

»Sag schon, Oma.«

»Sie ist … *richtig* fort. Verschwunden. Es gab einen Sturm und jetzt …« Oma schüttelte den Kopf und drückte mich an sich. »Sie suchen …«, flüsterte sie in mein Haar. »Sie suchen sie noch.«

Ich fing an zu schreien.

*

»Alina? Hallo? – Erde an Alina Renner!«

Jemand klopfte laut auf meinen Tisch. Ich fuhr hoch, ließ den Kopf erschrocken nach links und rechts schnellen. Atmete heftig. Versuchte, mich aus dem Erinnerungssumpf zu befreien. Wo war ich? Liesenbrunn stand direkt neben mir.

Gelächter von allen Seiten. Einer der beiden Honks ganz hinten johlte: »Peace – was hast du der heute Morgen in den Tee getan?«

»Gar nichts«, antwortete Isabella trocken. »Die ist naturstoned.«

»Lasst sie in Ruhe!« Das war Gigi.

»Halt 's Maul, Schwuchtel!« Wieder einer der Honks.

»Ecco, es reicht! Hast du eine Eins verloren, oder was?« Liesenbrunn war herumgefahren.

»Was?« Der Typ, der Ecco hieß, glotzte Liesenbrunn verständnislos an.

»Du benimmst dich wie sieben, nicht wie siebzehn!«

»Die Schillerlocke da hat mir nicht zu sagen, was ich …«

»Noch ein Wort, und du wanderst für zwei Wochen in die Grundschule!«

Da musste ich lachen. So wie auch ein paar andere.

Liesenbrunn drehte sich wieder zu mir. »Trotzdem schön, dass wir wieder deine Aufmerksamkeit gewonnen haben. Wir machen das nämlich nur für dich. Daher wäre es sinnvoll, wenn du auch unter uns weilst, während das Video läuft.«

Video? Ich hatte nicht mal gemerkt, dass Liesenbrunn einen Film zeigte. Er schob mir eine rot grüne Brille zu. Ich sah, dass alle so eine trugen, und setzte mir das Exemplar schnell auf die Nase. Mit der Fernbedienung setzte Liesenbrunn den Cursor zurück auf Anfang.

»Nun bitte noch einmal mit voller Aufmerksamkeit«, sagte er. »Die anderen kennen den Film nämlich schon. Du bist neu – und *das hier* ...« Er winkte mit der Fernbedienung in Richtung einer Leinwand, die plötzlich vor der Tafel baumelte. »... ist wichtig.«

Ich sah nach vorn auf das weiße Rechteck.

Ein schwarzer Block erschien. Aus der Schwärze drang ein Schnaufen. Meine Nackenhaare stellten sich auf. Buchstabe für Buchstabe erschien der Filmtitel. Blutrot auf dem schwarzen Hintergrund.

DAS URRIND-3D

Getrappel wurde hörbar – Tausende Hufe, die über trockene Erde galoppierten, aber noch immer war alles schwarz. Jetzt setzte eine leise Hintergrundmusik ein, dumpfes Trommeln wie aus einem hypnotischen Traum, dann tippelte jemand auf einer Klaviertaste herum, ein ganz hoher, sich ständig wiederholender Ton, ein Geräusch, als würde einem jemand immerzu eine Nadel ins Gehirn stechen. Ich spürte, wie sich ein stechender Schmerz in meinem Kopf zusammenballte, und mitten in den beginnenden Schmerz hinein zerriss ein unglaubliches Gebrüll den Moment. Ich erschrak *furchtbar*. Ein gigantisches Maul schnappte übergangslos aus dem Bildschirm heraus nach meinen Augen.

Instinktiv stieß ich einen Schrei aus, riss die Hände vors Gesicht und warf mich nach hinten. Dabei verlor ich den Halt und stürzte vom Stuhl.

6

Schwarze Hefte

Dreitausendsechshundertfünfundvierzig. Montag.
Scheiße. Ich hab mich heut zum Fallobst des Jahres gemacht. Den
Ruf werd ich garantiert nie mehr los: das Sensibelchen, das bei
einer Tierdoku vom Stuhl kippt. Gigi behauptet zwar, das wäre al-
len so gegangen, als sie das Video zum ersten Mal gesehen haben,
aber ich bezweifle stark, dass sie allesamt vom Stuhl gefallen sind.
Rücklings. So wie ich. Peinlich, peinlicher, Alina.
Noch einige Zeit später hab ich die Blicke wie Mückenstiche in
meinem Rücken gespürt. Isabella hat Chrystelle an uns vorbeige-
zerrt, als wären wir ansteckend. Shit, ich hätte mich am liebsten
in einem Erdloch vergraben. Stattdessen hab ich Gigi angepampt.
»Na wat 'n? Uns hat doch ooch keener jewarnt, als wir das Video
das erste Mal sehn mussten!« Gigi findet sein Fake-Berlinerisch
selbst mega, glaub ich. Dabei ist Dialekte nachmachen genauso
peinlich, wie vom Stuhl zu kippen, wenn einen ein Urrind anbrüllt.
Na ja, fast. Glücklicherweise hält Gigi das Berlinern nie

Es klopfte. Zweimal kurz, einmal lang, zweimal kurz.

Aus Reflex blickte ich von meinem Notizbuch auf und drehte
mich zur Tür. Dabei konnte ich gar nichts sehen. Mit Lexis Hilfe
hatte ich heute Nachmittag, gleich nach der Schule, meine In-
neneinrichtungsidee vom ersten Tag umgesetzt: Quer durch den
Raum war jetzt eine Textilwand gezogen. Teerschwarz – meine
beiden Ersatzbettlaken hatten dran glauben müssen.

Lexi hatte ganz rote Wangen bekommen, als sie den Satz

Kannst du mir helfen? gehört hatte. Klar konnte sie! Sie war sofort runter in Kunzes Büro gewieselt, um die Klappleiter auszuborgen. Dann hatten wir das gefärbte Laken gemeinsam an die Decke gepinnt. Mit Reißzwecken, einmal durch den Raum.

Die Laken begannen ab der Mitte der Tür und zogen sich schnurgerade bis zum Notrutschenausgang. Wenn ich das Zimmer betrat, brauchte ich Isabella nicht mal sehen, sondern verschwand gleich in meiner abgeschotteten Hälfte.

Lexi und ich hatten etwa zwei Drittel aufgehängt, als Isabella reingekommen war. Mit, ich schwöre!, einem *Lächeln* auf den Lippen. Als sie mich auf der Klappleiter entdeckte, war es zusammengefallen wie eins von Pas Käsesoufflés, wenn ich es versehentlich zu früh aus dem Ofen holte. Ohne ein Wort hatte sie die Tür wieder zugezogen. Als sie eine Stunde später wieder aufgetaucht war, konnte ich sie zum Glück nicht mehr sehen. Die schwarze Wand verbarg alles, was auf ihrer Seite passierte.

Wieder das Klopfzeichen.

Am Quietschen des Schreibtischstuhls merkte ich, dass Isabella aufstand. Ich starrte auf das Laken. Die Tür wurde geöffnet, ein Tuscheln setzte ein. Ich sah zurück auf mein Notizbuch, auf den letzten Satz: *Glücklicherweise hält Gigi das Berlinern nie lange aus*, hatte ich schreiben wollen. Er fiel dann wieder in seinen normalen Singsang zurück, und den mochte ich viel lieber als den Pseudodialekt.

Das Tuscheln an der Tür wurde lauter. Egal, wie sehr ich *nicht* lauschen wollte – ein paar Wortfetzen drangen durch den Vorhang. »Im Kopf« und »du weißt schon« und »ein schreckliches Bohren und Hämmern«. Die Stimme gehörte einem Mädchen, das ich noch nicht kannte. Isabella brummelte, tappte ins Zimmer zurück, es raschelte. Offenbar schob sie sich dicht an einer

Pflanze vorbei. Dann hantierte sie an dem Fahrradschloss, das ihren Schrank versperrte, und nahm etwas heraus.

Machte mich die schwarze Wand, die mich von den Vorgängen anderthalb Meter weiter trennte, eigentlich unschuldig? War es strafbar, bei kriminellen Handlungen zuzu*hören*? Schließlich *sah* ich dank Lexis tatkräftiger Hilfe nicht, was vor sich ging. Ich beschloss, Isabella und ihre Kundin zu ignorieren, und wandte mich wieder meinem Notizbuch zu. Lexi hatte mir echt sehr geholfen. Trotzdem …

Lexi ist weird, findest du nicht? Sie nimmt das Scout-Ding viel zu ernst! Ich glaub, am liebsten würde sie mir alles schon erklären, bevor ich danach frage. Und immer wenn sie was erklärt, leuchtet sie auf - also: von innen. Die ist echt extrem!

Das Wort *extrem* unterstrich ich zweimal.

Ma hat mal gesagt, dass sie sich die Menschen immer als Pendel vorstellt. »*Manche haben einen kleinen Radius. Das Pendel schlägt ein Stück nach rechts aus, dann ein Stück nach links, und das war's. Bei anderen ist der Ausschlag größer, das sind die, die in Extremen leben. Bei denen musst du ganz genau hinschauen, Linchen.*«

Linchen … Weißt du noch, wie alt ich war, als sie das gesagt hat? Sechs? Jedenfalls hatte ich keine Ahnung, was ein Radius ist. Aber die Botschaft hab ich mir gemerkt: Wenn Menschen extrem sind, sieh genau hin.

Wenn Pa auf einer seiner Konferenzen war, durfte ich manchmal bei Ma im Bett schlafen. Das war immer so toll! Und das Tollste waren die Geschichten, die sie mir abends erzählt hat - wie die mit dem Pendel.

»Um zu dem Punkt ›extrem fröhlich‹ zu kommen«, hat sie ge-

flüstert, »muss das Pendel sehr weit ausschlagen. Aber da würde es natürlich nicht einfach stehen bleiben, weil der Charakter eines Pendels ja eben darin besteht, dass es sich bewegt. Wenn es weit in eine Richtung ausschlägt, geht es genauso weit in die andere.« Ich erinnere mich dran, dass ihr Kissen in der Dunkelheit geleuchtet hat, und daran, dass ich keinen Schimmer hatte, worum es eigentlich ging. Und ich erinnere mich an ihre Stimme, ganz sanft und ernst ... vielleicht hab ich mir deshalb alles so gut gemerkt. »Jemand, der ›extrem fröhlich‹ und ›hell‹ ist, hat auch etwas sehr Trauriges und viel Dunkles in sich. Aber die meisten Menschen zeigen nach außen nur eine Pendelrichtung und verheimlichen die andere.«

Ein Jahr später, als sie weg war, hab ich das Gespräch Millionen Mal durchgespielt in meinem Kopf, weil es mir so bedeutungsvoll vorkam. Ich wollte unbedingt herausfinden, was sie mir wirklich sagen wollte. Erwachsene erzählen einem ja öfter was, was sie unbedingt loswerden wollen, einfach, um es mal laut auszusprechen. Ich glaub, sie reden sich ein, dass Kinder eh nicht verstehen, worum es geht. Was natürlich Schwachsinn ist.

Zumindest in meinem Fall. Ich meine: Es ist jetzt zehn Jahre her, und ich erinnere mich an jedes einzelne Wort, sogar Mas Flüstern kann ich noch hören. Ich kann die Dunkelheit sehen, die um ihre Worte rumgeflossen ist. Und weißt du: Ich glaub, ich kapier inzwischen, was sie gemeint hat ... Aber was sie mir damit sagen wollte? Keine Ahnung.

Komisch, dass mir Mas Geschichte ausgerechnet jetzt wieder eingefallen war. Tagebuchschreiben war anders als Denken. Man kam an Erinnerungen heran, die man im Alltag nie auf dem Schirm hatte. Als würde man in einen Taucheranzug schlüpfen und ins Unterbewusste springen.

»Wenn Menschen irgendwie extrem sind, sieh genau hin«, hatte sie gesagt.

Lexi war extrem. *Extrem* hilfsbereit. War ihr Helferding so ausgeprägt, um zu verbergen, dass sie selbst Hilfe nötig hatte? War das quasi ihre andere Pendelrichtung?

Isabella schloss die Tür. Ich hörte, wie sie hinter der Lakenwand wieder an den raschelnden Pflanzen vorbeiging. Sie schob eine Schublade auf und zu. Dann fiel etwas herunter. Splitterndes Glas auf dem Boden. Isabella stöhnte.

Isabella ist e x t r e m ignorant. Sie ist ein e x t r e m e r Messie, und sie ist e x t r e m sauer, dass ich zu ihr ins Zimmer gesetzt wurde.

Während Isabella leise fluchend die Scherben zusammenkehrte, starrte ich die Sätze an. Ich dachte an das Pendel und fragte mich, was es mir über Isabella verriet.

*

Dreitausendsechshundertsechsundvierzig. Dienstag.
Highlight des Tages: Sport. Die Lehrerin heißt, halt dich fest: Frau GRANADA!!! Wie die Stadt, wie ein Granatapfel, wie eine Granate. Passt alles nicht. Sie sieht nicht mal spanisch aus, eher skandinavisch. Und sprechen tut sie schwäbisch. Als Allererstes hat sie uns antreten und durchzählen lassen, dann mussten wir stundenlang durch den Park rennen, die Granada hinterher, mit Trillerpfeife im Mund und Stoppuhr in der Hand. Als würden wir vor einer hungrigen Hyäne weglaufen! Es war voll Bootcamp-mäßig. Mir tun vielleicht die Oberschenkel weh, das glaubst du nicht. Und die Waden! Das Krasseste ist, dass sogar Hannah mitmachen muss! Wie

scheiße das ist mit dem Rolli auf den Kieswegen, ist der Granada schnurzegal. Hannah nimmt's gechillt. Sie hat mir gesteckt, dass die Granada in ihrer Jugend Läuferin war, eine richtig gute sogar. »Jetzt überkompensiert sie halt ein bisschen«, hat Hannah gesagt und dass sich die Granada offensichtlich das Ziel gesteckt hat, im Schloss den nächsten Usain Bolt zu entdecken. Da kann sie lange suchen, fürchte ich.

Die Sporthalle ist riesig. Im Gegensatz zu dem Golfcourt, mit dem sie im Internet so angeben: Der ist so winzig wie ein Klovorleger. Na ja, um snobistische Eltern zu beeindrucken, reicht's offenbar. Golf unterrichtet natürlich auch die Granada - die ist hier das Mädchen für alles, was irgendwas mit Sport zu tun hat. Wobei ... Mädchen? Eher 'ne Amazone. Oder ein Drill Instructor.

Selbst Ecco und Robert, die beiden Honks aus der dritten Reihe, haben Respekt vor ihr.

Cara hat Gigis Blog abonniert; hat sie mir vorhin auf dem Schulhof erzählt. Ich weiß nicht, was Gigi von Cara hält - als ich ihre Grüße ausgerichtet habe, hat er nur gegrinst. Übrigens: Wenn er nicht hängen geblieben wäre, würden Cara, Nian und er in dieselbe Klasse gehen. Cara würde das bestimmt supernice finden. Sie scheint nicht besonders beliebt bei den anderen Schülern zu sein - zumindest haben sie mich schief angeguckt, als ich in der Pause bei ihr stand.

Vom langen Schreiben tat mir die Hand weh. Ich steckte den Bleistift in den Mund und schüttelte sie aus. Dann setzte ich mich im Bett auf. Außerhalb des kleinen Lichtkreises meiner Nachttischlampe war es dunkel. Ohne dass ich es gemerkt hatte, war es im Haus still geworden. Keine Musik mehr, die durch die Wände drang, keine Gesprächsfetzen, die draußen auf dem Gang hin und her wehten. Draußen trieben Wolken über den Mond, als wären sie Schafe und der Wind ein gelangweilter Hütehund, der mit ihnen spielte. Ich kaute am Bleistift und sah ihnen eine Weile zu. Klaubte mir einen Holzsplitter von der Zunge und schrieb, das Notizheft auf dem Schoß, weiter.

Im Internat werden die Schüler, die von der Insel stammen, die »Eingeborenen« genannt. Glaubst du, die anderen sind deshalb so blöd zu Cara, weil sie kein Schulgeld zahlen muss? Weil sie sie nicht »standesgemäß« finden? Dann mobben sie mich auch, wenn sie rauskriegen, dass Pa sich das Schulgeld nicht leisten könnte ... Ohne die Amis wäre ich schließlich nie im Leben hier gelandet. By the way: Je länger ich hier bin, desto weniger versteh ich, warum Pa mich ausgerechnet in dieses Elitegefängnis verfrachtet hat. Es passt wirklich gar nicht zu mir. Zu ihm auch nicht. Aber vielleicht ist das ja bei vielen hier so, egal, wie elitär sie tun. Überhaupt muss ich dir

»Machst du irgendwann auch mal das Licht aus?«

Isabella sprach nicht laut, aber ihre Worte durchdrangen die Bettlakenmauer und trafen mich wie eine Ohrfeige. Ich sah aufs Display meines Handys. Nach Mitternacht. Schnell schloss ich das Notizbuch, schob es unters Bett und knipste das Licht aus.

»Sorry.«

Genervtes Schnaufen. Warum sagte sie mir nicht einfach, dass sie mich scheiße fand? Dann könnten wir uns anschreien, von mir aus, aber dieses Geschweige war so eine Sackgasse. Ich fühlte mich gefangen darin. Und es erinnerte mich so sehr an alles, woran ich wirklich nicht denken wollte.

In dem Jahr, bevor Ma verschwand, war ich viel bei Pinar. Bei ihr zu Hause fühlte ich mich immer wie auf einer Kirmes: Alles war aufregend, bunt und laut. Pinar hatte nie verstanden, was ich an ihrer Familie so toll fand; *sie* fand es bei *uns* gut. Sie nannte unser Haus das *Schneehaus*. Wegen der weißen Schränke und Sofas, der Vorhänge und des Geschirrs. Und wegen der Stille.

»Du kannst so froh sein, dass du keine Geschwister hast«, sagte sie immer wieder. »Deine Eltern sind nie laut! Weißt du eigentlich, was für ein Glück du hast?«

Glück? Ich hätte liebend gern getauscht. Bei Pinar zu Hause schossen Worte durch die Wohnung wie Squashbälle – sie knallten in der Luft gegeneinander, gegen Wände oder flogen aus dem Fenster. Es wurde geredet, geschrien, geflucht und lauthals gelacht, und das alles in so schnellem Wechsel, dass mir gelegentlich schwindelig wurde.

Bei den Coşkuns war das Leben ein großes Theaterstück: eins dieser Mega-Dramen, bei denen am Ende alle entweder weinten oder lachten, aber immer alles gut wurde. Das Leben in meiner Familie war hingegen wie die Pause zwischen den Akten.

Die Liebe meiner Eltern war still. Und als sie aufhörte, still zu sein, blieb sie doch leise. In den ersten sechs Jahren, in denen wir zu dritt waren, hatte ich nie erlebt, dass Pa und Ma sich angeschrien haben. Nie.

Es begann etwa ein Jahr, bevor Ma verschwand. Selbst das Schreien blieb still. Ich erinnere mich, dass sie es *Diskutieren* genannt haben. Doch unser Haus fror ein unter diesen Streits, die stets flüsternd stattfanden und mit einem Lächeln im Gesicht, das aussah, als wäre es zwischen ihren Mundwinkeln eingeklemmt.

Das stille Schreien wurde immer kälter, und in den letzten Wochen vor dem schrecklichen Unglück hatte ich das Gefühl, unser Schneehaus stände tatsächlich in der Antarktis. Es knallten keine Türen, zerbrachen keine Teller und kippten keine Vasen vom Tisch. Alles blieb heil. Alles – bis auf etwas, das ich nicht sehen konnte und nicht sehen sollte.

Später kriegte ich mit, wie Pa vor seinen Freunden damit prahlte, dass sie auch in den schwierigsten Phasen vor mir nie laut geworden seien. Um mich zu schützen. Schützen, pah! Tatsache war, dass es mich fertiggemacht hatte. Ich hatte nicht mehr schlafen können, wurde von Albträumen gequält, in denen Ma und Pa im Schnee versanken, sich gegenseitig zu retten versuchten und dabei nicht mitkriegten, wie ich in eine Gletscherspalte fiel.

Ich lag in dem Internatszimmer, Finsternis um mich. Es war meine vierte Nacht hier, und der Mond war drei Viertel voll. Nur ein Stück fehlte noch. Ich hatte mein Fenster gekippt und hörte den Wind in den Bäumen, roch das Salz. Ich spitzte die Ohren, lauschte durch die Bettlakenwand hindurch auf Isabellas Atemzüge.

Sie war nicht offen aggressiv. Sie schrie auf dieselbe stille Art wie meine Eltern – und darin lag so viel vertraute Kälte, so viel Erinnerung an unser Schneehaus, dass ich das Gefühl hatte, die Temperatur im Zimmer wäre um einige Grad gefallen. Ich zog die Decke an die Nase und die Knie zur Brust, und so schlief ich schließlich ein.

*

Dreitausendsechshundertsiebenundvierzig. Mittwoch.
WARUM GIBT ES HIER KEINE VERDAMMTEN EINZELZIMMER?
Isabella macht mich irre mit ihrem Geschweige. Echt, das ist Folter! Ich trau mich kaum noch ins Zimmer, wenn sie da ist. Heute wollte ich gleich nach Schulschluss zu Nian, aber Fehlanzeige. Jonas hat gesagt, er sei beim Training. Jonas ist das totale Gegenteil von Nian: ganz schmal und mit einer Gesichtsfarbe wie ein Pilz. Man kann an den Armen die Adern durch die Haut sehen. Er ist schüchtern, und er steht total auf Aquarell-Malen, hat Nian er-

zählt. Aquarell! Dass die zwei sich nicht längst gekillt haben in ihrem Minizimmer ... Jedenfalls: Nian war nicht da. Mareike-Helene war am Strand. Und mit Gigi hatte ich schon den ganzen Tag in der Schule rumgehangen. Also hab ich – halt dich fest – Lexi besucht. Freiwillig!

Ihr Zimmer ist krass. Die Wand in ihrer Hälfte besteht komplett aus Bücherregalen. Bis zur Decke hoch! Sie muss einen Sonderantrag gestellt haben, oder sie hat die Regale aus den anderen Zimmern getauscht. Immerhin ein Bett hat sie noch. Auf dem wohnt sie. Über dem Bett hängt ein riesiges Poster vom Mars, und den Schreibtisch hat sie gleich vors Bett geschoben. Da steht nur ein Laptop drauf und drei Festplatten voller Dokus. Die Kleine ist echt schräg.

Wir haben zusammen auf ihrem Bett gelegen und eine Doku über Schweizer Bauern in Russland geguckt. Ja, echt! (Es war sogar ganz spannend.) Ihre Mitbewohnerin hat in der Zeit Klavier geübt – am Computer, mit Kopfhörern. Oh Mann. Zwei Dreizehnjährige in einer Streberbude, aber alles ist besser als Isabella.

Von Lexi bin ich gleich rüber zum Abendessen. Hausaufgaben mache ich später ... Isabella ist zwar voll genervt, wenn das Licht so lange an ist, aber scheiß drauf. Geh ich halt in den Gemeinschaftsraum! Ja, ich weiß. So kann das nicht weitergehen, und ja, du hast recht: Isabella aus dem Weg zu gehen, verhärtet die Fronten. Zumindest ignoriert sie mich seit heut Morgen KOMPLETT! Vorher hat sie wenigstens mal mit einem Grunzen oder Schnauben geantwortet. Jetzt: nichts.

Wahrscheinlich wegen des Bettlakens ... Dabei müsste sie doch froh sein, dann hat sie wenigstens ihre Ruhe. Ich meine: SIE hat doch die ganze Zeit raushängen lassen, wie wenig Bock sie auf mich hat.

Dieser Oberleuten, der Internatsleiter, ist übrigens immer noch nicht aufgetaucht – Gigi sagt, dass man den fast nie zu Gesicht *kriegt. Er selbst hat ihn angeblich zuletzt im vorigen Schuljahr das letzte Mal leibhaftig gesehen. Der ist dauernd unterwegs, um Vorträge über das Internat zu halten, damit irgendwelche Bonzen ihre Sprösslinge herschicken und die 17.000 abdrücken. Es gibt Gerüchte, dass der Oberleuten eine Provision für jeden neuen Schüler kriegt. Aber viel krasser ist, dass Kunze währenddessen den Laden im Grunde alleine führt. Dabei ist er Hausmeister! Kein Wunder, dass es hier an allen Ecken knirscht. Ein Internatsleiter, der nie da ist, zwei Sozialarbeiter zu wenig ... Warum dieser Christian gegangen (worden?) ist, hab ich noch nicht rausgekriegt, aber ich spitz die Ohren. Jedenfalls ist Kunze voll überfordert, und deshalb schafft er es auch nur einmal pro Woche, die Post auszuteilen. Sie tun echt alles, um diese Insel zu einem schwarzen (Kommunikations-)Loch zu machen! 17.000, just saying.*

Na ja. Jedenfalls stand Kunze vorhin mit einem Wäschekorb voller Briefe und ein paar Päckchen im Foyer, und wir um ihn rum, als wäre er der Weihnachtsmann und wir fünfjährige Kinder mit Unterzucker. Das ganze Foyer war voller Mädchen, sie standen die halbe Treppe hoch. Alle in grauen Schlappen und ziemlich viele davon sogar im Pyjama. Um halb acht abends!

Kunze griff immer wieder in den Korb und rief einen Namen. Ich glaube, der Marmorboden ist jetzt auf Hochglanz poliert, so begeistert, wie die Mädels in ihren Filzlatschen zu Kunze hin- und wieder von ihm weggeschlittert sind.

»A... Alina Renner.«

Kunze hatte mit einem schwarzen Brief gewedelt und dabei noch betretener ausgesehen als sonst – wahrscheinlich dachte er, es wäre eine Todesbotschaft oder so. Aber ich hab die Handschrift gleich erkannt: Der Brief war von Lukas! Ein Brief!!! Als Kunze mein Grinsen sah, hat er gelächelt. Kunze. Gelächelt!

Ich lehnte mit dem Rücken am Zaun zum Naturschutzgebiet und schrieb und schrieb. Nachdem ich den Brief in Empfang genommen hatte, war ich, so schnell es ging, zum Schuhregal geschlappt, hatte die Filzlatschen gegen meine Converse getauscht und war ins Freie gerauscht, hinters Schloss. Ich war ziemlich weit gegangen, um zu vermeiden, dass mir jemand folgte. Jemand mit blauem Haar, Gammelshirt und Brille. Lukas' Brief wollte ich für mich.

Bevor ich mich ins Gras setzte, hatte ich meinen Blick noch mal über die schattige Ödnis des Naturschutzgebietes schweifen lassen. Ich konnte das metallartige Zelt der Irren nirgendwo ausmachen. Entweder war sie längst weg oder es war schon zu dämmrig.

Als ich mich auf dem Boden niedergelassen hatte, überwuchs mich das Gras beinahe. Vom Schloss aus würde ich nicht zu sehen sein.

Endlich war ich mit Lukas allein.

Er schreibt, dass alle großen Liebesgeschichten der Geschichte wunderbare Briefwechsel hinterlassen haben und dass wir einfach auch so ein Liebespaar werden und uns ab jetzt Briefe schreiben, die irgendwann hübsch gebündelt auf dem Dachboden landen, wo sie unsere Kinder später finden und ganz gerührt davon sind, wie sehr wir uns geliebt haben, und das sei doch superromantisch und außerdem voll analog und wer braucht schon digital und Internet und Apps und dass er mich liebt.

Und ich ihn!

Ja.

Nur über die Sache mit den Kindern müssen wir noch reden.

Ich hielt kurz inne, schloss die Augen und atmete nur. Atmete mich zu Lukas hin.

Er hat gefragt, wie es mit der Schule läuft. Was soll ich denn darauf bitte antworten? »Lieber Lukas, ich komme vom Stoff her ganz gut mit und kann mir langsam die Namen der Leute merken.« Ganz toll! Außerdem ist der Kleinkram viel spannender, aber auch so anstrengend, dass ich kaum schaff, ihn DIR zu erzählen.

Ich unterbrach mich, um mal wieder über mein Verhältnis zu meinem Tagebuch nachzudenken. Eigentlich war es ja kindisch, es mit Du anzusprechen, als hätte es Ohren, ein Hirn und ein Herz. Aber uneigentlich gefiel mir die Nähe, die ich dadurch zu ihm fühlte. Scheiß auf kindisch.

Vielleicht kopier ich Lukas ein paar Seiten aus dir, damit ich nicht alles doppelt schreiben muss. Mal sehen.
   Der Kleinkram:
   Hannah ist ganz cool, ich hab noch nie jemand im Rollstuhl gekannt. Komisch eigentlich. Jedenfalls ist sie Klassensprecherin und unterhält sich am liebsten mit Erwachsenen. Der Rest der Klasse ist unspektakulär – und es gibt keinen einzigen Typen, der auch nur ansatzweise an Lukas ranreicht. Das hat er mich gefragt in seinem Brief. Süß, dass er eifersüchtig ist. Muss er nicht. Die sind mir viel zu angeberisch hier, die Jungs. Allein diese beiden Flachpfeifen in der dritten Reihe! Wenn du Robert und Ecco die gebügelten Hemden ausziehst und sie in Hoodies steckst, kannst du sie entspannt nach Marzahn verpflanzen. Nur dass sie da mit ihrem Gemackere keine drei Minuten durchkommen würden. Aber das schnallen die nicht, die finden sich voll gangsta, und mich offenbar auch, weil sie auf mein Gepose beim Vorstellen reingefallen sind. So blöd muss man

erst mal sein! Heute in der Pause sind sie zu mir gekommen und haben gefragt, warum ich mit den »Loser-Lonelies« abhängen würde.

Die haben nicht mal geschnallt, dass sie voll ins Fettnäpfchen getreten sind. Ich hab natürlich gesagt, dass sie gerade mit einem »Loser-Lonelie« abhängen würden, weil ich an den Wochenenden schließlich auch hier sei. Ecco hat gegackert wie der letzte Vollhorst und gesagt, wenn ich mal ein bisschen Erholung von den »Freaks und der Schwuchtel« bräuchte, könnte ich unter der Woche einfach mit ihnen losziehen!

Die sind echt so blöd, dass sie nicht mal merken, wie blöd sie sind! Sie haben immer weiter über Gigi hergezogen, bis ich gegangen bin. Zu Gigi, und hab's ihm erzählt. Der hat mit den Achseln gezuckt und gemeint, dass die ständig pöbeln, vor allem in Sport, weil's da nicht so auffällt, wenn einer rumgeschubst wird. Er sagt, die hassen ihn, seit er die Insel betreten hat, weil sie glauben, dass er schwul ist. Und ich so: »Hä? Wie jetzt? Biste nicht?«

Ist er nicht. Dabei hätte ich g e s c h w o r e n, dass er auf Jungs steht. »Du und die halbe Welt«, hat er gesagt. Und dass er keinen Bock mehr hat, die Leute davon zu überzeugen, dass er hetero ist. Nicht mal seine Eltern glauben's ihm, dabei hatte er sogar eine feste Freundin! Aber Gigi sagt, für seine Eltern wäre ein Heterosohn, der gerne Röcke trägt, langes Haar hat und sich schminkt, noch schlimmer als ein schwuler Sohn. Deshalb reden sie sich ein, dass er schwul sei. Dabei würde selbst DAS ihr Toleranzlevel schon kilometerweit übersteigen.

Geht's noch bescheuerter? Ich würde ja ausrasten, aber Gigi behauptet, es sei ihm egal. Und für die Honks ist er ein Kerl, der auf Fummel und Heels steht, eben kein »echter Mann«. Genauso wenig wie Schwule natürlich.

Also wenn »echte Männer« wie Robert und Ecco sind, dann geh ich ins Kloster.

*Apropos echter Mann ... Nian mag ich auch, obwohl er so ein
Schönling ist. Dass der seine Muskeln nicht vom Sitzen, sondern
vom Training kriegt, hab ich mir schon gedacht, aber als mir Mareike-Helene erzählt hat, dass er auch Geige spielt, war ich echt
sprachlos. So viel zum Thema Vorurteile und Schubladen.*

*Trotzdem (und das schreib ich nicht nur, weil ich ihm das hier
vielleicht kopiere): An Lukas kommt eh keiner ran. Der ist einfach
cool, weil er cool ist. Auch wenn er Hoodies mag und eben gerade,
weil er keine Angst vor Schwulen hat. Und weil er Briefe schreibt.
Seufz.*

*Der Rest der Klasse teilt sich quasi von selbst ein in Streber und
Klassenclown, dann gibt's noch die Überbitches: Chrystelle und
noch so eine, Lisa, die sieht aus, als wäre sie ihr Zwilling. Sie haben
beide Plastiknägel und stehen offenbar auf so Testosteronopfer wie
Robert oder Ecco. Mir soll's egal sein, meine Rolle ist klar: Ich bin
die Outsiderin. Selbst gewählt.*

Es wurde kühl. Vom Boden drang Feuchtigkeit durch meine
Jeans. Ich sah aufs Handy. 21:15 Uhr. Erschrocken setzte ich mich
auf. Es war bereits richtig dunkel. Dass ich noch etwas sehen
konnte, verdankte ich dem Mond. Der war unglaublich, wie ein
Scheinwerfer. Er war seit gestern noch ein Stückchen gewachsen.

Ich starrte nach oben, in dieses strahlende Weiß, das unbegreif-
licherweise nur totes Gestein sein sollte, das nicht von selbst
leuchtete.

Dieser Mond hier war anders als der in Berlin. Dort wirkte
er immer so weit weg, leicht zu übersehen – wie ein Irrtum am
Himmel. Hier war er riesengroß, ein schweigender eisweißer
Mittelpunkt, und die Schwärze um ihn war seine Bühne.

Der Anblick war so schön, dass es mir schwerfiel, mich loszureißen, aber ich musste ins Schloss zurück, bevor sie den Alarm anstellten. Bis halb zehn Uhr mussten wir in unseren Häusern sein, dann wurden die Türen verriegelt; eine halbe Stunde später aktivierten Tomek oder Francoise die Alarmanlage. Aus »Sicherheitsgründen«. So konnte niemand nachts die Häuser verlassen oder betreten, ohne den Alarm auszulösen.

Ich stand auf, schob das Notizbuch in die Gesäßtasche und sog die klare Nachtluft ein. Gleich würde ich wieder in dem engen, zweigeteilten Zimmer sein, eingesperrt in einem dunstigen Dschungel, der nachts Sauerstoff fraß und Kohlendioxid aushauchte, mit einer Mitbewohnerin, die durch mich hindurchsehen würde. Und die verdammten Hausaufgaben …

Ich warf einen letzten Blick über den Zaun, in der Hoffnung, eins dieser Monsterrinder zu Gesicht zu bekommen – was machte wohl das Mädchen aus dem Naturschutzgebiet jetzt? Doch die Landschaft lag still und einsam in dem gespenstischen Licht, und der Zaun zog sich dahin wie ein langes finsteres Gerippe.

*

Dreitausendsechshundertachtundvierzig. Donnerstag.
Jetzt bin ich schon sechs Tage hier und niemand hat mir einen Streich gespielt. Eine wie Alaska, *das Buch, das Pinar mir mitgegeben hatte, hab ich durch, und da haben sie diesen Typen mit Klebeband verschnürt und in den See geworfen. Aber hier sind es drei Kilometer zu Fuß bis zum Internatsstrand - viel zu weit mit einem 1,82 m großen, verschnürten Paket auf dem Rücken. Oder es ist nur in amerikanischen Internaten so, dass die Neuen irgendwelche bescheuerten Mutproben machen müssen? Vielleicht ist das auch bloß Jungskram.*

Isabella kam ins Zimmer geschlappt, zusammen mit Chrystelle. Das konnte ich hören. Chrystelles hicksendes Lachen war unverkennbar. Es klang immer, als hätte sie mehrere Gläser Sekt intus. Die schwarze Wand wackelte, dann tauchte ein Kopf auf. Ein Wasserfall aus blondem Haar. Sie sah mich an meinem Schreibtisch sitzen, stöhnte:»Na toll«, und zog den Kopf zurück.

»Dann gehen wir halt in den Gemeinschaftsraum«, sagte Isabella.»Ich nehm's mit.«

Ich hörte, wie etwas hin und her gerückt wurde, Pflanzenblätter raschelten, dann knisterte etwas. Die Füße schlappten wieder zur Tür.

»Also, das nervt, echt …«, maulte Chrystelle. Ein Knall, und ich war wieder allein.

Dieses geheimnisvolle Getue ging mir gehörig auf den Zeiger. Heute Nacht war Isabella sogar ausgebüxt. Ich hatte zwar nicht mitgekriegt, wie sie gegangen war, aber ich hatte gehört, wie sie wiedergekommen war. Um vier heute Nacht.

Diese Stunde, in der es nicht mehr finster ist, aber auch noch kein Morgen. Das Licht so grau wie benutztes Wischwasser. Die Vögel draußen hatten gerade begonnen, ihre Stimmen zu testen. Und ich war plötzlich wach gewesen, mit trockenem Mund und einem rasenden Herzen. Keine Ahnung, was mich geweckt hatte.

Mein ganzer Körper war mit Gänsehaut überzogen, so kalt war es im Zimmer. Ich hatte zu meinem Fenster gesehen. Es war zu. Vielleicht hatte Isabella ihr eigenes Fenster offen stehen, um mich zu ärgern? Ich wollte mich gerade zum Sessel neben meinem Bett vortasten, um meine Kuscheldecke über die Bettdecke zu ziehen, als ich ein Geräusch hörte.

Ein leises Knarren, das immer wieder aufhörte, um dann, nach einer Weile, wieder einzusetzen.

Ich stellte mir vor, wie Isabella an der roten Notrutschentür stand, durch die die Nachtkälte hereindrang, und versuchte, das runde Loch in der Wand möglichst geräuschlos zu verschließen, bei jedem Knarren zusammenzuckte, innehielt, weitermachte.

Statt aufzustehen und nachzuschauen, was los war, lag ich steif im Bett, gefangen in dieser völlig betäubten Wachheit, die der Körper anknipst, wenn man unerwartet aus der Tiefschlafphase gerissen wird. Alles, was ich wollte, war weiterschlafen. Ich sickerte weg. Wachte noch einmal auf, als es nach einer gefühlten Ewigkeit »klack« machte. Als wäre eine Tür eingerastet. Ich hörte keine Schritte, aber nach einer Weile quietschten Isabellas Bettfedern.

Am Morgen hatte ich das Ganze vergessen. Es war mir erst gerade wieder eingefallen, als Isabella die Tür hinter sich zugeknallt hatte. Kurz zweifelte ich an meiner Erinnerung. War Isabella tatsächlich heute Nacht durch die Notrutsche abgehauen und dann wieder raufgeklettert? Das war doch ... Das war absurd! Oder nicht?

Ich stand vom Schreibtisch auf, schob die Bettlakenwand zur Seite und spähte auf Isabellas Seite hinüber. Dann zur Zimmertür. Waren die beiden nur kurz weg und kamen gleich wieder? Egal. Mit zwei Schritten war ich drüben. Und dann, mit fünf, zurück an meinem eigenen Schreibtisch.

Ich muss dir das jetzt erzählen: Ich hab's nicht geträumt, sie war tatsächlich draußen. Ich bin mir ganz sicher, weil ihre Jeans von gestern ganz oben auf ihrem Klamottenstapel lag. Und die war total schmutzig am Hintern! Das ist der Beweis: Isabella ist heute Nacht wirklich die Rutsche runter. Gar nicht blöd, weil: Wenn sie die Türen nehmen würde, würde ja sofort der Alarm losgehen. Krass. Aber was hat sie mitten in der Nacht da draußen gemacht?

Ja, ich weiß, dass du denkst, dass sie sich mit einem Jungen getroffen hat. Aber das glaub ich nicht. Sie interessiert sich für keinen hier – das ist auffallend. Ich frage mich ehrlich, warum sie.

In dem Moment ging die Tür auf, und Isabella schlappte herein. Die dumpfen Bässe, die mit ihr ins Zimmer waberten, verrieten sie. Was sie wohl für Musik hörte? An dem Gewummer, das immer aus ihren Kopfhörern drang, konnte man echt keinen Stil ausmachen. Nach Pop klang es jedenfalls nicht. Klassik fiel auch aus. Das Dröhnen verstummte. Ich hielt die Luft an. Hatte sie was gemerkt? Hatte ich eine verräterische Spur auf ihrer Seite hinterlassen?

Ihr Sessel quietschte ein wenig. Dann hörte ich nichts mehr bis auf das regelmäßige Umschlagen von Buchseiten. Uff.

*

Dreitausendsechshundertneunundvierzig. Freitag.
Ein Wunder! Sie hat mit mir geredet. Freiwillig!

Es rumste. Ich hielt inne. Vor der Tür saugte sich die Putzkolonne den Gang entlang, und das ging anscheinend nicht, ohne mit dem Staubsauger gegen die Türen zu donnern. Um neun Uhr abends. Offensichtlich sahen sie keine Veranlassung, leise zu sein, schließlich war Freitag und außer mir waren nur noch die anderen Lonelies im Schloss. Und Tomek. Der saß in seinem kleinen Nachtwachenkabuff im Foyer, hatte riesige Kopfhörer auf und spielte *The Evil Within*.

Keine Ahnung, wie Kunze auf die Idee kam, dass man sich, wenn man ein nächtliches Problem hatte, ausgerechnet jemandem anvertrauen sollte, der Zombies mit Äxten die Köpfe abhackte und durch blutbespritzte Gänge torkelte.

Ich hatte nach dem Abendessen kurz vor seiner Tür haltgemacht und hineingelugt. Nur eine Hälfte von Tomeks Gesicht hatte ich erkennen können, aber das hatte gereicht. Er war gebannt von dem Gemetzel, das er anrichtete, und hatte vor sich hin gemurmelt. Richtig psycho ... Wobei – vielleicht war das Zombieding auch einfach seine Art abzuschalten. Immerhin musste er während der Tagwachen für alle da sein. Andauernd kommen Schüler mit Problemen zu ihm, er muss zuhören, sich reinfühlen, helfen. Eigentlich verständlich, dass man da nachts mal entspannt Zombies ermorden will. Zum Ausgleich sozusagen.

Ich hatte mich umgedreht und war ins Turmzimmer hochgegangen.

Es war himmlisch: Kein Mädel weit und breit, das mir meinen Platz wegnehmen wollte. Kein Gekicher, Geschnatter, Geflüster, Gedrängel, Gejammer – nein, Totenstille. Nur ich und das Glasfasernetz. Ich hatte über eine Stunde mit Lukas geskypt und dann eine mit Pinar. Danach war ich wie im Drogenrausch in mein Zimmer herabgeschwebt.

Dabei hatte der Tag mit einem dieser Horrormorgen begonnen! Einer von denen, wenn ich aufwachte und sterben wollte. Nicht wegen Kunze, der uns wieder in aller Frühe durch die Lautsprecher wach gebrüllt hatte, sondern weil mir schlecht war. Buchstäblich kotzübel. Ich hatte von Ma geträumt, und davon wurde mir *immer* schlecht.

Pa hatte mich deswegen schon zu allen möglichen Ärzten geschleppt und schließlich zu Marina Pawlowa.

»Die Übelkeit ist psychosomatisch«, hatte sie Pa nach ein paar Sitzungen erklärt und der hatte beschämt ausgesehen. Dabei gab's wirklich nichts, wofür *er* sich schämen müsste. Und mir war es doch egal, ob es ein Virus oder ein Albtraum war, der die Schmerzen auslöste – kotzübel war kotzübel, und kotzübel war scheiße.

Ich hasse es, von Ma zu träumen, und ich hasse es, dass mir davon schlecht wird.

Ich hasse Ma.

*

Statt des geplanten verlängerten Wochenendes war Oma damals zwei Wochen bei uns geblieben. Am Anfang sprachen wir jeden Tag darüber, aber ich begriff nicht, was es bedeutete, dass Ma *verschwunden* war. Wie konnte sie mitten im Urlaub mit Pa verloren gehen? Menschen lösten sich doch nicht in Luft auf.

»Wo soll sie denn hin sein?«, hatte ich immer wieder gefragt.

»Sie wissen es nicht, Alina. Niemand weiß es. Lars ... dein Vater ... er ist völlig ...« Sie unterbrach sich. Biss sich auf die Lippen.

»Pa? Was ist mit Pa? Ist er auch ...«

»Nein, nein! Er ... er ist noch dort. Er hilft beim Suchen. Alle suchen sie. Es könnte sein ... vielleicht war sie nachts noch im Meer schwimmen ...« Sie begann zu zittern. Nicht normal, eher als hätte sie Schüttelfrost. »Ach, Linchen, vielleicht ist sie ...«

Ich konnte das nicht hören, nicht dieses eine Wort, das sie sagen wollte. Ich *konnte* nicht. Ich begann zu schreien, schrie Omas Stimme und ihr Zittern weg.

»Nein! Nein! Neeeeeiiiiiin!«

Oma hatte mich an sich gezogen, fest in die Arme genommen und »Ist ja gut, alles ist gut ...« gemurmelt. Sie hatte mich gewiegt, bis ich endlich aufhören konnte, zu schreien und zu weinen, bis ich nur noch vor mich hin schluchzte, weil eben nicht alles gut war. Gar nichts.

Die folgenden Tage, in denen wir auf Neuigkeiten und auf Pas Rückkehr warteten, taten wir beide so, als wäre nichts passiert. Stattdessen verlängerten wir das Wochenende.

Ich brauchte nicht zur Schule, Oma kochte meine Lieblingsessen, und abends im Bett las sie mir vor. Zu meinem siebten Geburtstag kaufte sie mir das ferngesteuerte Flugzeug, das ich schon ewig haben wollte, und wir ließen es im Garten fliegen. Nur schlafen konnte ich nicht, und der Möhrenkuchen schmeckte nach Pappe, obwohl Oma sich exakt an Mas Rezept gehalten hatte.

Abgesehen davon spielten wir unsere Rollen perfekt. Ich fragte nicht nach Pa und vor allem nicht nach Ma. Solange ich nicht fragte, konnten wir tun, als wäre alles gut, und wenn ich nur fest genug daran glaubte, war es das auch. Sobald Oma ihre Stimmlage änderte und so etwas sagte wie »Linchen, wir müssen …« oder »Vorhin hat …«, rannte ich weg. Weg von ihr. Weg von der Angst. Weg von der Vermutung, dass sie das eine Wort aussprechen würde. Solange Oma es nicht sagte, lebte Ma.

Wenn Oma ans Telefon ging, verschloss ich die Ohren und die Augen auch. Ich ließ meine Muskeln versteinern. Ich lernte, eine Statue zu werden.

Ma musste am Leben sein.

*

Zwei Wochen später kam Pa zurück.

Zuerst kam seine Stimme. Ich hörte sie, als ich gerade im Garten das Flugzeug kreisen ließ. Die Terrassentür stand offen. Aber statt hineinzustürmen und mich in seine Arme zu werfen, blieb ich wie angewurzelt stehen. Ich vergaß sogar das Flugzeug, das trudelnd abstürzte. Bevor ich reagieren konnte, war es gegen die Schuppenwand gekracht und kaputt. Vor Wut begann ich zu heulen.

Zwischen meinen Schluchzern hörte ich ein Weinen von drinnen wie ein Echo. Pa! Pa weinte. Oma redete beruhigend auf ihn ein, und ich hörte einen schrecklichen, lang gezogenen Laut. Er klang fremd und unheimlich, und er kam aus meinem Mund.

Ich wollte fort von dem Laut, fort von hier, fort von mir, aber mein Körper hörte nicht auf zu schreien, und meine Beine bewegten sich von selbst, Steinschritt für Steinschritt, Richtung Terrassentür. Ich hatte sie aufgestoßen. Und war verstummt.

Pa saß am Küchentisch und war hundert Jahre alt. Seine Haare waren grauer, seine Augen rot, seine Haut fleckig. Oma stand hinter ihm und hatte eine Hand auf seine Schulter gelegt, wie Ma und Pa das bei mir taten, wenn sie mir sagen wollten, dass alles gut war. Hier war nichts gut.

Pa starrte auf einen Zettel in seiner Hand, der so oft auf- und zugefaltet worden war, dass das Papier sich wie ein Taschentuch anfühlen musste.

Was war das für ein Zettel? Was stand darauf? Wieso hatte ich damals nur dagestanden, war nicht zu ihm gelaufen, hatte ihm nicht diesen verdammten Zettel aus der Hand gerissen? Fragen, die heute durch meine Träume zischen wie wütende, eingesperrte Fledermäuse.

Vielleicht ist das normal. Vielleicht muss man die Dinge, die man nicht getan hat, aber hätte tun sollen, im Traum immer wieder erleben. Wie eine Wiedergutmachung. Oder eine Strafe. Jedenfalls habe ich diese Situation seitdem ungefähr hundertmal geträumt. Pa – zusammengesunken, weinend, mit dem

Zettel in der Hand. Und immer ging ich zu ihm hin, sah über seine Schulter. Immer hob ich mich auf die Zehenspitzen, um den Zettel endlich lesen zu können. Und jedes Mal wachte ich auf, bevor ich lesen konnte, was darauf stand. Jedes verdammte Mal!

Als er mich in der Terrassentür stehen sah, an diesem Mittag im Mai vor zehn Jahren, hatte sich Pa mit dem Handrücken über die Augen gerieben, die Brille aufgesetzt und den Zettel in seiner Hemdtasche verschwinden lassen.

»Pa?« Meine Stimme klang weit weg, und meine Ohren waren noch taub von meinem Schrei und seinem Heulen. Nach all den Tagen, in denen ich mich im So-tun-als-ob und Statue-Sein trainiert hatte, war ich mir plötzlich nicht mehr sicher, ob ich noch lebte.

All die Mühe, die es mich gekostet hatte, mir einzureden, dass Ma und Pa nur im Urlaub waren, am Meer irgendwo, wo sie Muscheln sammelten, sich sonnten und Fisch aßen, während ich mit Oma zu Hause Flugzeuge fliegen ließ und Scrabble spielte, all die Mühe war umsonst gewesen. Pa hatte es kaputt gemacht.

Dann eben die verdammte Wahrheit.

»Wo ist Ma?«

»Alles in Ordnung, Alina. Sie ... sie liebt dich über alles.«

Nicht mehr als das.

»Wie ...? Aber wo ist sie denn?«

Er sah zu Oma hinüber, dann zu mir, dann legte er die Hand auf die Hemdtasche. Der Zettel, dachte ich. Was steht auf dem Zettel?

Ich hatte genau gespürt, dass das Ding in seiner Hemdtasche die Lösung war.

Überall hatte ich diesen Zettel später gesucht, hatte das ganze Haus auf den Kopf gestellt. In allen Schränken nachgesehen, in

Pas Collegemappe, sogar in der abgeschlossenen Schublade seines Schreibtisches, dessen Schlüssel er im Übertopf des Kaktus versteckte. Nichts. Ich hatte ihn in jeder freien Minute belagert, hatte gebettelt, geflucht und geschrien.

»Ich erkläre es dir«, hatte er so oft zu mir gesagt. »Alles. Versprochen. Aber jetzt ist es noch zu früh.«

Es sollte fünf Jahre dauern, bis ich den Zettel endlich zu Gesicht bekam.

*

Durch die Zimmertür drang ein seltsames Lied, das mir zugleich traurig und fröhlich vorkam. Voller Sehnsucht.

Die Putzkolonne musste aus mindestens drei Menschen bestehen, denn sie sangen mehrstimmig. In einer Sprache, die ich nicht kannte, die mich jedoch an den leichten Akzent der Pawlowa erinnerte. Ich stellte mir vor, dass es polnisch oder bulgarisch war. Es klang sehr, sehr schön.

Heut morgen hat sich mein Magen angefühlt, als hätte man ihn mit einer Mischung aus Ingwer, Cayennepfeffer und Zitronensaft eingerieben. Von innen. Mir war unglaublich schlecht. Ich hab's immerhin geschafft aufzustehen, aber dann wurde mir schwindelig, und ich hab versucht, mich an dem schwarzen Laken festzuhalten, was 'ne Scheißidee war. Die Reißzwecken sind aus der Decke geregnet und die Hälfte des Lakens kam gleich mit runter. Plötzlich hatte ich freien Blick auf Isabella, die mit ihrer Waschtasche in der Hand zwischen einer dickblättrigen Pflanze und einer mit gelben Trompetenblüten vor ihrem Bett stand. Sie drehte sich überrascht um, das Gesicht abweisend wie immer. Unter mir schwankte der Boden. Und dann ist es passiert: Sie hat mit mir geredet!

154

»Was ist denn mit dir los?«, hat sie gefragt. »Du bist ja ganz grün.«

Dass das ein Jahrhundertereignis war, hatte ich in dem Moment nicht auf dem Schirm. Dafür ging's mir viel zu schlecht. Ich hab bloß rumgestottert, dass mir schlecht sei und hab wohl genauso beschissen geklungen, wie ich mich fühlte. Dann hab ich so krasse Magenkrämpfe gekriegt, dass ich mich erst mal wieder hingesetzt hab. Auf den Boden.

Und Isabella? Hat sich allen Ernstes neben mich gehockt und gefragt, ob ich schwanger sei. Schwanger! Ich hab so heftig mit dem Kopf geschüttelt, dass mir noch schlechter geworden ist. Isabella hat ihre Waschtasche neben mir abgestellt, ist zu ihrem Schuhregal hin und hat aus einem ihrer Sneaker ein Fläschchen geangelt. So eins mit Schraubverschluss mit Pipette.

»Mund auf!«

Ich war viel zu schwach, um zu protestieren. Sie hat mir drei Tropfen auf die Zunge geträufelt. Schmeckte nach zerdrückten Grashalmen.

»Keine Angst«, hat sie gesagt. »Hab ich selbst gemacht. Rein pflanzlich.«

Dann ist sie aufgestanden, hat einen Miniwasserkocher aus dem Müllberg auf ihrem Schreibtisch gezogen und ist abgedampft. Ich bin einfach sitzen geblieben und hab versucht, ruhig zu atmen. Nach ein paar Minuten hat sich der Schmerz verändert. Dumpfer irgendwie, nicht mehr so stechend. Nicht so, als würde ich jeden Moment loskotzen müssen.

Ich hätte Isabella am liebsten umarmt, als sie mit dem Kocher zurückkam. Stattdessen hab ich so breit gegrinst, wie ich konnte (was nicht besonders breit war), aber sie war eh viel zu beschäftigt, um es wahrzunehmen. Sie hat ein paar Tropfen Grassaft in einen Thermobecher getröpfelt und kochendes Wasser drübergegossen.

Dann hat sie mir den Becher in die Hand gedrückt. »*Schluckweise trinken.*« *Ihre Stimme war mild, ganz anders als sonst.* »*Ich melde dich krank. In spätestens zwei Stunden solltest du aber wieder aufstehen können.*« *Dann hat sie ihre Waschtasche genommen und ist duschen gegangen.*

Und dann? Wunder! Nach gerade mal einer Stunde war ich wie neu.

Die Bettlakenwand war noch immer zur Hälfte heruntergerissen und gab den Blick auf Isabellas Chaos frei. Sie würde erst Sonntag zurück sein ... Neugierig betrachtete ich ihr Schuhregal. Sie hatte echt viele Sneaker. Ob in jedem ...?

Ich werde nicht nachsehen.

Ich werde nicht nachsehen.

Ich werde *nicht* nachsehen!

Nach dem Wunder von heut Morgen wäre es doppelt bescheuert, es mir mit ihr zu verderben. Aber ich hätte zu gern gewusst, was sie mir eingeträufelt hatte. In all den Jahren hatte es nämlich noch niemand geschafft, diese Albtraumbauchschmerzen und die Übelkeit wegzukriegen. Dabei hatten es in den – ich musste tatsächlich kurz in das Tagebuch schauen, obwohl ich die Zahl gerade erst reingeschrieben hatte – dreitausendsechshundertneunundvierzig Tagen, seit Ma verschwunden war, jede Menge Leute versucht. Erst Kinderärzte, dann Gastroenterologen und dann eben die Pawlowa, die zwar diagnostizierte, dass die Schmerzen psychosomatisch waren, sie mir aber nicht nehmen konnte.

Isabella war eine Zauberin.

*

Ich überlegte, ob ich jetzt am Abend noch eine Runde ums Schloss laufen sollte, um die anderen zu suchen. Es war zwar schon dunkel, aber am Wochenende sahen sie es mit der Nachtruhe etwas lockerer: Der Alarm an den Türen wurde erst um halb zwölf aktiviert. Damit wir Zeit hatten für »Freizeitaktivitäten«. Welche das sein sollten, stand nicht in Kunzes Mappe. Auf Griffiun gab es kein Kino, kein Theater, keinen Jugendclub. Von McDonald's oder Starbucks gar nicht zu reden. Mareike-Helene ging gern ans Meer, Muscheln sammeln oder die Wellen angucken, hatte Nian mir verraten. Oder ins Hafendorf, um sich in *Uschi's Frisierstübchen* von Caras Mutter die Spitzen schneiden zu lassen. Da war ja bei meiner Oma noch mehr los!

Auf dem Weg zum Lichtschalter fiel mir Isabellas Nachtschränkchen auf. Ich blieb kurz stehen. Betrachtete das Bataillon Fotos, die alle dasselbe Mädchen zeigten. Isabellas Schwester? Ich sah in das lachende, metallgeschmückte Gesicht. Die dunklen Brauen, die schmale Nase. Ähnlich sahen sie sich nicht gerade. Es dauerte eine ganze Weile, ehe ich mich losreißen und das Licht ausmachen konnte.

Dann tappte ich zu meinem eigenen Fenster. Ich hatte einen schönen Blick auf den Vorplatz. Heute war der Mond voll. Ein riesengroßes Flutlicht. Die Bäume, die Büsche, die Kiesauffahrt – alles war scharf ausgeleuchtet. Die Baumkronen ragten wie Scherenschnitte in den Himmel. Die Liegestühle auf der Wiese warfen groteske Schatten.

Ich schob den Rest des Vorhangs beiseite und schlüpfte darunter durch zu Isabellas Fenster, sah ins Naturschutzgebiet. Leider schob sich jetzt eine große Wolke vor den Mond und dimmte das Licht. Ich sah in die Richtung, in der ich Mühstetters Bruchbude vermutete. Keine leuchtenden Fenster. Schlief er etwa schon?

Mein Blick glitt tiefer ins Naturschutzgebiet. Auch von dem seltsamen grellgrünen Leuchten keine Spur. Und da fiel mir wieder diese Irre in ihrem kupferfarbenen Hightech-Zelt ein. Ob sie etwas mit diesem Lichtschein zu tun gehabt hatte?

Gerade als ich mich vom Fenster abwenden wollte, gab die Wolke den Mond wieder frei. Wie eine Welle stürzte das weiße Licht über die Landschaft, und auf einmal war die Sicht so unfassbar klar, dass ich Mühstetters Haus problemlos erkennen konnte. Schwarz und ohne Leben lag es in den Dünen. Hastig schnappte ich mir Isabellas Fernglas vom Sims. Sie saß manchmal Ewigkeiten auf dem Fensterbrett und schaute damit ins Naturschutzgebiet. Keine Ahnung, was sie beobachtete. Vielleicht hatte sie zwischen den Dünen eine kleine Drogenplantage angelegt und sah ihren Pflanzen beim Wachsen zu?

Ich hielt das Fernglas vor die Augen. Das Ding war gut! Die Krüppelbäume hinter Mühstetters Haus waren plötzlich ganz nah. Sie reckten ihre Äste wie gebrochene Arme in die Höhe. Langsam suchte ich die Dünen ab, streifte die gebeugten Büsche, die immer kleiner wurden, je weiter entfernt sie waren. Ich sah eine dunkle Masse aus schwarzen Hügeln. Da. Das mussten die Urrinder sein! Sie bewegten sich nicht, wahrscheinlich schliefen sie. Vielleicht waren es auch Steine. Hinter ihnen begann das Meer. Krass, dieses Fernglas ... Ich folgte dem Horizont mit dem Blick bis zu einer Felsspitze. Eine Felsspitze mitten im Meer! Es sah total magisch aus. Ich konnte sogar das Wasser im Mondlicht glitzern sehen. Für einen Moment verlor ich mich in der fast magisch wirkenden Nachtlandschaft.

Doch dann, jäh, schob sich etwas in meinen Blick, und ich sah nichts mehr. Alles schwarz, so wie bei den Aussichtsferngläsern, wenn die Zeit abgelaufen war und man die nächste Münze einwerfen musste. Shit! Hatte ich was kaputt gemacht?

Ich drehte Isabellas Fernglas um und inspizierte es. Alles schien okay. Ich schaute erneut hindurch. Es funktionierte. Uff. Ich kehrte zurück zu den vom Wind gebeugten Büschen und dem Horizont und schließlich zu der Felsspitze im Meer. Dann ließ ich das Glas ganz langsam wandern, über die Glitzerfläche des Meeres, und da – da war es wieder!

Meine Hände fingen an zu zittern, und ich krampfte sie fester um das Fernglas.

Das schwarze Etwas, das meinen Blick verdunkelt hatte, war ein *Schiff!* Und es war riesig! An der Spitze des Mastes befand sich eine große Kugel.

Eine Kugel …?

Dieses Schiff hatte keinerlei Ähnlichkeit mit der Fähre, die Griffiun mit dem Festland verband. Es sah auch nicht wie ein Frachtschiff oder ein Ausflugsdampfer aus … Nicht nur die komische Kugel an der Mastspitze war seltsam. Es war das ganze Schiff.

Als sich eine weitere Wolke vor den Mond schob und alles in Finsternis ertrank, kam ich endlich drauf: Es gab kein einziges Bordlicht auf dem Schiff. Keine Signallampe, nichts.

Von Lukas, dessen Vater ein Segelschiff am Wannsee liegen hatte, wusste ich, dass das gegen sämtliche Vorschriften verstieß. Schiffe mussten – genau wie Autos – nachts oder bei schlechter Witterung die Lichter anmachen. Aber das Schiff da draußen verschmolz komplett mit der Schwärze … Fast so, als wäre es überhaupt nicht da.

7

Die Legende

Manchmal versteckt sich das Schicksal auf einem Zettel. In diesem Fall war der so winzig, dass ich ihn fast übersehen hätte. Es war Samstagmorgen, Viertel vor neun. Ich war die erste in der Mensa. Keine Ahnung, warum ich ständig zu früh dran war – vielleicht, weil mein Magen ständig knurrte.

Genau wie letztes Wochenende war Frau Tongelow auch jetzt wieder allein in der Küche. Sie klapperte dort vor sich hin, und da ich mich noch nicht an den einsamen Tisch setzen wollte, trat ich an das riesige Schwarze Brett gleich neben der Tür und betrachtete die Mitteilungen.

Sofort spürte ich den dringenden Wunsch, die Zettel und Zettelchen abzunehmen, sie der Größe und der Farbe nach zu ordnen und wieder anzupinnen. Die geballte Unordnung an diesem Brett schien lauthals nach mir und meinen ordnenden Händen zu schreien. Ich unterdrückte den Impuls und besah mir die Zettelchen näher.

Zwischen einem Aufruf zur Kleiderspende für geflüchtete Kinder und einem grasgrünen Flyer mit einer Girlande aus Herzen drum rum, der (Tatsache!) zum *Flirt Coaching* einlud – hing eine kleine, lieblos ausgedruckte Notiz.

Kein cooles Foto dazu, das den Blick fing, kein *Achtung, Achtung!*, keine Signalfarbe auf dem Flyer oder wenigstens eine originelle Typo. Nichts. Einfach nur dieser fade, kleine Zettel mit fader, kleiner Schreibmaschinenschrift:

Auch in diesem Jahr lobt die Foto-AG von Hoge Zand wieder den Wettbewerb »Unser schönes Griffiun« aus.

Thema diesmal: *Ganz nah dran.*

Zeigt uns die Insel aus eurer ganz persönlichen Perspektive.

In Absprache mit der Schulleitung haben wir in diesem Jahr einen besonderen Preis zu vergeben: Einen Online-Bildbearbeitungsworkshop bei der CMYK-Akademie. Und damit ihr das Potenzial dieses Preises auch voll ausschöpfen könnt, reservieren wir euch zusätzlich drei Monate lang einen festen Platz im Computerraum.

Mailt uns euer schönstes Foto bis zum Monatsende am 31. Mai.

(Ein Bild pro Person!)

Also wenn die Leute aus der Foto-AG dachten, die könnten den Preis unter sich auslosen, weil keiner diesen unauffälligen Zettel bemerkte, hatten sie sich geschnitten. Und wenn sie glaubten, dass ich ihn hängen lassen würde, um die Konkurrenz weiter zu vergrößern, auch. Ich blickte mich um, aber Frau Tongelow war immer noch in den Tiefen der Küche zugange. Dann schaute ich aus dem Fenster, wo ich Gigi in einer Art Toga, die in allen Grüntönen des Meeres schimmerte, über die Wiese heranrauschen sah, riss den Zettel ab und steckte ihn ein.

Drei Monate einen festen Platz im Computerraum! Wie geil war das denn bitte? Ich könnte mit Lukas skypen, bis mir die Augen zufielen, und endlich wieder alberne Videos mit Pinar austauschen. Ich *musste* diesen Preis gewinnen. Und ich wusste auch schon, wie.

*

»Drei Monate!«, rief ich in den Computer. »Stell dir das vor!
Dann können wir endlich in Ruhe reden. Du, aber auch wenn
ich gewinne: Zwischendurch musst du mich besuchen kommen, versprochen? – Kannst du ... Kannst du nicht einfach mal
blaumachen und für klitzekleine zwei Tage kommen?«

»Sobald Göran den Gips und die Krücken los ist, schwing ich
mich auf die Vespa und bin bei dir! Versprochen.«

Ach Mensch. Lukas und sein verdammtes Verantwortungsge-
fühl. Er würde die Kids nie hängen lassen. Nicht mal für mich.
Ich seufzte. Das Absurde war, dass ich ausgerechnet die Eigenschaften, die ich total hinreißend an ihm fand, manchmal überhaupt nicht ausstehen konnte. War das normal? Wenn ja, war
Liebe echt kompliziert.

»Ach, Süße, wenn ich da bin, zeigst du mir alles«, sagte Lukas. »Wir machen ein romantisches Dinner am Strand. Nur wir
zwei ...« Und dann lachte er.

Es klang, als säße er direkt neben mir. Oder ich auf seinem
Schoß ... *Ganz nah dran* ... Lukas' Stimme wäre mein absolutes
Lieblingsmotiv. Aber wie soll man eine Stimme fotografieren?

Es war noch nicht mal halb zehn. Am Frühstückstisch hatte
ich vor Aufregung vibriert, zwei Brötchen in Windeseile hinun-
tergeschlungen und war schon wieder aufgesprungen, als Lexi
und die anderen gerade mal mit dem Gelage anfingen.

Jetzt saß ich im Turmzimmer, und um mich herum war es
beglückend still. Ich hatte tatsächlich den gesamten Raum für
mich. Für uns. Lukas' Haut auf dem Bildschirm leuchtete bläu-
lich. Seine Haare fielen ihm in die Stirn, wenn er lachte. Und
seine Augen, seine Augen! Magnete waren nichts dagegen, wirklich.

»Lina«, sagte er, als er sich leer gelacht hatte. »Es ist ein Fotowettbewerb!«

»Ja. Und?«

»Du schneidest auf Fotos grundsätzlich die Köpfe ab. Und die
Pupillen werden bei dir immer rot, und die Horizonte … Hast
du jemals einen geraden Horizont hingekriegt?«

Pah. Das würde ich einfach nachbearbeiten. Machten doch
alle heutzutage. Oder … »Das ist dann halt mein Alleinstellungs-
merkmal, mein Signature-Style! Ich sag einfach, es ist Kunst.«

Er lachte wieder. Ich auch.

»Und überhaupt, mein Motiv wird so toll, dass es keinen mehr
interessiert, ob der Horizont gerade ist! Weil, weißt du …« Ich
machte eine dramatische Pause, zog Kunzes Mappe aus meiner
Tasche und hielt sie vor die Kamera, aufgeschlagen bei N wie
Naturschutzgebiet. Aufgeschlagen bei den Killerviechern.

»*What the fuck?!*«, rief Lukas.

»Krass, oder?«

»*So* was lebt in Deutschland? Und dann ausgerechnet bei euch
auf der Insel? Mann, ich dachte, da ist es voll friedlich, und das
Meer rauscht, und hinterm Zaun liegt der Hund begraben.« Er
klang wirklich erschrocken. Und das nur wegen des Fotos, nicht
auszudenken, wie er drauf wäre, wenn er den Film sehen würde.
Hoffentlich gab's den nicht bei YouTube.

»Von wegen. Hinterm Zaun steppt der Bär, nee, das Urrind!
Und dem fotografier ich mitten ins Maul, so krass gut, dass sie
danach das Foto in der Mappe austauschen und stattdessen
meins reinkleben. Damit gewinn ich garantiert den Preis, Lukas!«

»Aber ich dachte, ihr dürft nicht in dieses Naturschutzgebiet«,
wandte er ein. »Und mit dem Foto ist doch logisch, dass du drin
warst!«

Shit. So weit hatte ich noch nicht gedacht. Eine Drohne vielleicht? Oder …

»Teleobjektiv!«, fiel mir ein. Damit machten Paparazzi schließlich noch ganz andere Fotos aus ganz anderen Entfernungen.

»'n Teleobjektiv für dein Handy?«

»Muss ja keiner wissen, womit ich das Foto gemacht hab!«

»Lina«, sagte Lukas sanft. »Das ist 'ne Scheißidee. Die Viecher sehen gefährlich aus, und selbst wenn du eins vor die Linse kriegst und dir nichts passiert, fliegst du hinterher von der Schule, und der schönste Preis nützt dir nix.«

»Spielverderber.«

Ich hörte die Stimme von Lukas' Mutter im Hintergrund. Wahrscheinlich stand sie unten an der Treppe und schrie nach oben, das machte sie immer, weil sie Treppensteigen hasste. Aber auch wenn sie dauernd schrie, war sie die liebevollste Mutter, die ich je getroffen hatte. In mir zog Sehnsucht. Auch nach Lukas.

»Wann kommst du?«, fragte ich. »Wannkommstduwannkommstdu?«

»Ich tu echt alles, was ich kann, Lina! Ich hab sogar Chaos bei Göran einquartiert. – Damit sein Bruch schneller heilt!«

Hä? »Was hat Chaos denn damit zu tun?« Chaos war Lukas' kleiner Kater. Erst ein Jahr alt, aber … na ja – der Name sagt eigentlich alles.

»Also ich hab gelesen, dass Katzen in einer Frequenz schnurren, die das Knochenwachstum beschleunigt. Ist wissenschaftlich erwiesen. Du weißt ja, wie der Kleine schnurren kann.«

Allerdings. Lauter als der Motor von Lukas' Vespa, wenn man ihn auf die richtige Art unterm Kinn kraulte.

»Na, jedenfalls fand Mum die Idee, Göran auf unserem Sofa abzustellen, eher so semi, also hab ich ihm Chaos … quasi ausgeliehen. Göran hat versprochen, ihn jeden Tag mindestens eine Stunde durchzuknuddeln, damit er schnurrt. Wirst sehen: Göran ist im Nullkommanix wieder wie neu, ich krieg Urlaub und kann zu dir.«

Auf so was konnte nur Lukas kommen. Kein Wunder, dass ich ihm verfallen war. Ich kicherte, dann nicht mehr, dann schmachteten wir einander an, bis seine Mutter erneut hochbrüllte. Lukas seufzte. »Jahaaaaa!«, brüllte er Richtung Tür. Dann drehte er sich wieder zu mir und sagte, ganz sanft: »Ich muss los, Lina. Versprich mir, dass du keine Dummheiten machst wegen dieser Urrinder, okay?«

Mit gekreuzten Fingern log ich »Ja«.

Er sah mich schweigend an, bis seine Mutter ein weiteres Mal nach ihm rief. Dann küsste er seine Fingerspitzen, blies den Kuss in Richtung Kamera und sagte: »Wer's glaubt.«

Ich grinste, er grinste, mein Herz grinste, und in meinem Unterleib schnurrten mindestens vier Chaose – und dann war er weg. Ich betrachtete die Stelle auf dem Bildschirm, wo Lukas eben noch gesessen hatte, bis das Programm sich von selbst schloss. Dann kommandierte ich den Computer in den Ruhemodus, seufzte vor Sehnsucht und streckte meine Beine.

Meine Augen suchten den Himmel vor dem Fenster. Die Bäume bewegten sich in einem leichten Wind, eine einzelne Möwe trieb so sanft über den Kronen dahin, als würde sie schweben. Es war erst Mitte Mai, aber der Himmel tat, als wäre der Startschuss für den Sommer bereits gefallen. Das Naturschutzgebiet badete in Sonne und rekelte sich unter einer Bläue, die so unwahrscheinlich war, dass alles künstlich wirkte. Auch die Friedlichkeit. Kurz musste ich an die *Truman Show* denken, diesen Uraltfilm, den Ma so geliebt hatte. Sie hatte oft davon erzählt, dass der Himmel in dem Film eine Leinwand gewesen war, auf die man Sonnenauf- und -untergang projiziert hatte. So wie jetzt, dachte ich, so muss das aussehen in dem Film.

Ich beschloss, ihn endlich mal zu gucken, wenn ich zurück in Berlin war. Zusammen mit Lukas und Pinar und Popcorn. Ich stand auf und ging zum Fenster. Ließ den Blick wandern, untersuchte die Dünenlandschaft auf vierbeinige Schattenrisse mit Hörnern. Mit etwas Fantasie konnte ich die Vogelbeobachtungsstation erkennen. Aber an Mühstetter wollte ich nun wirklich nicht denken. Schnell suchte ich nach der Stelle, an der ich das irre Mädchen getroffen hatte.

Aus irgendeinem Grund hatte ich Lukas nichts von ihr erzählt. Und auch sonst niemand. War vielleicht auch besser so, wenn Lukas wüsste, dass ich schon mal im Naturschutzgebiet gewesen war, würde er sich noch mehr Sorgen machen …

Aber das Zelt war ziemlich krass gewesen. Ich hatte so etwas noch nie gesehen: kugelförmig und die Oberfläche aus Kupferfolie oder was auch immer. Vielleicht sollte ich statt der Urrinder besser dieses Zelt fotografieren? Der Kontrast zur Landschaft wäre bestimmt grandios: ein klarer Himmel mit ein paar Schäfchenwolken, hingetupft wie Sahnehäubchen auf einer riesigen blauen Torte, darunter die kargen Dünen, das dürre Stachelgras, und *dann:* das Metallzelt, rund, glänzend und fremdartig wie ein Raumschiff. Das würde eine ganz rätselhafte Stimmung erzeugen, dachte ich, vielleicht sogar eine magische, und es wäre auch nicht eindeutig, wo das Foto aufgenommen war. Himmel, Dünen und Stachelgras gab's hier schließlich überall. Allerdings liefe ich dann Gefahr, dieser Irren wieder zu begegnen – war schließlich ihr Zelt. Nachdenklich sah ich zum Naturschutzgebiet rüber.

Ob sie überhaupt noch da draußen hauste? Vielleicht hatten die Killerbiester ihr Zelt längst platt getrampelt. Der Gedanke jagte mir eine Gänsehaut über den Körper. Ich fragte mich, ob ich sie hätte warnen müssen oder jemanden Bescheid geben, aber etwas sagte mir, dass sie sehr genau wusste, in welcher Gefahr sie schwebte. Wahrscheinlich hatte sie deshalb die Fallstricke gespannt. Das Mädchen war zwar durchgeknallt, aber sie konnte auf sich aufpassen.

Ich lehnte die Stirn ans Fenster und sah den Schäfchenwolken dabei zu, wie sie sich vermehrten und den Himmel übernahmen – sich langsam von den Rändern aus bis zur Mitte und von da aus zum Horizont schlichen, bis nur dort noch ein Strich Hellblau zu sehen war. Ein Strich Hellblau und … noch etwas?

Da war ein großer schwarzer Fleck im Meer. Konzentriert kniff ich die Augen zusammen. Der schwarze Fleck sah aus wie ein Schattenriss – an seiner Spitze konnte ich eine riesige Kugel ausmachen.

Das Schiff!

Verdammt – es war also kein Traum gewesen. Gestern Nacht. Über meiner Aufregung wegen des Fotopreises und das Date mit Lukas hatte ich das Schiff völlig vergessen. Bis jetzt. Das Ding musste riesig sein …

Nun war ein Schiff vor einer Insel nicht weiter verwunderlich, nur … Ich sah jetzt schon seit einer Weile nach draußen, und ich hätte schwören können … Nein! Ich *konnte* schwören, dass dieses Schiff vor zwei Minuten noch nicht da gelegen hatte.

Ich stierte es an. Die Kugel auf dem Mast … Was zum Teufel sollte das denn sein? Isabellas Fernglas wäre jetzt super! Ich kniff noch mal die Augen zusammen und blinzelte immer wieder, um mehr Details zu erkennen, da passierte es:

Ein Lichtstrahl schoss aus der Kugel heraus. Er war von so grellem Grün, dass er direkt auf meiner Netzhaut explodierte. Ich schloss geblendet die Augen, doch hinter meinen Lidern sah ich immer noch den langen Bogen, den der Strahl genommen hatte: vom Schiff direkt ins Naturschutzgebiet.

What the fuck? War etwa Krieg ausgebrochen? Ich öffnete die Augen, um zu sehen, wo die Bombe eingeschlagen war. Wenn das Naturschutzgebiet brannte, musste ich ... Ich öffnete die Augen, aber ich war blind.

Panisch trat ich einen Schritt zurück, stieß gegen einen der Computertische, dann begannen helle Flecken, vor meinen Augen zu tanzen. Ich wartete mit angehaltenem Atem. Blinzelte wie eine Verrückte. Langsam und sehr widerwillig kam meine Sehfähigkeit zurück.

Als der Raum um mich her wieder sichtbar wurde, stolperte ich zurück zum Fenster und starrte ins Naturschutzgebiet. Kein Krater zu erkennen, keine Spur von Feuer. Irritiert sah ich hinüber zu der Stelle am Horizont, wo das Schiff lag. Nein, hätte liegen müssen.

Es war weg.

*

Ich flog die Turmtreppe hinunter und in das Gängegewirr hinein. An einer Kreuzung zögerte ich kurz, dann bog ich in den Flur ab, der zu Lexis Zimmer führte. Lexi lebte quasi ihr halbes Leben in diesem Internat, die wusste garantiert alles über Schiffe.

Ich war so aufgeregt, dass ich mich prompt verlief. Ich landete in einem Seitengang, der aussah wie der, in dem die Mädchen aus der Siebten wohnten, aber er war es nicht. Willkürlich bog ich in einen Quergang ab und dann in einen anderen, und plötzlich stand ich wieder da, wo ich mich schon letztes Wochenende verlaufen hatte: in dem schmuddeligen Korridor, der am Ende nur eine einzige Tür hatte: die, die zum »Archiv« führte. Eine Sackgasse. Die Neonlampen blinkten genauso düster wie vor einer Woche, der Teppich war noch immer ungesaugt, und ich hielt einen Moment inne, um mir in Erinnerung zu rufen, wie ich von hier aus wieder zurück in vertraute Gefilde gekommen war.

Da ging die Stahltür zum Archiv auf, und ich machte instinktiv ein paar Schritte rückwärts. Heraus kam Frau Tongelow. Als sie mich im Gang entdeckte, zuckte sie zusammen.

Dankbar stürzte ich auf sie zu. Frau Tongelow! Sie wich zurück, schloss die Archivtür rasch und lehnte sich dagegen.

»Ich hab mich verfranst, ich will zu Lexi«, erklärte ich.

»Zu Lexi?«

»Ja! Ich hab eben was voll Krasses im Meer draußen gesehen, das muss ich ihr dringend–«

»Du hast was Krasses im Meer gesehen«, wiederholte Frau Tongelow.

»Es hat geschossen!«, sprach ich aufgeregt weiter. »So ein Schiff. Es war plötzlich da und ist genauso plötzlich wieder verschwunden – ganz oben an der Nordspitze, ein riesiges schwarzes Schiff!« Als ich es aussprach, klang es nicht mehr geheimnisvoll und aufregend, sondern nur dumm.

»Ein Schiff.«

»Ja.« Ich zögerte. »Ich hab aus dem Fenster geguckt, aufs Meer raus, und da war es! Wie aus dem Nichts, ich schwöre es, Frau Tongelow!«

»Aus dem Nichts.« Nachdenklich sah sie mich an.

Irgendwas stimmte nicht mit ihr. Normalerweise trällerte sie ihre Sätze, anstatt nachzuplappern, was man sagte. Normalerweise war sie nicht so weiß im Gesicht, und normalerweise flatterte auch ihr Blick nicht.

Ich machte ein paar Schritte auf sie zu. »Frau Tongelow, ist alles in Ordnung? Geht es Ihnen gut?«

»Aus dem Nichts«, wiederholte sie mechanisch. »Wie soll das gehen? Nichts kommt aus dem Nichts. Und an der Nordspitze kann kein Schiff sein.« Sie holte tief Luft und stützte sich mit einer Hand an der Wand ab. »An der Nordspitze sind zu viele Felsen im Meer. Da fahren keine Schiffe. Noch nie.« Auf ihrer Stirn zeigten sich Schweißperlen. »Es ist zu gefährlich.«

»Frau Tongelow?«

»Alles in Ordnung, ich muss nur einen Moment …«

Ihr riesiger Schlüsselbund klirrte, als sie sich an der Wand hinabgleiten ließ und schwer atmend auf dem Teppich landete. Dann schloss sie die Augen.

In Ordnung? Für wie blöd halten einen Erwachsene eigentlich? Es war überdeutlich, dass gar nichts in Ordnung war. Gar nichts! Scheiße.

»Scheiße!«, brüllte ich. »Herr Kunze!«

Dann rannte ich los.

*

Beim Mittagessen war es Kunze, der hinter der Mensatheke stand und uns Pommes Frites servierte. Nur Pommes, sonst nichts. Unsere Fragen nach Frau Tongelows Zustand brummte er weg. Nicht dass er sonst besonders viel sprechen würde. Die Mensa, das war Frau Tongelow, ihr Lachen, ihre Scherze, ihre positive Energie. Der Raum fühlte sich leer an ohne sie. Dementsprechend gedrückt war die Stimmung am Tisch.

»Warum habt ihr keinen Krankenwagen gerufen?«, fragte Lexi, als er wieder in der Küche verschwunden war. Sie sah kalkweiß aus, und ihre Augen waren gerötet. Hatte sie etwa geweint?

»Kunze wollte nicht«, murmelte Nian und streute Salz auf seine Pommes. »Hat gesagt, dass sie wieder auf die Füße kommt.«

»Vor allem ist es ein bisschen gehäuft, dass es sie *von* den Füßen haut in letzter Zeit. Findet ihr nicht?« Gigi sah fragend in die Runde. Mein Blick hing wie gebannt an seinem Gesicht, ich konnte gar nicht richtig zuhören. Seine Wimpern waren heute dunkelgrün getuscht, die Augen kunstvoll nachgezogen und sie funkelten – wie Gold, das vom Grunde eines Sees heraufblinkte. »Ich meine: Sie fällt ganz schön oft aus in letzter Zeit. Vielleicht ist es was Ernstes?«

»Sag so was nicht!« Mareike-Helene griff unter die Tischplatte und klopfte dreimal laut auf das unlackierte Holz.

Lexi schluchzte plötzlich auf, schob ihre Pommes weg, verschränkte die Arme auf dem Tisch und legte den Kopf darauf. Mareike-Helene strich ihr über das blaue Haar. »Ist schon gut,« flüsterte sie. »Sie wird wieder gesund. Sie kommt bald zurück, ich bin mir sicher!« Ohne das Streicheln zu unterbrechen, kramte sie einen Mars-Riegel aus ihrer Handtasche und schob ihn Lexi hin.

Es überraschte mich, *wie* unglücklich Lexi war, aber dann fiel mir ein, wie oft Frau Tongelow ihr über den Kopf strich, wenn sie vorüberging, und wie Lexi dann strahlte. Ich wusste, dass sie manchmal in der Küche mithalf und davon träumte, zusammen mit Frau Tongelow ein Kochbuch zu schreiben. Ich dachte an die kleinen Aufmerksamkeiten, die gelegentlich auf ihrem Teller lagen: eine liebevoll geschnitzte Möhre, eine Postkarte mit einem Wolf drauf, Aufkleber mit Lexis Namen. Kleinigkeiten, aber die Tatsache, dass sie von Frau Tongelow kamen, machte Lexi glücklich. In den drei Jahren, die sie hier lebte, hatten die beiden offenbar eine tiefe Zuneigung füreinander entwickelt.

Als mir das klar wurde, sah ich die Blässe und die Ringe unter

Frau Tongelows Augen noch einmal ganz anders. Mir fiel auf, wie ausgemergelt sie war und wie sie die Hand auf ihren Bauch gepresst hatte. Und trotzdem hatte sie immer ein großes warmes Lächeln im Gesicht gehabt. Meine Fingerspitzen fühlten sich taub an. Ich wollte nicht mal daran denken, was wäre, wenn …

»Vielleicht ist sie schwanger!«, platzte ich heraus. Wieso war ich da nicht früher drauf gekommen? Die Übelkeit, der Kreislauf, das waren doch typische Symptome!

Lexi schnalzte ungeduldig. »Auf keinen Fall. – Das hätte sie mir erzählt. Hundertprozentig.«

Hätte sie? Lexi schien sich sehr sicher zu sein, so sicher, dass ich ihr glaubte. Wäre ja auch zu einfach gewesen. Aber warum hatte Frau Tongelow dann ausgesehen wie geronnene Milch?

»Womöglich hab ich sie einfach so doll erschreckt, dass sie umgekippt ist«, überlegte ich laut. »Ich meine, ich bin wie eine Wahnsinnige durch die Gänge gerannt, und sie kam gerade aus dem Archiv und hat überhaupt nicht damit gerechnet, dass ich …«

»Aus dem Archiv?«, unterbrach Mareike-Helene, die immer noch Lexis Haar streichelte. »Wir haben ein Archiv? Hier bei uns im Haus A? Das wusste ich gar nicht.«

»Woher auch? Weder der Gang noch das Archiv stehen in der Karte, weiß der Geier, warum. Vielleicht haben sie es vergessen.«

»Und was wolltest du im Archiv?«

»Hör doch endlich auf mit dem blöden Archiv! Ich hab mich bloß mal wieder verlaufen … Dieses Schloss ist ja auch voll das Labyrinth!« Plötzlich fiel mir wieder ein, was mir so auf den Nägeln gebrannt hatte. »Eigentlich wollt ich zu Lexi, weil ich was krass Seltsames gesehen hab!«

Lexis Kopf hob sich, ihr Blick schaffte es bis zu ihrer Teetasse, ihre Lider wirkten schwer. Mit belegter Stimme wiederholte sie: »Was krass Seltsames?«

»Ja!« Ich suchte nach der Faszination, als das Schiff so plötzlich aufgetaucht und wieder verschwunden war, nach diesem heftigen Schreck, als das ins Naturschutzgebiet abgeschossene Licht mich blind gemacht hatte, aber in mir echote nur das Keuchen von Frau Tongelow, die sich auf dem Boden des Flures krümmte, bevor Kunze sie aufgehoben und weggetragen hatte. Nicht dran denken. »Ich hab ein Schiff gesehen!«

»Ein Schiff. Aha.« Nian hätte nicht uninteressierter klingen können.

Lexi sagte nichts, fischte nur mit dem Finger ein blaues Haar aus ihrer Teetasse. Sie streifte es an ihrer Opahose ab. Jede ihrer Bewegung wirkte, als hingen Gewichte an ihren Gelenken.

»Ein Schiff«, nuschelte Gigi. »Falls es dir noch nicht aufgefallen ist, Alina: Wir sind auf einer Insel. Da kommt durchaus hin und wieder ein Schiff vorbei.«

»Witzig«, schnaubte ich. »Es war natürlich nicht irgendein Schiff. Es war ein Kriegsschiff, glaub ich! Komplett schwarz und es segelte … Nee, eigentlich segelte es nicht, es lag ganz still vor der Nordspitze und …«

»Vor der Nordspitze?«

Offensichtlich war Frau Tongelows Krankheit ansteckend. Ein Immer-die-letzten-drei-Worte-eines-Satzes-wiederholen-Virus. Erst Nian, dann Gigi und nun auch noch Mareike-Helene. Was die konnten, konnte ich auch: »Vor der Nordspitze, genau! Und haltet euch fest: Es ist von einem Moment auf den anderen einfach aufgetaucht. Wie aus dem Erdboden gewachsen – nee, aus dem Wasser … Also …«

Vier Köpfe, braun, schwarz, blau, blond, hoben sich gleichzeitig, vier Augenpaare, vielfarbig, starrten mich an.

Notiz an mich selbst: Keine Witze über Sprichwörter machen. Vor allem nicht bei Themen, die sowieso schon klingen, als hätte ich in Isabellas Drogenvorrat gewühlt.

»Na ja, es war halt einfach da. Mit einer riesigen Kugel an der Mastspitze. Ich hab die ganze Zeit aufs Wasser geschaut und ...«

»... dann war es einfach da?«, fragte Mareike-Helene.

Oha! Nun breitete sich die Krankheit auch auf Satzanfänge aus.

»Mit einer riesigen Kugel an der Mastspitze?«, wiederholte Gigi.

Und auf Mittelteile.

»Und du hast wirklich die ganze Zeit ...?« Nian.

Langsam wurde mir das Spiel zu blöd. »Aufs Wasser geschaut, ja. – Sagt mal, habt ihr alle mit 'm Hammer geduscht? Ich fand es ja auch schräg, aber ehrlich gesagt: *Ihr* seid gerade viel schräger als das Schiff. Was ist los?«

»Es ist nur ...«, sagte Nian.

»Ich glaub's nicht!«, sagte Mareike-Helene.

»Ich dachte, das wär ein Gerücht«, sagte Gigi.

Und ich sagte gar nichts mehr, sondern sah zu Lexi hinüber und legte die Bitte um Aufklärung in meine Augen.

Lexi schniefte noch einmal, dann schob sie die Brille höher auf die Nase. »Dieses Schiff«, hob sie an, »das du da gesehen hast ...«

»... haben willst«, berichtigte Mareike-Helene.

»Wie auch immer«, erklärte Lexi. »Dieses Schiff ist Teil einer uralten Legende. Und ...«

»... und es liegt an der Nordspitze, wo keiner von uns hinkommt«, beendete Mareike-Helene resolut den Satz. Lexi schloss sofort den Mund.

»Wieso, wir könnten doch heimlich ...«, begann ich, doch Mareike-Helene schnitt mir das Wort ab: »Sorry ...«, sagte sie

174

und stand vom Tisch auf. »… aber es gibt klare Regeln, was das Betreten des Naturschutzgebietes betrifft.«

Sie warf einen Blick in die Runde, und wenn es mir bis dahin noch nicht klar gewesen sein sollte, dann spätestens jetzt: Mareike-Helene war die Chefin der Lonelies. Denn als wäre ihr Blick ein Signal, standen auch die anderen drei auf und marschierten kollektiv zum Ausgang.

»He!«, rief ich hinterher. Ich sah auf ihre noch halb vollen Pommesteller. »Was soll das? Was für eine Legende? – Wieso geht ihr einfach?«

Da waren sie schon weg. Es war mir zu blöd, ihnen hinterherzurennen, also machte ich mich über die Pommes her. Inselhunger eben oder vielleicht auch einfach nur Stressessen.

*

Dreitausendsechshundertfünfzig. Samstag.
Nach dem Mittagessen bin ich ins Turmzimmer, um mit Pinar zu skypen, aber sie war nicht da. 'türlich nicht. Andere Menschen haben ja ein Leben. Ich glaube, Langeweile und Insel, das sind Synonyme … Aber wie war das mit der Zitrone und der Limonade? Ich hab also ein bisschen gegoogelt: Legende + Griffiun + Schiff. Ergebnis? Zero.

Will sagen: Lexi hat Blödsinn erzählt. Aber kannst du mir mal erklären, warum? Irgendwas stinkt da. Und zwar gewaltig! Weil ich nix Besseres zu tun hatte (haha), bin ich direkt vom Turmzimmer zu Lexi, der Weg ist gar nicht so schwer, wenn man nicht panisch ist. Aber sie war nicht da.

Ihre Tür war nicht abgeschlossen, und ich hab einen Blick in ihr Zimmer geworfen: alles aufgeräumt, das Bett picobello gemacht. Keine Klamotten auf dem Boden, nicht mal Schuhe! Oder 'ne Ta-

sche. Nix! Der Schreibtisch war so clean wie ein Operationstisch. Ich hab mir ganz kurz gewünscht, dass Lexi und Isabella die Körper tauschen, aber dann musste ich an Lexis Alleswisserei denken und dass mich das wahrscheinlich noch irrer machen würde als Isabellas Rumgeschlampe. Außerdem hat mich Lexis Ordnung nicht beruhigt, sondern beunruhigt. Mich! The Queen of Ordnung! Schräg, findeste nicht? Als ich die Tür leise zugezogen hab, hat sich der rote Mars über ihrem Bett ein bisschen bewegt. Dem isses da bestimmt auch zu einsam. Dann bin ich weiter zu Mareike-Helene, aber ihr Zimmer war abgesperrt. Der Gemeinschaftsraum? Leer. Ist er irgendwie immer. Na ja, bis auf eine verirrte Fliege, die in Autorepeat gegen das Fenster geflogen ist.

Jedenfalls sitz ich hier und weiß nicht so richtig, was ich machen soll. Vielleicht kann Gigi mir

Gigi, natürlich! Ich sprang mitten im Satz vom Sessel, warf das Notizbuch aufs Bett, rauschte die Treppen hinunter, tauschte im Marmorfoyer die Schlappen gegen die Converse und war in einer Minute übern Rasen und dann im Schulhaus.

Fehlanzeige. Gigi war nicht im Computerraum!

Ich flitzte rüber zum Haus B, wo die Jungs wohnten. Aber in seinem Zimmer war er auch nicht.

Nian wohnte zwei Quergänge weiter, und als ich schließlich vor seiner Tür stand, war ich außer Atem. Ich hob gerade die Hand zum Klopfen, da hörte ich hinter der Tür Gewisper. Mehrere Stimmen. Gemurmel, dazwischen mehrfach das Wort *Schiff*. Dann sagte eine Mädchenstimme: »Aber wäre das nicht unverantwortlich?« Mareike-Helene – außer ihr verwendete niemand solche Worte.

Ich legte die Hand auf die Klinke und schob die Tür auf. Das Zimmer war dunkel. Die Jalousien waren – bis auf einen kleinen Spalt – heruntergelassen. Nur ein schmaler Streifen Licht fiel herein und versickerte im Raum.

Ich sagte kein Wort, atmete nur. Ohne dass ich es wollte, schob sich eine Erinnerung über diesen Moment. Vielleicht wegen der Dunkelheit im Zimmer. Sie ähnelte einer anderen Dunkelheit – vor ungefähr elf Jahren.

Ich stand nicht mehr auf Nians Schwelle, schaute nicht mehr in Nians Dämmerzimmer hinein, auf die vier Schatten, die dort auf dem Bett saßen und miteinander flüsterten – ich stand plötzlich in der Vergangenheit, in unserem Schneehaus, auf der Schwelle zum Wohnzimmer.

Ich war fünf oder sechs Jahre alt und früher von der Schule nach Hause gekommen. Ich hatte die Haustür geöffnet – wie jeden Tag. Ich hatte im Flur an der schneeweißen Garderobe meine Jacke aufgehängt und war zum Wohnzimmer gelaufen. Wie jeden Tag. Die Wohnzimmertür war zu. Das war nicht wie jeden Tag. Sie war immer offen.

Ich weiß noch, dass ich gezögert hatte. Ich hätte laut rufen können, um auf mich aufmerksam zu machen. Aber die geschlossene Tür hatte mich verwirrt, und ich hatte die Schultasche abgestellt und war auf Zehenspitzen näher geschlichen. Hinter der Tür war Gewisper zu hören. Ich hatte das Ohr gegen das Holz gepresst. Ich konnte die Worte nicht verstehen, aber mein Herz schlug automatisch schneller. Was machten Ma und Pa dadrinnen? Die Abstände, in denen sie etwas sagten, waren viel zu lang.

Ganz langsam hatte ich die Hand auf die Klinke gelegt.

Ganz langsam hatte ich sie heruntergedrückt und die Tür aufgeschoben.

Dunkelheit schwappte mir aus dem Wohnzimmer entgegen.

*

»Alina? Endlich.« Zwischen dem Moment, als ich Nians Tür
öffnete und er mich aus der Dunkelheit ansprach, lagen sicher
nicht mehr als fünf Sekunden, doch es kam mir wie eine Ewigkeit vor. Eine Ewigkeit, in die diese Erinnerung hineinglitt wie
Aschenputtels Fuß in den gläsernen Schuh.

Die Jalousien in unserem Wohnzimmer waren herabgelassen
gewesen, ein riesiges Lichtviereck hatte die schneeweiße Wand
erhellt, an der das Bild mit den Magnolienblüten, das sonst dort
hing, fehlte. Ma stand neben dem Diaprojektor und wechselte
gerade das Dia. Doch ich sah nicht, welches Bild an die Wand geworfen wurde. Ich sah nur ihr Gesicht. Das Licht, das die Wand
zurückwarf, lag wie ein Echo auf ihrer Stirn, ihren Wangen, ihren Lippen, und ich weiß noch, dass ich dachte, dass ihr Gesicht
selbst wie eine Leinwand war.

Dann hörte ich einen seltsamen Laut. Er kam aus dem Sessel,
und erst in dem Moment merkte ich, dass dort Pa saß. Er kam
mir klein vor in dem großen Polster, und auch auf seinem Gesicht lag das Lichtecho, ein Weiß, das fast flüssig schien. Noch
immer gab ich keinen Mucks von mir, spürte nur, wie schnell
mein Herz ging.

»Ich halt das nicht aus, Nadja«, flüsterte er. »Ich bin Biologe!
Ich ... ich weiß, wie diese Krankheit ...«

»Wie viel Zeit bleibt mir?«

»Es geht nicht um Zeit ... Zeit hast du. Es ...« Er schluckte.
»Es dauert zwölf, vielleicht fünfzehn Jahre vom Auftreten der
ersten Symptome bis zum ...« Der Rest verlor sich in Atmen.
»Aber diese Zwischenzeit, Nadja ... sie ist einfach ...« Was er gesagt hatte, verstand ich nicht richtig, weil wieder das unheimliche Atmen dazwischenkam. Es hatte wie *Rabengruß* geklungen.
Oder *tadellos*? Oder ... *gnadenlos.*

»Wir schaffen das«, sagte Ma und ihre Stimme klang weich und warm, aber es lag noch etwas anderes darin, eine tiefe, schwere Angst.

Es war einer dieser Momente, die man nie mehr vergisst. Die sich festhaken im Gedächtnis, quälend und brennend – wie Glaswolle in der Haut. Ohne ein Wort zu verstehen, hatte ich damals gespürt, dass gerade etwas Großes passierte, etwas Unfassbares.

»Ma?«, hatte ich wacklig gefragt und dann, gleich dort im Türrahmen, angefangen zu weinen.

»Alina? Alles gut?« Nians Stimme, die aus dem Dämmer des Zimmers kam, katapultierte mich jäh aus der Vergangenheit ins Jetzt zurück. Ich blinzelte. Blinzelte die Erinnerung weg und erkannte jetzt endlich in den drei Schatten auf dem Bett auch die anderen Lonelies.

»Alina? Kommst du rein, oder willst du ewig in der Tür stehen bleiben?«, forderte Mareike-Helene mich auf. »Wir haben gewusst, dass du kommst.«

»Nein, lass es aus, bitte«, sagte Nian, als ich nach dem Lichtschalter tastete.

»Okay.« Endlich hatte ich meine Stimme wiedergefunden. Ich trat ins Dämmerland und schloss die Tür hinter mir. »Was ist hier los?«

*

Ich tappte zu dem Sessel, dessen Konturen mir verrieten, dass es sich um dasselbe Modell wie in Isabellas und meinem Zimmer handelte. »Warum hockt ihr hier im Dustern?«

Laut sprechen konnte ich nicht. Die Dunkelheit schien sich um meine Worte zu schlingen, sie zu dämpfen. Es dauerte eine Weile, bis es meinen Augen gelang, die Dinge aus der Finsternis zu schälen.

»Wegen der Bilder«, sagte Nian nur und nickte in Richtung Seitenwand. »Jonas bringt mich um, wenn ich sie versaue.«

Mit viel Mühe erkannte ich hellere Schatten auf der Wand über dem unbenutzten Bett. Das waren offenbar angepinnte Bilder.

»Nians Mitbewohner malt mit lichtempfindlichen Farben«, hörte ich Lexis Stimme. »Er importiert sie aus Frankreich.«

»Okay«, flüsterte ich. »Aber was *ist* das hier? Ein konspiratives Treffen? Hat es was mit dem Schiff zu tun? Wieso habt ihr mir nicht Bescheid gesagt? Ich spür doch, dass ihr mir was verschweigt.«

Ja, ich *spürte* es. Es war so deutlich wie damals, als ich in dem dunklen Wohnzimmer stand, wo das Licht seltsame Echos auf Mas und Pas Gesichter geworfen hatte. Als Pa jäh aufgesprungen und die Jalousien hochgezogen und Ma sofort den Projektor ausgemacht hatte. Als ich mit Piepsstimme gefragt hatte, was sie gemacht hatten. Sie hatten einen stummen Blick gewechselt, dann hatte Pa ganz fröhlich »Hey, du bist ja schon zu Hause!« gesagt und mich hochgenommen und aus dem Zimmer getragen, als wäre ich noch ein Baby. Ich hatte mich steif gemacht und meine Frage wiederholt, und er hatte sie mit Worten zugedeckt, die nichts bedeuteten.

Dieser Teil der Geschichte würde sich nicht wiederholen. »Jetzt sagt schon!«, herrschte ich sie an. Meine Augen hatten sich mittlerweile an das Dämmerlicht gewöhnt.

Lexi sah unsicher zu Mareike-Helene, die resigniert die Schultern hob, was offenbar so viel hieß wie *Jetzt ist sowieso alles egal*, denn Lexi setzte sich auf, schob die Brille höher und fing an zu reden: »Also … ja. Es geht um das Schiff. Es ist Teil einer uralten Legende hier auf Griffiun und …«

»Das hast du schon mal gesagt, aber es steht nichts im Internet«, unterbrach ich.

»Stimmt.« Lexi nickte. »Komisch, oder? Schließlich landet heutzutage jede Info irgendwann im Netz. Ich hab auch nichts über das Schiff finden können. Erst als ich mit den Inselbewohnern ins Gespräch gekommen bin, hab ich gemerkt, dass alle diese Legende kennen – offenbar wird sie *mündlich* von Generation zu Generation weitergegeben.«

»Okay … Und worum geht's in dieser Legende?«

»Hast du schon mal davon gehört, dass es Schiffe gibt, die im Meer treiben – ohne Besatzung?«, fragte Nian. »Wohin die Crew verschwunden ist, weiß niemand, vielleicht ist sie geflüchtet, vielleicht ist sie umgebracht worden, vielleicht ist eine tödliche Krankheit ausgebrochen, vielleicht haben alle kollektiv Selbstmord begangen? Solche herrenlosen Schiffe existieren jedenfalls tatsächlich und …«

»Es kommt sogar vor, dass sie *ewig* auf dem offenen Meer herumschwimmen«, wisperte Gigi.

»Ewig?«, fragte ich.

»Jahrelang«, flüsterte Gigi. »Jahrzehnte. Sogar jahrhundertelang.«

Ich schluckte. »Ihr wollt mich doch ver–«

»Manchmal werden sie gesichtet«, fügte Mareike-Helene hinzu. Ihre Stimme war fest und ruhig, als wollte sie die unheimliche Stimmung auflösen, die sich im Raum zu manifestieren begann. »Von anderen Frachtschiffen aus. Oder sogar vom Festland.«

»Bevor sie dann wieder in der Weite der Ozeane verschwinden«, flüsterte Gigi wieder. »Jahre später tauchen sie an einem vollkommen anderen Fleck auf der Welt wieder auf.«

»Solche Schiffe«, erklärte Lexi, »werden *Geisterschiffe* genannt. Das berühmteste ist *Der fliegende Holländer.*«

»Wollt ihr damit sagen …?«

»Ja«, bestätigte Lexi. »Das Schiff, das du gesehen hast, ist schon seit Jahrhunderten bekannt. Es sieht genauso aus, wie du es beschrieben hast. Es wird in gewissen Abständen immer wieder an der Nordspitze gesichtet.«

»*Angeblich*«, sagte Mareike-Helene. »Solche Legenden bestehen ja oft zum Großteil aus …«

»Das gibt's nicht!«, unterbrach ich aufgeregt. »Ein Geisterschiff?«

»Ja, ein rabenschwarzes Schiff, heißt es, mit einer Kugel obendrauf«, bestätigte Lexi, »und aus der Kugel …«

»… schießt ein Lichtstrahl raus«, fiel ich ihr ins Wort.

»Hast du das etwa gesehen?!«

»Gestern Abend.« Ich nickte.

»Fett!«, riefen Nian und Gigi wie aus einem Mund.

»Ja, oder? Und im Ernst: Das Ding fährt komplett ohne Lichter – bloß manchmal schießt es einen grünen Lichtstrahl in das verbotene Gebiet. Das schreit doch nach Topsecret-Militäraktionen!«

»Bis auf die Tatsache, dass man die Erscheinung offensichtlich schon vor fünfhundert Jahren gekannt hat«, meinte Nian. »Womit du deine Militärschiff-Theorie knicken kannst.«

»Sie nennen es hier *Das dunkle Schiff*«, erklärte Lexi.

»Nee oder? Wie krass ist das denn bitte?«, rief ich begeistert aus. »Wir müssen dahin!« Das Fotoprojekt, dachte ich. Das Fotoprojekt, das Fotoprojekt, das Fotoprojekt.

»Na ja.« Nian strich sich mit den Zeigefingern über die Augenbrauen. Zweimal. »Ich muss lernen.«

Mareike-Helene kämmte ihre Haare mit den Fingern nach vorne und begann, sie zu flechten. »Ohne mich.«

»Ich bin auch raus«, wehrte Gigi ab. »Mein Blog muss …«

»Dein Blog?«, rief ich. »Hast du nicht gehört, was Lexi erzählt

hat? Ein Geisterschiff! Vor der Nordspitze! Stell dir mal vor, was
für tolle Fotos du für deinen Blog machen kannst!«

»Falls es dir entgangen ist, Alina, ich habe einen *Fashion*blog.
Outdoor ist nicht so mein Gebiet.«

»Hä? Ich kapier's nicht. Wie könnt ihr hier so teilnahmslos
rumhocken. Und vor der Haustür liegt eine Sensation! Lexi?«
Ich schaute sie auffordernd an.

»Vergiss es. Mich kriegst du nicht ins Naturschutzgebiet. Viel
zu gefährlich.«

Ich sprang auf die Füße, baute mich vor Lexi auf und stemmte
die Hände in die Hüften.

»Sag mal, willst du mich verarschen, Alexandra von Holstein?
Als ob du so ängstlich wärst! Und ihr …« Ich suchte die Blicke
der anderen. »Ihr seid doch auch nicht so lahm. Also *was ist verdammt noch mal das Problem?*«

»Das Problem ist die Schulordnung«, seufzte Mareike-Helene.

*

»Die Schulordnung?«, fragte ich entgeistert.

»Wir sind alle schon auf Sanktionsstufe zwei«, erklärte Mareike-
Helene.

»Bei Stufe drei gibt's den letzten Verweis, und dann heißt es
Arrivederci!« Gigi warf die Arme hoch. Die Toga flatterte.

»Suspendierung.« Mareike-Helene flocht die Zöpfe wieder
auf.

Ich schaute verdattert von einem zur anderen.

»Alina, wir waren da alle schon drin«, sagte Nian. »Glaubst du
echt, dass wir an den Wochenenden nur im Schloss rumhocken?
Mit einem verbotenen Gebiet vor der Nase?«

Ja, danach hatte es tatsächlich ausgesehen.

»Wenn wir vier reingehen und erwischt werden, machen die keine Ausnahme«, warnte Nian. »Die schmeißen jeden raus, der den dritten Verweis bekommt. Für Lexi würde das bedeuten, dass sie ...« Er verstummte.

»Es würde auffliegen, dass meine Eltern weg sind«, machte Lexi weiter. »Ich wär ein Fall fürs Jugendamt. Dann heißt es: Pflegefamilie, Heim oder Wohngruppe. Aber *das* hier ist mein Zuhause«, sagte Lexi. »Frau Tongelow ist wie ...« Sie brach ab, schluckte.

... wie eine Mutter für mich, dachte ich ihren Satz zu Ende, und dann kapierte ich, was es für Lexi bedeuten würde, hier rauszufliegen. Sie würde nicht nur den einzigen Boden unter den Füßen verlieren, den sie hatte, sie würde ein zweites Mal eine Mutter verlieren. Dass sie *das* nicht riskieren wollte, konnte ich nun wirklich verdammt gut nachvollziehen.

»Du warst tatsächlich nie weg, seit sie dich vor drei Jahren hier abgeliefert haben?«, fragte ich vorsichtig.

»Doch – einmal mit Mareike-Helene. Und einmal mit Nian. Beide Male über Ostern. Sie haben mich mit zu sich nach Hause genommen, damit es nicht zu sehr auffällt, dass ich nie weg bin. Sonst fangen die noch an nachzuforschen. Ich hab einfach behauptet, dass ich zu meinen Eltern fahre. Ich hab nicht mal Frau Tongelow die ganze Wahrheit gesagt ...«

»Warum hast *du* Lexi nicht mitgenommen?«, fragte ich Gigi.

»Zu meinen Eltern?« Er sprach das Wort *Eltern* aus wie eine unheilbare Krankheit. »Die sind wie Bluthunde, die wittern alles. Sie würden Lexi aushorchen, und wenn sie auch nur den Hauch einer Vermutung hätten, würden sie den Internatsleiter höchstpersönlich informieren. – Der Oberleuten ist zwar nie da, aber Beschwerden von Eltern nimmt er sehr ernst. Es wäre einfach ...«

»... viel zu gefährlich«, beendete Mareike-Helene den Satz.
»Wir Lonelies müssen aufeinander aufpassen.«

»*Ich* könnte doch ins Naturschutzgebiet«, schlug ich vor. »Ich habe ja sozusagen noch zwei Freischüsse.«

»Aber es ist lebensgefährlich!«, warnte Mareike-Helene. »Die Urrinder ...«

»Ihr wart doch selbst schon zweimal drin. Was habt ihr denn gegen die ... «

»Als wir drin waren, sind wir den Urrindern nicht begegnet«, unterbrach mich Mareike-Helene.

»Waren aber vorbereitet!« Gigi.

»Wie denn?«

»Peace hatte uns was gemixt.« Nian grinste.

»Isabella hat euch ... Drogen gegeben?«

»Peace hat uns mit einer Baldriantinktur versorgt«, unterbrach Mareike-Helene. Leiser Tadel lag in ihrer Stimme. »In einem Zerstäuber. Eine Art Beruhigungsmittel. Nicht für uns natürlich, sondern für die Urrinder.«

»Das wurde uns leider vom Oberleuten abgenommen«, sagte Lexi. »Als wir erwischt wurden.«

»Aber ich hätte das hier«, feixte Mareike-Helene und zog eine Dose Pfefferspray aus der Handtasche, die sie wirklich immer und überall mit sich herumschleppte und aus der sie ständig neue Dinge zutage förderte – fast wie bei Hermines Wunderbeutel in *Harry Potter*.

»Wieso hat man euch damals überhaupt erwischt?«

»Gewisse Personen haben uns verpfiffen.«

Ich fragte mich, wer diese gewissen Personen waren, aber Mareike-Helenes Ausdruck wirkte so verschlossen, dass ich die Frage auf später verschob. »Würdet ihr mich verpfeifen, wenn ich reingehe?«, fragte ich stattdessen.

»Mensch, Alina!«, sagte Gigi. »Wir wollen doch selbst mehr über das Schiff erfahren.«

»Aber du müsstest nachts rein – tagsüber könnte man dich vom Schloss aus sehen.« Nian sah mich besorgt an.

»Vor allem gewisse Personen«, grummelte Gigi finster. »Daher sollte es auch am Wochenende passieren – dann sind gewisse Personen nämlich nicht im Schloss.«

»Das heißt …«

»Das heißt, es käme nur Samstagnacht infrage und das wäre …«

»… heute«, vollendete ich den Satz.

»Und weil wir, sagen wir mal, den vagen Verdacht hatten, dass du da reinwillst, haben wir schon mal was für dich vorbereitet.« Mareike-Helene zeigte auf einen kleinen Haufen Gegenstände, der auf Nians Schreibtisch lag. »Ganz wichtig: Mit dem Ding hier bleiben wir in Kontakt. Wir melden uns jede Stunde.« Sie zog etwas aus dem Haufen.

»Was *ist* das?«

»Ein gutes altes Walkie-Talkie.« Lexi lächelte, dann stand sie abrupt auf. »Ich geh jetzt zum Gemeinschaftstelefon und ruf Frau Tongelow an. Wer will auch mit ihr sprechen und ihr gute Besserung wünschen?«

*

Nachts um eins klingelte mein Handywecker. Ich saß sofort aufrecht im Bett. Hellwach.

Heute Nacht würde ich das Foto des Jahres machen. Nian hatte mir seine Hightechkamera zur Verfügung gestellt.

Ich griff nach den Sachen auf dem Sessel. Klamotten, die ich von Gigi bekommen hatte: einen Overall im Wüstentarn-Look, der wie angegossen passte. Er war aus einem robusten Material, das aber leicht und dehnbar war. »Schmutz-, wind- und wasserabweisend«, hatte er gesagt. Dazu gab es eine passende sandfarbene Jacke. »Falls es länger dauert und die Sonne aufgeht und irgendwer vom Schloss aus rüberschauen sollte, wird er dich in diesen Farben nicht von den Dünen und dem Gras unterscheiden können.«

»Hast du die selbst genäht?«, hatte ich staunend gefragt. Sein beinahe beschämtes Nicken hatte mich zum Lachen gebracht. »Von wegen: Outdoor ist nicht so dein Ding!«

Ich zog die Gigi-Couture an und fühlte mich in dem sandfarbenen Tarnmuster wie ein rosafarbenes Elefantenbaby, das sich in einem Krähenschwarm verstecken sollte. Immerhin mein Armeerucksack war beruhigend schwarz. Ich checkte ihn ein letztes Mal.

✓ Zwei Äpfel
✓ Anderthalb Liter Wasser mit Energy-Effekt (von Nian)
✓ Mein kleines schwarzes Notizbuch
✓ Ein Universal-Solarladegerät fürs Handy (von Lexi)
✓ Pfefferspray, falls die Rinder durchdrehten (von Mareike-Helene)
✓ Mein Portemonnaie samt Personalausweis, damit man mich identifizieren konnte, falls ich totgetrampelt würde
✓ Eine große Rolle Zitronenkekse (von Mareike-Helene)
✓ Ein Haargummi
✓ Große Sonnenbrille (von Gigi)
✓ Walkie-Talkie (von Lexi)
✓ Kamera (von Nian)

Ich diskutierte einen Moment lang still mit mir, dann lief ich unter dem immer noch halb abgerissenen Vorhang hindurch zu Isabellas Seite, schnappte mir das Fernglas und ging zurück in meine Zimmerhälfte.

Ich griff nach dem Rucksack und dem Basecap, und dann öffnete ich die Notrutschentür.

8

Am Nordstrand

Mit voller Wucht schleuderte es mich aus der Rutsche auf den Boden. Ich schrie auf. Mehr aus Schreck, als weil es wirklich wehgetan hatte. Es war ein leiser Schrei, aber es blieb ein Schrei. Hatte Tomek mich gehört?

Geduckt sprintete ich vom Haus weg ins Dunkel. Kletterte über den Zaun, rannte zum nächstbesten Dünengrasbüschel und warf mich dahinter auf den Boden. Vorsichtig sah ich zur Rutsche hinüber, die im Mondlicht wirkte wie ein langer schwarzer Rüssel. Ganz tolle Idee, das Ding einen halben Meter über dem Boden enden zu lassen. Dem Architekten gehörte der Hintern versohlt. Ärgerlich rieb ich mir meinen.

Ich spürte die Kälte aus dem Boden steigen und gab Tomek fünf Minuten, um mich aufzuspüren.

Ich hatte noch mal Glück gehabt – im Schloss rührte sich nichts. Bis auf die Notlichter in den Fluren, die in sanftem Orange leuchteten, blieb jedenfalls alles dunkel.

Tomek und seine Leidenschaft, Zombies zu Hackfleisch zu verarbeiten und alles andere währenddessen völlig auszublenden … Ich schickte einen Dankesstoßseufzer zum Himmel.

Die Welt um mich herum hatte ihre eigene Notlampe: den Mond. Sein starkes bleiches Licht erhellte die ganze Umgebung. Vorsichtig schob ich mich auf die Füße, ruckelte den Rucksack zurecht und zog Nians Kamera aus der Tasche. Mein Ziel war das Schiff, aber ganz ehrlich: Falls mir ein Urrind über den Weg lief, würde ich mir in den schmerzenden Hintern beißen, wenn ich kein Foto gemacht hätte. Blitz einschalten, ganz wichtig. Lieber ein Monster mit roten Augen als ein verschwommener Schatten.

Ich lauschte in die Nacht. Hatte mein Kopf bei der Rutschpartie was abbekommen, oder war da ein Geräusch? Ich hielt die Luft an und horchte angespannt. Es lag nicht an meinem Kopf, da war tatsächlich was. Ich konnte die Richtung nicht ausmachen, der Wind legte sich über das Geräusch. Es schien sehr weit weg, und es war … Getrappel?! Von … Hufen? Die Urrinder konnten das nicht sein!

»Die schlafen ein, wenn die Sonne untergeht, und wachen erst wieder auf, wenn es hell wird«, hatte Lexi beteuert. »Es ist das Sonnenlicht, das sie weckt. Nichts sonst.« Klang nach Vampir, nur andersrum.

Sicherheitshalber tastete ich nach dem Pfefferspray in meiner Hosentasche. Dann checkte ich den Kompass an meinem Handy.

Ich musste nach Norden. Erstes Ziel: nicht aufgespießt und totgetrampelt werden. Höheres Ziel: ein Foto des Schiffes, scharf. Sollte zu schaffen sein. Ich atmete durch, vergrub die Hände in den Taschen von Gigis Jacke und lief mit strammem Schritt los.

*

Nachts laufen ist anders als tagsüber. Überhaupt ist nachts *leben* anders als tagsüber. Die ganze Tag-Geräuschekulisse fällt weg, und man beginnt, all die Immer-da-Geräusche viel, viel deutlicher zu hören. Plötzlich säuselte der Wind nicht mehr, er schrie mich an. Der Sand unter den Schuhen klang, als würde ich auf ihm rumbeißen, und das Meer in der Ferne, das sonst kaum zu hören war, toste wie die A100 am Berliner Ring. Natur ist echt krass.

Hin und wieder sah ich auf den Kompass und machte mit seiner Hilfe einen großen Bogen um Mühstetters Bruchbude. Diesem schrägen Typen in die Arme zu laufen, war das Letzte, was ich wollte. Wenn der kein Bett hatte, schlief er vielleicht gar nicht, sondern machte … machte … Was auch immer. Ich wollte mir nicht mal *vorstellen,* wie der seine Nächte verbrachte! Unwillkürlich lief ich noch schneller.

Nach einer Weile hörte ich das Getrappel wieder. Aber weiter weg, oder? Ich hielt inne, lauschte. Es war nicht nur dieses Galoppieren, da war noch etwas, ein … Rollen … ein Knarzen … Es klang ein bisschen, wie wenn ich King Kong hinter mir herzog. Ein bisschen wie … eine Kutsche! Also gar keine Urrindhufe, sondern welche von Pferden. Allerdings war die Vorstellung von Mühstetter auf einer Kutsche eine Drehung zu absurd für mich. Das Geräusch erstarb und mit ihm meine Unruhe. Wenn Mühstetter wirklich im Stockdustern mit einer Kutsche durchs Naturschutzgebiet preschte, würde es ihm garantiert den Zylinder vom Kopf wehen. Bei der Vorstellung musste ich grinsen.

Ich lief weiter durch die klare, kalte Mainacht und lauschte. Um mich herum zirpten Grillen, und es raschelte, überall raschelte es. Mäuse vermutlich, Kaninchen … oder Vögel?

Kopf hoch, Alina, Augen auf, keine Angst. Die Urrinder schlafen. Soll es doch rascheln. Es ist noch kein Mensch von Mäusen, Kaninchen und Vögeln getötet worden.

Wenn man sich selbst Sachen lange genug einredet, werden sie irgendwann wahr. Hatte ich von der Pawlowa gelernt, Autosuggestion nannte die das. Funktionierte ganz gut, zumindest kehrte mein Mut langsam zurück. Mit jedem Schritt drang ich tiefer in das verbotene Gebiet ein.

*

191

KNACK!

Ich fuhr herum. Das war direkt hinter mir. Und es war laut. Laut hieß nah. Oder groß. Beides war kein gutes Zeichen.

Ausgerechnet in diesem Moment wurde es dunkler, diese verdammten Wolken. Die Landschaft schloss sich vor meinem Blick, langsam und vollständig – wie ein Fächer. Es knackte erneut. Wieder scannte ich das Gebiet hinter mir, das jetzt in tiefster Finsternis lag. Ich stellte die Taschenlampenfunktion am Handy ein, doch die Dunkelheit fraß das Licht einfach weg.

Diesmal hatte das Knacken leiser geklungen. *Vorsichtiger.* Lass das, Alina. Hör auf, dir was einzubilden! Nachts wirkt alles unheimlich, selbst die Hausschuhe vorm Bett. Doch als es das dritte Mal knackte, wartete ich nicht. Ich zischte wie ein abgeschossener Pfeil davon.

Über Sand und Grasbüschel, über Gebüsche und Steine. Ich rannte so schnell, dass ich jeden Bluthund abgeschüttelt hätte, Seitenstechen bekam und meinen Atem im Kopf hörte wie einen Orkan – Frau Granada hätte ihre helle Freude gehabt. Ich wich einem Sandhügel aus und verlor beinahe das Gleichgewicht.

Da war etwas.

Ungefähr fünfzig Meter hinter mir. Etwas, das genauso über Büsche sprang und Steine aus dem Weg kickte. Etwas, das ebenfalls Luft ausstieß wie eine Pumpe. Etwas *Großes.*

Scheiße. Scheiße!

Warum war ich so schlecht vorbereitet? Warum hatte ich das Pfefferspray in der Hosentasche und nicht in der Hand? Warum hatte ich diesen Quatsch von sonnengesteuerten Urrindern geglaubt?

Die Wolke verzog sich, der Mond legte die Landschaft bloß. Ich hätte mich nur umdrehen müssen und hätte gewusst, was hinter mir her war. Aber das hätte mich verlangsamt, und Langsamsein war keine Option. Denn was auch immer da in meinem Rücken war: Es würde aufholen.

Also raste ich durch die Nacht wie eine Wahnsinnige; die Angst, von spitzen Hörnern aufgespießt zu werden, saß mir im Nacken, meine Lunge pfiff, egal, ich rannte, rannte. Und dann …

… blieb mein Fuß plötzlich in etwas hängen, und ich stürzte der Länge nach hin.

*

»Keine Angst«, sagte eine Mädchenstimme vor mir.

Eine Mädchenstimme? Hier?

Ich blickte auf und erkannte den Schattenriss des Gesichts. Die Irre!

War das zu glauben? Ich war also gar nicht über ein Grasbüschel gestolpert, sondern über einen ihrer verdammten Fallstricke. Schon wieder!

Dabei musste ich weiter! Ich musste hier weg. Weg von der Irren und von diesem Urrindviech, bevor es seine Hörner in mich bohrte und ich mit dem Geruch von Urrindsabber in der Nase sterben würde. Ich zerrte an dem Nylonfaden, in dem sich mein Fuß verheddert hatte, und keuchte stoßweise zwischen den Atemzügen: »Hinter mir … pass auf … Urrind …«

Die Verrückte richtete sich auf und beäugte das Gelände hinter mir.

»Da ist nichts.«

Endlich hatte ich meinen Fuß befreit, hievte mich auf die Knie, meine Lunge brannte. Ich musterte das Mädchen ausgiebig. Sie sah exakt so aus wie beim letzten Mal: strubbeliges Haar, schwarze Jeans, silberner Pulli.

Im selben Moment knackte es erneut, und ich erstarrte.

»Okay, da ist *doch* was«, flüsterte sie und richtete ihren Blick auf einen Punkt in der Dunkelheit hinter mir – *weit* hinter mir, hoffte ich. »Aber es haut ab«, sagte sie plötzlich sehr laut, und da hatte ich das seltsame Gefühl, dass sie das nicht zu mir sagte, sondern zu dem Wesen da draußen.

»Was war das?«, flüsterte ich, immer noch keuchend. »Ein Urrind?«

»Nein, die schlafen um diese Zeit.« Sie wirkte nervös, aber nicht mehr so durchgeknallt wie beim letzten Mal. »Steh auf. Schnell!« Dann, wieder mit dieser lauten Stimme: »Wir kommen echt allein klar.« Sprach sie wirklich mit mir?

Sie packte mich am Arm, zerrte mich hoch und hinter sich her ins Gebüsch. Was sollte das? Ich zischte: »Lass los!«

»Okay«, zischte sie zurück. »Aber komm jetzt mit! – Und pass auf die Fallstricke auf.« Sie sah noch einmal über unsere Schultern zurück ins Dunkel, dann ließ sie mich tatsächlich los und hetzte weiter. Ich hinterher. Wenn sie sprang, sprang ich auch – überall zogen sich ihre Nylonfäden über den Boden.

Endlich wurde sie langsamer. Sie sah noch ein paar Mal zurück, wirkte aber nicht mehr ganz so nervös.

»Was war das?«

»Weiß nicht«, sagte sie. Auf eine Art, dass ich mir sicher war: Sie log. Trotzdem schwieg ich. »Ein Vogel wahrscheinlich«, murmelte sie.

Klar. Wenn das ein Vogel gewesen war, war ich Hello Kitty. Die vertuschte doch irgendwas.

Wir liefen weiter durch das wolkendurchwischte Mondlicht. Erst als ich zwei Dünen später das Halbrund ihres Zeltes ausmachte, brach ich das Schweigen. »Es steht noch!«

»Warum sollte es nicht mehr stehen?«

»Na, wegen der Urrinder«, sagte ich. Ich war selbst erstaunt, *wie* erleichtert ich war. »Ehrlich – ich hatte schon Angst, dass die dich gekillt haben!«

Sie blieb abrupt stehen, und ich knallte unvermittelt in sie rein. Hielt mich an ihr fest. Und war auf einmal umfangen von Wärme. Ich atmete tief ein, dann fand ich meine Balance wieder und federte zurück. Sie drehte sich um. Ihr Gesicht war verändert. Weicher? Härter? Oder war sie einfach nur genauso verwirrt wie ich? Ich konnte es nicht einordnen. Wahrscheinlich wegen des unbeständigen Lichts.

»Du hast an mich gedacht?«, fragte sie. »Du hattest *Angst* um mich?«

Wie ihre Stimme klang. Wie ihre Augen schauten. Wie die Finger aneinanderzupften.

»Natürlich hatte ich Angst um dich.« Ich versuchte, cool zu klingen. »Aber auch *vor* dir. Sonst wär ich längst gekommen, um dich zu warnen!« Ganz gelogen war das nicht. Eigentlich war es sogar ziemlich wahr.

»Du hattest Angst vor mir?« Sie begann zu kichern. Zu kichern!

»Na klar! Du warst letztes Mal total scary! Vor allem dieser Stab, mit dem du …«

»Du hattest Angst! Vor *mir*!«

Sie tat, als hätte sie den Stab noch in der Hand, wedelte damit durch die Luft und tanzte so albern herum, bis wir beide vor Lachen keine Luft mehr bekamen. Nicht weil es so lustig gewesen wäre, sondern weil es so guttat, all den Stress einfach wegzulachen.

*

»Du weißt genau, was uns verfolgt hat, oder?«

Ich ließ die Frage klingen, als würde ich jemanden nach dem Weg zum Bahnhof fragen. Oder die Bäckerin nach einer Doppelsemmel. Oder Pinar nach der Marke ihres Lippenstiftes. Jedenfalls so, als wäre das alles ganz normal. Nichts war normal. Es war halb zwei nachts, wir befanden uns auf verbotenem Gelände, die Dunkelheit kreiste um uns, und *etwas* war definitiv hinter uns her gewesen.

Sie rieb im Gehen die Hände aneinander. »Mir ist saukalt, Alina, ich mach gleich Tee. Willst du auch einen?«

»Woher weißt du meinen Namen?« Überrascht blieb ich stehen und übersah dabei völlig, wie geschickt sie meiner Frage ausgewichen war.

»Woher schon …?« Sie ging ungerührt weiter in Richtung Zelt. »Du hast ihn mir letztens gesagt.«

Hatte ich?

Da drehte sie sich um, streckte mir die Hand hin: »Und ich bin Tinka.«

Tinka …?

In diesem Moment passierte es. Wir sahen uns in die Augen, schüttelten die Hände, und es war, als dringe Energie von ihrer Hand in meine oder von meiner in ihre. Ich … ich hatte das irritierende Gefühl, diese Situation schon einmal erlebt zu haben.

Ich betrachtete ihr Gesicht, den Schwung der Brauen, die Wölbung des Ohrs und spürte, dass etwas an mir zupfte. Wie eine verschüttete Erinnerung. Eine Erinnerung an sie.

Unmöglich! Ich war dieser Tinka letzte Woche das erste Mal in meinem Leben begegnet. Aber der Moment dauerte an, und noch immer schaute ich: Ihr Haar, das hervorspringende Kinn, die Halslinie, und in mir wuchs ein Gefühl von Traurigkeit und Glück, beides zugleich. Es war wie manchmal kurz nach dem

Aufwachen. Wenn ich mich unbedingt an den Traum erinnern wollte, aber je verzweifelter ich es versuchte, desto stärker entzog er sich. Bis er schließlich weg war.

Als sie mich losließ, war mir, als würde ich von einer Klippe fallen. Instinktiv wollte ich wieder nach ihrer Hand greifen … Das war doch absurd! Ich schob die Finger in meine Jackentasche. Doch meine innere Stimme flüsterte: Merk dir das, Alina. Merk dir diesen Moment.

*

Tinka schlüpfte ins Zelt. Ich war gerade dabei, auf die Knie zu gehen und ihr hinterherzukriechen, als sie den Reißverschluss zuzog. Von innen. Na danke auch. Ich hätte wahnsinnig gern einen Blick in ihr Zelt geworfen; ihre Unhöflichkeit stachelte meine Neugier nur noch mehr an.

Was verbarg sie dadrinnen? Und überhaupt: Was machte sie hier? Sie tat, als wäre es das Selbstverständlichste der Welt, in dieser Wildnis zu hausen, aber – im Ernst: Das Gebiet war so was von megatabu, dass es außer dem kauzigen Mühstetter niemand betreten durfte. Von Allerweltscampern ganz zu schweigen. Eigentlich, dachte ich, müsste ich sie melden. Tinka hatte Glück, dass Petzen noch tabuer war als das Naturschutzgebiet.

Meine Finger zuckten gerade in Richtung des Zeltreißverschlusses, da drang ein blechernes Räuspern aus meinem Rucksack. »Hallo … Hallo?«

Das Walkie-Talkie! Verdammt – ich hatte die anderen total vergessen.

»Operation Phantom Ship! Hallo, hallo?«

Hastig kramte ich das Gerät hervor. »Ja?«

»Phantom Ship?«, fragte Nian.

»Ja, wer denn sonst?«, schnaubte ich, während mein Herz kicherte. Ich fühlte mich, als wäre ich ein kleines Kind und hätte gerade begeistert mit meinen Freunden das Dosentelefon entdeckt. Hätte ich Zeit dafür gehabt, ich wäre mir selbst peinlich gewesen. Hatte ich aber nicht. »Was ist los?«, flüsterte ich ins Walkie-Talkie. »Ist etwa schon eine Stunde rum?«

»Nee, erst eine halbe.« Gigis Stimme. »Wir wollten nur sichergehen, dass alles okay ist.«

»Was ist mit den Urrindern?« Das war Mareike-Helene. Hä? Dass Nian und Gigi zusammen am anderen Ende waren, konnte ich nachvollziehen – sie wohnten im selben Haus. Aber Mareike-Helene? Hatte Tomek vergessen, den Alarm anzustellen?

»Alina – alles in Ordnung bei dir?« Mareike-Helene klang besorgt.

Ich zögerte. Sollte ich von dem Ding erzählen, das mich verfolgt hatte? Sie würden garantiert in Panik geraten. Dabei war die Gefahr ja schon vorbei … Ich beschloss, ihnen davon zu erzählen, wenn ich zurück war. »Bis jetzt hab ich kein Urrind gesehen …« (Stimmte. Ich hatte nur was *gehört,* und ob es ein Urrind gewesen war …)

»Uff«, machte Mareike-Helene.

»Wo bist du gerade?«

»Lexi? Du bist auch …? Wieso seid ihr … Ich meine, der Alarm ist doch …« Es knarzte. Lexis Antwort klang verzerrt und sehr weit weg – ich konnte kein Wort verstehen. Hatte eigentlich jemand die Batterien gecheckt? Wenn die so alt waren wie das Walkie-Talkie selbst, hatten schon die Neandertaler ihre Freude daran gehabt. Genervt schüttelte ich das Gerät.

»Hallo?«, fragte ich. »Hallo? Phantom Ship?«

Knarzen.

Da kam Tinka mit einem Gaskocher, Beuteltee und zwei Bechern aus dem Zelt heraus. Interessiert beäugte sie das Walkie-Talkie in meiner Hand. »Mit wem hast du geredet?«

»Mit meinen Freunden aus dem Internat«, sagte ich. »Wir sind in Kontakt. Falls … falls etwas passiert.«

Sie zündete eine Fackel an und steckte sie in die Erde. Dann reichte sie mir einen Teebecher und strahlte mich an.

In meinem Kopf tauchte etwas auf, etwas, das mit ihrem Lächeln zu tun hatte, mit der Wölbung ihrer Schläfen, den Wangenknochen. Es war wie ein Tupfen Licht, der gleich wieder erlosch.

»Es ist so toll, dass du hergekommen bist!«, sagte sie.

*

Im Schein der Flammen glänzte die kupferfarbene Textilhaut ihres Zeltes so unwirklich, dass ich automatisch nach der Kamera griff.

Ich sah den Schlag nicht kommen, so schnell fegte sie mir das Teil aus der Hand. Zum Glück hatte ich es um den Hals hängen, sonst würde es jetzt im Sand liegen. Nians teure Kamera!

»Sag mal, spinnst du?«

Ich hob die Kamera vor die Augen, um zu schauen, ob mit der Linse alles in Ordnung war. Tinka dachte offenbar, ich wollte trotz ihres handgreiflichen Neins ein Foto schießen, denn sie gab mir einen Stoß, so heftig, dass ich rückwärtsstolperte.

»Keine Fotos!«, fauchte sie. »Niemand darf die RiV-Ausrüstung sehen!« Dann schlug sie sich auf den Mund und sah mich erschrocken an.

»Geht's noch?« Ich wich zurück. Was redete sie da für einen Scheiß? »Du tickst doch nicht ganz richtig! Mir reicht's, ich bin raus.« Ich rappelte mich hoch, schnappte meine Sachen und lief los.

»Alina? – Sorry!«

Vergiss es.

Ich brauchte ihre Bekanntschaft nicht. Ich brauchte auch das Foto von ihrem blöden Zelt nicht – an der Nordspitze gab's ein viel besseres Motiv. Und ihren Tee zum Aufwärmen konnte sie allein trinken, mir würde beim Laufen schon wieder warm werden!

Ich heftete den Blick fest auf den Boden, um bloß nicht noch mal über ihre bescheuerten Nylonfäden zu fallen. Nach einer Weile zog ich das Handy aus der Gesäßtasche, öffnete den Kompass, suchte Norden.

*

Es war schwieriger, als ich gedacht hatte. Der Himmel zog sich erneut zu, wieder versank alles um mich herum in Finsternis, und dieses Dunkel war voller Gerüche, Geräusche und feiner Bewegungen.

Mein Handylicht kam gegen die Finsternis nicht an, und ich fror. Als wir den Plan zu dieser Kundschaftertour zum Nordstrand geschmiedet hatten, war Mittag gewesen – und Nians abgedunkeltes Zimmer von sonniger Wärme erfüllt. Mittlerweile zeigte die Nacht ihre Zähne, und Gigis Jacke war viel zu dünn für die Schärfe der Luft.

Ich zog das Walkie-Talkie aus dem Rucksack. »Hallo, hallo?«, probierte ich.

»Gott sei Dank«, knarzte Mareike-Helenes Stimme.

»Die Batterien sind zu schwach!« Offensichtlich war Nian zum gleichen Schluss gekommen wie ich. »Oder die Reichweite ist nicht so groß.«

»Wieso hockt ihr vier eigentlich zusammen? Also, ich meine: Wie habt ihr das gemacht? Der Alarm ist doch an.« Total unwichtig, aber ich wollte nicht allein sein. Die Stimmen der anderen lockerten den Klammergriff der Dunkelheit. Ich schritt schnell aus.

»Da ist aber jemand schwer von Begriff«, frotzelte Lexi. Offenbar reichten sie das Walkie-Talkie ständig weiter. Es war fast, als liefe Lexi neben mir. »Es gibt doch einen Schleichweg!«

Meine Angst verblasste. Nur kalt war mir immer noch. Sehr sogar. Ich schlug den Kragen hoch. »Ja, die Rutsche, aber zu der kommt man nur durch Isabellas und mein Zimmer …« Stille am anderen Ende, bis ich begriff. »Wie – jetzt sag nicht, ihr seid durch unser Zimmer und die Rutsche runter?!«

»Nee – Nian und ich sind die Rutsche *hoch* und *dann* durch euer Zimmer!« Ich spürte Gigis Grinsen in dem Geknister des Walkie-Talkies. »Wobei man dazu wohl eher botanischer Garten sagen sollte … Warum haltet ihr euch nicht gleich noch ein paar Schafe und züchtet Papageien?«

Beim Wort Papagei musste ich an Oma denken und lächelte.

»… jedenfalls hocken wir jetzt alle bei Lexi.«

Ich sollte darüber nachdenken, unser Zimmer abzuschließen. Von Privatsphäre hatten die vier offenbar noch nie gehört. Ich wollte gerade etwas erwidern, als ich Schritte hinter mir hörte.

Rennende Schritte. Ich fuhr herum. Hielt das leuchtende Handy und das Walkie-Talkie wie zwei Waffen vor mich. »Alina?«, fragte Nian aus dem Gerät in meiner Hand. »Bist du sauer?«

Ich kniff die Augen zusammen und starrte in die Dunkelheit. Die Schritte verlangsamten sich. Erst als sie fast vor mir stand, erkannte ich Tinka. Sie hob die Arme, beide, wie zur Kapitulation.

»Warte«, sagte sie. »Ich komme mit.«

*

»Alina? Alina?! Alles okay? Ist da noch jemand? Antworte, bitte!«
Nian klang alarmiert.

Ich starrte Tinka an, dann nahm ich das Walkie-Talkie langsam an den Mund. »Nein – ich bin allein«, log ich. (Warum auch immer.) »Ich meld mich später. Ich will die Batterien schonen. Over and out.« Ich schaltete ab.

Tinka hatte mich eingeholt. Sie kramte in ihrem Rucksack und hielt mir eine Jacke hin. »Da, nimm«, sagte sie. »Meine Ersatzjacke. Ich leih sie dir.«

Die Kälte war schlimmer als mein Stolz. Bibbernd nahm ich ihre Entschuldigung an. Ich schnallte den Rucksack ab, steckte das Walkie-Talkie weg und zog ihre Jacke über Gigis. Sie war kupferfarben wie das Zelt. Auf der linken Brust prangte ein kleiner roter Kreis mit einem Punkt in der Mitte. Rucksack wieder geschultert und weiter. Tinka neben mir. Es dauerte keine Minute, da wurde mir warm. Nicht normal warm, sondern so, als würde ich an einem Kamin sitzen.

»Was ist das denn für ein irres Teil?«

»Eine Solarjacke.« Sie klang zögerlich. »Ich habe sie tagsüber aufgeladen, jetzt gibt sie Wärme ab.«

Krass. Ich hatte nicht mal gewusst, dass es so was gab.

»Sorry wegen der Kamera«, schob sie nach. »Ich hab da ein bisschen … na ja … überreagiert.«

Vor uns schwankte der Strahl meines Handys über den Sand. Das dünne Licht faserte an den Rändern aus. Als ich wieder über ein Grasbüschel stolperte, kramte Tinka erneut in ihrem Rucksack, dann erhellte ein breiter buttergelber Lichtstrahl unseren Weg.

»Wow!«, entfuhr es mir. »Das ist ja ein halbes Flutlicht.« Das

Mädel war eine Outdoorqueen. »Gehört das Teil auch zu deiner geheimnisvollen *Ausrüstung?*«

»Hm.« Das klang abweisend.

»Und warum darf keiner außer mir diese Ausrüstung sehen?«

Neben mir nur Schritte und Atmen. Wenn sie dachte, Schweigen genügte, um mich vom Nachfragen abzuhalten, hatte sie sich getäuscht. Fragen zu stellen, war meine Stärke. Ein Thema fallen zu lassen, nicht. »Lass mich raten: Das Zeug stammt aus einer hoch geheimen Militärforschung? Und du bist die erste Versuchsperson.«

Schweigen.

»Jetzt sag schon!«

»Mensch, Alina, das ist kompliziert, weil …« Ein Brummen. Es kam von ihrem Körper. Ihre Hand zuckte in Richtung des Geräusches. Es verstummte.

»Weil was?«

»Wegen der Synchronizität!« Wieder das Brummen. Tinka zuckte zusammen, als hätte sie einen Stromschlag bekommen. »Ich will nicht darüber reden!« Das klang endgültig.

»Du willst nicht?«

»Ich *kann* nicht.«

Sie klang wie ich, wenn jemand mich mit nervigen Fragen in die Ecke drängte. Atemlos, gehetzt, wütend. Ich an ihrer Stelle würde jetzt als Ablenkung aus dem Blauen heraus eine völlig andere Frage stellen. Funktionierte immer. Ich nannte es *Ausbruchstrategie.*

»Was meinst du mit Synchronizität?«, bohrte ich weiter.

»Sag mal, wo genau willst du eigentlich hin?«, nicht-antwortete sie.

Ich drehte mich zu ihr, doch im Dunkeln konnte ich nichts

erkennen. »An den Nordstrand«, antwortete ich nachdenklich.

Sie hatte dieselbe Ausbruchstrategie wie ich.

*

Ohne Tinkas Jacke und ihre Flutlicht-Taschenlampe hätte ich wahrscheinlich auf halbem Weg kehrtgemacht. So aber wanderten wir durch die eisige Nacht, bis wir endlich das Meer rochen. Kurz überlegte ich, ob das normal war an der Küste: Tagsüber Temperaturen wie im Backofen und nachts wie in der Gefriertruhe. Und alles im Mai! Ich traute mich nicht, Tinka zu fragen, weil ich sie ohnehin schon im Fünf-Minuten-Takt bat, ringsum zu leuchten, damit ich die Umgebung checken konnte, das Pfefferspray im Anschlag. Beim dritten Mal hatte sie genug. »Sag mal, was suchst du eigentlich?«

»Die Killerbiester natürlich! Ich hab echt keine Lust, unvorbereitet in so ein Urrind zu laufen.«

»Die Urrinder?!« Sie fing wieder an zu kichern. »Vor *denen* fürchtest du dich?«

Tinka hatte gut lachen, die hatte ja die Bilder in Kunzes Mappe nicht gesehen – von dem Film ganz zu schweigen. »Die sind extrem gefährlich!«, sagte ich gekränkt.

»Na ja.«

»Was heißt *Na ja*? Hast du sie schon gesehen?«

»Klar! Sie grasen immer auf der Ostwiese, manchmal kommen sie auch hierher in den Norden, aber abends laufen sie einmal quer durch das Reservat in den Westen, um da zu schlafen. Die sind so aggressiv wie Papierboote. Mich ignorieren sie einfach.«

Ich runzelte die Stirn. Wenn das wirklich stimmte, war das höchst eigenartig.

*

Tinka hatte trockenes Schwemmholz gesucht, und ich hatte es mit Mas Feuerzeug entzündet. Jetzt saßen wir um ein kleines Feuer, die Wellen brandeten nicht weit von uns ans Ufer.

Als wir den Nordstrand erreicht hatten, hatte ich mich als Erstes ans Ufer gestellt und Meer und Himmel abgesucht, die als undurchdringlicher schwarzer Block vor mir lagen. Ohne den Mond hatte ich keine Chance – erst wenn der eine Lücke in das Wolkendickicht biss, würde er das Wasser und alles, was darauf schwamm, sichtbar machen. Ich gab einen kurzen Zwischenbericht an die anderen durch: »Ich muss auf den Mond warten. Over and out.«

»Und jetzt?«, brüllte Tinka, während sie im Feuer herumstocherte. Die Wellen waren genauso laut wie am Tag meiner Ankunft auf der Insel. »Was willst du hier?«

Ich lutschte ein Stück Schokolade, die sie aus ihrem Rucksack geangelt hatte. Dunkle, mit fetten Salzkörnern drin, die krachten, wenn man draufbiss. Seltsame Kombi, aber nicht übel.

»Ich will ein Foto machen. Von einem Schiff.«

Keine Reaktion.

Hatte sie mich gehört?

Wenn man Hollywood glaubte, gehörte eine Nacht am Strand zum Romantischsten, was man erleben konnte. Die Filmemacher gehörten eingesperrt. Die waren garantiert noch nie in der Nähe einer Brandung gewesen. Romantik und Gebrüll gingen nicht zusammen.

»Ein Schiff?«, schrie Tinka. Also doch! Sie *hatte* mich gehört. »Hier gibt's keine Schiffe. Der Nordstrand ist zu gefährlich. Da sind Felsen unter der Oberfläche.«

»Ich hab aber eins gesehen«, entgegnete ich und schwenkte die

Kamera. Tinka sah nachdenklich in die Nacht, und in meinem Kopf sprang eine Schublade voller Fragen auf. War sie ausgerissen? Wie lange campte sie hier überhaupt schon? Was sollte die Geheimniskrämerei wegen ihrer Ausrüstung? Warum? Woher? Ein Fragenschwarm – zu viele, zu viele. Ich pickte eine heraus, die, die mich am meisten umtrieb: »Und warum bist *du* hier?«

Sie neigte den Kopf und sah mich aufmerksam an. Um uns herum die Nacht, an den Rändern undurchdringlich.

»Ich hab eine Mission!«, rief sie.

»Is klar! Topsecret natürlich«, rief ich grinsend zurück.

Sie nickte den Witz weg. Das Licht der Flammen spielte auf ihrem Gesicht. »Deswegen bin ich hier«, sagte sie. »War ein weiter Weg.«

Klang nicht, als wären da noch mehr Informationen zu holen. Eine Mission, lächerlich! Das konnte alles und nichts sein. Wahrscheinlich ging die Mission vom Biounterricht aus, und sie sollte ein Herbarium aus Griffiuner Strandastern anlegen.

»Hätte nie gedacht, dass jemand freiwillig hierherkommt«, brüllte ich. »Ich bin hierher *strafversetzt* worden. Von meinem Vater.«

Ihr Gesicht zuckte zu mir hin, hoch konzentriert auf einmal.

»Von deinem Vater? – Was ist mit ihm? Habt ihr euch verstritten?«

»Nee – aber sein Job ist wichtiger als ich.«

»Wieso?«

»Er ist Wissenschaftler. Biologe.«

Sie nickte.

»Hat einen Forschungsauftrag in den USA angenommen. Mission Darmbakterie.«

Sie lachte meinen Seitenhieb weg, ihr Blick blieb bei mir. *Er-*

zähl weiter, sagte er. Und ich erzählte. Einer Fremden, die mir vor einer halben Stunde noch die Kamera weggeschlagen hatte. Einer Fremden, die sich plötzlich wie eine Freundin anfühlte. Ganz schön schräg.

»Na ja, er wollte mich halt nicht allein lassen, also hat er mich hier für ein halbes Jahr geparkt.«

»Aber warum bist du nicht einfach bei deiner …?«

»Ich …« Ich stockte. Es ist schwer, bestimmte Tatsachen zu *schreien*. »Ich habe keine Mutter.«

»Oh. Was ist passiert?«

Tinkas Augen glitzerten im Licht des Feuers. Sie beobachtete mich noch eine Weile, aber als ich nichts sagte, sah sie weg. »Willkommen im Club. *Ich* hab keinen Vater«, sagte sie zum Horizont.

Da war es wieder! Irgendwas im Schwung ihrer Lippen. Im Knacken des Feuers. Im schwarzen Gleiten dieser Nacht.

»Hat er euch … verlassen?«

»Nein. – Er weiß nicht mal, dass es mich gibt.« So viel Traurigkeit in ihrer Stimme. Die Flammen tanzten hypnotisch. Ich wünschte mir, an einem Ort zu sitzen, an dem man nicht schreien musste. Weiter weg vom Ufer. In den Dünen. Oder dahinter. Oder darunter. Tief in der Erde wäre gut.

»Meine Mutter hat uns verlassen.« Ich wusste nicht, warum ich ihr das erzählte. Warum ich es ihr *so* erzählte. Vielleicht, weil sie von ihrem Vater gesprochen hatte. Weil ihr Schmerz auch meiner war.

»Das glaub ich nicht.« Ihre Stimme klang schärfer, schneidend.

Überrascht löste ich den Blick von dem Flammentanz.

»Ach?«, schrie ich gegen die Brandung an. »Das glaubst du nicht? Na, wie würdest du es denn nennen, wenn deine Mutter dich sitzen lässt, obwohl du die Zeit mit ihr gebraucht hättest.

Obwohl du für jeden Scheißtag dankbar gewesen wärst!« Ich schrie jetzt nicht mehr nur, um verstanden zu werden.

Die Nacht kippte in eine andere Ebene. Noch dunkler, noch kälter. Das einzig Helle war das Glutauge unseres Feuers. Es erleuchtete Tinkas Gesicht, das mir fremd und zugleich vertraut vorkam, vielleicht, weil wir dieselbe Art Schmerz teilten …

»Weißt du, was schräg ist?«, brüllte ich, obwohl ich mir wünschte, den Satz zu flüstern. »Es fühlt sich an, als würde ich dich schon ewig kennen! Obwohl wir uns heute eigentlich zum ersten Mal …«

In diesem Moment schmolz ihr Gesicht. Nein: Die Undurchdringlichkeit darin schmolz. Dahinter lag Einsamkeit.

Der Moment schlang sich um mein Herz. Ich hätte sie am liebsten umarmt, ihr Haar gestreichelt, ihr Gesicht, so wie sie mich jetzt ansah, behutsam in Pergamentpapier gewickelt und für immer aufbewahrt.

»Ich weiß«, sagte sie. »Geht mir genauso.« Und obwohl sie das erste Mal *leise* sprach, hörte ich sie. Es war, als würde ich ihre Stimme nicht mit den Ohren, sondern mit den Nerven wahrnehmen. »Ich wünschte, ich könnte …« Und dann zuckte sie plötzlich zusammen, verstummte und sah fort von mir – Richtung Meer.

Als sie wegsah, fühlte ich mich verloren. Als wären wir Hand in Hand über ein Seil balanciert und sie hätte mich plötzlich losgelassen. Ich taumelte, innerlich.

»Ich weiß fast nichts über meinen Vater«, erzählte sie. »Meine Mom spricht kaum von ihm. Als sie auseinandergegangen sind, wusste sie noch nicht, dass sie schwanger war, also weiß er's auch nicht.«

»Krass. Wie alt bist du jetzt?«

»Sechzehn.«

So alt wie ich. »Deine Mutter hat deinem Vater sechzehn Jahre lang verschwiegen, dass er eine Tochter hat? – Aber … bist du gar nicht neugierig auf ihn? Willst du ihn nicht kennenlernen?«

»Doch, natürlich! Aber es geht halt nicht, weil … Es ist nicht so, dass meine Mom ihm was verschweigen wollte – oder mir. Im Gegenteil, sie hat sich nichts sehnlicher gewünscht, als ihm von mir zu erzählen. Aber sie konnte nicht; er war zu weit fort.«

»Fort? Was für ein Quatsch! Als ob Entfernung ein Hindernis ist, heutzutage doch nicht mehr! Man kann ja wohl skypen oder telefonieren oder mailen.«

Tinka lachte, irgendwas zwischen amüsiert und bitter. »Er war *anders* fort, Alina. Er war schon …«

»Was?«

»… gestorben.«

Sie sah wieder weg von mir, zum Horizont, ins Feuer. Während sie ihre Geschichte ausschrie, zerfiel das Schwemmholz langsam. Keine von uns rührte sich, um nachzulegen.

»Es hat lang gedauert, bis mir klar geworden ist, dass ich mich nach ihm sehne. Ich meine, es sollte ja auch eigentlich kein Ding sein, oder? Wie viele Kids wachsen schon mit beiden Elternteilen auf? Mit dem Unterschied allerdings, dass bei den meisten die Eltern noch leben. Die können ihren Vater treffen, wenn sie wollen.«

Sie wischte sich übers Haar, dann übers Gesicht.

»Meine Mom hat einen Freund, Lu-Minh«, fuhr sie fort. »Er ist toll. Sie sind zusammen, seit ich fünf bin. Lu-Minh macht Heißbretter, du weißt schon.«

Heißbretter? »Du meinst Surfbretter?«

»Nein, Heißbretter. Diese Klangdinger, die auf Körpertemperatur reagieren und mit denen man kranke Tiere …« Wieder zuckte sie zusammen, und wieder sah es aus, als hätte sie einen Stromschlag bekommen. Hatte sie Krämpfe?

»Alles okay bei dir?«, fragte ich.

Sie nickte hastig. »Lu-Minh ist jedenfalls in Ordnung. Nett, fair, ich mag ihn. Aber die Sehnsucht ist trotzdem da. Ich wollte immer wissen, wie mein biologischer Dad so war. Ich weiß, dass meine Eltern sich sehr geliebt haben, als sie zusammen waren, ich glaube sogar, dass meine Mom ihn irgendwie immer noch liebt.«

Ich dachte an meinen eigenen Pa, der Ma auch immer noch liebte. Ich erinnerte mich flüchtig an Annika, diese Episode, die so kurz gewesen war, dass ich nicht mal ihren Nachnamen wusste. Er war seit Ewigkeiten allein. Statt in eine Beziehung mit einer Frau hatte er sich in eine mit seinen Darmbakterien gestürzt.

Und ich?

Hatte keine Ahnung, was ich fühlte. Manchmal dachte ich, dass ich nur noch die Erinnerung an Gefühle für sie hatte.

Zum Beispiel die daran, wie ich kurz nach ihrem Verschwinden immer wieder vor Erschöpfung in der Schule einschlief, weil ich Angst hatte, nachts die Augen zu schließen. In der Nacht nämlich war sie verschwunden. Nachts, nicht tags. Wochenlang hatte ich damals mit weit aufgerissenen Augen im Bett gelegen, um nicht einzuschlafen. Ich hatte solche Panik, dass auch Pa verschwunden sein könnte, wenn ich aufwachte.

Ich musste an den schwarzen Berg aus Notizbüchern unter meinem Bett im Internatszimmer denken. Im Kopf angelte ich das dickste hervor und öffnete es an einer bestimmten Stelle:

Dreiundachtzig.
Pa will mich zum Psychiater schicken.

Der Rest der Seite war weiß. Ich schlug die nächste Seite um:
Mich!!!

Trotz meines lautstarken Protestes hatte Pa ernst gemacht. Bei meinem ersten Mal bei der Pawlowa war ich fast zwölf gewesen.

»Ich weiß nicht, was ich hier soll!«, hatte ich ihr erklärt. »Ich komm schon klar.« Und dann hatte ich vierzig Minuten am Stück geweint.

»Vielleicht kommt dieses Gefühl, dass wir uns kennen, daher, dass wir etwas gemeinsam haben.« Tinkas Stimme schreckte mich aus der Erinnerung auf.

»Findest du?«

»Du nicht?«

Von den Flammen waren nur Glutwürmer geblieben, die vor sich hin glimmten, mal heller, mal dunkler.

Und wieder hatte ich das Gefühl eines Déjà-vus: Als hätten wir so ein Gespräch schon mal geführt, und obwohl ich wusste, dass solche Erinnerungen nicht echt waren, sondern mir mein Gehirn einen fehlverkabelten Streich spielte, verwirrte mich die Deutlichkeit des Gefühls. Und … dass ich es schon zweimal innerhalb kürzester Zeit erlebt hatte.

*

Ma hasste es zu kochen, mochte aber Backen. Ihr Möhrenkuchen war ein Gedicht, aber ihre absolute Spezialität war englischer Teekuchen. Unter der Woche hatte sie nie wirklich Zeit, weder zum Backen noch zum Spielen oder für ein ausführliches Gespräch, weil ihre Arbeit im Architekturbüro sie fast auffraß, aber an den Wochenenden holten wir alles nach.

Jeden Sonntag nach dem Frühstück räumte sie den Küchentisch leer und stellte die Backutensilien darauf: Rührschüssel, Mixer, Teigschaber, Mehl, Butter, Zucker, gemahlene Mandeln, Zitrone, Backpulver, Rosinen, Rum und kandierte Früchte.

Ich liebte es, die Eier aufzuschlagen und die Früchte abzuwiegen und sie in den Teig hineinplumpsen zu lassen. Wenn der Kuchen dann im Ofen stand und Ma aus Zitrone und Puderzucker eine weiße Glasur zusammenrührte, redeten wir. Über die Schule, über mein missglücktes Kaulquappenexperiment, darüber, dass ich kein Kätzchen haben konnte, weil Pa so allergisch war, und über Oma und Opa und wann wir sie wieder besuchen würden.

Einmal, ich war gerade in die erste Klasse gekommen, versuchte ich, das Gespräch in eine bestimmte Richtung zu lenken. Seit ein paar Tagen hatte ich verwirrende Tagträume, die sich alle um Leon Hoffmann drehten.

Als Ma eine halbe Zitrone ausgepresst hatte und begann, Puderzucker hineinzurühren, traute ich mich.

»Ma?«

»Ja, Lina?«

»Wie merkt man, dass man … na ja …« Ich wand mich um das Wort herum. »… jemanden liebt?«

In den Fältchen um ihre Augen kräuselte sich ein Lächeln. »Fragst du nur so, oder gibt's jemand Bestimmten?

»Nur so …« Schnell trug ich die Eierschalen zum Treteimer, damit sie nicht sah, wie rot ich geworden war.

»Hm …«, begann Ma. »Das ist nicht so einfach zu erklären. Vielleicht so: Wenn man jemanden liebt, ist das ein ganz verrücktes Gefühl. Es ist, als würde man auf einer schwankenden Hängebrücke über einem Abgrund ein Haus bauen.«

Ma redete oft mit mir wie mit einer Erwachsenen, und das machte mich stolz. Es fühlte sich an, als hätten ihre Worte auf mehreren Ebenen Bedeutung.

»Das Lustige ist: *Gemeinsam* fühlt sich die Brücke an wie der sicherste Fleck auf der Erde. Sie ist dein Zuhause. Man *weiß* nicht mal, dass man gefährlich lebt. Aber wenn du verlassen wurdest und plötzlich alleine auf der Brücke stehst, spürst du, wie deine Beine zittern. Du sitzt in deinem Haus und realisierst den Abgrund unter dir, spürst, wie die Brücke schwankt und wie dünn ihre Seile sind. Nichts ist mehr sicher.«

Ich hatte mich höllisch angestrengt, um Ma zu verstehen, aber sie musste meine Ratlosigkeit bemerkt haben.

»Liebe«, erklärte sie, »ist verrückt und wunderschön, und sie ist ein gefährlicher Ort. Verstehst du, Linchen?«

Nö, hatte ich gedacht und »Hm« gesagt.

»Liebe ist deshalb gefährlich, weil sie dich … manchmal … alleine zurücklässt. Sie ist alles, aber niemals … fair.« Ihr Tonfall war seltsam. Ich drehte mich um. Aus Mas Gesicht war das Lächeln gewichen; sie sah unglaublich traurig aus. Als sie spürte, dass ich sie ansah, lächelte sie rasch wieder, aber etwas stimmte nicht. Etwas stimmte ganz und gar nicht.

Verwirrt trat ich auf den Fußhebel des Mülleimers. Der sperrte gehorsam sein Maul auf. Ich gab ihm die Eierschalen zu fressen.

»Aber wie merke ich denn jetzt, dass ich jemanden liebe?«, fragte ich noch mal.

»Wenn es passiert, dann weißt du das, Schätzchen«, sagte sie. »Aber *wie sehr* du jemanden liebst, das merkst du oft erst hinterher. Daran, wie weh es tut, wenn er dich verlässt.«

»Hmm«, machte ich noch mal. Ich verstand kein Wort, und was mein Problem mit Leon Hoffmann anging, half mir ihre Antwort auch nicht weiter. Aber im Nachhinein spielte das auch keine Rolle. Wichtiger war, dass Ma meine Fragen nie einfach vom Tisch wischte. Dass sie mich ernst nahm.

Wie sehr du jemanden liebst, merkst du oft erst daran, wie weh es tut, wenn er dich verlässt.

Ich hatte das damals zwar nicht kapiert, aber kein Jahr später hatte sie es dann getan: uns verlassen. Pa und mich. Und der Beweis dafür, wie sehr ich sie geliebt hatte, war der Schmerz, der in mir explodiert war. Er war jahrelang kaum zu ertragen gewesen.

*

Ich zog die Knie an, legte das Kinn darauf und dachte an Ma und die Urrinder und daran, dass am Ende doch immer die Menschen die größte Gefahr für den Menschen sind. Tinka legte neues Holz auf die Glut und pustete, bis kleine Flammen züngelten. Sie hantierte viel zu nah am Feuer, und als ich verbrannte Härchen roch, griff ich nach ihrer Hand und hielt sie fest. Sie drückte mit einer Kraft zurück, die mir Angst machte.

»Was ist das für eine Mission?«, brüllte ich so sanft, wie man eben *brüllen* konnte.

»Kann ich nicht so gut drüber reden«, erwiderte sie. Und dann, nach einer Weile: »Wieso sagst du, dass deine Ma dich sitzen gelassen hat? Vielleicht hatte sie ja gute Gründe …?«

»Kann ich nicht so gut drüber reden«, echote ich und ließ Tinkas Hand los. Und obwohl diesmal *ich* den Kontakt zu ihr selbst unterbrach, erfasste mich ein jähes Gefühl von Haltlosigkeit.

Da öffnete sich der Himmel wie ein Theatervorhang. Der Mond trat auf die Bühne.

*

Es lag da! Es lag da!

Ich sprang auf. In den kalten Strahlen des Mondes erschien das Schiff. Und es wirkte so nah, so gigantisch, so rabenschwarz, dass mir für einen Moment die Luft wegblieb. »Boah!«

Ohne den Koloss aus den Augen zu lassen, kramte ich Isabellas Fernglas hervor und sah hindurch. »Kein Name …«, murmelte ich. »Zumindest erkenne ich keinen. Haben Schiffe nicht immer Namen?«

Tinka schwieg. Vor Ehrfurcht vermutlich. Oder meine Stimme war in dem Wassertoben untergegangen.

»Und dieses runde Ding da an der Mastspitze – was ist das bloß?« Meine Aufregung wuchs. »Wenn es nicht so absurd klänge, würd ich fast sagen, es ist … ein Art … Antenne …«

Ich hätte das Schiff sofort fotografieren müssen, verflixt. Bis ich das Fernglas weggelegt und die Kamera geangelt hatte, war der Himmel bereits wieder verdunkelt, und die Welt versank in Finsternis.

»Scheiße!«

*

»Komm, wir gehen zurück ans Feuer«, rief Tinka. »Du hast schon ganz nasse Schuhe.«

Sie leuchtete nach unten. Ich hatte gehofft, einen weiteren Blick auf das Schiff erhaschen zu können, und war immer noch einen Schritt näher ans Wasser gegangen, aber Pustekuchen. Dafür hatte die Brandung meine Schuhe umspült. Das Wasser war saukalt.

»Wir warten hier«, beschloss Tinka, als wir wieder am Feuer saßen, meine Schuhe auf zwei Stöcken in die Wärme des Feuers gehängt. »Irgendwann wird der Mond schon wieder auftauchen. In der Zwischenzeit schlüpfen wir hier rein.«

Sie zog zwei faustgroße Bälle aus ihrem Rucksack, die aussahen wie die Sockenbälle, zu denen ich Sockenpaare nach dem Wäschewaschen zusammenschlang. Ich kicherte. »Jetzt musst du uns nur noch auf Hamstergröße schrumpfen – dann können wir uns ganz gemütlich da reinkuscheln.«

Tinka entknotete einen der Bälle, schüttelte ihn aus und hielt einen Schlafsack in der Hand! Er war so dünn, dass er im Nachtwind wie eine Spinnwebe wehte – es sah aus, als würde er aufsteigen, sobald sie ihn loslassen würde. Ich griff danach. Glücklicherweise fühlte er sich nicht wie Spinnweben an, sondern eher … weich … Eine Mischung aus Seide und Katze und Flaumfeder. Krass. Ich musste ziemlich doof aus der Wäsche geguckt haben, denn nun begann Tinka zu lachen.

Ich konnte das Teil gar nicht genug anfassen. »So was habe ich noch nie gesehen. Nur – meinst du nicht, dass die eher was für die Sahara sind? So bei dreißig, vierzig Grad?«

Sie lächelte still in sich hinein. Es machte ihre Züge warm und veränderte sie vollkommen. Ich spürte einen jähen, nadelspitzen Stich im Herzen, *etwas* wollte sich dringend in Erinnerung rufen, in meinem Kopf erschienen die unscharfen Umrisse eines Fotos (eines Fotos? Was für ein Foto?), und ich versuchte, mich darauf zu werfen, um es festzuhalten, aber es entglitt mir, so unvermittelt, wie es gekommen war.

»Probier einfach mal!«, sagte sie. »Du wirst staunen!«

»Solarschlafsäcke?«, tippte ich und dachte: ein weiterer Teil ihrer geheimnisvollen Ausrüstung.

Ihr Lächeln verbreitete sich, dann schlug sie den anderen Spinnwebsack auf.

*

Ehe ich in das komische Ding schlüpfte, informierte ich die Homebase. Die Batterien des Walkie-Talkies reichten nur für ein paar Sätze.

»Ich hab's gesehen!«, trompetete ich. »Aber jetzt ist der Mond wieder weg! Ich bleib erst mal hier, damit ich ein Foto für euch machen kann, wenn sich die Wolken verzogen haben.«

Für euch. Und für den Wettbewerb. Ich sollte mich schämen.

»Krass! Du hast es …«

»Und, wie sieht es …«

»Ist das nicht gefährlich?« Gigi? Lexi? Mareike-Helene? Es war zu viel Knarzen und Rauschen dazwischen. Tinka hatte das Schlafdings bis zur Hüfte hochgezogen und tat, als würde sie nicht zuhören.

»Ich erzähl's euch morgen. Geht ins Bett«, sagte ich. »Ich komm zurück, *bevor* die Urrinder aufwachen, versprochen!«

»Aber meinst du nicht, es wäre vernünftiger, wenn wir zusammen mit dir …« Der Rest war Rauschen.

»Mareike-Helene?«, rief ich und schüttelte das schnarrende Walkie-Talkie.

Ganz kurz war die Verbindung voll und klar. »Alina, hörst du mich?«, fragte Gigi. »Wir könnten …«

»Macht euch keine Sorgen«, unterbrach ich rigoros. »Ich bin bald zurück.«

Ich wusste nicht, ob sie den letzten Satz gehört hatten. Das Walkie-Talkie war tot.

*

»Die Nächte hier sind wirklich eisig«, meinte Tinka, als wir beide in unseren Spinnwebschlafsäcken am Feuer lagen.

Es stimmte. Da, wo mein Gesicht rausguckte, knabberte die Kälte an meiner Haut. Wir lagen nur eine Armlänge voneinander entfernt. Ich betrachtete Tinka. Der Schlafsack war nachtfarben, das Feuer erleuchtete nur ihr Gesicht. Hell und glatt – wie eine Scheibe Mozzarella. Ich musste genauso aussehen. Wenn jemand uns beobachten würde, dachte ich, würde der keinen Unterschied ausmachen. Zwei dunkle Schlafsäcke, zwei weiße, einander zugewandte Gesichter, Spieglein, Spieglein.

»Du kannst ruhig schlafen.« Ihre Stimme – wie eine Brücke durch die Nacht. Ich schloss die Augen, hatte vor nichts mehr Angst. »Wir wechseln uns ab mit Aufpassen. Wenn der Mond rauskommt, wecke ich dich sofort. In einer Stunde bist dann du dran, ja?«

»Danke!«, rief ich.

»Wofür?«

»Dass du mitgekommen bist. Für den Schlafsack. Einfach so.« Fast hätte ich hinzugefügt: *Wie wär's, wenn wir Freundinnen werden?* Aber ich biss mir im letzten Moment auf die Lippen. Sie war eine Fremde. Eine Fremde mit viel zu vielen Geheimnissen. Und Geheimnisse waren fast so schlimm wie Lügen.

Also sagte ich nichts weiter, aber das Gefühl blieb: Obwohl Tinka mir alles Mögliche verschwieg, fühlte ich mich bei ihr so sicher und geborgen wie sonst nur bei Lukas.

Langsam sponn die Nacht uns mit ihren schwarzen Fäden ein, und irgendwann murmelte Tinka einen Satz, den ich nicht mehr verstand, weil das Geräusch der Wellen ihn mit sich trug und die Müdigkeit mit Macht nach mir griff. Der Schlafsack war trotz seiner Leichtigkeit so unwahrscheinlich kuschelig … Hatte sie gesagt: *Wie gut, dass es jetzt warm ist?*, oder: *Wie gut, dass du jetzt da bist?*

Übergangslos glitt ich in den Schlaf.

In glasklaren Traumbildern saßen wir am Feuer, Funken stiegen in den Himmel wie ein gigantischer Schwarm Glühwürmchen. Tinka sagte: »Ich hab eine Mission«, und weinte und weinte, bis ihr ganzes Gesicht sich in glitzernde Tropfen auflöste, die ins Feuer fielen. Es zischte. »Nein!«, schrie ich, schrie, und Schnitt, plötzlich stand ich an einer Sanddüne, das Meer in meinem Rücken, vor mir karge Landschaft. Alles war hell erleuchtet, denn unser Lagerfeuer loderte jetzt am Himmel; die Landschaft flackerte orange. Ich sah Tinkas Glitzerpullover von Ferne funkeln, sie stand an einer Gruppe Krüppelkiefern und redete ... mit einer geduckten, hageren Gestalt. Ein Lichtstrahl brach sich an dem Monokel zwischen seinen Lidern und glühte auf – Mühstetter. Ich hörte sie flüstern, wie früher meine Eltern gestritten hatten, mit diesem stillen Geschrei – Mühstetter kalt und abgehackt, Tinka wütend, leidenschaftlich. »... aufhören, mich zu verfolgen wie ein Baby! Sie ist sowieso schon misstrauisch! Ich verplappere mich schon nicht. Ihr könnt mir vertrauen!«, hörte ich. Ich wollte zu ihr rennen, etwas rufen, aber der Traum hielt meine Glieder fest, füllte meinen Mund mit Sirup.

Schnitt, und ich stand andersrum. Gesicht zum Meer, Rücken zur Dünenlandschaft. Ich sah kleine Wellen am Ufer lecken. In dem Lagerfeuerlicht, das vom Himmel kam, wälzte sich das Meer in einem Kleid aus Trilliarden Pailletten, und jede einzelne glitzerte, glitzerte, glitzerte so hell ...

Und Schnitt. Aus dem Nichts tauchte das Schiff auf. Es war riesig, sein Hauptmast ein Kirchturm bis in den Himmel. Die Kugel an der Mastspitze begann, sich jäh zu drehen, und erzeugte dabei einen tiefen dunklen Ton *Uuuuuuuh ... Uuuuuuhhhh ... Uuuuuuuh ...*

Schnitt. Aus der Ferne näherte sich ein klitzekleines Boot. Ein Ruderboot. Es kam näher, immer näher ... An Bord war ein Mensch. Im Traum hob ich Isabellas Fernglas an die Augen, und an den Ruderblättern saß ... Kunze! Sein Gesicht vor Anstrengung verzerrt. Das Geräusch, das von dem dunklen Schiff kam, wurde dringlicher ... *Uuuuuuuuuuuuuh .... Uuuuuuuuuuuuh ...* Er ruderte direkt auf das Schiff zu! Als er beidrehte, entdeckte ich ein Bündel auf dem Bootsboden. Ein großes weißes Bündel! Ich wollte nicht hinsehen, mein Atem ging schneller, meine Kopfhaut prickelte, das Geräusch griff mit seinen Tentakeln nach mir … *Uuuuuuuuuuuh … Uuuuuuuuh …*

Angst. Alles an mir war Angst, das Bündel verhieß nichts Gutes. Eine Decke? Weiße Tücher? Papier?

Ich drehte das Rädchen am Fernglas, das Bild wurde schärfer.

Als ich begriff, was ich da sah, ließ ich das Fernglas fallen und schlug die Hand vor den Mund. Aus dem weißen Stoff ragte eine schmale, starre totenbleiche Hand. Das *Uuuuuuuh … Uuuuuuuuuuh* wurde lauter, bedrohlicher, wälzte sich in meine Richtung, wälzte sich auf mich, und dann … presste sich ein riesiger, nasser Lappen auf mein Gesicht.

*

Ich riss die Augen auf.

Grelles Sonnenlicht blendete mich. Dann wurde es plötzlich dunkel, und wieder fuhr mir der riesige rosa Lappen über das Gesicht. Rosa?

Zwei kugelrunde Augen – braun und warm – musterten mich. Ich registrierte: dunkles Haar, eine feuchte Nase, weiche, behaarte Ohren. Dann schob sich erneut die große rosa Kuhzunge heraus und leckte mir übers Gesicht. Ihhh! Endlich reagierte mein Körper und instinktiv hob ich meinen Arm vor das Gesicht. Die Kuh wich zurück. Wir sahen uns an, dann drehte sie den Kopf weg, und ich konnte mich aufsetzen.

Ich war umringt von Urrindern, die mich neugierig und friedlich begrüßten: *Muuuuuuuuuuuuh.*

*

Ich rannte den ganzen Rückweg. Diesmal nicht, weil ich Angst vor den Urrindern gehabt hätte, sondern weil es bereits fast neun Uhr war. Selbst wenn ich keine Pause machte und das Tempo hielt, würde ich zu spät zum Frühstück kommen. Von wegen »jede Stunde wechseln«. Tinka hatte mich schlafen lassen wie ein Baby.

Als ich den Albtraum abgeschüttelt hatte und aufhören konnte, die Urrinder schreckensstarr zu fixieren, realisierte ich zwei Dinge: Erstens: Diese Kühe waren die reinsten Wattewölkchen! Keine Spur von Aggressivität und rot glühenden Augen – keine Ahnung, warum die Schulleitung solche Horrorbiester aus ihnen machte. Zweitens: Ich war allein. Das Lagerfeuer war erloschen, und das Meer hatte grau und leer dagelegen. Keine Spur mehr von dem orange flackernden Licht, das meinen Albtraum durchglüht hatte. Kein Schiff und auch keine Tinka. Ihr ganzer Kram war weg, nur an ihrem Platz hatte ein Fünf-Euro-Schein gelegen, mit einem Stein beschwert. Sonst nichts. Auf dem Schein hatte eine Nachricht gestanden. Offenbar hatte sie keinen besseren Zettel gehabt. *Achtet auf die Linde! Geht nicht drunter durch.*

Sollte das ein Witz sein?

Mein Kopf ratterte noch schneller, als meine Beine das Naturschutzgebiet durchstürmten: Scheiße, Scheiße, Scheiße! Warum war Tinka einfach abgehauen? Warum hatte sie mich nicht geweckt? Was sollte die bescheuerte Nachricht?

Als Mühstetters Bruchbude hinter einer Düne auftauchte, bog ich spontan dorthin ab. Obwohl ich überhaupt keine Zeit hatte, sprintete ich die wacklige Veranda hoch. Keine Ahnung, warum, es war wie ein Zwang. Neugier vielleicht. Oder Misstrauen mir selbst gegenüber, weil meine Logik nicht glauben mochte, was ich beim letzten Mal dort drinnen gesehen hatte (Leere), und hoffte, dass ich mich getäuscht hatte und es ganz normal ein Bett gab, einen Herd, einen Kühlschrank und ein Klo.

Ich lugte durch das Fenster. Meine Logik hatte Pech.

Die vollgestopfte Mülltüte stand immer noch da. Der Stapel Plastikstühle. Und sonst war da nichts bis auf den riesigen Metallkasten in der Mitte des Raumes. Alles genau wie beim letzten Mal. Nur der Metallkasten war verändert. Letztens war er verschlossen gewesen. Jetzt stand er offen.

Das Ding war etwa zwei Meter hoch und hohl, aber aus den Wänden ragte ein Gewirr aus Kabeln und Drähten ins Innere. Auf dem Metallrahmen stand in schwarzen Buchstaben **GM-2**.

Neben meinem Ohr tschilpte ein Vogel. Ich zuckte zusammen. Verdammt, was machte ich hier? Ich musste zurück!

Ich sprang die Stufen hinunter, über Büsche und Sandhügel, wich den Stachelblumen aus und rannte Richtung Schloss. Ich lief bereits ein paar Minuten, ehe ich die Spur unter meinen Füßen im Sand bemerkte. Erstaunt verlangsamte ich mein Tempo ein bisschen, schaute genauer hin und folgte den Abdrücken.

Die Spur erinnerte mich an die Markierungen auf der Tartanbahn auf unserem Sportplatz. Zwei breite Streifen, die parallel nebeneinander verliefen – wie Schienen.

Sie passte nicht hierher. Sie war viel zu gerade und exakt, um natürlich entstanden zu sein. Im Laufen warf ich einen Blick über die Schulter zurück und dann wieder nach vorne. Die Streifen schienen vom Nordstrand geradewegs zum Schloss zu führen. Oder andersrum. Sonderbar.

Blitzlichthaft zuckte die Erinnerung an das Hufgetrappel der gestrigen Nacht in mir auf. An Mühstetter auf der Kutsche.

Ich wischte das Bild fort und sprintete die letzten Meter. Das

Einzige, was jetzt zählte, war mein rechtzeitiges Erscheinen beim Frühstück!

Hoffentlich hatten die Lonelies daran gedacht, die Notrutschentür offen zu lassen, nachdem die Jungs durch waren! Ich rannte und rannte – das Brennen meiner Lunge spürte ich längst nicht mehr.

9

Der Einbruch

Zehn nach neun.

Seit zehn Minuten saßen die Lonelies mit knurrenden Mägen in der Mensa vor ihren Tellern und warteten darauf, dass ich endlich auftauchen würde. Bestimmt versuchten sie, Frau Tongelow davon zu überzeugen, dass ich wohl verschlafen hätte, und dabei auszusehen, als wären sie stinkwütend auf mich. Ich drückte beide Daumen, dass Nian, Lexi, Gigi und Mareike-Helene irgendwann in ihrem schicken Leben mal Mitglieder einer Theatergruppe gewesen waren, in denen sie gelernt hatten, auf Kommando rumzubrüllen.

Völlig außer Atem verschloss ich die Notrutschentür von innen, warf Rucksack und Jacke aufs Bett und schielte erneut auf die Uhr. Neun Uhr zwölf. Wie hatte das passieren können? Wieso hatte ich dermaßen tief geschlafen? Pa würde behaupten, dass es an der frischen Luft liege. Das sagte er immer. »Frische Luft und Bewegung sind der beste Weg zu tiefem, gesundem Schlaf.«

Für ihn vielleicht. Aber für mich? Frische Luft und Bewegung hatte ich hier wirklich genug, aber tiefer, gesunder Schlaf war nicht gerade mein Spezialgebiet. Während ich die Converse von den Füßen streifte und in die Schlappen fuhr, musste ich an den seltsamen Traum vergangene Nacht denken.

Meist waren meine Träume total langweilig. Bis auf die, die mir Bauchkrämpfe bereiteten, weil es da um Ma ging. Aber gewöhnlich träumte ich nur Kram, den ich tagsüber erlebt hatte. Lukas zog mich deswegen immer auf.

»Du träumst so realistisch! Wenn du eine Straße im Traum überqueren musst, dann fliegst du nicht einfach drüber, oder? Du gehst.«

»Fliegen?« Ich war noch *nie* geflogen im Traum.

»Und ich wette, du gehst bei Grün?«

Ich hatte immer gelacht, aber der eigentliche Witz war, dass ich nicht mal wusste, ob etwas grün oder rot war, weil ich schwarzweiß träumte. Der Traum heute Nacht ... war der in Farbe? Ich versuchte, mich zu erinnern. Hatte der Himmel nicht in einem heftigen Orange gebrannt? Mit fahrigen Händen strich ich den Gigi-Overall glatt, für Umziehen blieb keine Zeit. Ich konnte bei der Erinnerung an diesen gruseligen Albtraum keine Farben mehr ausmachen. Ich sah immer nur ein Glitzern vor mir: das Glitzern des Meeres, das Glitzern von Tinkas Pulli und das von Mühstetters Monokel im Mondlicht. Als mir die bleiche, aus dem Bündel herausragende Hand wieder einfiel, fröstelte ich unwillkürlich.

Ich musste Lukas unbedingt davon erzählen, aber ich konnte die anderen unmöglich noch länger warten lassen. Auch Zähneputzen fiel aus. Stattdessen friemelte ich einen Kaugummi aus der Packung (Supercoolmint), schnappte die Converse und stürmte aus der Tür. Treppe runter, Chucks wieder an, rüber zur Mensa. Im Laufen flocht ich mir einen schiefen Zopf und band ihn mit einem Grashalm zusammen, den ich im Vorbeilaufen abriss. Ein Giovanni-Esposito-Designer-Tarnoverall und Gras im Haar – die Hippiebraut Isabella hätte ihre Freude an mir. Gut, dass sie gerade auf dem Festland hockte, wo sie vermutlich in einem Biodrogenlabor Kräuter destillierte. Grinsend schob ich die Mensatür auf und machte mich auf den wohl inszenierten Sturm der Entrüstung gefasst.

*

Statt Geschrei erwarteten mich bleiche Gesichter. Wobei sie mich eigentlich eher nicht *erwarteten* – niemand sah in meine Richtung. Die Lonelies saßen mit zusammengesteckten Köpfen am gedeckten Tisch. Frau Tongelow war nirgends zu sehen, wahrscheinlich stand sie in der Küche und bereitete das Mittagessen vor.

»Sorry!«, trompetete ich durch den Raum, so laut, dass es auch in der Küche zu hören war. Und dann die Ausrede, die ich mir eigens für Frau Tongelow überlegt hatte: »Ihr glaubt nicht, was mir heute Morgen passiert ist: Ich war gerade auf dem Weg zu den Duschräumen, als da dieses komische Geräusch ...«

Eigentlich hätte jetzt einer der vier »Scheißegal, was passiert ist, schwing dich rüber, wir verhungern!« donnern müssen und ich hätte kleinlaut auf meinen Stuhl sinken können, damit Frau Tongelow das Startsignal geben konnte. Stattdessen hob Nian den Kopf und machte eine Bewegung, die übersetzt so viel hieß wie *Spar dir den Atem und setz dich.*

Aus dem Augenwinkel registrierte ich, dass anstelle von Frau Tongelow Kunze in der Küche stand. Er starrte vor sich hin wie ein demenzkrankes Tier, das vergessen hatte, warum es war, wo es war und was es dort wollte. »Hallo A... Alina«, murmelte er. »Vierzehn Minuten.« Und dann, etwas lauter: »Ihr könnt anfangen!«

»Entschuldigung!«, sagte ich laut und wunderte mich ein bisschen, dass niemand zum Buffet stürmte, aber ich ging davon aus, dass alle auf meinen Bericht warteten. Im Vorbeigehen griff ich einen gefüllten Brotkorb und einen Joghurt vom Buffet, dann lief ich zum Tisch, ließ mich auf den freien Stuhl sinken und raunte: »Ihr glaubt nicht, was ich erlebt habe.«

»Frau Tongelow ist weg«, sagte Gigi. Die lila Seide bebte.

»Ich seh's«, antwortete ich. »Sie ist immer noch krank, oder?«

»Nicht *so* weg: Sie ist weg-weg.« Seine Augen schauten aus schwarzen Kajalrahmen. Pinar schminkte sich manchmal auch so und nannte das ihren »Rock-Schick-Style«.

Ich zog den Deckel von meinem Vanillejoghurt und leckte ihn vorsichtig ab. »Wie meinst du das?«

»Was Gigi sagen will, ist …« Lexi machte ihren Brillengriff. »… dass Frau Tongelow *verschwunden* ist. Sie ist nicht hier, sie ist nicht zu Hause, und im Krankenhaus ist sie auch nicht.«

Ich nickte. Dann griff ich mir einen Löffel und begann zu essen. Während der Nacht mit Tinka unter freiem Himmel hatte ich nur die paar Stücke Salzschokolade gegessen – ich hatte fast überfühlt, wie hungrig ich war. Rechts schaufelte ich Joghurt in mich, mit der Linken zog ich den Brotkorb zu mir her. Laugenstangen – lecker! Das würde ein guter Tag werden. Ich nahm gleich drei Bissen nacheinander, dann bemerkte ich, dass die anderen mich ungläubig anstarrten.

»Was 'n?« Mein Mund war zu voll zum Reden. Mit Vanillejoghurt getränkte Laugenkrümel sprühten über den Tisch. Ich wurde rot.

»Frau Tongelow ist *verschwunden!*«, wiederholte Gigi nachdrücklich. »Ich glaube, es gibt keinen hier, der sie … nicht mag. Ich weiß, du bist noch nicht so lange hier, aber …« Er brach ab.

Dunkelrot. Ich mochte Frau Tongelow auch!

Sobald sie mich ansah, überkam mich ein heimeliges Gefühl – als würde ich in ein Federbett sinken. Wäre ich eine Katze, bei Frau Tongelow würde ich schnurren. Nonstop. Jetzt war sie weg, und ich dachte bloß ans Essen und daran, wann ich den anderen endlich von letzter Nacht erzählen könnte. Egotrip nennt man das wohl.

Ich stellte den Joghurtbecher ab, legte die Laugenstange auf den Teller, würgte das unzerkaute Gemengsel hinunter, verschluckte mich, natürlich, und spülte mit Tee nach. Verbrannte mir die Zunge. Vielleicht doch kein so guter Tag.

»Entschuldigung«, sagte ich und meinte es auch so. Die Mienen der anderen entspannten sich, und ich traute mich weiterfragen: »Was ist passiert?«

Es war Nian, der mir mit seiner Antwort Absolution erteilte: »Lexi wollte ihr gestern Abend ein paar Blumen vorbeibringen. Sie ist zu dem Haus spaziert, in dem Kunze und Frau Tongelow wohnen – am Dorfrand, das kleine gelbe … weißt du?«

Ich schüttelte den Kopf.

»Ist ja auch egal. Jedenfalls hat Kunze aufgemacht und gesagt, dass seine Frau nicht da sei. Und als Lexi nachgebohrt hat, wurde er total fuchsig. Sie sei auf der Krankenstation am Hafen, hat er gemurrt und sie weggescheucht.

Na und?, dachte ich und schielte zur Laugenstange. Er wird seine Gründe haben. Warum ließen sie es nicht einfach darauf beruhen?

»Wir können es nicht auf sich beruhen lassen«, sagte Mareike-Helene im selben Moment scharf in meine Richtung, als hätte ich meine Gedanken laut ausgesprochen. Ich musste definitiv an meinem Pokerface arbeiten. Und an meinem Feuermelderproblem. Ich spürte, wie ich mich knallrot verfärbte, und ich hasste mich dafür. Mich und Mareike-Helene. Die ungerührt weiterpolterte: »Wir Lonelies müssen aufeinander aufpassen! Sonst tut's nämlich keiner. Und Lexi ist todunglücklich wegen Frau Tongelows Verschwinden, also finden wir heraus, wo sie ist.«

Obwohl ich sie für dieses großkotzige Rumgemackere hätte umbringen können, konnte ich nicht umhin, ihre perfekten Genitive zu bestaunen.

»Lexi braucht unsere Hilfe«, fuhr Mareike-Helene sanfter fort.

Erst jetzt bemerkte ich Lexis rot geweinte Augen und verstand, dass es in diesem ganzen Drama gar nicht in erster Linie um Frau Tongelow ging, sondern um unser Küken. Und dass wegen dieses sonderbaren, aber auch rührenden Ehrenkodexes der Lonelies mein Schiff plötzlich unwichtig geworden war.

»Wir haben auf der Krankenstation angerufen«, sagte Nian, »aber da wusste man von nichts.«

»Und in den Kliniken auf dem Festland?«, versuchte ich, mich zu beteiligen.

»Nicht so laut!«, warnte Gigi und nickte gen Küche. »Der kann uns doch hören!« Wieder neigten sich die Köpfe zur Tischmitte, wie schon vorhin, als ich zur Tür reingekommen war. Nur dass auch ich diesmal ein Teil des Verschwörungsrings war. So beschissen der Anlass war: Es war ein gutes Gefühl, mehr und mehr zu ihnen zu gehören.

»Die Kliniken hat Lexi durchtelefoniert«, flüsterte Nian.

Mein Magen machte ein Geräusch zwischen Löwengebrüll und angreifendem Schwan. Mareike-Helene nahm die angebissene Laugenstange von meinem Teller und drückte sie mir wortlos wieder in die Hand.

Plötzlich hatte ich eine Idee.

»Vielleicht hat sie Kunze … na ja … verlassen?«

Gigi lachte laut auf, schlug sich die Hand vor den Mund und wisperte: »Nie im Leben! Kunze und die Tongelow, die sind total die Turteltauben. Nicht dass ich verstehen würde, was sie an ihm findet, aber nach Ehekrise sieht das echt nicht aus.«

»Vielleicht macht sie Urlaub?«, probierte ich es noch mal. »Auf dem Festland?«

»Ohne Abmeldung, mitten im Schuljahr?«, sagte Lexi. »Ohne mir Tschüs zu sagen? Niemals!«

»Außerdem – warum sollte Kunze uns dann ins Gesicht lügen, von wegen Krankenstation und so?«, fragte Nian. »Dann könnte er doch sagen, dass sie im Urlaub ist, und bräuchte nicht wie ein angeschossenes Reh dazustehen. – Nein, da stimmt irgendwas ganz und gar nicht.«

»Wir drehen uns im Kreis«, stöhnte Mareike-Helene unglücklich. »Auf der Krankenstation ist der Name Tongelow noch nie aufgetaucht. Ich musste ziemlich lange betteln, bis sie mir überhaupt was gesagt haben, wegen der Schweigepflicht. Aber irgendwann hat die Frau am Telefon Mitleid mit mir gekriegt und gemeint, der Name sei so ungewöhnlich. Und sie wüsste nicht mal, wie er geschrieben würde.« Sie sah mich herausfordernd an. »Verstehst du? Klarer ging es nicht zwischen den Zeilen. Bei Lexi und den Festlandkliniken ist es ähnlich gelaufen. Keine Spur.«

Lexi schluchzte auf.

Sachlich bleiben, ermahnte ich mich: Es musste eine einfache Erklärung geben, sie lag direkt vor unseren Nasen. Lexi weinte leise, und während wir weiterüberlegten, begannen die anderen, endlich auch zu essen. Also aßen wir und überlegten, überlegten und aßen – bis der Tisch und das Buffet aussahen, als wäre ein ausgehungerter Schwarm Heuschrecken über ihn hergefallen. Nachdenklich betrachtete ich das Chaos.

»Selbst im größten Chaos gibt es eine Struktur«, murmelte ich die weisen Worte meines Pas vor mich hin. Die anderen schauten mich fragend an, aber ich musste mich erst sammeln. »Manchmal ist man bloß viel zu nah dran, um sie zu erkennen. Und wenn man zu nah dran ist, sieht man das Gesamtbild nicht mehr.« So predigte Pa immer. Das Einzige, was dann helfen würde, hatte er mir eingeimpft, sei zurückzutreten – so weit, bis man die Konturen der Dinge wieder erkennen könnte. Et voilà: Meistens offenbarte sich das Muster dann ganz von selbst.

»Wir sind zu nah dran«, sagte ich und trank einen Schluck. Wir mussten einen Schritt zurück, damit wir das große Ganze … »Cara!«, platzte ich heraus.

»Ist schon in Ordnung, Alina, du musst echt mal 'ne Runde schlafen«, beschwichtigte Mareike-Helene mich.

»Nein, ich meinte, wir könnten Cara fragen.«

»Cara?«, echote Gigi.

»Die aus meiner Klasse?«, erkundigte sich Nian. »Die immer Rosa anhat?«

»Die kleine Dicke, die hier von der Insel stammt?« Mareike-Helene sah mich forschend an.

»Sie ist nicht *dick*«, widersprach ich. »Vielleicht ein bisschen mollig. Aber ja, die mein ich.«

»Was hat die denn mit Frau Tongelow zu tun?«, wollte Lexi wissen und zog schniefend die Nase hoch. »Die isst doch nicht mal in der Mensa. Wieso soll die uns helfen können?«

»Na, weil sie im selben Dorf wie Kunze und die Tongelow wohnt! Außerdem liebt sie Klatsch und Tratsch. Wenn die nicht weiß, wo Frau Tongelow steckt, dann weiß es niemand.«

Ich war brillant. Cara war weit genug weg von den Lonelies und allem, was wir wussten, und saß zugleich an der besten Informationsquelle: den Dorfbewohnern. Durch ihre Augen würden wir die Struktur erkennen.

Gigi stand auf, der Seidenstoff seines Was-auch-Immer entfaltete sich dabei. Als würde eine ein Meter achtzig hohe lilafarbene Blume neben dem Tisch erblühen.

»Recht hast du«, sagte er. »Lasst uns zu dieser Cara gehen. Was haben wir zu verlieren? Und du …« Er strich Lexi sacht über den Arm: »… hör endlich auf zu heulen, wir kriegen schon raus, was mit Frau Tongelow los ist. – Auf, auf!« Er klatschte in die Hände. »Wir machen eine kleine Wanderung! Alle noch mal pinkeln und …«, sein Blick fiel auf seine lackierten Zehennägel in den Sandalen, »… ordentliche Schuhe anziehen. In zehn Minuten am Tor!« Und weg wehte er.

»Widerspruch zwecklos, wie es scheint.« Mareike-Helene grinste und stand ebenfalls auf. Sie fasste Nians Arm und zog ihn auf die gleiche Art hinter sich her wie Tinka mich gestern. Tinka! Die hatte ich total vergessen. Automatisch tastete ich unter dem Overall nach meinem BH. Da steckte Tinkas Fünfer. Vorsichtig zog ich ihn hervor und faltete ihn auf. Lexi saß reglos am Tisch. Es beruhigte mich, Tinkas holperige Schrift zu sehen. Sie war der Beweis dafür, dass ich mir alles nicht nur eingebildet hatte.

Je länger ich den Schein betrachtete, desto stärker wurde das Gefühl, dass etwas daran nicht stimmte. War der gar nicht echt? Skeptisch hob ich ihn gegen das Licht. Das Wasserzeichen war genau da, wo es hingehörte. Vielleicht rührte mein Gefühl einfach von Tinkas Nachricht her … Ich überflog sie noch einmal, dann steckte ich den Schein kopfschüttelnd wieder weg.

Kurz überlegte ich, Lexi von der Nacht am Nordstrand zu erzählen, aber sie starrte derart stumpf auf den Tisch – in diesem Zustand würde Tinka sie keinen Fliegendreck interessieren.

»Ich muss auch noch schnell in mein Zimmer«, sagte ich und stand ebenfalls auf. »Bis gleich, Lexi!«

Lexi nickte und sah weiter ausdruckslos vor sich hin. Sie tat mir plötzlich wahnsinnig leid. »Wir finden sie schon«, beteuerte ich.

»Versprochen?« Wie klein das klang. Himmel, sie war vielleicht ein Lexikon, aber eben auch erst dreizehn.

»Versprochen!« Ich legte alle Wärme in meine Stimme, die ich hatte, voll Lonely-mäßig.

Beim Rausgehen warf ich einen Blick in die Küche: Kunze stand über die Arbeitsplatte gebeugt, vor sich einen Haufen Ge-

müse, der gut und gerne die gesamte Nagerabteilung eines Strei-
chelzoos satt gemacht hätte. Mit einem großen silbernen Messer
entkernte er eine rote Paprika. Ich trat einen Schritt näher.

»Herr Kunze?«

Kunze, den Blick fest auf die Paprika geheftet, hm-hmte.

»Wie geht's Ihrer Frau? Ist alles okay mit ihr?«

Sein Blick löste sich von der Paprika, ging zur Wand, hielt sich
kurz an ihr fest, rutschte ab und landete auf mir. Dann verzog
er den Mund zu einem Lächeln, wie man es in den USA blond
gelockten Mädchen beibringt, die an Miss-Wahlen teilnehmen
wollen: breit und unecht.

»Danke, A… Alina! Es geht langsam besser.«

»Also ist sie zu Hause? Dürfen wir sie mal besuchen?«

»Das ist keine gute Idee. Sie … sie braucht viel Ruhe gerade,
weißt du? Deshalb mach ich ja auch …« Er deutete mit dem
Messer auf den Gemüseberg vor sich.

Das fratzenhafte Lächeln … Das Messer …

Unwillkürlich fiel mir mein Traum wieder ein, und ich wich
einen Schritt zurück. Was Kunze offensichtlich missinterpretier-
te. Er verzog die Lippen noch ein bisschen mehr.

»K… keine Angst, ich koch eigentlich ganz gut!«, scherzte er.

Solange er Gigis Paprika-Allergie nicht vergaß, war das wirklich meine geringste Sorge. Ich versuchte, die Erinnerung an
den Traum abzuschütteln, und schenkte ihm ebenfalls ein Miss-
Wahl-Lächeln.

*

Besonders unauffällig waren wir nicht, als wir quer durchs Dorf
zu Caras Haus liefen. Ich trug noch immer den Tarnjumpsuit,
in dem ich schon die Nacht verbracht hatte, Gigi hatte zu sei-

nem lilafarbenen Seidendingsbums einen grasgrünen Mantel samt Schlapphut aufgesetzt und erinnerte mich extrem an Oscar Wilde, und Lexi sah in ihrer zerschlissenen Wolljacke mit den Ellbogenflicken aus, als hätte sie mal eben einen Altkleidercontainer geplündert. Nur Nian und Mareike-Helene schritten seriös und ungerührt vorweg wie ein modernes Adelspärchen, das seine irre Verwandtschaft über die Besitztümer geleitete.

Es war warm und windig, Blütenblätter flogen durch die Luft. Am Himmel kreisten Möwen. Das Blau über ihnen wirkte wie ein Deckel. Ich seufzte, sah wieder auf die Straße und rieb mir den Nacken. Die Nacht steckte mir in den Knochen.

Cara wohnte im Weidenweg 3, das hatte Mareike-Helene dank der (analogen!) Schülerliste im Handumdrehen herausgefunden. Passend zum Namen war die ganze Straße von Trauerweiden gesäumt. Die Zweige hingen bis auf den Boden.

Das Adelspaar hatte Haus Nr. 3 erreicht und klingelte. Nach einer Weile öffnete Caras Mutter.

Als sie mich sah, weitete sich ihr Blick, und sie rief: »Johanna!«

Ich sah verunsichert über die Schulter zurück, aber außer uns war niemand da. Verwirrt runzelte ich die Stirn, deutete mit dem Finger auf meine Brust und sah Caras Mutter fragend an.

»Ja!« Sie nickte eifrig. »Johanna!«

Die waren echt alle irre auf dieser Insel.

»Ich heiße Alina«, stellte ich richtig. »Wir kennen uns doch, Frau Hansen. Wir wollten …«

»Johanna!«, wiederholte Caras Mutter. »Dass ich da nicht früher drauf gekommen bin! Jetzt weiß ich endlich, an wen du mich erinnerst. Sie war meine beste Freundin in der POS.«

»POS?«

»Polytechnische Oberschule. So hießen die allgemeinen Schulen in der DDR von Klasse 1 bis 10 … *Schloss Hoge Zand* war eine

POS. Johanna und ich sind in dieselbe Klasse gegangen. Als ich gerade eben die Tür aufgemacht habe und du da standest, dachte ich, ich seh Johanna ...«

Die anderen tuschelten unruhig. Caras Mutter musterte mich unverblümt. »Wie ähnlich ihr euch seht ... Ich muss irgendwo alte Klassenfotos haben. Ich kö...«

»Ich kenne keine Johanna«, sagte ich, um die Sache abzukürzen. Wir hatten wirklich keine Zeit für nostalgisches Klassenfoto-Getue.

Fand Lexi offensichtlich auch. Sie drängelte sich ungeduldig von hinten zu mir vor. »Ist Cara zu Hause? Wir ... äh ... brauchen ihre Hilfe.«

Caras Mutter löste den Blick nur widerwillig von mir und lenkte ihn auf Lexi. »Ihr ... wollt zu *Cara*?« An ihren hochgezogenen Brauen konnte ich ablesen, wie oft es vorkam, dass jemand aus dem Internat Cara besuchte: nie. »Sie ist am Strand und wollte danach noch ins Hafendorf.«

Lexis Gesichtszüge mussten in pure Verzweiflung abgerutscht sein, denn Caras Mutter fragte sofort: »Vielleicht kann *ich* euch ja weiterhelfen?«

Und dann stellte Lexi Fragen.

*

Caras Mutter wusste etwas. Ich erkannte es an der Art, wie sie ein Stück zurückwich, als Frau Tongelows Name fiel. An dem seltsamen Glanz, der plötzlich in ihre Augen trat. Als hätte sie Fieber. Vor allem aber spürte ich es an dem, was sie uns *nicht* sagte.

Was sie sagte, war:

»Aber warum sollte Herr Kunze denn lügen? Wenn er sagt, dass seine Frau daheim ist, ist sie das auch!«

»Aber nein, die beiden streiten sich nicht! Ich habe noch nie so ein verliebtes Paar erlebt. Wisst ihr, die zwei sind im Februar sogar das dritte Jahr in Folge *Griffiuns Sweethearts* geworden!«

»Ehrlich, ihr verschwendet eure Zeit! Ich bin sicher, es ist alles in Ordnung! Frau Tongelow ruht sich zu Hause aus!«

Zu viele Ausrufezeichen, zu viel Vehemenz und überhaupt: Wie konnte sie sich so sicher sein? Die anderen schienen meine Skepsis zu teilen.

Mareike-Helene legte den Kopf schief und sah Caras Mutter nachdenklich an. »Meinen Sie wirklich?«

Sie griff in ihre braune Umhängetasche (ein miserables Louis-Vuitton-Imitat, hatte Gigi auf dem Herweg gelästert), zog eine Schachtel Pralinen heraus und wedelte damit durch die Luft. »Dann können wir ihr die ja vorbeibringen.«

Das Mädel war eine Wundertüte – wo hatte sie die Pralinen nun wieder hergezaubert? Ich hätte maximal eine angebrochene Packung Lakritze oder ein Päckchen Studentenfutter auf dem Zimmer gehabt. Und natürlich meinen Geheimvorrat an Matcha-Oreos, die ich mit keinem teilte, weil sie so schwer zu kriegen waren und außerdem schweineteuer. Aber Mareike-Helene war ein besserer Mensch als ich. Sie teilte alles, sah immer so aus, als hätte jemand sie aus einem Katalog für Vorzeigetöchter ausgeschnitten, fluchte fast nie und hortete außerdem einen Riesenvorrat an Süßigkeiten, die sie nicht aß, sondern offenbar nur verschenkte. Fleisch aß sie auch nicht – und Kohlenhydrate nur, wenn sie diese von anderen Tellern picken konnte. Eigentlich aß sie überhaupt ziemlich wenig. Was wiederum besorgniserregend war, aber … gerade ging es nicht um Mareike-Helene, sondern um Frau Tongelow!

Ich wollte schon »Danke und Tschüs« zu Caras Mutter sagen, als ich ihren erschrockenen Gesichtsausdruck bemerkte.

»Moment, das geht nicht!«, stieß sie hastig hervor. »Ihr könnt da nicht hin. Lilian … ich meine, Frau Tongelow braucht jetzt absolute Ruhe. Es wäre bestimmt nicht … nein, das geht *wirklich* nicht!«

Ich setzte gerade zu einer erstaunten Erwiderung an, als Mareike-Helene mir zuvorkam: »Wenn sie wirklich so schwach ist, wäre ein Besuch wahrscheinlich unverantwortlich.« Der Seufzer, den sie ausstieß, klang sehr echt. »Sie haben vollkommen recht.«

Ehe einer von uns etwas einwenden konnte, trieb sie die Jungs mit einem strengen Blick vom Türeingang weg und griff nach Lexis und meiner Hand. »Danke für Ihre Hilfe!«

Wie ein Kindergartentrupp verließen wir Hand in Hand das Grundstück. Die Jungs liefen uns voraus. Auf der Straße riss ich mich los.

»Was sollte *das* denn?«, fauchte ich.

Statt zu antworten, drehte sie sich noch einmal zum Haus um und winkte. Da erst merkte ich, dass Caras Mutter noch immer im Türrahmen lehnte und uns hinterhersah.

»Hier entlang.« Resolut führte uns Mareike-Helene auf den Pfad, den wir gekommen waren.

»Aber da geht's zurück ins Internat«, protestierte ich.

»Wollten wir nicht zu …«, jammerte Lexi.

»Jetzt macht schon«, flüsterte Mareike-Helene, scheuchte uns vorwärts, drehte sich dann wieder in Richtung Haustür und schickte ein Zehntausend-Watt-Strahlen zu Caras Mutter. Erst als wir um die Straßenecke gebogen waren, hielt sie an. »Wir müssen dringend zu Frau Tongelow.«

»Warum laufen wir dann in die falsche Richtung?«, fragte Gigi.

»Weil Caras Mutter uns aufhalten würde. Sie hat die ganze Zeit gelogen.«

»Und was macht dich so sicher?«, fragte Nian.

»Hast du mal auf ihre Körpersprache geachtet? Sie hat niemandem in die Augen geschaut, während sie geredet hat. Sie hatte die Arme die ganze Zeit verschränkt. Sie hat sich dabei auch noch zurückgelehnt. Und immer wenn sie gesagt hat ›Sie ist zu Hause‹, hat sie gleichzeitig den Kopf geschüttelt. – Einzeln hätten diese vier Dinge wahrscheinlich gar nichts bedeutet. Aber alle auf einmal? Ein sicheres Zeichen, dass jemand lügt.«

»Woher weißt du so was?«

»Psychologie-AG.« Sie wischte sich über die Schläfen. Alles an ihr – der ruhige Tonfall, ihre Schlussfolgerungen, sogar das Über-die-Schläfe-Wischen – wirkte erwachsen. Sie war fünfzehn! Wie machte sie das? »Irgendetwas stimmt nicht, so viel ist jedenfalls sicher«, betonte sie. »Sie wollte, dass wir auf keinen Fall zu Kunzes Haus gehen. Ich bin sicher, sie steht jetzt am Fenster und beobachtet die Straße. Und wenn sie sieht, dass wir trotz allem zu Frau Tongelow marschieren, ruft sie garantiert Kunze im Schloss an, und der ist in fünf Minuten mit der Kutsche hier.«

»So sieht's aus.«

Wir zuckten zusammen und drehten uns um.

Cara stand hinter der Straßenecke, um die wir eben verschwunden waren. Sie hatte feuchtes Haar, ein Handtuch um den Hals, und über ihrer Schulter hing eine große rosa Strandtasche. Sie hielt eine Kippe in der Hand. »Zu Frau Tongelow?«, fragte sie. »Warum nehmt ihr nicht einfach den Schleichweg?«

*

»Cara?«, fragte Gigi erstaunt.

»Was dagegen?«, gab sie zurück.

Erst jetzt erinnerte ich mich wieder, dass Cara mich vor ein paar Tagen gebeten hatte, Gigi zu grüßen. Gigi hatte hoheitsvoll gelächelt, aber nichts weiter gesagt. Ich war davon ausgegangen, dass sie Freunde waren. Aber Caras Tonfall klang eher nach Sand im Getriebe. Oder wie Flucht nach vorne, weil sie ziemlich genau wusste, wie an der Schule über sie geredet wurde. »Ich hab euch von Weitem mit meiner Mutter reden sehen, und da hab ich mich …«

»… versteckt und gelauscht«, unterbrach Mareike-Helene. Mich wunderte, dass sogar sie in diesem herablassenden Tonfall sprach, den so viele Internatsschüler den Inselkindern gegenüber anschlugen.

»Warst du etwa *schwimmen*?« Gigi deutete entgeistert auf das Handtuch um Caras Hals.

»Wieso nicht? Dafür ist Wasser da.« Sie aschte ab. Obwohl alles an ihr rosa war, *wirkte* sie heute gar nicht rosa, sondern cool. Was mich völlig durcheinanderbrachte.

»Ich habe nie kapiert, warum ihr Externen so gut wie nie ans Meer geht«, legte sie nach. »Ich mein: Das ist doch eine Insel! Mit Strand und Wellen und so. Andere Leute sparen ewig, um mal ins Meer zu springen.«

»Also ich bin oft am Wasser!«, schnappte Mareike-Helene.

»Aber schwimmen gehst du nicht, oder?«

»Ist das Wasser nicht arschkalt?«, fragte Gigi.

»Kein Thema«, sagte Cara lässig. »Ich gehe auch eisbaden.«

Eisbaden?! Cara? Ich staunte nicht schlecht.

»Jedenfalls«, fuhr sie fort, »hab ich zufällig mitgehört, was ihr mit meiner Mutter besprochen habt.«

»Sie war ganz schön … na ja … komisch«, meldete ich mich zum ersten Mal zu Wort.

»Das kannst du laut sagen.« Cara nickte mir zu. Sie redete

auf die gleiche Art mit mir wie mit den anderen: weder offener noch freundlicher. Aus irgendeinem Grund wurmte mich das.

»Aber es wäre wahrscheinlich ganz egal gewesen, wo ihr geklopft hättet«, fuhr sie fort. »Die sind zurzeit *alle* irgendwie schräg drauf, wenn's um Frau Tongelow geht. Jedenfalls die Erwachsenen.«

»Wieso?«, piepste Lexi neben mir.

»Keine Ahnung. Aber sie tuscheln ständig, und zwar schon seit Frau Tongelow das erste Mal umgekippt ist. Leider hören sie sofort auf, wenn ich näher komme. Dafür grinsen sie mich dann an, als wär ich ein Kleinkind. Ihr wisst schon, so ein falsches Gegrinse.«

Automatisch fiel mir Kunzes Lächeln ein. Ich nickte.

»Aber warum?«, hakte Nian nach.

Cara zuckte mit den Schultern. »Ich hab's versucht, kannst du mir glauben. Sie antworten nicht mal auf Fragen – oder nur so wie meine Mutter gerade eben. Irgendwas läuft da richtig, richtig schief.«

»Was ist mit Frau Tongelow passiert?« Lexi wurde langsam hysterisch. »Ich muss das wissen, echt, sonst dreh ich durch!«

»Dann lass es uns herausfinden«, sagte Cara, warf die Kippe auf den Boden und zertrat die Glut mit ihren rosa Boots. Sie ging an uns vorbei und steuerte eine Trauerweide an. Mit der linken Hand griff sie in die herabhängenden Zweige und zog sie zur Seite. Ein dunkles Loch tat sich auf.

»Nach euch!« Als keiner von uns sich bewegte, sagte sie: »Na los, worauf wartet ihr? Auf die Kutsche vom Nachmittag?«

*

Ich schlüpfte als Letzte durch das Loch. Als Cara die Zweige wieder losließ, schlossen sie sich hinter uns. Wir standen in einem Gewölbe aus dunkelgrünem Licht und raschelnden Blättern. Erstaunt registrierte ich, dass der »Raum«, in den Cara uns geführt hat, sich nicht nur auf diese Trauerweide beschränkte, sondern einen lang gestreckten Gang formte.

»Der Hundeweg«, erklärte Cara. »Oder auch: die Kackallee. Hier gehen die Leute mit ihren Kötern Gassi. Ist eigentlich ein Superweg, er führt durchs ganze Dorf. Und das Beste: Man begegnet niemandem, zumindest nicht außerhalb der Hunderunden-Stoßzeiten, weil es immer nach Scheiße stinkt. Ihr müsst nur aufpassen, dass ihr nicht in einen Hundehaufen tretet.«

»Na toll.« Mareike-Helene schickte ihren zarten Ballerinas einen bedauernden Blick und seufzte. Gigi lüpfte den Saum seines langen Mantels wie eine Debütantin im Ballsaal und seufzte ebenfalls.

»Leute – ich weiß das echt zu schätzen«, sagte Lexi. Und als wäre dieser Satz der Startschuss, gingen wir los.

Die Trauerweiden standen in engen Abständen die ganze Dorfstraße entlang; ihre hängenden Zweige gingen ineinander über und bildeten eine verwucherte Röhre.

Mareike-Helene und Gigi starrten konzentriert auf den Boden, keiner sprach. Vereinzelte flirrende Sonnenflecke glitten durch das blättrige Gewölk und huschten über unsere Füße und Beine. Es stank eigentlich gar nicht, dafür wehte der Wind viel zu stark. Er zog an den Zweigen und wehte sie hin und her wie die Vorhangstreifen an den Fenstern von Zahnärzten.

Durch zwei der Vorhangstreifen sah ich eine Gestalt vorbeieilen. Caras Mutter! Erschrocken fuchtelte ich in ihre Richtung. Die anderen erspähten sie ebenfalls, und dann geschah etwas

Sonderbares: Wir erstarrten. Alle gleichzeitig wie ein großer Fischschwarm.

Einen Moment lang war Caras Mutter so dicht neben uns, dass ich den Atem anhielt. Dann war sie weg.

»Wartet«, warnte Cara flüsternd.

Ich zählte meine gepressten Atemzüge. Bei vierzehn kam Caras Mutter zurück, langsamer diesmal, weniger angespannt. Wieder bemerkte sie uns nicht.

Als sie verschwunden war, wisperte Mareike-Helene: »Ich wusste doch, dass sie sich vergewissern würde. – Sie war garantiert bei Kunzes Haus.«

»Garantiert«, bestätigte Cara. Schweigend liefen wir weiter zu dem kleinen gelben Haus, in dem Herr Kunze und Frau Tongelow wohnten. Cara breitete die Arme aus und der Schwarm, der wir waren, hielt sofort inne. Lexi blieb sogar auf einem Bein hinter Caras Armschranke stehen. Die warf einen Blick nach rechts, einen nach links und einen über die Schulter, dann öffnete sie sehr vorsichtig das Gartentor und lotste uns auf das Grundstück. Im Schutz der Hecken atmete ich zum ersten Mal wieder tief ein.

»Kackallee. Is klar.« Gigi inspizierte die Sohlen seiner Schuhe.

»Um unsichtbar zu sein, muss man schon mal das eine oder andere Opfer bringen«, sagte Cara schnippisch. »Du wirst es überleben.«

Das Haus sah still aus. Genau wie die anderen Einwohner Griffiuns schienen auch Kunze und Frau Tongelow eine Gardinenphobie zu haben – man konnte direkt ins Haus schauen. Hinter den Fenstern war kein Leben auszumachen.

An der weißen Holztür hingen drei Herzen aus gefärbtem Glas. Rot, Rosa und Fliederfarben. *Griffiuns Sweethearts 2015, 2016, 2017*, stand in goldenen Buchstaben darauf.

Mareike-Helene drückte den Klingelknopf. Wir hörten einen meditativen Gongdreiklang. Und sonst: nichts. Das Gleiche beim zweiten und dritten Versuch.

»Was, wenn sie wirklich schläft?«, fragte Gigi.

Cara zog spöttisch die Augenbrauen hoch. Dann lief sie, als wäre es das Selbstverständlichste der Welt, zielgerichtet an der Tür vorbei ums Haus herum und verschwand aus unserem Blickfeld.

»Und jetzt?«, fragte ich nach einer Weile, als Cara nicht mehr auftauchte.

In diesem Moment ging die Tür auf.

*

»Cara!«

»Pssst! Schnell, rein.«

Cara zog mich ins Haus. Der Schwarm folgte widerstandslos in den Hausflur. »Bist du verrückt geworden? Das ist Einbruch!«, wetterte ich.

»Die Terrassentür war offen«, sagte Cara nur. »Das machen die beiden immer. Wegen der Frischluft. Und hier auf Griffiun vertrauen die Leute sich. – Na los, kommt weiter, worauf wartet ihr?«

Nur Nian setzte sich in Bewegung. Er verschwand in den Tiefen des Hauses. Wir anderen blieben, verwundert über unsere eigene Dreistigkeit und aneinandergedrückt wie ein Häufchen ausgesetzter Touristen, stehen.

»Hier ist sie nicht!«, rief Nian aus dem Inneren, wo ich das Wohnzimmer vermutete. Immerhin rief er nicht: »Sauber!«, denn dann hätte ich mich *wirklich* wie in einem Sonntagabend-krimi gefühlt – mit Specialagent Nian Wang in der Hauptrolle.

Seine Worte ließen uns aus der Starre erwachen. Lexi hob die Nase in die Luft, als würde sie etwas wittern, dann spurtete sie die Treppe hinauf.

Auch die anderen verteilten sich im Haus.

Ich blieb allein im Flur zurück.

Was machte ich hier eigentlich? Ich war erst seit ein paar Tagen in diesem Internat, und schon war ich zur Kriminellen geworden. Gruppeneinbruch. Mal eben so. Wenn ich das Pinar erzählte! Oder Lukas. Was war nur in mich gefahren?

Die Antwort lag so nah, dass die Frage rhetorisch war: Ich war eine Lonely geworden. Quasi über Nacht.

Aufmerksam sah ich mich in dem kleinen zimtfarbenen Vorraum um. An den Wänden hingen Massen an Kohlezeichnungen – lauter Wölfe, silbern gerahmt. Ob Frau Tongelow die gezeichnet hatte? Auf dem Boden eine Vase, darin blühende Zweige. Ein Schlüsselbord mit einem dicken Schlüsselbund, darüber ein Foto, das Frau Tongelow und Kunze am Meer zeigte. Sie trug eine Sonnenbrille und riesige Ohrringe, er einen Sonnenhut, den er wegen des Windes festhalten musste. Sie lachten beide, und Kunze wirkte wie ein anderer Mensch. So gelöst. Ich wandte den Blick ab. Etwas in mir schlug Alarm. Die Antwort auf unsere Fragen befand sich genau hier, in diesem Flur. Ich war mir sicher. Aber wo?

»Hier ist niemand«, rief Gigi von links.

»Hier auch nicht«, kamen Mareike-Helenes und Caras Stimmen von rechts.

»Das Schlafzimmer ist leer.« Lexi von oben.

Ich sah Nian aus der Küche kommen. Er schüttelte den Kopf, als er mich sah, und ging weiter zur Kellertür. Er öffnete sie und verschwand die Treppe hinab. Nach einer Weile hörte ich ihn von unten rufen: »Nichts!«

Und ich? Betrachtete die Wände, die Wölfe, die Blumen, die Wölfe, das Foto, die Wölfe, und dann … endlich … machte es klick.

»Looooonelies!«

*

Keine fünf Sekunden später standen alle bei mir im Flur.

»Was ist?«, fragte Lexi ängstlich. »Hast du … hast du was entdeckt?«

»Allerdings«, antwortete ich düster. »Lasst uns noch mal kurz für Cara zusammenfassen: Frau Tongelow ist nirgends. Nicht in der Krankenstation am Hafen, nicht in den Kliniken auf dem Festland, nicht in der Mensa. Und in ihrem eigenen Haus ist sie auch nicht. Obwohl Kunze und Caras Mutter uns das weismachen wollten.« Cara nickte. Lexi war sehr blass. »Was ich euch zeigen wollte, ist das hier.« Ich wies auf eine Stelle an der Wand.

»Das Foto?«, fragte Nian, und alle sahen auf das Foto mit der glücklichen Frau Tongelow und dem glücklichen Kunze.

»Darunter!«

Darunter hing das Schlüsselbord.

*

»Und was soll uns das jetzt sagen?« Mareike-Helene betrachtete den Schlüsselbund. Es waren keine privaten Schlüssel, es waren die fürs Schloss. Mindestens dreißig Stück. Die kleinen Schildchen darauf sagten: *Mensa, Küche, Kleiner Vorratsraum, Großer Vorratsraum, Wäschekammer, Archiv, Boden 1, Boden 2* und so weiter und so fort.

»Was ist daran so Besonderes? Kunze ist Hauswart – natürlich hat der für alles einen Schlüssel.« Gigi schüttelte verständnislos den Kopf.

»Ja, aber Kunze ist nicht hier«, sagte ich. »Er ist im Schloss und trägt seinen Schlüsselbund natürlich bei sich.«

»Dann ist das …«, flüsterte Gigi.

»Das ist Frau Tongelows Schlüsselbund«, schluchzte Lexi auf. »Sie geht nirgendwohin ohne ihren Schlüsselbund …«

Ich fuhr fort: »Erinnert ihr euch, wie ich erzählt habe, dass ich in dem Moment, als Frau Tongelow umgekippt ist, sofort losgerannt bin und Kunze geholt hab? Der hat sich dann um seine Frau gekümmert und mich weggeschickt. Er wollte mich aus irgendeinem Grund nicht dabeihaben. Wir sind doch alle davon ausgegangen, dass er einen Arzt geholt hat, oder?«, fragte ich. »Aber – habt ihr eigentlich einen Krankenwagen kommen sehen?«

Lexi schüttelte den Kopf.

»Und Kunze ist auch nicht mit ihr in der Kutsche weg. – Was also, wenn …« Ich unterbrach mich und sah in die Runde.

Alle sahen mich mit großen Augen an. *Leeren* großen Augen.

»Was also, wenn er gar keine Hilfe geholt hat und sie immer noch auf dem Schloss ist …?«

Tiefes Schweigen.

»… Und er hat ihr die Schlüssel abgenommen und sie eingesperrt«, beendete ich meinen Gedankengang.

*

Die gefühlte Temperatur im Flur fiel auf das Niveau von Berlin im Januar. Minus zehn Grad. Jedenfalls war mir eiskalt.

Gigi klang entgeistert: »Willst du damit sagen, Kunze hat seiner Frau was angetan? Das glaub ich nicht! Mensch, Alina, guck mal draußen an die Tür: Die beiden waren dreimal hintereinander *Griffiuns Sweethearts!*«

»Ich glaube …« Ich zögerte. Dann gab ich mir einen Ruck. »Ich glaube, der Mensch, den man am meisten liebt, kann einen am schwersten verletzen. Er hat die größte Macht über einen.«

»Woher weißt du denn so was?«, fragte Mareike-Helene, und ich wünschte, ich hätte auch sagen können: Psychologie-AG.

Stattdessen zuckte ich vage mit den Achseln und fuhr fort: »Was hat Frau Tongelow ausgerechnet in diesem Teil des Schlosses gemacht? Habt ihr euch das mal gefragt?« Ich sah in die Runde. Fünf bleiche Gesichter. »Es ist der Bereich, in dem sich sonst keiner aufhält, auch Kunze nicht. Vielleicht haben sie sich in der Küche gestritten, er ist ausgerastet, und sie ist weggerannt und wollte sich an einem sicheren Ort verstecken – vor ihm. Vielleicht ist er … ich weiß nicht … cholerisch oder so. Wer weiß eigentlich, warum sie so oft ausgefallen ist in letzter Zeit? Ist sie wirklich krank? Oder ist *er* das gewesen?«

Wieder fiel mir mein Traum ein, die gespenstische Szenerie, in der Kunze die Hauptfigur gewesen war. Vielleicht hatte mir mein Unterbewusstsein etwas mitteilen wollen? Hatte Kunze etwas Furchtbares getan?

»Nein!« Lexi stürzte auf mich zu, stieß mich gegen die Wand. »Du bist schrecklich, *schrecklich, SCHRECKLICH!* Du weißt doch gar nichts von uns hier. Kommst her, mitten im Schuljahr, spazierst in unser Leben und behauptest so einen Scheiß. Du *kennst* Kunze überhaupt nicht. Er würde nicht … Er würde *nie* …« Sie trommelte auf meinen Brustkorb, und ich war so erschrocken über ihren Wutausbruch, dass ich mich nicht mal wehrte.

So schnell der Anfall gekommen war, so schnell ebbte er wieder ab. Lexi stand da, mit stumpfem Blick, laufender Nase, die Hände hingen an ihren Seiten herab. Mareike-Helene ging zu ihr und nahm sie in den Arm.

»Das ist wirklich eine schwere Beschuldigung, Alina«, wies sie mich über Lexis Kopf hinweg zurecht.

Ich fühlte mich schlecht. Ich hatte Lexi helfen wollen, wie eine richtige Lonely. Dabei hatten sie recht: Ich wusste nichts von Kunze, überhaupt nichts.

»Ich wollte nicht … Sorry«, sagte ich kleinlaut.

»Wobei …« Ungeachtet des Blickes, den Mareike-Helene ihm zuwarf, spann Nian meinen furchtbaren Gedankenfaden weiter. »Vielleicht ist da was dran. Es kann ja auch aus Versehen was passiert sein. Nicht mit Absicht.«

Wieder segelte mein Traum an mir vorbei, Kunze in dem Boot, der knochenhelle Mondschein, das weiße Bündel …

»Also – wo ist denn Frau Tongelow das letzte Mal gesehen worden?«, fragte Cara vorsichtig.

»Vorm Archiv …«, antwortete ich. »Ich hatte mich verlaufen. Dann ist Frau Tongelow umgefallen, ich hab Kunze geholt, und seitdem ist sie verschwunden.«

»Danach hab ich versucht, das Archiv zu finden«, schniefte Lexi an Mareike-Helenes Schulter. »Aber es ist auf den Lageplänen nicht eingezeichnet.«

»Sag ich ja!«, sagte ich. »Da steht nicht mal der *Gang* drin, der hinführt. Die Karte tut so, als würde der Gang zum Archiv nach einem Meter gegen eine Wand führen.«

»Als ob wir den Raum nicht finden sollen«, murmelte Mareike-Helene.

»Ein Raum, den keiner finden soll …«, wiederholte Nian. »Und ein Gang, der in der Karte nicht verzeichnet ist … Wenn ihr meine Meinung wissen wollt: Das Archiv ist der perfekte

Ort, um etwas … oder … jemanden zu verstecken. Und zwar *gründlich* zu verstecken.«

»Schrecklich«, flüsterte Lexi. Dann nahm sie meinen Arm und klammerte sich an ihm fest, als wäre sie am Ertrinken und ich eine Boje. »Du bist die Einzige, die den Weg kennt.«

Cara ging entschlossen zum Schlüsselbrett und löste den Schlüssel mit dem Schildchen *Archiv* vom Bund. »Ich lass eine Kopie machen. – Ich weiß, wo. Geht ihr zurück ins Schloss, sonst riecht Kunze noch Lunte, wenn kein Einziger von euch da ist. Ich komm mit dem Schlüssel nach. Wir treffen uns … wo?« Sie sah uns fragend an.

»Bei mir«, sagte Gigi, und ich bemerkte, dass Cara ganz leicht errötete. »Haus B, Zimmer 22.«

*

Gigi, Lexi, Nian und Mareike-Helene eilten zum Schloss zurück. Ich stand neben Cara am Gartenzaun und setzte gerade zu einer Frage an, als sie mir auf die Schulter klopfte und »Bis gleich!« rief. Dann lief sie los, in die andere Richtung und so schnell, dass ich meinen Augen kaum traute.

Es ist interessant, wie viel einem gleichzeitig durch den Kopf gehen kann: Cara, pummelig, liebt Rosa, verehrt Models. Schublade Unsportlich. Schublade Nicht-ernst-zu-nehmen. Schublade Sucht-dringend-Freunde. Schublade Klette.

Und jetzt? Rannte sie. Ging im Winter eisbaden, kannte Geheimwege, war mutig und … Die Schubladen in meinem Hirn klapperten hilflos auf und zu. Wieder mal begann ich, an ihrer Tauglichkeit zu zweifeln.

»Jetzt warte doch!«, rief ich und rannte dem pinkfarbenen Blitz hinterher.

Der Wind hatte zugenommen. Er wehte nicht mehr konstant vor sich hin wie sonst immer, er zerrte an den Büschen und fegte die Dünen auseinander. Erst am Hafendorf holte ich Cara ein. Weil sie gebremst hatte, wohlgemerkt. Ich hechelte, während sie nicht mal ansatzweise außer Atem war. Wenn ich in den nächsten sechs Monaten weiterhin so viel rannte, wäre ich bald in Topform. Ich sah mich atemlos um. Der Wind trieb Müll durch die Straßen.

»Wieso bist du nicht bei den anderen?«

»Ich dachte, ich könnte dir …«

»Nee, lass mich das mit dem Schlüssel machen, okay?«

Das war keine Frage, das war eine Ansage. Wortlos nickte ich. Und realisierte im gleichen Moment, wohin wir unterwegs waren: Mühstetters Kiosk.

»Oh nein«, stöhnte ich. »Jetzt sag nicht, dass der Zombie von Griffiun auch den Schlüsseldienst betreibt …«

Cara nickte bedauernd, sprintete wieder los und hängte mich erneut ab.

Wir liefen auf die sechshundertjährige Linde zu. Der Wind zerzauste ihre Krone und bog die Äste und Zweige weit auseinander. Es sah aus, als bewegte sich der gesamte Baum. Als winke er. Oder tanze einen irren Tanz. Ganz hinten in meinem Kopf regte sich etwas. Cara war schon fast da, als mein innerer Alarm losschrillte.

»Warte!«, brüllte ich. »WARTE!!!«

Die Panik, die mich plötzlich ergriffen hatte, wirkte wie ein Megafon für meine Stimme. Ich überschrie die Brandung, überschrie den Wind, der zum Sturm geworden war, überschrie *alles*, und Cara wandte sich mit erstauntem Gesicht um. Ich raste weiter, bis ich sie eingeholt hatte, und riss sie am Arm zurück. Weg von der Linde, *weit weg* von der Linde. Überrascht ließ sich

Cara mitziehen, sonst hätte ich keine Chance gehabt. Der Sturm schmirgelte Sand über uns, das Meer toste.

»Was zum …!«, schrie Cara. »Wo willst du hin?« Sie riss sich los, als erst ein trockener Knall und dann ein gigantisches Krachen und Rauschen hinter uns ertönte.

Unsere Köpfe schossen herum. Dort, wo Cara eben beinahe langgelaufen wäre, stürzte die Linde mit einem satten Rums auf die Erde. Der Wind peitschte ihre Blätter.

*

»Woher wusstest du …?« Caras Haut hatte die Farbe von Hüttenkäse. Meine wahrscheinlich auch.

»Ich … Keine Ahnung! … Der Sturm … Ich hatte plötzlich so ein schreckliches Gefühl …«

Mit zitternden Händen nestelte Cara ihren Tabak aus der Jackentasche. Der Sturm riss ihr Tabakfäden aus den Fingern, zwei Blättchen flatterten einfach weg. Beim dritten Versuch gelang es ihr, eine halbwegs ordentliche Kippe zu drehen, beim fünften und im Schutz meiner ebenfalls zitternden Hände, sie anzuzünden. Ein paar tiefe Züge lang starrte Cara die Linde an. Sie war so umgestürzt, dass wir direkt in den hohlen Stamm hineinsahen. Wahnsinn! Von außen hatte der Baum so stabil ausgesehen … Cara nahm einen letzten langen Zug, ging in die Hocke, drückte die Glut auf dem Boden aus und steckte den toten Filter in die Tasche.

»Krass«, rief sie gegen die Brandung an. »Krass, krass, krass.«

»Das Ding war so hohl wie die Köpfe von Ecco und Robert!«, versuchte ich mich an einem Witz.

Cara stand auf, schüttelte den Kopf und sah mich – noch immer ziemlich weiß – an. »Ich kapier nur nicht, woher du wusstest … Egal! Weiter geht's! Wir brauchen den Schlüssel!«

*

Vor der Kiosktür warf Cara mir einen warnenden Blick zu.
»Jaja«, versprach ich.

Sie drückte die Kiosktür auf, und das ohrenbetäubende Tröten erklang. Ein Kunde war im Laden. Nein, eine Kundin. Ich
erstarrte. Sie stand über den Verkaufstresen gebeugt, steckte den
Kopf mit Mühstetter zusammen, und die beiden tuschelten, als
wären sie beste Freunde.

»Tinka?«

*

Tinkas Kopf fuhr herum.

Als sie mich erkannte, zog ein strahlendes Lächeln auf ihr Gesicht. Sie wirkte so begeistert, mich zu sehen, dass mein Ärger
darüber, dass sie mich letzte Nacht einfach hatte hängen lassen,
verschwand.

»Alina, wie *knorke*, dass du hier bist!«

Mühstetter flüsterte ihr etwas zu, Tinka presste kurz die Lippen aufeinander und schob dann schnell hinterher: »Ich meine,
wie *nice*, dass du hier bist. Echt ... Mega!«

Mühstetter räusperte sich, und Tinka verstummte.

Schräg.

»Hallo, Herr Mühstetter«, grüßte Cara, sah zu Tinka, dann
wanderte ihr fragender Blick zu mir. »Ihr kennt euch?«

»Guten ... Tag ... Cara ... Hansen«, schnarrte Mühstetter. Diese Stimme. Als würde sie aus einem Kessel kommen, so hohl und
metallisch.

»Ja, wir kennen uns«, bestätigte ich Cara. »Wir waren gestern
zusammen unterwegs. Erzähl ich später ...«

»Ich bin Tinka. Ich bin hier zu Besuch«, sagte Tinka erklärend zu Cara.

Zu Besuch? Das war ja ganz was Neues.

»Ich besuche meinen … äh …« Sie sah zu Mühstetter. »… meinen Onkel Gustav.«

Ich verschluckte mich fast vor Schreck. Der Typ war Tinkas *Onkel?* Das war die Erklärung! Deshalb campte sie im Naturschutzgebiet. Wahrscheinlich hatte er es ihr erlaubt, wo er doch der offizielle Vogelbeobachter auf Griffiun war. Ich starrte ihn unverhohlen an. Er starrte zurück.

»Hallo«, brachte ich schließlich raus.

»Guten … Tag … Alina … Renner«, schnarrte er zurück.

»Habt ihr schon was vor heute?« Tinka strahlte mich weiter an. Es wirkte ehrlich. »Wir könnten ja ein bisschen *ab-hängen*.« Sie sprach *abhängen* aus, als ob sie das Wort gerade erfunden hätte. »Oder – wenn euch das zu *lame* ist, eine Runde wandern – zu Fuß, meine ich.«

»Wie denn sonst?«, fragte Cara spöttisch.

»Ja, stimmt.« Tinka klang plötzlich nervös. »Wandern tut man natürlich immer zu Fuß.« Und dann wurde sie rot. Über und über. Ich musste grinsen. Es gab also außer mir noch einen Feuermelder auf der Insel. Tinka wurde mir immer sympathischer.

»Heute nicht«, entschuldigte ich mich. »Wir haben schon was vor.«

»Was *Privates*«, fügte Cara hinzu, garantiert, weil Tinka so aussah, als würde sie gleich fragen: »Kann ich mitmachen?«

»Wir können uns ja morgen treffen«, schlug ich vor. »Dann bring ich dir gleich deinen Schlafsack zurück. Wie wär's? Um vier? Hier am Kiosk?«

Tinkas Begeisterung über den Vorschlag war so offensichtlich, dass ich nicht anders konnte, als mich mitzufreuen. Sie wandte sich an Cara. »Komm doch auch mit morgen!«, sagte sie. »Wir können irgendwas richtig Cooles machen. Bogenschießen vielleicht?«

Bitte was?!

»Wär das nicht knorke?«

Mühstetter räusperte sich.

»Äh ... *krass cool*, meine ich. Wär das nicht krass cool?«

Feuermelder.

Cara sah mich mit erhobener Braue an, und wir prusteten zeitgleich los. Die arme Tinka! Offenbar lag das seltsame Verhalten bei ihnen in der Familie. Und wenn sie zusammen waren, potenzierte es sich.

»Du hast 'n bisschen viel *Tribute von Panem* geguckt«, schnaufte ich. »Ich bin nicht Katniss. Aber uns fällt für morgen schon was ein außer *Bogenschießen*.«

*

Als wir ausgelacht hatten (Tinka hatte schließlich eingestimmt und Mühstetter hatte uns mit schief gelegtem Kopf zugesehen), fiel Cara wieder ein, warum wir eigentlich hier waren. Sie klopfte mit dem Schlüssel auf die Verkaufstheke. »Herr Mühstetter? Ich soll diesen Schlüssel nachmachen lassen.«

Mühstetters Blick huschte zwischen Tinka und uns hin und her wie ein flinkes Waldtier, ein Wiesel vielleicht oder ein Eichhörnchen.

Sein Outfit war allerdings alles andere als waidmännisch. Eher großstädtisch. Na ja, großstädtisch anno neunzehnhundertschlagmichtot. Zylinder, natürlich. Ein dunkelrotes Hemd mit Hosenträgern und Knickerbocker mit Kniestrümpfen. Knickerbocker! Die meisten Menschen wissen nicht mal mehr, was das ist (ich schon, seit mir Oma vor Jahren die ersten zehn Bände *Die Knickerbocker-Bande* zu Weihnachten geschenkt hatte) – und dieser Typ auf dieser Miniinsel trug diese altmodischen Hosen, um Postkarten an Touris zu verkaufen. Er schien mich allerdings nicht weniger schräg zu finden als ich ihn. Nur dass er es aussprach.

»Interessanter Overall«, sagte er mit seiner komischen Stimme.

»Herr Mühstetter?« Cara winkte mit dem Schlüssel.

»Schlüsseldienst nur unter der Woche.«

»Bitte«, sagte sie. »Es ist wichtig!«

Endlich löste er seine Aufmerksamkeit von mir und wandte sich Cara zu.

»Wichtig?«

»Es geht um Leben und Tod!« Der Tonfall kam der Synchronisation eines schlechten Bollywoodfilms erschreckend nahe.

Mühstetter legte den Kopf schief, als horchte er in sich hinein. Als gäbe es eine Stimme in seinem Kopf, die mit ihm kommunizierte. Was war bloß mit dem Typen los? Cara flehte ihn weiter an.

Tinka schlich auf einmal Richtung Tür. Als sie an mir vorbeikam, streifte sie mich versehentlich. Die Berührung breitete sich auf meiner Haut aus, dann zerstäubte sie.

»Wo willst du hin?«, flüsterte ich, und sie lächelte entschuldigend und deutete auf den schwarzen Stock, der aus ihrer Jackentasche ragte. Bevor ich das Ding näher inspizieren oder auch nur eine Frage stellen konnte, hatte sie die Tür schon geöffnet, schlüpfte unter dem ohrenbetäubenden Türklingeltröten hindurch, und weg war sie.

»Herr Mühstetter?« Caras Stimme holte mich zu der Diskussion am Tresen zurück. Sie klang zittrig und zerbrechlich. Wie machte sie das bloß? »*Wirklich* – Sie retten mir das Leben damit!« Sie hatte die Augen weit aufgerissen und ließ ihre Unterlippe beben.

Mühstetters Kopf ruckte, als wäre etwas in seinem Innern eingerastet. Schließlich nickte er. »Leben … hat … Vorrang«, sagte er und verschwand im Raum hinter dem Tresen.

Cara drehte sich zu mir um, und ich deutete einen Scheibenwischer vor meiner Stirn an. Sie reckte – auf Hüfthöhe, falls Mühstetter uns beobachtete – Zeige- und Mittelfinger hoch. Victory! Allerdings.

Wir hörten, wie eine Maschine angestellt wurde. Dann das Klackern von Metall, schließlich ein Fräsen.

Plötzlich erstarrte ich. Ich hatte keine Tasche dabei und in meinem BH steckte nur der Fünfer von Tinka. »Sag mal, hast du eigentlich Geld …?«

Cara brummte bejahend.

Uff. Meine Erleichterung hatte nicht nur was mit dem Schlüssel zu tun, sondern auch damit, dass ich Tinkas Fünfer behalten konnte. Schon wegen der Nachricht darauf: *Achtet auf die Linde! Geht nicht drunter durch!* Shit – ich hätte sie eben fragen müssen, woher sie das mit der Linde gewusst hatte!

Ich machte mir eine innere Notiz, damit ich morgen dran denken würde, sie zu fragen. Überhaupt hatte sie mir eine Menge zu erklären.

Das Geräusch im Hinterzimmer verstummte, und Mühstetter stakste wieder an seinen Platz hinter dem Tresen. Er legte zwei identische Schlüssel vor uns.

»Neunzehn neunundneunzig«, sagte er.

Cara griff in ihre Hosentasche, faltete einen Zwanziger auf und reichte ihn Mühstetter. »Stimmt so.«

Dann griff Cara nach dem Schlüssel und zwitscherte: »Tausend Dank, Herr Mühstetter.«

»Leben … hat … Vorrang.« Er klang wie eine alte Schallplatte, und Kälte prickelte über meine Kopfhaut.

Cara machte eine Kehrtwendung zur Tür und huschte hindurch, ich hinterher, allerdings rückwärts. Mühstetters Blicke in meinem Rücken waren echt das Letzte, was ich jetzt brauchen konnte.

10

Geheimes Archiv

Dreitausendsechshunderteinundfünfzig. Sonntag.
Ich hasse Geheimnisse!

Ich habe nie verstanden, wozu sie gut sind. Warum verstecken Leute Sachen im Tresor oder verrammeln ihre Kleiderschränke mit einem Fahrradschloss? Wozu gibt es Räume wie das Archiv, das weder in Kunzes Mappe erwähnt noch auf dem Lageplan zu finden ist?

Früher, bevor Ma verschwunden ist, fand ich Geheimnisse spannend. Wie alle Kinder halt. Vor allem natürlich an Geburtstagen und zu Weihnachten ...

Und diese kleinen Lügen, die wir jeden Tag benutzen, weil es leichter ist zu flunkern, als jemanden durch die Wahrheit zu verletzen, finde ich auch immer noch okay.

»Gefällt dir meine neue Haarfarbe?« Nö. »Klar! Passt super zu deinen Augen.«

»Hab ich was Dummes gesagt?« Ja. »Ach Quatsch, die hat das schon richtig verstanden.«

»Ich freu mich, dich zu sehen!« Oh nee, hoffentlich kann ich mich schnell abseilen.

»White Lies« nennen die Amis das. Überraschungspartys zu Geburtstagen und Pas Geraschel und Heimlichtuerei kurz vor Weihnachten sind dann wahrscheinlich »White Secrets«.

Trotzdem: Weiße Geheimnisse, das sind vielleicht zehn Prozent. Maximal. Die meisten Geheimnisse sind aber schwarz. Schwarz wie ein Stromausfall in einer Großstadt.

*

»Da? – Bist du sicher?«, fragte Nian.

Wir standen in Gigis Zimmer um den Schreibtisch herum und betrachteten die Lagepläne von Haus A.

Obwohl ich mittlerweile öfter hier gewesen war, haute mich Gigis Zimmer jedes Mal wieder aus den Latschen. Er hatte den *gesamten* Raum in eine Parallelwelt verwandelt. Keine Ahnung, wie sein Mitbewohner das aushielt. An *allen* Wänden entlang zogen sich Fäden aus Angelsehne, straff gespannt. Daran baumelten Kleiderbügel, an denen seine Kreationen hingen. Sie waren bemerkenswert: prachtvoll und schrill – und unmöglich zu tragen. Nicht nur weil sie aussahen, als hätte Gigi als Inspirationshilfe ein paar *Magic Mushrooms* von Isabella genommen (zwei Meter lange Ärmel! melonengroße Schulterpolster! ein Kleid nur aus Schlitzen!), sondern weil Gigis Schöpfungen aus *Papier* waren. Auf dem Nachttisch neben seinem Bett stand eine Nähmaschine, auf dem Boden stapelten sich große Papierbögen und Schnittmuster. Wir hatten uns im Gänsemarsch und auf Zehenspitzen zu seinem Schreibtisch durchbalanciert, auf dem immerhin genug Platz für den Lageplan war. Auf dem ich mit dem Finger entlangfuhr.

»Klar bin ich sicher«, sagte ich etwas überzeugter, als ich mich fühlte. »Da ist er. Da ist der Gang zum Archiv!«

Wir starrten auf die Stelle, an der mein Finger lag. Eine durchlaufende Mauer. Kein Gang weit und breit. Trotzdem. Ich tippte nachdrücklich auf die Stelle. »Da muss er sein. Ich bin von hier gekommen und dann da langgelaufen, und hier war dann Frau Tongelow …« Ich fuhr meine Laufroute vom Turmzimmer nach bis zu der Stelle, an der es laut Plan nur eine Mauer gab.

»Ein Gang, den es nicht gibt«, murmelte Nian und beugte

sich mit gerunzelter Stirn tiefer über den Tisch. Cara, die vom gesamten Internatskomplex bisher nur das Schulhaus und die Turnhalle betreten hatte, tat es ihm nach. »Das sieht aus wie ein Labyrinth!«

»Das sieht nicht nur so aus … Ich verlauf mich dauernd …«, gestand ich.

»Wie kannst du dir dann sicher sein, dass der Gang da ist?«, begann Nian erneut.

»Weil ich nicht blöd bin«, gab ich zurück.

»Das hab ich doch auch gar nicht –«

Cara schlug mit der flachen Hand auf die Karte, und Nian verstummte. »Warum probieren wir's nicht einfach aus?«, rief sie. Seit wir das Zimmer betreten hatten, schien sie von innen zu glühen.

»Dann aber fix!«, stimmte Mareike-Helene zu. »Vor fünf Minuten hat die Zwei-Uhr-Fähre angelegt – wenn wir nicht hinmachen, tapern wir voll auffällig durch die Gänge, sobald die anderen eintrudeln.« Sie wedelte Richtung Tür. »Ab ins Archiv!«

*

»Mann, ist das schmutzig hier«, flüsterte Mareike-Helene.

Allerdings. Der Boden war zwar in dem schummerigen Licht kaum zu erkennen, aber man *spürte* den Dreck unter den Filzschlappen. Seit dem letzten Mal, als ich hier gewesen war, mussten noch ein oder zwei weitere Neonröhren ausgefallen sein. Schwaches, verhungertes Licht strömte herab. Schweigend liefen wir den sumpfgrauen Gang entlang, der (zu Nians Überraschung) genau da lag, wo ich ihn vermutet hatte. An der Archivtür fummelte ich ewig mit dem Schlüssel herum. Als ich das Schlüsselloch endlich fand, glitt der Schlüssel hinein wie in Butter.

Absurd eigentlich. Da standen wir vor einem geheimnisvollen Archiv, das nirgendwo verzeichnet war, in einem Gang, der offiziell nicht existierte – im Grunde hätte uns eine verrottende Tür und ein kompliziertes antikes Schloss erwarten sollen. Aber nichts da: Die Tür war aus Stahl, und das Schloss so schlicht, dass es mit einem nachgemachten Schlüssel geöffnet werden konnte. Das Extraschloss, das jemand an der Tür angebracht hatte, ließ sich (kein Witz!) problemlos mit demselben Schlüssel öffnen.

Ich drückte die Klinke hinunter und öffnete die Tür einen Spalt.

Totale Dunkelheit. Einen irritierenden Moment lang hatte ich das Gefühl, dass Kälte aus der Finsternis strömte. Dieselbe von Eisgraupel durchsetzte Kälte wie in den Nächten, in denen ich von Ma träumte. Von unserem Schneehaus. Ihrem … Unfall.

Aber es war keine Kälte. Nur abgestandene Luft. Mich schwindelte und ich hielt mich an der Klinke fest.

Lexi drängte sich neben mich und flüsterte durch den Türspalt: »Frau Tongelow?«

Schweigen.

»Frau Tongelow?«

Die Dunkelheit ballte sich hinter dem Spalt.

Keiner machte einen Schritt, bis Gigi sich die Haare über die Schultern warf, über Lexi hinweggriff, die Tür aufstieß und eintrat. Lexi direkt hinterher, und dann folgte der Rest, als hingen wir an einer Perlenkette: Mareike-Helene, Nian, ich. Cara als Letzte. Sie zog die Tür vorsichtig hinter uns zu.

*

Die Dunkelheit war vollkommen – eine große Blindheit. Sofort wurde mein Mund trocken, und ich spürte mein Herz. Hastig tastete ich nach der nächsten Hand.

»Ich bin's«, flüsterte Mareike-Helene.

Ich drückte ihre Hand, und sie drückte fest und warm zurück.

»Wieso ist es so duster?«, raunte Nian. »Das ist ja wie in unserem Zimmer, wenn Jonas neue Zeichnungen aufgehängt hat.«

»Archive …«, wisperte Lexi zurück, und ihre Stimme klang anders als sonst, zittrig, »… *müssen* dunkel sein. Tageslicht zerstört das Papier und die Tinte. Wie bei Jonas' Zeichnungen, da würde sich die Farbe im Licht verändern. Die Dokumente hier drin sind wahrscheinlich sehr alt. Viele Archive haben sogar eine Luftfeuchtigkeitsüberwachung …« Obwohl sie wie ein Lexikon klang, spürte ich deutlich, dass Lexi diesmal nicht redete, um interessante Informationen mit uns zu teilen, sondern um nicht panisch zu werden.

»Heißt das«, flüsterte Nian, »dass ein Weltdokumentenerbe zerfällt, wenn ich mein Handylicht anschalte?«

Weltdokumentenerbe? Bitte was?

»Seine Großeltern sind Archäologen«, wisperte Mareike-Helene und drückte wieder meine Hand. Während ich darüber nachdachte, dass ich mit Mareike-Helene Händchen hielt, aktivierte Nian die Taschenlampenfunktion an seinem Handy, und dann leckte eine fragile Lichtzunge durch das Dunkel.

Regale, Regale, Regale. Hunderte Ordner. Staub tanzte in dem feinen Licht. Ich schmeckte ihn. Die Luft war so schal, als wäre sie schon hundertmal geatmet worden. Kein Wunder! Die Fenster waren nicht nur mit schwarzer Folie überklebt, sondern hatten auch noch Schlösser in den Griffen. Zu denen vermutlich kein Mensch einen Schlüssel besaß. In der Mitte des Raumes stand ein langer Tisch und … *Was lag da?* Nian hatte es offenbar im selben Moment gesehen – das Handylicht begann zu zittern.

»Frau Tongelow!«

Lexi stürzte zu dem Bündel unter dem Tisch.

*

Es war eine Wolldecke.

»Sie riecht nach ihr!« Lexi hatte die Decke an sich gerissen und ihr Gesicht darin vergraben. Ein Kissen mit Internatslogo auf dem Stoff lag ebenfalls da. Und eine blaue Jacke.

»Kunzes Jacke.« Mareike-Helene ließ meine Hand los.

Gänsehaut kroch meinen Nacken hoch.

»Sie war hier!«, schluchzte Lexi. Sie wiegte die Decke hin und her. »Die Decke, die riecht nach Vanille. Das ist Frau Tongelows Parfüm.«

»Ich sag ja, er hat keinen Arzt gerufen.« Ich starrte düster auf die Sachen. »Er hat sie einfach hier reingebracht und ihr eine Decke und ein Kissen gegeben.«

»Und die Jacke?«

»Vielleicht hat er sie darin eingewickelt. Es ist nicht gerade warm hier drin«, sagte Gigi.

Plötzlich flammte das Deckenlicht auf. Wir fuhren herum. Neben der Tür stand Cara und sah uns ernst an. »Ich hab mich immer gefragt, warum sie in Krimis mit den Taschenlampen an ihren Knarren rumrennen, statt einfach das Licht anzuschalten. Wenn es also kein Drehbuch gibt, in dem das drinsteht, würde ich vorschlagen, dass wir's mit normalem Licht versuchen. Das Gute an der Verdunklung ist nämlich, dass uns von draußen keiner sehen kann.«

Trotz der Anspannung musste ich lächeln. Gigi auch. Sie

hat Humor, dachte ich erstaunt und las in Gigis Gesicht, dass er gerade dasselbe dachte. Und tough war sie auch. Vor einer Stunde wäre sie fast von einer gigantischen Linde erschlagen worden – ich an ihrer Stelle würde vermutlich bibbernd im Bett liegen. Cara hingegen machte trockene Witze.

»Hier ist jedenfalls keiner mehr«, durchkreuzte Mareike-Helene den sonderbaren Moment. Sie war im bereits ganzen Raum herumgelaufen, hatte in die Ecken geschaut, sogar hinter die Regale.

»Das hier …«, Lexi sprach mit zittriger Stimme und hielt eine Klarsichtfolie hoch, »… hat unter dem Kissen gelegen.«

*

In der Folie steckten Zeitungsausschnitte. Sie mussten alt sein; das Papier war gelblich und porös. Alle Ausschnitte zeigten Fotos.

Vorsichtig nahm Lexi einen nach dem anderen heraus. Auf allen war ein Stück Strand zu sehen. Und das Meer. Auf einigen erkannte man im Meer einen dunklen Fleck.

Ich sah genauer hin.

»Das Schiff …«, flüsterte ich.

»Echt?« Nian kniff die Augen zusammen. »Ich hätte geschworen, dass der Fotograf einen Fingerabdruck auf der Linse hatte …«

»Das hier …« Ich fuhr mit dem Finger eine senkrechte Linie ab, die aus dem Fleck ragte. »… ist der Mast. Und hier …« Ich deutete auf eine dunkle Schattierung. »… ist die Kugel auf dem Mast … Ich habe dieses Schiff gesehen. Ich schwör's.«

Auf der Folie klebte ein mit Schreibmaschinenschrift bedruckter Aufkleber: *Griffiuner Bote, Mai/Juni 1907.*

Die Fotos waren vor hundertzehn Jahren gemacht worden. Sie hatten verschiedene Bildunterschriften:

Rätselhafte Erscheinung im Meer nördlich von Griffiun (4. Mai 1907)

Augenzeugen sehen großes schwimmendes Objekt an der Nordspitze Griffiuns auftauchen und verschwinden (6. Mai 1907)

»Dunkelschiff« – Nur eine örtliche Legende? (9. Mai 1907)

Erneute Sichtung des »Dunkelschiffs« zwischen den Klippen nördlich von Griffiun (11. Mai 1907)

Stehen die Lichterscheinungen mit dem »Dunkelschiff« in Zusammenhang? (21. Mai 1907)

Expedition zum »Dunkelschiff« wegen schwerer See abgebrochen (24. Mai 1907)

Quellen belegen: »Dunkelschiff« taucht alle zehn Jahre vor Griffiun auf (26. Mai 1907)

»Als wäre es nie da gewesen!« – Mysteriöse Erscheinung im Meer spurlos verschwunden (2. Juni 1907)

»Dunkelschiff« fort – War es eine Massenhypnose? (23. Juni 1907)

Meine Gedanken ratterten.

»Warum ist die ganze Nordhälfte der Insel gesperrt?«, fragte ich in die Runde. »Glaubt ihr wirklich an das Märchen mit den Urrindern? Ich habe sie gesehen. Die sind so aggressiv wie Zuckerwatte! Wieso dürfen wir in Wahrheit nicht an den Nordstrand?«

Mareike-Helene wiegte den Kopf, dann sah sie Cara zum ersten Mal direkt an. »Du kommst doch von hier – hast du schon mal was von diesem Schiff gehört?«

»Na ja«, antwortete Cara langsam. »Ich kenne natürlich die Legende vom dunklen Schiff. Die kennt jeder hier im Dorf, aber keiner redet wirklich drüber. Es heißt, es sei ein Geisterschiff, das seit Jahrhunderten immer mal wieder vor Griffiun auftaucht.« Sie streckte Lexi die Hand entgegen, und die legte gehorsam die ausgeschnittenen Fotos hinein. Cara betrachtete sie, dann zuckte sie die Achseln. »Ich habe, ehrlich gesagt, immer gedacht, das sei Seemannsgarn, so was wie ein Märchen. Ihr wisst schon: der Weihnachtsmann, die Zahnfee, das Dunkelschiff. – Als Kind fand ich das spannend. Aber irgendwann ist man aus dem Alter raus.« Ihre Blicke hingen an dem verwischten Foto. Sie tippte nachdenklich mit dem Zeigefinger auf den letzten Zeitungsausschnitt. 23. Juni 1907. »Und du meinst wirklich, das hier wär dieses …«

»Aber *was* ist jetzt mit Frau Tongelow?« Lexi war so aufgeregt, dass ihre Stimme kippte. »*Sie war hier eingesperrt!*«

»Halt, halt, halt!«, sagte Mareike-Helene beschwichtigend. »Bevor hier gleich jemand durchdreht: Lasst uns bitte mal die Fakten zusammenfassen.« Ihre Stimme hatte die beruhigende Wirkung einer kühlen Hand auf einer Fieberstirn. Automatisch entspannte ich mich.

»Frau Tongelow ist verschwunden«, fuhr sie fort. »Kunze lügt uns an, denn es stimmt nicht, dass sie zu Hause ist. Dafür gibt's hier ein provisorisches Bett, das nach Frau Tongelows Parfüm riecht. Unter dem Kissen liegen Zeitungsfotos des ominösen Geisterschiffes. So weit, so klar?« Sie sah in die nickende Runde.

»Was auch immer *danach* passiert sein mag – fest steht, dass Frau Tongelow sich hier drin diese Fotos angeschaut hat.«

»Aber warum?«, fragte Cara.

»Das ist die entscheidende Frage«, bestätigte Mareike-Helene. »Überlegt mal … Wenn man wirklich gegen seinen Willen hier drin festgehalten wird, würde man sich tatsächlich mit alten Fotos beschäftigen statt damit, sich …« Sie brach ab und sah Lexi an.

»… sich zu befreien«, vervollständigte die zögernd.

Wir alle scannten prüfend den Raum.

»Wir müssen uns das Ganze vorstellen, als wäre es uns selbst passiert.« Ich fragte mich, ob Mareike-Helene das auch in ihrer Psychologie-AG gelernt hatte, hörte aber fasziniert zu. »Also, jemand sperrt euch hier ein. Was würdet ihr tun?«

»Die Tür aufbrechen«, sagte Nian sofort.

Unsere Blicke wanderten zur Tür. Sie war unbeschadet. Keine Spur von Gewalteinwirkung.

»Lärm machen!«, schlug ich vor. »Damit jemand mich hört.«

»Sie hat kein einziges Regal umgeworfen«, konstatierte Cara.

»Und auch nicht mit dem Tisch gegen die Wände gedonnert«, sagte Gigi.

»Was noch?«, fragte Mareike-Helene, und ich fühlte mich tatsächlich wie in einer Brainstroming-Runde im *Tatort*.

»Sie war gar nicht eingesperrt«, flüsterte Lexi. »Sie war freiwillig hier.«

Mareike-Helene drückte Lexis Schulter und griff dann nach der Klarsichtfolie. »Dass sie während ihres *freiwilligen* Aufenthalts im Archiv diese Fotos angeschaut hat, ist unser einziger brauchbarer Hinweis.«

»Hinweis worauf?«, fragte Cara irritiert.

»Ist doch klar!«, platzte Gigi heraus. »Wenn wir wissen wollen, was ihr passiert ist, müssen wir rausfinden, was es mit den Fotos auf sich hat! Sie sind schließlich das Letzte, womit sie sich beschäftigt hat, bevor sie ...«

»... verschwunden ist«, beendete Lexi den Satz.

*

Verschwunden.

Das Wort hallte in meinem Innern nach.

Ma, dachte ich plötzlich.

Ma.

Auch sie war verschwunden.

War es Zufall, dass ich, seit ich hier war, so oft an sie dachte? Es schien, als würde diese Insel etwas mit meinem Kopf machen, mit meiner Erinnerung. Plötzlich kamen Dinge zum Vorschein, die ich tief und sicher vergraben hatte. Und die ich nie mehr hatte hervorholen wollen.

11

Der Schein

Nach dem Tod von Ma hatte sich alles verändert. Pa, der meinen Fragen vorher nie ausgewichen war, sah mich stumm an, wenn ich nach Ma fragte. Wendete sich ab. Oder erzählte etwas völlig anderes. Wenn er tatsächlich einmal auf mich einging, begannen seine Sätze mit: »Wenn du alt genug bist …«

Wenn du alt genug bist, erzähle ich dir die ganze Geschichte.

Wenn du alt genug bist, wirst du alles verstehen.

Wenn du alt genug bist, kannst du nachvollziehen, warum ich dir jetzt nichts sagen kann.

Es brachte mich zur Verzweiflung.

Der einzige Mensch, mit dem ich über Ma und den Unfall hatte sprechen können, war Oma. Sie hatte nie so getan, als wäre ich zu klein dafür.

»Warum, Oma? Warum ist Ma weg?«

Das fragte ich kurz nach ihrem Tod. Als ich gerade sieben geworden war. Und danach immer wieder. Ich wurde acht. Ich wurde neun. Immer und immer wieder –

»Jeder muss irgendwann sterben, Linchen«, sagte sie und nahm mich in die Arme.

»Aber warum Ma?«, schluchzte ich, Jahr um Jahr um Jahr. »Sie war doch noch gar nicht alt! Wieso ist sie gestorben? Wieso, Oma?«

Und dann erzählte Oma mir die Geschichte des Unfalls, jedes Jahr wieder, auf die immer gleiche Weise. Es war ein Ritual zwischen uns geworden.

»Es waren einmal … deine Ma und dein Pa. Sie hatten eine

wunderbare Tochter und waren sehr glücklich. Eines Tages beschlossen sie, in den Urlaub zu fahren. Deine Ma liebte das Wasser, also fuhren sie ans Meer.«

Ich kuschelte mich an Oma und lauschte.

»Es war ein zauberhafter Frühling«, sagte sie. »Die Tage waren warm und dufteten nach Sonne, und das Meer bauschte sich unter dem Wind wie ein riesiges Kleid aus blauem Brokat.«

Der Anfang war wunderschön, aber es war ein schreckliches Märchen. Ein Märchen über den Tod. Ein Märchen, in dem nicht der böse Wolf das Rotkäppchen verschlang, sondern das Wasser meine Mutter. Im Gegensatz zu allen anderen Märchen endete dieses nicht gut. Denn während Rotkäppchen aus dem Wolfsbauch geschnitten wurde, blieb meine Ma im Bauch des Meeres verschwunden.

Jahre später hatte die Pawlowa mir erklärt, dass Oma – bewusst? unbewusst? – alles richtig gemacht hat. Indem sie ein *Märchen* aus dem Unfall machte, hatte sie mir eine Möglichkeit gegeben, mich damit zu beschäftigen. Denn während man über die meisten schrecklichen Dinge schweigt, kann man über Märchen sprechen. Man kann sie erzählen und erzählen lassen, und so absurd es klingen mag: Das Märchen hat mich vielleicht irgendwie gerettet.

»In einer Nacht während des Urlaubs weckte das silberne Singen des Mondes deine Ma. Sie ist heimlich aus dem Bett geschlichen und dem Singen nach draußen gefolgt. Bis zum Bootsanleger. Sie hat ein Boot losgemacht und ist damit aufs Meer rausgefahren, um den Mondschein auf dem Wasser zu beobachten. Sie wollte erleben, wie das Meer aus Millionen Augen glitzerte und glänzte, wie es die ganze Oberfläche verwandelte, als würde das Wasser selbst leuchten. Als wäre es ein Teppich aus flüssigem Licht. Und dann …« Hier verstummte Oma.

»… dann ruderte sie immer weiter hinaus«, übernahm ich wispernd. »Tief in die Nacht hinein. Auf dem Teppich aus Licht.« Ich sah alles vor mir. »Die Dunkelheit flüsterte um sie herum«, wiederholte ich die Märchenworte, die Oma mir so oft schon erzählt hatte, »die Fische seufzten im Schlaf, als Ma über sie hinwegfuhr, der Mond streichelte mit funkelnden Fingern ihre Haare. Ma schloss die Augen und hielt ihr Gesicht in die singende Nacht. Es war …« Ich hielt an, damit Oma fortfuhr.

»… es war einfach wunderschön«, sagte Oma mit erstickter Stimme.

*

Die Pawlowa hat sicher recht gehabt: In den ersten Jahren nach dem Tod meiner Mutter hat das Märchen mich vielleicht irgendwie gerettet. Aber als ich zehn war, wollte ich es nicht mehr hören.

Je öfter Oma die Geschichte erzählte, desto unglaubwürdiger kam sie mir vor, desto stärker wuchsen Zweifel in mir. Ich begann, mich zu verweigern – sobald Oma die ersten Sätze aussprach, hielt ich mir die Ohren zu und rannte aus dem Zimmer.

Woher meine Zweifel kamen, weiß ich nicht. Ich glaube, es war Pas *Wenn du alt genug bist, werde ich alles erzählen*, was mich eines Tages stutzen ließ. Denn auch wenn ich noch ein Kind war, war ich nicht dumm. Kinder spüren, wenn man etwas verschweigt, und ich hab damals gespürt, dass *Verschweigen* etwas Ähnliches ist wie *Lügen*. Und dass das Märchen nicht stimmte.

Weil etwas Entscheidendes darin fehlte.

*

Dieses Entscheidende rutschte Oma heraus, als ich einmal während der Ferien bei ihr war. Da war ich zehn.

*

»Wie schreibt man *Chorea Huntington*?«, fragte ich im Auto, als Pa mich von Oma wieder abholte.

Er hatte eine Vollbremsung gemacht. Mitten auf der Landstraße!

»Woher …?«, hatte er gefragt, und ich hatte an seinen Augen gesehen, dass er am liebsten losgebrüllt hätte. Dann gab er wieder Gas und fuhr weiter, und es dauerte bestimmt eine Viertelstunde, bis er mit leiser, aber eigentlich brüllender Stimme sagte, Chorea Huntington, das sei eine Krankheit. Mas Krankheit. Eine sehr, sehr schlimme Krankheit. Und dass er mir alles erklären würde, wenn ich alt genug sei.

Wenn du alt genug bist, Linchen. Ich konnte es nicht mehr hören! Ich war kein Linchen mehr! Wie hatte er mir verschweigen können, dass Ma krank gewesen war? Todkrank? Warum hatte er mich belogen? *Alle* hatten mich belogen: Pa, Opa, Oma und sogar Ma selbst.

»Linchen, glaub mir, das musst du nicht wissen!«

»Ich heiße Alina«, korrigierte ich betäubt.

Sie hatten mich belogen. Ich bekam eine erste Ahnung davon, was der Spruch *den Schein wahren* bedeutete.

Es bedeutete, Geheimnisse zu erschaffen.

Pa saß geduckt hinterm Lenkrad, völlig in sich zusammengesunken, trotzdem fuhr er fort. »Wichtig ist doch nur, dass Ma tot ist. Der Unfall damals hat sie uns einfach ein paar Jahre früher entrissen. Aber sie wäre ohnehin gestorben. *Sie wäre an dieser Krankheit gestorben,* verstehst du?«

Ich weiß nicht, ob ich verstand, aber danach hörte ich auf jeden Fall auf, Fragen zu stellen. Fragen nach Ma, nach dieser Krankheit, die sie schon länger in sich getragen haben musste und von der ich nichts gemerkt hatte. Oder doch? Egal – wir sprachen nie wieder darüber. Sie waren Lügner, alle.

Dass Pa danach weiterhin in regelmäßigen Abständen beteuerte, dass er mir »alles erzählen« würde, wenn ich alt genug sei, interessierte mich nicht mehr. Etwas in mir hatte sich geschlossen. So endgültig, als wäre ein schwerer Deckel auf ein Gefäß gefallen. Und das blieb so, bis kurz vor meinem zwölften Geburtstag. Als ich nachts im Dunkeln auf der Treppe stand und ein Telefongespräch zwischen Pa und Oma belauschte.

*

Ich hatte nicht schlafen können, wie so oft, und war zum Klo getappt. Auf dem Weg die Treppe hinab war ich stehen geblieben. Von unten drang Pas Stimme herauf.

»Wie soll's ihr schon gehen, Mutti?«, fragte Pa. »Sie wartet.« Damit meinte er mich, das war mir sofort klar.

Ich wartete? Worauf?

Plötzlich verstand ich. Es ging um Ma. An seiner Nervosität, der Art, wie er ging und wie er zu flüstern versuchte, obwohl er eigentlich schrie, *wusste* ich einfach, dass es um Ma ging. Er sprach mit Oma über Ma. Mit mir sprach keiner.

Ich wollte die Zimmertür aufreißen, ich wollte ihm das Handy aus der Hand reißen und gegen die Wand pfeffern. Ich wollte Oma und ihn anschreien, aber ich konnte nicht. Versteinert stand ich auf der Stufe, barfuß und in meinem Nachthemd, ich konnte weder vor noch zurück.

»Ich weiß es doch auch nicht!«, klagte Pa. »Ja, sie muss es irgendwann erfahren, das ist mir klar, aber sie ist noch viel zu jung, um so etwas …« Und dann, nach einer kurzen Pause, hatte er viel zu laut und viel zu grob gesagt: »Aber woher willst du das wissen? Sieh sie dir doch an – sie *verweigert* sich. Woher willst du wissen, dass sie sich danach nicht noch tiefer in sich …«

Er hatte jäh abgebrochen und in meine Richtung gesehen, aber ich war auf der Treppe mit der Dunkelheit verschmolzen. Mein Körper zu Stein gefroren. Ich war eine Statue, die sich als Stein gegen bissige Minuten wehrte. Pa hatte die Tür ganz vorsichtig geschlossen, ohne mich zu entdecken.

Ich hockte auf der Treppe, und mein versteinertes Ohr erreichten gedämpfte Worte, die ich nicht hören wollte und sollte. Und auf einmal hatte ich mir mit ganzer Kraft gewünscht, dass es nicht Oma war, mit der er sprach, sondern Ma. Dass sie am anderen Ende des Telefons war und nur etwas lauter sprechen müsste, damit ihre Stimme durch den Hörer drang, durch die geschlossene Tür und bis durch meine Versteinerung.

Aber nichts. Ma war und blieb tot.

»Okay«, sagte Pa. »Okay, du hast recht. Aber versprich mir, dass du mir den Zeitpunkt überlässt.«

Er machte eine lange Pause, blickte vermutlich auf die verschlossene Tür. In die Schwärze, die mich verbarg. Durch mich hindurch. »Versprich es mir!«

Ich wusste, dass Pa Versprechen genauso selten einforderte, wie er sie gab. Weil er jedes einzelne hielt. Wie wichtig das war, Vertrauen nicht zu missbrauchen, hatte er mir oft genug eingetrichtert. Und das erwartete er auch von jedem in seinem Umfeld.

Keine Ahnung, wie mich meine Steinbeine zurück ins Bett getragen hatten. Aber was ich ganz sicher wusste, war, dass er die ganze Zeit nur *den Schein gewahrt* hatte. Dass ihm das *Geheimnis* offenbar wichtiger war als ich.

So blieb es bis zu meinem zwölften Geburtstag. Tag eintausend-achthundertsiebenunddreißig.

*

Der zwölfte war mein sechster Geburtstag ohne Ma. Ich hatte, wie immer seit ihrem Tod, überhaupt keine Lust, ihn zu feiern, weil ich einen Geburtstag ohne den Menschen, der mich auf die Welt gebracht hatte, undenkbar fand. Pa wusste das, aber so ganz konnte er es nicht lassen.

An meinen Geburtstagen hatte ich schon alles erlebt: Hagel, Regen, tropische Hitze und gleichmäßiges Grau. Nur Schnee nicht, zumindest nicht im Außen. Für Tag eintausendachthundertsiebenunddreißig hatten sie sechsundzwanzig Grad vorhergesagt, und ich hatte das Sommerkleid angezogen, das Pa mir zehn Tage zuvor geschenkt hatte.

Er schenkte mir immer was an Mas Todestag.

Manchmal hatte ich den Eindruck, dass er gar nicht begriff, was er da tat. Er war Professor, und vielleicht war er wirklich ein Supercrack, was Darmbakterien anging, aber das hieß nicht, dass er besonders schlau war, was Gefühle anging. Außerdem hatte er keine Pawlowa, die ihm alles über Verdrängung und Übersprungshandlungen erklärte.

Das Kleid war eigentlich blau geblümt gewesen, und ich hatte es gerade noch rechtzeitig vor der Hitzewelle geschafft, es umzufärben. Blumen konnte ich schon damals nur in Schwarz auf Schwarz ertragen.

Die, die an jenem Morgen auf dem Tisch gestanden hatten, waren gelb. Sonnenblumen, zwölf Stück. Zwei Teller aus dem pinken Frühstücksgeschirr, das Pa so liebte, zwei passende Tassen, zwei blaue Gläser, in denen der O-Saft grün aussah. Neben den Sonnenblumen stand, farblich beruhigend, ein extradunkler Schokoladenkuchen. Neben dem Schokoladenkuchen: ein Zettel.

Je näher ich ihm kam, desto lauter schlug mein Herz. Als ich schließlich ihre Handschrift erkannte, hätte es fast ausgesetzt.

Ich hatte geahnt, dass es heute passieren würde, dass zwölf der magische Punkt war, an dem ich »alt genug« war. Seit dem heimlich erlauschten Gespräch nachts auf der Treppe hatte ich gespürt, dass etwas in der Luft lag. Eine Veränderung. Etwas Großes.

*

Ich lief durch Pas Geburtstagsumarmung hindurch zu meinem Platz. Zu dem Zettel.

Ich nahm ihn. Las die erste Zeile: *21. Mai 2007.*

Das war der Tag des Unfalls. Mas Todestag!

Das hieß also … dieser Zettel war das Letzte, was Ma geschrieben hatte, bevor sie …

Hastig las ich die folgenden Zeilen, Mas Worte, Mas *letzte* Worte, und als ich damit durch war, las ich sie noch einmal. Und: ein drittes Mal.

Und dann – schlagartig – verstand ich. Ich verstand plötzlich *alles!* Das ganze, gigantische Geheimnis.

Ich kapierte endlich, warum Pa sich so sicher gewesen war, dass ich das nicht verkraften würde. Er hatte recht gehabt. Es war nicht zu verkraften. Für niemanden. Nicht mit sieben, nicht mit zehn und auch nicht mit zwölf. Vielleicht niemals.

Etwas Giftiges schwoll in meinem Bauch an, etwas Heißes und Brennendes, und ich ließ den Zettel fallen und rannte aufs Klo. Spuckte das Weinen aus. Und den Glauben an das Märchen vom Unfall.

Ma war damals nicht aufs Meer hinausgefahren, weil das Wasser so schön im Mondlicht glitzerte.

Sie war hinausgefahren, um sich umzubringen.

*

»Alina?«

Lexis Stimme katapultierte mich aus der Vergangenheit zurück ins Archiv. Zu den anderen.

»Ist alles in Ordnung mit dir? Du siehst aus, als hättest du ein Gespenst gesehen.« Mareike-Helene sah mich besorgt an.

»Es ist … ähm … alles okay«, sagte ich. »Ich hab mich nur … an etwas erinnert. – Wo waren wir?«

»Bei den Zeitungsartikeln über das Schiff.« Lexi hielt die Klarsichtfolie hoch. »Mit denen hat Frau Tongelow sich beschäftigt, bevor sie verschwunden ist … Wir müssen mehr darüber herausfinden.«

»Und wo gibt's Informationen, wenn nicht in einem Archiv«, sagte Gigi, wies auf all die Ordner und klatschte in die Hände. »*Avanti, avanti!*«

»Glaubst du allen Ernstes, dass hier irgendwo ein Ordner steht, auf dem *Das dunkle Schiff* steht?«, fragte ich. »Oder *Geisterschiff*?«

»Warum nicht?«

Weil's albern ist? Weil's außer in doofen Mystery-Romanen und schlechten Gruselfilmen aus dem letzten Jahrhundert so was Absurdes wie Geisterschiffe nicht gibt? Das Schiff, das ich am Nordstrand gesehen hatte, war seltsam – ja. Die Kugel am Mast, die fehlenden Bordlichter, der Lichtblitz. Aber musste es deshalb gleich ein Geisterschiff sein?

»Okay«, sagte ich widerstrebend. »Wir können es ja mal versuchen. Ich suche dann wohl unter ›G‹ wie Geisterschiff.«

»Und ich bei diesen Kisten.« Nian steuerte ein Regal an, in dem graue Kisten standen.

»Wir suchen bei ›L‹« Cara nahm Gigis Hand und zog ihn hinter sich her.

Wir?, dachte ich, ob Gigi das auch so sah?, fragte aber stattdessen: »L?«

»Legenden!«

Gar nicht blöd.

Wir.

Nun ja.

»Okay«, kommandierte Lexi und schob ihre Brille hoch. »Dann macht Mareike-Helene ›D‹ wie Dunkles Schiff, und ich kümmere mich um ›R‹ wie Rätsel. Und du, Alina, wenn du schon bei ›G‹ bist, achte auch auf Geheimnisse!«

Ich hasse Geheimnisse!

*

Ich sah am Regal hoch. Ordner, Ordner und vereinzelte Bücher. Mit ausgestreckten Armen kam ich auf eine maximale Länge von zwei Metern siebenundzwanzig, das hatte ich gemessen, als ich mal kurz und ernsthaft über eine Basketballkarriere nachgedacht hatte. Wenn ich mich auf die Zehenspitzen stellte, kamen bei Schuhgröße 43 (herzlichen Dank auch!) noch mal zwanzig Zentimeter dazu. Machte knappe Zwei fünfzig. Die obersten Regalreihen waren also kein Problem. Ich strich an den Rückseiten der Ordner entlang. Die Oberfläche war rau, aber von Staub war kein Hauch zu sehen.

Es gab Ga, Ge, Gi, Gl, Go, Gr, Gu.

Die Reihen hinter Ge und Gr waren am längsten. Was hatte ich mir dabei bloß gedacht? Ausgerechnet G!

GE

Gedichte und Lobgesänge auf Griffiun

Geschichte der Insel Griffiun

Geschichte der touristischen Erschließung Griffiuns

Geschichte des Naturschutzgebietes

Geschichte des Schlosses Hoge Zand

Geschnatter & Geschnäbel - Ein Blick ins Nest von Karmingimpel und Trauerschnäpper

GR

Griffiun - Der Hafenbau

Griffiun - Eine Chronik

Griffiun - Ein Fels in der Brandung

Griffiun - Eine Liebeserklärung an meine schöne Heimat

Griffiun - Kunst und Kultur

Griffiun - Lebendiges Brauchtum

Griffiun - Perle der Ostsee

Griffiuns Flora und Fauna - Viel mehr als Strandastern und Urrinder

Gründungsvereinbarungen der Fischerinnung Griffiun

Kein Geisterschiff, keine Geheimnisse. Dafür umfasste allein die *Geschichte der Insel Griffiun* sieben Ordner. Sieben! Wie sollte ich mich da bitte schön durcharbeiten? Seufzend zog ich die Ordner heraus und schichtete sie mir auf die Arme. *Griffiun – Eine Chronik* passte gerade noch obendrauf. Ich klemmte den Stapel mit dem Kinn fest und schwankte zu einem der Lesetische, die unter den abgeklebten Fenstern standen, ging in die Knie und ließ den Turm auf die Tischplatte gleiten. Er war zu hoch, um ihn im Sitzen durchzusehen. Also im Stehen. Seufzend schnappte ich mir den ersten Ordner und schlug ihn auf.

Der Anblick des geöffneten Dokumentes katapultierte mich

jäh nach Berlin, genauer gesagt: in unsere Küche. Noch genauer gesagt: in unsere Gewürzschublade. Ma hatte auf den Deckel jedes Gläschens einen Punkt geklebt, auf dem stand, was drin war. Die Punkte waren bunt. Grau für die Pfeffersorten (sie hatte sieben verschiedene, die Pa seit ihrem »Verschwinden« immer brav auffüllte), grün die Kräuter, orange die Mischungen (von Curry bis Hähnchenwürze) und gelb die Salze (zwölf! Kein Scheiß.). Der Katalogisierungsfetisch meiner Mutter fand sich beinahe eins zu eins in den *Geschichte der Insel Griffiun*-Ordnern wieder. Die gleichen Punktaufkleber auf den Trennstreifen.

Ich konzentrierte mich wieder auf die erste Seite des ersten Ordners und begann zu lesen.

Die Insel Griffiun entstand während der letzten Eiszeit durch mehrfache Gletscherablagerungen aus Skandinavien. Auf Griffiun lassen sich drei unterschiedliche Ablagerungsphasen nachweisen. Beim Abschmelzen der Gletscher vor rund 14.500 Jahren blieb Griffiun auf dem östlichen Vorsprung der Boddenrandschwelle, dem Rest eines Endmoränenrückens, als Insel erhalten.

Oh. Mein. Gott. Ging es noch langweiliger? Die *Geschichte der Insel Griffiun* begann ernsthaft in der Eiszeit? Ich betrachtete die sieben fetten Ordner. Ich hatte keine Lust, mich durch 14.500 Jahre Plattentektonik und Fossiliengeschichte zu wühlen!

Ich schnappte mir *Griffiun – Eine Chronik*. Nur *ein* Ordner.

Die Insel Griffiun wurde erstmals 1235 urkundlich erwähnt. Papst Gregor IX. vermerkte in einer Schenkungsurkunde, dass ...

Bla, bla, bla. Geschichte hatte noch nie zu meinen Lieblingsfächern gehört. Unauffällig blätterte ich weiter. Mein Blick flog über die Seiten.

… während im Jahre 1291 der Pommernfürst Bogislaw IV. …

… als im sechzehnten Jahrhundert Ratsherr Henning Oldhaver die Insel als Fischereistützpunkt …

… wurde Griffiun 1675 als Jagdrevier an den schwedischen Feldmarschall Carl Gustav Wrangel verpachtet, der …

Schnarch!
Ich blätterte immer schneller, überflog mehr, als dass ich las – und presste in meinem Kopf ungefähr hundertmal die Tastenkombination STRG + F für die Suchfunktion, schrieb nacheinander *Geheimnis* und *Geisterschiff* ins Eingabefeld, ließ es durch die sieben Ordner und den einen Extraordner sausen, zehn Sekunden, Ergebnis da. Analog suchen ist die Pest! Das alles durchzulesen, würde Tage dauern. Oder Wochen.

Ich versuchte, meine Augen wie einen Cursor einzustellen, immer auf der Suche nach einem der beiden Worte …

»Ha!«, schrie Gigi irgendwo rechts von mir. »Gefunden!«
Gefunden?
»Gefunden?«, echoten vier Stimmen gleichzeitig, meine inklusive.

»Jaha!«, trällerte Cara.
Froh, aus dem Historienscheiß aussteigen zu können, tappte ich durch den Raum bis zur hintersten Wand.

Gigi und Cara sahen aus, als hätten sie gemeinsam ein Mewtu-Pokémon ausgebrütet. Was in der Tat eine Sensation wäre, aber auch höchst, höchst unwahrscheinlich, besonders ohne Internetzugang …

»Was habt ihr gefunden?«, fragte ich.

»Siehste gleich.« Gigi deutete auf den langen Tisch in der Raummitte. »Wir brauchen ein bisschen Platz, glaub ich.«

Mit vor Aufregung hochrotem Kopf, trug Cara eine der grauen Boxen vor sich her zum Tisch und stellte sie mittig darauf ab. Wir formierten uns drum rum.

»Okay.« Gigi gestikulierte wie ein Zauberer in der Mitte der Manege. Die Kiste der Hut, das Schiff das Kaninchen. Fehlte nur noch, dass er beim Öffnen *Abrakadabra!* rufen würde. »Wir sind folgendermaßen vorgegangen: Erst haben wir …«

»Egal!«, fiel Lexi ihm ins Wort. »Was ist drin?«

Gigi seufzte und hob ganz ohne Zauberspruch den Deckel. Cara griff hinein und nahm vorsichtig einen Stapel Papier heraus.

»Hier«, sagte sie. »Wenn das nicht unser Schiff ist, weiß ich es auch nicht!«

Dieses Archiv schien ein Beziehungsbeschleuniger zu sein. Zumindest für Cara. In ein paar Minuten von *wir* zu *unser*. Plötzlich war sie eine Lonely – und nicht nur das! Mir dämmerte, dass sie wirklich und ernsthaft in Gigi verliebt sein könnte. Da hob sie den Kopf und lächelte mich mit diesem typischen Ich-bin-so-verknallt-Strahlen an.

Ich lächelte zurück, aber nach einer Sekunde fühlte es sich wie ein Krampf an. Hinter meinen Rippen blühte ein Ziehen auf. *Lukas.* Meine Hand flog zwischen die Brüste, ich atmete gepresst. Wir waren gerade mal eine Woche getrennt. Eine Woche. Wie sollte ich das noch länger aushalten? *Konnte* man das überhaupt aushalten?

»Guck dir das an, Alina«, staunte Lexi neben mir.

Und ich stürzte in die Realität zurück. Betrachtete Lexi von der Seite und dachte: Sie ist erst dreizehn und hält das schon seit drei Jahren aus.

Sie war so klein und viel zäher als ich.

Die anderen hatten den Papierberg bereits in einzelne Häufchen unterteilt. Es gab Unmengen an Material über das *Dunkelschiff* – ein Name, der sich durch das gesamte Dokumentationsmaterial zog. Während Gigi und Mareike-Helene sich einen Stapel Zeichnungen vornahmen, hatte sich Nian weiße Baumwollhandschuhe übergestreift (wo hatte er die nun wiedergefunden?) und durchstöberte ein kleines Gebirge vergilbter Papiere.

Lexi und ich griffen zeitgleich nach einem Zeitungsausschnitt.

Das Papier war gelblich und dick, und das Titelblatt zeigte eine ziemlich unscharfe Fotografie des Schiffes.

»Von wann ist die?«

»14. Mai 1897«, raunte Lexi ehrfürchtig. »Sonderausgabe.«

»Was ist denn das für 'ne Schrift?«

»Sütterlin«, sagte Cara, die offensichtlich über meine Schulter gesphinxt hatte. Erstaunt drehte ich mich um. Lexi schob, natürlich, ihre Brille hoch und sah Cara nachdenklich an.

»Damit hab ich lesen gelernt.« Es klang mehr nach einer Rechtfertigung als nach Stolz. »Mit den Büchern von meiner Oma. *Trotzkopf, die Buddenbrocks,* ihr wisst schon.«

Meine Kopfschubladen wurden langsam lose, so oft hatte ich sie rausziehen und umsortieren müssen, seit ich auf dieser Insel war. Cara gab gerade der Dümmliche-Klette-Schublade, in die ich sie bei unserer ersten Begegnung einsortiert hatte, einen kräftigen Tritt.

»Du kannst also Sütterlin lesen«, schlussfolgerte ich.

»Zum Glück.« Gigi legte das Papier, das er in der Hand hielt, beiseite. »Sonst hätten wir die Kiste nicht gefunden. Beziehungsweise: gefunden schon, aber nicht geschnallt, was drin ist.«

Cara beugte sich vor und begann, laut zu lesen:

Der Griffiuner Bote

Sonderausgabe – 14. Mai 1897

Die Gemeindevorstehung ersucht die gesamte Bevölkerung Griffiuns, sich dem vor zwei Wochen an der Nordspitze aufgetauchten »Dunkelschiff« weder schwimmend noch mit Fischerbooten oder sonstigen Hilfsmitteln zu nähern. Seit Anfang des Monats Mai ds. J. werden bereits drei Vermißtenfälle verzeichnet. Mindestens eine vermißte Person hat die Nordwasser mit einem Floß zu befahren versucht. Die Trümmer des Floßes sind am Nordstrand aufgefunden worden.

Bürger Griffiuns! Jedes Jahrzehnt, sobald das Dunkelschiff vor unserer Küste auftaucht, verschwinden Menschen. Nur wenige von ihnen tauchen wieder auf. Mit verlorener Erinnerung. Laßt Euch nicht blenden von Teufelswerk! Nähert Euch nicht. Die Nordwasserströmungen sind unberechenbar, das gesammte Gebiet um die Nordspitze ist von Felsnadeln durchsetzt, Ihr fahrt in den sicheren Tod!

Die Stille, die Caras Worten folgte, war anders als sonst. Lebendig. Sie kroch wie eine große dunkle Spinne durchs Archiv und wob uns alle ein. Keiner wagte zu sprechen. Aber an den Blicken der anderen sah ich, dass wir alle dasselbe dachten.

»Die Klarsichtfolie, die wir unter dem Kissen gefunden haben, enthält Zeitungsausschnitte von 1907«, flüsterte ich schließlich und zerriss die Stillespinnweben um uns. »Dieser Artikel hier ist von 1897. Ich bin mir sicher, dass wir in dieser grauen Kiste weitere Ausschnitte von 1917, 1927, 1937 und so weiter finden. Versteht ihr? Jetzt haben wir Mai 2017. Das Schiff taucht alle zehn Jahre auf, und immer verschwinden Menschen!«

12

Haare

Mitten in der Nacht wurde ich wach. Mein Herz raste. Was
hatte mich geweckt?

Konzentriert lauschte ich auf Isabellas feines Atmen aus der
anderen Zimmerecke und versuchte, mich wieder zu beruhigen.
Ich dachte an Schäfchen und grüne Wiesen, aber statt schläf-
rig zu werden, wurde ich immer wacher. Ein Blick aufs Handy:
nullnullzweiunddreißig. Ich tastete auf dem Nachtschrank nach
meiner Schlafbrille und streifte sie über. Mein Kopf war voll mit
den Bildern des Abends – vielleicht war ich deshalb so wach?

Wir hatten das Archiv verlassen, bevor die Kutschen mit den
Schülern von der Sechs-Uhr-Fähre anrollten. Das Haus war ruhig, als wir durch die Gänge huschten. Die anderen waren entweder in ihren Zimmern oder lungerten im Park herum und
genossen die Frühlingswärme, in der heute schon eine Ahnung
des kommenden Sommers gelegen hatte. Selbst der Wind hatte
seine Schärfe verloren und war weich über alles hinweggestri-
chen.

Als wir im Marmorfoyer beieinanderstanden, hatte Cara einen
Blick auf ihre Uhr geworfen. »Shit! Ich hab meiner Mutter versprochen, ihr beim Fischeausnehmen …« Und weg war sie. Als
wäre das ein Signal gewesen, hatte sich auch der Rest unseres
Grüppchens verstreut, obwohl ich das Gefühl gehabt hatte, dass
niemand so richtig Lust hatte, sich zu trennen.

Langsam war ich wieder nach oben geschlappt. Und dann passierte etwas Eigenartiges. Als ich die Tür zu unserem Zimmer

öffnete und mir der dunstige Pflanzengeruch entgegenschlug, verspürte ich zum ersten Mal *nicht* das Bedürfnis, beim Anblick von Isabellas Chaos loszubrüllen, hatte keinen Holt-mich-hier-raus-Gedanken, kein Heimweh. Stattdessen überkam mich tiefe, warme Ruhe. Ein Zuhause-Gefühl. Oder so etwas Ähnliches.

Auf dieser emotionalen Welle surfend, zerrte ich den ohnehin halb abgerissenen Trennvorhang endgültig herunter. Die restlichen Reißzwecken regneten herab, das schwarze Laken fiel auf dem Boden in sich zusammen wie etwas Erlegtes.

Ich betrachtete den Blätterwald auf Isabellas Seite. Die Rankpflanze an der Wand über ihrem Bett *blühte!* Mindestens fünfzig Blütenköpfchen leuchteten zwischen den Blättern wie rote Glühlämpchen, und dazwischen hing etwas Längliches, Grünes … Neugierig ging ich näher, beugte mich über ihr Bett.

Es waren Bohnen. Echte grüne Bohnen! Direkt über Isabellas Kissen!

Grinsend nahm ich auch die anderen Pflanzen in Augenschein, die alle sehr zufrieden aussahen – bis auf eine. Die ließ ihre Blätter hängen. Ich befühlte die Erde. Staubtrocken. Ohne mich zu fragen, ob ich das überhaupt durfte, griff ich nach der kleinen Blechgießkanne und tröpfelte Wasser auf die Erde. In diesem Moment flog die Tür auf, und Isabella stand da – den Rucksack auf einer Schulter, das Elfenhaar zerzaust. Sie strömte Tatendrang und Meeresgeruch aus.

Ich erstarrte mit der Gießkanne in der Hand.

Ihr Blick glitt über das heruntergerissene Laken, mich, die Gießkanne, die matte Pflanze neben mir. Dann grinste sie. »Das wurde aber auch Zeit!«

*

Da! *Das* hatte mich geweckt! Ein Klicken an meiner Fensterscheibe. Wieder. Und wieder.

Ich schob die Schlafbrille auf die Stirn, die Füße aus dem Bett und tastete mich zum Fenster. Ich öffnete es und beugte mich in die Finsternis. Der Nachtwind verwirrte meine Haare.

Während auf der Vorderseite des Herrenhauses ein ganzer Wald voller Lampen den Park erhellte, standen hier, auf der Rückseite, nur zwei einsame Laternen mit altersschwachen Leuchten. Heldenhaft versuchten sie, das Dunkel zu durchdringen. Es gelang ihnen eher mäßig – sie warfen nur einen kleinen Lichtkreis rund um ihren Pfahl.

In einem dieser Kreise stand eine Gestalt.

Erschrocken wich ich zurück. Wer zum Teufel stand mitten in der Nacht da unten rum? Erst als mir klar wurde, dass man mich in dem stockdusteren Zimmer von draußen nicht erkennen konnte, wagte ich mich wieder ans Fenster.

Die Gestalt trug eine Kapuze. Langsam drehte sie den Kopf und blickte zielgerichtet zu mir herauf. Instinktiv duckte ich mich und rempelte dabei mit der Hüfte gegen den Schreibtisch. Ich keuchte vor Schmerz.

Aliiiiina …

Ich hörte das Flüstern überdeutlich. Das war unmöglich! Wie sollte ein Flüstern von da unten bis hier oben dringen? Der Wind müsste es längst geschluckt haben. Jedes Haar an meinem Körper sträubte sich. Ich wagte kaum zu atmen. Als ich nach einer gefühlten Ewigkeit wieder hinausspähte, war die Gestalt verschwunden.

Halt … Das stimmte nicht. Meine Hände krallten sich um das Fensterbrett. Sie lag zusammengesunken am Fuß der Laterne.

*

Ich landete auf allen vieren, so hektisch war ich die Rutsche hinabgeschlittert, und hechtete zur Laterne.

»Hallo?«, flüsterte ich. »Hallo!«

Das Menschenbündel rührte sich nicht. Ich ließ mich auf die Knie fallen und zog der Gestalt die Kapuze vom Kopf.

»Tinka?«, rief ich ungläubig. »Tinka! Was ist mit dir?«

Ihre Augen waren geschlossen, ihr Gesicht rot und weiß zugleich. Gänsehaut. Panisch rüttelte ich an ihrer Schulter.

Sowie ich sie berührte, schien wieder ein dünner Faden aus Elektrizität zwischen uns zu sirren, der etwas in mir anknipste. Wer *war* dieses Mädchen? Wieso löste sie so viel Gefühl in mir aus?

Auch durch Tinkas Körper fuhr ein kleiner Schauer. Sie öffnete die Augen, aber nur einen Spalt weit.

»Alina!«, keuchte sie. Dann beugte sie sich zur Seite und übergab sich auf den Rasen. »Ich … die Rinderrunkel war …«

Rinder-was? Wovon sprach sie?

»Was? Was ist passiert?« Ich strich so fest über Tinkas Wangen, als würde ich meine eigene Gänsehaut wegstreichen. Sie blieb. Genau wie die Angst.

»Tee«, stöhnte Tinka. »Ich wollte Tee … gegen das Kopf…«

»Aus Rinder…?«

»…runkel.«

Sie übergab sich erneut.

Mir kam ein furchtbarer Verdacht. Tee? Gegen Kopfschmerzen?

»Wie sah die Pflanze aus?«, fragte ich. Tinka antwortete nicht. Ich schlug ihr auf die Wangen. »Tinka? Tinka! Wie sah die Pflanze aus?«

Ihre Augenlider flackerten.

»Stacheln«, sagte sie matt. »Gelbe Blüten. Ein Zweig … Zehn

Minuten kochen … Trinken wir bei uns gegen …« Es brummte, und Tinka krümmte sich vor Schmerz.

Mein Herz flatterte. Heilige Scheiße. Was sie beschrieb, klang nicht nach einem Rinder-Kopfschmerzwundermittel, sondern nach Stechginster. Der wuchs hier überall, und vor allem war er saugiftig! Oma hatte ihn im Garten gehabt, früher, und ich durfte das Zeug nicht mal anfassen!

»… verwechselt … sah total ähnlich aus …« Ihre Stimme erstarb.

Wie konnte sie das verwechseln! War sie nicht so was wie eine Outdoorqueen? Tu was, Alina, befahl ich mir. Tu was, sonst stirbt sie.

Ihr Kreislauf, natürlich! Sie muss sich bewegen! Ich zog sie hoch und auf die Füße. Ihre Hände waren eiskalt. Schweiß lief ihr jetzt übers Gesicht. Kaum dass sie stand, krümmte sie sich schon wieder und presste die Hand auf den Bauch. Mein Magen zog sich ebenfalls zusammen. Das sah nicht gut aus. Gar nicht gut. Mir fiel die Liste mit den Notfallnummern ein, die im Foyer hing. Ich lehnte Tinka an die Laterne und rannte zur Rutsche zurück.

»Geh nicht weg!« Ihre Stimme war schrill und voller Angst.

Sie glitt am Laternenpfahl nach unten. Ich stürzte zurück zu ihr und konnte sie gerade noch abfangen, ehe sie zur Seite kippte.

»Ich hole Hilfe«, beruhigte ich sie. »Bin gleich wieder da!«

»Das geht nicht …«, flüsterte sie. »Keine offiziellen Stellen. Ich darf nicht in Kontakt … mit Ämtern … Ärzten … Polizei … Zollbeamten … Gerichten …«

Sie ratterte eine Liste herunter, als würde sie ein Gedicht vortragen.

»Wieso das denn bitte?«

»Ich muss mich an die Regeln – Alina … hab keinen Ausweis …«

Ich verstand immer weniger.

»Soll ich deinen Onkel holen? – Vielleicht kann er …«

»Nein! Bitte nicht! – Er darf auf keinen Fall rauskriegen, dass ich krank bin.«

Wie bitte? Was ging denn hier ab?

»Wieso nicht?«

»Ich werde überwacht. GM-2 ist bestimmt schon hinter mir her … Ich hab ihn gehört, draußen … Wenn er mich findet, liefert er mich aus! Die Vergiftung, das ist viel zu riskant … er wird mich …«

Sie halluzinierte. Einen Arzt, dachte ich. Und zwar schnell. Aber verdammt, ich konnte sie unmöglich allein lassen.

»… hab ihn abgeschüttelt … aber weiß nicht, wie lange er … GM-2 ist schlau …« Sie sah sich panisch um, ihr Blick irrte übers Naturschutzgebiet, wo nichts zu sehen war, nur das weite Dunkel. Ihr schweißnasses Gesicht glänzte im matten Lichtkreis der Laterne. »Muss warten … Der Akku hält nur zwölf Stunden … Er kann nicht ewig draußen … Ladestation …«

Jetzt drehte sie völlig durch. Es musste dringend etwas passieren. Ich drückte ihre Hand. »Tinka«, flüsterte ich, so beruhigend ich konnte. »Du bist richtig, *richtig* krank! Du musst in die Krankenstation. Ich hole Hilfe …«

»Nein! Da wo… wollen sie meinen Ausweis seh… Wenn die RiV-Behörde merkt, dass ich … Sie schießen m…m… mich … z… z…«

Schießen? Hatte sie *schießen* gesagt?!

»Alina! *Du*mussmirhel…helf…«

Sie nuschelte jetzt, als wäre ihr die Zunge im Weg. Waren das bereits Lähmungserscheinungen? Mir war nur klar, dass Stechginster giftig war, aber ich kannte weder die Symptome, noch wusste ich, was man dagegen tun konnte. Ich war doch keine Ärztin!

»Bitte«, bettelte sie, die Stimme so leise, dass ich mich sehr dicht zu ihr beugen musste, um ihr Gestammel zu verstehen. »Ich hab doch nur das eine Ticket ...« Sie sah mich mit wildem, fiebrigem Blick an. »Wenn ich es jetzt nicht ... Dann war's das, verstehst du? ... Versprich mir ...« Ihre Pupillen waren schwarze Löcher. Sie drückte meine Hand so fest, dass es wehtat. Die Kälte ihrer Finger stand in krassem Widerspruch zu der Hitze, die ihr Kopf ausströmte. Und trotz der Panik in meinen Gliedern und dem Fieber in ihrem Gesicht löste diese unvertraut vertraute Hand in meiner ein gutes Gefühl in mir aus. »Versprich es«, drängte sie. »Versprich es!«

Was sollte ich ihr versprechen?

»Hilf mir ...«

»Ich weiß nicht, was ich tun soll, Tinka«, sagte ich verzweifelt.

»Isabella ...«, wisperte sie. Sie ließ mich los, krümmte sich und würgte.

War Isabellas Ruf also schon bis weit über die Schlossmauern gedrungen ...?

»*Bitte*, keinen Arzt«, wisperte sie. »Sie schießen mich ... in den Tunnel ... Sie ...« Der Rest war Lallen.

Du hast es versprochen!

Das kam nicht aus ihrem Mund, sondern aus ihrem Blick. Aber ich hatte den Satz *gehört*. Es lag so viel Schmerz darin, dass ich mich sofort umdrehte und zur Rutsche rannte.

Das Schuhregal, dachte ich, ich muss an Isabellas Schuhregal. Dort lagerten ihre Wunder-Grastropfen. Ich kraxelte die Röhre hoch, so schnell ich konnte. Achtzehnter Sneaker, zweite Reihe links.

Isabella, verzeih mir, dachte ich, als ich neben ihr Bett schlich und im Schein meines Handylichts das Fläschchen aus dem Sneaker nahm. Verzeih mir, ich missbrauche dein Vertrauen.

*

»Eins … zwei … drei … vier … fünf …«, zählte ich, während ich Tinka die Flüssigkeit in den Mund tropfte.

»Zwanzig Tropfen«, hatte sie gewispert. »Zwanzig.« Woher kannte sie die Dosierung? Und woher wollte sie überhaupt wissen, was das war? Was, wenn das Zeug nicht half? Wenn es ihr den Rest gab?

Sie stammelte etwas Unverständliches. Der Wind hatte kurz nachgelassen, ihre Stimme klang unnatürlich laut in der Nacht. Wir erregten viel zu viel Aufmerksamkeit! Wer schob überhaupt Wache heute Nacht? Tomek wäre keine Gefahr – der ließ die vorgeschriebenen Rundgänge ums Haus immer ausfallen und saß stattdessen bis zum Schichtende um sechs Uhr früh wie festgeklebt vor dem Computer und metzelte Untote in der Irrenanstalt nieder. Françoise hingegen nahm es mit den Rundgängen supergenau, weil sie dabei rauchen konnte. Spätestens bei ihrer nächsten Tour würde sie uns im Licht entdecken. Ich schleppte Tinka aus dem Schein der Laterne in die Dunkelheit, die uns unsichtbar machte. Es war so finster, dass ich nicht mal mehr den Umriss ihres Gesichts erkennen konnte. Ich bugsierte sie in den Spinnwebschlafsack, den ich mir im Zurückrennen geschnappt hatte, setzte mich ins Gras und hob Tinkas Kopf auf meinen Schoß. Sie murmelte wieder etwas, das ich nicht verstand.

Sie so zu sehen … Mir war, als hätte mir jemand mit der Faust auf die Brust geschlagen. Mit voller Wucht. Ich konnte kaum atmen vor Schmerz.

Heute Nachmittag hatte sie so lebendig und begeistert im Kiosk gestanden. Begeistert, weil wir uns morgen, nein heute!, heute Nachmittag treffen wollten. Zum *Bogenschießen*. Wie kam man auf so eine Idee? Sie hatte einen herrlich schrägen Humor. Sie durfte nicht …

»Du wirst wieder gesund …«, flüsterte ich und merkte, dass ich sie *mochte*. Sehr. Anders als Pinar. Anders als die Lonelies. Es fühlte sich an, als würden wir uns schon ewig kennen.

»Es wird wieder gut«, murmelte ich und kämpfte auf einmal mit den Tränen. »Alles wird gut.« Und was, wenn nicht? Wenn bloß diese verdammte Medizin wirkte! Ich legte die Hand auf Tinkas Stirn, strich ihr das schweißfeuchte Haar aus dem Gesicht und streichelte ihre Schläfen. Das Thermostat in ihrem Kopf war auf die höchste Stufe eingestellt.

»Nichts …«, nuschelte sie. Die Tropfen halfen tatsächlich! Ihre Zunge schwoll ab! Im Geist verpasste ich Isabella einen Heiligenschein. »Nichts … ist … gut«, setzte sie erneut an, sie schluckte schwer. »Du … bist … nicht da. Ich muss dir dringend … Meine Mom will … sie will dir …«

»Schhhh … Schhhhh«, machte ich. Sie würde durchdrehen, wenn sie nicht aufhörte, sich so in ihre Halluzinationen zu steigern. Beruhig sie, Alina, beruhig sie! »Ich bin nicht weg«, murmelte ich, wieder und wieder, und strich dazu mit allen Fingern zugleich durch ihr Haar, wieder und wieder. Ich strich langsamer, zarter. Und da war es wieder. Ich konnte es fast körperlich spüren. Etwas, das zwischen uns Gestalt annahm. Hauchdünn und zerbrechlich, wie eine Weihnachtsbaumkugel.

»Tinka …?«

Ihre Kopfhaut war nass geschwitzt. Ihr Gestotter floss jetzt zusammenhanglos ineinander über.

»Ich hab dich so vermisst … Ichhabmirimmereine …«

Schluchzen schüttelte sie. Das Fieber hatte sie fest im Griff. Wieder spürte ich diesen Stich im Herzen, den ich schon einmal gespürt hatte. Der ging so tief. Wieso war das so? Ich atmete ganz flach. Wenn Lukas an ihrer Stelle hier liegen würde – es hätte nicht schlimmer wehtun können. Ich wiegte sie behutsam hin und her. »Hab keine Angst …«, flüsterte ich. »Es wird bald besser.«

»Du darfst nicht … weggehen. – Du darfst nicht …«

»Ich geh nicht weg.«

»Versprochen?«

»Versprochen.«

Dann schlief sie ein.

*

Schrilles Vogelgekreisch weckte mich. Trauerschnäpper oder Karmingimpel oder wie auch immer das Geflügel hieß, das da in den Bäumen saß, tschilpte, flötete, ratschte und trötete, als gälte es, Tote aufzuwecken.

Ich lag auf dem Rücken und rieb mir die Augen. Es war nicht mehr finster, aber auch noch nicht hell. Jetzt verstand ich, warum es Morgen*grauen* hieß. Das Licht war tatsächlich grau. Beinahe hätte ich mich noch mal umgedreht, weil es wirklich schön war, das Gezwitscher und das komische Licht, die pfefferminzfrische Morgenluft und meine eigene Schlafwärme. Wärme? Wie konnte es sein, dass mir *warm* war? Als ich den Spinnwebschlafsack entdeckte, drehte ich mich sofort zu dem Fleck neben mir. Tinka war weg. Schon wieder! Wie machte sie das nur und: Warum? Ich schob den Schlafsack von mir und stand auf. Meine Glieder waren verkrampft, der Nacken schmerzte. Im Kragen meines Pyjamas knisterte ein Zettel. Ungelenk fingerte ich ihn heraus.

Du hast mich gerettet.

Nicht ganz, widersprach ich mental. Eigentlich hat Isabella dich gerettet. Aber was soll's, Hauptsache, sie lebte. Ich raffte den Schlafsack zusammen (er passte zusammengeknäuelt in meine Faust), blickte noch ein paar Minuten suchend in das angrenzende Naturschutzgebiet und kletterte dann die Rutsche hoch. Es war 6:10 Uhr, als ich die Notrutschenklappe schloss, und 6:11 Uhr, als ich unter meine Decke kroch und in einen komatösen Schlaf fiel.

Neunundvierzig Minuten später wurde ich brutal von dem Gong geweckt. Und nur Sekunden später trompetete Kunze seinen Morgenruf durch die Lautsprecheranlage.

*

Alle um uns herum schlangen Obst, Müsli, Joghurt, Eier, Brot und Brötchen herunter. Fröhliches Geschmatze und Geplapper überall. Wir starrten auf den leeren Platz an unserem Tisch. Ausgerechnet der überpünktliche Gigi kam zu spät. Unruhig glitt mein Blick durch den Raum. Er blieb an Kunze hängen, der die drei anderen Küchenkräfte unterstützte, seit Frau Tongelow nicht mehr da war. Diese drei wuselten zwischen Küche und den Tischen hin und her. Kunze nicht. Der stand nur da. Reglos. Er war wie ein Haus, das jemand mit der Abrissbirne getroffen hatte. Ein Haus, das zwar noch stand, dessen gesamtes Gleichgewicht aber empfindlich gestört war. Obwohl er alles im Auge zu haben schien, war er nicht anwesend, das merkte man. Innerlich war er woanders. Ganz weit weg.

»Vielleicht ist Gigi krank?« Lexis Stimme riss mich zurück an den Tisch.

296

Nian stand sofort auf, als hätte er auf diesen Satz gewartet. »Ich frag mal Rasmus, ob er was weiß.«

»Rasmus ist Gigis Mitbewohner«, erklärte Lexi automatisch.

»Mensch, Lexi, ich bin doch schon fast zwei Wochen hier. Ich weiß, dass Rasmus und Gigi zusammenwohnen!«

*

Als Nian zurück an den Tisch kam, wirkte er besorgt. »Wir müssen zu ihm rüber. Rasmus hat was von Gangstern gefaselt. Ich bin nicht schlau draus geworden.«

Im Aufspringen steckte ich ein Brötchen ein und ein zweites für Gigi. Dann marschierten wir im Gänsemarsch aus der Mensa, vorbei an Kunze, der uns unkommentiert passieren ließ. Möglicherweise sah er uns nicht mal.

Vor der Mensatür stand Cara. Sie wirkte, als hätte sie eine Überdosis Koffein intus – ein Meter achtundfünfzig purer Elan. Selbst ihre roten Locken schienen zu vibrieren. »Da seid ihr ja endlich!«, rief sie und drückte ihre Kippe aus. »Gibt's Neuigkeiten von Frau Tongelow?«

Ich schüttelte den Kopf. »Wir sind auf dem Weg zu Gigi.«

Als sie seinen Namen hörte, veränderte sich ihre Miene. Einen Wimpernschlag lang erhaschte ich einen Blick auf ihre Gefühle für Gigi, dann war es vorbei. »Ist was passiert?«, fragte sie besorgt.

»Keine Ahnung. Irgendwas stimmt nicht. Komm mit.«

*

Nian klopfte: »Gigi, ich bin's!«

»Lass mich in Ruhe.«

»Bist du krank?«, rief ich durch die geschlossene Tür.

»Haut einfach ab!«

»Aber irgendwas muss doch sein«, insistierte Lexi.

Er antwortete nicht. Auch die Tür blieb zu.

»Gigi?« Caras Stimme zitterte.

Nichts.

Mareike-Helene schob uns beiseite und klopfte energisch. »Giovanni Esposito, was auch immer los ist, es wird nicht besser, wenn du den Kopf in den Sand steckst! Beantworte meine Frage: Gibt es ein Problem?«

»Ja.« Das klang kläglich.

»Dann schließ die Tür auf. Ich komm rein, wir reden, und dann sehen wir weiter. Jedes Problem lässt sich lösen, wenn du dir helfen lässt. Du weißt, dass wir füreinander da sind.«

Meine Güte, dachte ich. Liest sie jeden Abend heimlich im *Handbuch der gepflegten Konversation*?

Eine Weile blieb es still. Dann quietschte etwas (ein Bett? ein Stuhl?), leise Schritte, ein Seufzen, der Schlüssel wurde umgedreht.

»Wartet hier«, befahl Mareike-Helene, die Hand auf der Türklinke. »Ich bin gleich zurück.«

*

Gleich war ein dehnbarer Begriff. Erst nach etwa zehn Minuten, in denen wir nichts als aufgeregtes Getuschel erlauschen konnten und uns in Mutmaßungen ergingen, was passiert sein könnte, öffnete sich die Tür einen Spalt weit. Mareike-Helene schob ihren Kopf hindurch.

»Cara«, sagte sie. »Hast du zufällig mal bei deiner Mutter im Laden ausgeholfen?«

Cara hatte die ganze Zeit auf die geschlossene Tür gestarrt

und bleich an ihren Nägeln gekaut. Jetzt schien sie zu erwachen. »Klar! Ich hab sogar schon am lebenden Objekt geübt.«

Am lebenden Objekt? Wovon redeten die beiden?

»Sehr gut. Komm rein.« Mareike-Helene streckte eine Hand nach Cara aus und zog sie ins Zimmer. Kurz war es still, dann hörten wir einen Aufschrei: »*Oh mein Gott!* Gigi! Wie ist das passiert?« Danach ging das Flüstern wieder los und nach einer knappen Viertelstunde kamen Cara und Mareike-Helene raus. Caras Blässe war verschwunden, ihre Augen blitzten kämpferisch. In ihrer Gesäßtasche steckte eine Schere.

»Jetzt redet schon, was ist mit Gigi?«

Mareike-Helene überhörte meine Frage und wandte sich an ihren Freund. »Sag mal, ich weiß, dass Jonas' Zeichnungen total lichtempfindlich sind. Aber … können wir die heute mal abhängen? Wir brauchen euer Zimmer. Und wir brauchen Tageslicht!«

»Ich … ähm … ich glaub schon.«

Cara zog Lexi zu sich und flüsterte ihr was ins Ohr. Lexi riss überrascht die Augen auf, dann nickte sie ungefähr hundertmal und rannte weg. Verdutzt sah ich ihr hinterher. »Könnt ihr Nian und mich vielleicht mal aufklären? Was ist los mit Gigi?«

Keine Chance. Cara war im Orga-Modus. »Nian, wo ist euer Zimmer?«

»Jetzt?«, fragte der überrascht. »Aber dann kommen wir zu spät zum Unterricht!«

»Gibt Wichtigeres«, brummelte sie. »Gibt Wichtigeres.«

*

Nian und ich gingen den Korridor vor seinem Zimmer auf und ab. Mareike-Helene und Cara waren jetzt schon eine Ewigkeit da drin. Genau wie Lexi, die wortlos mit einer vollen Plastiktüte an uns vorbeigerauscht war. Was *machten* die in dem Zimmer?

Das Adrenalin, das meine Müdigkeit verdrängt hatte, schlich sich wieder aus dem Körper. Ich gähnte. Die Nacht steckte mir in den Knochen. Um wach zu bleiben, knabberte ich an dem Brötchen. Ich hielt Nian das andere hin. Er lächelte und sagte: »Danke, geht nicht. Gluten …« Ach blöd, das hatte ich vergessen.

»Ich weiß fast nichts über dich«, stellte ich fest, als mir aufgefallen war, dass wir das erste Mal miteinander allein war. Im selben Moment schlug ich die Hand vor den Mund. Der Ehrenkodex, dachte ich. Scheiße, der Ehrenkodex. Aber Nian schien heute nicht in *Orange Is The New Black*-Laune zu sein.

»Was willst du denn wissen?«, antwortete er nur.

Erleichtert nahm ich die Hand wieder runter. Ein Freifahrtschein! Super. Ich fragte ihn, was seine Eltern machten (sie waren Opernsänger!), und dann, nachdem ich ihm erzählt hatte, warum *ich* hier war, wagte ich mich an die große Frage: warum er hier gelandet war. Seine Antwort überraschte mich.

»Echt? Du *wolltest* hierher?«

»Na ja, vor allem wollte ich nicht jeden Tag in ein leeres Haus kommen. Ich war fast immer allein. Wenn meine Eltern nicht bis nachts proben oder Auftritte haben, touren sie.«

»Keine Geschwister?«

Er schüttelte den Kopf.

Ob er keine Freunde hatte, fragte ich nicht mehr. Die Antwort lag auf der Hand.

»Ich hab mich so auf die Doppelzimmer gefreut!«, erinnerte er sich. »Als ich Jonas zum ersten Mal gesehen habe, hätte ich ihn am liebsten abgeknutscht.«

Abknutschen? Seinen Zimmergenossen? Diesen blassen, schüchternen Jungen mit Zahnspange, der Aquarellzeichnungen malte, die man vor Licht schützen musste? Als könnte Nian meine Gedanken lesen, sagte er: »Jonas ist klasse. Und es ist mir so was von egal, wenn er wegen seiner Bilder mal wieder alles abgedunkelt hat. – Wenn ich unsere Tür aufmache, ist immer jemand da. Das ist viel wichtiger.«

Krass. *Ich* hätte sonst was dafür gegeben, mich allein in unserer Wohnung in Berlin verkriechen zu können, und Nian hatte sich aus eigenem Antrieb hier eingeliefert. »Wahnsinn«, sagte ich. »Du bist wirklich absolut freiwillig hier?«

»Klar! Und ich würde es jederzeit wieder tun! Genau wie Mareike-Helene übrigens.« Er lächelte versonnen. »Ihre Eltern sind nämlich auch immer unterwegs. Sie arbeiten beim Film. Als Stuntleute.«

»Du meinst, sie springen aus Häusern und werfen sich vor Züge und fahren mit Autos gegen Wände?«

Nian nickte. »Abgefahren, oder? Sie haben sich beim *Tatort* kennengelernt.« Ich musste ziemlich doof aus der Wäsche geguckt haben, denn er legte noch eine Schippe drauf. »Mareike-Helene sagt immer, sie hätten sich angeguckt und in Flammen gestanden.«

»Liebe auf den ersten Blick.« Sehnsüchtig dachte ich an Lukas.

»Nein – ich meine: in echt. Sie *brannten*.« Jetzt grinste er breit. Wahrscheinlich über mein blödes Gesicht. »In der Filmszene wurde gerade eine Tankstelle in die Luft gesprengt.«

Eine gesprengte Tankstelle. Brennende Eltern. Wie sollte ich das bitte in das Bild pressen, das ich von Mareike-Helene hatte? Die immer überkorrekt gekleidete Mareike-Helene, der Diplomatie aus jeder Pore strömte und die stets versuchte, jedes Risiko abzuwägen?

Resigniert zog ich jede einzelne Schublade aus meinem inneren Schubladenkasten heraus, schüttete ihren Inhalt auf einen großen Haufen und warf den Kasten über Bord. Im übertragenen Sinne natürlich. Im unübertragenen Sinne herrschte in meinem Kopf schlicht ein großes Chaos, das sich überraschend entspannt anfühlte. Nian bekam nichts von meiner innerlichen Aufräumaktion mit, er plauderte weiter über die Eltern seiner Liebsten.

»Die haben sogar schon bei Hollywood-Produktionen mitgemacht! Und sind ständig unterwegs. Mareike-Helene ist mehr oder weniger bei ihren Großeltern aufgewachsen. Die waren steinreich und steinalt. Sie sind vorletztes Jahr …« Er unterbrach sich, als hätte er zu viel gesagt. »Lass dir das am besten von ihr selbst erzählen. Ich kann nur sagen: Es war ein Geschenk für sie, endlich unter Gleichaltrigen zu sein. Sie ist voll aufgeblüht!«

»Auch wegen dir«, mutmaßte ich.

Nian errötete leicht. Wie süß war das denn bitte?

»Ihr könnt reinkommen!«, rief Cara. Die Zimmertür, an der Nian lehnte, schwang auf. Er verlor das Gleichgewicht und fiel buchstäblich mit der Tür ins Zimmer. Grinsend zog ich ihn hoch und folgte ihm.

*

»Was geht denn hier …?« Fassungslos starrte Nian Mareike-Helene an.

Sie hatte ihren gesamten Pony helllila gefärbt und sich über dem linken Ohr einen Minisidecut rasiert. Ich wünschte, ich hätte ein Foto von Lexi machen können, wie sie ein Foto von Nian machte, der seine umgestylte Freundin betrachtete. Lexi selbst war auch krass verändert: Sie hatte ihren halben Schädel rasiert, und der Rest fiel nicht mehr hell-, sondern dunkelblau über die Stoppeln.

»Fett, oder?« Die Aufregung war Lexi anzuhören.

Nian auch. »Ja schon … Aber … Warum …?«

Mareike-Helene tätschelte beruhigend seinen Arm und verschloss mit der anderen Hand ein kleines Plastikdöschen. Die Paste darin war grün. *Sehr* grün.

»Jetzt seid ihr dran«, befal Cara.

Wir drehten uns zu ihr um. Mir fiel die Kinnlade runter. Auch Cara hatte sich die komplette linke Seite ihrer Lockenpracht abrasiert. Der Rest war von breiten grünen Strähnen durchzogen.

Da explodierte Nian. »Sagt mal, geht's noch? Irgendwas ist mit Gigi los, und ihr erzählt es uns nicht und spielt stattdessen *Friseursalon?* Tickt ihr noch ganz sauber?«

»Wir spielen nicht Friseursalon. Wir setzen ein Statement!«, berichtigte Mareike-Helene. Und dann ließ sie endlich die Katze aus dem Sack: »Irgendwer hat Gigi heut Nacht den halben Schädel rasiert.«

»Seine schönen langen Haare!«, warf Cara jammernd ein. »Abra-siert!«

»Du kannst dir vorstellen, wie fertig der ist.« Mareike-Helenes zusammengezogene Brauen waren der erste Hinweis, dass sie nicht ganz so entspannt war, wie sie tat. »Kein Wunder, wenn ihr mich fragt. Was für eine unglaubliche Demütigung!«

Cara bebte vor Wut. »Sie sind reingeschlichen, als Rasmus und Gigi geschlafen haben, und haben einfach den Rasierer angesetzt. Als Gigi aufgewacht ist und sich wehren wollte, haben sie ihm was in den Mund gestopft und weitergemacht! Stellt euch das mal vor!«

What the fuck, dachte ich. *What the fucking fuck?*

»Hat er gesehen, wer das war?«, fragte Nian leise.

»Nope«, erwiderte Mareike-Helene. »Behauptet er jedenfalls.«

»Und Rasmus …?«, fiel mir ein.

»Hat geschlafen wie ein Bär.« Mareike-Helene interpretierte das zischende Geräusch, das ich machte, absolut richtig. Sie zuckte die Schultern. »Ja, ich weiß … Jungs. Frag mich nicht.«

»Aber das war noch nicht alles!« Cara schrie beinahe vor Wut. »Bevor sie abgehauen sind, haben sie noch *SCHEISSPUSSY, VERPISS DICH!* an die Wand gesprayt. Quer über seine gesamten Modelle!«

Das klang mehr nach Berlin-Marzahn oder nach Bronx als nach Eliteinternat. »Was für eine Sauerei!«, sagte ich tonlos. »Was für eine verdammte Sauerei!«

Nian biss sich auf die Lippe und deutete nacheinander auf Mareike-Helene, Cara und Lexi. »Und jetzt macht ihr …?«

»Nicht ihr. *Wir*«, verbesserte Lexi.

»Wisst ihr, als ich Gigi gesehen hab – er sah aus wie ein gerupftes Huhn –, dachte ich, dass Cara ihn irgendwie wieder hinkriegen könnte. Schließlich ist ihre Mutter doch Friseurin, da hat sie sich glücklicherweise einiges abgeguckt. Und sie hat echt das Beste draus gemacht. Aber vor allem …«, Mareike-Helene lächelte in Caras Richtung, »… hatte sie eine tolle Idee.«

Cara lächelte zurück. »Ach, die hatten wir doch zusammen! Weil es eben nicht reicht, die Spuren des Überfalls zu vertuschen. Im Gegenteil! Wir lassen diesen Ärschen nicht das letzte Wort. Wir müssen das öffentlich machen!«

»Aus Solidarität!«, rief Lexi. »Weil wir Gigi nicht allein lassen. Wenn er geschoren wurde, scheren wir uns eben auch. Wir sind schließlich Freunde.«

»Und damit keiner unser Statement übersieht, haben wir unsere Haare auch gefärbt. Zumindest teilweise, weil – na ja, so viel Farbe hatte Lexi auch wieder nicht gehortet.«

Cara funkelte uns an. »Was ist? Macht ihr mit?«

Ich schluckte. Meine Haare? Ich hatte sie nicht mehr geschnitten, seit Ma …

»Sollten wir das nicht besser melden?«, fragte ich vorsichtig. »Die finden bestimmt raus, wer das war.«

»Klar!«, ätzte Cara. »Und was passiert dann?« Das Rosa ihres Pullis biss sich mit den grünen Strähnen. »Sie kriegen 'ne Strafe. Toll. Wem nützt das? Ich sag's euch, das müssen wir diesmal echt selbst in die Hand nehmen.«

Ich zwirbelte meine Haare zwischen den Fingern, wie Lukas das immer tat. Meine Haare.

»Muss ja nicht so extrem sein wie bei Lexi und Cara«, beruhigte mich Mareike-Helene. »Ich habe auch nur ein bisschen wegrasiert. Es geht vor allem um die Geste.«

Nian zögerte nicht. Er setzte sich auf den Drehstuhl an seinem Schreibtisch. »Okay. Fang an, Cara«, sagte er.

*

Dreitausendsechshundertzweiundfünfzig, Montag
Du glaubst nicht, was alles passiert ist!

Ich hab einen Sidecut, irgendwas zwischen M-Hs Babyversion und Caras und Lexis Hardcorevariante. Mit einer fetten knallroten Strähne vorne an der Stirn. Kannst du dir das vorstellen? Das ist ungelogen die erste Farbe an mir seit – was? Fünf Jahren?

Aber so krass es auch ist – Nian ist krasser. Den feier ich echt! Er hatte eh schon einen Undercut, deshalb haben sie ihn blondiert, das war voll der Akt, wegen der asiatischen Haarstruktur, sagt Cara. Und dann hat er, halt dich fest!, »Wennschon, dennschon!« gesagt und sich von M-H den Rock geliehen, den Gigi ihr zum Geburtstag genäht hat. Und er hat ihn ANGEZOGEN! Stell dir das mal vor! Für Gigis Verhältnisse ist der zwar voll dezent, dunkelblau und lang, aber trotzdem. Wir fanden die Idee so gut, dass wir Nians Krawattenlager geplündert haben. (Er hat 28 Stück! Für Konzerte, sagt er.) Am Ende hatten wir alle eine um. Meine war so rot wie meine Haarsträhne, und wie man sie bindet, weiß ich jetzt auch.

Lexi hat alles fotografiert, mit Nians Kamera, die ganze Zeit. Von wegen »wichtige politische Aktion« und so. Cara ist dann noch mal los, um im Salon ihrer Mutter Farbnachschub zu besorgen. Massenhaft, damit wir den Plan auch wirklich durchziehen konnten. Der Rest von uns ist zum Unterricht. Und, ganz ehrlich: Als ich plötzlich allein war, hatte ich schon Schiss.

Ich kam in die Turnhalle, und alle haben mich angestarrt. Isabella hat voll schockiert geguckt, die anderen haben sich bepisst vor Lachen. Und ich: Feuermelder. Immerhin hat mein Gesicht dann zu den Haaren gepasst, haha. Die Granada hat gefragt, was das soll, da hab ich von Gigi erzählt. Alles. Auch dass jeder, der diesen Überfall genauso scheiße findet wie wir, sich in Nians Zimmer umstylen lassen kann. »Es ist Zeit, Farbe zu bekennen!«, hab ich zum Schluss gesagt. Auf den Slogan ist M-H gekommen, ausgerechnet!

In der nächsten Unterrichtsstunde (Bio beim alten Romero) waren wir nur zu acht. Aber kurz vor Schluss ging die Tür auf, und Hannah kam reingerollt. Hinter ihr Isabella und Marvin, der Nerd. Hannahs Haare waren nicht mehr blond, sondern gelb, Isabellas hennarot und an BEIDEN Schläfen rasiert. Und Krawatten hatten sie auch beide um. Marvins Haare sahen noch aus wie immer (Straßenköterspießerhaare), aber er trug einen von Isabellas Röcken!!!

Chrystelle und Lisa und die Honks haben losgebrüllt, als ob Jilet Ayşe reingekommen wär und den Witz des Jahrtausends gerissen hätte. Aber die kennen sie bestimmt nicht mal, die sind eher so die Mario-Barth-Fraktion. Würg. Aber ich hab auch ganz schön blöd geguckt. Weißt du, ich hab echt alles an Marvin scheiße gefunden. Seine Polohemden, seine Pickel, das ganze Strebergetue. Aber in dem Moment hätte ich ihn am liebsten umarmt.

Ging nur nicht, weil dann Ecco von seinem gefakten Lachflash

runtergekommen ist und Isabella angebrüllt hat: »Krasse Scheiße,
Peace, habt ihr zu viel geraucht, oder was?« Und dann hat Isabella
mich angegrinst. Gesagt hat sie nichts. Erst als Romero aus seinem
Koma aufgewacht ist und wissen wollte, was der Tumult soll, hat
Hannah die Geschichte von Gigi erzählt.

*

Ich rannte den Gang entlang zu Gigis Zimmer, klopfte und riss, ohne eine Antwort abzuwarten, die Tür auf. Gigi lag mit dem Gesicht zur Wand auf dem Bett.

»Lasst mich doch endlich in Ruhe.«

»Hast du schon mal aus dem Fenster geguckt?«

»Geh weg!«

Hinter mir polterte Mareike-Helene ins Zimmer. »Es reicht mit dem Selbstmitleid! Geh ans Fenster.« Alles an ihrem Tonfall sagte: straffen und aufrichten. Und Gigi straffte sich und richtete sich auf. Dann drehte er sich um.

Als er uns sah, sprang er auf. »Shit, was ist mit euch …?«

»Mach schon!« Ich scheuchte ihn zum Fenster. »Guck raus!«

Er lief tatsächlich zum Fenster. »Ach du Scheiße«, murmelte er. »Ach du, ach du –«

»Gönn dir das«, sagte ich und nahm seine Hand.

Mareike-Helene legte ihm den Arm um die Schultern. »Du bist nicht allein, weißt du?«

Schweigend betrachteten wir die Schüler, die sich vor dem Schulgebäude tummelten. Bestimmt die Hälfte von ihnen hatte rasierte Seiten oder bunte Strähnen – gefärbt oder mit Klipsen in den Haaren befestigt, viele Mädchen trugen Krawatten und zwei Jungs sogar Glitzerschals. Auf einmal war Hoge Zand bunt.

»Das glaub ich nicht …«, flüsterte Gigi.

»War Caras Idee«, erläuterte ich.

»Wirklich? Caras?« Seine Stimme wurde ganz weich.

»Ja. Ist ein Statement.«

»Ein Statement«, echote er. »Für mich.«

Seine Augen glänzten.

Mareike-Helene und ich grinsten uns an.

Strike.

*

Isabellas Radiowecker blinkte. 22:15 Uhr. Ich war zu müde, um zu schlafen. Und zu müde, um wach zu sein. Mein schlechtes Gewissen quälte mich. Letzte Nacht war Tinka in meinen Armen fast gestorben, und ich? Hatte es in der Hektik des Tages komplett vergessen. Genau wie unsere Verabredung am Kiosk! Verdammt.

Erst jetzt, im Bett, mein Kopf noch voller als in der vergangenen Nacht, fiel es mir wieder ein. Ich fragte mich, wie es ihr ging. In meiner Fantasie sah ich sie in den Dünen liegen, fiebernd zwischen Urrindern. Oder zusammengekrümmt und wimmernd in ihrem Zelt. Oder am Ende sogar … Oh Himmel! Ich setzte mich auf. Ich musste herausfinden, ob sie okay war. Ich quetschte den Spinnwebschlafsack in meine Hosentasche und schlüpfte durch den Notausgang nach draußen.

Die schlimmen Bilder blieben allerdings nicht zurück. Sie folgten mir und schwebten mir ständig vor Augen. Ich kletterte über den Zaun und begann zu rennen.

Die Taschenlampenfunktion meines Handys war ein Witz. Die Finsternis schmatzte das schwache Licht einfach weg. Um mich herum knisterte, rauschte, knackte die Nacht. Ich rannte noch schneller.

Erst als ich das leuchtende Zelt sah, wurde ich langsamer. Und als ich der Länge nach hinknallte, den Fuß in einen von Tinkas Fallstricken verheddert, die Wange im Sand, und von Ferne ihre Stimme »Alina?« rufen hörte, atmete ich erleichtert aus.

*

Wir saßen auf Hockern vorm Zelt. Tinka kochte uns Tee auf einem Gasbrenner, der mit »kaltem Feuer« funktionierte – wieder so ein Outdoorfreakkram, von dem ich noch nie gehört hatte. Kaltes Feuer. Kurz überlegte ich, vielleicht doch eine Karriere als Physikerin einzuschlagen – so langweilig konnte das Fach gar nicht sein, wenn man derart abgefahrene Sachen erfinden konnte. Und zum Nachtisch würde ich dann immer frittiertes Eis auf kaltem Feuer machen. Ich musste kichern.

»Sorry, dass ich dich versetzt hab. Wenn du wüsstest, was heute los war …«, sagte ich und kicherte weiter. »Ich bin so froh, dass du okay bist.«

Die Erleichterung, Tinka gesund anzutreffen, war wie ein Heliumballon in meinem Kopf. Mir war, als würde ich jeden Moment abheben. Die Müdigkeit war wie weggeblasen. Falls ich gerade verrückt wurde, war dies mit Sicherheit die angenehmste Form von Verrücktheit. Ich konnte einfach nicht mehr aufhören zu kichern, dabei hatte ich so viele Fragen an sie: Warum sie am Morgen wieder einfach abgehauen war, was ihre Fieberfantasien in der Nacht zu bedeuten hatten, vor wem sie auf der Flucht war, wie sie von der hohlen Linde hatte wissen können, und wer ihr von Isabellas Sneaker erzählt hatte. Aber statt zu fragen, giggelte ich vor mich hin. Tinka grinste wortlos mit und rührte in dem Tee. Rasend schnell war das Wasser heiß gewesen. Sie goss ein und hielt mir einen Becher hin. In das Metall war dasselbe Logo gestanzt, das ich schon von ihrem Zelt und der Jacke kannte. Ein kleiner roter Kreis mit einem Punkt in der Mitte. Sie schien ein Faible für diese Firma zu haben. Der Becher dampfte.

»Lolo-Beere«, erklärte sie. »Mein Lieblingstee.«

Lolo-Beere? Nie gehört. Wahrscheinlich so ein schweineteures Superfood von einem kleinen Berghang am Amazonas. Südseite. Er duftete jedenfalls köstlich. Ich nippte vorsichtig. Der erste Schluck schmeckte nach Himbeere. Der zweite nach Gummi. Der dritte nach Hühnerbrühe.

»Lolo macht dir klar, wo du innerlich stehst. Aber dazu musst du deine Gedanken fokussieren.« Wenn sie dozierte, erinnerte mich Tinka an Lexi. »Oder ruhiger werden. Sonst schwankt der Geschmack zu sehr.«

Klang ziemlich Eso. »Gibt's den im Bioladen?«

Sie winkte ab. »Tut mir leid, dass ich nicht warten konnte, bis du wach warst«, entschuldigte sie sich. »Ich hatte einen Termin.«

Einen Termin? Das Kichern drückte gegen meine Brust. Es musste raus. »Einen Termin?«, prustete ich. »Hier draußen? Mit den Urrindern, oder was?« Ich lachte, bis mir der Bauch wehtat. Der Tee schmeckte nach Smarties. Ich fühlte mich zum ersten Mal seit langer Zeit richtig frei.

»Geht's dir gut?«, fragte Tinka besorgt.

»Du glaubst nicht, was in den letzten Tagen alles passiert ist«, sprudelte es aus mir heraus. »Da könnte man einen ganzen Roman drüber schreiben!«

»Echt? Erzähl!« Tinka goss mir Lolo-Tee nach. Er schmeckte jetzt seltsamerweise nach Milch mit Pfefferminze.

»Okay, aber danach bist du dran. Meine *Sachen die ich Tinka fragen will*-Liste ist schon meterlang!«

»Geht klar, aber erst du!«

Ich erzählte von dem Moment an, an dem sie mich verlassen hatte. Von heute morgen, von Gigi und wie wir eine Revolution gestartet hatten. Der Tee schmeckte nach Sekt.

»Und das alles nach der Sache mit dir heute Nacht! Ich bin fast gestorben vor Sorge!« Der Tee schmeckte nach zu viel Bittermandel.

Ich redete mich durch die Tage, rückwärts. Erzählte von den Lonelies und dass ich am Anfang Schiss gehabt hatte, dass sie mich nicht akzeptieren würden. Ich erzählte von Cara und von dem Fotowettbewerb. Vom geheimen Archiv und den seltsamen Zeitungsartikeln darin, die über ein »Dunkelschiff« berichteten. Vom ersten Tag, als ich das Schiff vom Internat aus gesehen hatte. Und wie Kunze mir einzureden versucht hatte, dass da nichts gewesen war. Und Frau Tongelow auch. Ich erzählte, wie nett Frau Tongelow war. Und auch: wie krank. Und dass sie plötzlich wie vom Erdboden verschwunden war. Dass wir überall gesucht hatten. Und dass einige Leute auf der Insel offenbar irgendwas wussten, aber hartnäckig schwiegen. Ich erzählte von Lexi, deren Eltern sie seit drei Jahren anschwiegen und die sich deshalb an Frau Tongelow klammerte wie an eine Rettungsboje.

Ich monologisierte zwei Riesentassen Lolo-Tee lang. Als mir auffiel, dass Tinka nur nickte und hm-hmte, stoppte ich mitten im Satz. Ich sah sie direkt an. »Wann erzählst *du mir*, was mit dir los ist?«

Das Gegenteil meiner Ausbruchstrategie: Überfallstrategie.

»Was meinst du?«

»Ach, komm schon! Du bist doch vor irgendwas abgehauen. Zu deinem Onkel, weil der so ein Freak ist, dass er garantiert mit keinem aus deiner Familie Kontakt hat. Aber gleichzeitig gehst du ihm aus dem Weg und versteckst dich hier. Du wohnst lieber in einem Zelt und nicht bei ihm. Wieso?«

»Mein … ähm … Onkel ist ein bisschen speziell.« Das konnte sie laut sagen. »Er lebt sehr … puristisch.«

»Puristisch? Er hat nicht mal Möbel!«

»Ich sag ja, er ist speziell«, meinte Tinka nur. Mehr nicht.

Sie sah über meine Schulter ins Nichts. Mein Tee schmeckte nach Zitrone.

»Du hast letzte Nacht geredet«, sagte ich. »Du warst im Fieberwahn. Du hattest Angst.«

»Angst?« Sie klang distanziert, kühl.

»Ja. Und du weißt Sachen, die du gar nicht wissen kannst. Das mit der Linde. Isabellas Medizin.« Ich nahm noch einen Schluck Tee, ehe ich weitersprach. Eisbonbon. Ich beschloss, es zu riskieren. »Du hast eine … *Gabe*. Du bist hellsichtig, oder? Bedroht dich jemand deswegen? Versteckst du dich deshalb hier?«

»Hellsichtig?« Sie atmete aus, so tief und lange, als hätte sie vorher minutenlang die Luft angehalten. Dankbar irgendwie, erleichtert. Wahrscheinlich, weil ich von selbst drauf gekommen war.

»Ich habe also recht!« Ich könnte, dachte ich, zur Polizei gehen später, CSI-mäßig. Oder Psychologin werden wie die Pawlowa. »Deshalb wusstest du von der Linde! Deshalb konntest du Cara und mich warnen!«

»Schhhht …!« Sie presste einen Finger auf ihren Mund und schüttelte erschrocken den Kopf.

Als ob uns hier jemand hören konnte. »Wahnsinn!«, flüsterte ich. »Du hast es *vorher* gewusst! Wie geht das?«

»Ich kann darüber nicht reden«, flüsterte sie zurück.

»Warum nicht? Jetzt, wo ich es eh weiß, kannst du mir den Rest doch auch noch erzählen. Sozusagen als … Belohnung.« Ich grinste.

Sie dachte einen Moment lang intensiv nach. »Okay«, sagte

sie schließlich. »Aber zuerst musst du mir von *deiner* Familie erzählen.«

»Aha. Es hat also mit deiner Familie zu tun, dass du hier bist«, schloss ich. Polizei, definitiv. Fand Tinka offensichtlich auch.

»Messerscharf kombiniert, Miss Sherlock!«

Ich lachte. »Deal. Was willst du wissen?«

»Erzähl von deinem Vater.«

»Von meinem *Vater*? Der ist total langweilig. Was soll ich denn da erzählen?«

»Egal. Irgendwas … *alles.*«

*

Am Anfang wusste ich echt nicht, was ich erzählen sollte. Die spannende Person in meiner Familie war meine Mutter, immer gewesen, auch nach ihrem Verschwinden. Aber Pa? Pa war lieb, aber alles in allem eher … ruhig? Belanglos? Unsichtbar?

Aber bitte, wenn Tinka sich für ihn interessierte – mir war's recht. Über Pa zu erzählen, war, anders als bei Ma, kein Minenfeld. Pa war … mein Zuhause.

Ich fing mit seinen Forschungen an, aber das war *wirklich* zu langweilig, deshalb schwenkte ich über zu seiner Manie, alles zu kaufen, was knallbunt war. Dann erzählte ich davon, wie er Dinge in Übergrößen abfeierte. (Mit den Regenschirmen, die er kaufte, ließen sich ganze Dörfer trocken halten. Unsere Wohnzimmerlampe konnte man nur gebückt passieren. Und unsere Badewanne? Hatte die Größe des Schwielowsees.) Je länger ich redete, desto mehr fiel mir ein. Wie gern er leckere Rezepte erfand, was sich im Laufe der Zeit auf seine Figur ausgewirkt hatte, und wie er sich, als er feststellte, dass Lukas vegan war, zum veganen Superkoch mauserte.

Tinka hörte zu, ohne mich zu unterbrechen. Sie lächelte, manchmal lachte sie laut, und ihr offener, wacher Blick trieb mich an, mehr und immer noch mehr zu erzählen. Und mir fielen tatsächlich immer neue Geschichten ein. Annika zum Beispiel, die Frau mit der gigantischen Brille und dem netten Grinsen, die er, als ich dreizehn war, eines Tages zum Abendessen zu uns nach Hause mitgebracht hatte. Eine »Kollegin«, na klar. Sie hatten sich die ganze Zeit verliebte Blicke über den Tisch zugeworfen. Bevor ich allerdings ein klares Gefühl dafür entwickeln konnte, dass es eine Frau in Pas Leben gab, die nicht Ma war, war es schon wieder vorbei gewesen. Annika hatte gerade mal vier Wochen gehalten.

Ab dem Moment rutschte auch Ma in meinen Monolog. Ich erzählte von Sachen, an die ich schon ewig nicht mehr gedacht hatte: wie wir zu dritt abends in meinem Zimmer gesessen hatten, ich im Bett und Ma und Pa zusammen im Sessel. Wie er mit seiner übertriebenen Märchenstimme vorgelesen oder mit Fingerpuppen Theater für mich gespielt hatte, seltsame Stücke, die er sich ausgedacht hatte, und die *Grunzgrunz – die Schweineblume hat Hunger* hießen oder *Der schrischraschreckliche Papierzauberer* oder *Die kleine Maus mit dem großen Pickel*. Und wie Ma und ich uns dann immer kaputtgelacht hatten.

»*Grunzgrunz – die Schweineblume hat Hunger?*« Tinka verschluckte sich vor Lachen. Nach einer Weile sagte sie leise: »Er klingt gar nicht langweilig. Er klingt toll. Richtig toll.«

»Ja, das war er«, sagte ich. »Aber dann …« Meine Stimme brach. »Pa hatte mich nie belogen, wir hatten nie Geheimnisse voreinander, das war ein Familiengesetz: keine Geheimnisse! Aber als Ma … als sie verschwunden ist, hat er plötzlich das Gesetz gebrochen. Er hat mir jahrelang verschwiegen, dass sie … dass sie sich *umgebracht* hat.«

Der letzte Schluck Lolo-Tee schmeckte nach verbranntem Teer. Ich spuckte ihn aus. Ich erinnerte mich viel zu gut an die dicke Schicht Stille, mit der Pa das Geheimnis umgeben hatte. Sie hatte mich fast erstickt.

»Deine Mutter hat sich *umgebracht*?« Tinkas Stimme klang schrill. »Sag nicht, dass du … Das würde sie doch niemals …!« Es brummte, Tinka zuckte und verzog das Gesicht. Es sah aus, als hätte sie Schmerzen. Ich erschrak.

»Tinka, alles okay mit dir?«

Sie wischte die Frage weg. »Ich meinte, bist du wirklich sicher, dass es *Selbstmord* war?«

Ich sah zum Meer. Und spürte dahinter noch ein anderes Meer liegen, ein dunkleres, voller Strudel und Abgründe, unberechenbar und *bösartig*.

»Was denn sonst, Tinka. Sie hat uns sogar einen Abschiedsbrief hinterlassen.«

Der Teergeschmack in meinem Mund ließ sich nicht wegschlucken. Er wurde stärker und stärker. Tränen sammelten sich in meiner Kehle, im Rachen, in der Nase, in den Augen.

*

21. Mai 2007
Meine geliebte Alina, mein geliebter Lars,
Ich kann nicht mehr.
Ich liebe euch, aber wenn ich das nicht tue, dann werde ich
es bereuen.
Es kann nur besser werden.
Ich liebe euch.
Alina, wenn du 16 bist, g

Darunter war der Zettel abgerissen gewesen.

*

Ich spürte ihre Arme um mich und fiel.

Etwas in mir brach auf: all die Türen, die ich fest vernagelt hatte und die meine Tränen jahrelang zurückgehalten hatten. Ich weinte an Tinkas Schulter, ich weinte wie ein Baby, und sie hielt mich und weinte auch, und dieser Moment mit ihr fühlte sich ewig an und wie der einzige Ort der Welt, der sicher war.

»Er war *abgerissen*?«, fragte Tinka leise, als ich mich wieder losmachte.

»Hm …«, sagte ich wacklig. Ich traute meiner Stimme noch nicht.

»Hast du dich nie gefragt, was da gestanden hat?«

»Klar, was denkst du denn?«, schniefte ich. »Aber sie hat's eben abgerissen, warum auch immer. Sie hat's vermutlich mitgenommen, und es schwimmt irgendwo im Meer. Wahrscheinlich haben's die Fische gefressen. Was auch immer sie mir noch sagen wollte – offensichtlich hat sie's sich anders überlegt.«

Ich war jahrelang wütend gewesen, dass sie das getan hatte. Warum hatte sie nicht wenigstens gleich den ganzen Satz abgerissen, sondern mich mit einem Bruchstück zurückgelassen? Einem Satzfetzen, der mich jahrelang verfolgen sollte, den ich analysiert hatte bis zum Abwinken, der auf so vielen Seiten meiner Tagebücher auftauchte. Warum? Über die Jahre hatte sich meine Wut dann zerschlissen, denn, ganz ehrlich: Welchen Sinn hat Wut, wenn man sie nicht auf den Menschen richten kann, der sie auslöst? Wohin damit?

Mutlos ließ ich mich vom Hocker in den Sand fallen, auf den Rücken, zwischen Dünensand und Büschelgras. Jetzt war ich doch wieder müde. Am Himmel mussten Möwen fliegen. Man sah sie nicht, aber man hörte sie. Sie schienen sich gegenseitig Anweisungen zuzuschreien. Oder Drohungen. Oder Witze über Menschen, die nicht damit klarkamen, grundlos verlassen worden zu sein. Warum flogen nachts überhaupt Möwen herum? Mussten die nicht schlafen? Meine Lider fühlten sich an, als würden sie über grobkörniges Schleifpapier gleiten.

Von Tinka kam ein Geräusch, und ohne hinzusehen, wusste ich, dass sie die Handflächen mit verschränkten Fingern nach vorne gedrückt hatte, bis ihre Knöchel knackten. Das machte ich auch immer. Ein Geräusch, das jeden verrückt machte. Nur mich natürlich nicht.

»Du glaubst also, dass sie den Zettel zerrissen und nur die Hälfte dagelassen hat?«

Ich sah sie von unten an. »Was denn sonst?«

Sie sagte nichts, stocherte nur im Feuer herum.

»Du denkst, dass Pa …?«

Stocher. Stocher.

»Er hat dir jahrelang verschwiegen, was wirklich passiert ist«, begann sie. »Wahrscheinlich, um dich zu beschützen. Und als es nicht mehr anders ging, hat er dir den Zettel gezeigt, aber er war nicht vollständig. Vielleicht dachte er: Die halbe Wahrheit ist besser als gar nichts. Und den Rest hat er …«

Es klang so logisch, und ich konnte nicht fassen, dass ich nie, nie!, auf diese Idee gekommen war.

»Wer weiß, was da stand.« Warum versuchte Tinka, ihn in Schutz zu nehmen? Sie kannte ihn doch gar nicht. »Er scheint ja einen ausgeprägten Beschützerinstinkt zu haben.«

Hm.

»Aber … was hätte Ma denn schreiben können, vor dem man mich beschützen muss?«

Tinka dachte nach, lange, als suchte sie die richtigen Worte.

»Keine Ahnung«, meinte sie schließlich. »Was weißt du denn von ihr?«

Komische Frage.

»Sie war ... Architektin. Sie hat den besten englischen Teekuchen gebacken und konnte irre gut Squash spielen. Sie fand Auberginen eklig und hat total gern Krimis gelesen. Skandinavische.« Ich dachte einen Moment nach, dann brachte mich eine Erinnerung zum Lächeln. »Ach ja, und sie hat mir beigebracht, wie man Marienkäfer, Kraniche und japanische Wurfsterne faltet. Sie ... hatte Chorea Huntington und ist zweiunddreißig Jahre alt geworden ... Sie ist ... tot.« Mein Lächeln erlosch. »Ertrunken. Oder ...« Ich gab mir einen Ruck. »Wahrscheinlich wohl eher: ertränkt. Selbstmord.«

»Haben sie die Leiche jemals gefunden?«, fragte Tinka ungerührt und beobachtete mein Gesicht. Las darin offensichtlich alles, nickte, und fragte: »Was weißt du eigentlich *wirklich* über deine Mutter?«

13

Siebenerjahre

Dreitausendsechshundertfünfundfünfzig. Donnerstag.
Vor dreizehn Tagen hab ich Pa Tschüs gesagt. Dreizehn Tage!
   Mittlerweile ist er drüben angekommen. In Charlotte. Seine letzte Mail war voll amerikanisch, total hyper. Wahnsinnshaus! Wahnsinnskollegen! Wahnsinnsjob! Nur mich, mich vermisst er.
   Ich ihn auch.
   Ich hab zurückgemailt, ob für ihn nicht auch mal wieder 'ne tolle KollegIN dabei sei oder 'ne nette Nachbarin. So was wie Annika halt, der einzigen Frau nach Ma (bzw. die einzige, von der ich weiß, weil er sie mitgebracht hatte). Glaub mir, ich finde es voll schrecklich, mir Pa irgendwie »intim« mit einer Frau vorzustellen (*würg*), aber wenn ich erwachsen denke (»Denk erwachsen, Alina!« Ja, Pa.), also wenn ich erwachsen denke, glaub ich, eine Freundin würde ihm guttun. Dann würde er aufhören, so ein Übervater zu sein. Und immer bloß Darmbakterien – das ist doch auch kein Leben. Na ja ... ihm reicht's offensichtlich. Wenn ich länger drüber nachdenke, ist es eigentlich auch besser, wenn er sich da drüben nicht verliebt, sonst muss ich meine Urlaube ab jetzt in North Carolina machen. Und ganz ehrlich: No, thanks.
   Er hat ja echt lang versucht, mir das schmackhaft zu machen. Von wegen toller Landschaft (Appalachen) und toller Tiere (Alligatoren, na danke) und toller Entwicklungsmöglichkeiten (Hashtag Sprachkompetenz) – aber ich hab nur an Rednecks gedacht und an blondierte Cheerleader und irre Rassisten, die mit ihren Knarren rumwedeln und damit drohen, sich gegenseitig abzuknallen.

Ich weiß, wie gern er mich mitgenommen hätte, aber da habe ich ihm alle Gegenargumente aufgezählt und ihn gefragt, ob er mich für so bescheuert hält, da freiwillig hinzugehen, hat er aufgegeben. Jetzt sitz ich hier. Und er ist trotzdem gegangen. So viel zum Thema Übervater. Amerikanische Darmbakterien müssen eine wahnsinnige Überzeugungskraft haben.

Die Buchstaben verwischten vor meinen Augen. Ich hatte mein Nachtlicht mit einem Tuch abgedeckt, um Isabella nicht zu stören. Das Licht im Zimmer war dunkelgrau. Ich versuchte, meine letzten Sätze zu entziffern, gab aber schnell auf. Was laberte ich da eigentlich? Ja, Pa war weg, und ja, er fehlte mir, aber ganz im Ernst: Es waren in den letzten Tagen wirklich wichtigere Dinge passiert als die Tatsache, dass mein Vater lieber die Bakterien aus amerikanischen statt deutschen Därmen analysierte … Igitt, by the way.

Manchmal laufen Stunden, Tage oder Wochen irgendwie verdichtet ab. Es gibt Zeiten, da passiert wochenlang so gut wie nichts, außer dass die Nägel wachsen, und dann gibt es Zeiten wie diese.

Samstag, Sonntag, Montag, Dienstag, Mittwoch, heute – und was war alles passiert: die Nacht am Strand mit Tinka, das unheimliche Schiff, Frau Tongelows Verschwinden, das geheime Archiv mit dem beunruhigenden Dokumentationsmaterial, Tinkas Vergiftung, der Überfall auf Gigi und zu guter Letzt ein nagender Zweifel daran, wie meine Mutter gestorben ist, der mich seit der Nacht mit Tinka am Nordstrand verfolgte wie ein beständiger Ton im Ohr, ein schriller, nervtötender Tinnitus. Zeit, an etwas Gutes zu denken!

Lukas … Vor dreizehn Tagen hab ich Lukas zuletzt im Arm gehabt. Dreizehn Tage! Verdammte Scheiße.

Ich senkte den Stift, sah in die graue Dunkelheit vor mir. Ich vermisste Lukas so sehr, dass es wehtat. Buchstäblich. Pa zu vermissen, passierte eher im Kopf, Pinar im Herzen und Lukas … eben im Körper.

Ich legte die Hand auf den Nabel. Irgendwo dahinter gab es eine geheimnisvolle Stelle, die auf ihn reagierte. Seit wir getrennt waren, mit Schmerz. Vorher mit Erregung. Jetzt im Moment flossen die beiden Empfindungen ineinander …

Wann immer ich mir vor Augen rief, wie er lächelte, oder die Unterlippe zwischen die Zähne zog, spürte ich diese Stelle. Oder wenn ich nachts an seinem Deo schnupperte, das ich mir heimlich nachgekauft und unter meinem Kissen versteckt hatte, damit ich hier nicht vergaß, wie er roch. Und wenn ich morgens auf dem Frühstückstisch Soja-Vanille-Joghurt stehen sah, Lukas' Lieblingsjoghurt – sogar dann sprang sofort mein Körper an. Die Fingerkuppen wurden heiß und pochten, als wären da zehn kleine Heizkörper drin, und alles zog sich um diese mysteriöse Stelle hinter meinem Nabel zusammen.

Wie lange ließ sich das aushalten? So eine erzwungene Trennung? Ich legte das Notizbüchlein auf die Decke, drückte die Finger auf die Schläfen. Immer wenn ich an Lukas dachte, kam ich total durcheinander. Mein Körper schmerzte, und meine Gedanken waren wie Konfetti, das von einem Luftzug erfasst wurde. Alles wehte zu ihm hin.

Vielleicht musste ich damit aufhören, die Tage zu zählen. Sie kamen mir hier sowieso schon viel, viel, *viel* länger als normal vor, womöglich, weil ich weniger online war oder weil so irre viel passierte. Vielleicht auch einfach, weil Warten die Zeit aufblähte?

Die Tage, bis ich Lukas wiedersah, wurden zwar immer weniger (es waren trotzdem, wenn's schlecht lief und er zwischen-

durch nicht doch mal ein Wochenende freikriegte, immer noch
158), die seit meiner Abreise dafür aber immer mehr.

Ich zupfte an dem Tuch über meinem Nachtlicht und sah rüber zu Isabella. Sie lag zusammengerollt im Bett. Ein kleiner Haufen Mensch unter einer Decke mit scheußlichen grünen Pünktchen, die in dem wabernden Dunkel grau und wie Mottenflügel aussahen. Nachdenklich betrachtete ich den Deckenhügel. Seit dem Tag, als ich den Vorhang abgerissen hatte, hatte sich etwas zwischen uns verändert. ... Und was die Medizin anging, mit der sie (unwissentlich) Tinka und (wissentlich) mir geholfen hatte ... Respekt.

Aber wie bescheuert – da hat sie so ein Talent, und, ganz ehrlich: Was kann sie damit anfangen? Was wird man, wenn man mit Pflanzen zaubern kann? Vielleicht sollte sie Medizin studieren oder ... Biologie? Pharmazie? Sie könnte auch Heilpraktikerin werden, aber dann nahmen die Leute sie wahrscheinlich nicht ernst.

Weil meine Augen immer wieder zufielen, schob ich schließlich das schwarze Heft unters Bett und löschte das Licht.

*

Dreitausendsechshundertsechsundfünfzig. Freitag.
Cara und Gigi haben noch mehr über das Schiff rausgekriegt! Mehr hat Gigi aber nicht rausgelassen, obwohl wir's eben beim Kaffee echt versucht haben. Weil Cara nicht dabei war!

Die beiden hängen seit dem Überfall ständig zusammen. Am Anfang hab ich gedacht, er ist ihr nur dankbar, weil sie den Notstand auf seinem Kopf zu einer Frisur verwandelt hat, aber ich glaub, die mögen sich wirklich. Sie ihn auf jeden Fall.

Die Aktion hat übrigens echt was bewegt – die Klassenzimmer waren tagelang voll bunt, und ganz viele sind zu Gigi hin, um mit ihm zu reden. Alles wegen Cara und ihrer Idee. Ich wette, Gigi ist voll beeindruckt von ihr. Wahrscheinlich steht er auf starke Frauen …

Und jetzt haben die zwei offenbar was Wichtiges über Frau Tongelows Verschwinden rausgefunden. Verdammt, ich könnte schreien vor Neugier! Es hat garantiert was mit diesem Geisterschiff zu tun. Aber Gigi ist das Gegenteil von einer Tratschtasche. Er hat sich geweigert, einen Mucks zu sagen, bevor Cara da ist. Weil er's ohne sie nie entdeckt hätte, sagt er. Aber die kann erst heute Abend, weil sie auf einen blöden achtzigsten Geburtstag muss. Deshalb muss ich noch bis nach dem Abendessen warten. Dann gibt's ne Konferenz in Gigis Zimmer. Wenn ich bis dahin nicht geplatzt bin vor Neugier.

Ganz ehrlich: Die beiden haben zwar GESAGT, dass sie jeden Nachmittag im Archiv nach Hinweisen suchen, aber ich hätte meine letzte Rolle Matcha-Oreos darauf verwettet, dass sie stattdessen auf der Decke am Boden rummachen. Aber die haben wohl ECHT geackert. Vielleicht ist mein Radar komplett im Arsch, und die beiden sind gar nicht verknallt?

Immerhin haben sie was ermittelt – als Gruppe irgendwas zu recherchieren, kannst du knicken, wenn das ganze Schloss voller Schüler ist.

Lexi ist deswegen fast durchgedreht. Der Überfall auf Gigi und die große Gigi-Soli-Aktion hat sie – auch wenn das blöd klingt – zumindest kurz von der Sache mit Frau Tongelow abgelenkt, aber am nächsten Tag ist sie voll abgestürzt. Ich hab den kompletten Dienstagabend mit ihr Dokus geguckt, damit sie nicht die ganze Zeit allein dasitzt, grübelt und Nägel kaut. Ihre Finger sehen schon richtig schlimm aus.

Nian hat Sonderurlaub, weil er ins Finale von so einem Geigenwettbewerb auf dem Festland musste. Ich hab nicht mal mit-

gekriegt, dass er bei so was mitgemacht hat, aber M-H sagt, die Vorauswahl war vor meiner Zeit hier. Vielleicht wird er ja ein zweiter David Garrett, aber ohne Skandale und noch viel schöner. Das kann ich später voll raushängen lassen: »Mit Nian Wang bin ich zur Schule gegangen. Der ist einer meiner besten Freunde.«

Ich steh ja eigentlich mehr auf Schlagzeuger, aber ich komm auch nicht aus so 'ner schicken Opernsänger-Familie wie Nian. Als Pa wollte, dass ich Blockflöte lerne, hab ich gesagt, wenn schon Instrument, dann Melodica, und das fand Pa zu quietschig, aber BLOCKFLÖTE?! Ich bitte dich! Jetzt spiel ich halt nichts.

Jedenfalls sind Nian und seine Geige schon seit vorgestern weg, aber heut Abend, zu Caras und Gigis »Konferenz« ist er wieder da. (Hat er eigentlich gewonnen?)

Es klingt gemein, aber eigentlich war's super, dass er weg war. Weil M-H dann nämlich niemanden zum Drankleben hatte und sich voll auf Lexi gestürzt hat. Win-win. Nian war noch keine Stunde weg, da hat sie Lexi schon mit zum Strand geschleift, Muscheln sammeln. Da liegen zurzeit ganz viele mit Löchern drin, massenweise und in allen Größen. Sieht aus wie hübsch vorgebohrt und so gekauft.

Lexi war voll fasziniert und hat natürlich gleich recherchiert und rausgefunden, dass die Löcher von Mondschnecken kommen. Klingt harmlos, aber das sind echte Monster. Die kriechen auf die Muscheln drauf, bearbeiten sie stundenlang mit ihrer Zunge und saugen sie dann aus. Lebendig. Lexi war voll erschüttert, als sie das erzählt hat, aber im Ernst: Austern leben auch noch, wenn man sie isst. (Seit ich das weiß, muss ich immer würgen, wenn ich sehe, wie Pa an Silvester genüsslich die Dinger ausschlürft. Und ich bin nicht mal vegetarisch wie Lexi oder gar vegan wie Lukas ...)

Lukas ...

Scheiße ...

Ich setzte für einen Moment den Stift ab und presste die Faust wieder auf den Nabel. Wenn das jetzt schon passierte, sobald ich nur seinen Namen schrieb, wie sollte sich das in den nächsten 157 Tagen nur entwickeln? Hundertsiebenundfünfzig … Und alles wegen Görans Scheißbein! Nicht dran denken. Jetzt ist jetzt! Ich setzte den Stift wieder an.

Jedenfalls hat das Lexi und M-H nicht abgehalten, die Überreste der ermordeten Muscheln auf Ketten aufzufädeln. Voll morbide, finde ich.

Aber immerhin hat sie was zu tun und denkt nicht nonstop an Frau Tongelow. Außerdem füttert M-H sie garantiert mit Schokolade, und die hilft ja angeblich gegen Unglücklichsein.

Man sollte M-H mal auf Kunze loslassen … Der sieht seit Tagen aus, als ob man ihn zu lange in Buttermilch eingelegt hätte. Ganz grau ist er, die Haut wie Pappe und die Stoppeln auf seinem Gesicht sehen aus wie bei einem Babyigel. Er hat Schatten unter den Augen, die sind richtig lila (!), und er starrt ständig vor sich hin.

Ob Lukas sich um mich auch solche Sorgen machen würde?

Wieder unterbrach ich. Sah auf das Geschriebene und rahmte *Lukas* behutsam ein. Zeichnete lauter kleine Luftblasen um den Rahmen. Malte um jede Blase winzige Pünktchen. Er fehlte mir so …

Als ich neulich im Turmzimmer war, um Lukas zu mailen, hat Kunze dort am Turmfenster gestanden. Und ich: voll erschrocken, weil ich ihn da oben noch nie gesehen hab. Er ist immer nur draußen. In letzter Zeit am liebsten am Zaun zum NSG. Da patrouilliert er stundenlang rum. Guckt durch sein Fernglas, auf die Uhr, zum Himmel. Voll seltsam. Ob der ahnt, dass Isabella und ich manch-

mal reingehen? Vielleicht hat er unsere Spuren gesehen? Ich muss vorsichtiger sein.

Jedenfalls gehört Kunze nach draußen und nicht nach drinnen – aber vor allem gehört er ganz sicher nicht in unseren Computerraum!

Er war so versunken, er hat nicht mal mitgekriegt, dass ich reinkam, obwohl ich ziemlich rumgepoltert hab. Er hat durchs Fernglas zur Nordspitze gestiert. Als ich »Hallo« gesagt hab, ist ihm das Ding vor Schreck aus der Hand gefallen, und ich schwöre, wenn's nicht so schräg gewesen wäre, hätte ich gelacht. Aber irgendwie ging das nicht. Er hat so … verzweifelt ausgesehen.

Er hat sich nach dem Fernglas gebückt, sein übliches »Hallo A… Alina« gestammelt und was von einem heraufziehenden Unwetter gefaselt. Dann ist er an mir vorbei die Treppe runtergeschlurft.

Ich bin natürlich gleich zum Fenster, und von wegen Unwetter! Strahlend blauer Himmel, kleine Schäfchenwolken drauf, ein richtig toller Tag. Was hat er bloß gesucht?

Mein Handy piepte los. Es war fünf vor sieben. Zeit fürs Abendessen. Und danach: Konferenz der Lonelies!

*

»Also los!«, drängte Lexi, als wir uns nach dem Essen alle bei Gigi versammelt hatten. »Was habt ihr rausgefunden?«

Rasmus war wie jedes Wochenende bei seinen Eltern, wir waren also unter uns. Das Zimmer hatte sich seit dem Überfall verändert. Rasmus hatte ein paar Stellen der verschmierten Wände mit kleinen Postern bedeckt: alles Radrennfahrer. Darüber, darunter und daneben hatte Gigi glänzende Tücher und fedrige Schals angepinnt. Für heute Abend hatten Cara und er Kissen auf dem Boden verteilt, auf denen wir im Kreis saßen – wie in einem Harem, durch den Rennfahrer bretterten. Zwischen uns lag ein kleiner Haufen Zeitungsartikel. Lexi starrte begierig darauf.

»Also«, begann Gigi. »Es ist genauso, wie wir vermutet haben: Wir haben eine ganze Sammlung von Zeitungsartikeln gefunden, immer im Abstand von zehn Jahren. Die letzte war von 1937, also kurz vorm im Krieg.«

»Danach herrschte Funkstille!«, übernahm Cara. »Kein Wort mehr über das Schiff, keine Fotos, keine Zeitungsartikel. – Bis heute.« Sie wandte sich zu mir: »Und du hattest ja schon gesagt, dass man im Internet nichts findet.«

»Vielleicht wollten sie es vergessen«, überlegte Lexi laut. »Genau wie den Krieg. Augen zu und nicht mehr dran denken. Die Vergangenheit hinter sich lassen. Und das Schiff – das war auch Teil der Vergangenheit.«

»Oder sie haben erkannt, dass sie hier auf Griffiun etwas ganz Wunderbares hatten, und wollten es für sich bewahren?« Mareike-Helene.

»Aber dann wär es ja bloß ein Geheimnis und keine Legende«, warf ich ein. »Unterschied ist: Das eine wissen alle, und keiner redet drüber, beim anderen tuscheln alle drüber, aber keiner glaubt dran.«

»Das Warum ist eigentlich auch total egal«, unterbrach Gigi. »Viel wichtiger ist, was Cara und ich in einer anderen Quelle gefunden haben, die auch *nach* dem Krieg weitergeführt worden ist. Und da war der entscheidende Hinweis.«

»Jetzt spann uns nicht auf die Folter«, sagte Mareike-Helene.

»Das klingt jetzt wahrscheinlich schräg, aber wir haben es in der Krankenstatistik der Insel gefunden.«

»In der *Krankenstatistik?*«

»Ja, die war in *deinen* Ordnern.« Cara lächelte mich breit an. »*Geschichte der Insel Griffiun.*«

Die beiden hatten wirklich die sieben schnarchlahmen Ordner durchgeackert? Und in denen ging es nicht bloß um Plattentektonik und Fossiliengeschichte, sondern auch um *Krankenstatistiken?*

»Und was, bitte, hat die Krankenstatistik mit dem Schiff zu tun?«, wunderte ich mich.

»Gute Frage«, lobte Gigi. »Wir fanden's auch komisch. Noch komischer ist, dass die Statistiken Jahrhunderte zurückgehen. Wir vermuten, dass sie die Bevölkerungszahl im Auge behalten wollten. Aber vielleicht hatten sie auch bloß Langeweile …«

»Für 'ne gute Statistik gibt's tausend Gründe«, unterbrach ihn Lexi und wollte gerade zu einer langen Erklärung ansetzen, als Cara sie wiederum unterbrach.

»Aber darum geht's ja nicht«, erklärte Cara und lächelte Lexi strahlend an. »Wir dachten, am besten guckt ihr es euch erst mal an und sagt uns, was *ihr* davon haltet. Damit wir euch nicht beeinflussen, falls wir Gespenster sehen. Gigi hat euch Kopien gemacht.«

*

Ich sah eine Weile verständnislos auf die Listen.

Zahlen, Zahlen, Zahlen.

Doch dann, nach einer Weile, passierte plötzlich dasselbe, was mit den Linien in unserer alten Sporthalle immer passiert war: Das Wirrwarr begann, einen Sinn zu ergeben.

Einen höchst erstaunlichen Sinn.

»Das ist ja krass!«, rief ich nach einer Weile des Schauens, Vergleichens und Begreifens.

»Was denn?«, fragte Nian, der auf seine Kopien starrte wie ein Schwein ins Uhrwerk, um mal einen von Pas Sprüchen zu benutzen. »Was hast du denn entdeckt? *Ich* versteh nur Bahnhof.«

»Siehst du's echt nicht?« Es kostete mich Mühe, nicht mit meiner Erkenntnis rauszuplatzen. Stattdessen saugte ich die Unterlippe ein und sah Lexi erwartungsvoll an. Sie spürte meinen Blick.

»Hm«, machte sie. »Die Zahlen links sind offenbar Jahreszahlen. Daneben steht die in dem Jahr aktuelle Zahl der Einwohner, oder? Und …« Langsam kam sie in Fahrt. »… in der dritten Spalte, das ist die Anzahl der schweren Erkrankungen, die es in dem Jahr auf der Insel gab.« Sie blickte Beifall heischend zu mir, dann zu Cara und Gigi. Wir nickten kollektiv, und sie preschte weiter. »Und die Abkürzungen in den Klammern … Wartet mal … Die sind Kinderkram. *Tub, Keu, Diph.* Tuberkulose, Keuchhusten, Diphtherie. Das waren übrigens Krankheiten, die damals quasi als unheilbar galten.« Lexis Zeigefinger wanderte zum Mund. »Aber was«, wollte sie wissen, während sie daran knabberte, »was bedeuten die beiden Zahlen dahinter?«

Nian starrte noch immer auf die Blätter, als Mareike-Helene sich zu Wort meldete. »Die erste Zahl … sind das die Fälle, die geheilt werden konnten, oder? Dann stünde die zweite Zahl für die Todesfälle.« Sie sah fragend von ihren Papieren hoch.

»So sieht's aus«, sagten Cara und Gigi wie aus einem Mund.

»Aha. Super. Und was ist daran so krass?« Diese Frage stellte Nian an mich.

»Krass ist die rhythmische Unregelmäßigkeit«, antwortete ich. »Und zwar über die Jahrhunderte. Es ist total *logisch!*«

Lexi war die Erste, die es auch sah.

»Du hast recht! Es passiert alle zehn Jahre! – Leute, versteht ihr?«

»Nee«, gab Nian kopfschüttelnd zu.

»Oh Gott …«, stöhnte Mareike-Helene im gleichen Moment.

*

Lexi verteilte ihre Blätter auf den Boden, damit alle sie sahen. »In allen Jahren mit einer Sieben am Ende gibt es eine erstaunlich geringe Zahl an Todesfällen.« Sie tippte darauf. »Selbst schwere Fälle von Diphtherie konnten offenbar geheilt werden, oder hier … schaut mal, *Pck* … Ich wette, das heißt Pocken! – Damals gab es nämlich noch keine Impfungen! Pocken zu bekommen, war so was wie ein Todesurteil.«

»Und trotzdem haben sie überlebt«, sagte Nian. Nachdenklich fuhr er mit dem Finger die Zahlenreihen ab. »Wie konnte ich das nicht sehen? Die Veränderungen sind wirklich dekadisch.«

»Genau!«, triumphierte Gigi. »Alle zehn Jahre schwankt die Statistik. Und wie oft taucht das Geisterschiff vor Griffiun auf?«

Mareike-Helene sah auf. »Glaubt ihr also auch, dass diese statistische Absonderlichkeit und das Auftauchen des Schiffs in allen Jahren mit einer Sieben kein Zufall ist? Das hängt doch zusammen.«

Wir sahen uns an. Das Haremszimmer bebte vor Aufregung.

»Die niedrige Todesrate in den Siebenerjahren ist aber nicht alles«, fügte ich hinzu.

»Stimmt«, bestätigte Cara. »Und da wird's *richtig* interessant! – Seht ihr das hier? – Alle zehn Jahre! Bei den überraschend Geheilten.« Sie tippte auf eine Abkürzung, die hinter den Geheilten stand: *Amn.*

»Amn«, entzifferte Nian. »Was soll das sein? Welche Worte beginnen denn mit den Buchstaben *Amn*.«

»Amnesie«, kombinierte Lexi, unser wandelndes Wörterbuch, sofort. »Das heißt: Gedächtnisverlust.«

»Was?«, fragte ich verwirrt. »Die Leute, die von unheilbaren Krankheiten geheilt wurden, haben dafür ihr Gedächtnis verloren?«

Ich sah an den Gesichtern der anderen, dass ihre Gehirne genauso ratterten wie meins. Gigi und Cara hatten recht: Wir waren definitiv auf etwas sehr, sehr Merkwürdiges gestoßen.

»Das ist noch nicht alles.« Caras Stimme zitterte vor Aufregung. »Schaut mal hier. – In derselben Spalte wie bei den Todesfällen.« Sie tippte auf eine Abkürzung, die hin und wieder auftauchte: *versch.*

»Ich hatte mich schon am Anfang gewundert, was *versch* heißen soll«, sagte Gigi.

»*Versch* kommt auch nur alle zehn Jahre vor!« Cara zappelte auf ihrem Sitzkissen herum. »Leute, kommt schon: Versteht ihr, was das bedeutet?«

»Also ich …«, Lexi sah mit gerunzelten Augenbrauen auf die Abkürzung, »… ich steh auf dem Schlauch. Ich kenn keine Krankheit, die mit *versch* beginnt.«

»Es ist vermutlich auch keine Krankheit …«, erklärte ich. »Auch wenn's bei den Todesfällen steht. … Seht ihr: Hier sind überall Kreuze. Kreuz heißt tot, da sind wir uns einig, oder?«

Alle nickten.

»Aber hier und hier und hier steht kein Kreuz, sondern dieses *versch,* und das heißt ganz sicher nichts anderes als …« Ich machte eine kurze Pause und sah Lexi bedeutungsvoll an.

»Oh nein!«, rief die. »Es heißt *verschollen!* Scheiße. Scheiße! SCHEISSE!«

*

»Hallo, Frau Hansen«, rief ich, als Cara, Lexi und ich am Sonntagnachmittag das kleine Gartentor aufstießen. Nicht, dass sie mich hören könnte – ein paar Häuser weiter hantierte jemand mit einer Kreissäge. Der schrille Laut fraß sich durch die Luft bis zu uns. Caras Mutter stand ungerührt vor dem Haus und goss einen Wald aus Begonien. Als die Säge schwieg, sah sie auf.

»Oh, hallihallo, ihr drei!« Sie winkte fröhlich, dann wischte sie sich über die Stirn. »Alina, wie gut, dass du …« Sie wurde von der Säge unterbrochen. Als das Gekreisch wieder stoppte, fuhr sie fort: »Wie gut, dass du da bist – da ist etwas, was ich dir zeigen möchte. Ich hab's …« Die Kreissäge filetierte den Rest des Satzes. Ging's noch nerviger? Wir erstarrten, als wären wir mitten in einer Mannequin-Challenge, bestimmt eine Minute. Freeze. Erst als das Ding schwieg, kam wieder Bewegung in unsere Gruppe. Vor allem verbal.

»Ich habe es gestern rausgesucht.« Frau Hansen tat, als wäre ein On-and-off-Gespräch das Normalste der Welt. War es vermutlich auch, an einem Sonntag, auf dem Dorf. »Du erinnerst dich doch, als wir letztens …«

»Mutsch, wir müssen dich dringend was fragen«, unterbrach Cara, bevor die Säge es tat.

»Jaja«, bügelte ihre Mutter sie ab. »Gleich.« Sie stellte die Gießkanne auf dem Boden ab, drehte in Richtung Haus ab und bedeutete uns, ihr zu folgen.

*

Wir standen in einem ellenlangen Flur und sahen Frau Hansen hinterher, die hinter einer der Türen ganz am Ende verschwunden war. Die Kreissäge war nur noch gedämpft zu hören, dafür … Ich schnupperte. Lexi auch. Es roch total lecker – nach Weihnachten, nach Zimt, Nelke und Anis oder so.

»Kocht deine Mutter indisch?«, flüsterte Lexi.

»Und Thai und vietnamesisch und indonesisch. Gerade ist sie allerdings in ihrer pakistanischen Phase.« Cara seufzte, dann wisperte sie verschwörerisch: »Manchmal habe ich regelrechte Lustträume von Bratkartoffeln. Aber selbst die schmecken asiatisch oder arabisch oder was-weiß-denn-ich. Sie hat einen totalen Gewürzfetisch. Sie hortet sogar im Winter flaschenweise Glühwein, um ihn im Sommer eisgekühlt und mit Soda verdünnt in Martinigläsern zu servieren.«

»Glühweinschorle?«, fragte ich fasziniert.

»*Gewürzcocktail.* Mit gecrushtem Eis.«

Cara verdrehte die Augen, dann scheuchte sie uns zu ihrer Mutter ins Wohnzimmer, wo Frau Hansen vor einem niedrigen Couchtisch auf dem Boden kniete, vor sich ein aufgeschlagenes Fotoalbum. Die Fotos waren nicht eingeklebt, sondern lagen lose zwischen den Seiten.

»Komm mal, Alina. Guck dir das an.«

»Mutsch, muss das jetzt ein?«, jammerte Cara.

Ich kam näher.

*

Das erste Bild war ein Klassenfoto. Der Fotograf hatte die Mädchen in zwei Reihen aufgestellt, dahinter standen in einem steifen Halbrund die Jungs in Anzug und Krawatte. Alle Mädchen trugen komische Röcke mit weißen Blusen. Furchtbar.

»Klassenfoto, zehnte Klasse«, sagte Frau Hansen. »Das war zur Feierstunde, als wir unsere Abschlusszeugnisse bekommen haben.«

»Mutsch!«

»Ist ja gut.« Frau Hansen tätschelte Caras Arm. »Zurück zum Foto. Das da«, sie zeigte auf ein mittelgroßes Mädchen in der zweiten Reihe mit aufgetürmtem Haar und großer Brille. »Das bin ich.« Ihr Lachen war ansteckend, zumindest für Lexi und mich. Cara sah eher entnervt aus. Ihre Mutter tippte auf die Schülerin, die auf dem Foto neben ihr stand. Ihr Gesicht war halb verdeckt durch den Arm eines Mädchens aus der ersten Reihe, das exakt in dem Moment, als das Foto geschossen wurde, ihr Haar richtete. »Und das da ist Johanna.« Sie sah mich erwartungsvoll an. Ich hatte keine Ahnung, was genau sie sich von mir erhoffte. Cara rettete mich.

»Mutsch … wir müssen dich was fragen!«

»Es ist wichtig«, bestätigte Lexi. »Es geht um Frau Tongelows Verschwinden!«

»Frau Tongelow?« Caras Mutter wandte sich genau in dem Moment ihrer Tochter zu, in dem ich nach dem Foto griff. Ich hielt es mir dicht vor die Augen. Mein Mund war trocken.

»Haben Sie noch mehr Fotos?«, fragte ich leise.

»Ja klar, ich wollte sie für dich raussuchen. Ich wusste ja nicht, dass ihr heute vorbeikommt, sonst hätte ich … Sie müssen irgendwo hier hinten …« Sie blätterte in dem Album, aus dem die Fotos quollen. »Ich muss sie endlich mal einkleben …«

»Mutsch, ehrlich …!«

»Cara, Schatz«, sagte Frau Hansen, während sie weiterblätterte. »Ich weiß nichts über Frau Tongelow. Was wollt ihr denn so Dringendes fragen?«

»Wir haben in der Krankenstatistik von Griffiun was total Schräges entdeckt.«

»In der Krankenstatistik?« Caras Mutter blätterte langsamer, sah vom Fotoalbum auf. Die Unbeschwertheit war aus ihren Augen verschwunden, sie war wachsam. »Wie kommt ihr denn da ran?«

»Wir haben …«, schaltete sich Lexi ein, aber Cara fuhr ihr über den Mund. »Das ist doch völlig egal! Worum es geht, ist Folgendes: Auf Griffiun verschwinden Menschen. Alle zehn Jahre, um genau zu sein.«

Lexi grätschte dazwischen: »Immer in den Jahren mit einer Sieben am Ende! Und …«

»Aber was soll ich denn …«

Gegen Lexi hatte Frau Hansen keine Chance. Ich stand da wie paralysiert. Lexi sprach einfach weiter. »… jetzt ist Frau Tongelow verschollen. In einem Siebenerjahr!«

»Ich weiß nicht, was …« Caras Mutter schluckte. Dann wurde ihre Stimme fester, strenger. »Und abgesehen davon: Frau Tongelow ist ganz gewiss nicht *verschollen*. Sie ist zu Hause und …«

»Nein, ist sie nicht«, widersprach Lexi. »Wir waren da.«

»Frau Hansen«, flüsterte ich. »Das hier – dieses Foto …«

Caras Mutter wandte sich von Lexi ab und zog das Foto hervor, auf das ich deutete. Ihre Erleichterung war greifbar, in doppeltem Sinne.

»*Das* hatte ich gesucht!«, sagte sie. »Das war beim Tanzstundenabschlussball.«

Sie reichte mir das Bild, auf dem zwei ausgelassene Mädchen beim Tanzen zu sehen waren. Beide hatten die Hände hochgerissen, um sie gegeneinanderzuschlagen. Die eine war Frau Hansen – sie trug rote Sandaletten zu einem rot-schwarzen Kleid in Ballonform. Das andere Mädchen trug Weiß.

Weiße Pumps zu einem weißen Kleid und weißen Handschuhen.

Die Welt hielt an.

Für eine ewig dauernde Sekunde drehte dieses weiße Mädchen sich in meinem Kopf wie in einer Glaskugel, während um sie herum Flocken fielen.

»Das sind Johanna und ich«, erklärte Frau Hansen. »Beim Polka-Tanzen. – Sie haben uns immer Schneeweißchen und Rosenrot genannt.«

»Ich … Ich kenn das Foto«, flüsterte ich. »Es steht bei uns zu Hause auf dem Kaminsims. Das da ist meine Mutter.«

*

»Was?!«, rief Cara. »Krasse Scheiße!«

Lexi sah verwirrt von einer zur anderen und schob ihre Brille hoch.

»Johanna ist deine Mutter?«, fragte Frau Hansen. »Das gibt's doch nicht!« Sie sah mich ungläubig an, dann strich sie mir auf die gleiche Weise über den Arm wie vorhin Cara. »Ich habe doch gewusst, dass ich dich kenne. – Wie geht's Johanna?«

»Sie heißt nicht Johanna, sie heißt Nadja«, berichtigte ich tonlos.

»Ach … jetzt versteh ich!« Frau Hansen stand auf, ging zu einem Schreibtisch, öffnete eine Schublade und zog eine Art Heft heraus. Die Seiten wurden mit einem Heftstreifen aus Papier gehalten, die bleiche Kopie auf der Titelseite zeigte eine Reihe Champagnergläser, darüber ein lieblos gelayoutetes Banner, auf dem *Abschlusszeitung* stand.

Das Papier sah billig aus, die Seiten wirkten porös. Frau Hansen begann vorsichtig zu blättern, bis sie gefunden hatte, was sie suchte.

»Hier! Schau mal.«

Ein kleines Foto zeigte ein Passbild von Ma als Jugendliche, daneben stand:

1. *Besondere Merkmale: trägt immer Weiß.*
2. *Besondere Eigenschaften: durchsetzungsfähig, super Mathe-Hirn, schlichtet jeden Streit.*
3. *Motto: »Das geht doch bestimmt auch anders.«*

Darüber stand ihr Name: Johanna Nadja Schumann.

»Bei uns hieß sie immer Johanna«, sagte Caras Mutter.

*

»Himmel, jetzt glaubt mir doch!« Frau Hansens Stimme schreckte mich aus meiner Versunkenheit hoch. »Ich *weiß* es einfach nicht!«

Keine Ahnung, wie lange ich auf das Foto und die Abschlusszeitung mit Mas Beschreibung gestarrt hatte. Als ich wieder denken konnte, zog ich mein Handy aus der Gesäßtasche. Pa musste diese Fotos sehen. Und Lukas. Pinar, Oma, Opa, alle! Ich fotografierte Mas Seite in der Abschlusszeitung.

Keiner kümmerte sich darum. Lexi und Cara, die auf Frau Hansen eingeredet hatten, waren zu einem Hintergrundsummen geworden, ein Hintergrundsummen, das lauter, wütender, fordernder wurde. Das Antworten wollte, wissen, was es mit der Statistik auf sich hatte, wer die verschollenen Menschen waren, aber Frau Hansen war wie ein Fisch, sie ließ sich nicht fangen, schlängelte sich an einer konkreten Antwort vorbei. Oder sie wusste wirklich nichts.

»Ich versteh ja, dass ihr euch Sorgen macht«, sagte sie gerade, »und ja stimmt! Auf den ersten Blick sieht das echt merkwürdig aus mit der Krankenstatistik, aber ist es nicht sogar *normal*, dass bestimmte Phänomene in rhythmischen Abständen auftreten? Unwetter, Krankheiten, sogar Kriege? Ich hab mal eine Reportage im Fernsehen gesehen …«

Cara polterte: »Aber ...«, und Lexi erklärte im selben Moment: »Sie haben recht.«

Cara verstummte und sah Lexi verdutzt an.

»Nein, wirklich«, wiederholte sie. »Deine Mutter hat recht. Es gibt tatsächlich statistische Rhythmen, die sich keiner erklären kann, es sei denn, das Rhythmische wäre ein fester Bestandteil der Natur.«

»Seit wann bitte ist Rhythmus *natürlich*?«, fragte Cara wütend.

»Schon immer.« Lexi packte ihre Dozentinnenstimme aus: »Das Problem ist, dass wir glauben, alles Natürliche wäre chaotisch, aber das stimmt nicht. Einfaches Beispiel: Der Wechsel von Frühling, Sommer, Herbst und Winter – immer wiederkehrend. Ein Rhythmus.«

»Seht ihr?« Frau Hansen klatschte erleichtert in die Hände. »Und jetzt muss ich dringend zur alten Frau Plettenberg, ich habe versprochen, ihr die Haare zu machen. Sie kommt doch mit ihrer Hüfte nicht mehr bis in den Laden!« Sie griff nach ihrer Handtasche, kramte darin herum, zog einen Zehn-Euro-Schein raus und streckte ihn mir entgegen. »Hier. Ich hatte doch versprochen, ein Eis auszugeben, wenn ich rausfinde, woher ich dich kenne. Dass du Johannas Tochter bist ...« Sie schüttelte den Kopf, dann fischte sie einen Zettel aus der Hosentasche und hielt ihn Cara hin. »Wenn ihr euch Eis holt, kannst du mir auch gleich die Sachen auf der Liste mitbringen?« Sie war schon halb zur Tür raus, da drehte sie sich noch mal zu mir um. »Wir müssen uns unbedingt mal in Ruhe unterhalten! Ich würd zu gern wissen, was deine Mutter jetzt so macht.«

*

Den ganzen Weg zum Hafendorf lief ich wie in Trance neben Lexi und Cara her. Mit halbem Ohr hörte ich, wie Lexi darüber spekulierte, ob und was Frau Hansen verschwieg. An der umgestürzten Linde hielt sie inne.

»Was ist denn *hier* passiert?«, fragte sie perplex.

Cara und ich wechselten einen kurzen, erschrockenen Blick. Es kam mir ewig vor, seit der Baum neben uns niedergestürzt war. Es war so viel seither passiert.

»Morsch«, antwortete Cara und strebte an dem gefallenen Baumriesen vorbei. Lexi zögerte kurz, dann folgte sie ihr. Ich versank wieder in meinen Grübeleien. Hin und wieder schaute ich auf das Display des Handys, auf das Foto von Ma, das in der Abschlusszeitung abgebildet gewesen war.

Wie konnte es sein, dass ich nicht wusste, dass Ma hier auf Griffiun zur Schule gegangen war?

In meinem Kopf blinkte die Frage, die mir Tinka letzte Nacht am Feuer gestellt hatte: *Was weißt du* wirklich *von deiner Mutter?*

Das Tröten der Kiosktür katapultierte mich ins Jetzt.

»Hallo?«

Der Kiosk war leer.

»Hallo, Herr Mühstetter?«, rief Cara erneut in Richtung der angelehnten Tür, die in einen angrenzenden Raum führte.

Drei Sekunden später wurde die Tür aufgeschoben.

»Tinka!«, rief ich.

Sie hielt einen winzigen Schraubenzieher in der Hand. Als sie mich sah, wechselte ihr Gesichtsausdruck von *bedeckt* zu *sonnig*.

»Alina!«

Das war kein normales Lächeln. Das war eins, das die Zeit für einen Moment anhielt, die Luft um uns aufbrach, und aus den Rissen schwebte etwas Unsichtbares, Filigranes, zart wie Pusteblumeschirmchen, und berührte mein Herz.

339

Sie freute sich wirklich. Ich wunderte mich, mit welcher Heftigkeit ich mich zurückfreute.

»Ist … ähm … Herr Mühstetter da?«, schaltete Cara sich zwischen.

Lexi stand an dem Drehständer mit Büchern und zog mal das eine, mal das andere hervor.

»Wir wollen Eis kau…«

»Augenblick!« Tinka nickte Cara zu, dann verschwand sie wieder hinter der angelehnten Tür.

Wir hörten leises Klirren und Gemurmel. Nach einer Weile öffnete sich die Tür, und Mühstetter trat heraus. Er streckte und bog die Finger, als wollte er sichergehen, dass sie richtig funktionierten. Er sah aus wie immer: als würde er die Queen erwarten. Tadelloser Dreiteiler, ein Taschentuch in der Jacketttasche, Zylinder.

»Tag!«, sagte Cara.

Er sah von seiner Hand hoch. »Guten … Tag … Cara … Hansen … Alina … Renner … und … Alexandra … von … Holstein.«

Lexi schlug das Buch zu, das sie am Wickel gehabt hatte, und begutachtete Mühstetter fasziniert.

»Drei Magnum, bitte«, bat Cara.

»Sieben fünfzig«, parierte Mühstetter und griff in die Kühltruhe.

»Ich brauch noch Batterien und einmal Sonnencreme, eine Packung Normal-Tampons, einmal Gelbwurz, Kreuzkümmel und Chili, wenn Sie haben, dann kommt noch Ringelblumensalbe dazu und …«

Während Cara die ganze Einkaufsliste herunterbetete, schlich ich mich zu der angelehnten Tür und lugte in den angrenzenden Raum.

Ein winziges Büro. Ein Tisch, ein Stuhl. Auf dem Tisch eine

kleine chromfarbene Box, auf der **GM-2** stand. Tinka fegte gerade Schräubchen und Mini-Elektronikkram in ihre hohle Hand und ließ das Ganze in die Box fallen.

»Tinka?«

Sie schlug den Deckel zu, etwas rastete hörbar ein, ein winziges Lämpchen an der Seite der Box leuchtete rot auf, dann drehte sie sich zu mir um. Sie wirkte … ertappt.

Hinter ihr schien die Sonne durchs Bürofenster. Über mir brannte eine Lampe. Mein Schatten floss zu ihr und ihrer zu mir. Sie berührten sich an den Köpfen.

»Willst du reinkommen?«

Ich blickte über die Schulter in den Laden. Mühstetter und Cara arbeiteten den Einkaufszettel ab, und Lexi hatte sich in einen 600-Seiten-Schmöker vertieft.

»Du hast neulich gefragt, was ich über meine Mutter weiß«, flüsterte ich hastig. »Was genau hast du damit gemeint?« Ich hielt das Handy mit Mas Foto so fest umklammert, dass die Knöchel an meiner Hand weiß hervortraten.

»Na ja … Hast du je nach ihr gesucht? Ich meine: so richtig?«

»Was soll ich da suchen? Meine Mutter war Architektin. Wenn man Nadja Renner googelt, wird man zu dem Architektenbüro, in dem sie gearbeitet hat, weitergeleitet. Das war's. – Über den *Vorfall* findet man natürlich nichts. Gar nichts.«

»Hast du dich nie gefragt, was das bedeuten könnte? Vielleicht ist sie überhaupt nicht –«

Ein leises Brummen ertönte, gefolgt von Tinkas Zusammenzucken – eine Abfolge, die mir langsam vertraut war. Brummen-Zucken-Brummen-Zucken. Diesmal schien es schlimmer als sonst. Tinka schwankte.

Ich ließ mein Handy fallen und sprang zu ihr, um sie aufzufangen. Gerade noch rechtzeitig. Als ich sie hielt, fiel die Starre von mir ab. An ihrer Stelle kam die Angst. »Was ist das denn bloß?«, fragte ich besorgt. »Was brummt da immer so? Hast du einen … einen Herzschrittmacher oder so was?«

Sie winkte ab und sprach weiter, einfach so, als wäre sie gerade nicht beinahe umgekippt: »Die Gründe für das, was jemand tut, liegen nicht immer in der Gegenwart. Sie liegen oft auch in der Vergangenheit.«

Ich sah Tinka an. Tinka sah mich an. Dann machte es klick.

Ich hatte Nadja Renner gegoogelt. Und ich hatte nur das gefunden, was ich schon wusste. Wenn die Gründe für das, was Ma in jener Nacht damals getan hatte, aber nicht nur mit ihrer Krankheit zu tun hatten, sondern vielleicht auch mit ihrer Vergangenheit, hatte ich die falsche Person gegoogelt.

Johanna Nadja Schumann war die, die ich suchen musste. Die Jugendliche, die sie mal gewesen war. Bevor sie Pa kennengelernt und geheiratet hatte. Bevor es mich gab. Die Person, die ich *nicht* kannte.

»Warum machst du das alles für mich?«, fragte ich leise.

»*Es ist wichtig, dass man teilt,* sagt meine Mom immer.«

Die Worte schwebten auf, flimmerten, sanken wieder herab. So was Ähnliches hatte Ma auch oft gesagt.

»Vor allem mit Menschen, die einem wichtig sind. Und du bist mir wichtig. Deshalb will ich mit dir das teilen, was mir selbst klar geworden ist: Ich will mehr über meinen Vater erfahren, und dafür muss ich in der Vergangenheit suchen. – Vielleicht musst du das auch machen.«

Das Türtröten zermalmte alles, was sie noch hätte sagen wollen. Ich drehte mich um, sah zur Kiosktür.

Und mir blieb fast das Herz stehen.

Dann schrie Lexi auf: »*Frau Tongelow!*«

*

Lexi flog Frau Tongelow in die Arme.

Cara sah aus wie ein fleischgewordenes Erstaunen-Emoji. Tinka blickte verwirrt von Lexi und Frau Tongelow zu Cara, zu mir und schließlich zu Mühstetter. Ich merkte, dass mir der Mund offen stand.

Mühstetter schnarrte: »Guten Tag … Frau Tongelow!«

»Wo *waren* Sie denn?«, schluchzte Lexi und klammerte sich an ihr fest. »Wir haben Sie gesucht!«

»Seit Tagen …«, stammelte Cara. »Wir dachten schon, Sie …«

»Seit Tagen …?« Frau Tongelow sah uns über Lexis Kopf hinweg an, völlige Ratlosigkeit stand ihr ins Gesicht geschrieben.

»Wo waren Sie denn nur? Warum haben Sie mir nichts gesagt?«, mumpfte Lexi immer wieder an Frau Tongelows Schulter.

»Ich … also, ehrlich gesagt …« Sie sah sich verwirrt um. »Ich kann mich nicht erinnern. Wo bin ich eigentlich?«

»Wie – wo sind Sie?« Ich trat jetzt endlich auch besorgt vor. »Sind Sie gestürzt? Haben Sie eine Gehirnerschütterung?«

Tinka hatte in der Zwischenzeit einen Klappstuhl aus dem Büro geholt, stellte ihn auf und brachte Frau Tongelow mit sanfter Gewalt dazu, sich zu setzen. Cara und Lexi redeten gleichzeitig auf Frau Tongelow ein.

»Niemand wollte uns erzählen, wo Sie sind«, klagte Cara. »Wir haben uns echt Sorgen gemacht. Vor allem, weil Ihr Mann, seit Sie weg sind … Er ist … na ja …«

»Georg? Was ist mit Georg?« Frau Tongelow richtete sich alarmiert auf. In diesem Moment fiel mir auf, wie verändert sie aussah. Der Kontrast zum letzten Mal, als ich sie gesehen hatte – vor ein paar Tagen, im Gang vorm Archiv –, hätte nicht größer sein können.

Cara und Lexi drucksten herum.

Ich betrachtete Frau Tongelow neugierig. Ihre Augen huschten nicht mehr unstet und haltlos umher, sie waren ruhig und hatten Tiefe. Ihr Haar glänzte und wirkte, so absurd es klingt, *länger*. Vielleicht weil sie es offen trug. Die gräuliche Gesichtsfarbe war einem glühenden Rosa gewichen. Kurzum: Frau Tongelow sah aus, als hätte sie eine mehrmonatige Erholungskur hinter sich.

»Was ist mit Georg?«, wiederholte sie nachdrücklicher.

»Er ist total durch den Wind.« Lexi kniete sich neben Frau Tongelow und nahm ihre Hand. »Er benimmt sich, als ob ihm alles egal wär – Essen, seine Arbeit, wir. Als ob wir alle durchsichtig wären.«

»Eigentlich starrt er nur noch durch sein Fernglas und beobachtet das Naturschutzgebiet«, bestätigte ich.

»Das Naturschutzgebiet?« Frau Tongelow schwankte, obwohl sie saß, und hielt sich am Drehständer mit den Karten fest. »Dann ... dann hat er es getan ...«, murmelte sie. »Er hat es tatsächlich getan ...«

»Was heißt das?« Ich war hellwach. »Was getan?«

Frau Tongelow antwortete nicht.

Ich tauschte Blicke mit Cara und Lexi. Was war hier los?

»Ich muss zu ihm!«, sagte sie. »Sofort. Er muss sich unglaubliche Sorgen machen.« Sie machte Anstalten aufzustehen, da hob Mühstetter gebieterisch die Hand.

»Frau Tongelow, sitzen bleiben!«, befahl er. »Ich rufe ... Georg Kunze ... an. Er soll ... mit der Kutsche ... herkommen!«

14

Abgeworfene Haut

Dreitausendsechshundertneunundfünfzig. Montag.
Bauchweh, so schlimm, dass ich heulen könnte. Ich bin die wan-
delnde Psychosomatik. Kacke. Ich hab nach all der Aufregung von
Ma geträumt.

Kein Wunder! Da taucht gestern Frau Tongelow wieder auf, als
wäre nichts passiert. Sie ist total verwirrt, und alle drehen durch.
Wir haben bis jetzt noch keine einzige brauchbare Antwort auf uns-
re Fragen bekommen.

Dabei hat Lexi Kunze mit Fragen bombardiert, aber der hat bloß
gejapst wie ein Fisch an Land, als er seine Frau gesehen hat. »Spä-
ter, Lexi ... später ...« Japs, japs.

Und weg war er, hin zu Frau Tongelow, hat sie in die Arme geris-
sen und durch die Luft gewirbelt, und beide haben Rotz und Wasser
geheult. Vor Glück, nehm ich an.

Aber aus »Später, später« wurde nix, weil sie sich von da an
stundenlang abgeknutscht haben. Das erklärt die Sache mit dem
Dreifach-Titel als »Griffiuns Sweethearts«. Dabei sind die schon so
alt! Ob Lukas und ich auch ...?

Na ja. Jedenfalls sind Lexi, Cara und ich trotz der Fragen, die uns
auf den Nägeln brannten, erst mal 'ne Runde um den Kiosk gewan-
dert, damit die beiden sich in Ruhe ausküssen konnten. Tinka war
auf einmal verschwunden gewesen. Mal wieder. Kein Wunder bei
dem Durcheinander.

Lexi hat's noch ein paar Mal versucht, als wir beide in der Kut-
sche mit zum Schloss gefahren sind, aber wir waren offensichtlich

unsichtbar. Griffiuns Sweethearts haben geschnieft und gelacht, immer abwechselnd, und sich angeschmachtet und einen Halbsatz nach dem anderen zugeworfen: »Hast du es wirklich ...«, »Ja, aber ich hatte solche ...«, »Ich kann es einfach nicht glauben«, »Ich doch auch nicht ...«, »Ich bin so ...«, »Und ich erst!«

Lexi hat zu mir rübergeguckt, mit beiden Händen ein Herz geformt und dann mit einer Hand eine unauffällige Scheibenwischerbewegung vor der Stirn gemacht.

Es ist alles so schnell gegangen, dass wir nicht mal mehr mit Cara konferieren konnten, geschweige denn, dass ich Tinka endlich hätte fragen können, wie sie um alles in der Welt Stechginster mit Rinderrunkel hatte verwechseln können. (Was immer das sein soll. Sie hat echt wirres Zeug geredet, oder ich hab sie falsch verstanden, kann auch sein. Jedenfalls gibt es laut Google keine Pflanze, die so heißt.)

Zurück zu Frau Tongelow. Es ist total schräg. Wir warten nämlich drauf, dass wir sie endlich besuchen können, aber Kunze schirmt sie total ab. Angeblich, weil sie die ganze Woche lang ärztliche Untersuchungen machen lassen müssen.

That's all. Haha.

Aber nicht mit Lexi! Die hat so doll genervt, dass er ihr versprochen hat, ihr am Donnerstag - vielleicht! - zu erzählen, was los ist. Donnerstag. Das sind noch drei Tage.

Heute Nacht war schrecklich. Und die Bauchkrämpfe sind immer noch nicht weg.

Wobei ich natürlich nicht wegen Frau Tongelow so schlecht geträumt hab, sondern wegen des Fotos. Das Foto von Ma und Caras Mutter. Ich kapier's einfach nicht. Wieso hab ich das nicht gewusst? Wieso hat Ma mir nie was davon erzählt? Oder wenigstens dann später Pa?

Ich sah vom Notizbuch hoch.

Ich war allein im Zimmer. Allein im ganzen Gang. Allein im Haus A. Alle anderen waren im Schulhaus. Dass ich selbst im Bett und nicht in der Krankenstation am Hafen lag, verdankte ich mal wieder Isabella.

Als ich heute Morgen mit von Magensäure verätzten Gefühlen vom Klo zurückgekommen war, war Isabella nach einem kurzen Blick auf mich zu ihrem Giftschrank gehuscht.

»Hast du gestern was Schlechtes gegessen?« Ihr Kopf steckte im Schrank.

»Nein … Albträume. Genau wie beim letzten Mal.« Ich presste die Hand auf den Bauch und atmete flach.

Verblüfft tauchte sie aus dem Vorrat an Ampullen und Schraubfläschchen auf. »Die Schmerzen kommen von *Albträumen*?«

»Ja.«

Sie neigte den Kopf leicht nach rechts und sah mich besorgt an. Seit dem Tag, als ich quasi vor ihr zusammengebrochen war, schienen sich ihre Gefühle mir gegenüber geändert zu haben. Vielleicht, weil ich ganz grün ausgesehen hatte und Isabella alles, was grün war, liebte?

»Warum hast du das nicht schon beim letzten Mal gesagt? Das ist doch eine megawichtige Info.« Sie fuhr sich über die geschorene Stelle ihres Kopfes. Dann drehte sie sich wieder zum Schrank. »Albträume …«, murmelte sie. »Albträume …«

Sie sah toll aus heute. Trotz der Schmerzen kam ich nicht umhin, das zu bemerken. Ein Glühen lag auf ihrem Gesicht, und als ihre Finger über die Tütchen, Fläschchen und Ampullen strichen, entdeckte ich, dass ihre Handrücken bemalt waren: Pflanzen in zauberhaften Grüntönen rankten sich über ihre Gelenke hinweg die Arme hoch. Sie wirkte wie eine Frühlingsgöttin. Nur das verwaschene blaue over-oversized T-Shirt störte den ätherischen Eindruck. *LICHT AN* stand vorn drauf und *ATOM AUS* hinten.

»Warst du beim Bodypainting?« Ich stützte mich an der Schranktür ab. Die Welt um mich rum weigerte sich stillzustehen.

»Hat meine Freundin gemacht.«

Sie streichelte versonnen mit den Fingerspitzen über ihren Handrücken, dann tauchte sie wieder in ihren Drogenvorrat ab.

Es dauerte genau vier Millisekunden, bis die Info durchgerattert war.

»Du meinst nicht deine *beste* Freundin, oder?«

Isabella grinste mich an. »Ich habe eine *Liebste*.«

»Chrystelle?«, fragte ich entgeistert.

Isabella brach in Gelächter aus. »Chrystelle? Nein! Sie heißt Nele. – Sie wohnt in Hamburg.«

Ich fuhr mir über den schmerzenden Bauch. Unglaublich. Sie hatte eine Freund*in*. Das erklärte, warum sie mit den Jungs bloß rumkumpelte. Vermutlich war Nele das strahlende Mädchen, von dem sie Bilder auf dem Nachttisch stapelte. Und ich hatte gedacht, es wär ihre Schwester! Wie blöd war ich denn bitte?

Ich stellte mir Isabella und die strahlende Nele miteinander vor, inklusive Händebemalen. Klappte gut. Dann stellte ich sie mir vor, wie sie zusammen im Mörser Samenkörner zermalmten und dazu schamanische Tonfolgen summten und sich gelegentlich halluzinogene Öle auf die Zunge tropften. Klappte nicht so gut, aber grinsen musste ich trotzdem. Innerlich. Äußerlich war mir dazu viel zu schlecht. Vorsichtig trat ich den Rückweg zu meinem Bett an. Nach drei vorsichtigen Schritten schlug ich auf dem Boden auf.

»Scheiße!« Im Nullkommanix kniete Isabella neben mir. »Das ist doch nicht normal, Alina! Warst du damit schon mal beim Arzt?«

»Die finden nix«, stöhnte ich.

Im Gegensatz zur Pawlowa. Aber nur weil wir gerade drei freundliche Sätze gewechselt hatten, hieß das noch lange nicht, dass ich Isabella erzählen würde, wie die Therapeutin mich auseinandergenommen hatte damals. Und wieder zusammengesetzt. Immerhin war ich seither reflektierter als drei Spiegel – nur die Albträume, die hatte ich immer noch. Und die Schmerzen danach auch.

Isabella half mir auf und führte mich zum Bett. »Wir probieren mal was anderes heute«, entschied sie.

»Warum? Das Zeug vom letzten Mal hat doch Hammer geholfen!«

»Da wusste ich noch nicht, dass es psychosomatisch ist.« Sie deckte mich zu. Isabella deckte mich zu! Ich schloss die Augen, hörte, wie sie zum Schuhregal ging, Glas klirrte, dann kam sie zurück.

»Schnabel auf«, kommandierte sie.

Ich blinzelte. Die Pipette, die sie mir diesmal hinhielt, enthielt eine bräunliche Flüssigkeit. Sie zählte mir fünf geschmacklose Tropfen in den Mund, drehte das Fläschchen wieder zu und stellte es zurück. Ich hörte das Fahrradschloss an ihrem Schrank klicken, dann stellte sie sich zu mir ans Bett. »Das hier ist stärker. Kann sein, dass du davon müde wirst.«

Konnte es auch sein, dass die Zunge pelzig davon wurde? Und die Augen nicht mehr auf wollten?

»Ich bin auch mit jemandem zusammen«, murmelte ich. »Er heißt Lukas.« Es regnete silberne Lichttropfen, als ich seinen Namen aussprach. »Wir haben uns auf einem Konzert kennengelernt.«

»Nele und ich haben uns beim Guerilla Gardening getroffen.«

»Gueril…?«

»Wir haben so Aktionen gemacht. Nachts. Wände mit Moos

besprüht. Blumen und Gemüse gepflanzt auf Müllflächen. Samenbomben gedreht. So was.«

Ich verstand kein Wort. Es klang alles so absurd. Samenbomben?

»Wir sind seit zweieinhalb Jahren zusammen.«

Zweieinhalb Jahre? Das war ja wie verheiratet! »Wir seit sieben Monaten«, murmelte ich.

»Ach, die verflixte Sieben …«

Mein Gehirn wurde auch pelzig. Das Bett kuschelte sich an mich, und die Welt schaltete auf Zeitlupe. Nur die Magensäure brannte noch in meinem Hals. »Mehr!«, bat ich.

Isabella lachte laut. »Das hätteste wohl gern!«

Ja. Hätte. Ich. Gern.

*

Als ich aufgewacht war, waren die Schmerzen verflogen, und neben meinem Bett hatte ein Zettel gelegen:

> Ich meld dich ab für heute. Mach langsam.

An diese Seite Isabellas könnte ich mich gewöhnen. Sie konnte so lieb sein – wieso hing sie nur immer mit dieser arroganten Chrystelle ab? Das passte doch gar nicht.

Dann fiel mir mein Traum wieder ein, und alle Leichtigkeit verflog.

Ich sah in mein Notizbuch, auf den angefangenen Satz.

Der Traum war …

Ja, was war er? Vor allem war er noch da. Er hing tatsächlich noch immer in meinem Kopf fest, völlig intakt und ohne sich in der Zwischenzeit in Nebelfetzen aufgelöst zu haben.

… völlig realistisch.

So wie all meine Träume. Okay, bis auf den einen abgedrehten Traum, den ich in der Nacht mit Tinka am Strand gehabt hatte. Der war schräg. Der von heute Nacht allerdings … Das war kein Traum, sondern eine Erinnerung. Eine, die ich komplett vergessen hatte.

Ich legte das Notizbuch aufs Kopfkissen und kroch aus dem Bett. Ich ging in die Hocke und tastete unter dem Lattenrost zwischen dem Notizbuchgebirge herum, bis ich gefunden hatte, was ich suchte. Ich schlüpfte zurück unter die Decke.

Das Büchlein war verstaubt, und ich wischte mit meinem Ärmel über den Einband, bis er wieder glänzte. Der war schwarz wie alle und über und über mit glitzernden Sternenstickern beklebt. Ganz von selbst öffnete es sich auf einer Seite ziemlich weit vorne.

Siebenunddreißig
Sämtliche Sachen von Ma sind verschwunden.

Dann nichts mehr. Ein einzelner, gestelzter, kleiner Satz auf einer Seite. Ich strich mit dem Finger über das Wort *Ma*, dann über *verschwunden*.

Ich erinnerte mich: Sechsunddreißig Tage lang waren Mas Sachen noch da gewesen – ihr Fön im Bad, die frostweißen Blusen im Schrank und die skandinavischen Krimis im Regal. An Tag siebenunddreißig war plötzlich alles auf mysteriöse Art verschwunden gewesen.

»Ich habe die Sachen weggebracht, als du in der Schule warst«, hatte Pa gesagt. »Ich halte es nicht aus, sie immer …« Er stockte kurz und sprach dann gepresst weiter. »Ich halte das nicht aus.«

Ich auch nicht. Es war auch nicht auszuhalten. Die Leere nicht, und ihre Sachen zu sehen, auch nicht. Das Leben nicht. Unsichtbare Schneeflocken stoben um mich her, und ich hatte die Hände zu Fäusten geballt, um nicht in Tränen auszubrechen.

Pa hatte mich in die Arme genommen und gesagt: »Wir müssen beide sehr tapfer sein, Lina. Das Leben geht weiter. Wir müssen nach vorne schauen!«

Ich wollte nicht nach vorne schauen, weil vorne keine Ma war. Ich wollte, dass alles blieb, wie es war. Aber Pa sah das nicht so. Er wollte, dass alles anders wurde.

Er begann mit dem Draußen, weil das Äußere aufs Innere abfärben würde, hatte er behauptet. Deshalb fing er an, unser elegantes Schneehaus zu verwandeln. In eine Villa Kunterbunt. Ganz einfach, indem er begann, manisch alles zu kaufen, was nicht weiß war.

»Na, wenn das kein Stimmungsaufheller ist, weiß ich auch nicht«, schnaufte er, als er anstelle des schlichten, weiß gebeizten Sideboards einen knallroten Metallschrank gegen die Wand schob. Das war vierundsiebzig Tage, nachdem Ma verschwunden war. Die weißen Servietten hatten orangefarbenen Platz gemacht, das cremefarbene Sofa wich etwas später einem sonnengelben Ungetüm, und das weiße Geschirr wurde durch Teller in zartem Violett ersetzt. Auch ohne psychotherapeutische Erfahrung und ohne das Wort zu kennen, hatte ich mit gerade mal acht Jahren instinktiv verstanden, was *Kompensation* war.

Und weniger impulsiv als Pa, aber deshalb nicht weniger radikal, machte ich das Gleiche, nur anders. Nach und nach warf ich alles Bunte aus meinem Schrank und trug schließlich ab meinem zwölften Lebensjahr nur noch Schwarz. Jeans, T-Shirts, Röcke, Pullis, Mützen, Socken, Unterwäsche: Schwarz.

Ich zwang mich aus dem Erinnerungsstrom heraus und sah

wieder auf den einen kleinen Satz, der dieses Meer an Gedanken ausgelöst hatte.

Siebenunddreißig
Sämtliche Sachen von Ma sind verschwunden.

Das Merkwürdige war, dass ich heute Nacht etwas geträumt hatte, das dem widersprach. Eine verschüttete Erinnerung.

*

Der Traum spielte etwa drei Monate nach Mas Verschwinden. Ich war auf den Dachboden gestiegen, um ein Fotoalbum zu holen. Über den ganzen Boden verteilt, stapelten sich Kisten. Kisten mit Büchern, altem Geschirr, Dokumenten von Pa, Weihnachtsschmuck, Wintersachen. Auf der Suche nach dem Album öffnete ich eine nach der anderen.

In der vierten fand ich Mas Klamotten.

Sie lagen darin wie abgeworfene Häute. Schneeweiß. Ich hatte den Kartondeckel zufallen lassen und war geflüchtet, als wäre der Teufel hinter mir her.

Dann war ich aufgewacht.

*

Wieder und wieder las ich den Satz: *Sämtliche Sachen von Ma sind verschwunden.* Ich hatte nie aufgeschrieben, dass ich sie ein paar Wochen später auf dem Dachboden gefunden hatte. Und ich hatte es nicht nur nicht erwähnt – ich hatte es *vergessen*. Komplett! Bis der Traum heute Nacht die verschüttete Erinnerung freigelegt hatte. Ich setzte den Stift an.

Pa hat immer behauptet, dass Ma tot ist. Keine Diskussion.
Aber er hat Mas Sachen aufgehoben! Warum? Hat er auch ge-
hofft, dass das alles ein großer Irrtum ist? Dass Ma wieder auftau-
chen würde?

Hatte er sich womöglich auch hunderttausend neue Varianten ausgedacht, wie es abgelaufen sein könnte, Varianten, in denen Ma am Ende nicht tot war? Dass sie zum Beispiel fast ertrunken wäre, aber eben nur fast, und dass sie dann auf einer Insel angespült wurde und dort lebte. Oder sich an der Finne eines Delfins festhalten konnte, der sie an einen abgelegenen Strand brachte und mit dem sie dort täglich spielte. Oder von einem Wal verschluckt worden war, in dessen Innerem sie seitdem wohnte. Später dann, nachdem ich von ihrer Krankheit erfahren hatte: dass sie ihr Gedächtnis verloren und einen Wunderheiler getroffen hätte, der sie mit irgendwelchen Kräutern wieder gesund gemacht hätte, so wie Isabella das auch konnte.

Ich fragte mich, ob die Auswege, die Pa sich für Ma erdacht hatte, meinen geähnelt hatten. Er *musste* eine Hoffnung gehegt haben, sonst hätte er doch ihre Sachen nicht aufbewahrt! Und das, obwohl er von dem Abschiedsbrief gewusst hatte …

Ich biss auf dem Kuli herum, bis das Plastik knackte.

Rasch griff ich wieder nach dem Sternenstickernotizbuch, blätterte.

Zweiundneunzig
Ich kann nicht atmen. Sie fehlt. Fehlt. Fehlt. Es tut so weh.

Mas Verschwinden war ein Meteoriteneinschlag gewesen. Ich war sechs gewesen, fast sieben, und statt einer Mutter war da auf einmal ein Krater. Mittlerweile war ich fast siebzehn, kurz vor erwachsen, und die Dinge hatten sich geändert.

Ich war nicht mehr so verloren wie damals. Weil andere Menschen den Krater über die Jahre gefüllt hatten. Weil Pa alles umstrukturiert hatte, um immer zu Hause zu sein, wenn ich von der Schule kam. Selbst als er sich in diese Annika verliebt hatte. Weil Pinars Familie mich als dritte Tochter quasi adoptiert hatte, Haustürschlüssel inklusive. Selbst die Donnerstagnachmittage bei der Pawlowa hatten den Krater ein bisschen gefüllt. Und dann ... dann ... war irgendwann Lukas aufgetaucht.

Aber egal, wie klein das schmerzhafte Loch, das Mas Verschwinden gerissen hatte, mittlerweile war – die Wut schleppte ich immer noch mit mir herum. Die Wut über ihre Feigheit.

Was weißt du wirklich *über deine Mutter?*

Ich sprang aus dem Bett. Boxte ein paar Mal auf meine Bettdecke, dann nahm ich das Kissen und schlug es gegen die Wand. Ich hatte das alles so satt! Vor allem diese Wut, diese verdammte Wut, die sich so fest in mich reingedreht hatte wie ein Korkenzieher in einen Korken. Ich wollte endlich die Wahrheit wissen! Ich schlug und schlug, bis ich außer Atem und mein Kopf klar war. *Ganz* klar.

Es war ein Gefühl, als wäre meine Haut aufgebrochen, aber auf eine gute Art. Ja, meine Haut war aufgebrochen, und darunter wartete etwas Großes auf mich. *Eine neue Alina.*

*

Der Regen trommelte gegen die Fenster des Turmzimmers, so rhythmisch und wütend, als würde eine Percussiontruppe neben mir ein Antiaggressions-Training absolvieren. Es war so laut, dass ich nicht mal mein eigenes Tippen hätte hören können. Konjunktiv.

Montagmittag, und ich war ganz allein im Turmzimmer. Alle anderen waren im Unterricht. Ich schickte Isabella eine telepathische Umarmung – dafür, dass sie mich geheilt *und* krankgemeldet hatte. Dann starrte ich auf den Monitor, auf das geöffnete Suchfenster. Wie hatte Tinka gesagt? *Ich habe eine Mission.*

Jetzt hatte ich auch eine.

*

Johanna Nadja Schumann.

Buchstabe für Buchstabe tippte ich den Namen ins Suchfenster. Ich drückte noch nicht auf *Enter.*

Tinka hatte recht. Ich wusste fast nichts über meine Mutter, also: nichts aus ihrer Vergangenheit. Ich wusste nicht, woher sie kam, ich kannte nicht mal die Namen ihrer Eltern, weil beide schon tot waren, als ich geboren wurde. Für mich blieben sie Geister. Omi-Opi-Geister. Als ich neugierig genug zum Fragen wurde, hatte sich schon Schnee über unser Haus gelegt. Ma war immer komischer geworden, weniger warm, weniger weich und ziemlich oft ziemlich traurig.

Damals hatte ich nicht gewusst, dass sie krank war und dass die Krankheit ihr Wesen veränderte. Ich hatte nur gespürt, dass wir einschneiten.

Ich klickte auf *Enter.*

*

Als ich die Suchergebnisse sah, verlosch mein Enthusiasmus.

Null.

Null Ergebnisse.

Johanna Nadja Schumann existierte nicht.

Ich tippte nacheinander Johanna Schumann, Nadja Schumann, Nadja Renner und Johanna Renner ein. Bei jedem dieser Namen war die Hölle los. Sie waren offenbar dicht dran an Claudia Schmidt oder Michael Müller. Allein die Facebook-Accounts von Johanna Schumann … Es gab so viele wie Sand am Internatsstrand!

Nur Johanna Nadja Schumann: null.

Denk wie eine Erwachsene, Alina. Du musst sie finden!

Im Grunde gab es ja nur zwei Möglichkeiten:

1. Sie hatte sich wegen der schrecklichen Krankheit umgebracht.
2. Sie hatte Pa und mich verlassen, um die Krankheit allein bis zum Schluss durchzustehen.

In beiden Szenarien war Ma tot.

Ich suchte also nach einer *Toten*.

In selben Moment schmeckte ich Blut. Zog den Finger aus dem Mund und betrachtete das Nagelbett. Ganz toll. Denk *besser* nach, Alina!

Und ich dachte nach.

Und … dachte nach.

Und … dachte nach.

Und dann – plötzlich – erblühte eine ungeheure Idee in meinem Kopf. Eine glänzende schwarze Blume.

Wieso glaubte ich den Erwachsenen eigentlich alles, was sie mir erzählt hatten? Sie hatten sich im Laufe der Jahre nicht gerade mit Ruhm bekleckert, was Ehrlichkeit anging.

Vielleicht war meine ganze Herangehensweise an die Sache falsch. Ich ging davon aus, eine Tote im Internet zu finden, weil ich an den »Abschiedsbrief« glaubte. Weil ich glaubte, dass der Brief sich auf ihre Krankheit bezog.

Aber was, wenn diese Krankheit eine Erfindung war?

Ich atmete schneller, und eine dritte Möglichkeit tauchte aus der Dunkelheit in meinem Kopf auf:

3. Ma war nicht krank gewesen. Sie war nicht abgehauen, um zu sterben, sondern aus einem anderen Grund. Was, wenn sie *lebte*?

*

Ich musste *konkreter* suchen.

»Personensuche«, tippte ich. Fast alle Ergebnisse wollten Geld. Das Günstigste war das Einwohnermeldeamt, da konnte man sogar online suchen. Kostete fünf Euro in Berlin.

Voraussetzungen
Angaben über die gesuchte Person
Pflicht-Angaben: Familienname, Vorname, Geburtsname

Ergänzungs-Angaben: Geburtsdatum, Familienstand, letzte bekannte Anschrift in Berlin

Sie müssen alle Pflicht-Angaben und mindestens 2 von 3 Ergänzungs-Angaben machen.

Eindeutigkeit
Die Angaben müssen eine eindeutige Identifizierung der angefragten Person zulassen.

Okay, das war zu schaffen.

Renner, Johanna Nadja, geb. Schumann

18. Juli 1974. Verheiratet.

Nächster Punkt: Unsere Anschrift in Berlin.

Weiter.

Meine Finger zitterten, als ich meine Kontonummer eingab, dann den Tangenerator programmierte und die angezeigte Tan eintippte. Ich wartete. Das Ergebnis kam umgehend.

Die gesuchte Person ist am 22. Mai 2007 als vermisst gemeldet worden. Bei berechtigtem Interesse an näheren Informationen wenden Sie sich bitte an das zuständige Stadtamt Rostock, Abteilung Vermisstenfälle.

Moment … Rostock? Warum denn Rostock? Es dauerte eine Weile, bis ich das herausfand:

Die Vermisstenfälle werden beim Bürgeramt des Zuständigkeitsbezirks abgelegt, in dem die Person zum letzten Mal lebendig gesehen wurde.

Hä? Ich wusste, dass Ma und Pa am Meer gewesen waren, damals, aber … an der Ostsee? Das hatte Pa nie gesagt. Und aus irgendeinem Grund hatte ich mir immer vorgestellt, sie wären am Mittelmeer gewesen.

Rostock! Gerade mal fünfundvierzig Fährminuten von hier weg!

Ich schluckte und surfte zur Rostocker Seite, aber da war die Anfrage gleich doppelt so teuer. Vor allem aber war sie nicht online möglich. Scheiße.

»Scheiße, Scheiße, Scheiße!« Bei jedem Wort schlug ich mit der Faust auf den Tisch, wieder und wieder und noch mal.

Ging es noch geheimnisvoller? Am liebsten hätte ich ihr Foto angeschrien, aber ich konnte mein Handy nicht finden. Wahrscheinlich lag es im Zimmer.

»Scheiße«, wiederholte ich. Aber die Wut war weg.
Okay, dachte ich, ich habe drei Möglichkeiten:

1. Pa fragen
2. Aufgeben
3. Rostock

Aufgeben war keine Option. Nie gewesen.
Es gab einen kleinen, grimmigen Streit in meinem Inneren,
dann übernahm die neue Alina. Recht hatte sie. Warum sollte
ich mich mit dem Rostocker Einwohnermeldeamt rumärgern?
Pa war schließlich dabei gewesen. Nur: Wie sollte ich ihm erklären, dass ich nach all den Jahren die Wahrheit wissen musste?
Und zwar die ganze Wahrheit, ungeschönt.
»Du brauchst nichts zu erklären«, flüsterte die neue Alina in
meinem Kopf. »Das ist dein Recht.« Ich bog meine Finger durch,
bis sie knackten, und legte los.

Pa,
   ich muss wissen, was damals wirklich passiert ist. Ich
habe gegoogelt und bin bei der Vermisstenstelle in Rostock
gelandet. In Rostock, Pa! Hier um die Ecke!
   Ich brauche e n d l i c h Antworten und ich will darüber
nicht diskutieren.
   Ich bin alt genug!
   Alles Liebe, Lina
   PS: Hoffe, dir geht's gut mit deinen Bakterienstämmen.

Nichts zitterte, als ich *Senden* klickte. Danach, so ungerührt, als
hätte ich nicht gerade mein Universum in Stücke gerissen, bas-
telte ich eine Emoji-Story für Pinar. Manchmal funktionieren

360

Bilder einfach besser als Schreiben und geschrieben hatte die neue Alina für heute genug.

Das sagte doch alles. Senden. Dann verfasste ich eine zweite, ähnliche Nachricht, fügte ein paar Extraherzchen und Küsse hinzu und noch zwei, drei andere Bilder, die ich Pinar bei aller Liebe *nicht* schicken würde, und mailte die zweite Version an Lukas. Und weil ich gerade so einen Flow hatte, tippte ich auch noch eine Zwei-Satz-E-Mail an Oma und Opa. Ich war gerade dabei, das Internet nach Bildern von Urrindern zu durchsuchen, um sie ihnen anzuhängen, als der Rechner plingte. Es war das E-Mail-Pling.

Pa! Die USA schienen ihm nicht gutzutun, wenn er um (ich warf einen Blick auf die winzige Zeitanzeige oben rechts) gerade mal Viertel nach fünf seiner Zeit schon wach war. An einem Montag!

Ich hatte nicht vor heute Nachmittag mit einer Antwort gerechnet. Aber gut, jeder Zeitpunkt war gleich scheiße, um die E-Mail zu öffnen. Er würde mich ohnehin bloß vertrösten, und mich davon zu überzeugen versuchen, dass ich erst in 308 Jahren »alt genug« wäre, um endlich Klarheit zu bekommen. Meine

Hände zitterten so, dass ich erst nach drei Klicks das richtige Feld erwischte und die E-Mail öffnete.

Mir blieb die Spucke weg.

Kein Theater. Kein Herumgedruckse, nichts. Stattdessen eine Nachricht, die wie ein Echo auf meine eigene wirkte.

Lina-Schatz,

ich wünschte, du hättest mich gefragt, bevor du das Internet durchsucht hast. Es ist nichts zu finden, weil sie über Selbstmorde nicht berichten dürfen.

Deine Ma und ich waren da, weil sie sich von den Plätzen ihrer Kindheit verabschieden wollte. Und ein bisschen haben wir gehofft, dass das Meer sie beruhigen würde, es ging ihr damals sehr schlecht. Die Krankheit hatte angefangen, ihr wahres Gesicht zu zeigen – Anfangsstadium zwar, aber es war schrecklich. An dem Tag, bevor Nadja aufs Meer fuhr, war sie melancholisch. Sie sprach davon, dass sie vielleicht das letzte Mal auf den Wegen ihrer Kindheit ginge.

Als ich das las, geriet meine Theorie, dass Ma womöglich gar nicht krank gewesen war, schon wieder ins Wanken. Würde Pa mich wirklich so dreist belügen? Ich konnte es mir nicht vorstellen.

Nach der Nacht habe ich sie überall gesucht und dann am Ende die Polizei eingeschaltet. Damals gab es noch eine kleine Polizeistation am Hafen. Sie haben das leere Boot am Nordufer entdeckt. Da gibt es gefährliche Untiefen und Felsnadeln und Strudel, haben sie gesagt. Und dass der Strand deshalb verboten ist.

Sie haben ihren Körper nie gefunden.

Du darfst nie vergessen, was in ihrem Brief stand: Du warst ihr das Allerwichtigste, Lina. Genau wie mir.

Pa

PS: Die Bakterien sind wunderschön.

Moment mal. Nordufer? Felsnadeln? Wege der Kindheit? Was zur Hölle? Meine Finger flogen. *Senden.*

Warten.

Warten.

Warten.

Pling.

Liebes,

ja, also … da ist … tatsächlich etwas, was du nicht weißt. Nadja wurde in Rostock geboren, aber sie hat auf Griffiun gelebt. Deine Mutter war eine echte Griffiunerin.

Ihr Abschiedsbrief, Lina — ich hab dir da was verschwiegen … Ich dachte, wenn du wüsstest, warum ich dich ausgerechnet nach Griffiun geschickt habe, würdest du vielleicht streiken … Ich weiß, dass du deiner Ma böse bist, weil sie uns alleingelassen hat. Du hast es ihr nie verziehen. Ich weiß das.

Aber: SIE wollte, dass du nach Griffiun gehst. Sie hat vor ihrem Tod oft davon gesprochen. Ich hatte mich immer geweigert, weil ich wollte, dass du bei uns groß wirst. Und überhaupt, wie hätten wir ein so teures Internat bezahlen sollen? Aber dann … hat sie sich umgebracht.

Du hast mich nie gefragt, warum der Abschiedsbrief nicht vollständig war. Ich bin froh, dass du es jetzt getan hast. Ich war's. Ich habe den letzten Satz damals abgerissen, weil sie darin geschrieben hat, dass es ihr größter Wunsch sei, dass du nach Griffiun gehst.

Mir war der Gedanke unerträglich, dich auch noch zu verlieren. Aber dann kam alles anders, die Universität in Charlotte hat mir diesen einmaligen Auftrag angeboten, den ich nicht ausschlagen konnte. Du hast immer gefrotzelt, dass es mir nur um Ruhm und Ehre geht, und ich habe deine Verletzung darin gehört, weil ich dich alleinelasse. Aber es ging mir nicht um Ruhm, jedenfalls nicht nur. Tatsache war: Es kam mir wie ein Zeichen vor. Als hätte Nadja von da oben aus den Weg frei gemacht, damit wir ihren letzten Wunsch erfüllen können.

Verzeih mir bitte, dass ich das nicht eher gesagt habe.

Geht es dir gut?

Ich liebe dich

Pa

PS: Es tut mir so leid, dass wir da nicht früher drüber ... Ich hab so viel falsch gemacht.

15

Wunschballons

Ein Lichtfinger kitzelte meine Nase, zupfte an meinen Lidern. Ich kniff die Augen zusammen, drehte mich zur Seite und versuchte weiterzuschlafen. Es half nichts. Leider hatte ich am Abend vergessen, den Vorhang vors Fenster zu ziehen, und aus dem Lichtfinger wurde eine Lichthand, die jetzt über meinen neuen Sidecut glitt, dann übers Gesicht und die Müdigkeit wegstrich. Ich schlug die Augen auf.

Erster Blick: Fenster.

Strahlendes Wetter.

Zweiter Blick: Handy.

Oder auch nicht. Mein Nachttisch war leer. Wahrscheinlich lag es noch in meiner Schultasche. Ich blinzelte rüber zu Isabellas Radiowecker. Es war halb sechs. Halb sechs, und heute war mein Geburtstag. Freitag, der 31. Mai.

Ich lag mit offenen Augen im Bett, während die Sonnenhand über mein Kissen wanderte, und dachte: siebzehn.

Ich empfand nichts. Die Zahl löste keinen aufgeregten Widerhall in mir aus, noch weniger, als es im letzten Jahr die Sechzehn getan hatte. Und wie es hoffentlich im nächsten die Achtzehn tun würde, die ja immerhin für große Veränderungen stand. Aber dieses Jahr war schlimmer als die letzten paar, vielleicht auch weil es nicht nur mein undankbarer siebzehnter, sondern vor allem mein elfter Geburtstag ohne Ma war.

Ich hatte echt ein Zahlending am Laufen. Ich liebte Zahlen, sie waren stark, und sie veränderten sich nicht ungefragt, sie stützten mich – aber sie konnten mich auch umhauen. Als ich sieben geworden war – zehn Tage nach ihrem Verschwinden –, hatten wir noch tun können, als wäre alles okay, aber neun war purer Horror gewesen, zehn auch, den Zwölften hatte ich mich zu feiern geweigert und beschlossen, nur noch Schwarz zu tragen. Das mit der Feierverweigerung hatte genau drei Jahre geklappt, das mit dem Schwarz hatte ich durchgehalten.

Siebzehn.

Am liebsten würde ich den Tag ausfallen lassen. Und außerdem: Wozu Geburtstag, wenn ich ihn hier auf der Insel auch noch ohne Lukas und Pinar feiern musste?

Immerhin hatte ich so tief und traumlos geschlafen wie schon lange nicht mehr. Was zugegebenermaßen seltsam war. Vor allem nach dem, was ich vor vier Tagen von Pa erfahren hatte! Ich meine, wie heftig war das denn bitte? Ma war nicht nur auf Griffiun geboren, sie war hier auch gestorben. (Vielleicht.) Wenn sie tatsächlich gestorben war, dann in diesem Meer, das ich jeden Tag in der Luft roch und das unsere Insel umgab wie Haut einen Körper. Ich war umzingelt vom Tod meiner Mutter!

Aber: kein Albtraum. Kein Magenkrampf. Stattdessen lag ich ausgeschlafen und hellwach rum, es war halb sechs, und ich empfand: nichts. Die Woche war ohne irgendwelche Aufreger wie im Flug vergangen. Anscheinend gewöhnte man sich ab Woche drei im Internat an das neue Leben.

Vorsichtig drehte ich mich zur Seite und zog mein Tagebuch vom Nachttisch. Ich hatte seit einer Weile damit aufgehört, es unters Bett zu schieben – etwas sagte mir, dass Isabella zu den Menschen gehörte, die nicht in den Sachen anderer herumstöberten. Leicht beschämt dachte ich an Isabellas Sneaker-Versteck. Ich spähte zu ihrem Bett hinüber. Von ihr war nur ein Deckenberg zu sehen, aus dessen oberem Ende ein strubbeliges

Haarbüschel ragte. Der Rest, der von der Haareschneide-Aktion übrig geblieben war.

Ich gähnte. Die Zeit des Jammerns war vorbei. Ich war die neue Alina, ich war siebzehn, und zwar schon seit zwei Stunden und neun Minuten – zumindest erzählte Pa immer davon, dass ich meinen ersten Quietscher (das sagte er wirklich) um drei Uhr neununddreißig gemacht hätte. Auf die Minute. Was mich, ich hatte das gegoogelt, zu einem Zwilling mit Aszendent Stier machte. Was mich wiederum, behauptete das Netz, zu einer mitteilsamen Zeitgenossin machte. Womit das Netz ziemlich danebenlag. Ich hatte nämlich außer Tinka keinem hier von meinem Geburtstag erzählt.

Vorsichtig streckte ich die Füße aus dem Bett und tastete nach den Filzlatschen. Ich griff nach meinem Waschbeutel und schlappte leise, leise zur Tür. Die anderen würden erst in anderthalb Stunden aus dem Schlaf tauchen und dann in den Waschraum strömen. Ich hatte eine Dusche ganz für mich. Ohne eine Schlange Mädels davor. Genug Zeit, mich von oben bis unten einzuschäumen, die Haare zu waschen und mich zurechtzumachen. Und danach: ein Skypeanruf bei Lukas. Hoffentlich war er schon wach. Es bestand Hoffnung für den Tag.

*

Drei Minuten zu spät öffnete ich die Tür zur Mensa. Das lag an Lukas – beziehungsweise daran, dass wir uns ungefähr fünf Minuten lang angestarrt und ungefähr vierzigmal abwechselnd »Nee, du!« gesagt hatten, ehe ich nachgegeben und widerwillig den roten Button bei Skype gedrückt hatte.

Innerhalb von anderthalb Stunden hatte sich das strahlende Geburtstagswetter ins Gegenteil verkehrt: Die Temperatur war rapide gesunken, der Wind klatschte die Regentropfen gegen alles, was ihm in die Quere kam. Gegen mich, zum Beispiel. Als ich von Haus A über den Rasen zur Mensa rannte, sanken meine Füße regelrecht ein, weil Pfützen wie kleine Teiche auf der Grasfläche standen. Das Wasser konnte gar nicht so schnell in die Erde laufen, wie der Himmel nachgoss. Mann, Mann, Mann.

Obwohl meine mühsam gestylten Haare dank des Gestürms vor der Tür nach Wischmopp aussahen und meine Füße vor Nässe in den Schuhen quatschten, war mir warm im Bauch. Zielstrebig durchquerte ich den Saal, grinste Isabella im Vorbeigehen zu und ließ mich auf meinen Platz fallen.

»'tschuldigung«, sagte ich. Die Lonelies schwiegen. Überrascht sah ich in die Runde. »Kommt schon, ich bin nur ein paar Minuten zu spät!«

»Die paar Minuten sind scheißegal«, grummelte Lexi. »Mareike-Helene ist eh noch nicht da. Aber warum hast du uns *das* verschwiegen?«

Das? Was: *Das?*

Sie deutete auf etwas, das neben meiner Tasse stand. Es war klein und rechteckig und verpackt. In Geschenkpapier. Ups.

»Ähm«, machte ich.

»Du hast Geburtstag!«, sagte Gigi vorwurfsvoll. »Und hast uns nix davon erzählt.«

»Weil es nicht wichtig …«

»Quatsch!«, fuhr mir Nian über den Mund. »Wer seinen Geburtstag nicht wichtig nimmt, nimmt sich selbst nicht wichtig.«

»Von wem ist das überhaupt?«, fragte ich mit Blick auf das Geschenk.

»Nicht wichtig …«, grummelte Gigi.

Lexis Hand zuckte zu ihrer Brille, ehe sie antwortete. »Vom

Internat. Kriegen alle. Normalerweise bringt es Frau Tongelow an den Tisch, und manchmal singt sie sogar ein Lied dazu … zumindest wenn's gut läuft …«

»Oder schlecht«, fügte Nian an und grinste jetzt immerhin ein bisschen. »Dann kriegen's nämlich alle mit, und für Geheimhaltungsfreaks wie dich ist das natürlich ein Albtraum.«

»Hast also Glück, dass Kunze ihr noch nicht erlaubt, zur Arbeit zu gehen«, frotzelte Gigi. Er sah mich auffordernd an: »Mach's auf!«

Er starrte erwartungsvoll in mein Gesicht. Gehorsam knibbelte ich den Tesastreifen ab und wickelte das Päckchen aus. »Ein Parfüm?«

Gigi tippte mit seinem gelb lackierten Nagel auf das Etikett. Ich sah genauer hin. »Ein *Hoge Zand*-Parfüm?«

Nian und Gigi brachen in Gelächter aus. Auch Lexi konnte sich ein Grinsen nicht verkneifen. Einige Köpfe drehten sich zu uns um. »Pssst«, bat ich. »Ich will echt nicht, dass alle mitkriegen, dass ich …« Daraufhin drosselten die Jungs ihre Lautstärke um ein paar Dezibel.

Es war Viertel nach, offiziell hatte das Gelage längst begonnen. Nur wir warteten noch auf Mareike-Helene. »Wo bleibt sie bloß?«, murmelte Nian. »Sie wollte doch bloß ihre Schuhe …« Ungeduldig beäugte er die Tür. Ich glotzte noch immer ungläubig auf das Päckchen in meiner Hand. Dann öffnete ich den Karton und zog den Flakon heraus. Gigi presste sich die Hand vor den Mund, um nicht erneut loszuprusten.

»Es hat die Form des Turms auf Haus A!«, sagte ich verwundert.

»Ja, ist das nicht klasse?«, presste Gigi hervor. »Irgendein saureicher Exschüler hat im Turmzimmer sein erstes Start-up gegründet, ist noch saureicher damit geworden und hat der Schule ein Parfüm geschenkt. In Turmform! *Hoge Zand* hat ein eigenes, phallisches *Schulparfüm!*«

Nicht zu fassen. Ich zog den Deckel ab und wollte gerade vorsichtig den Sprühkopf drücken, als Lexi unvermittelt »NEIN!« kreischte. Vor Schreck presste ich volle Lotte drauf und eine fette Geruchswolke waberte über unseren Tisch.

»Gnade!« Lexi zog sich den Ausschnitt ihres T-Shirts übers Gesicht.

»Pfuh … oh Mann … das … riecht ja furchtbar …« Ich versuchte krampfhaft, durch den Mund zu atmen.

»Ja«, mumpfte Lexi aus den Tiefen ihres T-Shirts. »Es sieht nicht nur scheiße aus, es stinkt auch noch wie Iltis mit Fußpilz!«

Gigi wickelte sich stöhnend den türkisfarbenen Seidenschal um die Nase, und Nian rückte seinen Stuhl lautstark ein Stück vom Tisch ab und wedelte mit der Hand den Gestank von sich weg. Das war's. Die Messer der anderen Schüler sanken auf die Tische – jetzt sahen beinahe alle zu uns herüber und rümpften die Nasen.

Von ganz, ganz hinten, vom anderen Ende des Speisesaales brüllte jemand: »Es stinkt nach Gebuuuuuurtstag!« Dieses Zeug hatte die durchdringende Wirkung von Ammoniak.

»Es hat auch seine guten Seiten«, rief mir ein Mädel über zwei Tische hinweg zu. »Ich hab's immer als Abwehrspray in der Tasche.«

»Glückwunsch, Alina!«, brüllte Isabella fröhlich von ihrem Tisch aus durch den Saal. Und dann brach die Hölle los. Eine Hölle, in der alle lauthals »Happy Birthday« grölten, auch die, mit denen ich noch kein Wort gewechselt hatte (was viele waren), eine Hölle, in der ich noch röter als rot wurde, und ach-du-lieber-Himmel!

Als das letzte »to yoooouuuuu« verklungen war und die allgemeine Aufmerksamkeit sich wieder auf die Teller richtete, drehte sich Chrystelle noch einmal zu mir um.

»Denk bloß nicht, dass du was Besonderes bist«, ätzte sie über die Tische hinweg. »Das Stinke-Parfüm kriegt jeder Frischling im ersten Jahr. Im zweiten gibt's dann eine Tasse und im dritten ein T-Shirt. Alles grottenhässlich.«

»Dafür ist der Wein zum Achtzehnten lecker«, gab ein Junge vom Tisch neben uns zu bedenken. Sein Nebenmann widersprach, indem er sich den Finger in den Mund steckte und so tat, als müsse er kotzen, und ein anderes Mädchen erzählte, dass sie für ihren *Hoge Zand*-Wein bei Ebay 140 Euro eingesackt habe. Im Nullkommanichts war eine heiße Diskussion im Gange. Währenddessen saß ich blutrot auf meinem Platz und hielt Hilfe suchend Ausschau nach Frau Lamprecht, die an Frau Tongelows Stelle langsam kommen müsste, um für Ruhe zu sorgen und sich nach Mareike-Helene zu erkundigen. Stattdessen ging die Tür auf und Mareike-Helene höchstpersönlich schritt herein. Und das ganze Gesinge ging von vorne los. Nur dass sie es konnte. Happy Birthday, in britischem Englisch und klarem Sopran. Und, als wäre das alles nicht schon fürchterlich genug, hielt sie in ihrer linken Hand ein großes, großes Bündel heliumgefüllter, nass geregneter schwarzer Luftballons. Ich wollte am liebsten auf der Stelle im Boden versinken.

*

Dreitausendsechshundertdreiundsechzig. Freitag. Geburtstag.

Geht's noch peinlicher?

Ich hatte den linken Arm über das Schulheft gelegt, damit Liesenbrunn von vorne nicht sehen konnte, dass ich in mein Tagebuch kritzelte, statt Matheformeln zu berechnen.

Und auch: Geht's noch süßer? Wie Pinar und Lukas das alles organisiert haben! Und dass ausgerechnet Kunze mitgespielt hat ...
Apropos: Den haben sie über Nacht ausgewechselt! Die berühmte Grinsekatze ist 'ne trübe Tasse gegen den, ehrlich.
Als Lexi gestern zu ihm ist, um die versprochenen Neuigkeiten einzufordern, hat er gerade mit Frau Tongelow telefoniert. Lexi ist brav vor der Tür stehen geblieben, um ihn nicht zu stören, hat sie gesagt, aber haha! Ich wette, sie wollte bloß lauschen, die Neugierbacke. Jedenfalls hat sie gehört, dass er tausendmal gesagt hat:
»Bist du sicher, Lilian, bist du wirklich sicher? Und sie können die Laborergebnisse nicht verwechselt haben?«
Als Lexi sich endlich reingetraut hat, ist er auf sie zugestürzt, hat sie hochgehoben und genauso herumgeschwenkt wie seine Frau am Sonntag vor einer Woche und gesagt, dass die Krebszellen alle weg seien. »Alle! Alle! Spontanheilung, sagen die Ärzte, aber Lexi, ich sag dir: Es ist ein Wunder!« Und dabei hat er so fett gegrinst, als hätte er das komplette Gras von Isabella weggeraucht. Und seitdem hat er nicht mehr damit aufgehört.
Jetzt ist er so gut drauf, dass er alle Luftballons aufgeblasen hat, um sie dann M-H in die Hand zu drücken, und die hat das voll genossen, suuuuperlangsam durch den Speisesaal zu marschieren, damit nur ja jeder lesen konnte, was Pinar und Lukas auf die Ballons geschrieben haben! Mit Silberedding, ein Geschenk pro Ballon. Mal siebzehn.
Jetzt weiß jeder in diesem verdammten Internat, dass ich Trauben-Nuss-Schokolade liebe und Matcha-Tee-Oreos. Und grünen Nagellack und dass ich Hair-Extensions will. (Keine Ahnung,

was Pinar angestellt hat, um Pa breitzuschlagen, damit er mir die schenkt. Die sind SCHWEINETEUER!) Dass ich auf Cosplay steh und auf Angel Haze.

Ein einziger Ballon war anders. »Loslassen« stand darauf. Pinar und Lukas sind (neben Tinka) die Einzigen, die wissen, dass heute mein Elfter ohne Ma ist. Ich weiß, dass sie mir mit diesem Luftballon bloß sagen wollten, dass sie bei mir sind, aber jeder Buchstabe von »Loslassen« hat mir ins Herz geschnitten, und für einen Moment ist das Licht kalt und reglos geworden, und es war, als ob die Decke der Mensa herabgesunken wäre, ein bleicher, erstickender Himmel voller Schnee.

Ich hab es weggeatmet und mich auf M-Hs Singen konzentriert. Als ich ihr etwas

»Alina?«

Scheiße. Liesenbrunn klopfte mit dem Knöchel auf meinen Tisch, wie immer wenn er jemanden beim Träumen erwischte. Erschrocken schob ich das Tagebuch unter mein Matheheft. Zu spät.

»Ich find's gut, dass du Tagebuch schreibst, aber hier geht es gerade um Polynomdivisionen, wenn ich dich dran erinnern darf.«

»Tagebuch!«, grölte Ecco zwei Reihen hinter mir und lispelte mit hoher Stimme: »Und dann hat er gesagt, und dann hab ich gesagt, und dann hat er gesagt, und dann hab ich …«

Wütend fuhr ich herum, doch bevor ich ihm irgendwas an den Kopf werfen konnte, merkte ich, dass Hannah mir freundlich zulächelte. Ich spürte die Feuermelderwärme bereits im ganzen Gesicht.

»Himmel«, stöhnte sie laut und sah dabei weiter mich an, statt sich zu den Honks umzudrehen.

»Würde Hirnlosigkeit vor Kopfschmerzen schützen, würden die Aspirinproduzenten pleitegehen.«

Liesenbrunn, der noch immer dicht vor meinem Pult stand, lachte leise und konterte: »Wohl wahr, Hannah, aber die Mathematik lehrt uns eben auch, dass man Nullen nicht übersehen darf.«

Hannahs Lächeln breitete sich übers ganze Gesicht und von da aus über die Klasse aus. Einer nach dem anderen begann zu lachen. Selbst ich. Der Feuermelder kühlte ab. Ecco und Robert tauschten einen Blick, dann guckten sie mich an. In ihren Augen: Wut. Ich sah durch sie hindurch zu Gigi, der mir einen Luftkuss zuwarf. Ich fing ihn mit der Linken auf.

Es bestand Hoffnung für den Tag. Und das trotz der kleinen Bombe, die Mareike-Helene heute Morgen ganz nebenbei hatte platzen lassen. Nachdem sie mit den Luftballons unseren Tisch erreicht hatte und ihr letztes »to yooooouuuuu« gehaucht hatte, hatte sie sich ganz langsam zu mir runtergebeugt und mir die Ballons in die Hand gedrückt.

»Für wie blöd hältst du uns eigentlich?«, hatte sie geflüstert und mich ins Ohr gezwickt. »Glaubst du, wir kriegen das mit den Ballons nicht mit? Kunze hat sich in seinem Glücksrausch gestern schneller verplappert, als Lexi ›Das sind aber schöne Ballons, Herr Kunze‹ sagen konnte. Hast du echt geglaubt, du kommst um eine Party rum?«

»Ich …«, hatte ich gestottert.

Nian hatte mit den Lippen »Partypartyparty!« geformt und unterm Tisch Tanzbewegungen mit den Händen gemacht. Lexi (die seit gestern mit Kunze problemlos ein Grinsekatzen-Duo gründen könnte) hatte gekichert, mir ihren Finger in die Seite gepikst und »Wir haben alles schon vorbereitet!« geflüstert. Ich musste irgendetwas zwischen saudumm und völlig schockiert geguckt haben, denn alle Lonelies hatten kollektiv zu lachen begonnen.

Die waren gar nicht sauer! Die hatten mich eiskalt verarscht! So viel zu meinem Vorsatz, meinen Geburtstag unauffällig in eine Ritze des Tages fallen zu lassen.

Aber dann … »Kann ich noch jemanden mitbringen?«, hatte ich gefragt und mir Tinkas Freude vorgestellt, wenn ich sie fragen würde. Und Isabella, aber die würde sofort nach der Schule zu ihrer Liebsten düsen, wie fast jedes Wochenende …

»Klar! Es ist Platz für sieben, wir sind zu sechst, also tu dir keinen Zwang an«, hatte Lexi gesagt.

Platz für sieben? Wo? Und was hatten sie vor?

Liesenbrunn pochte erneut auf meinen Tisch.

»Jemand zu Hause?«, fragte er. »Wenn ich euch dann wieder an die Gleichungen bitten dürfte? Noch zehn Minuten, dann werden Alina und Ecco euch ihre Ergebnisse an der Tafel präsentieren.«

*

Nach dem Unterricht war ich sofort losgesprintet.

Platz für sieben. Hieß: Cara plus Lonelies plus eins und ich. Meine Plus-eins würde Tinka sein.

Durch die Sturzflut, die vom Himmel kam, lief ich zur Rückseite des Schlosses, kletterte über den Zaun, rannte keuchend weiter. Der Regen durchnässte meine Kleider, meine Füße, meine Haare.

Ich kam bei Mühstetters Bruchbude an und machte einen Schlenker dorthin, sprang auf die Veranda, sah durchs Fenster ins Innere. Wenn ich Glück hatte, war Tinka vor dem Unwetter hierher geflüchtet, aber innen war wie immer alles leer.

Ich rannte zum Weg zurück, wurde schneller, rannte und rannte, bis ich endlich keuchend vor Tinkas Zelt stand.

Beziehungsweise da, wo Tinkas Zelt hätte stehen müssen.

Es war fort.

*

Tinka. War. Weg.

Hinter meinen Rippen schlug ein Tier seine scharfen Zähne in mein Herz. Meine Beine gaben nach. So unerklärlich stark es mich immer zu Tinka hingezogen hatte, so unerklärlich stark war der Schmerz über ihren Verlust.

Die Pawlowa hatte mir eingebläut, dass Kummer nicht weggedrückt, nicht vergessen, nicht mit Wut gesprengt oder in Alkohol ersäuft werden dürfe; Kummer musste ertragen werden. Erst, wenn er sich von selbst erschöpfte, würde es besser werden. Ich presste die Hand zwischen die Brüste, schluchzte und ertrug, ertrug, so gut ich konnte. Die dunkelgrauen Wolken, die über den Himmel fegten und mich noch immer begossen, nahm ich kaum wahr.

Als die Kummerwoge abebbte, rissen die Wolkenberge auseinander und gaben feine blaue Streifen frei. Das Licht bekam eine verrückte Färbung und steckte die Umgebung an: den Sand, die Büsche, die Disteln. Alles schien surreal und verstört und untermalte mein inneres Drama so perfekt, dass ich fast wieder losgeheult hätte. Zu allem Überfluss blitzte mich die Sonne just in dem Moment an, in dem ich die letzte Träne wegwischte, durchatmete und mich erhob. Es war genauso, wie wir es im Deutschunterricht gelernt hatten, *Kapitel: Der Held und sein Wetter.* Nur dass ich eine Held*in* oder von mir aus auch eine Loserin war und das hier kein Buch oder Film, sondern das echte Leben.

Langsam umrundete ich den Platz, auf dem Tinkas Zelt gestanden hatte. Regen und Wind hatten die Spuren ihrer Anwesenheit gelöscht. Es gab keine Stelle, an der das Dünengras auffallend niedergedrückt war, und falls jemals Zeltheringe in dem Sand gesteckt haben sollten, zeugte kein Loch mehr davon. Es war, als ob sie nie hier gewesen wäre. Tinka!

Ein letzter Blick auf ihren Lagerplatz, dann drehte ich mich um und machte mich schleppend auf den Heimweg. Die Leerstelle, die sie hinterlassen hatte, vereiste mir den Rücken. Ich pflügte mit den Gummikappen meiner Schuhe durch den Sand. Und knallte voll auf die Knie.

Behutsam tastete ich nach dem fast unsichtbaren Nylonfaden, und ihn zu *spüren*, ganz real zwischen meinen Fingern, gab mir eine sonderbare Ruhe. Ich hatte mir Tinka nicht eingebildet! Ich richtete mich auf und bemerkte das feine Netz aus Nylonfäden, die aufblitzten, wenn Sonne daraufffiel. Dieses Netz war der Beweis. Sie war hier gewesen, und jetzt war sie weg …

Und in diesem Moment kam mir ein scheußlicher Gedanke: Was, wenn sie nicht freiwillig gegangen war? Was, wenn tatsächlich jemand hinter ihr her gewesen war? Jemand, der sie jetzt erwischt hatte?

16

Heldenwetter

Pssssst!«

Das Geräusch kam aus der Nähe der Notrutsche. Alarmiert duckte ich mich zwischen die Büsche vor dem Zaun des Naturschutzgebietes und sah hinüber. Eine rosa Gestalt stand im Schatten des Hauptgebäudes und rauchte. Cara. Ihre Augen suchten mich, und sie machte mit dem Kopf eine Bewegung, die ich als *Komm her, und zwar unauffällig* interpretierte. Was war jetzt wieder passiert? Und wozu die Heimlichkeit mitten am Tag?

Aber Caras Anwesenheit wirkte wie eine Schmerzspritze auf mein aufgereiztes Inneres. Ich sah sie, hörte ihre Stimme, und meine Panik zog sich zurück. Caras rosa Gestalt war so *real*, dass mir der Gedanke, dass Tinka womöglich entführt worden war, plötzlich völlig irreal vorkam. Cara hob sich so deutlich von der in trübes Grau getauchten Umgebung ab, wie es ein Flamingo in einem skandinavischen Nadelwald getan hätte.

Bei dem Bild musste ich lächeln, und das Lächeln legte sich auch über die Erkenntnis, dass Tinkas Zelt weg war. Es gibt eine Erklärung, sagte die neue Alina in mir. Es *musste* eine Erklärung geben. Und sie würde harmlos sein.

Wahrscheinlich hatte sie nur den Lagerplatz gewechselt – bestimmt würde sie heute Nacht Steinchen an mein Fenster werfen und mir alles erklären. Und sich grün und blau ärgern, dass sie meine Geburtstagsparty verpasst hatte.

»Pssssst«, machte Cara noch einmal.

Gehorsam schwang ich mich über den Zaun und schlenderte unauffällig über das Grasstück zum Schloss. Cara sog noch einmal an ihrer Zigarette, dann drückte sie die Kippe an der Hauswand aus und steckte sie in die Tasche.

»Hey«, sagte ich.

»Glückwunsch«, antwortete sie. Schob ihren rosa Arm unter meinen und zog mich um die Ecke Richtung Vorplatz. »Hab sie!«, rief sie laut.

Und eh ich »Ochnöbittenicht!« sagen konnte, stürzten Lexi, Mareike-Helene, Gigi und Nian aus dem Nichts und umringten uns.

»PARTY!«

»Das«, meinte Cara und quetschte meinen Arm unter ihrem liebevoll an sich, »passiert, wenn man seinen Freunden nicht erzählt, dass man Geburtstag hat.«

Was wohl der Startschuss war. Auf einmal kreischten alle gleichzeitig wie ein Rudel irrer Justin-Bieber-Fans, wenn man den Namen ihres Lieblings flüsterte. Lexi setzte mir einen Partyhut auf den Kopf und zog mir das Gummiband unters Kinn, Gigi war sich nicht zu blöd, mir mit einer dieser albernen Aufrolltröten ins Ohr zu blöken, und Nian und Mareike-Helene reckten sich, so hoch sie konnten, und zogen direkt über mir an zwei Enden eines Knallbonbons. Es regnete Konfetti und Glitzerstreifen.

»Himmel«, stöhnte ich. »Ich werd siebzehn, nicht fünf!«

Mareike-Helene lief zum Haupteingang und kam mit einer prall gefüllten Henkeltasche zurück. Sie war aus dem gleichen dunkelbraunen Material mit den hellbeigen Buchstaben wie das Handtaschendings, das sie immer mit sich rumschleppte.

»Ooooh«, spottete Gigi prompt. »Ein Weekender! Wo kriegst du eigentlich immer diese Vuitton-Imitate her? Direktversand aus der Türkei, oder was?«

»Das ist kein …«, warf Nian ein.

Mareike-Helene schnitt ihm das Wort ab. »Türkei? Pah! China natürlich!«

»Das ist kein Imi…«, versuchte Nian es erneut.

»Leute … super Überraschung, dann können wir ja jetzt …«, versuchte ich unbeholfen, mich aus der Nummer rauszuziehen.

Lexi hörte auf, wie ein Derwisch um mich herumzuhüpfen, und baute sich stattdessen vor mir auf. »Okay, hier ist der Deal: Wir haben eine Überraschungsparty für dich geplant. An einem Überraschungsort. Also mach die Augen zu, und komm mit.«

Die Augen …? »Vergiss es!«

»Keine Angst«, versprach Gigi. »Es passiert nichts Ekliges oder so.«

»Na gut«, gab ich nach. »Aber meine Augen bleiben auf!«

*

»Nicht euer Ernst!« Ungläubig starrte ich auf das Boot, das an dem kleinen Anleger des Internatsstrandes lag. Es war aus Holz und musste im Paläozän knallblau gewesen sein. In den Jahrmillionen, die seither vergangen waren, waren etwa viertausend Farbschichten drübergepinselt worden, die alle übereinander und voneinander und nacheinander abblätterten wie der Teig eines Croissants, wenn man es auseinanderzupfte. Es hatte drei Sitzbänke – vorausgesetzt, man ließ splitterige Bretter, die von einer Bootswand zur anderen führten, als Sitzbank durchgehen. Die sonnengebleichten Kissen, die darauf lagen, ließen das Boot verdächtig nach Kitschpostkarte aussehen. Immerhin der Motor am Heck wirkte recht neu.

»Klar, sogar unser voller Ernst! Es gehört Caras Opa. Sie hat es

aus dem Hafen entführt, damit wir die ultimative Geburtstagsparty feiern können.« Gigis Augen glänzten, als hätte Cara das
Boot nicht geklaut, sondern selbst gebaut.

»Die ultimative Geburtstagsparty? Auf *dem* Boot?«

»*Don't judge a book by it's cover.*« Liebevoll strich Cara über das
verwitterte Holz. »Der Motor ist erst zwei Jahre alt, und mit dem
Boot fahre ich schon, seit ich stehen kann. Es hat mich noch nie
im Stich gelassen.«

Irgendwann ist immer das erste Mal, dachte ich: »Aber bei
dem Wetter?«

»Das Wetter ist doch okay.« Nian wies auf das Wolkenloch
über uns. An der Stelle, auf die er deutete, war der Himmel tatsächlich blau.

»Das ist ein Witz, oder? Es sieht aus, als würde es jeden Moment wieder losschütten!«, gab ich zurück.

»Sonnenschein ist köstlich, Regen erfrischend, Wind fordert
heraus, Schnee macht fröhlich«, trompetete Lexi. »Im Grunde
gibt es kein schlechtes Wetter, nur verschiedene Arten von gu-
tem Wetter.«

»Olala! Von wem ist das?«, fragte Gigi.

»John Ruskin«, gab Lexi zurück.

Auch das noch! Aphorismen? Lexi klang wie Pa. Der ballerte
mich auch in jeder passenden und unpassenden Situation mit
dem Nonsense irgendwelcher Aphoristen zu – am liebsten welche, die *empowernd* waren. So nannte er das zumindest. Mich
machten Sprüche wie »Denke nicht so oft an das, was dir fehlt,
sondern an das, was du hast« oder »Im Leben geht es nicht darum zu warten, dass das Unwetter vorbeizieht, sondern darum,
im Regen zu tanzen« allerdings eher aggressiv, als mich zu er-
mutigen. Pas Aphorismengedächtnis war zudem auch nicht un-
erschöpflich, weshalb er ungefähr zwanzig im Wechsel wieder-

holte, die ich allesamt seit Jahren auswendig kannte. Auf die Art hatte ich ein kleines Repertoire an vermeintlichen Weisheiten abgespeichert, mit denen ich zumindest hin und wieder Eindruck schinden konnte. Genau wie Lexi jetzt. Allerdings stammte ihr Wissen wahrscheinlich nicht von ihren schweigenden Eltern – es war naheliegender, dass sie neben Lexikon und Duden auch Aphorismensammlungen auswendig lernte. Und wer weiß, was noch.

Nachdenklich musterte ich Lexi. Sie wirkte über die Maße begeistert von dem hirnrissigen Plan, sich in diese altersschwache Schüssel zu setzen und in See zu stechen. Leise zuckte ein Bild in mir auf.

Ein Boot.

Das Meer.

Ma.

Der Impuls wegzurennen wurde übermächtig, dann fiel mein Blick wieder auf Lexi. Sie sah so glücklich aus! Endlich, nach all den Tagen, in denen sie wie betäubt gewirkt hatte von all der Angst um Frau Tongelow. Für Lexi, dachte ich. Tu's für Lexi. Ich unterdrückte den Impuls, auf dem Absatz kehrtzumachen, unterdrückte ihn mit aller Kraft, und sagte: »Okay, wohin reisen wir?«

»Wohin? Wohin?« Das Geträller musste sich Lexi von Frau Tongelow abgeguckt haben. »Als wär das wichtig! *Der Sinn des Reisens besteht darin, die Vorstellungen mit der Wirklichkeit auszugleichen, und anstatt zu denken, wie die Dinge sein könnten, sie so zu sehen, wie sie sind.*«

»Boah …!«, machte Nian.

Ich konnte nicht anders: »Samuel Johnson.«

Lexi schlug mir begeistert auf die Schulter. »Du auch!«, freute sie sich. »Eine Schwester im Geiste!«

»Ein bisschen. Aber ich kriege nicht ab sofort auf jede Frage eine Antwort aus deinem gesammelten Zitatenschatz, oder?«

Das Lächeln auf Lexis Gesicht wich einem klaren, geraden Blick. »Wir fahren zum Schiff!«

Ich lachte trocken. »Das ist jetzt aber echt ein Scherz, hoffe ich.«

»Nein.« Es klang, als hätten sie es eingeübt, ein einstimmiger Chor.

Nian setzte zu einem Solo an: »Also: Wir verbringen deinen Geburtstag auf dem Meer.«

»Wartet mal. Ich dachte, wir dürfen nicht auf die Nordseite? Wegen der Schulordnung. Und ihr … ihr seid doch alle schon Sanktionsstufe zwei! Das ist doch viel zu riskant für euch!«

»Überhaupt nicht, weil es nämlich total legal ist!«, freute sich Gigi. »Mareike-Helene ist drauf gekommen: Es ist nämlich ausdrücklich nur das Betreten des Naturschutzgebietes verboten. Vom *Meer* steht nirgends was!«

Nian betrachtete Mareike-Helene auf die gleiche Art wie Oma ihren neuesten Papagei. Stolz. Sehr stolz. Dann küsste er sie und sie ihn und mir fiel auf, wie selten ich die beiden knutschen sah. Lukas!, schrie mein Inneres sofort, L-U-K-A-S! Gut, dass Gigi sich nicht um meine Melancholie scherte und um das Geknutsche auch nicht, sondern einfach weiterplapperte. »Ist also überhaupt kein Problem, weil wir das Land ja nicht betreten, sondern *außen* ums Naturschutzgebiet *herumfahren*. Und dann landen wir, wenn es denn da ist …«

»… direkt neben dem Geisterschiff«, flüsterte Lexi mit großen Augen.

Bei dem Wort machte ich automatisch drei Schritte rückwärts, mittenrein in das knutschende Glück, das sich voneinander löste und mich sanft vorwärtsdrängte.

＊

Wir umschifften die Westküste und blieben dabei näher am Ufer, als ich erwartet hatte. Cara stand am Heck und steuerte. »Noch ungefähr fünfzehn Minuten bis zur Nordseite«, rief sie. »Dann müssten wir das Schiff sehen.«

Gigi, der sich neben mich auf die Bank direkt vor Cara gesetzt hatte, lümmelte schräg am Bootsrand, streckte die Beine in meine Richtung und himmelte Cara unverhohlen von der Seite an. Vor uns saßen Nian und Lexi. Auf der kleinen Bank ganz vorne am Bug kramte Mareike-Helene in ihrer Tasche.

Die Melancholie klopfte wieder an. Und diesmal nicht wegen Lukas. Ich wünschte mir, dass Tinka da wäre. Dass sie das hier miterleben könnte. Dass sie meine Freunde kennenlernen könnte. Weil sie dazugehörte …

Mareike Helene hatte eine Thermosflasche und Becher aus ihrer Tasche hervorgekramt. Tee für alle.

»Bist du eigentlich irgendwann mal nicht auf alles vorbereitet?«, spottete ich und deutete auf ihre Riesentasche. »Ich wette, du hast dadrin auch ein Handtuch versteckt – für den Fall, dass einer von uns ins Wasser fallen sollte.«

Wortlos zog Mareike-Helene einen türkisfarbenen Frotteezipfel hervor.

»Ich glaub's nicht!«, japste ich. »Ich glaub das nicht.«

»Vorsicht ist die Mutter der Porzellankiste«, sagte sie und grinste. »Na, wie war das, Lexi?«

»Netter Versuch«, protestierte Lexi. »Aber das ist kein Aphorismus, das ist eine Plattitüde!«

»Apropos Vorsicht«, sagte Mareike-Helene. »Liegt unter einem der Sitze ein Paket?«

Gehorsam tasteten wir unter den Bänken herum. Lexi wurde

fündig: Triumphierend schwenkte sie ein orangefarbenes Paket durch die Luft: »Rettungswesten.«

»Echt?«, rief Cara. »Wie kommen die denn dahin?«

»Wie die da…?« Mareike-Helene sah Cara ungläubig an. »Nicht dein Ernst, oder? Jetzt sag nicht, dass du noch nie eine Rettungsweste angehabt hast, wenn du mit diesem Kutter gefahren bist?«

Cara zuckte die Achseln. »Ich hab die Dinger noch nie gesehen.«

»Na, was 'n Glück, dass wenigstens dein Opa die Gesetze kennt. Jedes Boot muss Rettungswesten dabeihaben. Verteil die mal, Lexi.«

»Es sind nur vier!«

»Reicht doch«, frotzelte Nian. »Frauen und Kinder zuerst.«

Lexi warf ihm eine der Rettungswesten an den Kopf. »Ich glaub, du spinnst«, konterte sie. »Im Gegensatz zu dir *kann* ich schwimmen.«

Nian errötete. »Deine Diskretion ist wirklich unglaublich, Alexandra von Holstein!«

»Dein Sexismus auch, Nian Wang!«

»War doch nur ein …«

»Schluss jetzt!«, schaltete sich Mareike-Helene ein. »Alina, du bist doch so sportlich. Im Schwimmen auch?«

Ich wiegte den Kopf, dann nickte ich. Sie nickte zurück. »Okay. Dann kriegt Nian eine, Gigi, Lexi und natürlich Cara.«

»Ich?«, empörte sich Cara. »Warum ich? Ich bin doch wohl die beste Schwimmerin von uns allen hier!«

»Und der wichtigste Mensch an Bord. Ohne Steuermann sind wir verloren!«

Ich hatte keine Ahnung, was Mareike-Helene später beruflich machen wollte, aber wenn sie klug war, würde es was mit Verkaufen zu tun haben. Ihre Überzeugungskraft war beeindruckend: Cara setzte zum Widerspruch an, aber ein Blick auf Mareike-Helenes Gesicht reichte, um sie ruhigzustellen. Sie verdrehte die Augen und nahm die Rettungsweste entgegen, die zu ihr durchgereicht wurde. Ihr grün gesträhnter Schopf leuchtete neben der orangefarbenen Weste noch mehr. Während die anderen ihre Rettungswesten zuklickten, schlossen sie Wetten darüber ab, was hochseetauglicher wäre: der Kutter oder die Westen.

Ich lauschte dem Gekabbel und wunderte mich, wie es diesen fünf Menschen gelungen war, in den paar Wochen, die wir uns kannten, die Stille in meinem Herzen zu vertreiben. Dann dachte ich an das Skypen mit Lukas, an die Wunschballons und an den Konfettiregen auf dem Vorplatz und fühlte mich … wohl. Wenn Tinka noch da wäre, wäre alles perfekt. Ich konnte es kaum erwarten, ihr davon zu erzählen, später, wenn ich sie ausfindig gemacht hatte. Behaglich streckte ich mich und zwinkerte Mareike-Helene zu. Sie nippte an ihrem Tee und zwinkerte zurück. Das Boot füllte sich mit Spötteleien und Gelächter, die ein feines, beglückendes Netz um uns webten.

Vielleicht hätten wir auf die Vögel achten sollen. Auf das Knarzen der Lachmöwen, das Quietschen der Sturmmöwen, das Kreischen der Silbermöwen um uns, denn irgendwann musste es verstummt sein. Ja, es musste diesen einen Moment gegeben haben, an dem es still geworden war, gespenstisch still. In dem jemand auf Pause gedrückt hatte und das Meer in der Bewegung eingefroren war – ein Spiegel des erstarrten bleigrauen Himmels über uns.

Aber wir merkten nichts. Wir redeten, lachten, bliesen in den Tee und sahen nicht, wie die Möwen den Himmel verließen.

*

Erst als Gigi eine Sektflasche aus seinem Rucksack zog und den Korken knallen ließ, wachten wir auf. Der Korken *knallte* nämlich nicht. Der feine, feuchte Dunst, der, von uns unbemerkt, das Wasser überzogen hatte, erstickte das Geräusch. Cara, die den Motor irgendwann gedrosselt und sich zu uns gesetzt hatte, sprang auf und stürzte zurück zu ihrem Platz am Steuer. »Scheiße. Verdammte Scheiße!«

»Was ist los?«, fragte Mareike-Helene ängstlich.

»Da zieht ein Sturm auf!«

Das war die Untertreibung des Jahrtausends – der Sturm war längst *da*. Die Stille dröhnte noch zwei, drei Sekunden, dann holte der Himmel tief Luft, um der Welt mit einem einzigen Atemzug das Licht auszublasen.

Der Wind donnerte über uns hinweg, und die Gischt traf mich mit solcher Wucht, dass ich keine Luft mehr bekam. Wellen krachten gegen das Boot, auf das Boot, ins Boot. Das Meer flog uns um die Ohren.

»Wir müssen zurück ans Ufer!«, kreischte Mareike-Helene.

»Geht nicht!«, schrie Cara zurück. Sie drehte den Motor hoch und jagte das Boot weiter aufs Meer hinaus.

»Die bringt uns um!«, brüllte Mareike-Helene.

»Nein!« Mit einer Hand hielt sich Lexi am Bootsrand fest, mit der anderen presste sie ihre Brille auf die Nase. »Sie rettet uns! Wenn wir …«

Es war zu laut, selbst zum Schreien war es zu laut. Der Wind überdröhnte ihre Worte. Lexi setzte erneut an, und diesmal konnten wir verstehen, was sie sagte. »Wenn wir zurückfahren, gehen wir unter. Im Idealfall.«

Nians Blick war helles Entsetzen. »Im Idealfall?«

»Nordseite«, gab Lexi zu Bedenken. »Felsnadeln! Wenn wir auf die draufknallen –«

»Scheiße«, murmelte Nian. Ich verstand es nicht, aber ich sah es an seinen Lippenbewegungen. »Scheiße, Scheiße, Scheiße ...«

»Draußen ist es sicherer?«, gestikulierte ich.

»Ja!«, schrie Lexi. »Da sind die Wellen niedriger.«

Wir klammerten uns fest, wo wir konnten. Wasser kam von links, von rechts, von vorn und hinten. Woher wusste Cara, wohin sie fuhr? Vielleicht raste sie gar nicht Richtung Horizont, sondern geradewegs aufs Ufer zu, vielleicht wäre das Letzte, was ich hören würde, das Krachen des Bootes auf eine Felsnadel, das Splittern von Holz, das ...

In diesem Moment zerplatzte der Dunst und gab den Blick auf einen gigantischen schwarzen Schatten frei. Als ich begriff, worum es sich handelte, setzte mein Herz aus.

*

Das dunkle Schiff war nur ein paar Hundert Meter entfernt. Es war ein paar Sekunden sichtbar, dann wurde es wieder vom Grau verschluckt. Cara musste es ebenfalls entdeckt haben, denn als das Schiff aufgetaucht war, war ein Ruck durch ihren Körper gegangen, und dann ging der Ruck auch durch das Boot. Sie hatte die Richtung geändert – wir hielten jetzt genau auf die Dunstwolke zu, in der das Schiff eben verschwunden war.

»Wir laufen voll! – Oh Gott, wir sinken!« Mareike-Helene begann, mit ihrem Teebecher Wasser aus dem Boot zu schöpfen. Da erst spürte ich das Wasser, das den Bootsboden bedeckte und meine durchweichten Schuhe umspülte. Sah, wie Lexi, Nian, Gigi ebenfalls zu schöpfen begannen. Sah die Panik. Suchte meinen Teebecher, fand ihn nicht, schöpfte mit den Händen,

wir alle schöpften, schöpften wie die Wilden, und dann geschah
etwas Entsetzliches. Der Motor gluckerte, röhrte, hustete – und
erstarb.

*

Vor Schreck hörte ich auf zu schöpfen. Cara versuchte wieder
und wieder, den Motor neu zu starten, dann gab sie auf.

Das Boot schleuderte willenlos von Welle zu Welle, während
der Himmel alles Wasser der Welt auf uns herabwarf. Ich dachte an Tinka, die mich, wenn sie zurückkam, nicht mehr finden
würde. Ich dachte an Lukas, den ich nicht mehr geküsst hatte.
An Pinar, mit der ich nie mehr lachen würde. An Pa. An den
Berg Tagebücher unter meinem Bett, mein eigenes in Bleistift
festgehaltenes Leben. Ich dachte an alles, was unvollendet bleiben würde.

Und dann sprang Cara ins Wasser.

*

»NEEEIIN!«, schrie Gigi. Sofort hingen wir alle an einer Seite
des Bootes und starrten auf die Stelle, an der Cara verschwunden
war. Aber da war nur gurgelndes Grau und Braun und Schwarz,
ein einziger, riesiger Wirbel. Mehr und mehr Wasser klatschte
ins Boot, aber keiner schöpfte es ins Meer zurück. Wir schrien
nach Cara, brüllten die Wellen an, bis unsere Stimmen versag-
ten. Doch sie tauchte nicht mehr auf.

»Wieso …?«, stammelte Gigi, »Wieso ist sie gesprungen? Sie
muss doch …«

Ich sagte nichts, was hätte ich auch sagen sollen? Es war nicht
zu fassen. Es war einfach nicht zu fassen. Cara war weg. Regen

peitschte das Meer, das Boot, unsere Köpfe, und Cara war weg. *Ertrunken.*

Wir starrten und schluchzten und schrien, und das Boot lief voll und voller, und als ich mit nichts mehr rechnete, als ich dachte, okay, das war's dann also, als ich das Wasser ansah und in ihm mein Sterben suchte, tauchte plötzlich ein knallgrüner Schopf auf, ein Körper in orangefarbener Schwimmweste, einige Meter von der Stelle entfernt, an der wir Cara gesucht hatten. Und dann ging ein Stoß durch das motorlose Boot.

*

Cara schwamm.

In der Hand ein Seil, an dem Seil das Boot. Sie zerrte uns mit sich. Immer wieder rollten die Wellen über sie hinweg, verschwand sie unter dem tosenden Wasser, um dann erneut aufzutauchen und weiterzukraulen.

Sie schwamm so zielgerichtet, wie sie uns auch gesteuert hatte, als würde sie einem inneren Kompass folgen, sie schwamm und schwamm und zog uns an dem Seil mit. Weg vom Tod. Hoffentlich weg vom Tod.

»Was hat sie vor?«, rief Nian. »Sie muss zurück ins Boot. Sie wird *umkommen!*«

Bei dem Wort begann Lexi zu paddeln. Mit beiden Händen. Nach einigen weiteren Schrecksekunden fingen Nian und ich an, ebenfalls zu paddeln, und Mareike-Helene schöpfte wieder. Teebecherweise schüttete sie Wasser über Bord, kanisterweise schwappte es wieder hinein.

»Sie ist verrückt geworden«, flüsterte Gigi.

Ich hörte ihn trotzdem.

»Im Gegenteil! Sie tut das einzig Richtige.«

Ich deutete nach vorne, wo ich durch Nebel und Gischt eine riesige schemenhafte Wand ausmachen konnte. Wenige Meter von uns entfernt, ragte das dunkle Schiff wie ein Totengruß aus dem Meer.

Cara hielt genau darauf zu.

17

Das dunkle Schiff

Woher wusstest du von der Leiter außen am Schiff?« Nians Stimme hörte sich an, als hätte die Kälte jeden Klang aus ihr herausgesaugt.

Mir war so eisig wie noch nie in meinem Leben.

»Wusste ich nicht«, erwiderte Cara genauso tonlos. »War Zufall.«

Wir standen an Deck des Schiffes, unter einem kleinen Vordach – aneinandergeschmiegt wie eine Horde durchweichter Schafe. Das Dach war, wie das komplette Schiff, aus Holz. Es war rissig und etwa einen halben Meter breit. Es bot keinen Schutz vor dem Regen. Es bot keinen Schutz vor der Kälte. Reglos standen wir im eisigen Sturm, ich konnte mich nicht bewegen, nur meine Zähne krachten aufeinander.

Die Gesichter der anderen waren grau, die Lippen blau vor Kälte. Cara schlotterte. Mareike-Helene atmete schnappend durch den Mund. Gigi hatte die Arme um seinen Oberkörper geschlungen und wiegte sich hin und her. Lexis Brille war von Salzwasser weiß gesprenkelt und beschlagen. Sie schien es nicht zu merken. Dafür zog sie mit mechanischer Regelmäßigkeit die Nase hoch. Neben ihr zitterte Nian unkontrolliert. Um uns herum tobte das Meer, das Wasser schlug gegen das Schiff, und Gischt spritzte bis zu uns hoch. Griffiun war nicht zu sehen.

Mareike-Helene lief lila Haarfarbe übers Gesicht. Lexis Haar blutete dunkelblau, Caras grün. Sie sahen aus wie Zombies,

Zombies, an denen der Sturm seine Messer schärfte, er durchbrach unsere klatschnassen Körper, drang durch die Haut, füllte unsere Knochen mit Eis.

Zu kalt, dachte ich, und selbst meine Gedanken schlotterten, zu kalt, zu kalt, zu kalt. Und dann war der Moment von gerade eben im Boot wieder da, in dem ich dachte, okay, das war es dann also, in dem ich nachgab aufgab, und nichts mehr wollte, außer Schlafen. Ich ließ mich auf den Boden sinken, legte die Stirn auf die angewinkelten Knie, schloss die Augen. Mir war nicht mehr kalt. Ich war nur müde. Sehr, sehr müde.

»Unterkühlung … kann … lebensgefährlich … sein …«, Lexi zog die Nase hoch, »Koordinationsprobleme … Gleichgültigkeit … Müdigkeit …«

Ich ließ ihr Murmeln und Schniefen in meinen Schlummer dringen, ließ mich einhüllen wie eine Decke. Ich lächelte. Es ging mir gut. Richtig gut. Nichts war mehr schlimm. Wenn ich nur schlafen könnte …

*

»Aufwachen! Wach auf!«

Mareike-Helene schlug mir ins Gesicht. Rechts, links. Wieder rechts. Ich wollte ausweichen, indem ich zur Seite kippte, aber sie packte meine Schultern und schüttelte mich. Grob.

»Lass mich …«

»Hoch mit dir!«

Ich öffnete die Augen. Die anderen glotzten grau und blaulippig auf mich runter. Wie tote Fische, dachte ich. Mareike-Helene griff nach meiner Hand, brüllte dann Gigi an, der nach meiner anderen griff, und gemeinsam zogen sie mich vom Schiffsboden hoch. Plötzlich spürte ich die Kälte wieder.

»Wir müssen unter Deck und raus aus den nassen Klamotten«,
sagte Mareike-Helene entschieden. »Sofort!«

*

Lexis Gemurmel über Unterkühlung schien Mareike-Helene
aus der Kältestarre gerissen zu haben. Sie zog mich hinter sich
her über das windgepeitschte Deck. Die anderen folgten uns, als
wären sie Waggons und Mareike-Helene die Lok. Bis sie anhielt.
Vor einer Tür.

Sie war silberfarben und sah nagelneu aus. Das kam mir seltsam vor, aber mehr konnte ich nicht denken, weil ich auch ein
toter Fisch war. Nicht mehr und nicht weniger. Ich registrierte
das Piktogramm im oberen Drittel: ein roter Kreis mit einem
Punkt in der Mitte. Ich hatte das Gefühl, mich an etwas erinnern zu müssen, aber mein Hirn brachte keine Verknüpfung
zustande.

Es gab keine Klinke.

Mareike-Helene drückte probeweise gegen das Metall. Die Tür
schwang sanft auf. Kein Knarren, nichts. Treppenstufen führten
in ein dunkles Unten.

Wir klapperten vor Kälte, aber keiner bewegte sich. Keiner
wollte in die Finsternis steigen.

»Lexi«, sagte Mareike-Helene. Der Sturm riss an ihrer Stimme.
»Was kann bei Unterkühlung passieren?«

Lexi antwortete mit großen Pausen, in denen Schauer ihre
kleine Gestalt schüttelten: »Der Körper … verliert … zu viel
Energie … Man wird … bewusstlos. Man kann … sterben.«

»Wir *müssen* da runter, Leute«, entschied Mareike-Helene. »Wir
müssen raus aus der Kälte, ins Trockene.«

»Meine … Streichhölzer sind … hinüber.« Auch Caras Sprechen war mit Pausen durchsetzt. Sie starrte in die lauernde Finsternis. »Genau wie … mein Handy und … eure sicher auch.«

Mein Handy? Mit steifen Fingern tastete ich nach meiner Gesäßtasche. Leer.

»Wir müssen … ohne Licht … da runter«, fuhr Cara fort.

»Ich habe … ein Benzinfeuerzeug«, flüsterte ich und griff in meine Hosentasche. »Vielleicht … funktioniert es noch.«

Es hat Ma gehört.

Den letzten Satz dachte ich nur.

*

Wir saßen im Halbkreis auf dem Boden. Nach sechs Stufen durch die Finsternis waren wir in einem Korridor gelandet. Im schwachen Licht des Feuerzeuges hatten wir mehrere Türen ausgemacht – wie in einem Hotelflur.

Auf dem Schiff war kein Hauch von Leben zu spüren. Wir hatten gleich die erste Tür geöffnet und waren hineingeschlüpft.

Ein kleiner quadratischer Raum, fensterlos und mit einer Sitzbank an der Wand. Auf der Bank lag – als hätte er auf uns gewartet – ein Stapel grauer Wolldecken. In einer Ecke stand ein kleiner Gasofen. Er hatte sich umstandslos entzünden lassen – jetzt verbreitete er erste Vorzeichen von Wärme. Die fingergroße, tänzelnde Flamme an dem Ofen war unsere einzige Lichtquelle. Sie ließ Schatten durch den Raum und über die Wände huschen. Über der Sitzbank hingen unsere Klamotten zum Trocknen – wir saßen, in klatschnasser Unterwäsche, jeder in eine Decke gemummelt, auf dem Boden um den Ofen herum. Bibberten vor uns hin. Sprachen nicht.

Auch Mareike-Helene war, nachdem sie uns aus der Gefahren-

zone heraus- und in diesen Raum gelotst hatte, in den Energie-
sparmodus zurückgefallen. Wir kämpften alle mit der Kälte, die
viel zu tief in unsere Knochen gekrochen war und nur sehr, sehr
langsam wich. Cara schlotterte. Ihre blauen Lippen wirkten wie
ein Bluterguss.

Gigi rutschte etwas näher an sie ran. Dann legte er den Arm
um sie und zog sie an sich. Sie drehte den Kopf. Sah ihn an.
Die Szene weckte ein paar meiner erstarrten Lebensgeister, ich
musste lächeln.

Als ob das der ideale Zeitpunkt und der ideale Ort für die beiden wäre, um endlich in die Pötte zu kommen, dachte ich. Als
ob sie dafür im Archiv nicht genug Gelegenheit gehabt hätten.
Aber nein: Jetzt. Um uns herum brach die Welt zusammen, wir
wären fast ertrunken, saßen halb erfroren unter Deck eines gruseligen Schiffs, und die beiden … Cara lächelte plötzlich, und
trotz des spärlichen Lichtes sah ich rote Flecken über Gigis grau-
es Gesicht ziehen.

Na los, dachte ich. Küsst euch. Küsst euch endlich. Dann würde
die Kamera langsam herumschwenken, Richtung Tür, der Blick
der Zuschauer würde zusammen mit der Kamera den Korridor
zurück- und die sechs Treppenstufen hochschweben, an Deck,
der Sturm würde sich legen, der Himmel aufreißen, und Celine
Dion würde die Arme ausbreiten und singen. *Titanic* auf der
Ostsee. Mitten im Weltuntergang.

Kein Kuss. Dafür tiefe, tiefe Blicke. Ich war für alles dankbar,
was mich von meinem schmerzenden Körper ablenkte. Die zu-
ckende Flamme im Gasofen warf orangefarbene Flecken in den
Raum, über ihre Köpfe, ihre Hände. Und dann …? Dann begann
Gigi, Caras Oberarme warm zu schubbern. Statt zu knutschen!
Und überhaupt: ihre Oberarme! Als ob das was helfen würde,
wenn man gerade einen halben Kilometer durch die bissige Ost-

see geschwommen war und ein Boot hinter sich her durch die eiskalte Strömung gezerrt hatte.

Im Gegensatz zu mir schien Nian die Idee allerdings gut zu finden. Jedenfalls rutschte er an Mareike-Helene heran und tat exakt das Gleiche … War das so ein Jungsding? Ich schaute die neben mir sitzende, noch immer schniefende Lexi an. Sie schaute zurück. Einladend hob ich meinen Arm, mitsamt der Decke. Sie rutschte heran und schmiegte sich darunter, als wäre er ein Flügel. Wir schlossen beide Decken um uns. Und langsam … ganz langsam tauten wir auf.

Als wir den ersten Schock verdaut hatten, zog Mareike-Helene ihren tropfnassen Weekender in unsere Mitte. Sie fischte die Thermoskanne heraus, kramte ein Minifläschchen Rum hervor, schraubte die Kanne auf und goss das Fläschchen in den dampfenden Tee. Komplett. Dann holte sie sechs Minitüten mit Kartoffelchips aus der Wundertasche. Vakuumverpackt in Silberpapier. Trocken, im Gegensatz zu uns.

Wir stürzten uns auf die Tüten, rissen sie auf und stopften die Chips in uns rein. Da unsere Becher vom Boot wahrscheinlich längst auf den Grund des Meeres gespült worden waren, wo sie von Fischen besaugt wurden, füllte Mareike-Helene den Deckelbecher der Thermoskanne mit dem heißem Rumtee. Wir ließen ihn wandern wie einen Joint.

Dieses Trinken und Weiterreichen fühlte sich an wie ein altes, geheimnisvolles Ritual, das uns zusammenschweißte. »Ein bisschen wie Blutbrüderschaft, oder?«, wisperte Lexi an meinem Ohr.

Schluck für Schluck sank die Hitze von Tee und Alkohol in meinen Magen, und ich spürte, wie das Salz der Chips sich auf meiner Zunge auflöste und ins Blut floss, spürte, wie Energie in mein Hirn schoss, und begann zu lachen. Dabei war mir gar nicht nach Lachen, es passierte einfach. »Scheiße«, schnaufte ich. »Wir wären fast draufgegangen!«

Lexi stimmte als Erste ein und dann, nach und nach, die anderen. Ich lachte, bis mir der Bauch wehtat. Mir war endlich, endlich wieder wärmer.

*

»Entschuldigt mich ...«, begann ich nach – zehn Minuten? Zwei Stunden? Keine Ahnung. Hier unten, zwischen fensterlosen Wänden, im Innern eines scheinbar verlassenen Schiffs, das in einem erbarmungslosen Sturm lag, schienen Sekunden, Minuten und Stunden nebensächlich. Ich hob meinen Flügelarm, unter dem Lexi und ich gemeinsam Wärme gesammelt hatten. Vorsichtig ent-wickelten wir uns, und als Lexi ihr eigenes Deckennest um sich herum geschlossen hatte, stand ich auf. Meine Lexi-lose Seite wurde sofort kalt. Ich schlug die Decke vor meiner Brust zusammen und knotete sie fest. »Entschuldigt mich«, wiederholte ich. »Ich muss mal für kleine Überlebende.« Egal, wie alt dieses Schiff war, es würde garantiert eine Toilette geben.

Keiner reagierte, und ich tappte aus dem Raum.

Der Rum trieb Mut durch meine Adern. Mit dem Feuerzeug in der ausgestreckten Hand lief ich den Korridor entlang und öffnete die nächste Tür, hinter der kein weiterer Raum und schon gar keine Toilette warteten, sondern noch eine Treppe. Sie führte abwärts.

Ein Schiff voller Treppen, sinnierte ich.

Meine Neugier kickte das Zögern beiseite. Ich hob die Decke an wie ein Ballkleid und begann den Abstieg.

*

Es wurde stiller, je tiefer ich in den Schiffsbauch abtauchte. Das Stürmen von draußen, das Wellenkrachen und den Regen hörte ich allerdings noch immer.

Und dann … jäh … blieb ich stehen. Spürte dem Gefühl unter meinen Füßen, dem in den Schiffswänden nach. Und ich begriff, was mich hatte stutzen lassen: um das Schiff herum tobte und peitschte das Meer, das Schiff selbst aber … es lag still. Kein Schwanken, nichts. Als würde es stehen. Als wäre es festbetoniert.

Ich konnte es kaum erwarten, den anderen davon zu erzählen. Aber erst musste ich die verdammte Toilette finden. Ich setzte mich wieder in Bewegung, Stufe für Stufe die Treppe hinunter. Just als ich mich fragte, wie lange ich noch nach unten steigen musste, hörte die Treppe unvermittelt auf.

Unvermittelt, aber nicht wie in: *Ich bin in einer tiefer gelegenen Ebene des Schiffs angekommen*, sondern unvermittelt wie in: *Ein Fallbeil ist von oben nach unten gesaust und hat den Raum durchgeschnitten*. Oder besser: die Stufe.

Die Wand, die mir den Weg derart unvermittelt versperrte, war aus Metall. Sie verlief über die *halbe* Treppenstufe hinweg, an den Seitenwänden hoch, bis zur Decke.

Mein Herz schlug im Hals, hart und kantig. Keine Spur mehr von rumbedingter Leichtigkeit in meinem Kopf, keine Spur mehr von Mut. Im Gegenteil. Ich wich zwei Treppenstufen zurück, um ein bisschen Abstand zu dieser schimmernden Wand zu gewinnen.

Irgendetwas stimmte hier nicht. Also so richtig: nicht. Seit wir an Bord dieses Schiffes waren, hatte ich bestimmte Widersprüchlichkeiten wahrgenommen. Wie gesagt: *Wahrgenommen*. Bewusst wurden sie mir erst jetzt.

Das Schiff an sich zum Beispiel: ein Holzschiff, das offenbar seit Jahrhunderten auf dem Meer herumgeisterte. Es tauchte auf, es verschwand, es war eine Legende. Es musste unfassbar alt sein. Aber im ersten Raum hatte ein Gasofen gestanden!

Seit wann existierten Gasöfen?

Wieso fiel mir das erst jetzt auf? Wieso war niemand von den anderen misstrauisch geworden? Und wieso fiel mir erst jetzt auf, dass die Tür, durch die wir ins Innere des Schiffs gelangt waren, aus Metall gewesen war? Genau wie diese Wand. Aus *Metall!* Nicht aus halb verrottetem Holz wie das restliche Schiff.

Ich leuchtete die Wände mit Mas Feuerzeug ab. Mit meiner freien Hand tastete ich über die Stellen, an denen die Wand endete. Ich konnte keine Befestigungsschrauben, Nägel oder Schweißnähte fühlen; es war, als wäre die Wand in das Schiff eingegossen – Holz und Metall liefen quasi ineinander über. So unmöglich das klang, es war so. Die glatte metallene Fläche, in der sich mein Gesicht spiegelte, mündete übergangslos in Holz. Die Metallfläche musste gebogen sein, mein Spiegelbild war fratzenhaft verzerrt. Ich wirkte fremd und unheimlich.

Trotzdem sah ich mich an.

Meine Ballkleiddecke reichte von den Achseln bis zum Boden. Meine nackten Schultern und Arme wirkten über der groben Wolle seltsam deplatziert. Um den Hals schlackerte – platt gedrückt und angematscht – immer noch der Geburtstagspapphut. Wie bei den anderen war auch meine Haarfarbe ausgelaufen. Die Linien, die die rote Farbe auf meinem Gesicht hinterlassen hatte, bildeten auf meiner Haut ein blutrotes Netz. Es sah aus, als hätte jemand mit einem Skalpell ein Muster in meine Haut geritzt. Auf meiner rechten Wange klebte goldfarbenes Konfetti.

Ich betastete die Wand erneut. Mein Spiegelbild, das ebenfalls ein Feuerzeug in der Hand hielt, tat es mir nach. Ich hielt inne und starrte in das Gesicht, das meins war. Der Blick des

Mädchens, das im selben Moment *mich* anstarrte, zeigte blanken Horror. Ich wich zurück, stolperte über meine Decke und fiel auf die nächsthöhere Treppenstufe. Das Mädchen mit dem blutroten Netz im Gesicht stolperte ebenfalls. Unsere Flamme flackerte.

Der Gedanke, dass das Feuerzeug erlöschen könnte und ich im Finstern mit diesem Mädchen allein wäre, versetzte mich in solche Panik, dass ich vier weitere Stufen rückwärts nahm. Und dann sah ich es.

*

Ein winziges, etwa daumennagelgroßes rotes Piktogramm prangte ganz oben in der Metallwand. Ich hatte es bisher übersehen, weil es sich über meinem Kopf befunden hatte. Jetzt, da ich ein paar Stufen höher stand, schaute ich geradewegs darauf: ein Kreis mit einem Punkt in der Mitte. Schon wieder. Immerhin schien mein Gehirn mittlerweile wieder warm genug zu sein, um sich zu erinnern: Dieser Kreis mit Punkt drin war das Logo von Tinkas Lieblingsmarke! Was machte das auf dieser Metallwand?

Langsam stieg ich die Stufen wieder hinab, auf die Wand zu. Ich stellte mich auf die Zehenspitzen, tastete nach dem Piktogramm und versuchte dabei, mein balancierendes Spiegelbild, so gut es ging, zu ignorieren.

Meine Körpergröße zahlte sich aus. Jemand wie Lexi hätte einen Stuhl gebraucht, ich hingegen reichte problemlos heran. Behutsam glitt ich mit den Fingerspitzen über das Metall, bis ich eine hauchdünne Erhebung spürte – den äußeren Kreis des Piktogrammes. Ich strich mit dem Zeigefinger den Kreis entlang, ließ ihn in die Mitte rutschen, auf den Punkt zu, und dann …

… sackte die Wand in einer Millisekunde in den Boden.

*

Was?! Meine freie Hand suchte Halt an dem rissigen Holz neben mir.

Keuchend starrte ich auf die Öffnung, die sich vor mir auftat. Wo eben noch die Metallmauer den Weg versperrt hatte, führten neue Stufen hinab in eine noch viel dichtere Dunkelheit.

*

Ich ahnte, dass da unten keine Toilette auf mich wartete, aber danach suchte ich schon lange nicht mehr. Mein Bedürfnis war verschwunden, und zwar *komplett*. Als hätte auch meine Blase unbändige Angst bekommen.

Ich wandte mich um und blickte die Stufen der Treppe hoch, die ich gekommen war, dann drehte ich mich zurück, straffte meine Schultern und machte den ersten Schritt.

*

Am Fuß der Treppe erwartete mich ein weiterer Raum. Kreis-rund. Nein, falsch. *Kugel*rund.

Nicht nur die Wände, die den Raum umgrenzten, auch die Decke war gewölbt. Genau wie der Boden.

Ich verließ die letzte Treppenstufe und *rutschte* quasi in den Raum hinein, bis in die Mitte, so stark war der Fußboden geneigt. Ich schwenkte das Feuerzeug, für das ich Ma im Stillen ewige Dankbarkeit schwor. Ich befand mich jetzt also in einem kugelförmigen Raum, sehr, sehr, sehr tief im Bauch dieses unheimlichen Schiffes. Was *war* das hier?

Der Raum war, bis auf eine Kiste direkt neben mir, völlig leer.

Ich hob das Feuerzeug und versuchte, meine Umgebung zu begreifen.

Relativ weit oben an der gewölbten Wand entdeckte ich einen mottenzerfressenen Vorhang. Daneben baumelte eine Gummischlaufe. Sie sah aus wie die Halteschlaufen in der U-Bahn. Und hinter dem Vorhang … Irrte ich mich, oder leuchtete da etwas?

Was soll's, dachte ich, was soll's.

Ich klappte mein Feuerzeug zu, legte es auf den Deckel der Kiste. Knotete meine Decke auf, wickelte mich heraus und legte sie daneben. Ich ließ meine zittrigen Hände einmal knacken. Dann sprang ich mit einem langen Satz die Wölbung hoch, Richtung des Leuchtens, griff mit der einen Hand nach der Schlaufe, um nicht wieder in die Mitte der Kugel zurückzurutschen, und schob mit der anderen Hand den Vorhang auf.

Was ich sah, war unmöglich.

*

Vor mir lag das Meer.

Ich schaute aus unglaublicher Höhe auf die wilden Wellen herab, sah das Schiffsdeck weit unter mir liegen, sah sogar das kleine Boot von Caras Opa, festgezurrt an der Außenleiter. Wie es vom Sturm gepeinigt wurde, wie es im Wasser hin und her sprang. Am Horizont schimmerte der Turm von Hoge Zand, von dem ich das Schiff zum ersten Mal gesehen hatte.

Und da *wusste* ich mit einem Mal, wo ich mich befand: in der Kugel am Mast. Aber wie war das möglich? Wie war ich dorthin gelangt? Ich war so tief *hinab*gestiegen – wieso befand ich mich plötzlich *oben*?

Vor Schreck glitt mir der Vorhang aus der Hand. Er fiel vor das Fenster zurück, die Kugel versank wieder im Dämmer. Ich ließ den Haltegriff los und schlitterte zurück in den Kugelbauch. Meine nackte Haut quietschte über das Metall. Der Schmerz erinnerte mich an die Rutschbahnen auf den Spielplätzen meiner Kindheit, und ich schlug – wie damals auch – hart auf und rollte weiter, gegen die Kiste. Der Deckel fiel scheppernd zu Boden.

Hastig griff ich nach der Decke und schlang sie um meinen kalten Körper, tastete nach dem Feuerzeug, fand es unter dem Deckel. Drehte das Rädchen und begutachtete das Innere der Kugel, bis ich wieder klar denken konnte. Dann hielt ich die Flamme an die offene Kiste. Die kupferfarbene Haut von Tinkas Zelt leuchtete mir entgegen.

*

Das Zelt, zwei Schlafsäcke, der seltsame schwarze Stock, mit dem Tinka gesprochen hatte, die Klapphocker, der Gaskocher mit dem kalten Feuer – alles war da! Mein Mund war so trocken, dass ich kaum schlucken konnte. Wieso waren Tinkas Sachen auf dem Schiff? *War Tinka etwa auch hier?*

Auf dem Grund der Kiste entdeckte ich ein kleines rechteckiges rabenschwarzes Ding. Es war flach wie ein Heft. Ich zog es heraus. Es fühlte sich komisch an. Plastik? Gummi? Ich hatte so ein Material noch nie in den Händen gehalten, vor allem aber hatte ich das Ding noch nie bei Tinka gesehen.

Es war so groß wie meine Notizbücher: DIN A6. Ungefähr einen Millimeter dick. Als ich es ratlos in meinen Händen drehte, wurde es warm und machte ein Geräusch – ganz sacht, wie eine Biene, die drei Lagen Kaschmir durchsummt. Ich schob den Deckel auf die Kiste zurück, setzte mich darauf und nahm das Ding auf den Schoß. Ich war mir plötzlich ganz sicher, dass ich den

Schlüssel zu meinen Fragen in den Händen hielt. Den Schlüssel zu allem.

Dummerweise hatte ich keine Ahnung, was ich mit ihm anfangen sollte, also wartete ich. Nach einer Weile wurde das Summen stärker, zwei Kaschmirschichten, dann eine, und als ich gerade damit rechnete, dass eine Bienenkönigin aus dem Ding kriechen würde, änderte es seine Farbe. Es wurde hell, strahlte auf die Wände. Das Innere der Kugel wurde zu einer Projektionsfläche, ich saß in ihrem Zentrum. Ich ließ mein Feuerzeug zuschnappen und starrte gebannt auf das Weiß. Bis es wieder schwarz wurde.

Dann kam die Stimme.

18

Die vierte Dimension

Darf ich dir meine Freundinnen vorstellen?«, rief die Stimme aus den Wänden. Sie kam mir bekannt vor, eine Mädchenstimme. Sehen konnte ich nichts.

»Ups – man sollte natürlich den Finger von der Linse nehmen.« Das Mädchen kicherte. Plötzlich raste ein Bild über die gewölbte Wand – so schnell, dass mir schwindelig wurde. Dann blieb es stehen und zeigte zwei Mädels, die wie verrückt auf der Stelle rannten, keuchten und seltsame Armbewegungen machten.

»Ich habe dir ja schon erzählt, dass Lorena und Finya ein Game entwickeln, in dem man überwiegend flüchten oder jemanden verfolgen muss. Jetzt kannst du sie in Action sehen.« Die Kamera hielt auf die beiden Mädchen, die schwarze 3-D-Brillen trugen und deren Arme und Beine mit langen, gummiartigen Stulpen bedeckt waren. »Also wenn sie damit nicht die *Games – Ja! – Verfettung – Nein!*-Kampagne gewinnen, weiß ich auch nicht ...«

»Klar gewinnen wir!«, keuchte eins der Mädels. »Vorausgesetzt, du hörst auf, unser Geheimnis auszuplaudern! Also nimm gefälligst die Kopfkamera ab. Mit wem redest du da überhaupt?«

»Reg dich ab, das ist bloß mein Tagebuch.«

»Und mit dem bist du per Du?«, keuchte das andere Mädchen.

»Klar!«

»Du spinnst, Tink.«

Tink? Tinka?! Natürlich, die Stimme! Das war –

»Deckung!«, kreischte das erste Mädel. Sie warf sich zur Seite und riss die andere mit. »Flugzähne!«

»Boah – das ist mir zu stressig«, stöhnte Tinka. Die Wände um mich begannen, sich horizontal zu drehen. Mir war, als stürzte ich einen Berg hinunter. Kopfkamera, dachte ich. Kein Wunder, dass mir schlecht war, wenn ich jede von Tinkas Kopfbewegungen miterleben musste. Jetzt gerade schien sie nach unten zu gucken – ich sah abwechselnd etwas Grasartiges, Grünes und Schuhe, wahrscheinlich ihre. *Inter-Nav* stand drauf. Wieder so eine fancy Outdoormarke? »Ich wollte euch doch bloß für die Nachwelt festhalten«, murmelte sie. »Damit mein Tagebuch weiß, dass ihr meine besten Freundinnen seid. Also … für den Fall, dass ich von der Reise nicht mehr zurückko…«

»Nein«, flüsterte ich.

Wie auf Knopfdruck erloschen die Wände.

*

Ich hockte im Finstern auf der Kiste. Was zur Hölle hielt ich in meiner Hand? Ein digitales Tagebuch von Tinka, das sich – wie auch immer – auf Wände projizierte? Und vom Was-ist-das mal abgesehen: Wie kam das Teil hierher?

»Ich versteh das nicht«, jammerte ich laut in die dämmrige Kugel.

Das Ding in meiner Hand summte, dann wurde es hell. Große Buchstaben erschienen auf seiner Oberfläche: *Ich habe dich nicht verstanden. Kannst du das wiederholen?*

»Was?«

Sprich mit mir.

»Mit dir?«

Ja. Ich möchte dir helfen.

What the …? Das Ding wollte mir helfen? Das war das mit Abstand schrägste Tablet, das ich je gesehen hatte. Offensichtlich konnte es mich nicht nur hören, sondern auch verstehen. Bloß … wie? Egal.

»Wieso hat der Film angehalten?«, fragte ich auf gut Glück.

Weil du »Nein« gesagt hast.

Ehrlich? Krass! Das würde ja heißen, dass …

Vorsichtig probierte ich: »Mach weiter.«

*

Offensichtlich hatten wir die Location gewechselt. Die gewölbten Wände zeigten jetzt ein Zimmer. Ein ziemlich *irres* Zimmer.

»Mein Zimmer dreht durch, seit ich erfahren hab, dass ich ein Goldenes Ticket gewonnen hab!« Tinka tippte auf einen Umschlag, der prominent auf einem Tisch platziert war. Sie nahm den Brief in die Hände und betrachtete ihn einen Moment. Ich konnte den Absenderstempel deutlich erkennen. RiV. Weiter nichts, bis auf …

Heilige Scheiße! Da war ein kleiner roter Kreis gedruckt – mit einem Punkt in der Mitte! Während die Synapsen in meinem Gehirn eifrig nach passenden Andockstellen suchten, plapperte Tinka weiter. »Weißt du, ganz ehrlich: Wenn ich von Anfang an gewusst hätte, was mit dem Lolo-Zimmer passiert, wenn ich metametameta aufgeregt bin – ich hätte Mom davon abgehalten, es mir zu kaufen. Ich mein: Guck dir bloß an, wie es hier aussieht!« Sie drehte sich einmal um sich selbst und mich damit durchs Zimmer. Sie gab sich Mühe, nicht zu schnell zu sein, aber ich konnte trotzdem nicht einordnen, was ich sah. Hingen da Glitzerbänder an den Wänden? Silbrige Streifen rutschten durch mein Sichtfeld und gleich wieder raus. »Krass, oder? Aber scheiße, was soll ich denn machen? Ich *bin* halt aufgeregt! Und wie!«

Die Kamera bewegte sich jetzt langsamer, und ich konnte erkennen, dass der Flitter nicht an den Wänden hing, sondern offenbar *aus* der Wand spross und aus dem Schrank und aus dem Schreibtisch auch. Und nicht nur das, er *bewegte* sich, nein, er schien sogar zu *wachsen*.

Lolo-Zimmer, dachte ich. Was bitte ist ein Lolo –

»Erinnerst du dich?«

Sie sagte es nicht zu mir, aber ihre Frage tickte tatsächlich eine Erinnerung an – an den Lolo-Tee, den Tinka mir im Naturschutzgebiet vorgesetzt hatte und der dauernd den Geschmack geändert hatte. Weil er sich meinen Gefühlen anpasste, hatte Tinka erklärt. Ob der Tee was mit dem Zimmer zu tun hatte? Oder war Lolo bloß noch so eine Marke, die ich nicht kannte? Verwirrt sah ich Tinka zu, die mit ihrem Tagebuch sprach, aber eigentlich mit mir, weil ich in ihrem Tagebuch saß. Oder ihr Tagebuch war?

»Weißt du noch, wie es war, als der Brief gerade gekommen war? Wie die Möbel dauernd gebebt haben und einmal, das kleine Feuer auf dem Teppich? Kein Wunder, echt: kein Wunder!« Sie lachte übertrieben laut. »Ein Goldenes Ticket! ICH! Wo ich noch nie was gewonnen hab! Und dann plötzlich – bäng! – bin ich eine von drei Leuten, aus – was denkst du, wie vielen Bewerbungen? Beim letzten Mal waren's 605.453, das hab ich gelesen. Diesmal waren es bestimmt – achthunderttausend? Eine Million? Und ich gewinne! Ausgerechnet ICH gewinne diese Reise! Klar, dass mein Zimmer überschnappt, im Ernst: Da würde doch jeder durchdrehen!«

Durchgedreht wirkte sie in der Tat. Vielleicht hatte sie sich zu viele Amphetamine reingepfiffen. Überraschen würde es mich nicht, bei dem Wirrwarr, den sie redete … Goldenes Ticket? Nie gehört. Die Kamera hüpfte, dann wackelte das Bild, und alles wurde schwarz, dann weiß, dann still. Offenbar hatte sie die

Kopfkamera irgendwo abgelegt, Linse nach unten. Ich hörte sie lachen, diesmal echter, dann sagte sie »Sorry«, und ich sah wieder was. Oder besser: wen. Tinka. Sie streckte die Arme über den Kopf und gähnte laut und ausgiebig. Dann grinste sie breit.

»Jetzt aber los! Ich muss zum Training. Herr Janus rastet aus, wenn ich schon wieder zu spät komme.«

Training? Was für ein Training? Tinkas Tagebuch schien einen Wissensvorsprung zu haben – jedenfalls bekam ich keine Erklärung. Immerhin setzte sie sich auf ihren Lolo-Zimmer-Boden, was immer das war, und sah mich direkt an. Es fühlte sich wirklich an, als würde sie mit mir reden und nicht mit ihrem Tagebuch.

»Ich weiß auch nicht, warum ich immer zu spät bin. Ich krieg's irgendwie nicht auf die Reihe, dabei macht das Training voll Laune, viel mehr als Schule. Dafür opfere ich gern meine Sommerferien. Auch wenn's ein Killer wird, mir den Schulkram aus zwei Monaten, die ich verpasse, in nur sechs Wochen reinzuprügeln – die Reise ist wichtiger als alles, was ich je gemacht hab. Was ich im RiV-Training lerne, ist …« Sie begann, außerhalb des Sichtfeldes herumzuwühlen, und laberte dabei ohne Punkt und Komma weiter. So kannte ich sie gar nicht. Die Tinka, die ich kennengelernt hatte, hatte kaum geredet – und dank der Art, auf die sie alle meine Fragen umschifft hatte, hatte sie wie eine Eins in meine Schublade »geheimnisvoll-schweigsam« gepasst. Musste was mit mir zu tun haben – bei ihrem Tagebuch schien sie keine Pausen zu kennen.

»Ich garantiere dir: Das ist tausendmal nützlicher als alles, was ich in der Schule lernen kann. Zumindest wenn die zweite Hälfte des Programms so meta wird wie die ersten zwei Wochen. Und dann …« Sie hatte offensichtlich gefunden, was sie suchte: eine schwarze Mütze mit grünen Streifen. »Und dann ist Mai, und es geht lo-hos! Stell. Dir. Das. Mal. Vor!« Sie zog die Mütze über den Kopf, so tief, dass ihr halbes Gesicht darunter verschwand, und kiekste begeistert. Ihre Aufregung war ansteckend. Mein Körper wippte im Takt ihrer Hände, die aufgeregt durch die Luft fuhren.

»Ich hab keinen Schimmer, was Herr Janus heute mit mir vorhat«, sagte sie. »Laut Trainingsplan … warte …« Sie tastete erneut in dem Bereich rum, den das Kameraauge nicht erfasste, und hatte plötzlich etwas in den Händen, das genauso aussah, wie das Minitablet, das auf meinem Schoß lag. »Trainingsplan«, befahl sie. Das Ding summte und wurde hell. Tinkas Augen glitten darüber. »FVS!«, stöhnte sie. »Och nee!«

Sie drehte das Ding so, dass ich sehen konnte, was es anzeigte.

FVS stand da.

Das FVS ist maßgeblicher Bestandteil des RiV-Trainings. Es wird

Tinka verdrehte die Augen und legte das Ding wieder weg.

»Halt!« rief ich. Ich war doch noch mitten im Lesen!

Das Bild fror ein. Es dauerte einen Moment, bis ich begriff, dass *ich* das getan hatte. Das Tagebuch hatte eine Spracherkennung. Bei Stopp wurde das Bild schwarz, bei Halt schien es … einzufrieren. Irre.

»Zurück«, befahl ich. Das Bild drehte rückwärts. »Halt! Weiter!«

»Ich hab keinen Schimmer, was Herr Janus heute mit uns vorhat«, sagte Tinka noch mal. »Laut Trainingsplan … warte … FVS! Och nee!«

»Halt!«, befahl ich. »Halt, halt, halt!«

Das Bild gehorchte.

FVS, stand groß an den runden Wänden. Ich wette, ich hätte reinzoomen können, aber das war bei der riesenhaften Projektionsfläche, in deren Mitte ich saß, absolut überflüssig. Diesen Text hier hätte sogar Pa mit seinen minus dreizehn Dioptrien ohne Brille lesen können.

Das FVS ist maßgeblicher Bestandteil des RiV-Trainings. Die Abkürzung steht für Fast Vergessene Sportarten. Seine Bedeutsamkeit darf nicht unterschätzt werden, da Sport in allen Gesellschaften zu allen Zeiten eine sozial extrem wichtige Rolle zukommt. Deshalb werden im Rahmen des RiV-Trainings dreimal pro Woche Sportarten wie beispielsweise Kugelstoßen, Billard und Bogenschießen unterrichtet. Die genauen Sportpläne richten sich nach dem exakten Ziel Ihrer Reise und werden von Ihrem RiV-Team speziell für Sie zusammengestellt.

Bitte was? Fast vergessene Sportarten?! Kugelstoßen? Ich meine: Wenn es nach mir ginge, gehörte Kugelstoßen in der Tat vergessen, ich hatte noch nie den tieferen Sinn dahinter gesehen, eine Eisenkugel ein paar Meter durch die Luft zu stoßen, bis sie mit einem dumpfen Plopp im Sand landete. Und alle so: Gähn. Aber wenn es danach ginge, waren auch Ping-Pong, Armdrücken und Ausdruckstanz Sportarten, die vergessen gehörten. Und Golf. Und Tontaubenschießen und Fuchsjagd und Cheerleading. Unbedingt Cheerleading. Aber das war eine andere Geschichte. Fakt war: FVS. So ein Unsinn.

Wobei … Mir fiel der Tag in Mühstetters Kiosk ein, als Tinka uns, ohne mit der Wimper zu zucken, eine Runde Bogenschießen vorgeschlagen hatte. Bogenschießen! Cara und ich hatten uns kaum eingekriegt, und Tinka – hatte ausgesehen, als hätte sie den Witz nicht verstanden.

FVS … Ich würde Lexi später danach fragen. Lexi, dachte ich, und dann: Lexikon. Da kam mir eine Idee: Vielleicht hatte das

Tagebuchdings auch eine Lexikonfunktion? Dann könnte ich einfach nachgucken, was RiV-Training war.

»Lexikon«, befahl ich auf gut Glück.

Ich kann keine Verbindung herstellen, flimmerte über den Bildschirm. *Bitte verbinde mich mit dem nächstliegenden MDG-Netzwerk.*

Wäre ja auch zu schön gewesen. Ich setzte MDG-Netzwerk auf meine innere Liste mit Lexi-Fragen.

»Weiter.« Das Bild gehorchte.

Tinka verdrehte erneut die Augen und legte das Tablet beiseite.

»Sport!«, seufzte sie. »Keine Ahnung, warum das so verdammt wichtig sein soll – ich muss ja auf Griffiun nicht zur Schule gehen. Aber Herr Janus meint, FVS wäre fast so wichtig wie Popkultur. *Das ist das A und O jeder RiV!*« Sie äffte ziemlich überzeugend eine sonore Stimme nach. »*In beiden Bereichen musst du dich tippitoppi auskennen!* Tippitoppi! Oh Mann. So meta das Training ist – die ständigen Beschwörungen, das ich mich *nahtlos in das soziokulturelle Gefüge der Reisezeit* einfügen muss – als wär mir das nicht klar! Ich weiß doch, wie wichtig es ist, dass ...«

Sie brach ab. »Ach was soll's, das hab ich dir ja schon hundertmal erzählt.«

»Aber mir nicht!«, wollte ich protestieren. Tat es jedoch nicht, weil ich keine Ahnung hatte, wie das Ding darauf reagieren würde. Also Klappe halten und zuhören und darauf hoffen, dass irgendwann der Punkt kommen würde, an dem meine Synapsen sich mit den Neuronen und dem anderen Gehirnzellenzeugs in meinem Schädel einen Reim aus all den Sonderbarkeiten machen würden.

»Dass man die ganzen politischen Zusammenhänge nicht auswendig runterbeten kann, ist klar, wer kann das schon? Ich jedenfalls nicht. Nicht die von heute und von gestern erst recht nicht. Aber Popkultur ist echt 'ne andere Nummer! Ich meine, stell dir mal vor, jemand würde hier auftauchen und zum Beispiel Lala Lunterpla nicht kennen. Oder nicht wissen, was Lolo-Tee ist! Ob das jetzt unbedingt *fatale Folgen* haben würde, wie Herr Janus immer sagt ... Na ja, ich glaub ja eher nicht. Aber man würde auffallen, vielleicht sogar verdächtig wirken. Ich meine: Lala Lunterpla!« Ihr Lachen klang, als wäre es das Absurdeste der Welt, *Lala Whatthefuck* nicht zu kennen.

Wer sollte das überhaupt sein? Eine Band? Eine Sängerin? Ein Sänger? Tinka begann jedenfalls zu singen, eine Melodie, die ich noch nie gehört hatte. Oder ich erkannte sie bloß nicht, Tinka sang nämlich ziemlich schief. Oder war die Musik so unharmonisch, und Tinka sang voll gut? Keine Ahnung. Ich stand vor einer tiefen popkulturellen Wissenslücke und schämte mich beinah dafür ... Lexi-Liste, dachte ich. Oder googeln. Tinka trällerte jetzt:

Radiomat, Radioma-hat!
Lass deine Haarwirbel synchronisieren,
lass rechte Winkel eruptieren,
Wurzelgestein, Wurzelgestei-hein!
Lava lavendelt ins Grüne hinein ...

Sie posierte dabei vor der Kamera. Keine Ahnung, wen sie da nachmachte, aber es war lustig. Tinka schien ein Talent dafür zu haben, Leute zu imitieren. Beneidenswert. Ich konnte nicht mal lügen, ohne rot zu werden. Singen konnte ich, ganz nebenbei, auch nicht. Lag bei uns in der Familie. Ma hatte sich immer die Ohren zugehalten, wenn Pa und ich beim Autofahren die Kinderliederkassette durchgesungen hatten.

Tinka brach diesen komischen Song, der angeblich superbe-
rühmt war, mit einem Zwinkern ab. Es fühlte sich an, als zwinkerte sie für mich.

»Das ist der Teil vom Training, der am meisten Spaß macht.
Sport ist ja eher so hhhmmmmmjaaaaaa, Literatur ist gechillt.
Aber Musik? Mit Musik kriegst du mich ja immer. Allein die
ganzen uralten Charts durchzuhören! Ich habe dadurch ein paar
echt gute Retro-Bands entdeckt. Dieser eine Song von *INOW*
zum Beispiel, den find ich echt – warte, was hat Herr Janus gesagt, wie sie dann sagen? Nice! Genau, *nice* find ich den. *Supernice!*« Sie krümmte sich vor Lachen. Was bitte war an *nice* so
komisch? Als sie sich wieder eingekriegt hatte, fuhr sie fort. »Na,
der Song ist jedenfalls 'ne Entdeckung. Obwohl die sich schon
2016 gegründet haben. 2016! Stell dir das mal vor!«

Retro-Band? Uralte Charts? Wieso retro und uralt, wenn diese
Band (von der ich, ganz nebenbei, auch noch nie was gehört
hatte), sich erst vor Kurzem gegründet hatte? Tinka hatte keine
Ahnung von der Verwirrung, die sie in mir auslöste.

Ihr Blick fiel auf etwas hinter der Kamera und sprang auf.

»Shit«, schimpfte sie. »Jetzt hab ich mich schon wieder ver-
quatscht! Mit mir selbst, wie quemme ist das denn bitte?«

Quemme?

Von irgendwoher holte sie eine Jacke, einen Rucksack, dann
griff sie nach mir. Ihre Hand verdunkelte das Bild. Als das Bild
wieder hell wurde, war Tinka nicht mehr zu sehen, und ich
schwebte auf der Höhe ihres Kopfes. »Los geht's!«, sagte ihre
Stimme neben meinem Ohr. Vor uns schwang eine Tür auf.

»Stopp«, sagte Tinka, und das Bild wurde dunkel.

*

Verdutzt sah ich auf die erloschenen Wände.

»Stopp?«, wiederholte ich. Das Dunkel der Wände wurde noch einen Tick dunkler. Ach so! Das Tablet war gar nicht ausgegangen, sondern Tinka hatte … Es war aber auch echt kompliziert. Dankbar starrte ich in die mich umwabernde Dunkelheit und versuchte, meine Gedanken zu ordnen.

Fakten: Ich hockte in einer Kugel hoch oben, die sich gar nicht da befinden konnte, wo sie sich befand, mit einem Videotagebuch, das mich verstehen konnte (oder auch nicht), und schaute mir Sachen an, von denen ich nicht mal die Hälfte kapierte. Statt dass sich irgendwas aufklärte, wurde es immer komplizierter. Und alles wegen Tinka. Die mir ein Rätsel war.

Eigentlich seit unserer ersten Begegnung.

Etwas an ihr war von Anfang an mysteriös gewesen. Wahrscheinlich hatte sie mich deshalb so fasziniert. Egal, wie sie mich erschreckt oder irritiert oder frustriert hatte, etwas hatte mich magnetisch zu ihr hingezogen. Und jetzt war sie weg, und mir war, als hätte sie ein Stück von mir mitgenommen. Und ich? Verstand gar nichts mehr.

Die Fakten, hörte ich Pa in meinem Kopf dozieren. Wenn du etwas nicht verstehst, halt dich an die Fakten.

Fakt: Tinkas Sachen waren *hier*, auf diesem Schiff! Fazit: Tinka und das Schiff hatten was miteinander zu tun. Nur was?

Ich verstand und verstand nicht, aber verstand, dass ich verstehen würde, was es mit Tinka auf sich hatte, wenn ich mehr über das Schiff nachdachte.

Dieses Schiff …! Was war *das* überhaupt? Fakten: Es war uralt und doch wieder nicht, und es war niemand da, der es lenkte, aber trotzdem tauchte es alle zehn Jahre regelmäßig vor Griffiun auf. Wieso? Wenn niemand es steuerte, woher kam dann diese Regelmäßigkeit? Was war das Fazit?

Rhythmische Phänomene sind Bestandteil der Natur, übernahm Lexi Pas Part. Tag und Nacht. Jahreszeiten. Menstruation. Ebbe und Flut.

Ich seufzte. »Weiter«, flüsterte ich.

*

Ich sah Füße in *Inter-Nav*-Schuhen. Dann hob sich die Kamera – wir liefen eine Einkaufsstraße entlang.

»Na, das war vielleicht 'n Scheiß!« Tinka sprach abgehackt, als ringe sie nach Atem. »Crosslauf! Eine halbe Stunde am Stück rennen. Ohne Speedschuhe! Stell dir das mal vor! Wie sind die Leute denn bitte von der Stelle gekommen? Mit 15 km/h?« Sie lachte verächtlich.

War das so absurd? Soweit ich wusste, waren 15 km/h die durchschnittliche Geschwindigkeit eines rennenden Menschen … Ich war gerannt wie 'ne Blöde in den letzten Wochen, aber von 15 km/h war ich wahrscheinlich noch ein ganzes Stückchen entfernt … Und wie ein Supersportcrack war mir Tinka bisher nicht vorgekommen. Aber tatsächlich: Wir kamen wirklich ungewöhnlich schnell voran. Dabei *ging* Tinka.

Und zwar in einem so hohen Tempo, dass es mir nicht gelang, einen Blick in die Schaufenstern, zu werfen oder irgendein Gebäude zu erkennen. Wo hatte sie das Video nur aufgenommen? In welcher Stadt? Die Umgebung witschte so schnell vorbei – ich hätte gewettet, dass sie Rad fuhr, wenn ich nicht vorhin ihre gehenden Füße gesehen hätte. Wie machte sie das bloß?

»Herr Janus hat mich zu *AE* geschickt«, sagte sie. »Nur falls du dich wunderst, wohin wir unterwegs sind. Sie geben mir einen GM-2 zum Schutz mit, das allerneueste Modell! Das ist so aufregend! Hoffentlich haben sie die ganzen Bugs vom GM-1 in den

Griff gekriegt! Weißt du noch, als das mit den fehlerhaften Speicherchips rauskam? Dass die RiV-Kommission diesen Tiefpunkt überlebt hat ... Und dann natürlich das neue Erscheinungsbild.« Sie pfiff anerkennend. »Der GM-2 ist jedenfalls meta. Wir drei sind die Ersten, die einen mitkriegen. Testlauf sozusagen.«

GM-2? Eine Glocke in meinem Kopf begann, sachte zu läuten. Leider rief in dem Moment eine mechanische Stimme »Bitte wenden!«, und das Läuten verklang.

»Damn, Abzweig verpasst. Du hast mich abgelenkt«, sagte Tinka. »Oder eigentlich: Ich mich.«

Sie drehte sich um ihre eigene Achse. Mir wurde wieder fast schlecht. Die mechanische Stimme ordnete an: »Nimm die nächste Querstraße links. Nach hundertfünfzig Metern hast du dein Ziel erreicht.«

Die Stimme kam von unten, vom Boden.

»Ohne die Inter-Navs werde ich aufgeschmissen sein«, murmelte Tinka. »Keine Ahnung, wie sich die Leute ohne Navigationsschuhe überhaupt orientieren können. Haben die alle Wege im Kopf? Ich muss Herrn Janus fragen, was ich mache, wenn ich mich verlaufe. Was garantiert dauernd passieren wird, wie ich mich kenne. – Erinnerungsfunktion«, sagte sie mit höherer Stimme. »Morgen, elf Uhr: Herrn Janus nach Orientierung fragen.« Es piepte. »Danke«, sagte Tinka.

»Du hast dein Ziel erreicht«, schnarrten die Schuhe.

Ich beschloss, mich nicht mehr zu wundern. Auch nicht über das Gebäude, vor dem wir standen. Tinka blieb zum Glück kurz stehen.

Ein Gebäude, das aussah, als hätte jemand zwei Drittel davon abgeschnitten. Es war unheimlich schmal und hoch und bestand ausschließlich aus Glas. Reingucken konnte man trotzdem nicht. Das Glas war schwarz. Türen und Fenster sah ich keine. Über die ölglatte Fassade zogen sich zwei riesige Buchstaben.

Erst als ich ganz genau hinsah, bemerkte ich, dass hinter jedem Buchstaben winzige Lämpchen leuchteten, die sich ihrerseits zu sanft glimmenden Buchstaben zusammensetzten:

Was zum …?

»Nicht schlecht«, sagte Tinka ehrfürchtig. »Dann wollen wir mal.«

Sie ging geradewegs auf das Gebäude zu. Unmittelbar vor der Fassade zog sie den Umschlag mit dem RiV-Logo aus der Tasche, den ich schon kannte. Sie fummelte einen Zettel heraus. Er war so goldfarben, dass er in der Sonne aufglänzte. Ich schloss einen Moment lang die Augen. Als ich sie wieder öffnete, presste Tinka den goldenen Zettel an die Fassade. Stille, dann eine Fanfare und eine sanfte Frauenstimme. »Herzlichen Glückwunsch zu Ihrem Goldenen Ticket! *Andro Escorts* heißt Sie im Namen von *RiV – Reisen in die Vergangenheit* herzlich willkommen.«

Ha. Die Fragen lösten sich quasi von selbst. A) Das goldene Ticket war wirklich golden. B) RiV hieß *Reisen in die Vergangenheit*. Klang schnarchlangweilig. Klang nach Lernplan zehnte Klasse: »Eine Reise in die Vergangenheit. Auf den Spuren Martin Luthers.« Wir hatten Ausflüge nach Wittenberg, Eisleben und Mansfeld gemacht. Schnarchlangweilig, wie gesagt. Auf wessen

Spuren Tinka sich wohl rumtreiben würde, dass sie so dafür brannte?

»Bitte treten Sie ein.« Die Frauenstimme war eine warme Dusche. Vor uns rutschte die Wand in den Boden – so schnell und unerwartet, dass ich es erst realisierte, als Tinka schon mitten im Gebäude stand. Hinter ihr fuhr die Fassade mit einem kaum hörbaren Zischen wieder nach oben. Das gleiche Prinzip wie bei der Metallwand hier auf dem Schiff! Wie konnte das ... Ich wollte »Stopp!« rufen, aber was ich sah, lähmte meine Stimmbänder.

Wir standen in einer riesigen Halle, einer Art Foyer. Kirchenhoch und hell, hell, hell. Um uns herum, aufgereiht wie wertvolle Ausstellungsstücke, große Glasglocken. Selbst Tinka schien beeindruckt. Jedenfalls ging sie langsamer. Viel langsamer.

Unter jeder Glasglocke befand sich hochkant und geöffnet – eine Metallkiste. Sie wirkten wie aufrecht stehende, aufgeblätterte Bücher, die ihren Inhalt präsentierten. Tinka wurde noch langsamer, dann blieb sie vor einer der Glasglocken stehen. Ich sah geradewegs auf Gustav Mühstetter.

*

Gustav Mühstetter! Schlafend. In einer Metallkiste. Hinter Glas. Tinka ging langsam weiter. Noch eine Kiste, noch ein Mühstetter, noch eine, noch einer, noch eine, noch einer. Tinkas Blick schweifte durch den Raum. Gustav Mühstetter überall. Mindestens dreißig Mal.

Plötzlich läutete die Glocke in meinem Kopf wieder, nein: Sie tobte.

Ihre Vibrationen schüttelten mich so durch, dass endlich einige Erinnerungsstücke an ihren Platz fielen.

*

Der Morgen nach der Nacht mit Tinka am Nordstrand. Der Morgen, an dem Frau Tongelow verschwunden war. Ich war gerannt, weil ich schon viel zu spät dran war, aber trotzdem hatte ich diesen Umweg gemacht. Den Umweg zu Mühstetters Bruchbude.

Mein Sprint durch das karge Gras, die drei Schritte auf die Veranda, der Blick durchs Fenster. Das Innere der Hütte. Der Metallkasten darin. Aufrecht wie ein stehendes, aufgeklapptes Buch.

Im Gegensatz zu den Kästen, die mir Tinkas Kopfkamera zeigte, war er allerdings leer gewesen. Dafür hatten Kabel rausgehangen. Und an dem Metallrahmen hatte **GM-2** gestanden.

»Die Ladestation«, flüsterte Tinka gerade im richtigen Moment die Erklärung. »Hier kriegt GM-2 Strom und Updates.«

Strom. Updates. Gustav Mühstetter. GM-2. Dreißigmal identische GM-2s, um genau zu sein, aufgereiht hinter Glas. Wie Schaufensterpuppen. Wie …

Andro Escorts. Andro – wie Android! Nicht wie das Betriebssystem, sondern wie diese Scifi-Maschinen bei *Star Wars*. R2-D2. K-2SO. GM-2. An-dro-i-de. *Menschenähnlich*.

Gustav Mühstetter war eine menschenähnliche Maschine.

*

In seinem Kopf steckten Drähte und Kabel. Und wenn ich sage *in seinem Kopf*, dann meine ich *in seinem Kopf*. Da waren keine Dioden, die hübsch auf seiner Kopfhaut festgeklebt waren, sondern Löcher. In denen steckten die Kabel wie ein Stecker in der Dose.

Ich musste an seinen Zylinderhut denken und begriff, was darunterliegen musste. Ich fröstelte. Kabelbuchsen im Kopf waren nicht besonders menschenähnlich. Die anderen Enden der Drähte waren mit der Kiste verbunden. Elektrische Nabelschnüre. Meine Kopfhaut tat schon vom Hingucken weh.

Er trug die gleichen Bundfaltenjeans, die ich auf der Fähre an ihm gesehen hatte. An den Seiten des Kastens blinkten abwechselnd rote und grüne Lämpchen, und winzige Messgeräte zeigten noch winzigere Cursors, die sich auf und ab bewegten und wer weiß was maßen.

Tinka trat näher an eine der Vitrinen heran. Sie streckte die Hand aus und legte sie vorsichtig aufs Glas. Da schlug Mühstetter plötzlich die Augen auf. Ich sog scharf die Luft ein. Tinka riss die Hand zurück.

»Stopp!«, schrie ich. »Stopp! STOPP!«

*

Die Dunkelheit presste sich von allen Seiten gegen mich. Aber das war es nicht, was mich hecheln ließ wie eine asthmatische Hundertjährige nach einem Halbmarathon.

Es war das, was ich gerade gesehen hatte. Oder besser – was es *bedeutete*.

Bedeuten musste.

Nur – das war schlicht unmöglich!

Ich rieb meine Schläfen. Hilfe. Ich brauchte Hilfe!

»Hilfe?«, flüsterte ich dem Tablet auf meinem Schoß zu.

Was kann ich für dich tun?

»Warum hast du kein Lexikon?«

Ich kann keine Verbindung herstellen, flimmerte das kleine Ding. *Aber vielleicht kann ich dir auch so helfen?*

Wie jetzt? War das der Trick? Einfach fragen? »Was ist ein Goldenes Ticket?«

Das Goldene Ticket ist ein Visum für eine einzelne Zeitreise, erschien in großen Buchstaben. *Alle zehn Jahre werden drei Goldene Tickets vergeben. Es ist eine große Seltenheit.*

»Eine … Zeitreise?«, stammelte ich. »Das kann doch nicht sein. Du verarschst mich!«

Wiederhole deine Frage. Ich habe dich nicht verstanden.

»Weiter.«

Mühstetters Augen waren jetzt geöffnet. Die Berührung der Glasglocke schien ihn zum Leben erweckt zu haben. Oder … angeschaltet. Er fummelte umständlich sein Monokel zwischen die Augenlider und starrte uns konzentriert an.

»Der sieht ja noch bescheuerter aus als auf den Bildern!«, kicherte Tinka. »Das glaubt einem doch kein Mensch, dass der besser funktionieren soll als GM-1? Ich meine, GM-1! Er konnte sich wie ein Chamäleon in die jeweilige Zeit und den jeweiligen Ort einschmiegen. Der sah meta aus! Klamotten, Umgangssprache, Verhalten – alles perfekt kopiert. *Zu* perfekt, sagt Herr Janus. Deshalb hat der kleinste Fehler in der Programmierung die heftigsten Irritationen ausgelöst.

Wenn jemand, der so superassimiliert ist, einen blöden Fehler in Alltagskram macht, fliegt der sofort auf. Erinnerst du dich an die Schlagzeilen, als sie einen GM-1 enttarnt haben, der als Begleiter mit nach 1984 gereist war? Sie haben ihn da aus-ei-nan-der-ge-nom-men! Es hat Wochen gedauert, bis die RiV-Behörde das halbwegs ausgebügelt hatte. Jetzt steht ein geöffnetes Modell von GM-1 in einem Erfindermuseum in Hamburg.«

Sie lachte.

Mir war nicht nach Lachen zumute. Immerhin war Tinka anscheinend genauso aufgeregt wie ich, denn sie plapperte wirklich, ohne Luft zu holen, und ich musste mich bemühen mitzukommen.

»Schlussfolgerung: Die Entwickler von GM-1 dachten, seine Unauffälligkeit sei seine größte Stärke. Aber Mom hatte wohl doch recht: Die größte Stärke eines Menschen ist oft auch seine größte Schwäche. Gilt wohl auch für Androide.« Ihre Stimme klang nachdenklich, wie immer wenn sie von ihrer Mutter sprach.

Ich glaube, ich klang genauso, wenn ich von Ma redete …

»Und gilt wohl auch umgekehrt. GM-2s Exzentrik ist eine absolute Schwäche und damit seine größte Stärke. Wenn jemand so schräg aussieht, regt sich nämlich keiner auf, wenn der was Sonderbares macht.« Sie strich sacht über die Vitrine. Mühstetter senkte seinen Blick auf ihre Hand, dann sah er sie wieder an, dann direkt in die Kamera. In meine Augen! Meine Nackenhaare zuckten. Mühstetter anzusehen, war ungefähr so, wie in den Lauf einer Kalaschnikow zu schauen. Er justierte seinen Blick wieder auf Tinka, dann klopfte er die Taschen seiner Bundfaltenjeans ab und zog eine Taschenuhr heraus.

Tinka kiekste begeistert. »Siehste? Das mein ich! Eine Taschenuhr! Geht's noch schräger?« Sie strich ein letztes Mal übers Glas und hielt dem Blick des Androiden mühelos stand.

Plötzlich zuckte ein grüner Blitz aus der gläsernen Decke des Gebäudes herab und direkt in Gustav Mühstetters Schädel. Der Blitz war so grell, dass ich reflexartig die Augen zusammenpresste und betete, nicht erblindet zu sein.

Und im selben Moment erinnerte ich mich an meine erste Nacht im Internat, als ich einen ähnlichen Blitz im Naturschutzgebiet gesehen hatte.

»Sie testen die grünen Updates!«, sagte Tinka fröhlich.

Wie bitte?! Updates? Ich blinzelte vorsichtig – grüne Schlieren waberten vor meinen Augen und verblassten nur ganz langsam. Tinka hingegen schien keinerlei Beschwerden zu haben, sie plauderte schon weiter: »Das mit den grünen Updates ist natürlich nervig, aber hey! Ich bin metadankbar, dass sie GM-2 entwickelt haben, statt die Zeitreisen ganz zu verbieten.«

Da! Sie hatte es gesagt. Zeitreisen.

Haben Sie noch Fragen?, fragte eine Frauenstimme aus dem Off.

Massenhaft, dachte ich.

»Ein paar«, antwortete Tinka. »Stopp.«

Die Wände wurden schwarz.

Glücklicherweise.

*

Zeitreisen.

Es kostete mich Mühe, den Gedanken überhaupt zuzulassen. Ich war in einem Faktenhaushalt groß geworden. Erst mit meiner megapragmatischen Ma, dann mit meinem supersachlichen (und hyperemotionalen) Pa. Alleine die Idee einer Zeitreise hätte zu sehr langen, hitzigen wissenschaftlichen Diskussionen geführt. Fazit: Gibt's nicht. Und ja, es war die abgefahrenste, die absurdeste Erklärung, aber … war es nicht verrückterweise auch die einleuchtendste?

Ich dachte an den Stab, mit dem Tinka gesprochen hatte. An die Solarjacke, das kalte Feuer, die Spinnwebschlafsäcke, den Lolo-Tee. Alles Sachen, von denen ich noch nie gehört hatte. Und das mit der Linde – die stand da seit sechshundert Jahren! Kein normaler Mensch hätte wissen können, dass die genau zu dem Zeitpunkt umfallen würde, wenn wir drunter durchliefen.

Es sei denn, man wusste schon *im Voraus*, was passieren würde. Weil es da, wo man herkam, schon passiert *war*.

Und überhaupt dieses Tagebuch hier. Wenn Tinka nicht eine wahnsinnig gute Filmcrew am Start hatte und ein Millionenbudget, um das hier zu filmen, dann …

… dann musste es das alles geben. Irgendwo. Irgendwann.

Wände, aus denen lebendiges Glitzerzeug herauswuchs. Navigationsschuhe, die das Gehen beschleunigten. Ein so schmales und hohes Glashaus, wie ich es noch nie gesehen hatte. Unsichtbare Türen, die im Boden versanken. Androiden!

Ich fuhr mir mit der Zunge über die Lippen. Ich hatte unheimlichen Durst, und mein Herz klopfte so heftig, dass ich Angst bekam. Albträume von Ma waren das Schlimmste, was ich kannte, aber das hier war … schlimmer.

Wenn das alles wirklich stimmte, *wenn* Tinka tatsächlich eine Zeitreisende war, stellten sich allerdings zwei wichtige Fragen: Aus welcher Zeit kam sie? Und was wollte sie auf Griffiun?

*

Die Wände wurden ein Park. Schlappes Gras auf der Wiese, die Wege nass und braun. Aus der Kameraposition (niedriger als sonst) und dem Bild (unbewegt) schloss ich, dass Tinka saß. Saß und schwieg. Warum lief dann die Kamera? Was wollte sie zeigen?

Ich betrachtete die Bäume, deren Zweige von Grün bewachsen waren. Ein Grün, das nicht schön aussah – eher wie eine Hautkrankheit. Das Zwitschern verfrorener Vögel. Dreimal kreuzte ein Fußgänger das Bild, aber obwohl jeder gemütlich über die grünen Parkwege schlenderte, witschten sie allesamt unglaublich schnell vorbei. Offensichtlich trug jeder dort Speedschuhe.

Ich war so in die Landschaft eingetaucht, dass ich erschrak, als ich Tinkas Stimme hörte. »Finya und Lorena wollten wissen, wo ich hinreise.« Sie klang bedrückt. »Finya hat gefragt, ob ich für sie Jeanne D'Arc besuchen und interviewen könnte, und Lorena meinte, wenn sie an meiner Stelle wäre, würde sie zu dem Zeitpunkt reisen, an dem das allererste Leben entstanden ist. Sie will so gern herausfinden, was Leben bedeutet. Was es wirklich ist, wie und wodurch es geschehen konnte, dass anorganische, tote Materie plötzlich zu etwas Organischem wurde. Eigentlich hätte sie das Ticket gewinnen müssen. Die Ursache für Leben herauszufinden, das ist doch wirklich, wirklich wichtig. – Sie waren so enttäuscht, dass ich »nur« ins Jahr 2017 reise. Nur hundertsieben Jahre zurück. Und weißt du, ich kann's sogar verstehen. Sie wissen ja nicht, warum ich genau in dieses Jahr muss. Finya hat's nicht ausgesprochen, aber sie denkt, dass …«, sie stockte, »… dass ich das Goldene Ticket auch gleich in die Schleuse werfen könnte. Also: sinngemäß.«

Tinka sah in den Himmel, der fest von grauen Wolken verschlossen war. »Findest du auch, dass ich egoistisch bin?«

»Wer sagt denn so was?«, fragte eine andere weibliche Stimme, die sich außerhalb des Sichtfeldes der Kamera befinden musste. Ich schaute erschrocken über meine Schulter, weil die Stimme so nah klang. Offensichtlich unterhielt sich Tinka nicht mit ihrem Tagebuch, sondern mit jemand anderem.

»Na ja«, antwortete sie. »Ein paar aus den Parallelklassen jatzen, dass ich einen Egotrip mache. Und dass neunzig Jahre einfach ein Witz sei. Aber weißt du, *I dont give a fuck!* Ich will sie sehen. Einmal, wenigstens einmal!«

Hundertsieben Jahre!

Das hieß ja, dass Tinka … meine innere Rechenmaschine ratterte … aus dem Jahr 2124 kam?!

»Stopp!«

Die Wände wurden dunkel. Ich wartete, bis sich meine Augen daran gewöhnt hatten, und spürte meinem hämmernden Herzen nach. Wie lang hielt so ein Herz durch, bis es zu viel wurde? Und es war zu viel, viel zu viel. Ich stand auf, schüttelte die Decke ab, machte das Feuerzeug an und versuchte, mir die Position von Vorhang und Haltegriff zu merken, bevor ich es wieder weglegte.

Dann rannte ich die gewölbte Wand hoch, schnappte den Griff und zog den Vorhang beiseite. Das Bild war unverändert: unter mir das Schiff, drum herum die brüllende See, und am Horizont musste irgendwo das Computerturmzimmer von Hoge Zand liegen. Das alles war real. So was wie das hier hingegen – das gab's nicht. Das passierte nicht. Außer im Film vielleicht. Oder im Traum.

Wobei das hier selbst für einen Traum absurd war.

Ich ließ los. Rutschte wieder in die Mitte der Kugel und schlug unsanft mit dem Fußknöchel gegen die Kiste. Es tat weh. Das war der Beweis: kein Traum. Ich rieb den Schmerz weg, wickelte mich wieder in die Decke ein und griff nach dem schwarzen Tablet.

»Weiter.«

»Ich bin sicher, sie würden dasselbe machen«, sagte die andere Stimme. Sie kam mir vage bekannt vor. Vielleicht war es doch eine der Freundinnen aus dem allerersten Film.

»Wenn ihnen passiert wäre, was uns passiert ist, würden sie garantiert auch nicht Hunderte von Jahren zurückkreisen, sondern dasselbe tun wie du. – Du reist ja nicht zum Spaß dahin.« Die Stimme klang definitiv nicht nach Computer. Und zu erwachsen für Tinkas Flugzahn-Freundinnen. Vielleicht eine Lehrerin aus dem RiV-Dings?

Etwas flog durchs Bild. Es war silbern und schmal. *Air Taxi,* leuchtete auf seiner Flanke. Die Buchstaben blieben, als die Erscheinung schon längst weggezischt war. Tinka sah unbeirrt geradeaus, als wär es das Normalste der Welt, dass ein Taxi durch die Luft flog. War es für sie wahrscheinlich auch.

Plötzlich stand ein Kind im Bild. Ein kleines Mädchen mit einer lustigen Mütze, die Ohren hatte wie ein Teddy.

»Bist du Tinka?«, lispelte es.

»Wieso willst du das wissen?«, fragte Tinka. Ich hörte das Lächeln in ihrer Stimme.

»Weil du aussiehst wie sie«, lispelte der kleine Teddy weiter. »Ich hab dich auf dem Kinderkanal gesehen. Du hast eine Reise gewonnen! – Ich find dich soooo toll. Wenn ich groß bin, will ich auch in die Vergangenheit reisen. Wie du!« Sie klatschte in die Hände, doch die dicken, weichen Teddypranken, die sie als Handschuhe trug, dämpften das Geräusch. Sie schob ihr Gesicht näher an Tinkas ran. »Schreibst du mir ein Bio-Mimuki?« Verschwörerisch schob sie ihren Ärmel hoch. »Hier drauf!«

»Bist du sicher?«, fragte Tinka. »Das dampft mindestens acht Tage.« Das Mädchen nickte etwa zwanzigmal. »Okay, warte, ich hab irgendwo einen …« Ich hörte Tinka rumfummeln. Dann sagte sie: »Okay, hab ihn. Mit gelben oder roten Blasen?«

»Rot!«

»Flüssig- oder Trockendampf?«

»Trocken.«

»Und was soll ich schreiben?«

»Bloß deinen Namen«, bat das kleine Teddymädchen. »Schreib einfach nur *Tinka Renner*.«

Was? *Was? WAS?!*

»Stopp!«, schrie ich.

*

Ich keuchte. Bitte was? Tinka hatte meinen Nachnamen? Das konnte kein Zufall sein. Das bedeutete … Wir mussten verwandt sein!

Tinka war … meine Urenkelin oder so was? Wie krass. Wie krass. Wie *verdammt* krass!

»Los weiter!«

Die Wände flirrten. Das Teddykind war weg.

»Noch zwei Tage«, murmelte Tinka. Ein weiterer Fußgänger schlender-raste vorbei. »Und dann einen ganzen Monat, bevor sich das Fenster wieder schließt. Wie geplant, zum Stichtag einunddreißigster Mai.«

Einunddreißigster Mai? Mein Geburtstag! Das war heute! War Tinka deshalb verschwunden? War ihre Reise schon vorbei? Aber warum waren ihre Sachen dann noch hier? Ich …

»Wie soll ich das schaffen, Mom? – Was, wenn ich's nicht hinkrieg? Was, wenn ich …?«

Ach so! Die andere Stimme, das war Tinkas Mom! Deshalb kam sie mir so bekannt vor – sie ähnelte einfach Tinkas.

»Klar kriegst du das hin! Du bist ja nicht allein. Übers MDG-Netz kannst du uns immer erreichen. Herr Janus und sein RiV-Team, die Techniker, Lu-Minh und mich natürlich.«

Ein leises Rauschen in meinem Kopf kündigte einen beginnenden Kopfschmerz an. Ich presste die Hände an die Schläfen.

»Aber was, wenn ich Fehler mache?«, fragte Tinka. Die Kamera folgte Tinkas Kopf und zeigte ihre Hände. Sie bog ihre Finger nach vorn, bis sie knackten, und ballte sie schließlich zu nervösen Fäusten. »Ich mein: Ich hab bei *Jugendsprache* zweimal gefehlt. Vielleicht verquatsch ich mich total, und sie müssen mich vorzeitig …«

»Dafür hast du die Warndiode! Das haben sie dir doch alles erklärt, als sie eingesetzt wurde: Sie vibriert, wenn du im Gespräch eine heikle Richtung einschlägst. Und was das Verquatschen angeht … dafür gibt's zur Sicherheit den Zing-Impuls.«

Eine Diode? In Tinkas Körper? Die irgendwelche Vibrationen und *Impulse* abgab?

Natürlich! Das eigenartige Brummen, das ich manchmal an ihr gehört hatte, bei dem sie immer so zusammengezuckt war. Das war ja wohl … Folter! Hatten die noch nie was von den Genfer Konventionen gehört?

»Du schaffst das, Tink. Hörst du? Und ich … ich bin immer bei dir.« Die Stimme zog als Klangfaden durch meinen Kopf. Das Rauschen wurde stärker. »Ich … ich bin so froh, dass du das machst, mein Schatz.«

Eine Hand glitt ins Bild und legte sich auf Tinkas. Ihre Mutter saß direkt neben ihr.

»Ich weiß, Mom. Aber das Schlimmste ist auch eigentlich gar nicht, dass ich Fehler machen könnte.« Tinkas Fäuste öffneten und schlossen sich, als müsse sie sich beherrschen, nicht zu weinen. »Das Schlimmste ist, dass ich nicht einfach sagen darf, wer ich bin. Und alles nur wegen dieser quemmen Synchronizität. Wegen dieser verdammten Paradoxien! Was, wenn sie überhaupt nichts versteht? Wenn sie einfach nur denkt, dass ich … ich weiß nicht … *irre* bin?«

»Das wird sie schon nicht denken.«

»Und wie schaffe ich es, nicht loszuheulen, wenn ich sie sehe, Mom? Sie … ich hab …«

Tinka senkte wohl den Kopf, und wieder sah ich ihre Hände, die jetzt von zwei anderen gehalten wurden. Die Kamera zitterte ein wenig, dann hob sich der Blick, strich über nackte, verletzliche Baumstämme, über nasse Wege. Feiner Nebel stieg aus dem Boden auf. Es musste sehr früh sein dort, wo Tinka war. Und kalt. Ein Eichhörnchen flitzte kurz durchs Bild. Sie seufzte. Die

Hände lösten sich, Arme zogen Tinka an sich. Das Bild schüttelte sich, als sie zu schluchzen begann, dann verschwamm es, als sie ihr Gesicht gegen die Schulter ihrer Mutter presste. Was blieb, war gedämpftes Weinen und die beruhigende Stimme ihrer Mutter.

»Alles wird gut, mein Schatz«, sagte sie. »Du darfst nur nie vergessen, was für ein Glück wir haben. Wir haben so ein Glück.«

*

Vielleicht würde mein Verstand in Kürze einfach aufgeben. Ich starrte tumb auf die Szene, die jetzt abblendete, und auf die neue, die aufblendete.

Tinka raste wieder durch die Stadt.

»Esistsoweit, esistsoweit!«, rief sie. »Heute geht's los. Ich müsste schon auf dem Weg sein, aber ich muss dir vorher unbedingt noch was zeigen.«

Diesmal antwortete niemand, also war sie wieder allein. Sie sprach mit ihrem Tagebuch.

»Fast da«, keuchte sie.

Ich versuchte mit aller Kraft, etwas von der Umgebung zu erkennen, aber ich sah nur Streifen. Wenn man im ICE saß und rausschaute, sah es ähnlich aus. Als Tinka abrupt stoppte, schwindelte mir.

»Tataaaa!« Ich sah, was Tinka sah, was die Kamera aufzeichnete, und mir stockte der Atem.

Es war ein Gebäude, irgendwie – aber irgendwie auch nicht. Es war transparent, schimmernd und hatte die Ausmaße des Ulmer Münsters. Mindestens. Vor allem aber war das Haus eine Lilie.

Der Stiel bestand aus Glas – eine durch ein zart wirkendes Stahlnetz verstärkte gigantische Röhre, durch die ein silberner

Fahrstuhl in die Blüte führte. Der Fruchtknoten: eine kristallene Halbkugel, in der ich hoch über uns Menschen hin und her gehen sah.

Die fünf Blütenblätter, die aus dem Knoten herauszuwachsen schienen, bestanden aus schneeweißem Material (Marmor?) und streckten sich flächig in fünf Richtungen aus. Vier Blätter waren gleich groß, breit, fächerig. Ein fünftes hingegen war so schmal, dass es wie verhungert wirkte. Es sah zerbrechlich aus … wie ein Irrtum, ein Fehler in der Konstruktion. Und doch … Mit den vier ebenmäßigen Blütenblättern wäre dieses Gebäude überwältigend gewesen. Zusammen mit dem fünften jedoch, das wie ein Defekt im Bau wirkte, war es *atemberaubend*.

Ein fein gewebtes silbernes Geländer umlief jedes Blütenblatt und schützte die Menschen, die dort oben rumspazierten, davor herunterzustürzen.

»Zoom!«, sagte Tinkas Stimme und dann: »Stopp.«

Ich konnte kaum fassen, was die Kamera mir zeigte. Das war ein regelrechtes Vergnügungszentrum da oben! Auf dem ersten Blütenblatt rasten Kinder in halsbrecherischem Tempo hinter Bällen und Ringen her, auf dem zweiten standen Tische, an denen Menschen speisten, das dritte schien eine Art Sonnendeck zu sein, voller Liegestühle und Hochbeete, aus denen rotblättrige Pflanzen wuchsen, auf dem vierten groovte eine Gruppe Menschen zu einem Beat, den die Kamera nicht einfing, und auf dem fünften, dem Blatt, das wie ein Versehen wirkte, liefen mindestens dreißig Brautpaare Hand in Hand. Eine Massenhochzeit auf einer Lilie … Was für ein Glück, dass mein Gehirn schon aufgegeben hatte.

Die Sonne brach sich in den unzähligen Glasscheiben des Fruchtknotens, Lichtflecken flirrten in alle Richtungen und haschten sich auf dem weißen Stein. Die Metallstreben, die den

Glasstiel stützten und netzartig in den Blütenblättern ausliefen, sahen aus wie ein filigranes Aderngeflecht.

Ich hatte in meinem ganzen Leben noch nie ein schöneres Gebäude gesehen.

»Das hat Mom entworfen.« Tinkas Stimme holte mich zurück in die Wirklichkeit, ihre Wirklichkeit, eine Wirklichkeit, in der es Gebäude wie dieses gab. »Es ist dieses Jahr fertig geworden. Mom ist Architektin.«

Die Trauer fiel mich unvermittelt an. Wenn meine Ma gewusst hätte, dass ihre Ur-Enkelin – oder Ur-Großnichte oder Ur-Wer-auch-immer Tinkas Mutter war – ebenfalls Architektin werden und so ein Gebäude entwerfen würde – das hätte sie wahrscheinlich umgehauen.

»Alle hier lieben es, es ist eine Attraktion! Sie nennen es *Die Lilie*. – Dabei hat Mom es *Der fünfte Weg* genannt. Während der gesamten Bauphase, fünf Jahre lang, hat mir Mom immer wieder die Geschichte erzählt, die sie inspiriert hat. Die vier gleich großen Blütenblätter ...«, sie wies mit dem Finger darauf, »... sind natürlich die Himmelsrichtungen. Wenn wir einen Menschen verlieren, können wir ihn in allen vier Himmelsrichtungen suchen – irgendwo werden wir ihn finden.«

Mein Hirn fühlte sich an wie der Blick aus dem ICE-Fenster. Worum ging es hier?

»Aber manchmal ist das vergebens. Keiner dieser Wege führt zu dem Menschen. Weil er unserer Welt verloren gegangen ist.«

Traurigkeit verfärbte Tinkas Stimme und mein Herz.

Ma, rief es jämmerlich in mir. Ma!

»Das ist der Punkt, an dem viele Menschen aufgeben. Sie vergessen den fünften Weg. Dabei ist das der wichtigste von allen! Der schmalste und gefährlichste, aber der wichtigste. Auf dem fünften Weg können Wunder passieren.«

Sie schwieg, und ich versuchte, innerlich mitzukommen.

»Deshalb heiraten die Menschen auf dem fünften Blatt. Mom nennt ihn den *Weg des Herzens*. Sie hat einen Hang zum Pathos, findest du nicht auch?« Sie kicherte leise, dann ahmte sie die Stimme ihrer Mutter nach: »Über alle Hindernisse hinweg. Durch alle Stürme. Durch Feuer und Wasser. Selbst durch die Zeit.« Sie lachte ein bisschen, dann wackelte die Kamera. »Zeit!«, rief sie, »Shit! Shitshitshit! Ich bin zu spät!« Das Haus verwischte, als Tinka losrannte.

Die Bilder in der Kugel um mich herum rasten mit. Mich schwindelte. Ich schloss die Augen und hörte nichts als Tinkas schnellen Atem. Als er sich beruhigte, wagte ich es, die Augen wieder zu öffnen. Vor ihr auf der Straße stand eine Menschentraube. Sie winkte ihnen zu. »Ich komme schon!«, rief sie.

*

»Na, dann mal los«, sagte ein Mann, der sowohl fünfzig als auch zwanzig sein konnte. »Der Tunnel ist auf, es wird Zeit!« Er klopfte demonstrativ auf ein Metallstäbchen in seiner Hand.

»Oh Mensch, stimmt! Die Diode muss ja noch aktiviert werden!« Tinka klang schuldbewusst. »Voll vergessen, Herr Janus, sorry.«

»Ich nicht.« Herr Janus' Lächeln war ziemlich gut hinter seinem dichten Bart versteckt. Er fuhr mit dem Metallstab über Tinkas Hüfte. »Autsch«, sagte sie.

»Funktionscheck«, erwiderte er ungerührt. »Du bist startklar.«

Als wär das ein Signal gewesen, flossen auf einmal Menschen um Tinka herum, jemand drückte ihr einen Rucksack in die Hand, ein anderer den schwarzen Stock, den ich schon kannte.

Als Tinka den Kopf einmal nach links drehte, sah ich Mühstetter dastehen. Auch er wurde umwuselt. Jemand strich seine Bundfaltenjeans glatt, ein anderer schien ihn einzuparfümieren. Mühstetter selbst streifte sich mit ernstem Gesicht dünne Handschuhe über. Ich musste unwillkürlich an die Drähte in seinem Kopf denken.

Ein Mann kämpfte sich durch die Menge und zog Tinka in die Arme. »Pass gut auf dich auf, Kleines. Deine Mom und ich sind sehr, sehr stolz auf dich. Ich hab dich lieb.«

»Ich hab dich auch lieb, Lu Minh.«

Ich spürte Tinkas Angst durch die Kameralinse hindurch. Ihr Stiefvater Lu Minh offensichtlich auch. »Hab keine Angst«, flüsterte er, wohl nicht leise genug.

»Wenn du Angst hast«, klinkte sich sofort Herr Janus ein, »musst du das nicht machen.«

»Nein!«, rief Tinka empört. »Ich bin doch nicht quemme! Ich mein, Entschuldigung: Eine solche Chance – natürlich mach ich das.«

Herr Janus sah sie eindringlich an, dann nickte er langsam.

»Dann los. Und denk dran, in der Schleuse dein Digibuch in die Kiste zu legen. Es darf keinesfalls mit auf die Insel! Deine Digibuchinformationen könnten verheerende Folgen haben, wenn sie in falsche Hände kommen!«

»Ich leg's in die Kiste, Herr Janus! Versprochen.«

»Okay, was noch? Kontakt außerhalb der Schleuse mit dem Milto«, er tippte auf den schwarzen Stock, »und wenn du in der Schleuse noch mal mit uns sprechen willst, sagst du –«

»Dann sag ich *B2 A14* – das *weiß* ich doch!«

»Gut. Dann ab mit dir nach 2017! Und denk dran: Es gibt keine Schwebesofas, keine Bio-Mimukis, es gibt noch nicht mal Air Taxis!«

»Jaja … das haben wir doch hundert Mal durchge…«

»Also, wir sollten langsam mal«, unterbrach eine Frau rechts von Tinka, gleich neben Lu Minh. Sie streckte eine Hand in die Luft und wedelte mit den Fingern. »Der Tunnel ist gerade so schön stabil …«

Lu Minh schob seinen Arm unter Tinkas und zog sie zu der Frau hinüber. »Die Chefingenieurin«, wisperte er.

»Weiß ich doch!«, wisperte Tinka zurück. Um die kleine Frau mit dem übergroßen Afro versammelte sich eine Handvoll Menschen, ein paar hatten diese Art von schwarzen Tablets in der Hand, die dem in meiner stark ähnelten.

»Okay«, sagte die Frau. »Sobald GM-2 die ersten Patho-Daten sendet, kümmert ihr euch um den Datenabgleich: Viren, Pilze, Bakterien – das ganze Programm. Stehen die Vorbereitungen für die Entwicklungen des Datenfluids?«

»Check«, antwortete ein Junge, der nicht viel älter sein konnte als ich.

Die Chefingenieurin nickte.

»Funktioneren die grünen Updates für die digitalen Akutimpfungen?«

»Check!«, rief ein Mann, der irgendwo hinter Tinka und Lu Minh stehen musste.

»Dann hätten wir's.« Die Frau nickte mehrmals zufrieden. »Nicht vergessen: Grüne Updates nur in Notfällen senden – und immer schön unauffällig –, am besten spätabends oder nachts!«

Die Gruppe um sie herum fiel in das Nicken ein, dann traten sie ein Stück zur Seite und sahen erwartungsvoll in Tinkas Richtung.

Lu Minh räusperte sich. »Los geht's!«

»Nein! Ja! Gleich! Mom, wo bist du?«

Die Kamera schwenkte über die kleine Menschengruppe, als Tinka den Kopf drehte: über die Techniker und Lu Minh zurück zu Herrn Janus, der ein paar Schritte hinter ihr stand und mit einer eleganten Frau in einem weißen Hosenanzug sprach.

»Mom!«

Die Frau unterbrach das Gespräch, wandte sich suchend um und eilte mit ausgestreckten Armen auf Tinka zu. »Ich bin so stolz auf dich, meine Kleine«, sagte sie.

Mein Herz …

… schmolz.

Ich starrte Tinkas Mutter an.

»Geh zu Alina. Zeig ihr, dass wir sie lieben.«

*

Die Wände wurden dunkel. Ein kleiner Punkt blieb zurück, schneeweiß, dann löste auch er sich in Schwarz auf. Ich hatte die Hände vors Gesicht geschlagen.

Ich schluchzte. Schluchzte, schluchzte.

Tinkas Mutter war … Ma!

Meine Ma lebte. Im Jahr 2124! Und Tinka … war so was wie meine Schwester.

19

In der Schleuse

Die Finsternis umlauerte mich. Die Kugelwände warfen mein Schluchzen zurück, als würde der Raum meinen Schmerz teilen. Nach dem Schluchzen kam die Wut.

»Verdammt!«, schrie ich. »Verdammt, verdammt, verdammt noch mal, was soll das?« Das Tablet leuchtete auf.

Ich habe dich nicht verstanden.

Meine Wut verpuffte augenblicklich.

»Was ist der *Tunnel*?«, flüsterte ich.

Das Schiff. Es besteht aus Tunnel, Upload-Zelle und Schleuse.

Upload-Zelle? Wahrscheinlich für die grünen Blitzdinger, aber …

»Was ist eine Schleuse?«

Die Schleuse ermöglicht es uns, mit der Zielperson im Zieljahr zu kommunizieren.

Kommunikation? Kommunikation klang gut. Vor allem funktionierte Kommunikation in zwei Richtungen. Ich musste diese Schleuse finden!

Es dauerte ein paar Sekunden, bis es mir dämmerte. Herr Janus hatte Tinka aufgetragen, ihr »Digibuch« in der Schleuse zu lassen. Ich hielt es gerade in der Hand. Die zu zittern begann. Genau wie meine Stimme.

»Wo bin ich gerade?«

Du befindest dich in der Schleuse.

*

439

Ich war schlagartig hellwach. Mein Hirn fühlte sich wund an, trotzdem drehte es hoch, und jede Umdrehung war Schmerz und Hoffnung.

»Zeig mir noch mal die letzte Szene«, forderte ich.

Die Wände leuchteten auf, Tinka stand vor der riesigen, gläsernen Lilie, die meine Ma gebaut hatte.

»Weiter«, flüsterte ich. »Weiter!«

Tinka begann zu rennen, kam bei der kleinen Menschenmenge an.

»Schneller«, sagte ich.

Im Zeitraffer wuselten die Techniker um sie herum, redete Herr Janus mit Micky-Maus-Stimme auf sie ein.

»Langsamer!«

Herrn Janus' Stimme wurde wieder tief und deutlich: »Okay, was noch? Kontakt außerhalb der Schleuse mit dem Milto.« Er tippte auf den schwarzen Stock. »Und wenn du in der Schleuse noch mal mit uns sprechen willst, sagst du –«

»Dann sag ich B2 A14 – das *weiß* ich doch!«

»Stopp!«, befahl ich. Holte tief Luft und sagte laut und deutlich: »B2 A14.«

*

Kommunikationsanfrage bestätigt. Nennen Sie Zielzeit und Zielperson!

Eine körperlose Stimme.

Nicht mehr aus dem Tablet, auch nicht aus den Projektionswänden, sondern aus der ... Luft?

»2124?«, sagte ich fragend. »Tinka und Nadja Renner?«

Bestätigt.

Nichts passierte.

Beziehungsweise … *What the fuck?* … Ein silberner Wirbel begann sich aus dem Boden der Kugel zu drehen, leuchtender Rauch. Das Leuchten verstärkte sich, dunkle Konturen tauchten darin auf, lange Linien, die ebenfalls aus silbrigem Rauch bestanden, dann fester wurden, klarer. Ich begann, Körperteile zu erkennen: eine Schulterlinie, ein Bein, einen Arm.

Ich sprang von der Truhe auf.

Innerhalb des silbernen Leuchtrauchs formte sich … Tinka!

*

Sie begann zu quatschen, bevor ich sie ganz sehen konnte. Es fehlte noch die komplette linke Hälfte ihres Körpers, aber sie sprach schon mit mir – im gleichen Tempo, das ich aus ihrem Tagebuch kannte: ein Wasserfall.

»Happy Birthday, Sis!«, rief sie. »Ich wusste es! Ich. Wusste. Es! – Ich wusste, dass du aufs Schiff kommst! Und dass du dann auch noch eine Kommu angefordert hast, das ist so meta, meta …«, sie unterbrach sich, dann begann sie zu kichern. »Deshalb haben sie mich ein paar Stunden früher zurückgeholt, weißt du? Sie hatten Angst, dass ich dir am Ende … Oh Mensch, ist das nervig, wann ist der Scan denn endlich fertig? Das juckt wie eine ganze Ladung …«

Sie war vollständig. Vollständig und kaum Nebel mehr. Sie war klar und dreidimensional zu sehen. Genau wie meine Gefühle. WutFreudeGlück.

»Fuck!«, rief ich. »Scheiß doch auf die Drecksregeln! Tinka, du hättest … ich meine … Du bist so was wie meine Schwester!« Ich stürzte auf sie zu, schloss die Arme um sie, doch … meine Arme, meine Hände, mein ganzer Körper glitten durch sie hindurch.

441

Tinkas Blick verdüsterte sich. »Ich bin nicht *echt* da«, sagte sie leise. »Ich bin nur eine Kommu-Projektion. In Wirklichkeit stehe ich gerade in meinem Zimmer, der Projektionsrauch müsste sich gleich verziehen …«

Wirklichkeit, dachte ich. Ihre? Meine?

»Nice, dein Outfit, by the way!« Sie kicherte. Ich sah an mir herab und errötete. Ich hatte komplett vergessen, dass ich nichts außer Unterwäsche und eine Wolldecke trug. Unbeholfen friemelte ich an dem Knoten herum, der die Decke hielt. Ich dachte an Pinar, die selbst in einem Müllsack noch aussah wie ein amerikanischer Superstar, und straffte die Schultern. Contenance und so. Außerdem hatte ich dringlichere Probleme.

»Können wir uns bitte noch mal treffen?«, bat ich. »Ich hab so viele Fragen und wir … wir haben uns überhaupt nicht …«

Sie schluckte. Diese »Kommu-Projektion« *schluckte!* »Ich kann nicht mehr zurückkommen. Mein Ticket ist abgelaufen, und ich habe gegen alle Regeln verstoßen, die …«

»Linchen!«

Ich fuhr herum. Auf der linken Seite hatte sich – von mir unbemerkt – ein weiterer Scan vollzogen: Von silbrigen Rauchschwaden umwallt, stand da … meine Mutter.

*

Ich hatte geglaubt, dass ich längst vergessen hatte, wie Ma aussah. Mit jedem Jahr ohne sie hatte sich mein Gefühl verstärkt, dass alles, was ich noch wusste, Secondhand-Erinnerungen von Fotos waren. Aber jetzt, als sie mitten im Raum stand, drei Schritte von mir entfernt, war alles sofort wieder da: wie sie die Hände knetete, wenn sie nervös war, ihr Lächeln, bei dem ein Mundwinkel immer ein bisschen höher stieg als der andere, die Nase, die wie eine Überraschung aus ihrem Gesicht zu springen schien und sie stets etwas erstaunt wirken ließ. Das Grübchen im Kinn.

Sie trug ihr Haar anders, kürzer und weiß schimmernd. Als der Rauch sich auflöste, sah ich auch, dass sie älter geworden war. Um das Kinn herum weicher, Fältchen um die Augen. Tränen darin.

»Herzlichen Glückwunsch zum Geburtstag, meine Große!«, sagte sie. Als wäre es das Normalste der Welt. Und ich?

Streckte die Arme aus und ging auf sie zu. Sie öffnete ihre Arme ebenfalls. Diesmal war ich darauf vorbereitet, durch sie hindurchzugreifen. Trotzdem konnte ich mir einbilden, sie zu berühren.

»Ich dachte, du wärst …«

»Ich weiß.« Ihre Stimme strich über mein Haar. »Was hättest du auch sonst denken sollen?«

Ja. Was?

»Ich habe euch so schrecklich vermisst! Ich habe mir so gewünscht, ich könnte mit euch sprechen. Eine Nachricht. Irgendwas, um euch zu trösten. Aber ich konnte euch nicht erreichen. Hier bei uns sind dein Vater und du …«

»… tot«, flüsterte Tinka. »Schon lange.«

*

Tot.

Pa, der erst jetzt, zehn Jahre nach Mas Verschwinden, wieder lebendig zu wirken begann. Amerika sei Dank.

Tot.

Ich selbst. Dabei war ich gerade mal siebzehn, mein Leben fing gerade erst an.

Und doch: Für Ma und Tinka waren wir tot.

Genau wie Ma es für Pa und für mich war.

Ich hatte eine Schwester, die in meiner Welt nicht existierte, und eine Mutter, die in meiner Welt tot war. Und, umgekehrt, ich in ihrer.

Ich ließ den Kopf hängen. Es war gleichzeitig absolut wundervoll und unerträglich schmerzhaft, Ma wiederzusehen. Langsam ging ich zu der Kiste und ließ mich darauf sinken. Sortierte Informationen. Dachte nach. Schließlich hob ich den Kopf und sah Ma an.

»Ich versteh's aber nicht. Warum bist du überhaupt weggegangen?«

»Ich ... ich war krank«, antwortete sie. »Sehr krank.«

»Chorea Huntington – ich weiß.«

»Ja.« Ihr Gesicht nahm einen gequälten Ausdruck an. »Die Krankheit ist eine Hölle. Ich wäre nicht einfach nur gestorben – ich wäre zuerst verrückt geworden und *dann* gestorben. Ich war am Boden zerstört, als ich die Diagnose bekommen habe. Du warst noch keine sieben, Alina! Ich hätte alles darum gegeben, dich aufwachsen zu sehen.«

Es fühlte sich an, als würde die Scan-Ma zu mir kommen, neben mir knien, mich von unten ansehen mit diesem warmen, eindringlichen Blick, den ich von ihr kannte. Obwohl sie noch immer unbewegt genau dort stand, wo sie sich manifestiert hatte.

»Dann ist mir eingefallen, dass die alten Leute auf Griffiun immer geschworen hatten, dass auf der Insel alle zehn Jahre Wunder passieren. In den Jahren mit einer Sieben am Ende.«

»Ja genau«, bestätigte ich aufgeregt. »Das mit den Siebenerjahren haben wir auch schon rausgefunden. Und dass es was mit diesem Schiff zu tun hat. Dass es ein ...«, ich zögerte, »... Zeitentunnel ist, hat mir allerdings erst Tinkas Tagebuch verraten.«

»Oh Mann, ja! Ich habe es extra dagelassen!«, sagte Tinka. »Ich habe so gehofft, dass du hierherkommst und es findest. Echt, dass du jetzt alles weißt, ist jede Strafe wert, die ich dafür bekomme.«

»Es war trotzdem richtig unvorsichtig von dir.« Ma klang tadelnd und stolz zugleich. »Du weißt schließlich ganz genau, wie gefährlich es ist – nicht nur wegen der Paradoxien, auch für Alina! Du hast wirklich Glück, dass du noch minderjährig bist.«

»Jaja!« Tinka zwinkerte mir zu. »Aber jetzt isses eh zu spät, also können wir ihr auch alles erzählen. Alina, du kriegst den Schnelldurchlauf, okay?«

Ich nickte und klappte mein inneres Notizbuch auf. Analog, nicht Digi.

»Also: Der Zeitentunnel öffnet sich nur in den Siebenerjahren. Magische Zahl und so.«

»Ich dachte immer, das wär Aberglaube«, unterbrach ich.

»Nicht wirklich«, schaltete sich Ma ein. Sie war, wie sie immer gewesen war. Sie nahm sich Zeit und versuchte, jede Frage ernsthaft zu beantworten. »Unser kulturelles Wissen ist von der Sieben durchtränkt. Die Märchen, die Religion, die Naturwissenschaft. Es gibt sieben Geißlein, sieben Tugenden, sieben Weltmeere. Und das sichtbare Spektrum hat sieben Farben. Und das ist erst der Anfang …«

»Die Sieben *ist* magisch, in fast allen Kulturen«, warf Tinka ein.

Beide redeten immer schneller, als stünden sie unter Zeitdruck. Und – vielleicht war das auch so? Wie lange funktionierten diese Kommu-Projektionen? Vielleicht lösten sie sich gleich wieder auf? Und warum sprachen wir dann über Zahlenmagie und nicht über die wirklich wichtigen Dinge?

»Ist ja gut«, fuhr ich dazwischen. »Aber was hat das alles mit uns zu tun? – Was ist damals passiert? Du bist mit dem Boot rausgefahren. Und dann warst du auf einmal weg. Alle sind davon ausgegangen, dass du dich umgebracht hast!«

»Entschuldige, du hast recht. Es ist nur, dass Tinka und ich Numerologie beide so …«

Zahlen, dachte ich. Noch etwas, was wir gemeinsam hatten. Nur dass ich im Gegensatz zu Tinka meinen Fetisch mit niemandem teilen konnte. Ich versuchte, nicht eifersüchtig zu sein oder mich allzu einsam zu fühlen.

»Ich habe euren Vater beschworen, mit mir nach Griffiun zu reisen. Er dachte, dass ich mich verabschieden wolle – von meiner Kindheit. Meiner Heimat. Aber ich habe natürlich gewusst, dass es ein Siebenerjahr war und meine einzige Chance. Also bin ich abgehauen und nachts in die Nordgewässer gerudert. Trotz der Felsnadeln, trotz der Unterströmungen. Ich war so verzweifelt, ich hätte *alles* versucht! Die Legende, so unglaubwürdig sie auch klang, war meine einzige Chance.«

»Und dann, Ma? Weiter!«

»Lag da das Schiff. Auf dem Meer, im Mondlicht. Ganz still, ganz schwarz. Ich bin an Bord geklettert und habe auf das Wunder gewartet. Irgendwann habe ich die Treppe gefunden.«

»Die in diese Kugel führt.«

»Ja. – Und dann hab ich die Hüterin getroffen.«

»Was für eine Hüterin?«, fragte ich. »Als ich reinkam, war hier niemand.«

»Die Hüterin ist ein Programm, das Menschen aus der Zukunft entwickelt haben. Sie schaltet sich nur ein, wenn sie eine tödliche Krankheit an dem Besucher wahrnimmt. – Du bist gesund, Alina. Bei dir hat die Kugel geschwiegen. «

»Was, nebenbei gesagt, ein Grund für eine Meta-Party ist!«, platzte Tinka dazwischen. Ich sah sie verwirrt an. »Na, weil das bedeutet, dass du gesund bist! Huntington ist eine Erbkrankheit, die Hüterin hätte dein defektes Gen sofort gescannt! Dass wir beide sie nicht haben, ist, als würde man zwei Goldene Tickets hintereinander gewinnen. Gratuliere!« Sie warf mir eine Kusshand zu.

Ich wünschte, dass auch die Kommu-Projektionen eine Stoppfunktion hätten, eine klitzekleine Minute, um alles sacken zu lassen. Stattdessen steigerte Ma das Tempo.

»Sie hat mir angeboten, in eine Zeit zu reisen, in der meine Krankheit möglicherweise geheilt werden könnte. Und sie hat mich gewarnt, dass ich mir gut überlegen muss, in welche Zeit ich reisen will – man kann nämlich nur *eine einzige* Reise in die Zukunft machen und *eine einzige* zurück, mehr schafft der menschliche Körper nicht. Aber woher sollte ich wissen, wann man Chorea Huntington heilen kann? Ich habe geschätzt und einen Zeitsprung von genau hundert Jahren gewählt. Ich wollte unbedingt sichergehen, damit sie mich wirklich heilen und gesund zu euch zurückschicken könnten. Mit veränderten Erinnerungen zwar, aber auf jeden Fall zurück!«

»Aber warum *bist* du nicht zurückgekommen?« Ich merkte selbst, dass ich wie eine trotzige Sechsjährige klang.

»Idee gut, Umsetzung quemme«, brachte Tinka es auf den Punkt.

»Fluch nicht so viel!«, rügte die Ma-Kommu-Projektion. »Ich bin nicht zurückgekommen, weil es nicht geklappt hat, Lina. Ich bin nicht gesund, die Krankheit wurde nur geblockt. Ich bin hundert Jahre in die Zukunft gereist, also ins Jahr 2107, wo sie das mutierte Gen auf meinem Chromosom 4 in einen künstlichen Schlummerstatus versetzt und mir ein biodigitales Chromosom 4 eingepflanzt haben. Was daran *quemme* ist …« Sie lächelte Richtung Tinka. »… ist, dass dieses biodigitale Chromosom ständig mit Daten und Updates versorgt werden muss, die es wiederum in biologische Prozesse übersetzt – der Transfer erfolgt über das sogenannte MDG-Netz.«

Wie bitte?

Tinka half mir: »Sie konnte nicht zurück, weil das digitale Chromosom dann keine Verbindung zum Netz gehabt hätte.« Sie hatte sich in den Schneidersitz auf den Boden sinken lassen. Es fühlte sich beinahe an wie in unserer Nacht am Nordstrand. Sie legte ihre Hand auf das Knie, nach oben geöffnet. Ich legte meine hinein, gedanklich.

Wenn ich das ganze Wissenschaftsgequatsche richtig verstand, war Mas Gesundheit also permanent von einem »Funknetz« abhängig, das es nur in der Zukunft gab. Sie hatte die Wahl gehabt: zurückkommen und sterben oder in der Zukunft bleiben und leben.

»Ich hatte damals überlegt, trotzdem zurückzukommen. Weil ich euch nicht auf diese Art zurücklassen wollte. Die Hüterin hätte dann auf dem Rückweg meine Erinnerungen an das, was in der Zukunft geschehen ist, gelöscht, damit keine Informationen in die Vergangenheit gelangen, die dort nicht hingehören. So macht sie das mit allen Menschen, die in der Zukunft geheilt werden – wenn die zurück in ihre Zeit reisen, vergessen sie alles, was passiert ist. Mich konnten sie nicht heilen, aber ich hätte trotzdem zurückkommen können, mit einem Blackout zwar und immer noch krank, aber wäre immerhin *bei* euch gewesen.«

Unvermittelt fiel mir Frau Tongelow ein. Die hatte sich auch an nichts erinnern können, als sie so plötzlich bei uns im Kiosk auftauchte! So schräg es war – die Dinge schienen einen Sinn zu ergeben.

»Aber dann kam ohnehin alles anders. Die Ärzte haben mir nämlich verkündet, dass ich schwanger bin«, fuhr Ma fort. »Und ich … Ich war völlig überrumpelt. Von da an ging es nicht mehr nur um mich – wenn ich zurückgereist wäre, wäre ich vielleicht mit Tinka im Bauch gestorben.«

Ich schluckte. Stopp, flehte ich innerlich. Stopp. Ma und Tinka sahen mich schweigend an.

»Aber … Wieso ist Tinka so alt wie ich? Du bist vor zehn Jahren verschwunden. Sie ist sechzehn.«

»Gute Frage. Ich finde das auch immer extrem kompliziert«, sagte Tinka und sah Ma fragend an.

»Ich bin im Mai 2107 angekommen und hab Tinka im Dezember zur Welt gebracht. Seitdem sind bei uns hier bereits siebzehn Jahre vergangen.«

»Hä?«, sagte ich. »Wie jetzt? Du bist doch erst seit zehn Jahren weg!«

Sie lachte leise. »Bei dir, Alina, bei uns nicht.«

Ich runzelte die Stirn: »Willst du mir erklären, dass bei euch die Zeit anders vergeht als bei uns?«

»Natürlich nicht. Zeit vergeht, wie sie vergeht. Es ist nur eine Frage der Perspektive. Schau es dir mal von *unserer* Zeit aus an, also von der Zeit aus, in der Tinka das Goldene Ticket gewonnen hat und zu dir aufgebrochen ist: 2124.

Ich bin 2107 hier angekommen. Jetzt ist 2124, seit Tinkas Geburt sind also fast siebzehn Jahre vergangen. Fakt. Dann hat Tinka ein Goldenes Ticket gewonnen. Fakt. Wenn man ein Goldenes Ticket gewinnt, dann kann man die Zeit, in die man reisen möchte, frei wählen, solange das Zieljahr in der Vergangenheit liegt. Und es muss eine Sieben am Ende haben!

Tinka wollte dich unbedingt besuchen, also war es wichtig, einen Zeitpunkt während deiner Lebenszeit zu wählen. Sie hätte also 2007 nehmen können. Aber da warst du gerade erst sieben und ich seit kurzer Zeit erst weg. Und Tinka wäre natürlich

449

trotzdem fast siebzehn gewesen. Ihr Alter verändert sich ja nicht durch die Reise.«

Mein Kopf platzte gleich. Wie alt ich war und wie viel Zeit seit Mas Verschwinden vergangen war, war also total egal?

Tinka unterbrach meine Gedanken. »Verstehst du? 2024 ist es siebzehn Jahre her, dass sie bei euch wegmusste. Auch wenn es für dich nur zehn sind. Und so wie sie hier steht, ist sie auch nicht bloß zehn Jahre älter geworden, sie ist siebzehn Jahre älter als damals, als sie von dir wegmusste. So viel kann sie gar nicht zum Verjüngungsspezialisten rennen, komm schon, das siehst du doch!«

Sie deutete auf Mas Gesicht und malte imaginäre Linien in ihr eigenes. Ma gab ihr einen Klaps auf die projizierte Hand und grinste.

»Jedenfalls«, fuhr Tinka fort, »konnte ich nur in Siebenerjahre reisen. Ich hätte auch 2027, 2037 oder 2047 zu dir kommen können. Aber überleg mal: 2047! Da wärst du schon …«

»… 47 gewesen«, flüsterte ich.

Ma nickte. »Tinka hätte dich in jedem beliebigen Alter besuchen können, solange eine Sieben am Jahresende ist. Sie hätte auch 1997 kommen können, aber das ergab natürlich keinen Sinn, weil du da noch gar nicht geboren gewesen wärst. Aber völlig egal, wann Tinka gekommen wäre – sie selbst wär immer erst knapp siebzehn gewesen, verstehst du?«

»Ich … ähm … glaub schon …« Ich musste darüber nachdenken. Definitiv.

»Für mich war 2017 absolut perfekt!« Tinka klatschte in die Hände. »Weil wir da gleich alt sind. – Wer weiß, ob du dich 2047 mit mir überhaupt abgegeben hättest …«

Ma sah mich forschend an. »Verstehst du's jetzt, mein Schatz? Tinkas Alter hat nichts mit der Zeit zu tun, die in *deiner* Gegenwart seit meinem Verschwinden vergangen sind. 2047 wäre ich schon vierzig Jahre weg gewesen, und sie wär trotzdem knapp siebzehn gewesen, weil bei uns eben 2024 ist.«

Wenn sie es so erklärten, klang es vollkommen logisch, aber im Ernst: Es war wirr, es war kompliziert, und es war vollkommen absurd. Alles. Ich brauchte Zeit. Aber was war Zeit überhaupt?

Ein Ruck ging durch die Kugel.

Ich sprang auf. Tinka ebenfalls. »Quemme!«, rief sie. »Der Tunnel wird instabil!«

»Was heißt das?« Ich fühlte Adrenalin in meinen Händen, Füßen, im Magen. »Löst ihr euch gleich auf? Ihr könnt mich nicht schon wieder … Bitte, Ma!«

Ma streckte die Hand nach mir aus, und ihre Finger glitten körperlos über meine Wange. »Das Wichtigste ist, dass wir wissen, dass es uns gibt. – Und dass wir auf dem fünften Weg sind.«

Ein erneuter Ruck ging durch das Boot.

»Du musst gehen, Linchen«, sagte Ma. »Der Tunnel schließt sich. – Ich denke, dass ihr in eine kurze Zeitschleife geschickt werdet, um zu verhindern, dass ihr das Schiff überhaupt betretet. Fahrt einfach, so schnell es geht, zurück ans Ufer.«

Der silbrige Rauch war wieder da, Mas Konturen begannen zu verschwimmen.

»Ich …« Ich spürte, wie mir die Tränen in die Augen stiegen. »Seh ich euch je wieder?«

»Klar!« Tinka wischte sich über die Augen. Ihre Hand begann, sich bereits aufzulösen. »In den Träumen! Wir sehen uns in unseren Träumen! – Aber …« Sie war kaum mehr zu hören. »Ich habe dir ja auch einen handfesten Beweis dagelas…«

20

Die Zukunft beginnt jetzt

Wie ich die Kugel verlassen habe? Keine Ahnung. Meine Wahrnehmung setzte erst wieder ein, als ich in dem finsteren Gang stand – vor dem Raum mit dem Gasöfchen, in dem die anderen waren. Dass ich am ganzen Leib zitterte, kam diesmal nicht von der Kälte.

Der Wahnsinn kratzte an mir, von innen und sehr nachdrücklich. Meine Hand krallte sich um Tinkas digitales Tagebuch. Gerade wirkte es wie tot. Aber ich wusste: Wenn ich es ansprach, würde es vibrieren, hell werden und Tinka zeigen. Der »handfeste Beweis«, den Tinka gemeint hatte.

Ich stieß die Tür zum Gasofenzimmer auf, Wärme schlug mir entgegen. Der Raum war leer. Nur meine Klamotten hingen noch über der Bank – die der anderen waren weg. Mein Herz holperte, dann schlug es hart und ungenau weiter.

Ich ging zu meinen Sachen und betastete sie. Trocken! Wie konnte das sein? Bibbernd knotete ich die lästige Decke los und schlüpfte in Jeans und Shirt. Tinkas Tagebuch schob ich in die Gesäßtasche.

Die Tür flog auf.

»Alina!« Nian starrte mich an wie einen Geist. »Verdammt – wo warst du? Wir suchen dich seit Ewigkeiten!«

»Seit *Ewigkeiten*?« Meine Stimme hörte sich an, als fielen Rostsplitter von ihr ab. Ich räusperte mich, in meinem Kopf drehte sich alles. Zugleich nahm ich jedes Detail überscharf wahr. Wie müde Nian aussah. Die Falten auf seiner Stirn. Er wirkte älter, gequält.

»Wir haben den gesamten verdammten Kahn auf den Kopf gestellt. Wo zum Teufel hast du gesteckt?«

»Ich …« Ich räusperte mich ein zweites Mal, um den Rost von der Stimme zu bekommen. »Ich habe die nächste Tür aufgemacht. Da ist eine Treppe, die führt in …«

»Die nächste Tür? Du meinst diese Rumpelkammer voller Bretter, verrostetem Werkzeug und kistenweise Schutt?«

»Da war eine Treppe …«

»Treppe? Wovon redest du, verdammt? Ich habe den Raum ungefähr tausendmal gecheckt. Es war nämlich außer diesem hier der einzige, in dem *überhaupt* was drin war. Hinter den anderen Türen sind nur leere Kabinen. Kein Stuhl, kein Schrank, kein Tisch. Nichts!«

Keine Treppe? Ich tastete nach dem Tablet in meiner Gesäßtasche.

»Sorry«, sagte ich. »Ich wusste ja nicht, dass ihr euch … Aber du glaubst nicht, was ich …«

»Alina?!« Lexi kam um die Ecke geschossen, drängte sich an Nian vorbei und presste sich an mich. »Wo warst du denn bloß?« Sie umarmte mich so fest, dass sie mir fast die Luft aus den Lungen quetschte. Umarmung war gut. Umarmung war genau das, was ich jetzt brauchte. Ich drückte zurück. »Ich war doch gar nicht so lange …«, murmelte ich. »Ich muss euch was Megaheftiges erzählen!«

»Nicht jetzt!« Mareike-Helene schob sich an Nian vorbei in den Raum und drehte das Flämmchen des Gasofens aus. Es wurde dunkel um uns herum. »Erklär uns das später. Das Wichtigste ist, dass du wieder da bist und wir endlich hier wegkönnen.« Die Hektik in ihrer Stimme war der Kontrapunkt zu Lexis Umar-

453

mung. Wieso spulten sich alle so auf? »Los, los«, hetzte Mareike-Helene. »Der Sturm macht Pause, aber es braut sich schon wieder was zusammen. Cara sagt, wenn wir jetzt nicht aufbrechen, sitzen wir hier vielleicht noch Stunden fest.«

»Kunze ist garantiert schon durchgedreht«, murmelte Lexi, das Gesicht immer noch an meine Brust gepresst. »Der wird total panisch sein. Erst verschwindet Frau Tongelow, dann taucht sie wieder auf, und keiner weiß, wo sie war. Nicht mal sie selbst! Und dann sind wir weg. Alle! Fürs Abendessen waren wir ja noch abgemeldet, wegen der Party, aber nicht fürs Frühstück. Er hat bestimmt schon die Polizei informiert! Oh Mann, was für eine Scheiße …«

»Wir haben das *Frühstück* verpasst?!«, japste ich ungläubig. »Wie spät ist es eigentlich?«

»Zwanzig nach neun – wir haben die ganze Nacht nach dir gesucht«, antwortete Mareike-Helene und würdigte mich keines Blickes. »Die ganze verdammte Nacht. Keine Ahnung, was du da abgezogen hast, aber es war nicht witzig.« Die Ringe unter ihren Augen waren so violett wie ihr ausgebluteter Pony.

»Ich habe … Was? Das kann nicht sein!«

»Nicht jetzt«, wiederholte sie. Nach einem letzten Blick durch den Raum scheuchte sie uns nach oben. Überrascht von der Helligkeit, kniff ich die Augen zusammen. Durch die Schlitze registrierte ich, was die Dunkelheit gestern Nacht verborgen hatte. Das Schiff wirkte, als würde es jeden Moment auseinanderfallen. Alles war verwahrlost, schmierig und splitterig. Die Bohlen an Deck waren kohlschwarz, als hätte ein Feuer auf dem Schiff getobt, das erst nach langer Zeit gelöscht worden war.

Ich folgte den anderen zur Außenleiter. In dem kleinen Motorboot standen Gigi und Cara und schöpften mit Händen und dem verbliebenen Becher das Wasser aus.

»Alina!«, kreischte Gigi, als er mich sah. »GOTT SEI DANK! Wo warst du, verdammt?«

»Später«, befahl Mareike-Helene. »Braucht ihr Hilfe?«

»Wir sind fertig«, rief Cara hoch. »Der Motor läuft auch wieder, ich habe ihn ...«

»Sie ist genial!«, unterbrach Gigi. »Kommt runter. Wir müssen weg hier.«

Nein, dachte ich. Ich kann nicht weg. Ich will nicht weg. Tinka ... Ma!

Ich machte ein paar Schritte von der halb verbrannten Reling weg. Mareike-Helene packte mich am Arm. »Du gehst da jetzt sofort runter«, sagte sie gepresst und schubste mich grob zur Leiter.

Ich kletterte in das abgeranzte Boot von Caras Opa. Als alle drinsaßen, knüpfte Cara die Leine von der Leiter und drehte den Motor auf.

*

Ich stellte mich zu Cara ans Heck. Sie nahm den kürzesten Weg zum Ufer, geradewegs auf den Nordstrand zu, und auch sie würdigte mich keines Blickes. Ich spürte die Anspannung im Boot, die unausgesprochenen Fragen. Als Gigi endlich den Mund öffnete, war ich beinahe erleichtert. »Kannst du bitte mal sagen, was das sollte? Du hast uns zu Tode erschreckt!«

Die Blicke der anderen ruhten auf mir. Nur Cara starrte weiter gen Nordstrand.

»Ich war ...«, stotterte ich. Was? Ich war in einer Schleuse zwischen den Zeiten und habe dort mit meiner Schwester gesprochen, die in einem anderen Jahrhundert geboren wurde? Echt jetzt?

455

»Ich erzähl's euch in Ruhe. Sobald wir am Ufer und in Sicherheit sind, okay?«

»Warum nicht jetzt gleich?«, wollte Gigi wissen.

»Weil ich euch etwas dazu *zeigen* muss! Einen …« Ich tastete nach dem Tablet in meiner Gesäßtasche. »… einen Film!«

»Film«, echote Cara. »Ich kann es kaum erwarten.«

»Geht mir genauso«, sagte Gigi und wandte den Blick zum Horizont.

Scheiße. Die waren echt stinksauer. Alle. Auf mich.

»Auf dem Schiff …« Immerhin Mareike-Helenes Stimme klang nicht nach dreifach ausgehärtetem Superstahl. Eher zweifach. »… das war die schrecklichste Nacht unseres Lebens. Ehrlich, Alina, du weißt doch, wie furchtbar das ist, wenn ein Mensch plötzlich weg ist!«

Ich erschrak. Woher wusste sie von Ma? Ich hatte doch keinem von ihnen … Eine Sekunde später begriff ich, dass sie von Frau Tongelow sprach. Oh, verflucht. Dass sie nach all den Ängsten, die wir um Frau Tongelow ausgestanden hatten, dachten, ich sei auch verschwunden – das musste wirklich furchtbar gewesen sein.

»Ich …«, begann ich erneut. Aber Mareike-Helene bügelte mich platt.

»Wir dachten, du bist tot. Über Bord gefallen oder was-weiß-ich-was … Mensch, wir sind fast durchgedreht vor Sorge! Ich hoffe wirklich, dass deine Erklärung gut ist.«

Und dann sagte niemand mehr etwas.

Ich sah auf das Meer. Keine Spur mehr von dem wirbelnden, reißenden Getose von gestern (wirklich gestern? Wo war ich so lange gewesen?). Stattdessen unschuldig plätschernde Wellen, blau gefärbt vom frühlingsfarbenen Himmel.

Nachdenklich beobachtete ich Cara. Unsere Retterin, dachte

ich. Von Kopf bis Fuß in Rosa und doch eine scheißcoole Braut. Alles an ihr strahlte Konzentration aus. Die Art, wie sie das Steuer hielt – im Stehen, dabei hätte sie auch sitzen können, die Art, wie sie an ihrer Zigarette zog, sie aber nicht wegschnippte, sondern ausdrückte und einsteckte, die Art, wie sie ab und zu kurz zu Gigi schaute, und dann, wenn er aufsah, schnell wieder das Ufer hypnotisierte. Sie summte, und ich schwöre: selbst das Summen klang sauer.

Ich folgte ihrem Blick. Das Ufer war noch ein gutes Stück entfernt. Ich drehte mich wieder zu dem Schiff um, das düster und schweigend hinter uns aufragte. Die Kugel glitzerte in der Sonne. Die Schleuse, dachte ich.

Im selben Augenblick zerfetzte mir ein Donner die Trommelfelle. Und noch einer. Ich presste panisch die Hände auf die Ohren und fiel hinterrücks auf den Bootsboden.

Das war's. Kein weiterer Donner, Stille. Zumindest von außen. Das Dröhnen hatte sich in mir verfangen und bohrte sich in die feinsten Nervenverästelungen.

Irgendwann versiegte es. In meinem Kopf blieb ein rhythmisches Piepen zurück, lang gezogen und fein, wie von einem medizinischen Gerät, das Herzfrequenzen maß.

Ich nahm die Hände von den Ohren und öffnete die Augen.

*

»Liegt unter einem der Sitze ein Paket?« Mareike-Helene klang fröhlich. Ich bugsierte mich zurück auf meinen Sitz und bemerkte, wie alle unter den Bänken herumtasteten. Die Atmosphäre war gechillt, als wäre nicht gerade der Himmel in Fetzen geflogen. Ungläubig starrte ich Lexi an, die ein orangefarbenes Paket durch die Luft wirbelte.

»Rettungswesten!«

»Echt?« Cara grinste. »Wie kommen die denn dahin?«

»Wie die da …?«, fragte Mareike-Helene. »Nicht dein Ernst, oder? Jetzt sag nicht, dass du noch nie eine Rettungsweste angehabt hast, wenn du mit diesem Kutter gefahren bist?«

Mooooment! Fassungslos sah ich von einem zum anderen. Was sollte das? Eine Art Hardcore-Déjà-vu? »Wollt ihr mich verarschen?«

Cara stand zwischen uns, zuckte die Achseln und grinste noch breiter. »Ich habe die Dinger noch nie gesehen.«

»Na, was 'n Glück, dass wenigstens dein Opa die Gesetze kennt«, sagte Mareike-Helene und wiederholte – genau wie Lexi – aufs Wort, was sie gestern gesagt hatte, als wir auf dem Weg zum Schiff waren. »Jedes Boot muss Rettungswesten dabeihaben. Verteil die mal, Lexi.«

»Es sind nur vier!«

»Reicht doch«, frotzelte Nian. »Frauen und Kinder zuerst.«

Mareike-Helene zog eine Thermoskanne aus ihrem Weekender.

Die Kanne hatten wir im Schiff leer getrunken! Wie konnte sie die hier aus ihrer Tasche ziehen? Und mit ihr sechs Becher?

Ungerührt begann sie, Tee einzugießen.

Tee ein-zu-gie-ßen! Tee. Den wir gestern schon getrunken hatten. Aus Bechern, die auf dem Grund des Meeres lagen.

Meine Gedanken waren Flipperkugeln, sie eckten überall an, stießen gegeneinander, pling und klong, und als ich gerade auf meinen Kopf trommeln wollte, damit es aufhörte, klackerte die erste Kugel ins Ziel. Und dann – blong, blong, blong – verstand ich das nächste Unfassbare in der Reihe all der Unfassbarkeiten der vergangenen Nacht.

Ich hob den Blick. Wir steuerten überhaupt nicht zum Ufer,

wir steuerten aufs Meer. Das leere Meer. Kein Schiff, nur Wasser. Wasser, über das ein feiner grauer Dunst zog wie eine Drohung. Gigi zog eine Sektflasche aus seinem Rucksack.

Ich denke, dass ihr in eine kurze Zeitschleife geschickt werdet, hatte Ma gesagt. *Um zu verhindern, dass ihr das Schiff überhaupt betretet. Fahrt einfach, so schnell es geht, zurück ans Ufer!*

»Cara!«, brüllte ich. »Zurück zum Ufer! Ein Sturm!«

Caras Augen glitten zum Himmel, über das dunstverhangene Wasser. »Scheiße!«, rief sie. »Scheiße, Scheiße, Scheiße!« Sie stürzte zum Heck des Bootes, warf den Motor an und raste auf das Ufer zu.

»Was … was ist denn los?«, fragte Mareike-Helene verwirrt.

Ich wies auf das Meer, über dem die Wolken die Sonne schluckten und teerschwarze Schatten aufs Wasser warfen.

Der Sturm brach los, kaum dass wir das Ufer erreicht hatten. Mareike-Helene, Nian und Lexi zogen, Cara, Gigi und ich schoben das Boot an Land. Dann rannten wir, und als wir nicht mehr konnten, warfen wir uns hin, die Hände schützend über den Köpfen, gerade in dem Moment, als der Himmel tief Luft holte, um, wie schon einmal, der Welt das Licht auszublasen.

*

Der Sturm peitschte unsere Körper, schmirgelte Sand über unsere Haut, zerrte und brüllte und tobte, aber alles, was ich dachte, war: Was für ein Glück, dass wir diesmal nicht auf dem Meer sind. Wir mussten keine Angst haben zu sterben.

Auch wenn ich in einer fernen Zukunft schon tot war, hier und jetzt würde ich leben. Ich tastete nach meiner Gesäßtasche. Sie war leer.

Nein!

Ich drehte mich zur Seite, suchte den Strand nach dem Digibuch ab, aber der Sturm trug Sand, Gras und Wasserschwaden mit; ich sah nichts. Quemme! Ich musste es verloren haben, als wir aus dem Boot gesprungen waren – oder beim Spurt über den Strand. Tinkas Tagebuch. Der Beweis, dass es sie gab. Geben würde. Der Beweis dafür, dass Ma lebte, für das Schiff, die Kugel – der Beweis für alles! Weg! Ich schlug mit der Faust in den nassen Sand, schlug und schlug und schlug.

*

Es war kalt. Saukalt. Der Sturm schob eisige Luft über das Meer, trieb sie uns durch die nassen Klamotten in die Knochen. Die Energie wich aus meinem Körper – genau wie gestern um dieselbe Zeit. Oder besser: Genau wie heute um dieselbe Zeit?

Ich stellte mir Südseeinseln vor, Heizungen, Wärmflaschen, Badewannen, Energieaufladestationen. *Energieaufladestationen?* Eine weitere Kugel klickerte in ihr Ziel. Das Tablet mochte weg sein, aber vielleicht hatte Tinka das auch gar nicht gemeint, als sie von einem handfesten Beweis geredet hatte. Vielleicht hatte sie … Ich sprang auf. »Los!«, brüllte ich. »Wir müssen los!«

*

Der Sand fegte in Schwaden durch die Luft. Sichtweite gefühlte drei Zentimeter. Wir schlugen die Kragen hoch und hoben die Arme vors Gesicht, um Nase, Mund und Augen vor dem Sand zu schützen.

Lexi lief neben mir. Ihre Brille war komplett versandet. »Wir hatten alles so gut geplant«, keuchte sie. »Dein Geburtstag auf dem Boot, gleich neben dem angeblichen Geisterschiff. Aber

stattdessen …«, Lexi deutete vage um uns herum, »Weltuntergang. Das Schiff haben wir nicht mal gesehen!«

Klick, klick, klack.

*Ich denke, dass ihr in eine kurze Zeitschleife geschickt werdet, um
zu verhindern, dass ihr das Schiff überhaupt betretet.*

»Wir haben das Schiff nicht gesehen?«, sagte ich mehr zu mir
als zu ihr. »Wir sind also nicht fast ertrunken. Cara ist nicht ins
Wasser gesprungen. Wir waren nie an Bord. Und den Donner
eben hat es nicht gegeben?«

Lexi lachte – zumindest klang das japsende Geräusch wie ein
Lachen. »Hast du irgendwas auf den Kopf bekommen? Ein Stück
Treibholz oder so?«

»Nein.« Und dann fragte ich, denn sicher ist sicher: »Wir sind
also ungefähr vor einer Stunde mit dem alten Kutter vom Internatsstrand weg?«

»Plus-minus. Bist du sicher, dass alles okay ist? Du wirst doch
nicht ausgerechnet an deinem Geburtstag durchknallen?« Sie
knuffte mich liebevoll in die Seite. »Woher weißt du eigentlich,
wo wir hinmüssen? Man sieht doch echt weniger als nix!«

»Ich bin vielleicht gerade ein bisschen drüber, aber den Weg
würde ich immer finden, glaub mir.«

*

»Dahinten ist es!«, sagte ich. Der Sandsturm schmirgelte etwas
sanfter und gab den Blick auf einen Himmel frei, der lila verfärbt
war wie eine schwere Prellung. Ein paar Dünen weiter konnte
man die vagen Umrisse der Hütte ausmachen.

»Die Vogelbeobachtungsstation!«, rief Lexi. »Super Idee.«

Wir hielten an und drehten uns um. Nian und Mareike-Helene kämpften sich zu uns vor. Nur Cara und Gigi liefen weit

abgeschlagen hinter uns. Wobei, nein, sie liefen gar nicht. Sie standen! Mitten im lilaschwarzen Unwetter, eng aneinandergepresst. Als hätte jemand Sekundenkleber auf ihre Lippen getröpfelt und sie dann fest gegeneinandergedrückt. Der Anblick war so skurril und verzaubernd, dass man ihn hätte rahmen müssen.

»Lexi! Gib mir mal die Kamera!«, bat ich.

Gehorsam zog sie Nians Kamera aus dem Rucksack – die Kamera, die gestern vom Wasser demoliert und heute (also gestern, also jetzt) wieder heil war. Sie drückte sie mir in die Hand. Schützend legte ich meinen Schal über das teure Stück, richtete die Linse in Richtung der beiden und drückte auf den Auslöser.

»Kitsch pur«, sagte Lexi. »Reichst du das beim Fotowettbewerb ein? Wo wir doch das Schiff als Motiv verpasst haben …«

»Woher weißt du von dem Fotowettbewerb?!«

»Alina! Das weiß *jeder!* – Den Fotowettbewerb gibt's jedes Jahr. Also: Reichst du die beiden nun ein?« Sie wies wieder auf das Liebespaar.

Sie hatte recht! Das Motiv war grandios. Cara und Gigi sahen aus wie Jack und Rose auf der Bootsplanke, während hinter ihnen die Titanic versinkt. Der Sand zeichnete sie weich.

Ich gab ihr die Kamera zurück. »Willst *du* sie nicht auch fotografieren? Ich meine: ein halbes Jahr auf einem Privatplatz im Computerraum! Du könntest mit deinen Eltern skypen, bis du vom Stuhl kippst.«

»Haha«, machte Lexi, sah aber nicht besonders traurig aus. Ich biss mir trotzdem auf die Zunge.

»Oder voll viele Dokus downloaden«, schob ich nach. »Oder Wikipediaeinträge schreiben. Wird Zeit, dass 'n paar Mädels diesen Jungsclub aufmischen.«

»Ich brauche das Foto nicht«, sagte sie. »Jede darf ja nur eins.«

»Heißt das … du hast schon eins eingereicht?«

Sie nickte. »Vom Gigi-Solidaritätstag! – Der ganze bunte Schulhof. Die Haare, die Krawatten und Nian im Rock!«

»*Was* ist mit mir?«, fragte Nian. Mareike-Helene und er waren aufgerückt und standen nun zerzaust, aber Hand in Hand neben uns.

»Lexi hat ein Foto von dir im Rock beim Fotowettbewerb eingereicht«, informierte ich ihn.

»Ja klar. Weiß ich doch schon längst. Also wenn sie damit nicht gewinnt …!«

»Geht doch nichts über ein gesundes Selbstvertrauen«, frotzelte Mareike-Helene.

Er grinste und drückte ihr einen Kuss auf den Schal, ungefähr da, wo ihr Mund sein musste. Sie knutschte seinen Jackenkragen. Lexi betrachtete die beiden, dann nahm sie meine Hand und drückte sie. »Weißt du, was? Wenn ich gewinne, teilen wir den Platz im Computerraum, dann kannst du mit Lukas skypen, bis *du* vom Stuhl fällst.«

»Echt? Und wenn *ich* gewinne, überfluten wir Wiki mit coolen Einträgen.«

»Deal.«

In der Zwischenzeit waren auch Gigi und Cara bei uns angekommen, mit strahlenden Augen und aneinandergeschweißten Händen. Gigi deutete auf die Hütte. »Was ist das?«

»Die alte Vogelbeobachtungsstation«, erklärte Lexi.

Wir setzten uns wieder in Bewegung, der Wind hatte den Sandsturm niedergekämpft, die Sicht klarte auf. Wir waren noch fünfzig Meter von der Hütte entfernt, da bemerkte ich das Licht. Überrascht sog ich die Luft durch die Zähne. Im Licht hinter dem Fenster wurde eine Person sichtbar.

Sie war kleiner als Mühstetter, dünner …

Mein Magen zitterte, vor Müdigkeit, vor Unsicherheit, vor Anspannung, vor Erschöpfung. Vor Hoffnung. Ich kniff die Augen
zusammen, sah genauer hin. Die Hoffnung fiel in sich zusammen, der Zittermagen blieb. Die Gestalt war zu groß für Tinka.
Wer war das? Die anderen waren ebenfalls erstarrt.

»Hat zufällig jemand ein Fernglas dabei?«, fragte ich.

»Nee«, antwortete Lexi, »aber ich hätte die hier …«

Die Kamera, natürlich! Lexi richtete die Kamera auf das
leuchtende Fenster und drückte auf den Auslöser, dreimal, gerade rechtzeitig, ehe der Wind wieder drehte und erneut Sand
aufwirbelte, der uns die Sicht nahm. Nian und ich beugten uns
über das Display.

»Zoom mal rein«, bat ich Lexi, und sie vergrößerte den Ausschnitt, bis das Fenster das Display komplett ausfüllte. »Das ist
nicht nur eine Person«, sagte ich. »Das sind … zwei.«

Und dann lief alles Blut meines Körpers in meinen Kopf. Ich
musste so rot geworden sein, dass man mich meilenweit erkennen konnte. »Das ist … Das kann doch nicht …«

Ich stürzte durch den Sturm zur Hütte, riss die Tür auf und
warf mich Lukas an den Hals.

*

Nach Lukas war Pinar dran. Dann beide. Meine Arme waren
nicht groß genug, mein Herz umso größer. Der Rest der Lonelies drängte hinter mir in die Hütte.

»Willst du uns nicht vorstellen?«, fragte Nian unser Kuschel-
knäuel.

Widerwillig löste ich die Umarmung.

»Das ist mein Freund«, sagte ich. »Lukas.« Er bekam einen
Kuss. Der vermutlich ein bisschen zu lange geriet, denn Pinar

brach in ein Pinar-Lachen aus und ergriff dann selbst die Initiative. »Und ich bin Pinar.«

»Hi«, sagte Lexi und griff nach Pinars Hand. »Und … was macht ihr hier?«

Gute Frage! Ich hörte auf, Lukas zu küssen, und wandte mich an Pinar.

»Ja«, fragte ich. »Was macht ihr hier?«

»Wie, was machen wir hier? Schon vergessen?« Ich musste ziemlich verstrahlt geguckt haben, was auch an Lukas' Kuss lag. Er stupste mit dem Finger auf meine Nase.

»Geburtstag?«, schlug er vor.

Stimmt. Das hatte ich in der Tat vergessen. Ich drehte mich zu Lexi. »Habt ihr das etwa auch geplant? Ist das ein Teil eurer Überraschung?«

Lexi schüttelte den Kopf. »Nein, Euer Ehren. Ich habe die beiden noch nie gesehen. Gesprochen auch nicht. Und nicht mit ihnen gemailt. Ich schwöre es!« Sie hob drei Finger, und Pinar brach wieder in Lachen aus. »Du musst Lexi sein«, sagte sie und schlug Lexi auf die Schulter. »Und du Gigi, nehme ich an? … Cara?«

Ich stand da, tropfte und staunte. Lukas und Pinar machten sich mit Cara und den Lonelies bekannt, und es war, als würden sie sich schon ewig kennen.

»Aber«, unterbrach ich die Vorstellungsrunde. »Woher wusstet ihr, dass wir hier vorbeikommen? Und wie habt ihr die Hütte gefunden?«

»Na, mit unserer Tracking-App! Jetzt sag nicht, dass du die nie gecheckt hast, seit du hier bist?«

»Ich dachte, die funktioniert hier nicht …«, stammelte ich.

»Falsch gedacht«, grinste Lukas. »Wenn gar nichts geht – GPS geht immer. Wir mussten einfach nur dein Handy orten, und – tataaa – hier sind wir!«

»Mein Handy? Aber das hab ich doch …« Ich tastete meine Klamotten ab. Ich war patschnass, und alle meine Taschen waren leer. Kein Handy. Wann hatte ich das eigentlich zum letzten Mal gesehen? Ich hatte noch Fotos damit gemacht, bei Caras Mutter …

»Keine Sorge, es liegt da drüben.« Lukas wies auf den Tisch an der Wand. Ich wusste nicht, worüber ich mich mehr wundern sollte. Über den Tisch in Mühstetters Bruchbude? Oder über mein Handy, das mitten darauflag.

»Wie kommt denn mein Handy …?«

Tinka!

Natürlich! Nachdem wir Caras Mutter besucht hatten, waren wir in Mühstetters Kiosk gewesen. Und als Tinka von der Diode diesen »Zing-Impuls« bekam und fast zusammengeklappt wäre, hatte ich sie aufgefangen – und mein Handy war auf den Boden gesegelt. *Deshalb* war sie danach so schnell verschwunden: Sie hatte mein Handy mitgehen lassen. Und ich hatte es in all der Aufregung um Frau Tongelow nicht mal gemerkt!

Sie musste es geklaut haben, um Lukas und Pinar herzulocken. Meine Schwester hatte eine Geburtstagsüberraschung für mich geplant …

Tinka hatte gewusst, dass die beiden dem GPS-Signal folgen würden, genau wie sie das mit der Linde gewusst hatte. Sie hatte es gewusst, weil es in ihrer Zeit ja längst passiert war.

»Wir haben kurz gedacht, dass was schiefgegangen ist, als wir angekommen sind und keiner hier war. Aber dann haben wir die Kisten gesehen und dachten, dass ihr bestimmt nur einen Spaziergang gemacht habt.«

Kisten? Unauffällig sah ich mich um. Keine Spur von einer Aufladestation. Natürlich nicht. Stattdessen standen in einer Ecke je eine Kiste mit Getränken und eine mit Knabberzeug, Gummibären und Lakritz. Ein Stapel Klappstühle daneben. Auf besagtem Tisch ein Weidenkorb, abgedeckt mit einem Tuch. Ich ging hinüber und lugte darunter: belegte Baguettes! Auf zwei war ein Zettel gespickt: *Vegan – für Lukas.*

Was zum Teufel …?

Cara stand neben mir und bückte sich zu einer Kühlbox hinunter. »Genial!«, rief sie. »Schokoeis!« Sie stutzte, dann zog sie einen Zettel aus der Box und überflog ihn. »Krass! Ich glaub, Mühstetter hat seinen Kiosk für dich leer geräumt!« Sie drückte mir den Zettel in die Hand und nahm ein Eis aus der Box. »Will noch jemand?«

»Also ein Tee wär mir lieber!« Mareike-Helene klapperte tatsächlich mit den Zähnen. Aus dem Augenwinkel sah ich, wie Pinar ihre Jacke auszog und sie ihr hinhielt. Dankbar schälte sich Mareike-Helene aus ihrer nass geregneten Bluse und schlüpfte in Pinars trockene Jacke.

Das lief von selbst. Ich konzentrierte mich auf den Zettel, der in meiner Hand vor sich hin zitterte.

Happy Birthday, Alina! Wir sind immer bei dir.
Onkel Gustav, Tinka, Lu Minh und N.
PS: Der Schein trügt nicht.

»Von wegen der Schein trügt nicht«, sagte Lexi, die mitgelesen hatte. »Tut er sehr wohl manchmal. *Ein Schein kann erhellen oder trügen.*«

»Du und deine gesammelten Zitate.« Ich knuffte sie liebevoll.

Lukas nahm mir den Zettel aus der Hand. »Wer ist bitte schön *Onkel Gustav?*«, fragte er.

Ich lehnte mich an ihn und sah aus dem Fenster. Der Sturm hatte die Farbe gewechselt, von Violett zu Gelb. Regen und Sand klatschten gegen das Glas.

»Das ist 'ne Geschichte für lange, lange Winterabende«, murmelte ich.

*

Null. (Die Zukunft beginnt jetzt.) Freitag, fast Samstag
Ich musste nichts erklären, weißt du. Für die anderen hat es die
Nacht auf dem Schiff nie gegeben. Sie sind nicht fast gestorben
auf dem Boot und nicht vor Sorge fast verrückt geworden auf dem
Schiff. Es war, als müsste es so sein. Genau so, wie du es geplant
hattest. Die Party in der Hütte war meta, Tinka. Nur du hast gefehlt.

Es war Nacht.

Pinar und Lukas waren in zwei separaten Gästezimmern im
Pavillon untergebracht worden. Mit eigener Alarmanlage. Keine
Chance, zu Lukas unter die Bettdecke zu kriechen. Wir würden
das Kuscheln morgen am Strand nachholen. Falls der Sturm sich
bis dahin verzogen hatte. Im Moment schlug er noch fleißig
Regen gegen die Scheibe.

Als ich es mir im Bett gemütlich gemacht und mein Tagebuch
hervorgezogen hatte, war Tinkas Fünfer herausgerutscht. Er war
zu Boden geflattert, und ich hatte ihn aufgehoben wie einen
verletzten Vogel. Im Licht meiner Nachttischlampe hatte ich ihn
betrachtet. Er war das Letzte und Einzige, was mir von Tinka
geblieben war.

Der Schein trügt nicht.

Im selben Moment, als ich das dachte, sah ich ihn: den handfesten Beweis. Auf der linken Seite, am Rand, war mit Bleistift
ein winziges Herz gezeichnet. Es umrahmte die Jahreszahl, in
der der Fünfer gedruckt worden war: 2030!

Tinka hatte einen Geldschein zu mir geschmuggelt, der dreizehn Jahre zu jung war! Es war offenbar niemandem aufgefallen – der Schein sah genauso aus wie die Scheine heute. Nur die Jahreszahl verriet ihn. Ich tippte das winzige Herz mit meiner Fingerspitze an, spürte, wie meine Augen feucht wurden.

Jetzt konnte ich mit den Lonelies über das Geheimnis reden. Jetzt gab es einen Beweis, dass die Dinge, die ich erlebt hatte, keine Einbildung gewesen waren. Vielleicht würde sogar Pa mir glauben?

Ich saß auf meinem Bett, schaute vom Herz auf dem Schein zurück in mein Tagebuch und schrieb. Endlich hatte ich verstanden, wer das »Du« in meinen Tagebüchern war.

Weißt du, kurz bevor unsere Ma aus meiner Zeit verschwunden ist, hab ich sie gefragt, was Liebe ist.

Pa hätte garantiert eine seiner Spruchweisheiten von sich gegeben. Aber sie? Sie hat was gesagt, das ich damals total seltsam fand. Na ja, ich war sieben, und du kennst ja Ma ...

Sie sagte, Liebe sei, als würde man auf einer schwankenden Hängebrücke leben. Ganz hoch oben über einem gefährlichen Abgrund. Und das Absurde sei, dass man sich dort plötzlich sicher fühlen würde.

Mein Blick strich noch einmal über das Herz. Ganz sanft.

Jetzt verstehe ich endlich, was sie damit gemeint hat.

Dank

Verschiedene Menschen haben dazu beigetragen, dass unser Buch Form annehmen und zu dem werden konnte, was es jetzt ist.

Unsere Erstleserin Kim Katharina Salmon hat uns mit ihrem Feedback und ihrem Hintergrundwissen übers Internatsleben sehr geholfen. Danke, Kim!

Michael Nagrassus hat uns einen einwöchigen Aufenthalt im Internatskomplex des SRH Neckargemünd ermöglicht. Danke an Dorothee Rauschenberger und Siegfried Grünbauer für die individuelle Betreuung vor Ort und den konkreten Einblick in die Lebens- und Arbeitswelt des Internats. Und an die Bewohnerinnen und Bewohner für die Balkongespräche.

Wir danken allen bei Arena, die so wahnsinnig viel Herz in die Entwicklung unseres Buchprojekts gelegt haben. Unser besonderer Dank gilt dabei unserer Lektorin Nikoletta Enzmann, deren Detailverliebtheit und großartige Ideen unser Buch wirklich bereichert haben.

Und bei unseren Liebsten Risk Hazekamp und Manuela Lachmann bedanken wir uns dafür, dass sie uns – je nach Lage – wahlweise den Rücken freihalten oder stärken.

Isabel Abedi

Die längste Nacht

Isola

Viagello, ein malerisches kleines Dorf in Italien. Der Ort strahlt für Vita eine merkwürdige Anziehungskraft aus, die noch stärker wird, als ihr der Seiltänzer Luca buchstäblich vor die Füße fällt. Auf den ersten Blick ist Luca für Vita etwas Besonderes, doch etwas an ihm und seiner Familie kann sie nicht fassen. Noch ahnt sie nicht, dass er sie auf eine Reise tief in ihre Erinnerungen führen wird, an deren Ende etwas steht, was einst in Viagello geschah – in jener längsten Nacht ...

Zwölf Jugendliche, drei Wochen allein auf einer einsamen Insel vor Rio de Janeiro – als Darsteller eines Films, bei dem nur sie allein die Handlung bestimmen. Doch bald schon wird das paradiesische Idyll für jeden von ihnen zu einer ganz persönlichen Hölle. Und am Ende müssen die Jugendlichen erkennen, dass die Lösung tief in ihnen selbst liegt.

408 Seiten • Gebunden
ISBN 978-3-401-06189-4
Beide Bände auch als E-Books erhältlich

328 Seiten • Klappenbroschur
ISBN 978-3-401-50892-4
www.arena-verlag.de

Andreas Eschbach

Aquamarin

Submarin

Hüte dich vor dem Meer! Das hat man Saha beigebracht. Eine seltsame Verletzung verbietet der Sechzehnjährigen jede Wasserberührung. In Seahaven ist Saha deshalb eine Außenseiterin. Die Stadt an der Küste Australiens vergöttert das Meer. Wer hier nicht taucht oder schwimmt, gehört nicht dazu. So wie Saha. Doch ein schrecklicher Vorfall stellt alles in Frage. Zum ersten Mal wagt sich Saha in den Ozean. Dort entdeckt sie Unglaubliches. Sie besitzt eine Gabe, die nicht sein darf – nicht sein kann. Nicht in Seahaven, nicht im Rest der Welt. Wer oder was ist sie? Die Suche nach Antworten führt Saha in die dunkelsten Abgründe einer blauschimmernden Welt ...

Noch immer kann es Saha kaum glauben: Sie ist ein Submarine, halb Mensch, halb Meermädchen. Gemeinsam mit ihrem Schwarm erkundet sie den Ozean. Als Saha auf den mysteriösen Prinzen des Graureiter-Schwarms trifft und mit ihm auf seinem Wal reitet, ist sie wie verzaubert. Sie ist entschlossen, von nun an selbst über ihr Schicksal zu bestimmen. Doch der König der Graureiter hegt finstere Pläne für die Submarines, in denen ausgerechnet Saha als Mittlerin zwischen den Welten eine wichtige Rolle spielt. Saha gerät in große Gefahr und muss eine folgenschwere Entscheidung treffen ...

408 Seiten • Gebunden
ISBN 978-3-401-60022-2
Beide Bände auch
als E-Books erhältlich
www.eschbach-lesen.de

456 Seiten • Gebunden
ISBN 978-3-401-60023-9
www.arena-verlag.de